SLAAP ZACHT

LISA JACKSON

Slaap zacht

the house of books

Oorspronkelijke titel
The morning after
Uitgave
Zebra Books, published by Kensington Publishing Corp., New York
Copyright © 2004 by Susan Lisa Jackson
Copyright voor het Nederlandse taalgebied © 2006 by The House of Books,
Vianen/Antwerpen

Vertaling
Toby Visser
Omslagontwerp
Studio Jan de Boer BNO, Amsterdam
Omslagdia's
Getty Images/Wilfried Krecichwost (gezicht jonge vrouw)
Imagebank/Terje Rakke (auto in winterlandschap)
Auteursfoto
Vern Uyetake
Opmaak binnenwerk
Mat-Zet, Soest

ISBN 90 443 1418 1
D/2006/8899/75
NUR 332

Woord van dank

Nogmaals wil ik van deze gelegenheid gebruikmaken om Bucky Burnsed van Savannah Police Department te bedanken. Zijn hulp was oordeelkundig en van onschatbare waarde bij het beantwoorden van mijn vele vragen, en hij heeft me geholpen vergissingen te vermijden. In de loop van het verhaal moest ik, om de plot en de personages zo geloofwaardig mogelijk te maken, de regels, de omgeving en procedures van de politie van Savannah naar mijn hand zetten.

Er zijn meer mensen die me hebben geholpen dit boek te schrijven. Sommigen hebben geholpen met research, anderen door kritiek te leveren, en mijn kantoor draaiende te houden, en natuurlijk waren daar mijn vrienden en verwanten die me emotionele steun gaven.

Mijn dank gaat vooral naar Nancy Berland, Kelly Bush, Ken Bush, Nancy Bush, Matthew Crose, Michael Crose, Alexis Harrington, Danielle Katcher, Ken Melum, Roz Noonan, Ari Okano, Kathy Okano, Betty en Jack Pederson, Sally Peters, Robin Rue, Samantha Santistevan, John Scognamiglio, Michael Siedel en Larry Sparks. Als ik iemand ben vergeten, accepteer dan alsjeblieft mijn verontschuldigingen.

Proloog

O God, het was koud... zo koud.

Bobbi huiverde. Ze was loom, kon zich nauwelijks bewegen, haar brein beneveld en traag. Ze wilde slapen, om het vage gevoel van ongemak te negeren dat haar dwarszat. Haar oogleden waren zwaar. Alsof ze te veel slaappillen had genomen. Een zurige lucht dreef in haar neusgaten, iets smerigs. Ze kromp ineen en besefte dat haar kamer stil was. Erg stil. Een beetje griezelig zelfs. Geen geluid van de klok in de gang die de seconden wegtikte, of de ventilator van de verwarming die de lucht verplaatste... nee... de stilte was oorverdovend.

Je bent niet in je slaapkamer.

De gedachte kwam hard aan.

Je bent niet in je bed.

Ze opende een oog. Ze was... waar?

De zure lucht deed haar kokhalzen. Langzaam begon haar geest te verhelderen. Waar was ze verdomme, en waarom kon ze zich niet bewegen? Ze had het benauwd, de lucht was ijl, de duisternis volkomen. Paniek schoot door haar heen toen ze zich realiseerde dat ze op haar rug lag, bekneld, een vochtige doek tegen haar neus gedrukt.

Het was donker. Benauwd. Ze had moeite met ademhalen. En die godvergeten smerige stank... Ze kotste bijna.

Dit klopte niet, dit klopte helemaal niet.

Ze probeerde te gaan zitten.

Bam!

Haar hoofd bonkte tegen iets hards, en ze kon haar armen niet bewegen. Niet omhoog, niet zijwaarts. Ze was in een kleine ruimte gepropt, op een ongemakkelijk bed... nee, geen bed, iets zachts en sponsachtigs en drassigs, met harde punten die in haar rug prikten. En die afschuwelijke geur van verrotting. Angst, koud als de dood, gierde door haar trage brein. Ze lag bekneld in een of andere krappe kist.

En toen wist ze het.

Met misselijkmakende helderheid.

Ze lag in een doodkist.

God, nee! Dat was onmogelijk! Ondenkbaar. Haar geest was dichtgeslibd, dat was het. En deze claustrofobische paranoia was onderdeel van een of andere vreemde, macabere droom. Dat was het. Dat moest het zijn. Maar haar bloed pompte razendsnel door haar lichaam. Pure angst sneed door haar heen.

Nee, o nee... alsjeblieft niet... dit moet een droom zijn. Wakker worden, Bobbi. Verdomme, word als de sodemieter wakker!

Ze schreeuwde, en het geluid weergalmde tegen haar trommelvliezen, ging nergens heen, ketste in de zuurstofloze ruimte.

Denk na. Niet in paniek raken! O God, o nee, o God.

In het wilde weg trapte ze omhoog, maar haar blote voeten raakten een hard oppervlak, een teennagel bleef aan de voering haken. Scheurde af. Rauwe pijn flitste door haar voet en ze voelde dat de nagel aan een reepje huid hing.

Dit gebeurde niet echt. Het was een nachtmerrie. Dat moest het zijn. En toch... uit alle macht probeerde ze te duwen, om uit deze afgrijselijke, beklemmende ruimte met satijnen voering te klimmen en... en... Jezus Christus, ze lag op iets dat zacht was op sommige plaatsen en hard op andere, een... een...

Een lijk! Je ligt op een lijk!

'Neeeee! Alsjeblieft, laat me eruit!' Ze scheurde de voering met haar vingers, krabde, klauwde en bonkte, voelde botten en rottend vlees, en stugge haren tegen haar naakte huid... naakte huid... lieve God, was ze naakt? Was ze zonder kleren in deze griezelige kist geschoven? Wie had haar dit aangedaan? Waarom? 'Help! Help me, alsjeblieft!' Haar kreten echoden in haar oren. 'O God, o God... alsjeblieft, is daar iemand?' Jezus Christus, lag ze echt op een dode? Ze kreeg kippenvel bij de gedachte aan het

rottende vlees onder haar, de liploze mond tegen haar nek gedrukt, de benige ribben en handen en...

*Misschien leeft het nog – is het alleen wat beneveld, zoals jij
daarnet nog.*

Maar ze wist wel beter. Het eens levende ding onder haar was
zo koud als de dood, en het stonk en was waarschijnlijk al in ontbinding en... *o, alsjeblieft, laat dit een verschrikkelijke, monstru-
euze nachtmerrie zijn. Laat me alsjeblieft wakker worden.* Ze
hoorde snikken, en besefte dat de geluiden aan haar eigen keel
ontsnapten. *Niet in paniek raken. Probeer een manier te bedenken om hier uit te komen... nu je nog lucht hebt. Het feit dat je
ademt betekent dat je waarschijnlijk hierin bent gelegd. En het
feit dat je in een doodkist ligt, betekent niet noodzakelijkerwijs
dat je onder de grond bent...* Maar ze rook de vochtige aarde,
wist dat deze doodkist al in een graf lag. Het was nog slechts een
kwestie van tijd voordat –

*Hou hiermee op en probeer een manier te bedenken om eruit te
komen! Je bent een slimme vrouw, denk na! Denk na! Als je niet
begraven bent, alleen maar gevangen, kan er nog genoeg tijd zijn
om...* Maar ze wist dat de seconden opraakten, elke tik bracht
haar dichter bij een macabere, ondenkbare dood. *Alsjeblieft,
God, laat me niet sterven. Niet op deze manier... niet... zo.*

'Help me! Help! HELP!' schreeuwde ze, en krabde als een gek
aan het deksel van de doodkist. Ze rukte aan de zachte, satijnen
voering, gemanicuurde nagels braken af, haar huid ging kapot,
scherpe pijn flitste door haar handen. De stank was overweldigend, de lucht zo koud en ijl... het moest een droom zijn... het
moest. Maar toch, de pijn in haar vingertoppen en het bloed dat
onder haar nagels vloeide, overtuigden haar ervan dat ze een
nachtmerrie beleefde die zo duivels was dat ze het zich nauwelijks
kon voorstellen.

Afschuw wurgde haar en ze dacht dat ze ging flauwvallen. Ze
begon zo hard mogelijk te schreeuwen, trapte, bonkte met haar
knieën en voeten, haar spieren verkrampten, haar naakte huid
sprong open en bloedde, tranen rolden uit haar ogen. 'Laat me
niet op deze manier sterven, alsjeblieft, niet op deze manier...'

Maar de duisternis bleef. Het zompige lichaam onder haar bewoog niet, ontbindend vlees raakte haar huid, scherpe ribben prikten tegen haar rug. Ze beefde, braakte bijna, en gilde.

Boven het geluid van haar stem uit hoorde ze het ijzingwekkende, resonerende ploffen van aarde en stenen die boven op deze afgrijselijke doodkist neerdaalden.

'Nee! Nee!'

Ze bonsde met haar vuisten tot ze opensprongen en bloedden, en al die tijd smeekte en schreeuwde ze: 'Laat me eruit! Alsjeblieft, alsjeblieft!'

Wie deed haar dit aan?

Waarom... o God, waarom... Wie had ze zoveel onrecht aangedaan? Er waren zo velen tegen wie ze had gelogen, hun gezichten flitsten aan haar half krankzinnige geest voorbij, opgejaagd door paniek. Maar wie kon haar zo haten om haar op deze manier te martelen? Wie had redenen om dit te doen? Wie kon zo wreed zijn?

Ze snakte naar adem. Er was bijna geen zuurstof meer. Ze kon nog amper nadenken. Haar geest draaide wild in kringetjes rond de mannen in haar leven, en om iemand in het bijzonder, iemand die zich haar naam waarschijnlijk niet meer herinnerde, maar die ze groot onrecht had aangedaan.

Pierce Reed.

Rechercheur bij de politie van Savannah.

Een eerbaar man, maar met zijn eigen duistere geheimen.

Nee... Reed zou haar dit niet aandoen, hij besefte niet eens hoe sterk hun levens waren verstrengeld; hij was er niet eens mee bezig.

Het was een andere man, een of ander monster die haar hier had gevangen.

Ze huiverde en begon te huilen.

'Laat me eruit! Laat me eruit!' schreeuwde ze, snikkend, haar keel deed pijn, ze kreeg kippenvel bij de gedachte aan het ontbindende lijk dat haar matras was. 'Alsjeblieft, laat me er alsjeblieft uit... Ik zal alles doen... alles, o, alsjeblieft, doe dit niet...'

Maar ze wist niet eens tegen wie ze smeekte en ondertussen bleven de aarde en stenen op het graf neerkomen.

Ze snakte naar adem, zoog moeizaam en brandend het restje

lucht naar binnen. Haar longen stonden in brand door gebrek aan zuurstof, en plotseling voelde ze zich zwak.

Hulpeloos.

Verdoemd.

Ze deed een laatste vergeefse poging om zich uit haar gevangenis te klauwen, maar het had geen zin. De duisternis overviel haar, benam haar de vechtlust, kneep het leven uit haar, en haar handen vielen opzij. Dit was dus haar tombe. Voorgoed.

Boven de griezelige stilte uit dacht ze dat ze hoorde lachen. Het klonk ver weg, maar ze wist dat het de bedoeling was dat ze het hoorde. Hij wilde dat ze het wist. Dat ze hem hoorde voordat ze haar laatste adem uitblies.

Degene die haar dit had aangedaan, genoot ervan.

1

'Die klootzak sleept me weer voor het gerecht!' Morrisette stormde Reeds kantoor binnen en smeet enkele rechtskundige stukken
op de hoek van zijn bureau. 'Kun je het geloven?' vroeg ze, haar
West-Texaanse tongval nog duidelijker in haar woede. 'Bart wil
de alimentatie voor de kinderen met dertig procent verminderen!'
Bart Yelkis was Sylvie Morrisettes vierde en laatste ex-man, en de
vader van haar twee kinderen. Al zolang Reed bij de politie van
Savannah werkte, lagen Sylvie en Bart in de clinch over hoe ze
Priscilla en Toby opvoedde. Sylvie was zo hard als gedroogd leer
en hield zelden haar scherpe tong in bedwang. Ze rookte, dronk,
reed alsof ze meedeed aan een tijdrally, vloekte als een zeeman en
kleedde zich alsof ze de twintig naderde in plaats van de vijfender-
tig. Maar ze was op de allereerste plaats moeder. Niets kon haar
nekharen sneller overeind doen staan dan kritiek op haar kinderen.
   'Ik dacht dat hij zich bij de betalingen had neergelegd.'
   'Dat had hij, maar het was van korte duur. Ik had het kunnen
weten. Het was te mooi om waar te zijn. Verdomme, waarom kan
die kerel niet gewoon een vader zijn?' Ze liet haar overmaatse tas
op de grond vallen, en wierp Reed een blik toe die hem ervan
overtuigde dat alle mannen in Morrisettes leven plotseling als gigantische losers moesten worden beschouwd. Inclusief hijzelf.
Morrisette had de reputatie een harde vrouw te zijn, vastbesloten
mannenwerk te doen, een stekelige vrouwelijke agent wier tong
messcherp was, haar meningen onpopulair, haar geduld met de
'goeie ouwe jongens' nul en haar taalgebruik zo rauw als elke an-

dere rechercheur van de ploeg. Ze droeg slangenleren laarzen die op de afdeling behoorlijk uit de toon vielen, platinablond stekeltjeshaar alsof Billy Idol haar kapper was, en had een houding die elke jonge schooier twee keer liet nadenken over tegen haar in verzet gaan. Reed had meer dan eens een medelevende blik van andere agenten gekregen die met hem te doen hadden toen hij de pech had haar als partner te krijgen. Niet dat het hem iets kon schelen. In de korte tijd dat hij terug was in Savannah, had Reed geleerd Morrisette te respecteren, ook al moest hij soms op eieren lopen. Deze ochtend was haar gezicht karmozijnrood en ze zag eruit alsof ze spijkers zou kunnen spugen.

'Kan hij dat doen – de betalingen verminderen?' Reed was bezig zijn post te openen, maar nu legde hij zijn briefopener op een bureau dat een oerwoud van paperassen was.

'Als hij een sukkel van een rechter kan vinden die in zijn ziekelijke, zelfmedelijdende praatjes trapt. Goed, Bart is zijn baan kwijtgeraakt, nou en? Hij zou zijn benen uit zijn reet moet lopen om andere middelen van bestaan te vinden – je weet wel, zoals normale mensen doen. In plaats daarvan denkt hij dat hij op mij en de kinderen kan beknibbelen.' Ze liet haar ogen rollen en rechtte haar kleine gestalte, van de versleten hakken van haar laarzen tot haar blonde stekeltjeshaar. Haar West-Texaanse tongval was sterker dan ooit wanneer ze op scherp stond, en dat was nu het geval. 'Hij is een schoft! Een doorgefourneerde, door de wol geverfde schoft.' Ze beende naar het raam en staarde naar het grauwe winterweer. 'Jezus, hij betaalt ons nu niet bepaald miljoenen. En het zijn uiteindelijk zijn kinderen. *Zijn* kinderen. Over wie hij altijd klaagt dat hij ze niet vaak genoeg ziet!' Ze stampvoette en vloekte binnensmonds. 'Ik heb een borrel nodig.'

'Het is pas negen uur.'

'Nou en?'

Reed maakte zich niet al te veel zorgen. Morrisette stond erom bekend dat ze sterk kon overdrijven, vooral wanneer haar kinderen in het geding waren, of een van haar vier ex-mannen. Haar huiselijke trauma's versterkten zijn besluit om alleenstaand te blijven. Echtgenoten betekenden moeilijkheden en agenten hadden er niet meer nodig dan ze al hadden. 'Kun je het aanvechten?'

Reed dronk het laatste restje lauwe koffie, verfrommelde het kartonnen bekertje en mikte het in de overvolle prullenmand.

'Ja, maar dat kost geld. Ik zal verdomme een advocaat in de arm moeten nemen.'

'De stad is van ze vergeven.'

'Dat is het probleem. Bart heeft een vriendin die hem een wederdienst schuldig is – een advocate. Dus heeft hij haar gebeld en zij heeft een voorstel ingediend, of hoe het ook heten mag. Een vrouw. Kun je het geloven? Waar blijft het zusterschap? Dat zou ik wel eens willen weten. Bestaat er dan niet zoiets als een vrouwenverbond, waardoor je niet aan de alimentatie van een andere vrouw gaat tornen?'

Reed waagde het niet erop in te gaan. Voor zover hij wist maakte Morrisette geen deel uit van welk zusterschap dan ook. Ze stampte nietsontziend over zowel mannen als vrouwen heen. Hij pakte zijn briefopener weer en sneed een witte aan hem geadresseerde envelop open. Het adres was in blokletters geschreven: RECHERCHEUR PIERCE REED. De afzender kwam hem bekend voor, maar hij kon hem niet plaatsen.

'Dit is het dus,' gromde Morrisette. 'De toekomst van mijn kinderen door het toilet omdat Bart een paar jaar geleden een schutting voor de honden van deze vrouw heeft gebouwd – en hopla, zij bijt zich vast in mijn armzalige alimentatie.' Morrisettes ogen vernauwden zich. 'Er zou een wet moeten zijn, weet je. Hebben mensen in de rechtskundige beroepssfeer, en ik gebruik de term losjes, geen betere dingen te doen dan rechtszaken te beginnen om kleine kinderen te duperen door hun vaders financiële ondersteuning te verlagen?' Ze kamde met haar vingers door haar al rommelige haar. Stormde terug naar het bureau en pakte haar juridische stukken. Ze plofte op een stoel, en zei: 'Ik denk dat ik overuren moet gaan draaien, en veel ook.'

'Je komt er wel doorheen.'

'Lul niet,' barstte ze uit. 'Het laatste wat ik van jou verwacht is algemeenheden, Reed. Goed? Steek ze dus maar in je reet.'

Hij onderdrukte een glimlach. 'Je zegt het maar.'

'Graag.' Maar ze scheen iets af te koelen.

'Waarom ga je geen eis indienen om meer geld van Bart te vragen? Draai de zaken om.'

'Denk niet dat ik daar niet aan heb gedacht, maar dat is alleen maar iemand het bloed onder de nagels vandaan halen.'

Reed keek haar grinnikend aan. 'Je schiet er misschien niets mee op, maar de poging kan leuk zijn.'

'Laten we het er niet meer over hebben.'

'Je bent er zelf over begonnen,' hielp hij haar herinneren, terwijl hij een enkel velletje papier uit de envelop haalde.

'Laat maar. Ik heb altijd pech met mannen.' Ze slaakte een zucht. 'Als ik slim was zou ik non worden.'

'O ja, en dat zou werken,' spotte Reed. Hij vouwde het papier open. Er stonden slechts een paar regeltjes op, geschreven in dezelfde keurige blokletters als het adres:

EEN, TWEE,
DE EERSTE PAAR.
HOOR ZE TIEREN,
LUISTER HOE ZE CREPEREN.

'Wat is dit, verdomme?' mompelde Reed.

Morrisette stond onmiddellijk op. Ze liep om het bureau heen en bestudeerde het briefje. 'Een grap?'

'Misschien.'

'Een waarschuwing?'

'Waarvoor?'

'Ik weet het niet. Denk je dat dit een onschuldige gek is of een psychopaat?' Ze fronste haar wenkbrauwen, haar zorgen over de eventuele vermindering van de alimentatie van haar kinderen leken verdwenen. 'Dat "luister hoe ze creperen" bevalt me niet zo. God, er zijn toch een paar echt zieke geesten op de wereld.' Ze bestudeerde de blokletters. 'Rechtstreeks aan jou geadresseerd.' Ze tuurde naar het poststempel. 'Van hier in Savannah. En het adres van de afzender is op Abercorn... Jezus, vlak om de hoek.'

'Koloniale Begraafplaats,' zei Reed, toen het hem te binnen schoot.

'De begraafplaats. Wie zou jou vandaar een brief sturen?'

'Zeker een gestoorde. Die brief is geschift.' Hij fronste zijn wenkbrauwen. 'Iemand die over de zaak Montgomery heeft gelezen en mijn zenuwen op de proef wil stellen.' Sinds Reed de afgelopen zomer een moordenaar op het spoor was geweest die een vendetta tegen de familie Montgomery had, had hij vaak in de kranten gestaan. Te veel van het soort publiciteit dat hij verafschuwde. Doordat hij de zaak had opgelost, werd Pierce Reed plotseling als een held beschouwd, en als expert aangetrokken door andere vakgroepen, door reporters die de zaak nog steeds levend hielden, zelfs door de procureur-generaal in Atlanta. Zijn reputatie was erg overtrokken geweest en zijn persoonlijke leven had op straat gelegen vanaf het moment dat hij Atropos had gepakt, een vrouw die vastbesloten was een van de rijkste en beroemdste families van Savannah te elimineren.

In de afgelopen zes maanden was hij meer geciteerd, gefotografeerd en geïnterviewd dan hem lief was. Hij had er nooit van gehouden om in de schijnwerpers te staan, hij was altijd erg op zichzelf geweest. Hij had zelf een paar demonen, geheimen die hij liever verborgen hield, maar verdomme, wie had die niet. Reed deed zijn werk het liefst zonder het ongemak van roem. Hij verafschuwde alle aandacht, vooral van reporters die gefascineerd leken door zijn verleden, en die het op zich hadden genomen om elk stukje informatie over hem boven water te krijgen en de wereld te vertellen wat rechercheur Pierce Reed had gemaakt tot wat hij was. Alsof ze er enig idee van hadden. Hij pakte de brief en envelop met een zakdoek op, zocht naar een plastic zakje in zijn bureaula en liet ze er voorzichtig in zakken. 'Ik denk dat het niets is, maar je weet het nooit. Ik zal het in ieder geval bewaren voor het geval dat het als bewijs eindigt.'

'Bewijs van wat? Dat er weer een gek los rondloopt?'

'Er loopt altijd ergens een gek los rond. Ik zal een BOLO in het lokale systeem laten rondgaan, en door NCIC, voor het geval een andere afdeling in het land ook zoiets heeft gekregen.' Hij keerde zich naar zijn computer en klikte het National Crime Information Center van de FBI aan. 'Misschien hebben we geluk,' zei hij tegen Morrisette. 'Ondertussen neem ik even pauze om een wandelingetje over de begraafplaats te maken.'

'Denk je dat je daar iets zult vinden?'

'Nee. Niet echt. Maar je weet het nooit.' Hij trok zijn jack aan.

'Zoals ik al zei, het is waarschijnlijk een gestoord persoon. Iemand die een kick krijgt door een vage bedreiging aan ons bureau.'

'Niet het bureau. Deze gek heeft het speciaal aan jou gericht.' Sylvie maakte haar schouderholster vast. 'Ik ga met je mee.'

Hij ging er niet tegenin. Het zou zinloos zijn geweest. Sylvie was een agent die haar instincten volgde en de regels brak – het soort koppige vrouw dat zich niet liet ompraten als ze eenmaal een besluit had genomen. Hij legde de plastic zak in een dossierla.

Ze gingen via een zijdeur naar buiten en de winterwind sloeg Reed hard in het gezicht. Het weer, gewoonlijk mild in december, had iets bijtends als gevolg van een koufront dat over de oostkust raasde en de gewassen tot in het zuiden van Florida bedreigde. Morrisette, worstelend tegen de stijve bries, slaagde erin een sigaret op te steken terwijl ze de paar blokken langs Columbia Square liepen. De Koloniale Begraafplaats, de oudste van Savannah, was de laatste rustplaats van meer dan zevenhonderd slachtoffers van de gele koortsepidemie in de negentiende eeuw, en in voorbije eeuwen was het maar al te vaak een plek voor duels geweest. Generaal Sherman had dit stuk land, midden in Savannah, tijdens de Burgeroorlog als kampterrein gebruikt, of, zoals veel plaatselijke bewoners het betitelden, de Oorlog van de Noordelijke Aanval. Schaduwbomen, nu kaal, leken in de wind te huiveren, en dorre bladeren dwarrelden over het pad dat tussen de oude grafstenen en gedenkplaten liep, waarin volgens velen demonen huisden.

Allemaal flauwekul, volgens Reed. En op deze ochtend leek de begraafplaats evenveel op een park als een kerkhof, ondanks de dikbuikige wolken die erboven voortjoegen.

Slechts een paar mensen slenterden tussen de graftombes door en geen van hen wekte enige achterdocht. Een ouder paar, de gehandschoende handen ineengeslagen, las de gedenkplaten, drie tieners, die waarschijnlijk op school hadden moeten zijn, liepen samen te roken en te fluisteren, en een vrouw van middelbare leeftijd, gehuld in een parka, skipet en wollen handschoenen liep met een magere hond die een truitje aanhad; ze trok aan zijn riem als hij probeerde aan een oude grafsteen te snuffelen. Niemand scheen zich te verschuilen of op de uitkijk te staan, geen enkel graf was zichtbaar verstoord, er reed geen auto met getinte ramen langzaam voorbij.

'Hebben we geen betere dingen te doen?' vroeg Sylvie, vechtend om haar sigaret brandend te houden. Ze inhaleerde diep.

'Zou je denken.' Desondanks keek Reed spiedend naar het verdorde gras en de verweerde gedenkplaten. Hij dacht aan de zaken waaraan hij werkte. Een was huiselijk geweld, klaar als een klontje. Een vrouw van twintig jaar had eindelijk geconcludeerd dat het genoeg was, en voordat haar man haar weer een blauw oog zou slaan of een rib zou breken, had ze hem in zijn slaap doodgeschoten. Haar advocaat pleitte zelfverdediging en het was aan Reed om het tegendeel te bewijzen – wat niet al te moeilijk was, maar hem geen goed gevoel bezorgde. Een andere zaak betrof een moord-zelfmoord afspraak tussen twee geliefden, in dit geval twee homojongens, de een zeventien, de ander bijna twintig. De aanzetter, de jongste van de twee, vocht in het ziekenhuis nog steeds voor zijn leven. Als en wanneer hij van de zuurstof af kwam, zou hem een aanklacht wegens moord ten laste worden gelegd. De derde recente moordzaak was niet zo duidelijk. Een lijk dat twee dagen geleden uit het water van de Savannah was gehaald. Geen identificatie, en er was niet veel van haar over. Weer een onbekende. Niemand scheen haar te zoeken, er was geen zwarte vrouw als vermist opgegeven, de ME had vastgesteld dat ze rond de dertig was, bloedgroep O positief had, een goed onderhouden gebit, en minstens één kind had gebaard.

Ja, hij had inderdaad betere dingen te doen. Maar zijn blik dwaalde over de begraafplaats, al tweehonderdenvijftig jaar de laatste rustplaats van Savannahianen, een kerkhof waar volgens geruchten geesten huisden, en hij kreeg het akelige gevoel dat de geschifte brief niet het laatste was dat hij van de schrijver ervan had gehoord.

Een, twee, de eerste paar. Hoor ze tieren, luister hoe ze creperen.

Wat betekende dat, verdomme?

Hij zou er ongetwijfeld binnenkort achter komen.

'Ik heb hem gezien,' hield Billy Dean Delacroix opgewonden vol, de pukkels op zijn jongensachtige gezicht roder in de koude wind. Met zijn vijftien jaar was hij een echte puistenkop. 'Die oude bok rende over de heuvel. Maar hij zal niet ver komen. Ik heb hem geraakt, echt waar, hij zal dadelijk neervallen. Ik zag zijn witte staart flitsen, kom op, Pres!' Billy Dean begon te rennen, galoppeerde door de struiken met de soepele gang van een atleet, zijn vaders hond aan de voet.

Prescott Jones, Billy's tweede neef, zes maanden ouder en ruim twintig kilo zwaarder, had moeite om hem bij te houden. Bramentakken trokken aan zijn jeans, grepen zich vast aan het denim en schraapten langs zijn gezicht, rukten bijna de bril van zijn neus, terwijl hij achter de bok aan ging, over het oude hertenspoor dat langs de oevers van Bear Creek liep. Een wasbeer, turend vanachter zijn zwarte masker, sprong haastig uit de weg. Boven zijn hoofd cirkelde een havik.

Prescott hijgde tegen de tijd dat hij de top van de heuvel bereikte, zwetend in zijn jagersjack en zijn vaders oude, thermale hemd. Billy Dean, van top tot teen in een camouflagepak gekleed, was nergens te zien. Net als de lelijke jachthond.

'Klootzak,' mompelde Prescott, snakkend naar adem. Soms kon Billy Dean zo'n rotzak zijn, dan rende hij zomaar weg. Hij vroeg zich af of Billy de bok wel echt had geraakt, waarschijnlijk alleen een schampschot, en ze hadden het gewonde dier al kilometers lang opgejaagd.

Prescott kreeg een paar rode vlekjes op het dorre gras naast het spoor in het oog, genoeg om hem af te leiden van het zwaargewonde hert. Mooi. Hij kon deze achtervolging door de dichte begroeiing toch niet veel langer volhouden. Om eerlijk te zijn genoot Prescott van alles wat bij de jacht hoorde, behalve het daadwerkelijke volgen van de prooi. O, hij vond het leuk om een eekhoorn neer te schieten, maar zoiets als een vos was voor een ander bestemd. Hij had er wel eens over gefantaseerd dat hij zelf een beer of een alligator zou schieten en hem zou laten opzetten, maar jagen was hard werken, en hij dronk liever een biertje, rookte weed, en snoof zo nu en dan wat, allemaal dingen die bij de jacht hoorden. Hij hield van kampvuren en verhalen verzinnen over hoeren en groot wild, en ondertussen high worden. Het jagen zelf, het spoorzoeken, het verwonden, de lef die je moest tonen en de hele rest die erbij kwam, dat was allemaal niets voor hem.

'Hallo daar! Pres! Kom op. Hier, over de richel... Wat is dat, verdomme?' Billy's stem klonk als een schreeuw uit de schaduw beneden. Prescott ging op het geluid af, zag nog een paar verse bloedspatten op het vertrapte gras en de verdorde bladeren terwijl hij moeizaam afdaalde langs een overwoekerd, steil pad onder oude eiken, waarbij hij goed oplette dat hij niet uitgleed. Prescotts hart bonkte als een gek. Met het jachtgeweer van zijn vader in zijn zweterige hand geklemd, was hij bang dat hij over de rand van de richel zou vallen. Maar onderweg naar beneden bespeurde hij een bloedplas. Misschien had Billy toch niet gelogen. Het feit dat hij vaak indianenverhalen vertelde, betekende niet dat hij de bok niet in een vitaal orgaan had geraakt.

Prescott werkte zich door de struiken naar een kleine open plek van dood gras, beschaduwd door hoge bomen, waardoor hier weinig zonlicht kwam.

Billy Dean stond bij een geblakerde boomstronk, kennelijk van een boom die door blikseminslag was getroffen. Voor hem lag een dikke bult. Prescott dacht aanvankelijk dat het de levenloze bok was, maar toen hij dichterbij kwam, zag hij dat hij het mis had. Volkomen mis. Billy Dean krabde nerveus aan de zijkant van zijn gezicht, terwijl hij naar een berg aarde en stenen staarde, die ongeveer een meter tachtig lang en een halve meter breed was. De oude hond van Billy's vader jankte, en drentelde rond de onnatuurlijke hoop.

'Wat is het? Wat heb je daar?' vroeg Prescott, en hij merkte dat de jachthond zijn neus in de wind stak en snuffelde.

'Het is een graf.'

'Wat zeg je?'

'Een graf, man, kijk. En het is groot genoeg voor een mens.'

'Nee toch...' Prescott kwam dichterbij en zag dat Billy gelijk had.

De hond jankte.

Het beviel Prescott helemaal niet. Een graf, hier in het bos bij Blood Mountain. Nee, het beviel hem helemaal niet. 'Wat moeten we volgens jou doen?'

'Weet niet.'

'Opgraven?'

'Misschien.' Billy Dean duwde met de loop van zijn geweer tegen de zachte aarde, iets waarvoor zijn vader hem levend zou villen als hij hem betrapte.

De hond gedroeg zich nog steeds vreemd. Hij staarde jankend over de open plek. 'O, shit.'

'Wat?'

Billy boog zich voorover. 'Daar ligt iets... een ring. Jezus, het is een trouwring.' Hij raapte de gouden ring op en bekeek de steentjes. Billy wreef hem schoon aan zijn broek, en een grote diamant glinsterde in het schemerige licht. Kleinere rode edelstenen glansden rond de diamant, terwijl de nerveuze hond bleef janken. 'Jezus. Kijk eens hoe groot. Moet een vermogen waard zijn.' Ingespannen keek hij naar de inscriptie in de binnenkant. 'Voor Barbara. Liefde voor eeuwig. En er staat een datum.'

'Van wie is hij?'

'Van iemand die Barbara heet.'

'Hallo, dat snap ik ook wel!' Soms kon Billy zo verdomd kortzichtig zijn. Hij mocht dan als een gazelle kunnen lopen, maar Prescott was erachter gekomen dat hij niet zoveel slimmer was dan een van zijn vaders honden. 'Maar Barbara wie? En waarom ligt die ring hier?'

'Wat maakt het uit? Jammer, hoor. De inscriptie betekent waarschijnlijk dat hij niet zoveel waard is.'

'Nou en? Je gaat hem toch niet stelen.' Maar Prescott wist wel beter. Billy Dean had iets diefachtigs – niet dat hij slecht was, alleen maar arm, en hij leed eronder dat hij nooit iets had. De hond gromde. Liet zijn kop zakken. Prescott zag zijn nekharen overeind komen.

'Ik steel niets. Ik heb hem gevonden. Meer niet.' Billy deed de ring in zijn zak, en voordat Prescott nog iets kon zeggen, zei hij: 'Kijk nou! Als dit niet mijn geluksdag is! Daar is die bok. Het is nog wel een vierpunter!'

Zo zeker als wat was het hert gevallen en blies het aan de andere kant van een paar eiken zijn laatste adem uit. Billy liep erheen en porde er met zijn geweer in om er zeker van te zijn dat hij dood was. Tevredengesteld haalde hij zijn mes uit de schede, maar Prescott kwam hem niet te hulp. Hij voelde zich verkild tot op het bot. Er liep een rilling van de onderkant van zijn ruggengraat tot de onderkant van zijn schedel, en dat had niets te maken met de wind die over de heuvel en de open plek gierde.

Nee, er was iets meer aan de hand.

Een gevoel dat hem waarschuwde voor gevaar.

Net als Red, de oude hond.

Prescott keek over zijn schouder, zijn ogen samengeknepen achter zijn brillenglazen.

Sloeg iemand hem gade?

Heimelijke ogen die door het donkere gebladerte langs de verlaten weg door het bos gluurden?

Waarom bleef die verdraaide hond zo waakzaam staan turen?

Prescott kreeg een droge mond. Plotseling moest hij piesen. Nodig. 'Ik geloof dat we maar moeten weggaan.'

'Waarom?' Billy zat al op een knie, sneed de buik van het geschoten dier open.

De hond gromde weer.

Zacht.

Een waarschuwing.

'Ik moet hem openmaken,' zei Billy, 'daarna gaan we het graf openen.'

'Wat? Geen denken aan!'

'Nou, er kan nog meer zijn dan alleen die ring.'

'Misschien moeten we de politie bellen.'

'Waarom?'

'Omdat hier iets griezeligs aan de hand is,' fluisterde Prescott nerveus, terwijl hij naar de andere kant van de open plek keek, waar het bos dicht en donker was. De hond ontblootte zijn tanden en begon rondjes te lopen, zijn ogen bleven op de bosrand gericht. Prescott deed het bijna in zijn broek. 'Dit is iets waar we niet in gemengd willen worden.'

'Spreek voor jezelf. Ik ga nergens heen tot ik dit beest heb ontwijd, en het graf heb opgegraven om te zien wat het is. Misschien liggen er nog veel meer juwelen – een soort schat.'

'Waarom zou er een schat zijn?'

'Wie weet?' Billy Dean tuurde met een oog dicht omhoog naar de lucht alsof hij zo beter kon zien.

Donkere wolken schoven voorbij. Een voorteken, misschien. Billy scheen er anders over te denken. 'Ik denk dat God iets goeds wil doen voor alle keren dat hij op mijn kop heeft gekakt.' Billy ging weer verder met zijn werk. De ingewanden puilden uit de buik van het dier. 'Ik weet wel dat ik niet op die manier over de Heer zou moeten praten, maar Hij heeft nou eenmaal nooit veel voor me gedaan. Tot nu. Eindelijk wil Hij het een beetje goedmaken.' Met gebogen schouders werkte Billy door.

'Ik kan het me niet voorstellen,' mompelde Prescott; de angst bezorgde hem kippenvel, terwijl Billy koppig doorwerkte. 'Kom op, nou, Billy Dean. We moeten hier weg. Nu.'

'Ik laat mijn prooi hier niet achter. En ik maak dat verdomde graf open. Wat mankeert je toch?' Billy stond op, draaide zich om, met het jachtmes nog steeds in zijn linkerhand, waar het bloed vanaf drupte en zijn vingers bevlekte. Zijn pukkels leken nog vuriger dan anders, terwijl hij naar zijn neef keek. 'Je bent bang, is het niet? Jezus nog aan toe.' Zijn stem klonk verachtelijk. Billy's ogen dwaalden naar het donkere bos. 'Wat is er? Wat zie je?'

'Niets. Ik zie niets, maar dat betekent niet dat er niets is.' Prescott zag een beweging, schaduw op schaduw, een blad dat onnatuurlijk in de wind bewoog. De hond gromde nog steeds, zacht en onaards. 'Kom nou,' beval Prescott, waarbij hij zich naar het pad begaf om terug te lopen. 'We moeten hier weg,' riep hij over zijn schouder. 'Nu!' Hij bleef niet staan om te zien of Billy hem volgde, hij liep gewoon zo snel mogelijk door, rende bijna het pad af. De hond flitste langs hem heen, de staart tussen de poten.

Verdomme, Billy moest meekomen. Geen hert of ring was het waard om het duivelse kwaad onder ogen te zien dat Prescott om zich heen aanwezig voelde. Het pad was steil, zijn voeten onvast, zijn longen dreigden het te begeven, waarbij hij zo hard hijgde dat zijn brillenglazen besloegen. Het zweet gutste langs zijn gezicht, in zijn ogen, onder zijn kraag. *God, help me hier levend uit te komen en geef me niet de schuld van Billy Deans houding. Hij is een idioot, God, alstublieft...* Zijn longen stonden in brand, zijn hart klopte als een bezetene, terwijl hij voortstrompelde over het steile pad. Dit was de goede weg. Toch? Hij kwam langs de boom-stronk –

Er bewoog iets… in het vage licht dat door de bomen filterde. Jezus! Wat het ook was, het verdween in de struiken. Een mens? Een duistere figuur. Een man? Of de belichaming van Satan in eigen persoon? Prescotts hart bevroor. Hij draaide zich te snel om, verstuikte zijn enkel.

Pijn schoot door zijn been omhoog.

O, shit! Prescott gaf een schreeuw, beet daarna op zijn tong. Hij wilde niet dat Lucifer hem vond.

Rennen! Nu!

Hij moest zich verstoppen. Hij rende weg. Zo snel zijn pijnlijke been hem kon dragen.

Denk niet aan de pijn. Denk niet aan Billy Dean. Ga er gewoon vandoor. Snel!

De bomen, de struiken flitsten als in een waas aan hem voorbij.

Voor hem op het pad jankte de hond angstig, en van pijn. De kreet weerkaatste tegen de heuvels.

En toen was het stil.

Doodse stilte.

O, God. Prescott was banger dan hij zich ooit had gevoeld.

Hij bevroor, zijn enkel schreeuwde van pijn. Hij spande zich in om door de beslagen, besmeurde brillenglazen te turen. Waar was de hond? Waar was die klotehond? Misschien had hij het zich allemaal maar verbeeld. Dat was het. Een trucje van het schemerige licht in de schaduwen? En wat hij had gezien – een duister fantasiebeeld? Hoger op de richel, of was het onder de struiken langs het pad? Hij kon niet nadenken, kon amper ademhalen.

O God, o God, o God!

Hij moest in beweging blijven!

Zijn enkel klopte pijnlijk onder in zijn laars. Zweet droop van zijn lichaam. Hij was half blind. De rand van de richel leek meters boven zijn hoofd, het ravijn diep beneden, in het donker gehuld. Hoe moest hij hier ooit uit zien te komen? Waarom had hij die oude weg door het bos niet gevolgd? Kwam Billy nou maar om hem te helpen en…

Krak!

Ergens dichtbij brak een twijg.

Hij verstijfde.

Zijn hartslag klopte in zijn oren.

God, help me.

Angst sneed door zijn hart.

Hoorde hij iets achter zich?

Was daar iemand? Hoorde hij voetstappen op de dorre bladeren?

Prescott draaide zich om.

Weer te snel.

Pijn schoot door zijn enkel en hij klapte dubbel.

Kiezels op het pad rolden onder zijn voeten en hij gleed naar de rand van het ravijn. Zijn armen zwaaiden woest in het rond, maar het was te laat. Hij verloor het weinige houvast dat hij onder zijn voeten had. Schreeuwend klauwde hij in de lucht en ving nog net een glimp op van een duistere, grote man tussen de bomen terwijl hij achteroverviel, met zijn hoofd over de rand.

2

'Kom op, Nikki, kap ermee. Laten we wat gaan drinken.' Trina Boudine bleef bij Nikki Gillettes hokje staan en rekte haar modelslanke lichaam over het zwarte frame dat hun bureaus scheidde. 'Je weet wat ze zeggen over werken zonder af en toe wat ontspanning.'

'Ik heb het gehoord. Maar ik weet niet wie "ze" zijn en ze maakten zich kennelijk niet druk over huur betalen.' Ze keek op naar Trina. 'En voor het geval dat je het niet hebt gemerkt, ik ben Johnny niet, en ik ben geen jongen.'

'Kleinigheden.' Trina's donkere ogen fonkelden, en toen glimlachte ze haar witte tanden bloot, die scheef genoeg stonden om interessant te zijn. Ze hief haar slanke pols, waaraan enkele koperen armbanden rinkelden. 'Waar ben je mee bezig dat zo verdraaid intrigerend is? Het laatste wat ik hoorde was dat je een serie deed over de budgetkortingen van de scholen.' Ze klakte met haar tong. 'Geweldig fascinerend, lijkt me.'

'Goed, goed, je hebt gelijk.' Nikki rolde haar stoel weg van haar computer, en hoopte dat Trina niets van de tekst had gezien, want haar verhaal had niets met budgetkortingen te maken of met het algemene protest over het ontbreken van schoolfondsen. In plaats daarvan schreef ze weer een misdaadstuk, over een vrouw die twee dagen ervoor uit de rivier was gevist. Het was niet echt haar verhaal. Norm Metzger had die opdracht gekregen, maar Nikki kon er niets aan doen: misdaad fascineerde haar. Dat was altijd zo geweest, en het had absoluut niets te maken met het feit dat haar vader rechter Ronald 'Big Ron' Gillette was. Bij de gedachte aan haar vader fronste ze haar wenkbrauwen, keek toen weer op naar Trina. 'Goed, ik zie je zo. Wanneer en waar?'

'Sevenish voor de drankjes, en hors d'oeuvres bij Bridges. Aimee en Dana zullen er ook zijn. We vieren Aimees scheiding en Dana's verloving. Zo'n beetje de twee kanten van het romantische spectrum.'

'Klinkt leuk,' mompelde Nikki sarcastisch.

'Nou, je begrijpt waarom we nog een paar mensen nodig hebben. Ik hoop dat Ned, Carl en Joanna ook meegaan – je weet wel, een echt feestje. Aimee heeft een beetje moeite met Dana's verloving, maar Dana wil het vieren.'

'Hoewel ze al twee keer getrouwd is geweest?'

'Je weet wat ze zeggen –'

'Drie maal is scheepsrecht, ja hoor. Je zit vandaag vol parels van wijsheid, is het niet?'

'Altijd.' Trina's telefoon ging, en ze liet haar ogen rollen toen Nikki's computerscherm als een gek trilde.

'Dat pokkending,' gromde Nikki. 'Ik dacht dat Kevin het zou repareren.' Kevin Deeter was de neef van de redacteur, een parttimestudent en fulltime-elektronisch wonder, wiens enige taak bij de *Sentinel* was dat hij de elektronica aan de gang hield. Een eenling, die rare grappen vertelde die hij voornamelijk voor zichzelf hield. Wat een zegen was. Ze drukte driftig op de reset-knop, startte opnieuw op en de computer kwam tot leven.

'Kevin is hier al geweest.'

'Heeft hij iets met de computer gedaan?'

'Sorry. Ik had het te druk. Niet op gelet.'

'Fijn,' mompelde Nikki geprikkeld. Ze was niet erg op Kevin gesteld, maar tolereerde hem vanwege zijn vaardigheden op computergebied. En zeker niet om zijn gevoel voor humor. 'Ik zweer je dat hij meer verpest dan herstelt. Verdomme.'

Trina schudde snel haar hoofd, een waarschuwing die Nikki opving. Vanuit haar ooghoek zag Nikki dat Kevin zich bij de kapstok verstopt hield, de koptelefoon van zijn memorystick op zijn oren. Waarschijnlijk had hij haar niet eens gehoord, en als dat wel zo was, moest hij maar weten dat hij was aangenomen om dingen te repareren, niet om ze nog meer kapot te maken. En wat moest dat met die koptelefoon? Als Tom Fink iemand met een koptelefoon betrapte, kon die meteen zijn spullen pakken.

'Ik ga hem zeggen dat hij met zijn tengels van mijn computer afblijft, tenzij ik erbij ben,' brieste Nikki.

'Tuurlijk.' Trina's telefoon rinkelde voor de derde keer. 'De plicht roept.' Ze gleed weer op de bureaustoel in haar eigen hokje. '*Savannah Sentinel*, Persoonlijk Element. Dit is Trina.'

Nikki rolde haar stoel dichter naar haar computerscherm. Ze had op internet gesurft en zoveel mogelijk informatie verzameld over het onbekende lijk dat vastgeketend aan zware halters op de bodem van de rivier was gevonden. Duikers hadden haar stoffelijke resten gevonden, en de politie was erbij geroepen. Rechercheur Pierce Reed had de leiding van het onderzoek. Zoals gebruikelijk had hij 'geen commentaar' op de zaak, en ondanks haar vele telefoontjes was het haar niet gelukt hem een keer aan de lijn te krijgen.

Ze klikte op een foto van Reed. Hij zag eruit alsof hij eens de Marlboro-man was geweest. Groot en ruig, met een verweerd maar knap gezicht en ogen die niet veel ontging. Ze had ontdekt dat hij alleenstaand was, en had zichzelf voorgehouden dat het noodzakelijk was zoveel mogelijk over hem te weten, inclusief zijn huwelijkse staat.

Ze had ook ontdekt dat hij al eerder voor de politie van Savannah had gewerkt, ongeveer twaalf jaar geleden, en slechts voor korte tijd, voordat hij naar de Westkust was verhuisd en zich bij de politie van San Francisco had gevoegd, waar hij rechercheur was geworden.

Vanaf dat moment was zijn verleden een beetje duister, maar van wat ze bij elkaar had kunnen passen, vermoedde ze dat Reed in grote moeilijkheden was beland. Een vrouw was vermoord terwijl hij haar appartement in de gaten moest houden. Voor zover Nikki kon nagaan, had Reed de moordenaar gezien, maar hij was noch in staat geweest het leven van de vrouw te redden, noch de moordenaar te pakken. Reed had een berisping gekregen, maar zijn penning was hem niet ontnomen. Desondanks had hij ontslag genomen en kort daarna was hij naar Savannah teruggekeerd.

De rest, zoals ze zeggen, was geschiedenis. Onder het kopje van de Montgomery-moorden.

Terwijl de tonen van lichte muziek door de luidsprekers van het kantoorgebouw filterden, tikte ze met een potlood op haar bureau en tuurde naar de beeltenis van Pierce Reed, een foto die dertien jaar eerder was genomen toen hij nog maar net bij de politie van Savannah werkte. Hij was ongeveer eind twintig, maar heel serieus, en hij keek niet rechtstreeks in de camera. Ze vroeg zich af wat zijn drijfveren waren. Waarom had hij zich losgerukt en was hij naar Californië verhuisd, om na enkele jaren terug te keren? Waarom niet getrouwd? Waarom geen kinderen?

Ze zou dolgraag een verhaal over Reed doen, en ze was bezig een manier te bedenken om haar redacteur zover te krijgen. Iets over de man achter de mythe, een kijkje in het persoonlijke leven van...

Haar telefoon rinkelde en ze onderbrak haar speculaties over de ongrijpbare rechercheur.

'*Savannah Sentinel*,' zei ze automatisch, haar aandacht op de beller. 'Nikki Gillette.'

'Hallo, Nikki, met dr. Francis van het Savannah Schoolbestuur. Heb je al eerder gebeld?'

'Ja, dat klopt,' zei Nikki snel, terwijl ze zich de vrouw voor de geest haalde – groot, imponerend, nooit een haartje verkeerd, een Afro-Amerikaanse die het goed had gedaan en op haar tweeënveertigste een hoge positie in haar woonplaats had. 'Bedankt voor uw telefoontje. Ik zou u graag interviewen over de recente budgetkortingen,' zei Nikki, en klikte naar haar aantekeningen op de computer, terwijl ze de hoorn tussen haar schouder en oor geklemd hield. 'Er zijn geruchten dat sommige kleinere buurten hun basisscholen moeten sluiten.'

'Tijdelijk. En wij geven er de voorkeur aan het fuseren te noemen. Twee of drie scholen samensmelten voor ieders bestwil. We maximaliseren op die manier ons talent, de leerlingen krijgen te maken met heel veel verschillende leraren met vernieuwende ideeën, waardoor hun onderwijservaring wordt verbreed.'

'Zelfs als ze daarvoor met de bus uit hun eigen buurt naar de andere kant van de stad moeten, veelal naar armere buurten?'

'Zodat ze er uiteindelijk hun voordeel mee doen,' onderbrak dr. Francis haar liefjes. Ze was in Savannah geboren, haar accent was subtiel en verfijnd. Ze was een arm meisje geweest dat zich hier door het schoolsysteem had gewerkt, beurzen had gekregen, ten slotte was afgestudeerd, terwijl haar alleenstaande moeder zes kinderen had grootgebracht. Dr. Francis was het toonbeeld van de Amerikaanse droom, een filantroop, nooit getrouwd, zonder kinderen, maar een vrouw met een vooruitziende blik die werkelijk om alle kinderen in Savannah leek te geven. Dus waarom had Nikki dan het gevoel dat ze op een of andere manier werd verraden? Dr. Francis ratelde maar door over in de behoeften van de leerlingen en de gemeenschap voorzien, en Nikki maakte aantekeningen, hield zich voor dat ze niet zo cynisch moest zijn. Misschien geloofde de vrouw echt in de flauwekul die ze zelf predikte. *En misschien was het geen flauwekul. Het feit dat ze een school sluiten die je jaren geleden hebt bezocht, betekent niet dat het noodzakelijkerwijs een slecht plan is.*

Nikki tikte met haar potlood en luisterde, maakte een afspraak om dr. Francis later in de week te ontmoeten en hing op. Het verhaal zou niet direct de Pulitzer Prize winnen, en het had niet bepaald Nikki's belangstelling, maar er zat misschien toch wel iets in, en het had zeker actualiteitswaarde, op zijn eigen manier. Nee, het zou geen onderwerp voor een van de grotere kranten worden, en het zou Nikki geen baan bij de *New York Times*, de *Chicago Tribune*, of de *San Francisco Herald* opleveren. Het zou helpen de rekeningen voor deze maand te betalen, en misschien zou ze er nog iets van leren.

Misschien.

Ondertussen zou ze het onbekende lijk dat uit de rivier was gehaald niet opgeven, noch zou ze haar verhaal over Pierce Reed op een laag pitje zetten. Nee, er zat iets in, iets dat nieuwswaarde had. Ze voelde het. Ze moest er gewoon achter komen wat het was. En daarom moest ze Reed interviewen, op een of andere manier dichter bij hem komen.

Wat ongeveer net zoiets was als vrijen met een stekelvarken. De man was stekelig, humeurig en soms ronduit grof. Wat waarschijnlijk de reden was waarom ze haar idee om een verhaal over hem te schrijven niet zomaar kon laten vallen. Hij was een uitdaging. En Nikki Gillette had zich zo'n kans nooit laten ontnemen.

Wat dat betreft was ze de rechtgeaarde dochter van de edelachtbare Ron Gillette.

Op een of andere manier zou het haar lukken alles over rechercheur Pierce Reed boven tafel te krijgen. Misschien zou het een saai stuk worden, zonder iets belangwekkends. Misschien was Reed zo interessant als een vuile sportsok. Ze glimlachte. Nee. In haar diepste binnenste voelde ze dat er een verhaal achter de ongrijpbare man zat. Ze moest het ontrafelen, ongeacht de vele lagen waaronder Reed het had verborgen.

De reddingshelikopter steeg met een luidruchtig geronk van propellerbladen op en liet het ravijn snel onder zich. In een werveling van winterlucht vloog hij over de beboste heuvels. Op het pad halverwege de heuvel wendde rechercheur Davis McFee zijn blik naar de jonge jongen die trillend voor hem stond. Het kind was doodsbang, dat was zeker, maar behalve dat de oudere jongen het misschien niet zou overleven, wist McFee niet veel.

McFees partner, Bud Ellis, nam het over. 'Laten we het nog eens doornemen, Billy Dean. Jullie waren gaan jagen en je vriend was bang voor iets.'

'Mijn neef – achterneef.'

'Prescott Jones?'

'Ja, we trekken veel samen op.'

'Het is geen jachtseisoen.'

'Nee.' De jongen met het pukkelgezicht keek schuldbewust naar de grond en wroette met zijn teen in de zachte aarde.

Het verhaal van Jones was dat zijn neef en hij achter een hert aan hadden gezeten, het gewonde dier naar beneden tot in het ravijn waren gevolgd, en op iets waren gestuit dat eruitzag als een graf, waarna Jones van iets was geschrokken. Doodsbang was hij met Billy Deans hond achter hem aan geklommen, en tegen de tijd dat Billy Dean op zijn deel van het pad was, had hij ontdekt dat zijn neef langs een steile richel naar beneden was gevallen.

Tijdens de val had Jones zijn schedel gebroken plus drie ribben, en zijn rechteronderarm was versplinterd. Zijn gezicht was ook lelijk geschaafd en zijn bril was gebroken. Waarschijnlijk zou het joch ook nog inwendige verwondingen hebben, zoals bijvoorbeeld een gescheurde milt. McFee wist niet zeker of de jongen niet naar beneden was geduwd. Misschien hadden de twee jongens ruzie gekregen, of zelfs gevochten, wat dan ook, maar Prescott Jones was op een of andere manier zo'n vijftien meter naar beneden gevallen.

Ellis drong verder aan. 'Je joeg hem dus niet de heuvel op?'

'Nee, ik volgde hem met de oude Red, waar dat beest nu ook mag zijn. Hoe dan ook, toen ik daar kwam, zag ik hem beneden liggen.' Hij wees langs de steile heuvel naar het bos beneden. 'Ik kon niet bij hem komen, dus rende ik naar de truck. Zijn vader heeft een mobiele telefoon in de cabine, en ik moest ruim een kilometer rijden voor ik ontvangst had, maar toen heb ik jullie snel gebeld. Dat is wat er is gebeurd. Ik zweer het.' De jongen stond nu te klappertanden, van de kou of van angst, of beide.

'En jullie hebben daar verderop een graf gevonden?' vroeg Ellis.

'Ja.' Billy Dean knikte zó heftig dat een lok van zijn lichtblonde haar tussen zijn wenkbrauwen flapperde.

'Laten we dan maar eens een kijkje nemen.' Ellis wierp McFee een blik toe en ze volgden de jongen naar het eind van het pad, met aan één kant een open plek, waar het hert lag, de ingewanden ernaast, en vlakbij, precies zoals het joch had beweerd, een berg verse aarde, die er inderdaad uitzag als een graf. Het beviel McFee helemaal niet. Hij haalde zijn blikje tabak te voorschijn en propte een pluk achter zijn kiezen. Wat lag daaronder? Misschien nog een dood hert. Misschien niets. Misschien afval… hoewel dat gewoonlijk niet zo zorgvuldig werd afgedekt. Dit was een kuil die was bedekt, maar de aarde was niet gecamoufleerd met bladeren of takken om het te verbergen. Afgezien van het feit dat dit graf, of wat het ook was, diep in dit ravijn was verborgen, had degene die hier iets had begraven het zichtbaar achtergelaten voor iedereen die erlangs kwam.

Het was vreemd. Verdomd vreemd. 'Laten we er eens in kijken,' zei hij tegen Ellis.

'Moeten we de sheriff niet bellen? Misschien hebben we mensen van de misdaadeenheid nodig.'

'Wat voor misdaad?' vroeg McFee. 'Wie weet wat daarin zit.

We graven het op, en vinden niets, en dan? Hebben we iedereen voor niets hierheen laten komen.'

'Ik weet al wat. Ik ga naar boven om de schep te halen en naar het bureau te bellen.'

'Doe dat, Billy Dean zal me hier gezelschap houden, is het niet, knul?'

De jongen leek iets te willen gaan zeggen, maar bedacht zich. 'Ja, meneer.'

'Goed. Man, wat is het hier koud.' McFee wreef zijn armen en keek omhoog naar de lucht. Grauwe wolken dreigden met regen. Terwijl Ellis zich omhoog haastte, haalde McFee zijn mes te voorschijn en begon aan een kant wat aarde weg te krabben. Het joch werd nerveus, en McFee vermoedde dat hij meer wist dan hij losliet. 'Je bent hier eerder geweest?'

'Ja.'

'Op deze plek?'

'Nou, vlak in de buurt.'

'Heb je toen het graf gezien?'

'Nee, het was er toen niet.'

Dat geloofde McFee. De aarde was te vers, als een pas geploegd veld. Anders van kleur dan de rest van de omgeving, niet vertrapt door dieren of ingeklonken door regen. Twee dagen geleden had het gestortregend. Noodweer. Genoeg om deze berg af te platten. Maar dat was niet gebeurd. Omdat het een verse berg aarde was. McFee krabde verder met zijn mes. Hij was pal in het midden bezig, geconcentreerd op wat hij misschien zou vinden. Maar terwijl hij krabde en schraapte om een gat te maken, verdween het mes steeds dieper in de berg, dieper dan het lemmet lang was, en hij plaatste een knie op de grond om meer kracht te kunnen zetten. Dieper en dieper, terwijl de jongen van zijn ene voet op zijn andere stond te wiebelen, zijn neus met de rug van zijn hand afveegde en met de sleutels in zijn zak rammelde.

'Loopt je hond wel vaker weg?'

'Wat? Nee, Red gaat nooit ver.'

'Waar denk je dat hij is?'

'Weet ik niet.' Hij fronste zijn wenkbrauwen en zijn mondhoeken gingen naar beneden alsof hij bezorgd was. Hij beet op zijn onderlip en snoof. 'Pa zal me levend villen als hem iets is overkomen.'

'Maak je daar nog maar niet druk om,' zei Mc Fee. Naar zijn idee hadden ze nu al genoeg om zich zorgen over te maken.

Reeds maag knorde. Hij rispte zuur op. Hij keek op zijn horloge en besefte dat hij, sinds hij vanochtend met Morrisette van de begraafplaats was teruggekomen aan één stuk bezig was geweest met administratie, telefoontjes, en e-mails beantwoorden. Zijn ontbijt was koffie geweest, lunch had hij overgeslagen, en hij was sinds die ochtend zes uur op de been. Nu was het kwart voor drie. Tijd voor een pauze. Hij rolde zijn nek heen en weer, probeerde hem niet te breken, om zijn schouders te ontspannen. Hoe lang geleden was het dat hij voor het laatst naar de sportschool was geweest? Een week? Tien dagen? Jezus, misschien nog langer. Vanavond. Wat er ook gebeurde, hij zou zich eens lekker in het zweet werken, gewichtheffen, sparren. Het was niet zo'n sportclub met trendy computergestuurde loopbanden en stepapparaten die je hartslag en calorieënverbranding bijhielden, en de afstand die je aflegde. Nee. Dit was een oude school. Gewichten, gewichten en nog eens gewichten. Als je wilde rennen, ging je joggen. Als je je bovenlichaam wilde trainen en je agressie kwijt wilde raken, ramde je tegen een boksbal, of, voor snellere bewegingen, tegen een bokszak.

De echte machotypes deden bokshandschoenen aan en een mondbeschermer in en gingen de ring in om met andere leden van de sportschool te oefenen, terwijl er weddenschappen werden afgesloten. Reed en een paar anderen van het bureau deden daar niet aan mee. Hij vermoedde zelfs dat er op die betonvloeren in drugs werd gehandeld, of achter een rij gedeukte lockers, maar hij had nooit geld of coke of steroïden van hand zien verwisselen. Tot dusver. Hij hoopte het nooit mee te maken.

Hij rekte zich uit in zijn stoel, en dacht aan het briefje dat hij die ochtend had ontvangen. Het was kennelijk afkomstig van een of andere gek, aan hem geadresseerd omdat hij een gemakkelijke prooi was, de bekendste rechercheur van het bureau en natuurlijk door de zaak Montgomery van een paar maanden geleden.

En dat ergerde hem.

Hij reikte in zijn bovenste la, vond een flesje met tabletten tegen maagzuur, en nam er twee met een restje koude koffie terwijl zijn telefoon voor de honderdste keer die dag rinkelde. 'Rechercheur Reed.'

'Sheriff Baldwin, Lumpkin County.'

Reed ging rechtop zitten. Geen gewoon telefoontje. Lumpkin County was zo'n vijfhonderd kilometer noordelijker. Hij kende het. Maar al te goed. 'Wat kan ik voor je doen, sheriff?'

'Ik denk dat je meteen hierheen moet komen.'

'Ik?' vroeg Reed, zijn maag balde samen, zoals altijd wanneer hij voelde dat er iets niet klopte.

'Dat lijkt me het beste.'

'Hoezo?'

'Twee jongens waren op jacht met hun hond, bij Blood Mountain. Eén jongen, Billy Dean Delacroix, had geluk en schoot een hert. De kinderen gingen achter hem aan, een ravijn in. Vonden het dode dier aan het eind van een open plek. Maar dat is niet alles. Ze denken dat ze op een soort graf zijn gestuit, een berg verse aarde, en hun hond is er als een haas vandoorgegaan. Billy Deans neef, Prescott Jones, kreeg de kriebels en rende weg alsof de duivel hem op de hielen zat. Billy Dean werd kwaad omdat hij dacht dat zijn neef zich dingen verbeeldde, en ging hem achterna. Net toen Billy over een heuvel kwam, hoorde hij een schreeuw die hem de doodsstuipen bezorgde. Hij rende en zag zijn neef beneden in het ravijn liggen. Vervolgens haastte hij zich naar de pick-up van zijn vader en belde met de mobiele telefoon – die het zo hoog in de bergen niet deed. Hij moest een eind rijden voor hij ontvangst had.'

'Jezus.' Reed zat te krabbelen, schreef de namen van de jongens op, hoopte dat de sheriff terzake zou komen.

'Volgens ons waren de twee kinderen op een plek waar ze niet hadden moeten zijn, maar waar ze iets ontdekten, en daar gebeurde een ongeluk, of de een heeft de ander over de richel geduwd.' Hij aarzelde, klonk alsof hij diep inhaleerde. Reed wachtte. Wist nog steeds niet waarom de sheriff hem had gebeld.

'Het vervelende was dat de jongen gelijk had. Het was een graf, compleet met doodkist en al.'

'Doodkist?'

'Ja, iemand heeft de moeite genomen de lichamen in een rozenhouten kist te begraven.'

'Lichamen? Meer dan een?'

'Ja-a. Twee, om precies te zijn. De een vers, de ander niet zo... De reden waarom ik jou bel, is dat we denken dat jij misschien een van de slachtoffers kent.'

'Ik? Waarom?' Elke spier in Reeds lichaam spande zich. Hij hield op met krabbelen.

'We hebben jouw naam in de doodkist gevonden.'

'Wat? Mijn naam?' Was de man krankzinnig geworden? Zijn naam in de doodkist? Wat had dit te betekenen? 'In de doodkist?'

'Dat klopt. Een briefje aan jou geadresseerd. Met een microfoontje erbij.'

'Wacht even, sheriff. Een briefje voor mij en een microfoontje in een doodkist waarin twee lijken liggen, ergens in een bos zo'n vijfhonderd kilometer bij Savannah vandaan?'

'Klopt. Er was een gat in de kist geboord, en het microfoontje was in de hoek bij het hoofd van het slachtoffer geplaatst. Het briefje was bij de voet aan de voering van de kist gespeld.'

'Enig idee wie de slachtoffers zijn?' Reeds brein draaide rond. Eerst dat rare briefje deze ochtend, en nu het bizarre nieuws over twee lijken in Lumpkin County, het deel van Georgia waar hij was opgegroeid – een plek die hij liever vergat.

'Beiden onbekend. Misschien moet je hierheen komen en het zelf bekijken. Ik heb het al met de staatspolitie geregeld. Ze vliegen je over in een helikopter. Het onderzoeksteam is al hier, bezig de plek af te zetten, maar aangezien jouw naam op dat briefje staat, geloof ik echt dat je een kijkje moet komen nemen.'

Reed reikte al naar zijn jasje.

Tegen vier uur zei Trina: 'Er is iets heftigs aan de hand in Lumpkin County.' Ze had Cola-Light uit de machine gehaald, het gecondenseerde blikje bungelde tussen haar vingers. Een instrumentaal nummer van Patti Page klonk door de verborgen luidsprekers in de kantoren van de *Savannah Sentinel* terwijl Nikki probeerde een interessante draai te geven aan haar gortdroge verhaal over het schoolbestuur.

'Hoe heftig?' Nikki keek op van haar computerscherm. Ze had interesse voor alles wat met nieuws te maken had, ook al was Lumpkin County een eind bij Atlanta vandaan, niet ver van de grens met Carolina.

Trina fronste haar wenkbrauwen. 'Ik weet het niet. Maar heftig genoeg om de interesse van de *Sentinel* te wekken.'

'Echt?' Nikki was een en al oor.

'Het enige dat ik weet is dat Metzger zo opgewonden was dat hij bijna vergat zich te verkneukelen.'

Norman Metzger was de misdaadverslaggever van de *Sentinel*. Zijn naam vergezelde bijna elk verhaal dat iets te doen had met de politie van Savannah of andere politiebureaus in de staat. Hij was geen slechte kerel, alleen onbekwaam naar Nikki's idee, en Trina vond dat hij een buitengewoon opgeblazen en hoge dunk van zichzelf had. 'Hij greep zijn jack en blafte bevelen tegen de fotograaf, zei dat Jim moest opschieten. En toen ik hem vroeg waar de brand was, grijnsde hij als een wellustige kater, en antwoordde alleen: "Dahlonega."' Trina maakte het blikje open, en haar wenkbrauwen gingen omhoog boven vurige ogen. 'Ik dacht dat je het zou willen weten.'

'Dat heb je goed gedacht.' Nikki rolde haar stoel naar achteren, keek de gang in en zag dat Metzger een wollen muts opzette en in de zak van zijn jack met zijn sleutels rammelde. Hij wierp Nikki door de gang een blik toe, zag dat ze naar hem staarde, en salueerde met een knipoog naar haar.

Rotzak.

Hij wist dat ze zijn baan wilde en kon het niet laten haar elke kans die hij kreeg in te wrijven.

Haar kaak verstrakte toen ze haar stoel terugrolde naar haar bureau.

'Laat het hem niet merken.' Trina had kennelijk de hele uitwisseling van blikken gezien.

'Dat is met Metzger onmogelijk.'

'Je moet zijn spelletje niet meespelen. Laat het van je af glijden. Zoals water van een eendenrug.'

'Makkelijk gezegd.' Nikki's brein draaide op volle toeren. Wat was er daar in de noordelijke bergen van Georgia voor belangrijks gebeurd? 'Bedankt voor de tip,' zei ze tegen Trina. 'Ik sta bij je in het krijt.'

'O, al meer dan eens, maar wat maakt het uit. Je kunt me vanavond op een borrel trakteren. Je laat me niet in de steek, hoor. Ik wil niet als buffer dienen tussen Dana's vreugde en Aimees wanhoop. Geen denken aan. Je kómt gewoon.'

'Beloofd.'

'Ja, ja, ik reken op je.' Trina plofte op haar stoel en verdween achter het tussenschot op het moment dat haar telefoon begon te rinkelen. 'Savannah Sentinel. U spreekt met Trina Boudine...'

Nikki verspilde geen seconde. Ze pakte haar mobieltje en toetste een nummer in dat ze uit haar hoofd kende. Ook een mobiel nummer. En wel van Cliff Siebert, die in Savannah bij de recherche werkte. Hij wist altijd precies wat er gaande was en om een of andere reden vertrouwde hij het gewoonlijk aan Nikki toe. Misschien had hij belangstelling voor haar, een gedachte die ze koesterde, maar die ze nu niet wilde erkennen. Tot dusver had hij nog nooit openlijk met haar geflirt. Er bestond een kans dat hij haar interessant vond omdat ze de dochter van Big Ronald Gillette was, maar het was waarschijnlijker dat hij last had van een ernstig geval van schuldgevoel.

'Hallo, met mij,' zei ze opgewekt toen hij opnam.

Hij kreunde, maar het was plagerig bedoeld. 'Wat wil je?'

'Er is iets aan de hand. Iets groots, te oordelen naar de brede grijns op het gezicht van Norm Metzger. Hij is onderweg naar het noorden. Dahlonega.'

'Hoe heeft hij dat ontdekt?'

'Wat ontdekt? En ik weet het niet.' Er was even een aarzeling, zoals iedere keer dat Nikki nieuwsgierig was en rechercheur Siebert met zijn geweten worstelde. 'Kom op, Cliff, wat is er aan de hand?'

'Kun je er daar waar je bent niet achter komen?' vroeg hij, tijd rekkend. Zoals hij altijd deed.

'Ben je gek? Je weet toch hoe mijn baas denkt. Tom is een aardige, oude zuiderling, die onder zijn liberale vernisje denkt dat alle vrouwen een kruising zouden moeten zijn tussen Scarlett O'Hara en Heidi Fleiss.'

'Hou je in, ik kom ook uit het zuiden.'

'Je weet best wat ik bedoel,' zei ze zuchtend. Cliff werkte een beetje op haar zenuwen, maar ja, dat deed hij altijd. Had hij altijd gedaan ook. Cliff Siebert was op de middelbare school de beste vriend van haar broer geweest. Andrew was naar Duke University gegaan. Cliff had de politieacademie gevolgd, en had zijn studie voltooid terwijl hij bij de politie van Savannah werkte. Zijn familie had bezittingen buiten de stad, drie boerderijen die al zes generaties in de familie waren, maar Cliff had geweigerd ook boer te worden. Vanaf het moment dat hij blauw op straat had zien patrouilleren, had hij bij de politie gewild. Het weekend dat Andrew was gestorven, zou Cliff hem komen bezoeken, maar op het laatste moment had hij ervan afgezien. Sindsdien zwom hij in schuldgevoel.

'Metzger houdt je wel bezig, is het niet,' zei hij nu.

'Het zij zo.' Nikki tikte boos met haar pen. Ze had het gehad met mannen die naar twee kanten toe praatten. Aan de ene kant verheerlijkten ze de verdiensten van de fulltime werkende vrouw, maar na werktijd verwachtten ze om zes het eten op tafel, en dat hun vrouwen dure callgirls waren – nou ja, na het late nieuws en de laatste sportuitslagen, natuurlijk. Was dat niet een houding die uit de jaren vijftig stamde? Negentienvijftig, om precies te zijn?

Tom Fink, redacteur van de *Sentinel*, kon vuur spuwen, hoog en laag springen zoveel hij wilde aan zijn kant van de glazen wand, maar hij kon niets doen om Nikki Gillette tegen te houden. Geen denken aan. Ze was van plan dwars door die glazen barricade heen te breken. Wat haar betrof kon Fink in zijn eigen sop gaarkoken, terwijl zij haar eigen weg bepaalde. Het enige dat ze nodig had was het juiste verhaal. Eentje maar. Ze had het gevoel dat wat er in Lumpkin County aan de hand was, precies dat verhaal zou kunnen zijn. 'Kom op, vertel. Wat is er gebeurd?'

Er klonk een diepe zucht, een luid gekraak, alsof hij zich in zijn stoel had omgedraaid, en vervolgens liet Cliff zijn stem dalen. 'Goed, goed. Luister. Het enige dat ik weet is dat Pierce Reed als een speer is vertrokken. Helemaal opgefokt. Op weg naar het kantoor van de sheriff in Lumpkin County, om precies te zijn. Hij is ongeveer twintig minuten geleden weggegaan. Ik weet niet waar het over ging, maar ik heb gehoord dat er een jongen van een of andere klip is gevallen en dat hij met een reddingshelikopter vandaar naar het Mason Hospital in Atlanta is gevlogen. Ik weet niet alle details, ik weet niet eens hoe ernstig hij gewond is of wat Reed ermee te maken heeft, maar ik hoorde dit ongeveer een halfuur voordat Reed het telefoontje kreeg.' Hij zweeg even. 'Je weet het, Nikki. Je hebt dit niet van mij gehoord.'

'Ik hoor nooit iets van jou.' Nikki keek op de klok. 'Bedankt, Cliff,' zei ze, in gedachten al onderweg naar Georgia. 'Ik zal dit niet vergeten.'

'Vergeet het juist wel. Goed? Ik heb je niets verteld. Als jij kletst, kost het mij mijn baan. Dus – je hebt het op de politieradio gehoord, of zoiets.'

'Goed.'

'En Nikki?'

'Ja?' Ze reikte in haar tas naar haar sleutels.

'Doe je moeder de groeten van me.'

Nikki bevroor. Zoals altijd wanneer ze de laatste tijd aan haar moeder dacht. Haar vingers raakten het metaal van haar autosleutels, en voelden plotseling ijskoud aan. 'Doe ik, Cliff,' beloofde ze, en hing daarna op. In gedachten ving ze een vluchtig beeld op van haar moeder, fragiel nu, ongelukkig getrouwd, afhankelijk van die grote beer van een man die, al hield hij misschien niet van haar, haar tenminste niet ontrouw was. Althans, voor zover ze wist. Uiterlijk gezien was rechter Ronald Gillette het toonbeeld van degelijkheid, de altijd liefhebbende echtgenoot van een ziekelijke vrouw die vaak het bed moest houden.

Terwijl Nikki zich haastte, probeerde ze de triestheid van zich af te schudden die zich als een deken over haar ziel nestelde wanneer ze te lang aan haar moeder dacht.

Bij de receptiebalie meldde ze zich af voor de rest van de dag en verdrong alle gedachten aan haar familie naar de achtergrond. Met haar jack strak om zich heen getrokken holde ze naar buiten, waar de wind vat kreeg op haar haren, en de roodblonde lokken in haar ogen blies. Het begon al donker te worden terwijl ze zich naar haar autootje begaf dat onder een straatlantaarn stond geparkeerd.

Wat deed Reed verdomme in Lumpkin County, zo ver weg van zijn jurisdictie? Het rook naar een verhaal, maar ze probeerde haar hoop niet te hoog te stellen. Misschien was het een indianen- verhaal. Maar als dat het geval was, waarom was Norm Metzger dan als een haas achter Reed aan gegaan? Nee, hier zat absoluut een verhaal in. Ze ramde de auto in de eerste versnelling en spurt- te plankgas weg, zonder op de maximumsnelheid te letten. Het zou haar zeker vijf uur kosten om in Dahlonega te komen, en wat dan? Zelfs als het haar lukte Reed in te halen, wat waren dan haar kansen dat hij haar informatie zou geven?

Weinig tot geen.

Nul komma nul.

Tenzij ze een manier vond om tot de man door te dringen.

Ze manoeuvreerde door de stad naar de snelweg en luisterde met een half oor naar nieuwsradio. Ze had ook de politieradio aan staan, en hoorde over verkeersdelicten en een overval op een supermarkt in het zuiden van Savannah, maar geen woord over Reed. Helemaal niets.

Ze passeerde een truck met ontvlambare lading en drukte haar voet harder op het gaspedaal. De chauffeur van de truck claxon- neerde en ze zwaaide vluchtig naar hem terwijl ze als een bliksem- flits langs hem heen schoot. Ze wist niet wat ze in Lumpkin County zou vinden, maar het zou tien keer interessanter zijn dan de recentste actie van het schoolbestuur in Savannah. Alles rond- om rechercheur Reed was spannender.

Pierce Reed was een intrigerende man, knap, stoïcijns, een en al zakelijkheid, een rechercheur die niemand te dicht bij zich liet ko- men, iemand die volkomen dichtsloeg wanneer hij met de pers te maken kreeg.

Maar dat zou binnenkort veranderen.

Alleen wist Reed het nog niet.

'Dus dit is wat we tot nu toe te weten zijn gekomen. Degene die de doodkist hierheen bracht, heeft gebruikgemaakt van deze oude kapweg.' Sheriff Baldwin wees naar een splitsing in het dub- bele bandenspoor en stuurde zijn jeep naar rechts. 'We vermoe- den dat hij een truck met een lift en een lier heeft gebruikt. Ik heb al een rechercheur contact met de RDW op laten nemen over mogelijke eigenaars van dat soort trucks. We kijken ook of er misschien ergens een is gestolen.'

'Goed idee,' zei Reed, en knoopte zijn jasje los. Baldwin was eind vijftig, maar nog net zo slank als toen hij dertig jaar geleden sergeant in het leger was. Een man zonder flauwekul, met een verweerd gezicht, scherpe ogen en een dikke grijze snor. Hij had de verwarming hoog gezet en nu blies de warme wind door de dienstauto. De politieradio kraakte door statische storingen, en de motor jammerde toen hij tegen de heuvel op bonkte.

'Het is een begin, maar het stelt niet veel voor. Jezus, ik werk nu twintig jaar in dit district, maar ik heb nog nooit zoiets als dit meegemaakt.' Baldwin nam gas terug. De koplampen van de Jeep beschenen verdord gras, verspreid liggende stenen en de ruwe stammen van eiken en dennen. Een opossum verscheen onder een verpieterde struik, zijn oogjes glansden, daarna draaide het dier zich om en sprong weg in de duisternis.

'Ik kan gewoon niet bedenken waarom iemand het zich zo moeilijk heeft gemaakt.'

Dat kon Reed ook niet. Terwijl de Jeep zijn hobbelige weg door het bos vervolgde, staarde hij in het donker voor zich uit. Wat deed hij hier, verdomme, vlak bij het kleine tweekamerhuis waar hij was geboren? Hoe was zijn naam hier, in een doodkist met twee lijken erin, terechtgekomen? Vanaf het moment dat Baldwin had gebeld, had Reed aan niets anders kunnen denken. Hij had er tijdens de helikoptervlucht over zitten piekeren, en de sheriff had hem, toen hij hem bij het gerechtsgebouw ontmoette, geen bevredigend antwoord kunnen geven. Niemand, trouwens.

Nog niet.

Ze hadden bijna veertig minuten gereden, de lichten van Dahlonega en de bewoonde wereld ver achter zich gelaten, toen Reed voor het eerst een of ander licht tussen de bomen zag.

Daar gaan we dan, dacht hij, en voelde de gebruikelijke golf adrenaline, zoals altijd wanneer hij bij een plaats delict kwam.

'We zijn vanmiddag laat aan het onderzoek begonnen, maar het werd snel donker. Het weerbericht voorspelde regen, en we waren bang dat we veel sporen zouden verliezen als het echt ging hozen, dus hebben we er zo snel mogelijk een paar grote uitrustingstukken bijgehaald,' legde de sheriff uit, maar Reed kende de procedure. Hij had het eerder meegemaakt bij grote zaken.

Andere voertuigen, busjes, motoren en politieauto's stonden kriskras geparkeerd, ongeveer dertig meter voor een hek. Koplampen, zaklantaarns, zwaailichten en roodgloeiende sigarettenpuntjes sneden door het duister. Politieagenten uit verschillende staten en districten hadden de plaats al afgezet. De achterdeuren van een busje stonden wijd open en onderzoeksrechercheurs waren al begonnen bewijs te verzamelen. Rechercheurs en hulpsheriffs van het district hadden zich bij de staatspolitie gevoegd.

Baldwin stelde Reed haastig aan een paar mensen voor, daarna, terwijl een van de hulpsheriffs een zaklantaarn omhooghield, wees hij naar een roestig hek dat aan de onderkant over het verdorde gras en wat stenen zwaaide, de overblijfselen van wat eens een weg was geweest. 'Zie je hoe het onkruid is geknakt, en de oliedruppels op het gras?' Reed zag het. 'En het hek, hier,' Baldwin wees naar een roestige stang, 'was met een ketting afgesloten, maar de ketting is doorgesneden. Moet een zwaar mes zijn geweest om door die schakels heen te komen.' Reed hurkte neer, boog zich dichterbij om de schade op te nemen. 'Degene die dit heeft gedaan, was voorzichtig genoeg om het hek achter zich dicht te binden... Kijk, hier.' Hij zwaaide zijn zaklantaarn naar een plek van de ketting waar de schakels waren vernield, en weer aan elkaar waren gebonden met iets dat op draad van een klerenhanger leek. Het hek was bepoederd voor vingerafdrukken en een agent was bezig bandensporen op te nemen. Anderen doorzochten met zaklantaarns het gras en zetten het gebied met touwen af om het voor het ochtendlicht in veiligheid te stellen, zodat ze misschien meer sporen zouden vinden.

Baldwin leidde Reed behoedzaam, om geen bewijs te vertrappen, dieper het bos in, een steile helling op en aan de andere kant weer naar beneden, waar jupiterlampen waren opgesteld, en nog meer mensen voorzichtig bezig waren de grond te onderzoeken, monsters namen, en met digitale camera's, Polaroids en videocamera's in de weer waren om alles vast te leggen. De wind was koud en sneed dwars door Reeds jasje, en het dreigde te gaan regenen, maar behalve dat hing er iets anders in de lucht. Iets onnoembaars. Iets duisters. Duivels. Hij voelde het. Zoals op de meeste plaatsen waar een moord was gepleegd. Baldwin begaf zich door een groepje jonge bomen naar een open plek. Ze kwamen langs een dood hert, zijn nietsziende ogen gevangen in de lichtbaan van de zaklantaarn, zijn ingewanden verspreid over de bosgrond. Donker geronnen bloed kleefde aan het gras rond het karkas, en Reed voelde de nabijheid van aaskevers die zich in het donkere bos verborgen hielden. Wachtend.

Baldwin kwam bij een ondiep graf. Reeds maag balde samen toen hij naar de aarde rond de rozenhouten met koperen kist tuurde, het hout zwart en bevlekt, het metaal niet langer glanzend, het deksel open onder de griezelige, onnatuurlijke verlichting van de jupiterlampen die op palen rond de plek stonden opgesteld. Reed stapte dichterbij, elke spier gespannen.

'Jezus!' Reeds stem was niet meer dan een ijle fluistering, zijn vloek meer als een gebed. Hij haalde diep adem. 'Waarom heb je me niet verteld dat ze in leven was toen de schoft haar erin gooide?' Woede raasde door hem heen. 'Wie, in godsnaam...'

Tegen de voering van de kist gedrukt lagen twee lichamen, de een bijna verborgen door de ander. De geur van de dood, van rottend vlees, was overweldigend. De heldere lichten leken griezelig misplaatst in dit donkere bos, terwijl ze het afgrijselijke tafereel beschenen. Reed stapte dichterbij, tuurde er vol walging naar. Het bovenste lichaam was van een naakte vrouw, haar huid blauwwit van de dood, blauwe kneuzingen verkleurden haar gezicht en haar armen en benen, waarmee ze kennelijk had geprobeerd zich uit deze tombe te bevrijden.

Ze was verdomme levend begraven.

Hij probeerde niet aan haar angst te denken, tot hij haar gezicht bestudeerde.

Lieve God, nee... het kon niet waar zijn. Hij dacht dat hij zou gaan overgeven toen hij naar de fijne gelaatstrekken keek, de handen met de gemanicuurde nagels die nu waren afgescheurd, de open met angst doortrokken dode ogen van Barbara Jean Marx. 'De klootzak,' mompelde hij, en wendde zich een ogenblik af om frisse lucht in te ademen. *Bobbi? Nee!*

Toen hij zich weer omdraaide naar het afschuwelijke beeld, was hij ervan overtuigd dat zij het was. Naakte, lange benen vol blauwe plekken, volmaakte borsten nu plat tegen haar ribben omdat ze lag, helemaal naakt, op de rottende overblijfselen van een ander persoon. Ze was duidelijk nog maar kort dood, misschien minder dan een dag. Bloed was uit haar oren gestroomd, en haar handen waren tot bloederige klauwen gekromd, alsof de rigor mortis was ingetreden terwijl ze nog bezig was zich een weg naar de vrijheid te krabben.

'Ken je haar?' vroeg Baldwin.

Reeds maag balde samen. Zijn keel zat dicht. Hij onderdrukte de braakneiging. 'Ja,' zei hij ten slotte, nog steeds ongelovig, zijn blik dwalend over de dode vrouw. Lieve God. Was het mogelijk? Bobbi? Levendige, sexy, ondeugende Bobbi? De tijd leek stil te staan. De geluiden van de nacht vervaagden. Beelden flitsen door zijn hoofd, verhitte, erotische beelden van deze vrouw met haar wellustige bruine ogen, haar stevige, goedgespierde lichaam in een dunne rode teddy die haar grote borsten met de ongelooflijke tepels toonde. Ze had hem langzaam beklommen, met half toegeknepen ogen, haar vingers strelend over zijn naakte borstkas, nagels zachtjes krabbend over zijn bezwete huid, kijkend, snakkend naar adem, zijn erectie hard en pijnlijk. God, wat had hij naar haar verlangd.

Nu, starend naar haar bleke, kleurloze gestalte, schraapte hij zijn keel en dwong de sensuele gedachten weg te gaan. Ze leken op dit moment bijna profaan. Een spier in zijn kaak bewoog, en hij voelde zich niet alleen bedroefd en verslagen, maar plotseling ook vermoeid. Hoe was ze hierin verzeild geraakt? Wie had haar dit aangedaan? 'Haar naam is Bobbi Jean. Barbara Jean Marx.' Zijn stem klonk schor en ruw, zelfs in zijn eigen oren. Hij had niet van haar gehouden, maar toch…

'Hoe kende je haar?' vroeg de sheriff, en er was een spoortje van achterdocht in de manier waarop hij zijn wenkbrauwen optrok.

Reed knarsetandde. Hij haalde diep adem. Voelde de ogen van een tiental agenten op zich gericht. 'Barbara Marx en ik?' Hij wendde zich af van wat ze was geworden en bestreed de woede die door zijn ziel sneed. 'Ja, ik kende haar.' In bijbelse zin. Het had geen zin de waarheid te verbergen. Het stond op het punt nu naar buiten te komen. 'Een paar maanden geleden waren we minnaars.'

3

'Dat microfoontje in de doodkist, werkt het ook?'

Reken maar, dacht de Overlevende, *het werkt prima. Evenals de kleine taperecorder. Dat is de schoonheid van hightech.*

De stem van Pierce Reed kwam van ongeveer een kilometer verderop met slechts een lichte vervorming door. Hoger op de heuvel, verborgen tussen de bomen, met de verrekijker gericht op de plek waar de jupiterlampen hun verlichting over de bosgrond verspreidden, zat hij te luisteren, zijn recorder ving elk geluid op. Hij kon niet veel zien, omdat de begroeiing zijn zicht blokkeerde, maar hij had desondanks een gevoel van welzijn, van vergelding terwijl hij tussen de dennentakken tuurde.

'We denken van wel. De microfoon ziet er nieuw uit,' antwoordde een mannelijke stem na verloop van tijd.

'Dan zou de schoft ons nu kunnen horen.' Reeds stem. Zelfs na al die jaren herkende de Overlevende hem, en zijn nekharen gingen overeind staan.

'Die kans bestaat,' beaamde een van de andere stemmen, misschien die oen van een sheriff. Gedurende een paar seconden hoorde hij alleen achtergrondgeluiden, gedempte stemmen. De agenten hadden zich ongetwijfeld afgewend en bespraken het feit dat ze de omringende heuvels al doorzochten, dat ze honden hadden en politieteams die de ravijnen en richels doorkamden. Hij maakte zich geen zorgen. Hij had hen verwacht. Maar het was tijd om weg te gaan.

'Je zei dat er een briefje was.' Reeds stem weer.

'Hier... binnenin.'

Er viel een stilte. Toen weer Reeds stem. 'Tik tak, de klok loopt door. Twee in een, een en twee.'

De Overlevende bewoog zijn lippen mee terwijl Reed de woorden voorlas. *Zoek het maar uit, zak.*

'Wat betekent dat, verdomme?' vroeg een andere stem, die ze Baldwin noemden.

Een huivering schoot langs de ruggengraat van de Overlevende.

'Ik weet het niet, maar ik kreeg vanochtend op het bureau een soortgelijk briefje.'

De Overlevende glimlachte om de lichte trilling in Reeds stem. De agent was bezorgd. Goed. *Dat moet je ook zijn, waardeloos stuk stront dat je bent. Doe voor een keer je werk eens naar behoren!*

'Wat stond daarin?' vroeg Baldwin.

'Een, twee, de eerste paar. Hoor ze tieren, luister hoe ze creperen.'

Dat klopt.

'Tjonge. Nou, de kerel is bepaald geen Shakespeare.'

De glimlach verdween van het gezicht van de Overlevende... Wat was dat voor een opmerking?

'Maar je bent er zeker van dat het dezelfde kerel is?'

Natuurlijk, stuk onbenul!

'Zelfde papier. Zelfde handschrift.' Reed weer. Ernstig. Een spoortje boosheid in zijn stem. Fantastisch.

'We hebben dus met een gek te maken en hij is op jou geconcentreerd.'

'Ziet er wel naar uit.'

'En het is behoorlijk serieus bedoeld, gezien het feit dat hij je vriendin heeft vermoord en haar in een doodkist heeft gegooid waarvoor hij de moeite heeft genomen die op te graven. We moeten de plaatselijke begraafplaatsen maar eens controleren.'

'En proberen achter de identiteit van de andere vrouw te komen. Misschien is er een verband tussen die twee.'

De Overlevende likte zijn droge lippen. Hoorde het geruis van de wind door de takken boven zijn hoofd. Misschien had hij te vroeg te veel prijsgegeven.

'We gaan het uitzoeken.'

'Wacht even.' Reed blafte het bevel.

De tijd tikte door, kostbare seconden waarin ze hem zouden kunnen lokaliseren, maar de Overlevende bleef waar hij was, kon de verleiding niet weerstaan naar de rest te luisteren. Hij richtte zijn verrekijker weer naar de verlichte plek. Hij hoopte een glimp van Reed op te vangen, verlangend de gepijnigde blik op diens gezicht te zien. Hij stelde zich voor dat Reed zich vooroverboog, het gezicht van zijn naakte geliefde tot in elk dood detail bestudeerde, wat een zoete, zoete wraak was. Zijn pols versnelde bij het vooruitzicht.

'Kijk hier! De voering is gescheurd, en haar vingers...' Zijn stem trilde van woede en wanhoop.

Dat klopt, Reed, ze heeft geprobeerd zich een weg naar buiten te krabben. De Overlevende voelde bij de gedachte alleen al zijn bloed sneller stromen. Barbara Jean Marx had gekregen wat ze verdiende. Zoals de anderen dat ook zouden krijgen.

Een hond begon te blaffen, zijn opgewonden gekef weerkaatste tegen de heuvels.

Hij kon niet veel langer blijven. Het was niet veilig. De Overlevende genoot ervan dat hij Reed hiernaartoe had gesleept, naar het achterland waar de zak was geboren. Nu was het tijd om terug te keren naar Savannah... De doodkist hierheen halen was gevaarlijk geweest; hij had gezien kunnen worden, maar het was de moeite waard geweest, alleen al om Reed nerveus te maken. Om de politie op het verkeerde been te zetten. Maar hij had niet op die stomme kinderen gerekend die hier het eerst waren; dat was een vergissing geweest.

Hij zou er niet nog een maken.

'Waarom heb je me verdomme niet gezegd dat ze niet dood was... O, Christus, je wilde mijn reactie zien, is het niet? Wat nou? Denk je dat ik hier op een of andere manier bij betrokken was en dat ik mijn eigen naam op dat briefje heb gezet en...' Zijn stem stierf weg. De Overlevende verbeeldde zich dat de agent zich vermande. 'Luister naar me, jij schoft, wie je ook bent.' Nu was de stem duidelijk, alsof Reed rechtstreeks in de microfoon sprak. 'Je komt hier niet mee weg, hoor je? Ik zal op je jagen, zieke schoft. Tot ik erbij neerval. Begrepen? Bij God, tot ik erbij neerval. Je zult geen nacht meer rustig slapen!'

O nee, Reed? De Overlevende pakte zijn rugzak en daalde snel het pad af naar zijn truck. *Let jij maar eens op.*

De naald van de snelheidsmeter stond ver over de honderd terwijl Nikki gestaag door de nacht naar het noorden reed. Haar auto dreigde telkens uit de bochten te raken, maar ze hield het stuur stevig vast, raasde door de heuvels terwijl het zachtjes begon te regenen. Automatisch zette ze de ruitenwissers aan. En merkte dat ze bijna zonder benzine zat.

Ze had haar route uitgestippeld en wenste nu alleen dat ze zichzelf door een magische wand kon toveren zodat ze in Lumpkin County zou landen op het moment dat Reed op de plaats delict arriveerde, waar, als ze het goed had, een dubbele moord was gepleegd. Ze had op de politieradio enige informatie opgevangen, maar het was niet genoeg om het tot een geheel samen te voegen. Het enige dat ze wist, was dat ze naar een oude kapweg bij Blood Mountain reed. Ze had haar laptop aan de GPS gekoppeld en haar route gevonden, maar ze had meer informatie nodig. Ze had geprobeerd contact te krijgen met het bureau van de sheriff in Lumpkin County, maar het bandje had haar verteld dat het tot de volgende ochtend gesloten was. Ze had een paar contacten geprobeerd die ze hier had, maar zonder resultaat. Toen ze Cliff Siebert weer had gebeld, had hij niet opgenomen. Hij ontweek haar, ongetwijfeld.

Ze nam een bocht iets te snel, en haar banden gierden. Ze wilde echt dolgraag met rechercheur Reed in eigen persoon praten, maar dat zou riskant zijn. Ten tijde van de Montgomery-moorden had ze geprobeerd dichter bij hem te komen, maar hij was terughoudend geweest – nee... ronduit nijdig wanneer ze hem maar benaderde. Hij had de reputatie dat hij niet zo dol op de pers was, en dat nam ze hem niet kwalijk nadat de vrouw tijdens zijn surveillancedienst was gestorven. Het leek erop, hoewel hij door de politie van San Francisco van alle blaam was gezuiverd, dat de media hem hadden gekruisigd.

De kans was groot dat haar vader meer over Reed wist dan zij.

Nikki fronste haar wenkbrauwen terwijl ze haar lichten dimde voor een naderende auto. Ze vertikte het 'Big Ron' Gillette om een gunst te vragen. Dat had ze nooit gedaan. Zou ze ook nooit doen.

Tuurlijk zou je het doen, Nikki-meid. Je zou alles doen voor het juiste verhaal. Ze hoorde bijna de plagende woorden van haar oudere broer, wat onmogelijk was, want Andrew was al lange tijd dood. Haar inwendige temperatuur leek te dalen toen een andere auto langs haar heen zoefde, en haar ruitenwissers de regen van de voorruit zwiepten.

Andrew, de steratleet.

Andrew, de uitzonderlijke student.

Andrew, voorbestemd om de illustere voetstappen van zijn vader te volgen.

Andrew, dood door een val van een terras op ongeveer tien meter hoogte.

Andrew, zijn hele lichaam gebroken, het alcoholpercentage in zijn bloed tot in de stratosfeer, sporen van xtc en cocaïne in zijn aderen.

Andrew, een slachtoffer van een ongeluk. Of was het zelfmoord geweest?

Het toeval wilde dat hij amper een week ervoor was afgewezen door de faculteit Rechten op Harvard, de alma mater van zijn vader.

Nikki klemde haar kaken op elkaar. Tuurde in de nacht. Het was acht jaar geleden dat haar oudere broer de dood had gevonden, maar ze was het nog steeds niet kwijt, het verscheen als een donkere sluier wanneer ze het het minst verwachtte. Ze schudde dit gevoel van zich af en reed langs een wegwijzer die aangaf dat Dahlonega nog ongeveer tweehonderd kilometer verderop lag.

Ze reed het eerstvolgende benzinestation binnen en vulde haar tank. Binnen stond een pukkelige tiener achter de toonbank, die hooguit een jaar of veertien was, maar hij verkocht de man voor hem een six-pack alsof hij in zijn hele korte leven niet anders had gedaan. Toen ze een blikje fris uit een koeler pakte, hoorde ze de klant, een ongeschoren kerel van eind zestig, met grijze wenkbrauwen en een mond waaraan een paar tanden ontbraken, zeggen: 'Wat is dat allemaal voor drukte op Blood Mountain?'

De jongen sloeg het bedrag op de kassa aan, deed het geld erin en pakte wisselgeld. 'Ik weet er niet veel van. Het schijnt dat een paar jagers ergens van schrokken, en een van hen is in het ravijn gevallen, of over de rand geduwd. Hij is overgevlogen naar het Mason General in Atlanta.'

Nikki was een en al oor.

'Ik hoorde dat het er wemelt van de politie. Dat ze daar graven hebben gevonden.'

De jongen toonde niet al te veel interesse. Hij haalde een schouder op, en gaf de klant het wisselgeld.

'Ja, oude Scratch Diggers beweert dat ze al twee lijken hebben opgegraven.'

'Wat weet Scratch daar nou van?'

'Veel. Zijn vrouw werkt politieverslagen uit.'

'Scratch praat te veel.'

'Zeker weten. Maar hij heeft het gewoonlijk wel bij het juiste eind.'

Twee lijken. Misschien meer. Maar wat had dat met Pierce Reed te maken? Nikki pakte een zakje Dorito's en een tijdschrift, waar ze doorheen bladerde alsof ze belangstelling had voor de laatste roddels over beroemdheden. Ondertussen spitste ze haar oren om het gesprek te volgen.

Maar het was afgelopen. De oudere man begaf zich naar de deur, met de ouderwetse bel erboven en een hightech videocamera. 'Tot ziens, Woodie. Doe je ouders de groeten.'

'Doe ik,' beloofde de knaap, waarna de bel rinkelde en de klant vertrok.

Nikki liep naar de toonbank. 'Is dat waar?' vroeg ze, gespeeld onschuldig, terwijl ze in haar tas naar haar portemonnee zocht. 'Ik hoorde toevallig waar jullie het over hadden. Zijn er in Blood Mountain echt een paar lijken gevonden?'

'Ik weet het niet. Ik zat daarnet naar het nieuws te kijken.' Hij wees met zijn kin naar een kleine zwartwit-tv onder de toonbank. De ontvangst was slecht, het beeld korrelig. 'En er was iets over graven die daar gevonden waren, maar het werd, hoe zeggen ze dat, niet door politiebronnen bevestigd.' Hij glimlachte, en voegde eraan toe: 'Maar zoals mijn vader altijd zegt, waar rook is, is vuur.'

'Zo is het,' beaamde ze, terwijl ze betaalde. 'Hoe ver is het vanaf hier?'

'Uurtje, misschien anderhalf,' antwoordde hij.

En in die tijd zouden Norm Metzger en een handjevol plaatselijke journalisten daar natuurlijk allang zijn. Ze klom in haar autootje en stuurde de snelweg op. De politie zei dus niets. Dat was geen verrassing. Ze zou geluk kunnen hebben. Als Cliff Siebert haar nou alleen maar wilde vertellen waarom Reed hiernaartoe was gestuurd, zou ze een aanknopingspunt hebben, misschien een punt dat ze tegen Reed kon gebruiken. Ze tikte met haar vingers tegen het stuur en beet op haar onderlip. Op een of andere manier moest ze een exclusief verhaal van de zwijgzame rechercheur zien te krijgen. Er moest een manier zijn om hem te benaderen. Er was altijd een manier, ze moest er slechts achter zien te komen.

'Je zei dat jullie minnaars waren.' Sheriff Baldwin had zich over de doodkist gebogen. Zijn rug knakte toen hij weer overeind kwam. De mist hing om hen heen. Er dreigde regen, en de koude berglucht drong in Reeds botten.

'Geweest. Het was voorbij.'

'Wanneer?'

'Ik heb haar een paar maanden geleden voor het laatst gezien. Ik heb er een eind aan gemaakt.'

Baldwin was geïnteresseerd. Hij ging van zijn ene voet op de andere staan, en zijn ogen vernauwden zich tot spleetjes.

'Waarom was dat?' De sheriff wierp weer een blik in de doodkist. 'Aantrekkelijke vrouw.'

Reed voelde een spiertje in zijn kaak trillen. 'Laten we zeggen dat het vanwege haar man was. Jerome Marx. Een zakenman in Savannah – import/export, geloof ik. Hij was het er niet zo mee eens.'

De sheriff zoog lucht tussen zijn tanden naar binnen. 'Ze was getrouwd?'

'Zij vond van niet. Hij wel. Verzette zich tegen mijn relatie met zijn vrouw.'

'Kan ik me wat bij voorstellen. En jij wist niet dat ze getrouwd was?'

'Ze beweerde dat ze uit elkaar waren, dat de scheiding nog slechts een formaliteit was, die er elk moment door zou komen.'

'Heb je dat niet gecontroleerd? Dat is iets waar je zo achter kunt komen.' De donkere ogen boorden zich in de zijne.

'Nee.'

'Je vertrouwde haar.'

'Ik heb haar nooit vertrouwd.' Maar hij had haar niet kunnen weerstaan. Sommige mannen waren afhankelijk van drank om op de been te blijven. Anderen van drugs. Of sigaretten. Pierce Reeds achilleshiel was vrouwen. Meestal de verkeerde soort. Was altijd zo geweest, zou waarschijnlijk altijd zo zijn. Hij keek naar Bobbi en zijn maag balde samen.

'Ik denk dat we Marx op de hoogte moeten brengen. Hij moet komen om het lichaam te identificeren. '

'Laat mij met hem praten.'

De sheriff aarzelde, keek naar rechercheur McFee en hulpsheriff Ray Ellis, terwijl hij peinzend aan zijn onderlip plukte. 'Dat kan volgens mij geen kwaad, vooral omdat hij al in Savannah is. Maar je kunt het beste iemand meenemen, aangezien jij het slachtoffer kent. McFee,' zei hij, knikkend naar een grote man wiens gezicht verborgen was door de brede rand van zijn hoed. 'Jij vergezelt de rechercheur terug naar huis.'

'Prima.' Het maakte Reed niet uit wie er met hem meeging, maar hij wilde wel dolgraag het gezicht van Jerome Marx zien wanneer hem werd verteld dat zijn vrouw levend begraven was.

'Hee!' riep een stem van achter de lampen. 'We hebben gezelschap. De pers is hier.'

'Geweldig,' mompelde Reed binnensmonds toen hij koplampen tussen de bomen ontdekte. Het laatste dat ze hier nodig hadden was een mediacircus.

'Hou ze uit de buurt van deze plek,' beval Baldwin, zijn afkeer was net zo diep als die van Reed. 'Laat Reed naar het andere lijk kijken, dat onderop ligt,' zei hij tegen McFee.

Voorzichtig, om zo weinig mogelijk te verstoren, tilde de grote man met gehandschoende handen Bobbi's hoofd op.

In het schijnsel van de jupiterlampen staarde een gedeeltelijk in staat van ontbinding verkerend gezicht naar hem op, een macabere schedel met onherkenbare gelaatstrekken. Slechts een laagje dun grijs haar krulde ertegenaan, en flarden van een blauwe jurk gaven aan dat het onderste lichaam eens een oudere vrouw was geweest.

Reed schudde zijn hoofd en zette zijn kiezen op elkaar. Het was niet de vergane vrouw die hem dwarszat; hij had lijken in diverse stadia van ontbinding gezien, maar de gedachte dat Bobbi wakker was geweest, zich ervan bewust dat ze levend werd begraven in een kist waarin al een lijk lag, bezorgde hem zuur speeksel in zijn keel. Welke zieke geest zou zoiets doen? Wie wist dat Bobbi en hij minnaars waren geweest? Wie had genoeg om haar gegeven, en was zo verknipt om haar dit aan te doen?

Jerome Marx.

Waarom was anders het briefje aan Reed gericht en achtergelaten in de doodkist?

Maar waarom had hij haar boven op een andere vrouw begraven – wie was zij, verdomme? En natuurlijk wist hij, door het briefje in de doodkist te leggen, dat Reed de hoofdverdachte zou worden. Jerome Marx was veel dingen, veel slechte dingen, maar hij was niet stom.

De sheriff wreef over zijn kin, schrapend over de stoppelbaard, terwijl ergens in de verte honden klaaglijk huilden. 'Als we hier klaar zijn, moeten we maar eens naar het bureau gaan, waar je me een verklaring kunt geven.'

Tegen de tijd dat Nikki Gillette in Dahlonega het bureau van de sheriff bereikte, was het al negen uur. Ze had uren achter het stuur gezeten, en ze had overal spierpijn. Haar maag rommelde, haar hoofd klopte, en ze was er nog steeds niet achter hoe ze bij Reed in de buurt moest komen. Erger nog, ze was niet de enige. Op de parkeerplaats voor het bureau waren verscheidene busjes geparkeerd, en in de straat stonden er nog meer. Haar hart zonk haar in de schoenen toen ze niet alleen Norm Metzger herkende, maar ook Max O'Dell van wkam, een televisiestation in Savannah. Er waren ook andere verslaggevers, een paar uit Atlanta en nog een paar anderen wier naam ze niet kende. Wat er ook op Blood Mountain was gebeurd, het beloofde wel het verhaal van de week te worden.

Ze moest op een of andere manier zien binnen te komen.

Norm zag haar, en kwam uit zijn auto. 'Wat doe jij hier?'

'Hetzelfde als jij.'

'Heeft Mike je op het verhaal gezet?' vroeg hij, waarbij hij een wenkbrauw optrok die boven zijn randloze brillenglas uit kwam. De fotograaf had zich van de passagiersplaats laten glijden en voegde zich bij de groeiende menigte reporters die zich rond het politiebureau had verzameld.

'Ik vond gewoon dat ik moest komen en dingen uitzoeken,' zei ze.

'Het is een behoorlijke reis voor een plezierritje,' merkte Norm op.

'Ik was geïnteresseerd, oké?'

'Je hebt dus over de lijken gehoord?'

'Ja.'

'En dat Pierce Reed hiernaartoe werd geroepen.'

Ze knikte, terwijl Norm een paar handschoenen aantrok. 'Reed mag jou niet zo, weet je.'

'Hij heeft een hekel aan alle verslaggevers.'

'Maar vooral aan jou. Tijdens de zaak-Montgomery heb je hem op de zenuwen gewerkt.'

'Is dat zo? Heeft hij je dat verteld?'

'Dat hoefde hij niet te doen. Ik zag hoe hij, iedere keer dat je hem benaderde, zijn stekels opzette.'

'Hij is een stekelige kerel.'

'Vooral als jij in de buurt bent.' De hoofdingang van het bureau ging open, en sheriff Baldwin verscheen samen met enkele rechercheurs, onder wie Reed, op de betonnen stoep.

De sheriff vroeg, zonder de hulp van een microfoon, iedereen goed te luisteren. Het geschuifel, gefluister en gespeculeer hield op, en iedereen stond klaar, pen, recorder of potlood in de aanslag. Camera's waren op het groepje agenten gericht. 'Wij zijn allemaal moe, en ik veronderstel jullie ook, dus ik zal het kort maken. Vanmiddag was er een alarmtelefoontje naar 911. Het klonk als een jachtongeluk waarbij twee jongens betrokken waren. Toen we op de aangegeven plek aankwamen, hebben we een van de twee jongens naar het Mason Hospital in Atlanta overgevlogen, terwijl de andere jongen een verklaring aflegde. De twee hadden bij Blood Mountain iets ontdekt dat op een graf leek, dus zijn we op onderzoek uitgegaan. We vonden inderdaad een graf, en niet één maar twee lijken. Op dit moment, in afwachting van de identificatie van de lijken, en de familie die nog op de hoogte moet worden gebracht, zullen we geen verdere informatie vrijgeven, maar we zien de situatie als een mogelijke moordzaak. Dat is alles.'

Maar de reporters wilden antwoorden. Enkelen van hen begonnen meteen te roepen.

'Sheriff Baldwin? Verwacht u nog meer lijken te zullen vinden?'

'Hoe lang hebben de slachtoffers daar gelegen?'

'Waarom heeft u rechercheur Reed uit Savannah laten overkomen?'

'Zal de jager het overleven?'

'Ik zei, dat is alles,' herhaalde Baldwin met een stem die vastberaden klonk en aan strijdlust grensde. Hij zag er vermoeid maar vastbesloten uit, en zijn blik dwaalde over de menigte. 'Morgen zullen we meer informatie hebben. Voor nu, het beste en neem wat rust.' Hij wapperde verdere vragen weg en ging naar binnen. Nikki wrong zich dichterbij en dacht Reeds blik te vangen. Maar als hij haar zag liet hij geen blijk van herkenning merken. De deur zwaaide achter hem dicht. Voor het geval dat een of andere reporter hem zou proberen te volgen, werd er een hulpsheriff bij de deur geposteerd.

'Zo, wat nu?' zei Norm, die naast haar kwam staan.

'Ik denk dat we moeten wachten,' zei Nikki, hoewel ze niet van plan was te blijven rondhangen om op afgemeten informatie te wachten. Niet terwijl ze slechts een paar straten bij Reed vandaan woonde.

'Twee lijken in een doodkist?' vroeg Sylvie Morrisette de volgende ochtend, terwijl ze haar neus optrok en op een van de stoelen in Reeds kantoor neerplofte. Haar platinablonde stekeltjeshaar leek nog puntiger dan eerst, en er dreef een flauwe sigarettengeur over het bureau heen. 'Dat is een nieuwe, zeg. Kon iemand zich zijn eigen onderkomen niet permitteren?'

'Haar,' verduidelijkte Reed, niet geamuseerd door haar poging een grapje te maken. Hij was er niet voor in de stemming. Hij had de halve nacht in Georgia doorgebracht, in het besef dat de sheriff en enkele rechercheurs hem als verdachte beschouwden. Daarna had hij een paar uurtjes geslapen en als een zombie een douche genomen, waarna hij om halfzeven achter zijn bureau was beland. Hij leefde nu op koffie en maagtabletten. In zijn prullenbak lag een half opgegeten donut, het enige restant van zijn laatste maaltijd. Nee, hij was niet in de stemming voor grapjes.

'Een van de slachtoffers was Barbara Jean Marx. De ander is nog steeds onbekend.'

'Barbara Jean Marx?' Morrisette fronste haar wenkbrauwen, waarbij haar laatst aangebrachte piercing zichtbaar werd. 'Ik heb die naam ergens gehoord.'

'Tot voor kort getrouwd met Jerome Marx.' Hij knarsetandde bij de gedachte aan het gemak waarmee ze tegen hem had gelogen en hoe hij meer dan bereid was geweest haar te geloven. 'Marx heeft een import/exportzaak in de stad. Ik denk dat ik hem een bezoekje ga brengen en hem het nieuws persoonlijk vertel.'

'Ken je hem?' vroeg Morrisette, terwijl ze een stuk kauwgum uit haar tas opdiepte. 'Want zo klinkt het wel.'

Hij aarzelde. Besloot dat hij haar net zo goed in vertrouwen kon nemen. 'Ik kende Bobbi Jean. We hadden iets samen.'

'En *jij* gaat met haar ex praten? Is dat niet tegen de regels van dit bureau?'

'Een rechercheur van Lumpkin County – Davis McFee – zal bij me zijn.'

Morrisette trok een wenkbrauw op. 'Jij hebt je eigen politiebegeleiding gekregen?'

'Heel leuk, hoor,' bromde hij, hoewel de opmerking stak. Het was duidelijk dat Baldwin hem niet vertrouwde, maar zou hij hém in een zelfde situatie vertrouwen? 'Ik dacht dat jij misschien wel mee zou willen.'

'Ik zou het voor geen geld ter wereld willen missen.' Ze pakte het vervormde stuk kauwgum uit en stak het in haar mond. 'Nou, brand maar los.'

Reed vertelde haar alles wat hij zich herinnerde, van de helikoptervlucht tot de grimmige ontdekking in het graf en de ontmoeting met sheriff Baldwin. Die voor de juiste orde en integriteit van het bureau had besloten McFee de leiding over het onderzoek te geven. Het feit dat hij Reed, een ex-minnaar van Bobbi Jean, toestond mee te gaan, was eigenlijk tegen alle regels in. Toen hij klaar was, floot ze tussen haar tanden. 'Jezus, Reed, wat een troep. Denk je dat het briefje in de doodkist verband houdt met dat wat je gisteren hebt ontvangen?'

'Het kan bijna niet anders, het is te toevallig. Bovendien zien ze er hetzelfde uit. Zelfde papier, zelfde handschrift. Het lab controleert ze op vingerafdrukken.'

'Dat zou een geluk bij een ongeluk zijn,' mompelde Morrisette toen de telefoon ging.

Reed stak een vinger op, vroeg haar zwijgend te wachten, en nam op. Hoewel hij hoopte op informatie over Bobbi en de andere vrouw in de doodkist, was het een andere zaak, waarin een paar kinderen met het pistool van hun vader hadden gespeeld en een daarbij de dood had gevonden. Een deprimerende manier om een toch al beroerde ochtend te beginnen.

Terwijl hij zat te telefoneren, ging Morrisettes pieper, waarna ze haar mobieltje uit haar tas pakte en de deur uit liep. Ze kwam terug voordat hij had opgehangen, maar ging niet weer op de stoel zitten. In plaats daarvan hees ze haar kontje op de vensterbank en wachtte tot hij klaar was. De deur van zijn kantoor stond op een kier, en hij hoorde stemmen en voetstappen, agenten die binnenkwamen voor de dagdienst.

'En, wanneer ga je de echtgenoot van de overledene met een bezoek vereren om hem het nieuws te brengen?' vroeg Morrisette.

'Ex-echtgenoot. Zodra de rechercheur uit Lumpkin County hier is.'

'Hoe zit het met de autopsie?'

'Wordt in Atlanta gedaan, vandaag waarschijnlijk. Het heeft prioriteit gekregen. Maar eerst willen ze iemand die na mij het lichaam identificeert.'

'Wie wist dat je iets met de vrouw had?'

'Afgezien van Marx, niemand.'

'Voor zover jij wist, dan. Ze had het misschien aan een vriendin verteld.'

'Of Marx heeft zijn mond voorbij gepraat.'

'Wanneer heb je haar voor het laatst gezien?'

'Zes, misschien zeven weken geleden.'

'Om te zeggen dat je er een eind aan maakte?'

'Ja.'

'En toen hoorde je dat ze nog niet helemaal gescheiden was.'

'Mmm.'

'Wanneer werd ze als vermist opgegeven?'

'Dat is niet gebeurd. Ik heb het gecheckt bij Rita, van vermiste personen.' Hij maakte het bovenste knoopje van zijn overhemd open en rukte zijn das wat losser. 'Maar ze was nog niet zo lang dood. De lijkschouwer denkt minder dan twaalf uur op het moment dat we haar vonden. Van daaraf gaan we terugwerken om uit te zoeken wie haar het laatst heeft gezien, wat ze deed.' Hij keek op de klok. 'Ik denk dat ik naar de juwelier ga waar ze werkte.'

'Ken je iemand van haar vrienden?'

Hij dacht na, schudde zijn hoofd, en bedacht dat hij haar eigenlijk niet goed had gekend. Ze hadden een seksuele affaire gehad, niet veel meer dan dat. En toch... de moordenaar had hen met elkaar in verband gebracht en zijn maag kromp ineen bij de gedachte dat ze misschien vanwege hun relatie zo'n afschuwelijke dood was gestorven.

Alsof Sylvie Morrisette zijn gedachten raadde, zei ze: 'Geef jezelf niet de schuld. Ik zie het aan je ogen. Je denkt dat deze vrouw dood is omdat jullie wat hadden. En door wat er in die briefjes staat.'

'Jij niet?'

'Ik weet het niet. Nog niet. En jij ook niet.' Ze sprong van de vensterbank. 'Laten we objectief blijven.'

Reed vroeg zich af of dat mogelijk was.

Hij wist zeker dat hij dat niet zou kunnen.

De telefoon rinkelde en hij nam net op toen rechercheur McFee binnenkwam. De grote man deed Morrisette op een dwerg lijken, en Reed dacht onwillekeurig aan Lurch, van de *Addams Family* toen hij McFee in het ochtendlicht zag. Hij was niet alleen groot met grove botten, maar zijn huid was ziekelijk bleek en hij had diepliggende ogen. Reed stelde de twee rechercheurs aan elkaar voor, zag hoe Morrisette hem van top tot teen bekeek, en bestrafte zichzelf in stilte. Waarom taxeerde Sylvie 'spijkerharde' Morrisette, vier keer gescheiden, nog steeds iedere man die ze ontmoette alsof hij misschien kandidaat nummer vijf zou kunnen zijn?

Hij greep zijn jasje, en concludeerde dat hij er nooit achter zou komen.

Een trage glimlach kroop over het gezicht van de Overlevende toen hij naar het ochtendnieuws keek. Het late nieuws van de avond ervoor was vluchtig geweest, maar nu de dag was aangebroken, was er meer informatie over de ontdekking in het ravijn bij Blood Mountain. Het was het prominente verhaal.

Balancerend op de rand van zijn sofa luisterde en keek hij naar vijf beeldschermen, met allemaal andere reporters, die in essentie hetzelfde verhaal vertelden. Er was een overzicht van de grafplaats, genomen vanuit helikopters die boven het ravijn cirkelden, terwijl de ochtendmist over de bosgrond kroop. Er waren nog steeds agenten bezig naar bewijsmateriaal te zoeken. Het gebied rond het graf was afgezet, en ze doorzochten pijnlijk nauwkeurig elke centimeter grond, dode bladeren en dor gras. Alsof ze iets zouden vinden.

Zijn bloed ging sneller stromen bij de gedachte dat hij deze verwarring had doen ontstaan. Dat al die mensen door zijn toedoen aan het werk waren. Dat Pierce Reeds leven verstoord was en terug naar het noorden was gehaald, waar hij was geboren. Reed had de eerste vijf jaar van zijn leven in een tweekamerhuisje buiten Dahlonega gewoond. Een bonafide door de wol geverfde pummel uit Georgia, hoewel de meeste mensen vermoedden dat hij zijn leven in het middenwesten was begonnen, en Reed deed weinig om die verkeerde informatie te weerleggen. De man was nep. Namaak. Een slijmbal.

Maar hij stond op het punt zijn verdiende loon te krijgen.

Een van de schermen flakkerde met het beeld van het dode hert – het beest dat door dat dwaze joch was gedood. Iets van de vreugde van de Overlevende werd getemperd... Hij had niet op de jagers gerekend. Hij had gedacht dat hij in die verlatenheid alleen was.

Hij krabbelde overeind en kon nauwelijks rechtop staan in dit kamertje waar de televisies met hun flakkerende schermen een stenen muur domineerden, en het enige licht in het vertrek boden. Een andere muur was van vloer tot plafond bedekt met planken waarop zijn elektronische apparatuur stond uitgestald. Microfoons. Videocamera's. Surveillance-uitrusting. En honderden films, op band en dvd, die hij had aangeschaft. Films over onoverwinnelijke helden, die hadden overleefd en wraak genomen, die het recht in eigen hand hadden genomen, die hun eigen vorm van iemand iets betaald zetten hadden uitgevoerd.

Charles Bronson.

Bruce Lee.

Clint Eastwood.

Mel Gibson.

Kenau Reeves.

Acteurs die harde mannen hadden uitgebeeld, waren zijn idolen. Verhalen die vertelden over mannen die verschrikkelijke pijnen hadden doorstaan, om vervolgens wraak te nemen. Mad Max, Rambo, The Matrix... dat waren de films waar hij warm voor liep.

Hij had hier maar weinig kledingstukken verborgen, hoewel hij in zijn andere leven, dat hij aan de wereld liet zien, kostuums had en jeans, overhemden, Dockers en zelfs poloshirts. Maar hier waren zijn behoeften eenvoudig. Basiskleren. Een camouflagepak en een wetsuit. Een stalen deur verborg een kast die hij zelf had gemaakt, klein, benauwd, duister. Zonder deurknop aan de binnenkant. Een volmaakte plaats om iemand levend te verbergen. Zijn meubilair was schaars – een werktafel, een oude stoel en een sofa op de schermen gericht, en zijn prijsstuk, een antieke toilettafel met spiegel die hij uit het huis van zijn moeder had gered.

Hij liep naar het bureau en zag zijn reflectie in de ovalen spiegel. Vanachter verlicht door de schermen, bestudeerde hij zijn spiegelbeeld. IJskoude ogen staarden hem aan – ogen die gestoord, of sexy of slaapkamerachtig of kil waren genoemd. Omrand door sprietige wimpers met ruige wenkbrauwen erboven, waarvan er een door een littekentje werd onderbroken. Zelfs die kleine onvolkomenheid had zijn aantrekkingskracht op vrouwen vergroot; sommigen vonden hem opwindend en gevaarlijk.

Sensueel.

Een broeierige, stille man met geheimen.

Ze zouden eens moeten weten.

Hij zag zijn bovenlichaam, gespierd door sporten – militaire stijl. Vingertop-push-ups en honderden chin-ups en sit-ups. Zwemmen. Rennen. Krachtsport. Volmaaktheid. Elke spier ontwikkeld.

Hoe had hij anders moeten overleven?

Hij opende de tweede la en keek naar de kleren die erin lagen. Een zwartkanten slipje, beha en panty... de onderkleren van de hoer Barbara Jean Marx. Er waren ook andere dingen, vergaan materiaal dat eens het ondergoed van de dode vrouw had gevormd. Lelijk, smerig, nu omsloten door een plastic zak. Hij had het oude ondergoed natuurlijk nodig, zodat zijn verzameling compleet zou zijn, maar hij wilde niet dat het gescheurde, vuile, vergane materiaal de zijden perfectie van Barbara Jeans dure panty, slipje en beha aanraakte.

Het ondergoed van de hoer betasten, de zijde door zijn vingers laten glijden, bracht een welkome warmte in zijn bloed, en hij deed een ogenblik zijn ogen dicht, hief de panty tegen zijn neus, voelde zijn kruis zwellen. Zo hevig als hij haar haatte, zo hevig verlangde hij naar haar. Dat deden alle normale mannen.

En wat vind jij normaal aan jou, stomme zak stront?

De stem deed zijn erectie verschrompelen, en hij dwong zichzelf niet langer naar die achtervolgende geluiden in zijn hoofd te luisteren. Hij vouwde het ondergoed van Barbara Jean op en stopte het in de daarvoor bestemde plastic zak. Vervolgens gaf hij zich in gedachten een schop omdat hij de ring had verloren... Verdomme, hij had die ring willen hebben, stelde zich voor dat hij aan de fonkelende stenen zat te frunniken terwijl hij naar het nieuws over Barbara Jean Marx zat te kijken, ex-model, de bizarre dood van een rijke vrouw. Maar op een of andere manier had hij die verdomde ring verloren. Nóg een fout. Zijn kaak verstrakte.

Terwijl hij haar kleren in de tweede la deed, viel zijn oog op de bloeddruppels op het bureau, en hij raakte ze lichtjes met de top van zijn duim aan. Zoals hij zo vaak deed. Om het niet te vergeten. Maar hij paste ervoor op dat hij niet te hard over de druppels wreef, ze moesten blijven waar ze waren, zelfs die aan de zijkant van het bureau. Een paar donkere vlekken waren zichtbaar op het handvat van de bovenste la en rond het sleutelgat, maar hij deed het niet open. Zou hij nooit doen. Dat geheime plekje was heilig. Kon geen geweld worden aangedaan. Hij raakte de ketting rond zijn nek aan en het sleuteltje dat eraan hing.

Soms had hij de neiging het eraf te halen en het sleuteltje in het slot te schuiven en te luisteren hoe het open klikte. De oude la zou langzaam opengaan, verzegeld door het bloed dat eens kleverig was geweest, en dan zou hij...

Nee! Hij zou die la nooit openen.

Op alle opnameapparatuur brandden de lampjes. Hij kon weggaan. Zijn andere leven hervatten. Hij bevochtigde zijn lippen en probeerde het snelle kloppen van zijn hart tot bedaren te brengen terwijl hij nog een laatste blik op het nieuws wierp en de verwoesting die hij had aangericht. Door de wrede moord op de hoer. Weer stelde hij zich voor dat ze wakker werd in de doodkist, angst golfde door haar lichaam. Hij had de doodkist omhoog kunnen halen, haar held zijn en haar dan pakken. Ze zou alles voor hem hebben gedaan. Haar benen hebben gespreid. Zijn pik afzuigen. Alles.

Hij voelde een steek van verlangen, wellust stroomde door zijn bloed, en hij stelde zich Pierce Reed voor, met haar in bed.

Schoft.

De mond van de Overlevende was plotseling droog. Hij voelde geen speeksel opkomen terwijl hij naar de televisies staarde en zich herinnerde hoe hij de naald in haar arm had gestoken... Ze was ingestort, schreeuwde toen ze haar bewustzijn verloor en... Een reeks piepjes haalde hem uit zijn dagdroom. Hij keerde terug naar het heden en besefte dat de tijd opraakte. Snel schakelde hij het alarm van zijn horloge uit, verliet de kamer en terwijl de recorders elk moment van het nieuws opnamen, liep hij rustig door de donkere gangen, die weinig meer waren dan tunnels. Hij ver-

4

Stilletjes sloop hij door de schaduwen. Het was net gaan scheme-
ren, hij was doodmoe, en als hij werd gesnapt zou hij waarschijnlijk zijn baan verliezen. Desondanks glipte Reed door de achter-
poort en vond de reservesleutel waar Bobbi hem altijd achter de
buitenkraan bewaarde. Hij ging de garage in, trok zijn schoenen
uit en liep haar keuken in. De zonweringen waren naar beneden
getrokken en het licht boven het fornuis brandde, net als altijd.
Hij was in geen maanden in het huisje geweest en toch was het bekend. De enige reden waarom hij een bezoek aan haar huis had
geriskeerd, was dat hij er zeker van was dat hij van de zaak zou
worden gehaald. Het moment dat de officier van justitie er lucht
van kreeg dat Reed intiem met het slachtoffer was geweest, zou
hij andere zaken toegewezen krijgen. Alle informatie over Bobbi's
dood zou voor hem verboden terrein zijn. Wat hem des duivels
maakte.

Hij liep op zijn sokken over de versleten hardhouten vloer door
een kleine eetruimte naar de woonkamer, die er precies zo uitzag
als hij het zich herinnerde, met gestoffeerde meubels, kleurige
doeken, en planten in elke hoek. Op de salontafel lagen allerlei
kranten. Hij raakte ze niet aan, maar zag dat er een ochtendeditie
van de *Sentinel Savannah* bij was, van twee dagen ervoor. Bobbi,
of wie er ook in het huisje was geweest, had het plaatselijke
nieuws gelezen. De opvallendste kop was over een herbouwpro-
ject in de historische buurt, en het was door Nikki Gillette
geschreven. Een van de meest irritante vrouwen die hij ooit had
ontmoet, een van die slaafse 'ik doe alles voor een verhaal'-repor-

ters, die eeuwig probeerden hogerop te komen. Ze had er wel het uiterlijk voor. Krullend roodblond haar, intelligente ogen, strak kontje, maar ze was een lastpak. Niet alleen een agressieve verslaggeefster, maar ook nog de dochter van rechter Ronald Gillette.

Reed zwaaide zijn zaklamp behoedzaam langs de krant naar een bord met een verbrand, half opgegeten stuk toast. Er lag een jamklodder op de rand van het bord, en een kop koffie, half opgedronken, vertoonde lippenstift op de rand. Ontbijt. Twee dagen geleden.

Hij liep naar de slaapkamer. De lakens waren gekreukeld, half van het bed gegleden, een kussen op de vloer, maar hij wist uit ervaring dat het geen tekenen van een worsteling waren. Bobbi liet haar bed altijd in wanorde achter. 'Ik vind het wel sexy zo, jij niet?' had ze hem eens gevraagd, terwijl ze op haar tenen stond en zijn hals kuste. 'Op die manier ziet de slaapkamer er altijd uit alsof je net hebt gevrijd en zin hebt het nog eens te doen.'

Ze had nooit zijn militaristische bed gezien of de sobere kamer met een klerenkast, een kleine tv, een halve spiegel en een roeiapparaat.

Haar kastdeur stond open. Hij zwaaide zijn zaklamp door de binnenkant. Vuile kleren puilden uit een wasmand op de vloer, jurken hingen er keurig boven. Met behulp van een doek opende hij de laden van de kast en vond ondergoed, geurzakjes, T-shirts en shorts. Niets vreemds. Haar nachtkastje bevatte een vibrator, crèmes, Kleenex, een gebroken fotolijstje met haar als bruid en een beduimelde bijbel. Niets ongewoons. Niets bezwarends.

De badkamer was rommelig en rook naar een parfum dat hij herkende. Flesjes make-up, haarproducten, aspirine en lotion bevolkten een kleine legplank. Een haarborstel, met donker haar erin, lag tegen een van die vergrotende, verlichte spiegels. In het medicijnkastje waren de gebruikelijke zalfjes, crèmes, vrouwelijke producten, nagellak en medicijnen: Vicodin, Percoset en een volle maandstrip van de pil.

Kennelijk al een tijdje niet gebruikt.

Het bad op klauwenpootjes, met de pas aangebrachte douchekop moest worden uitgeboend.

Maar er was niets bijzonders te ontdekken.

De tweede, kleinere slaapkamer, gebruikt als werkkamer en opbergruimte, was een grote troep, maar niets buitengewoons voor Barbara Jean Marx. Dit huisje was tijdelijk, had ze Reed verteld op de laatste ochtend dat ze elkaar hadden gezien. Ze lagen in het bed, verstrengeld in lakens, met de geur van seks om hen heen. 'Het is alleen een opstapje naar iets groters zodra de scheiding erdoor is.'

'Ik dacht dat het al rond was,' had hij gezegd.

'Het hangt nog op een technisch punt. Ik wil meer geld. Hij wil niet betalen.'

'Je had gezegd dat het achter de rug was.'

'Dat is het ook.'

'Ik bedoel wettelijk.' Hij was woedend geweest. Echt pissig, en hij had de lakens van zich af gegooid. Terwijl zij probeerde het uit te leggen, had hij zijn kleren aangetrokken en was weggegaan. Hij herinnerde zich dat hij midden in een september stortbui had gelopen, de regen zwaar, dampig en heet.

Nu liep hij voor een laatste keer door de kamer en maakte aantekeningen van het geheel. Hij zou natuurlijk terugkomen met McFee en Morrisette. Als hij toestemming kreeg. Maar hij had eerst zelf willen zien hoe Bobbi's laatste dag was geweest. Hij liep naar de keuken en zag het antwoordapparaat. Het lichtje knipperde. Het was een apparaat met een bandje erin, en hij wist hoe het werkte. Een eenvoudig apparaat dat er als nieuw uitzag. Hij zou het bandje terug kunnen spoelen en niemand zou het te weten komen. Met een doek om zijn hand drukte hij op de knop. Het apparaat siste en gierde terwijl het bandje terugspoelde. Er was twee keer opgehangen voordat een vrouwenstem door de keuken schalde.

'Hallo. Ik ben het maar.' Het was Bobbi zelf.

Reed sprong bijna uit zijn vel. 'Wedden dat je dit niet verwachtte, toch?' Christus, waar had ze het over? 'Ik ben op weg om *hem* te ontmoeten, maar ik was vergeten deodorant te kopen en naar de stomerij te gaan, en ik wilde dit nieuwe mobieltje testen, dus dit is slechts een memo. Cool, nietwaar?' Ze lachte, geamuseerd over zichzelf, en Reed kreeg kippenvel toen hij zich haar hese gegiechel herinnerde. Het was alsof ze nog in leven was.

Had ze iemand gebeld die hier verbleef, of had ze de boodschap voor zichzelf achtergelaten? En wie was de *hem* over wie ze sprak? Jerome Marx? Een nieuw vriendje?

Er waren geen andere boodschappen.

Reed spoelde het bandje weer terug, zodat de twee ophangers en Bobbi's telefoontje 'nieuw' waren, en verliet het huis. Zoals hij tientallen keren eerder had gedaan.

Pierce Reed was de sleutel.

Nikki wist het, en liet het tot haar doordringen toen haar wekkerradio de volgende ochtend door de kamer brulde. Ze had een nutteloze dag en nacht in Dahlonega doorgebracht, gravend in Reeds verleden, trachtend een verband te vinden tussen hem en het ontdekte graf bij Blood Mountain, en was met lege handen geëindigd voordat ze het gisteravond voor gezien hield. Wat zonde van de tijd en de energie. Ze gaf een klap op die verdraaide wekkerradio, en rolde kreunend uit bed. Ze was nauwelijks drie uur ervoor tussen de lakens gekropen na uren te hebben gereden. Haar ogen voelden alsof er zand in was gestrooid, haar hoofd bonkte, en toen ze haar nek draaide, hoorde ze een knak. Geen goed teken. Reikend naar de afstandsbediening klikte ze het plaatselijke nieuws aan op het moment dat Jennings, haar rode kater, en het luiste wezen op aarde, zijn kop hief. Op het kussen naast haar strekte hij zich uit en geeuwde, toonde zijn naaldscherpe tanden en zijn roze rasptongetje. Nikki aaide gedachteloos zijn pluizige kop terwijl ze naar de televisie staarde.

Het graf met de twee onbekende lijken was nog steeds het belangrijkste onderdeel van het nieuws. Op elk kanaal.

Waarom was Reed erbij betrokken?

Een agent uit Savannah werd niet zomaar per helikopter helemaal naar de noordelijke bossen van Georgia overgevlogen omdat zijn naam tijdens de zaak Montgomery in alle kranten had gestaan. Nee. Er moest een reden voor zijn, Reeds betrokkenheid moest meer zijn dan je op het eerste gezicht zou denken. Nikki moest er gewoon achter komen wat het was. Ze slofte naar de keuken, deed Italiaanse koffie en water in het koffiezetapparaat, en slofte vervolgens naar de badkamer, waar ze de douche aanzette. Terwijl de buizen in het oude huis tikten en het water warm werd, begaf ze zich naar de slaapkamer en keek naar het nationale nieuws. CNN had het verhaal opgepikt, maar het was begraven onder problemen in het Midden-Oosten en het vakantieschema van de president. Ze probeerde het plaatselijke nieuws nog even en concludeerde dat er niet meer informatie door het bureau van de sheriff in Lumpkin County was vrijgegeven.

Goed.

Ze wilde dit verhaal.

Zo graag dat ze het water in haar mond kreeg.

Ze begaf zich haastig naar de badkamer in de hoop dat een warme douche de spinnenwebben in haar hoofd en de pijn in haar spieren zou wegspoelen. Maar de waterdruk op de bovenste verdieping van dit oude huis was niet toereikend genoeg. Ze besteedde hooguit tien minuten aan haar make-up en haar, kneep de roodblonde krullen in een rommelig model, en kreunde toen ze de donkere kringen onder haar ogen met niets ter wereld kon verhullen.

Dan niet.

'Wat maakt het uit?' zei ze tegen Jennings, die erin was geslaagd op de wastafel te springen en haar gadesloeg terwijl ze haar ochtendroutine afwerkte. 'Honger?'

Hij sprong van de rand van de wastafel en waggelde naar de keuken.

'Dat betekent dus ja. Ik kom zo.'

Ze stapte in een zwarte lange broek, trok een T-shirt met lange mouwen aan en daaroverheen een jack. Terwijl ze de band van haar tas over haar schouder hing, was ze in gedachten al bezig met de juiste insteek voor haar verhaal en hoe ze Reed te spreken kon krijgen. Ze zou natuurlijke de directe aanpak proberen, hoewel dat in het verleden niet had gewerkt. Haar kleine slaapkamer was slechts een paar stappen verwijderd van het keuken annex woongedeelte van haar flat, wat op zich het torentje was van een eens groots Victoriaans huis. De hardhouten vloeren moesten worden opgeknapt, de muren en de plafonds konden een vers laagje verf gebruiken en de aanrechtbladen moesten worden vervangen. Maar het was thuis. Haar huis. En ze genoot ervan.

In de keuken gaf ze snel de kat te eten, schonk een kop koffie in en keek of er nog meer nieuws was op haar kleine televisie, die ze eens in haar studietijd had gekocht. De televisie en Jennings waren ongeveer even oud, aangeschaft in haar laatste jaar toen ze vond dat ze zelf beslissingen kon nemen. Ook beslissingen over een hele reeks 'verkeerde' jongens met wie ze was uitgegaan.

'Dat is heel natuurlijk,' had haar psycholoog gezegd. 'Je hebt een groot verlies geleden. Niet alleen jij, maar je hele familie. Je zoekt naar iets om dat gat te vullen.'

Nikki had gedacht dat de man knettergek was, en ze had de ongemakkelijke sessie alleen maar uitgezeten. Natuurlijk miste ze haar oudere broer. En ja, mam en pap en haar andere broer en zus hadden allemaal verdriet. Maar ze weigerde te geloven dat zij, omdat Andrew was gestorven, de behoefte had om met elke loser van de universiteit van Georgia uit te gaan. Achteraf bezien waren de televisie en Jennings twee van haar beste beslissingen geweest.

Beelden flitsten over het scherm, en ze richtte haar aandacht weer op het nieuws.

Geen informatie meer over Dahlonega.

Ook geen interviews met Reed – zelfs niet op de plaatselijke zenders. Des te beter.

Dat maakte het voor haar makkelijker, dacht ze, terwijl ze een tweede kop koffie in een drinkbeker voor onderweg inschonk. Volgens haar moest ze Reed opsporen, hem volgen, haar contactman bij de dienst inschakelen, uitzoeken waarom hij naar het noorden was gesleept, en zij zou in staat zijn de stukjes van het mysterie van de dode lichamen bij elkaar te voegen. Ze zou hoe dan ook haar exclusieve verhaal krijgen.

Ze was al bezig het nummer van Cliff Sieberts mobieltje in te toetsen terwijl ze naar buiten liep en op de bovenste verdieping bleef staan. Van daaraf had ze een goed uitzicht op de straat, en boven de daken uit zag ze de boomtoppen van Forsyth Park. De stad was al wakker, verkeer schoof door de oude straten van deze historische buurt. Het politiebureau was niet ver weg.

Cliff nam niet op.

'Wat een verrassing,' mompelde Nikki. Ze vermoedde dat hij haar nog steeds ontliep. Ze liet een bericht voor hem achter en haastte zich vervolgens naar beneden en liep de stoep af, waarna ze de kille bries door haar natte haar voelde. Haar autootje stond op zijn vaste plek geparkeerd, ze gooide haar notitieblok, laptop en tas op de achterbank en duwde de drinkbeker in de houder. Ze stak de sleutel in het contactslot en hoorde de oude motor knarsend reageren. 'Ja, ja, kom op nou, ik ben ook moe,' mompelde ze, en bij de vijfde poging kwam hij eindelijk tot leven. 'Zie je, ik wist wel dat je het kon,' zei ze, waarna ze achteruit wegreed, langs met klimop begroeide garages en oude koetshuizen aan weerskanten van de smalle straat.

Onderweg naar kantoor kwam ze langs het politiebureau, overwoog te stoppen, maar bedacht zich. Ze moest eerst op kantoor haar houding bepalen en haar plan de campagne beramen voor ze Reed vastpinde.

'Waaraan heb ik de eer van dit bezoek te danken?' vroeg Jerome Marx, staande achter zijn bureau terwijl zijn secretaresse de drie rechercheurs zijn kantoor binnenleidde. Hij was tot deze ochtend 'voor zaken buiten de stad geweest'. Hij had het fatsoen gehad te gaan staan, maar er lag vijandigheid in zijn donkere ogen, zijn strakke mond was verborgen in zijn geitensikje en zijn woorden klonken ronduit sarcastisch. Hij was gekleed in een schitterend marineblauw kostuum, wit overhemd, brede wijnrode das en gouden manchetknopen. Zijn kantoor, uitgevoerd met veel leer en mahoniehout, ademde dezelfde beschaafde afkomst uit die zijn kleding zo wanhopig trachtte over te brengen.

Het was allemaal een façade.

Reed wist dat Marx net zomin oud geld en zuidelijke beschaving had als hij. Als zoon van een naaister en een handelaar in tweedehands auto's had Marx via een beurs voor voetbal de middelbare school doorlopen, en daarna had hij op een kleine universiteit na vier jaar een graad in financieel beheer behaald. Vervolgens had hij voor allerlei zaken gewerkt, zoals autoverhuurbedrijven, banken en hypotheekmakelaars, tot hij besloot zelf ondernemer te worden met het kapitaal dat hij had geërfd van zijn schoonvader. Hij en Barbara Jean hadden geen kinderen.

Gezien de manier waarop de dingen waren gelopen, was dat maar goed ook.

McFee stelde zichzelf voor, evenals Morrisette en Reed. De huid over de jukbeenderen van Marx leek te verstrakken toen hij Reeds blik ving.

'Ik ben bang dat we u slecht nieuws komen brengen,' zei McFee.

'Wat voor slecht nieuws?' Marx was meteen gespannen.

'We denken dat we het lichaam van uw vrouw hebben gevonden.'

'Wat?' Alle kleur verdween uit zijn gezicht. 'Mijn vrouw? Barbara?'

'Ja. Als u naar het nieuws heeft gekeken, weet u dat we bij Blood Mountain in Lumpkin County een graf hebben gevonden –'

'Mijn God, bedoelt u...' Zijn blik ging van de een naar de ander. 'U bedoelt dat Bobbi... daarin...' Hij haalde diep adem, en plofte in een oorfauteuil naast zijn bureau. 'Nee... ik bedoel, dat is niet mogelijk.'

'Ik ben bang van wel. We willen dat u met ons meegaat om het lijk te identificeren. Het is in Atlanta.'

'O, mijn God... o, mijn God.' Hij verborg zijn gezicht in zijn handen. Schone handen. Gemanicuurde nagels zo te zien. Hij scheen oprecht geschokt, hoewel hij zijn reactie natuurlijk kon voorwenden. 'Nee. Ik geloof het niet.' Hij keek op, en de grimmige gezichten moesten hem hebben overtuigd. 'Natuurlijk ga ik met u mee. Atlanta?'

'Waar ze ook de autopsie zullen doen.'

'O, Christus! Autopsie?'

'Het ziet eruit als moord.'

'Maar wie? Wie zou haar willen...' Zijn stem stierf weg. Het drong dus eindelijk tot hem door. 'Denkt u dat ík Bobbi iets heb aangedaan?' Hij was verbijsterd. 'Dat zou ik nooit doen.' Zijn ogen keken Reed weer aan, en iets van zijn vormelijkheid verdween. 'Natuurlijk hadden we onze goede en slechte momenten, en we lagen in scheiding, maar ik zweer dat ik hier niets mee te maken heb. Als u wilt dat ik het lichaam identificeer, laten we dat dan doen. Nu.'

Trina klampte Nikki aan zodra ze haar tas in een bureaula zette en haar computer aanzette. 'Je zit in grote problemen.' Trina gluurde over de scheidingswand, terwijl er zachte instrumentale kerstliedjes door de kantoorruimte weerklonken, en het geratel van toetsenborden en gedempte stemmen.

'Dat dacht ik al. Metzger heeft gisteren zeker in het kantoor van Fink gerookt.'

'Dat ook, vermoed ik.'

'Vermoed je.'

'Ik had het over onze afspraak van gisteravond. Aangezien jij me hebt laten barsten, kon ik als psycholoog voor Dana en Aimee optreden.' Trina liet haar expressieve ogen rollen. 'Ik heb de avond doorgebracht met Dana uitbundig te feliciteren en haar te vertellen hoe leuk haar huwelijk zou worden, en dat Todd een geweldige kerel is, blablabla, en Aimee te vertellen dat ze van geluk mocht spreken dat ze van haar bedriegende, liegende zakkenwasser van een echtgenoot af was.'

'Klinkt leuk.'

'Je had beloofd me te helpen.'

'Sorry, ik was –'

'Ik weet het, ik weet het, je zit achter dat ene verhaal aan dat je carrière een enorme opsteker zal geven. O, en dr. Francis heeft voor je gebeld. Wil een afspraak maken voor een interview aangezien het schoolbestuur volgende week vergadert en daarna pas na Kerstmis weer bij elkaar komt. Ze wil vooral dat je haar positie in deze kwestie goed begrijpt.'

Nikki kreunde. 'En hoe weet jij dit?'

'Celeste heeft de berichten op jouw voicemail aan mij doorgegeven.'

Nikki forceerde een valse glimlach. 'Leuk,' zei ze, haar stem druipend van sarcasme. 'Nog meer?'

Trina grijnsde van oor tot oor. 'Alleen een bericht van Sean...'

'Sean?' Nikki's hart kneep samen, en ze voelde die vreemde, bekende en ongewilde pijn. 'Wat zei hij?'

'Dat hij in de stad was en dat hij wilde... wacht even, wat zei hij nou precies? "Bijpraten."'

'Zal wel.' Nikki zou die weg niet meer gaan.

'Waarom niet, Nik? Hoe lang is het nou geleden? Tien, twaalf jaar?'

'Bijna, en ik zeg: eens een leugenaar en bedrieger, altijd een leugenaar en bedrieger.'

'Misschien is hij volwassen geworden.'

Zou die kans bestaan? 'Verder nog iets?' vroeg Nikki, die niet aan Sean Hawke wilde denken, met zijn zorgeloze houding, ondeugende jongensglimlach en gebeeldhouwde lijf. Het was voorbij. Punt. Ze geloofde niet in hereniging. Wilde geen vrienden zijn, zelfs als het mogelijk zou zijn. Wat niet het geval was. 'Nog meer berichten?'

'Nee.'

'Goed.' Het verbaasde haar eigenlijk niet, omdat de meeste mensen haar op haar mobieltje belden, aangezien Celeste nogal onbekwaam was. Ze was vierentwintig, en naar Nikki's mening volkomen hersenloos. Waarom zou ze anders iets met Fink hebben, die een dochter uit zijn eerste huwelijk had die van Celestes leeftijd was? Het feit dat hij onlangs getrouwd was met vrouw nummer twee en twee kinderen op de basisschool had, scheen ook niet tot Celestes brein door te dringen, en haar voortdurende opmerkingen dat Finks huwelijk 'dood' was en dat hij en zijn vrouw ieder een 'apart leven leidden' en alleen 'voor de kinderen bij elkaar bleven', deed Nikki's maag samenballen. Maar ja, dat deed bijna alles wat Fink betrof.

Alsof hij haar gedachten had gehoord, liep hij langs, en zei: 'Nikki. Kom naar mijn kantoor zodra je even tijd hebt.'

Trina versmolt in haar hokje.

Geweldig, dacht Nikki, en haar hoofdpijn keerde acuut terug. Ze greep haar tas en volgde Fink, die met de soepele gang van een ex-jockey liep. Hij was nog steeds keurig slank, zijn eens donkere haar vertoonde wat zilveren strepen, en hij kleedde zich sportief in kaki en poloshirts, alsof hij net van het golfveld kwam. Hij opende de deur naar zijn uit veel glas bestaande kantoor en liet haar voorgaan. Altijd een heer, dacht ze sarcastisch, terwijl hij naar een van de gemakkelijke stoelen gebaarde om plaats te nemen. Hij ging op het bureau zitten, een been over het andere geslagen, handen rond zijn knie. 'Ik hoorde dat je de afgelopen paar dagen in Dahlonega bent geweest.'

Metzger had niet lang nodig gehad om het nieuws te verspreiden. 'Eigenlijk de afgelopen vierentwintig uur, maar ja, het klopt. Ik was daar,' beaamde ze, kijkend naar Finks zwaaiende voet.

'Was daar een bepaalde reden voor?' Hij was bloedserieus, zijn ogen vastberaden, zijn lippen een smalle lijn.

'Ik wilde meer weten over dat graf dat de politie heeft gevonden.'

'Ik had Norm dat verhaal gegeven.'

Ze knikte. 'En het beviel hem niet dat ik erheen ging.'

'Laten we zeggen dat hij gewoon bezorgd was.'

'Waarom?'

'Hij is bang dat jij hem probeert te verslaan.'

'Hij voelt zich bedreigd?'

'Dat zei ik niet.'

Nikki was moe en boos. Haar tong nam een loopje met haar. 'U impliceerde het. Luister, wat kan het voor kwaad dat ik daarheen ben gereden. Mijn werk heeft er niet onder geleden. Metzger heeft nog steeds zijn verhaal. Wat is het probleem?'

'Misschien is dat er niet,' zei Fink, hoewel de uitdrukking op zijn gezicht niet veranderde. 'Ik heb je niet hierheen geroepen om je te vertellen dat je moet oppassen niet op iemands tenen te trappen. Helemaal niet. In feite denk ik dat een beetje competitie wel goed is zolang je niet vergeet dat Norm en jij in hetzelfde team zitten. Wat ik zowel van jou als van hem wil, is het beste verhaal.'

'U zegt dus niet dat ik het moet laten rusten.'

'Het is Norms stuk. Dat weet je. Respecteer het. Maar nee, je hoeft het niet met rust te laten. Zolang je eigen werk er niet onder lijdt.'

'Is dat alles?' vroeg ze stomverbaasd.

'Ja.' Zijn mondhoek ging omhoog. 'Wat? Dacht je dat ik je de mantel ging uitvegen?'

'Op z'n minst.'

'Omdat je Metzger zit op te jutten?' vroeg hij hoofdschuddend.

'Nee, zoals ik al zei, een beetje competitie kan beslist geen kwaad.'

'Dus ik heb het groene licht om het verhaal te onderzoeken?'

'Zolang je Metzger niet in de weg loopt.' Finks hoofd knikte mee op de maat van zijn zwaaiende voet.

'En als hij míj voor de voeten loopt?'

'Drijf het nou niet op de spits, Gillette.'

Ze stak beide handen als in overgave omhoog. 'Even de grenzen checken.'

'Die ken je.' Hij stond op, en ze volgde zijn voorbeeld.

Ze was bijna bij de deur toen hij zei: 'En speel het eerlijk, goed? Niets doen waardoor de krant op een of andere manier in de problemen kan komen.'

Ze rechtte haar rug. Ze wist wat hij bedoelde. De zaak Chevalier. Lang geleden, maar een zaak die haar de rest van haar leven zou achtervolgen. Ze was toen jong en onervaren geweest, en had bijna iedereen die ze kende gecompromitteerd, onder wie haar vader, ten gunste van het verhaal. Ze had haar lesje geleerd. Lang geleden. Ze draaide zich om, hief haar kin, en zei ijzig: 'Geloof me, alles wat ik doe zal het daglicht kunnen verdragen. U en de *Sentinel* zullen op mijn verhaal kunnen vertrouwen.'

Fink glimlachte vaag. 'Dat is het enige wat ik moet weten.'

Amen, dacht ze, maar ze zei het niet. Het had geen zin hem te prikkelen. Niet nu hij er eindelijk in had toegestemd dat ze iets meer mocht doen dan dat saaie schoolbestuur interviewen en de mensen van historisch stadsherstel. Het schoot even door haar heen, terwijl ze terugliep naar haar werkplek, dat ze hem misschien niet zou moeten vertrouwen, maar dat gevoel zette ze opzij. Later zou ze haar achterdocht jegens hem onder de loep nemen. Nu was eindelijk de tijd gekomen dat ze zich zou kunnen bewijzen. Met Finks goedkeuring. Het zag er allemaal goed uit, dacht ze. Nog een paar uurtjes hier werken om enkele lopende verhalen af te ronden, en daarna achter rechercheur Pierce Reed aan.

Hem vinden zou moeilijk worden, maar hem aan de praat

krijgen nog veel moeilijker. Ze had al eens eerder geprobeerd hem te interviewen, en hij had altijd gereageerd alsof ze een paria was. Zijn houding tegenover de pers en het recht van de mensen om op de hoogte te worden gehouden, moest drastisch veranderen, en Nikki vermoedde dat ze precies wist hoe ze dat moest doen.

Reed had ongetwijfeld een of twee skeletten in zijn kast – een smerig geheimpje waarvan hij niet wilde dat iemand het wist.

Dit riekt naar chantage, Nikki, zei dat verdraaide stemmetje in haar achterhoofd, maar ze luisterde niet. Vandaag niet. Ze zou voorzichtig omgaan met elke informatie die ze kreeg. Ze had een beetje vuurkracht nodig, iets waardoor hij vertrouwen in haar stelde. Haar geweten sprak weer. *Hoe zou je het vinden als hij in jouw verleden ging graven?*

Ze negeerde de vraag, en voordat ze dr. Francis belde en haar verhaal over het schoolbestuur afmaakte, ging ze naar haar favoriete zoekmachine op internet, waar ze de naam Pierce Reed intikte. Terwijl ze wachtte tot zijn gegevens verschenen, nam ze zich voor om zijn huwelijkse staat te controleren en wat er met hem in San Francisco was gebeurd. En hoe het zat met het feit dat hij de eerste paar jaar van zijn leven in noordelijk Georgia, bij Blood Mountain, had doorgebracht en de plek waar het graf was gevonden. Dat was voordat zijn ouders waren gescheiden en zijn moeder hem meenam naar Chicago, waarna ze ten slotte aan de Westkust belandde. Desondanks was Reed steeds teruggekeerd naar Savannah, een keer vijftien jaar geleden en onlangs weer. Waarom? Ze nam zich ook voor om dieper in Lumpkin County te duiken, met de sheriff te praten, met het gewonde joch, zijn neef, en ieder ander die Reed tijdens zijn jeugd had gekend. Er moest een reden zijn waarom Reed helemaal hierheen was gekomen.

Het computerscherm flakkerde, en ze glimlachte. Rechercheur Reed had tientallen links voor informatie. Er was een veelheid aan gegevens, veelal verbonden aan de *Savannah Sentinel*. Maar er waren ook andere stukjes informatie, waaronder een serie artikelen in San Francisco en Oakland, Californische kranten.

Met een klik op de muis kreeg Nikki een glimp te zien van het persoonlijke leven van rechercheur Reed. Ze zag foto's van hem als veel jongere man, en concludeerde dat hij altijd al knap was geweest, maar er nu nog beter uitzag. Althans, voor haar was hij nu aantrekkelijker. Hij was gevulder, zijn haar vertoonde hier en daar wat grijs, maar zijn stoere gelaatstrekken en havikachtige ogen leken beter in een verweerd gezicht te passen. De teleurstelling en achterdocht die tegenwoordig in zijn blik te zien waren, vergrootten zijn aantrekkelijkheid alleen maar.

Je bent een zieke vrouw, zei ze tegen zichzelf. *En je valt altijd op het verkeerde type. Sean Hawke is een schoolvoorbeeld. Zo aantrekkelijk als Reed misschien mag zijn, vergeet niet dat je alleen zakelijk in hem geïnteresseerd bent. Je hebt een verhaal te schrijven, een carrière op te peppen, en wat je niet kunt gebruiken is een of andere romantische verwikkeling.*

Ze lachte bijna hardop. Romantiek? Met Reed? De man die haar ronduit verafschuwde?

Wat een giller!

'Ik wil weten wie als laatste Bobbi Jean in leven heeft gezien,' bromde Reed tegen Morrisette en McFee toen ze wegreden bij het kantoor van Marx. Het was donker, bijna negen uur, de straatlantaarns brandden, en Morrisette zat achter het stuur. Reed zat naast haar en McFee op de achterbank van de politiewagen. Ze hadden de dag doorgebracht met naar Atlanta rijden en hadden het asgrauwe gezicht van Jerome Marx gadegeslagen toen deze zijn ex-vrouw identificeerde. Hij was niet ingestort, er was geen traan in zijn ogen gekomen, en hij was niet door verdriet overmand geraakt, maar hij had geschokt geleken toen hij over haar dood hoorde, en die schok was niet geweken toen hij het lichaam te zien kreeg. Hij had gekeken toen het laken werd teruggeslagen, en elke spier in zijn lichaam verstijfde. 'Ze is het,' had hij gefluisterd, en daarna had hij zich afgewend alsof hij haar aanblik niet langer kon verdragen.

Reed had niet kunnen ontdekken of zijn afkeer voortkwam uit het feit dat ze dood was, of omdat hij van haar was gescheiden. Wat de reden ook was, als Jerome Marx haar levend had begraven, en haar in die doodkist had horen schreeuwen, wist hij zijn schuld op volmaakte wijze te verhullen. Hij had vrijuit tegen hen gepraat en ingestemd een test met een leugendetector te doen. Hij had gevraagd waar haar ring was, die hij haar voor een verjaardag had gegeven, en toen geopperd dat ze die waarschijnlijk met het oog op de scheiding had afgedaan. Toen hem werd gevraagd of ze zijn huis mochten doorzoeken, had hij niet met zijn ogen geknipperd, niet eens gevraagd of hij met zijn advocaat mocht praten. Marx gedroeg zich dus alsof hij helemaal niets te verbergen had. Maar Reed trapte er niet in.

'En ik wil al haar gevoerde telefoontjes en –'

'Ja, ja, het gebruikelijke, ik weet het,' zei Morrisette. 'Vrienden, verwanten.'

'Bobbi heeft een broer ergens in New Orleans, geloof ik, maar haar ouders zijn dood.'

'Kinderen?' vroeg Morrisette, terwijl ze onder het rijden naar een gekreukeld pakje Marlboro light reikte. Ze slaagde erin de laatste sigaret eruit te schudden, hem op te steken en een bocht bij de rivier te nemen.

'Niet dat ik weet.' Reeds hersens draaiden overuren, en hij blafte bevelen. 'We zullen vandaar terugwerken. We gaan op haar werk praten, met haar hospita, haar vrienden. Iemand moet toch iets weten. Ik laat haar huis in de gaten houden, voor het geval dat daar iemand opduikt.' Toen Morrisette hem een blik toewierp, voegde hij eraan toe: 'Nu het lichaam geïdentificeerd is, kunnen we een huiszoekingsbevel krijgen.'

'Jij hebt haar toch geïdentificeerd,' zei ze.

'Dat was niet officieel.'

'Dus nu ga je volgens het boekje?' vroeg ze.

'Strikt volgens het boekje.'

'Ja, vast. Dat is niets voor jou, Reed.'

'Laten we bij haar huis stoppen. Kijken of het forensisch team er al is.' Hij gaf Bobbi's adres en Morrisette slaagde erin een U-bocht te maken en de volgende steeg in te rijden. Daarna reden ze zuidwaarts door de historische buurt, langs gerenoveerde huizen met hoge stoepen, grote ramen en glanzende luiken, rond een parkachtig plein met bankjes, beelden en weelderige vegetatie.

'Er is misschien toch een probleempje om jou bij deze zaak te hebben,' zei Morrisette, terwijl ze het raampje op een kier zette. De geur van Oud-Savannah dreef de politiewagen binnen en verdreef de sigarettenrook.

'Ik heb het met de sheriff besproken.'

'Dat klopt,' viel McFee in. De 'stille' had eindelijk zijn mond opengedaan toen Morrisette een zijstraat in reed.

'Ja, in Lumpkin County. Okano ziet het misschien anders. Zij houdt zich strikt aan details.' Morrisette hield de sigaret tussen haar tanden toen ze een korte bocht nam.

Reed fronste zijn wenkbrauwen.

'Dat is het probleem met advocaten.' Morrisette keek in de achteruitkijkspiegel op het moment dat de politieradio kraakte. 'Altijd op de uitkijk voor een proces.'

'Nee, het probleem met advocaten is dat ze paranoïde zijn,' bromde Reed, maar hij wist dat hij zich op dun ijs begaf. Katherine Okano, de officier van justitie, stond gewoonlijk aan zijn kant, en ging soepel met de regels om, maar wanneer ze erachter kwam dat hij en Bobbi iets hadden gehad, zou ze zijn deelname aan de zaak stopzetten. Morrisette reed Bobbi's oprit op. Er stonden verscheidene politiewagens geparkeerd en de tuin was met geel lint afgezet. Het forensisch team was aanwezig. Morrisette parkeerde en drukte haar peuk uit in de asbak. De drie rechercheurs passeerden het team dat bewijs verzamelde, en gingen het huis binnen.

Afgezien van de bedrijvigheid die er nu heerste, zag alles eruit zoals de laatste keer dat Reed over de drempel was gestapt. Hij liep even naar buiten, zorgde ervoor dat er voetafdrukken van hem achterbleven, voor het geval dat hij die moest verantwoorden. 'Wat heb je gevonden?' vroeg hij Diane Moses, die de leiding had over het forensisch team in Savannah. Diane was slim en hard en ze had zich als Afro-Amerikaanse van onderaf omhooggewerkt. De algemene grap op de afdeling was dat ze, als ze wilde, niet alleen de Rode Zee kon splijten, maar hem ook in een wildrooster kon veranderen.

'Niet veel. Nog steeds aan het zoeken. Toen nu niets bijzonders, maar haar auto is weg. Ze moet de moordenaar ergens hebben ontmoet, hetzij toevallig, hetzij met opzet.'

'Niet toevallig. Deze moord was gepland.'

'Als jij het zegt.'

'Niemand neemt de moeite een doodkist op te graven voor het geval dat hij een slachtoffer ontmoet.' *En hij stuurt ook geen briefje naar een agent.*

'Nou, het ziet ernaar uit dat onze meid in seks en in God was. Lol en religie. Allerlei seksspeeltjes in haar slaapkamer, maar haar leesvoer was spiritueel. Zoek het maar uit.'

Het huis werd gefotografeerd en op video vastgelegd, hoewel er geen sporen van een misdaad waren. Elk deel van het leven van Barabra Jean Marx stond op het punt openbaar te worden gemaakt. Waaronder vragen over haar relaties. Zijn naam zou binnenkort opduiken.

'Heb je haar computer gecheckt? E-mail? Haar telefoon?'

'We nemen de harddisk mee, en er waren geen berichten op haar antwoordapparaat. Ook niet op haar nummermelder.'

'Weet je het zeker?' vroeg hij, kijkend naar de telefoon. 'Geen berichten?'

Diane keek op haar klembord. 'Dat zei ik, geen berichten.'

'En mensen die hadden opgehangen?'

Ze fronste haar wenkbrauwen. 'Niets. Nada. Het bandje van het antwoordapparaat was leeg. Als ze een mobieltje had of een tas, hebben we die ook niet gevonden. Nog iets?' vroeg ze. 'Want zo niet, dan ga ik verder met mijn werk.' Op dat moment stelde de fotograaf haar een vraag en Reed trok zich terug. Hij liep naar de telefoon en keek ernaar. Het lampje knipperde niet. Dus was hier gisteravond, na zijn bezoekje, nog iemand anders geweest.

Tien minuten later gingen ze weg, en Morrisette reed weer. Ze reden terug naar het bureau. De avond leek donkerder, koplampen helder wanneer ze voorbij flitsten, straatlantaarns verspreidden een vals blauw schijnsel. Een paar kerstlichtjes brandden achter de ramen van huizen en hier en daar zag hij binnen een versierde boom staan.

Hij was de hele kerst vergeten.

Niet dat het er iets toe deed.

Morrisette gaf gas toen ze langs de Koloniale Begraafplaats reden. Het terrein zag er kaal en kleurloos uit met zijn oude grafstenen en verdorde gras. En dit was het antwoordadres van het briefje dat hij gisterochtend had ontvangen. Alsof degene die het briefje had gekrabbeld, hier was geweest. 'We moeten alle plaatselijke begraafplaatsen checken,' zei hij, turend naar de paar bladerloze bomen tussen de oude grafstenen. 'Om te zien of een van die graven misschien is geschonden.'

'Denk je dat degene die de doodkist naar de bergen heeft vervoerd hem hier heeft weggehaald?' vroeg McFee.

'Het is mogelijk,' dacht hij hardop, maar uiteindelijk was álles mogelijk. Kijkend door de achterruit vroeg hij zich af of ze werden gevolgd. Had Bobbi's moordenaar hem gadegeslagen? Hem door het bekende huis zien lopen? Of had hij zich verborgen in de schaduwen, ergens in een hoekje, en was Reed pal langs hem gelopen? Of was het iemand anders die de sleutel van Bobbi's huis had en haar was komen bezoeken? En hoe zat het met haar echtgenoot? Jerome Marx had nog steeds de rekeningen betaald. Voor zover Reed wist, zou Bobbi's parttimebaan haar Visa-rekeningen niet dekken.

Morrisette stuurde het parkeerterrein van het bureau op. 'Ik ga beginnen met een rondje bellen, iedereen die Barbara Jean kende.' Ze trapte op de rem en de politiewagen gleed op zijn plek. McFee zou nog een paar dagen blijven. Hij zou zijn bevindingen per fax en e-mail naar het bureau van de sheriff in Lumpkin County versturen, en naar Reeds mening over het algemeen in de weg lopen. Hij wilde de stier bij de spreekwoordelijke hoorns vatten en aan het onderzoek beginnen, maar hij kon niet. Morrisette had gelijk. Hij moest op zijn tellen passen.

Buiten was het nu helemaal donker, kil en koud, de lucht zwaar van dreigende regen.

'Christus, wat is het koud,' mopperde Morrisette, terwijl ze haar peuk in een blik met zand voor de deur stak.

'Het is winter,' zei McFee.

'Ja, maar weet moeder Natuur niet dat dit het zuiden is?'

Reed duwde de deur met zijn schouder open, liet haar en McFee voorgaan, en liep vervolgens met hen naar de eerste verdieping. McFee plofte achter het bureau dat hem was toegewezen, en Morrisette volgde Reed naar zijn kantoor. 'Ik moet naar huis,' zei ze, bijna verontschuldigend. 'Ik heb de kinderen de laatste tijd niet zo heel veel gezien.'

Reed keek op zijn horloge. 'Liggen ze nog niet in bed?'

'Ik was vergeten dat jij geen kinderen hebt. Gelukkig voor je... of misschien voor hen.'

'Heel grappig,' zei hij, en trok zijn jasje uit. Het was warm op het bureau, ook al was het avond en waren de kantoren praktisch verlaten. Slechts een paar volhouders zoals hij, hoofdzakelijk degenen zonder gezin, zaten nog achter hun bureau. Even voelde hij een lichte melancholie over zijn eenzame status, maar die ging snel voorbij. Hij was niet iemand om zich te settelen. Al zijn relaties waren mislukt, waaronder ook die ene belangrijke in San Francisco. Helen was onderwijzeres, en ze had gezegd dat ze van hem hield, maar het was niet genoeg geweest om hem na de tragedie in de stad te houden. Niets had dat gekund. Dus was hij teruggekeerd naar Savannah, en de paar relaties, als je ze zo zou kunnen noemen, die hij had gehad, waren vluchtig geweest, zoals zijn korte affaire met Bobbi Marx. 'Ga naar huis naar je kinderen.'

'Doe ik,' zei ze. Op het moment dat ze naar de deur liep, ging haar pieper af. 'Kijk, de babysitter probeert me al te bereiken. Ik zie je morgen weer.'

'Ja,' antwoordde hij, maar ze was het kantoor al uit en de trap af. Hij zat alleen in zijn kantoor. Hij keek zijn e-mail snel door, zag er niets interessants tussen en besloot ze morgen te lezen. Hij was moe tot op het bot, en de gedachte aan zijn bank, een hete douche en een koud biertje was verleidelijk.

Misschien moest hij ook maar gewoon naar huis gaan. Morgenochtend uitgerust alles opnieuw bekijken. Hij reikte naar zijn jasje toen de telefoon ging. Hij greep de hoorn voor hij nog eens rinkelde. 'Rechercheur Reed,' zei hij automatisch.

'Je bent er nog. Ik dacht dat ik op dit uur je voicemail zou krijgen.'

Reed herkende de stem. Het was Gerard St. Claire, van de technische recherche. 'Luister, ik heb een voorlopig rapport over de zaak in het noorden. Ik ben met de inspecteur in Atlanta op de top geweest.'

'Nu al?' Reeds vermoeidheid zakte weg.

'Zoals ik al zei, voorlopig. Heel voorlopig, maar ons werd gezegd er haast achter te zetten. We hebben Lumpkin County al gebeld. Maar ik dacht dat jij ook wel wilde horen wat we hebben gevonden.'

'Wat is het?'

'We weten niet al te veel. Nog niet. De onbekende vrouw ziet eruit alsof ze een hartaanval heeft gehad. We hebben nog niets gevonden dat op moord lijkt, maar als ze levend in die kist werd begraven, is een hartinfarct niet uitgesloten. We zijn er nog mee bezig, maar de ontbinding heeft ingezet, en aan de hand daarvan schatten we dat ze ongeveer tien weken dood moet zijn.'

Reed maakte aantekeningen. Luisterde.

'De andere vrouw is makkelijker.'

Reeds maag balde samen.

'De doodsoorzaak van het recentere slachtoffer, inmiddels geïdentificeerd als Barbara Jean Marx, was waarschijnlijk verstikking, maar we zijn nog bezig met haar bloed, en haar lichaam wordt gecheckt op wonden. Tot nu toe nog niets gevonden. Ze is in die kist waarschijnlijk gewoon gestikt. Rigor mortis geeft aan dat ze minder dan vierentwintig uur dood was. Het lichaam was niet verplaatst, wat aangeeft dat ze in die kist is gestorven. Geen zichtbare wonden, geen bloed, afgezien van wat krassen aan haar vingers waarmee ze heeft geprobeerd zich te bevrijden. Een tatoeage van een roos op haar ruggengraat.'

Reed wist het. Hij had die roos met zijn vinger overgetrokken.

'Ze heeft ook een paar blauwe plekken – daar zijn we ook nog mee bezig. Het is nog te vroeg om te zeggen of er sprake was van een worsteling. We controleren wat ze onder haar nagels had, maar zoals ik al zei, geen zichtbare wonden.' De technische rechercheur aarzelde, maar Reed voelde dat er meer was.

'Nog iets?'

'Ja. Er is iets waarvan ik vind dat jij het moet weten.'

'Ik luister.' Reed voelde dat er slecht nieuws kwam. Zijn spieren spanden aan, en zijn vingers omklemden de hoorn

'Barbara Marx was zwanger.'

Reed hield zijn adem in. 'Zwanger?' *Nee!*

'Elf, misschien twaalf weken onderweg.'

Reed bewoog zich niet. Haalde een seconde geen adem.

'Zou een motief kunnen zijn.'

'Hmmm,' mompelde hij geforceerd, zijn hartslag hamerde in zijn hoofd. Bobbi? Zwanger? Drie maanden zwanger? Hij kreeg een droge mond. Hij dacht aan haar in de hotelkamer op het eiland. Vitrages wapperend op een briesje dat naar zee rook. Haar verwarde, donkere haar, opgetrokken neus, ogen smeulend van verlangen. 'Heb je genoten,' vroeg ze zangerig, haar lichaam nog glinsterend van het zweet. 'Want schat, als dat niet zo is, dan proberen we het gewoon nog een keer.' Ze knabbelde aan zijn oor. Altijd speels en puur seksueel. Ze was naar hem toe gekomen. Het was begin september geweest... het weekend van Labor Day. Hij had uit het open raam naar de baai kunnen kijken, waar zeilboten op het gladde water dreven, hun zeilen stralend wit tegen de ongelooflijk blauwe lucht.

'We maken röntgenfoto's van de lichamen en snijden ze open terwijl het labwerk wordt gedaan,' zei St. Claires stem, zijn herinnering onderbrekend. 'En daarna gaan we proberen het andere lichaam te identificeren.'

'Goed.' Reed luisterde amper. 'Stuur me het rapport.'

'Doe ik.' St. Claire hing op, en Reed legde de hoorn neer. Hij draaide zijn hoofd om uit het raam te kijken en zag dat het was gaan regenen. De straat glinsterde terwijl een donkere gestalte – weinig meer dan een schaduw – overstak.

Hij wreef met een hand over zijn ogen en de schaduw was weg. Misschien had hij het zich verbeeld. Of iemand was gaan rennen omdat het dikke druppels begon te regenen. Verdomme, de kans was groot dat Bobbi's ongeboren baby van hem was. Een of andere zieke geest had niet alleen Bobbi gedood, maar ook de foetus.

Waarom?

Wie?

Was ze dood vanwege de zwangerschap, of was dat puur toeval?

Twee in een, een en twee.

Twee in een – Jezus Christus, had de moordenaar dát bedoeld?

Had hij er twee in een gedood? De baby en Bobbi. Had de schoft geweten dat ze zwanger was? Reeds kaken klemden zo stevig opeen dat het pijn deed.

Hij keek naar de digitale display op zijn horloge. Rode cijfertjes gloeiden op zijn pols.

Tik tak, de klok loopt door.

Een aanknopingspunt. Dat moest het zijn. Het was een race tegen de klok... en de rest...

Een, twee, de eerste paar. Hoor ze tieren, luister hoe ze creperen.

De zieke schoft had naar de slachtoffers verwezen. Dat deze twee slechts de eersten waren... van... hoeveel meer? Zou hij hen kennen?

Kotsmisselijk besefte hij dat dit een spotternij was, waarschijnlijk geschreven toen Bobbi nog in leven was. De moordenaar was trots geweest, hanig. Wilde de blits maken. Reed vroeg zich af of er tijd was geweest om Bobbi van die helse dood te redden als hij maar wat slimmer was geweest.

Maar nee.... Hij had de brief ontvangen en zij was al levend begraven geweest. Zijn handen balden zich tot vuisten. De brief was aan hem geadresseerd. Wat er ook gebeurde, het was persoonlijk. Tussen de moordenaar en hem.

Plotseling had Reed behoefte aan een borrel. Een stevige.

Twee in een, een en twee.

Wat betekende dat, verdomme?

Wat het ook was, het was niets goeds.

5

Reed had haar telefoontjes niet beantwoord.

Nikki had in vier dagen tijd drie berichten achtergelaten. Rechercheur Reed had niet het fatsoen gehad op een ervan reageren. Ze had hem zelfs tevergeefs een e-mail gestuurd. De man ontliep haar, concludeerde ze, terwijl ze haar koffie opdronk en het restje prut door de gootsteen spoelde.

In Dahlonega was het al niet veel beter gegaan. Ze was teruggereden, had een beetje rondgestruind, met een sheriff gepraat die een defensieve houding had aangenomen, waarna ze met lege handen naar Savannah was teruggekeerd. Ze vermoedde dat er iets belangrijks bij Blood Mountain was, dat Reeds wortels de reden waren waarom hij naar de plek van de moord was gehaald... maar tot nu toe was ze teleurgesteld.

Haar enige troost was dat Norm Metzger, die als een haas naar Lumpkin County was gegaan, eveneens met lege handen was teruggekomen.

'Moeilijke tijden vragen om laatste redmiddelen,' had ze Jennings toevertrouwd toen ze zich stond aan te kleden. De kat lag opgerold tussen de plooien van haar dekbed, terwijl het zelden gebruikte kacheltje luidruchtig probeerde de kille ochtendlucht te verwarmen die door de kieren van de oude ramen van haar appartement stroomde. Huiverend trok Nikki een zwarte broek en kaki trui aan, stapte vervolgens in suède laarzen en completeerde haar outfit met een suède jack. 'Als Mohammed niet naar de berg wil komen,' zei ze tegen de kat, 'dan komt de berg naar... Ik geloof dat ik vandaag al die oude gezegdes gebruik. Saai, vind je ook niet?'

Jennings trok zich er schijnbaar niets van aan. Hij sprong van het bed en liep met zijn staart omhoog naar zijn etensbakje in de keuken.

'Weet je, af en toe een complimentje zou geen kwaad kunnen,' zei ze, terwijl ze een schep blikvoer in zijn bakje deed. Het voer stonk net zo vreselijk als het eruitzag, maar Jennings, met zijn dikke lijf, genoot ervan en begon luidruchtig te eten.

Nikki pakte haar laptop en tas, en sloeg vervolgens een sjaal om haar nek. 'Geen tijd te verliezen,' mompelde ze tegen de kat. 'Je krijgt maar één keer de kans van je leven, en die moet je grijpen.' Ze schoof de band van haar tas over haar schouder, en zei: 'Dat is nog een pareltje van wijsheid dat mijn vader voortdurend placht te zeggen.'

De kat negeerde haar.

'Nou, ik geloof erin. Tom Fink staat niet bekend om zijn geduld. Als ik dit verhaal kan vastleggen, kijk dan maar uit. Ik zal salarisverhoging krijgen, en daarna heeft Fink het nakijken. Jij en ik zullen naar een grote stad met een grotere markt verhuizen.' Ze bukte zich en streelde Jennings' kop. 'Zou je naar New York willen verhuizen? Nee? Dallas? Hmmm, wat denk je van LA? Weet je, ik zie je al op Sunset Boulevard. We zullen een cabriolet nemen en dure zonwering en...' Ze keek op haar horloge en besefte dat ze tijd rekte. '...en ik moet gaan.'

Ze was de deur al uit en stapte de natte ochtend in voordat ze kon beslissen wat ze allemaal van plan was te doen. Het was nog donker buiten, maar de maan was gelukkig verhuld, zodat ze haar biologische klok niet hoefde aan te passen en bedenken dat het echt ochtend was. De treden waren glibberig toen ze twee verdiepingen naar beneden ging naar de omheinde tuin. Nergens in het huis brandde licht achter de geblindeerde ramen. De andere huurders schenen te beseffen dat halfzes in de ochtend feitelijk nog midden in de nacht was.

Maar ja, de andere huurders zaten niet achter Pierce Reed aan. *Waarschijnlijk omdat zij bij hun verstand waren.*

Ze was moe, na een halve nacht achter de computer, op zoek naar informatie over Reed. Ze had ontdekt dat hij niet getrouwd was, en nooit was geweest, en ze wist van zijn problemen tijdens zijn vaste aanstelling bij het politiebureau in San Francisco. Hij had een vaste vriendin gehad, maar die was na de verknoeide zaak uiteindelijk met een ander getrouwd

Reed was teruggekeerd naar Savannah, de stad waar hij vijftien jaar eerder bij de politie was begonnen.

Nikki was niet veel meer te weten gekomen, maar ze was nog slechts oppervlakkig bezig geweest. Vroeg of laat zou ze erachter komen wat zijn geheim was. Ze ontsloot haar autootje en glipte naar binnen.

Het wagentje kwam hoestend en proestend tot leven, waarna ze de parkeerplaats verliet en de paar blokken naar het appartementengebouw van Reed reed, ook een oud huis dat in kleine woonunits was opgedeeld.

Zijn El Dorado, een Cadillac die bijna oud genoeg was om klassiek te zijn, stond op zijn gebruikelijke plaats. Goed. Nikki was hier eerder geweest. Tijdens de zaak Montgomery was ze hier, terwijl ze achter het verhaal aan zat, verscheidene keren voorbijgekomen. Ze had zelfs uitgezocht welk appartement van Reed was, hoewel ze nooit het lef had gehad op zijn deur te kloppen. Tot vandaag.

Er brandde licht achter het ondoorzichtige raam van wat volgens haar Reeds badkamer was. Of hij sliep met een lamp aan, of de rechercheur was wakker en op, klaar om aan zijn dag te beginnen.

Ze reed om het blok heen, vond een parkeerplaats in een steeg en parkeerde. Haar hart bonkte om haar eigen brutaliteit – ze had nog nooit een politieman in zijn eigen huis aangeklampt. Ze twijfelde niet aan Reeds reactie – hij zou waarschijnlijk des duivels zijn. Wat zou ze ermee winnen? Ze trommelde nerveus met haar vingers op het stuur, en luisterde terwijl ze wachtte naar de politieradio, haar oren gespitst op informatie over het graf dat in noordelijk Georgia was gevonden. Ze wilde Reed niet tegen de haren in strijken; ze had alleen informatie nodig. Er floepten een paar andere lichten in het appartement aan, en binnen twintig minuten verscheen Reed, zijn donkere haar nat en uit zijn gezicht gekamd, een schoon wit overhemd aan onder een sportjasje, en hij liep naar de parkeerplaats. Lang en slank, met een markante kaaklijn die een filmstuntman niet zou misstaan, wierp hij een aktetas op de achterbank, glipte achter het stuur en reed de El Dorado van zijn plek.

Nikki startte haar motor pas nadat hij haar was gepasseerd en twee blokken verderop de hoek om ging. Toen volgde ze hem. Terwijl ze de hoek om stuurde, zag ze zijn auto linksaf slaan. Ze was tevreden. Hij was op weg naar zijn favoriete deli voor zijn ontbijt.

Ze zou hem de tijd geven om een plaatsje te zoeken en zijn bestelling op te geven, en dan opduiken terwijl hij op zijn maaltijd zat te wachten. Als hij niet gestoord wilde worden, zou hij haar dat laten weten.

Ze parkeerde op een plek bij een nabijgelegen bank, en gaf hem vijf minuten. Dat moest genoeg zijn. Met haar notitieblok en recorder in haar tas haastte ze zich over het natte plaveisel, en dacht dat ze iets zag bewegen in een eikenbosje bij de achterdeur. Ze bleef staan, keek nog eens, maar zag niets. Toch hing er een geur van sigarettenrook in de lucht. Ze tuurde in de schaduwen, en hield zich voor dat ze dwaas deed. Een kok was even naar buiten gelopen om een saffie te roken. Nou en? Ze liep naar de ingang. Twee mannen die al weggingen hielden de deur voor haar open en ze glipte rustig naar binnen.

Het was warm in het eethuis. Om zes uur in de ochtend stonden er buurtbewoners voor de toonbank rond de keuken. Boeren, bezorgers en vrachtwagenchauffeurs wisselden verhalen en grappen uit, terwijl ze een stevig ontbijt van ham, gebakken eieren en toast nuttigden. Ventilatoren draaiden de rokerige lucht in het rond, terwijl spek op een grill lag te bakken, en versgebakken taarten in een koelvitrine langzaam ronddraaiden.

Ze keek in het rond naar de tafeltjes.

Reed zat in een hokje achterin met een kop koffie en een krant.

Het is nu of nooit, dacht ze, en vermande zich voor de confrontatie. Iedere keer dat ze had geprobeerd informatie van hem los te krijgen, was hij een ondoordringbare granieten muur geworden, zijn antwoorden vaak grenzend aan lomp. Nou, op zijn minst onbeschaafd.

Ze moest gewoon zijn verhaal schrijven. Vooral nu Tom Fink haar zijn zegen had gegeven. Wie wist wanneer dat zou veranderen?

Ze liep kordaat naar Reeds hokje en nam tegenover hem plaats. Hij keek niet eens op. 'Rechercheur Reed?'

Zijn blik klom van de krant omhoog naar haar gezicht. Zijn gelaatsuitdrukking veranderde niet. Lichtbruine ogen taxeerden haar. 'Ik herinner me niet dat ik je heb gevraagd te gaan zitten.'

'Ik weet het. Ik heb geprobeerd u op het bureau te bereiken, en u heeft me niet teruggebeld.'

'Ik heb het druk gehad.'

'Natuurlijk. Maar ik wilde u alleen een paar vragen stellen.' Ze reikte in haar tas op zoek naar haar notitieblok en recorder. Ze drukte de knop half in, terwijl ze verwachtte dat hij zijn hand zou uitsteken om het apparaat uit te zetten.

Hij trok een donkere wenkbrauw op. 'Jij wilt altijd vragen stellen.'

Ze negeerde de opmerking en ging door. 'U bent naar Dahlonega geweest.'

'Jij ook.'

Hij had haar dus gezien. Had ze al gedacht. 'Ja, ik werk aan het verhaal.'

'Is dat zo?' Zijn stem klonk neutraal, zonder een spoortje geamuseerdheid.

'Ja, en –'

De serveerster, een lang, slank meisje van een jaar of twintig met Nicole-Kidmankrullen en een naamplaatje waarop Jo stond kwam naderbij om hun bestelling op te nemen. 'Heeft u al besloten?' vroeg ze breed glimlachend en met een dampende koffiekan in haar hand.

Nikki greep snel het menu uit de houder naast de ketchup en de stroop.

'Gewoon of decafé?'

'Gewoon,' zei Nikki automatisch.

Jo pakte een kop en schonk in.

'Het gebruikelijke,' zei Reed, lijntjes van irritatie op zijn voorhoofd. 'Nummer vier. Ham, eieren en geroosterd bruinbrood. Hete saus.'

'Komt eraan. U?' Jo richtte haar bruine hertenogen op Nikki.

'Alleen koffie, o, en een stuk appeltaart.'

'Dat is alles?'

'Ja.'

Nikki had eigenlijk geen trek, maar ze moest een reden hebben om hier te zitten. Anders zou Reed haar zeker wegsturen. En snel ook. Dat hij dat in de eerste dertig seconden van hun conversatie nog niet had gedaan, was een record.

'Ik kom zo terug,' beloofde Jo zonder iets op te schrijven, en liep haastig door naar het volgende tafeltje.

'Zo.' Nikki zette de recorder op tafel.

Reed keek er afkeurend naar. 'Ik ga je niets vertellen over de zaak in Lumpkin County of welke andere zaak dan ook.' Hij pakte zijn kopje en keek haar over de rand heen aan. 'Je kunt je stuk taart net zo goed meenemen voor onderweg.'

'Ik wil alleen wat achtergrondinformatie.'

'Heb ik niet.'

'Maar –'

'Het bureau geeft verklaringen aan de pers. Dat doet het bureau van de sheriff in Lumpkin County ook, evenals de FBI. Je kunt net als ieder ander op hen wachten.'

'Is de FBI erbij gehaald?' vroeg ze, haar hart sprong op. Als dat het geval was...

'Nog niet.' Hij nam een grote slok koffie.

'Maar dat zal gebeuren.'

'Ik gaf je alleen een voorbeeld.'

Ze was er niet van overtuigd. 'Misschien probeerde u me een tip te geven.'

Hij lachte en bij zijn ooghoeken ontstonden lachrimpels van sarcasme die zijn harde gelaatstrekken niet verzachtten. 'O ja, hoor, dat probeerde ik vast.' Hij keek haar recht aan. 'Maar dat niet alleen. Ik denk dat ik het lek van het bureau wil zijn, je elk snippertje bewijs geven dat door de pijpleiding komt, weet je. Op die manier komt het in de kranten, en de moordenaar weet meteen wat we over hem hebben. Evenals iedere gek die zelf de blits wil maken en een moord bekent die hij niet heeft gepleegd. Het zou je verbazen hoeveel idioten dat soort aandacht willen hebben. Die gevallen allemaal napluizen zou het bureau een hoop tijd en geld kosten. Het is verspilling van mankracht en het vertroebelt het beeld, waardoor de echte moordenaar de kans heeft zijn zaakjes af te handelen.' Hij nam nog een slok koffie, en zette zijn halflege kop op tafel. 'Noem me maar Deep Throat.' Er flitste een spottende blik door zijn ogen. 'Misschien ben je te jong om je de Watergate-ingewijde te herinneren die Woodward en Bernstein dingen toevertrouwde.'

'Mijn vader is rechter. Ik ben opgegroeid met zowel díe Deep Throat als de gelijknamige film.'

'Werkelijk?' Reed reikte in zijn jaszak naar zijn portefeuille. 'Volgens wat ik ervan heb gehoord, praatte je ouweheer ook niet tegen jou. Niet sinds jij zijn zaak in opspraak hebt gebracht.'

Haar keel kneep dicht. De vlammen sloegen haar uit. Maar ze keek hem recht aan. 'Dat was lang geleden, Reed. Hij is er inmiddels overheen.'

'Was mij niet gebeurd. Niet als je mij had gekruisigd zoals jij met je eigen vader hebt gedaan. Geloof me, ik zou het je nooit vergeven,' zei hij, op het moment dat de serveerster met de bestellingen terugkeerde. Reed wendde zijn blik af van Nikki en bood Jo een vreugdeloze glimlach. 'Ik geloof dat juffrouw Gillette is vergeten je te zeggen dat ze haar taart wil meenemen voor onderweg.'

'O.' Het meisje was plotseling in verlegenheid gebracht. Ze had ongetwijfeld het laatste stukje van het gesprek gehoord. 'Het spijt me, ik zal het laten inpakken.' Ze schoof Reeds borden zo snel mogelijk voor hem op de tafel en haastte zich vervolgens met het stuk taart terug naar de keuken.

Reed richtte zijn aandacht weer op Nikki. 'Luister eens goed, juffrouw Gillette. De enige tip die ik vandaag geef is aan Jo, omdat ze me dit heeft opgediend.' Hij stak zijn vork in zijn maaltijd. 'Ik heb je niets anders te zeggen dan "geen commentaar", en ongeacht het aantal e-mails, voicemails en andere berichten dat je me stuurt, zal ik je niets te zeggen hebben tot het bureau een verklaring geeft, en waarschijnlijk zelfs dan nog niet eens. Je zult moeten leven met wat de rest van de verslaggevers in de stad te horen krijgt.'

Ze rechtte haar rug. 'Weet u,' zei ze, 'ik had nooit gedacht dat u zich aan de bedrijfsregels zou houden. Ik dacht dat u meer lef had. Meer klasse. Dat u uw eigen mening zou vormen.'

'En die aan jou vertellen?' vroeg hij.

'Ik heb altijd gehoord dat u een eigenzinnige agent bent, iemand die de regels naar zijn hand zet om de waarheid boven water te krijgen.'

'Dat heb je dan verkeerd gehoord.'

'O ja?' zei ze uitdagend. 'Waarom bent u naar Lumpkin County gegaan? Een rechercheur uit Savannah. Werd u er vanwege uw expertise bij gehaald? Of had u enige binding met die plek? Met de moord? Waarom u?'

Hij gaf geen antwoord, maar er was een kleine flakkering in zijn ogen, niet meer dan een vluchtige schaduw. 'Ik weet het niet.'

'Natuurlijk wel.'

Een spiertje in zijn kaak bewoog. 'Laat het rusten, Nikki. Dit zijn politiezaken.'

'Wat is er verdomme op Blood Mountain gebeurd?'

Zijn lippen verstrakten. 'Nu je toch hier bent, heb ik een goede raad voor je.'

'Prima. Ik luister.' Ze wierp een blik op de recorder, die heimelijk het hele gesprek opnam.

'De volgende keer dat je iemands appartement in de gaten houdt en hem volgt, zou je het iets discreter moeten doen.'

'Ik denk dat ik wat dat betreft een lesje van u zou kunnen leren, toch?' kaatste ze terug, en had meteen spijt van de steek onder water.

Zijn kaak verkrampte. Zijn ogen vernauwden zich, en hij legde zijn vork neer met een zodanige precisie dat ze wist dat hij zijn woede onderdrukte. 'Dit interview is afgelopen.'

'Het is nooit begonnen.'

'Dat klopt.' Hij stak zijn hand uit en drukte op een knop van de recorder. Het bandje stond stil. Reed keek haar recht aan.

Jo koos dat moment om terug te keren met een piepschuim doosje. 'Kijk eens, schat,' zei ze.

Nikki reikte naar haar portemonnee, maar Reeds hand schoot over tafel heen, greep haar pols. Sterke vingers verstrakten. 'Ik trakteer.' Zo snel als hij haar had vastgepakt, liet hij haar weer los. 'Zet juffrouw Gillettes bestelling op mijn rekening.'

'Doe ik,' zei Jo, waarbij haar ogen snel naar Nikki gingen, en toen terug naar Reed. Daarna draaide ze zich om en begaf zich naar een tafel waaraan een groep jagers in jachtkleding had plaatsgenomen.

Nikki probeerde terug te krabbelen, iets te redden van de vluchtige relatie die ze met de man had. 'Luister, rechercheur Reed, het spijt me als we op de verkeerde manier zijn begonnen.'

'We zijn helemaal niets begonnen.'

'Waarom heeft u zo'n hekel aan me?'

'Het is niet persoonlijk.'

'O nee?'

'Het is je beroep. Ik hou absoluut niet van verslaggevers. Niet een. Ze lopen alleen maar in de weg.'

'Soms helpen we. U moet het publiek op de hoogte houden.'

'Zelden. Wat jullie echt doen is mensen opruien, vermoedens spuien, het publiek doodsbang maken, verhalen publiceren die niet altijd goed gecontroleerd zijn... het is echt ergerlijk. Maar citeer me niet. Dit is "vertrouwelijk".'

'U houdt gewoon niet van waakhonden. De media houden u eerlijk.'

'De media zijn alleen maar lastig.' Hij keek naar zijn onaangeroerde maaltijd, fronste zijn wenkbrauwen, en reikte naar zijn portefeuille. 'Ik ben van gedachten veranderd. Je kunt blijven zitten. Ik heb geen trek meer.' Hij smeet een biljet van twintig dollar op tafel en schoof uit het hokje. 'Eet smakelijk!'

'Hé! Wacht even.' Ze ging achter hem aan, vloog de deur uit terwijl hij naar zijn El Dorado beende. Koude wind sloeg in haar gezicht toen ze over de parkeerplaats sprintte. Hij had zijn auto al ontsloten toen ze hem bereikte. 'Goed, goed, het spijt me van die opmerking over die surveillance van dat huis,' verontschuldigde ze zich. 'Ik heb het verknald. Ik had niet moeten beginnen over wat er in San Francisco is gebeurd. En ik weet dat ik te ver ben gegaan in de verdediging van mijn beroep. Ik weet dat er reporters zijn die een verhaal wat... sensationeler brengen om de blits te maken, oké? Ik heb het verpest. Ik had er niet over moeten beginnen. Ik wil alleen dit verhaal. Ik verwacht niet van u dat u het onderzoek in gevaar brengt. Dat zou ik nooit van u vragen. En ik verwacht geen speciale behandeling, maar ik heb een nieuwe insteek nodig. Ik bedoel, we zijn hier in Savannah en u bent hele-maal naar het noorden gegaan, naar een andere jurisdictie.'

'En?'

'Waarom? Wat heeft u ermee te maken? Wat is er aan de hand?' Hij reageerde niet, stond daar maar. 'Luister, ik wil met u werken, niet tegen u,' deed ze nog een poging, maar hij staarde haar slechts aan. Het was nog steeds donker, regendruppels verzamel-den zich op zijn donkere haar, en het blauwige licht van de neon-reclame van het eethuis was hard. Meedogenloos. Bijna afschrik-wekkend.

'Jullie,' zei hij zo zacht dat ze hem bijna niet verstond. 'Jullie weten gewoon nooit wanneer je het moet opgeven, is het wel?'

'Niet meer dan jullie. Als jullie het zouden opgeven, werd er nooit meer een zaak opgelost.'

'Dat is niet hetzelfde.'

'We hebben beiden ons werk te doen.'

'Dat klopt. En ik moet nu naar het mijne.' Hij kroop in de gro-te auto, stak de sleutel in het contactslot en startte de motor.

Woedend op zichzelf stapte Nikki achteruit en keek hem na toen hij wegreed van de parkeerplaats.

'Geweldig,' mompelde ze. 'Echt geweldig. Je bent een fantas-tische journalist, Gillette.' Ze zette haar kraag op tegen de re-gen, liep terug naar de parkeerplaats bij de bank en glipte ach-ter het stuur van haar autootje. Nou, dat was dus haar poging geweest om contact met Reed te leggen. Die had tegen haar ge-werkt. Fijn. Ze was dus weer terug bij af. Maar er was een reden waarom Reed naar Lumpin County was gehaald. Iets belang-rijks. Zijn expertise? Zijn connecties? Het feit dat hij daar was geboren? Wat? Ze had gecheckt en gedubbelcheckt, en had niets anders kunnen vinden dan het feit dat hij daar als kind enkele jaren had doorgebracht, en dat had haar niet verder gebracht.

Briesend trommelde ze met haar vingers op het stuur en be-dacht dat ze hier, op die verdraaide parkeerplaats, niet veel meer te weten zou komen. Ze had wat serieuzer graafwerk te doen. Ze startte de motor, en keek over haar schouder, waarna ze bij de heg naast de parkeerplaats iets zag bewegen. Een schaduw dook weg uit het schijnsel van de straatlantaarn.

Haar hart maakte een sprongetje.

Ze keek in de achteruitkijkspiegel. Niets.

Een volgende blik over haar schouder toonde alleen de heg, niets meer dan dat.

Het was niets, hield ze zichzelf voor, en net op dat moment ving ze een glimp op van een man aan de andere kant van de heg, nog steeds buiten het schijnsel van de lantaarn. Ze kon zijn gezicht niet onderscheiden, maar ze wist dat hij naar haar keek. Haar gadesloeg.

Had hij staan wachten?

Dezelfde man die ze voor haar ontmoeting met Reed had gezien?

Haar keel werd droog, terwijl ze de auto in zijn achteruit zette. Stel dat een man in de buurt van het eethuis had rondgehangen. Wat dan nog? Het was geen misdaad en het was bijna spitsuur. Het begon inmiddels wat lichter te worden. Misschien wachtte hij op een lift, of een bus, of was hij op weg naar zijn werk…

Misschien ook niet.

Er was iets aan de manier waarop hij daar stond, net buiten het licht, dat hem anders deed lijken. Ze had zijn ogen op zich gericht gevoeld. Observerend. Ze kreeg ineens kippenvel. 'Smeerlap,' mompelde ze, kijkend in de achteruitkijkspiegel.

Hij was weg.

Geen spoor van hem te bekennen.

Verdwenen alsof ze het alleen maar had gedroomd.

'Kom op, Nikki, beheers je.' Misschien draaide haar fantasie overuren en zag ze kwaad loeren waar het helemaal niet was. Al dat geprat over graven en lijken en moord werkte waarschijnlijk op haar zenuwen. 'Nou, die is goed,' dacht ze hardop. 'De zogenaamde misdaadverslaggever kreeg de zenuwen omdat een man waarschijnlijk gewoon op een bus stond te wachten.' Wat mankeerde haar? Een confrontatie met Reed, en zij was plotseling een slappeling? Zo was ze niet. Ze ramde de auto in de volgende versnelling en verliet de parkeerplaats. Niemand hield haar in de gaten, niemand volgde haar. Het was niets. Niets!

En toch…

Ze keek nog eens in het spiegeltje. Was hij daar? Net buiten het licht van de lantaarn? Stond hij haar stilletjes te bespioneren vanuit het gebladerte? Bewoog daar iets?

Het koude zweet brak haar uit terwijl ze de koppeling indrukte.

Een claxon weerklonk.

Ze stond op de rem, miste op een haar na een taxi die van rechts kwam. Ze had hem niet eens gezien. Adrenaline pompte door haar aderen, haar vingers lagen klam om het stuur, en ze probeerde zich te vermannen. Ze kon het zich niet permitteren de kans te verspelen om dit verhaal wijd open te breken. Niet het verhaal waar ze haar hele leven op had gewacht.

Ze gaf weer gas en het autootje sprong vooruit.

Nog een laatste blik in de spiegel, maar ze zag niemand. Helemaal niemand.

Racen, kreng, dacht de Overlevende in het dichte gebladerte aan de andere kant van de heg. Hij keek de rode achterlichten van Nikki's auto na tot ze om de hoek waren verdwenen. *Je zult nooit ontkomen. Niet aan mij.*

Een rilling van opwinding schoot langs zijn ruggengraat. Vol verwachting klopte zijn bloed. Ze was erbij betrokken, en dat feit zou voor meer aandacht van de media zorgen, niet alleen van dat vod van een krant waar zij voor werkte, maar ook van de televisie- en radiostations. Niet alleen in dat gehucht in het noorden, maar ook in Atlanta en hier in Savannah. De nationale media zouden het oppikken... ja...

Zoals hij had verwacht, had Nikki Gillette Reed naar zijn eethuis gevolgd en hem aangesproken. Buiten het eethuis had de Overlevende hun gesprek door het raam gadegeslagen. Het was perfect gegaan, volgens plan. Staande in de koude lucht had hij niets kunnen verstaan, maar, te oordelen naar hun gezicht en door hun lippen te lezen, had hij de woordenwisseling kunnen volgen.

Ze wilde een primeur.

Reed wilde haar niets vertellen.

Waardoor ze dieper zou gaan graven. Dat was haar aard. Nikki hield niet van verliezen.

Nu waren agent en verslaggeefster er beiden bij betrokken.

Perfect.

Hun zenuwen waren al strak gespannen.

De Overlevende glimlachte. Likte zijn lippen met het puntje van zijn tong.

Want dit was nog maar het begin.

6

'Goed, Cliff, geef op,' zei Nikki, toen hij eindelijk zijn mobieltje had beantwoord. Ze had de ochtend op kantoor doorgebracht, had haar andere werk zo snel mogelijk afgehandeld, een boodschap voor haar zus achtergelaten, naar wat roddeltjes op kantoor geluisterd, maar voor het grootste deel had ze zich geconcentreerd op de twee lijken die in het graf in de noordelijke bossen van Georgia waren gevonden. Ze had haar contacten in Lumpkin County geprobeerd, maar het beetje informatie dat door het bureau van de sheriff aan de pers was vrijgegeven, was al wijdverbreid. Het gaf haar niet de insteek die ze nodig had. Nu, zittend achter haar bureau, krabbelend op haar notitieblok, sprak ze zachtjes in de hoop dat niemand, ook Trina niet, haar zou horen. 'Wat gebeurt er met de zaak in Dahlonega? Waarom is Reed erbij gehaald?'

'Jezus, Nikki, waarom vraag je het niet gewoon aan hem?' Cliff was boos.

'Heb ik geprobeerd. Vanochtend. Laten we zeggen dat hij niet overdreven communicatief was.'

'Zo is hij.'

'Dus, waarom is hij erbij gehaald? Wat is het verband?'

'Ik kan het je niet vertellen.'

'Maar er was een verband.'

'Ik zei al dat ik je niets kan...'

'Waarom niet?'

Hij gaf geen antwoord, maar ze had al geraden waarom Reed naar Dahlonega was gehaald. 'Omdat hij er op een of andere manier bij betrokken is. Bij het slachtoffer of de moordenaar, of hij is de verdachte of –'

'Hallo, rustig een beetje. Allemaal speculaties.'

'Maar er moet een reden zijn. Weten jullie al wie de slachtoffers zijn?'

Hij aarzelde.

'Ja, dus.'

'Dat zei ik niet.'

'Kom op, Cliff. Jullie zullen de namen bekendmaken zodra de betreffende familieleden op de hoogte zijn gebracht.'

'Dat gaat vanmiddag gebeuren.'

'Geef me een kleine voorsprong.'

Hij slaakte een zucht, en Nikki voelde iets van verlichting. Cliff zuchtte altijd voordat hij belangrijk nieuws doorspeelde. 'Ik geloof dat het geen kwaad kan. Er zijn twee vrouwen, de een ouder en in verregaande staat van ontbinding – we weten niet wie ze is. De ander is jonger, en heeft duidelijk maar kort in die kist gelegen.'

'Hoe kort?'

'Minder dan een dag.'

'Wie is zij?' vroeg Nikki.

'Haar naam is Barbara Jean Marx. Roepnaam Bobbi. Geboren in Savannah. Luister, dit is echt het enige wat ik je op het moment kan vertellen. Ik moet ophangen.'

Nikki schreef de naam van het slachtoffer op. Het was een begin. 'Hoe is ze omgekomen?'

Aarzeling. Nikki zette een vraagteken bij de naam.

'En die andere vrouw?'

'Ik hou het op moord, althans in het geval van Bobbi, maar ik kan hier echt niet dieper op ingaan. Het zou het onderzoek kwaad kunnen doen.'

'Dat is flauwekul, en dat weet je.' Nikki schreef Reeds naam naast die van het slachtoffer, en zette nog een vraagteken bij het andere slachtoffer.

'Dit is het enige wat ik op dit moment kan loslaten.'

Nikki wist dat Cliff niet was over te halen om iets over de doodsoorzaak te vertellen, dus probeerde ze een andere tactiek. 'En wie is zij? Ik heb het dus niet over haar naam.'

'Ik heb niet de vrijheid je dat te vertellen.'

'Je vervalt in herhalingen, weet je.'

'Prima.'

Ze hoorde aan zijn toon dat hij op het punt stond op te hangen, en ze vroeg snel: 'Waarom heeft het bureau Reed erheen gestuurd? Of heeft de sheriff in Lumpkin County hem erbij gehaald?'

Een seconde. Geen antwoord. Hij klapte dicht. Ze moest snel iets doen. 'Was het omdat hij daar eens heeft gewoond, of omdat hij bepaalde vaardigheden heeft, of gewoon omdat hij toevallig dienst had?'

'Zoek het maar uit, Nikki,' bromde Siebert. 'Ik weet verder niets.' Hij hing met een klap op.

'Verdomme,' mompelde ze, maar ze scheurde het papier van haar notitieblok en stopte het in haar tas. Ze verloor geen minuut. Dit was haar kans. Haar gróte kans. Eentje die ze niet met Norm Metzger ging delen. Geen denken aan. Zeker weten. Wat Tom Fink ook van haar wilde. Ze zou niet het risico lopen dat iemand van kantoor op een of andere manier zou ontdekken waar zij mee bezig was. Ze pakte haar laptop, sloot hem af en reed naar huis. Hoewel ze misschien zou bevriezen aangezien de verwarming in haar appartement vrijwel nihil was, ze had wel internet via de kabel en een wachtwoord waarmee ze in de nieuwsarchieven van de *Sentinel* kon komen, en de zusterkrant in Atlanta. Wat er ook over Barbara Jean Marx te ontdekken viel, Nikki zou het vanmiddag allemaal te weten komen. Alles over Bobbi's huis, haar werkplek, haar vrienden. En misschien zou ze al doende ontdekken waarom de vrouw was vermoord.

'Wat weten ze op het bureau van de sheriff?' vroeg Reed, toen McFee rond drie uur zijn kantoor binnenkwam. Reed was de hele ochtend bezig geweest, had andere zaken bijgewerkt, het lab gebeld om te horen of ze al vingerafdrukken hadden getraceerd, St. Claire gebeld om te vragen of er al meer informatie was over de slachtoffers in het graf. De technische recherche had hem voorlopige rapporten gefaxt, en Reed zat ze nu te lezen. Alles wat St. Claire hem had verteld was waar. Barbara Jean Marx was door verstikking om het leven gekomen, ze had veel alcohol in haar bloed en sporen van Ativan, een kalmeringsmiddel. Haar vingers waren ontveld, haar knieën geschaafd, haar voorhoofd bebloed, waarschijnlijk omdat ze haar hoofd tegen de binnenkant van de kist had gestoten. Ze had vinger- en teennagels gebroken terwijl ze had geprobeerd zich een weg naar buiten te klauwen. En ze was ongeveer elf weken zwanger geweest. Zijn maag balde samen toen McFee zich op een stoel liet zakken. 'Heb je met Baldwin gesproken?'

'Een paar keer, maar we hebben nog steeds niet veel meer informatie dan een paar dagen geleden,' bekende de grote rechercheur. Hij fronste zijn wenkbrauwen terwijl hij met zijn hand over zijn kaak wreef. 'Prescott Jones, het joch dat gewond is geraakt, bevindt zich nog steeds in kritieke toestand. Baldwin is met hem gaan praten om erachter te komen wat hij heeft gezien, maar hij heeft niet veel uit hem gekregen, en de dokters en verpleegsters waren niet zo blij dat iemand zijn rust verstoorde. De vader van de jongen was ook niet behulpzaam. Schijnt te denken dat het jong zijn verhaal aan een roddelblad kan verkopen. Baldwin is echter nog met hem bezig. Hij heeft ook met de andere jongen gepraat.'

'Delacroix?'

'Klopt. Maar diens verhaal is niet veranderd en hij kan zich niet meer details herinneren. Er was iets aan hem... hij scheen iets achter te houden.'

'Misschien bang voor de politie. Veel kinderen zijn bang voor agenten. Dus de jongen houdt liever zijn mond dan betrokken te raken bij wat hij mogelijk als nog grotere moeilijkheden beschouwt.'

'Ik zal nog eens met hem gaan praten.' McFee maakte een aantekening. 'Of de sheriff kan misschien iets uit hem krijgen.'

'Misschien,' beaamde Reed.

'Ik heb ook met de onderzoeksleider van de plaats delict gesproken, en ze hebben een serienummer op de doodkist gevonden, evenals grondmonsters. Je had gelijk, iets van de grond aan de kist paste niet bij de grondsoort waarin hij werd gevonden. Te veel zand.'

Stampende laarzen kondigden Morrisette aan voor ze in de

deuropening verscheen. Haar blonde haar stak alle richtingen uit en ze was geheel in het denim gekleed, jeans, shirt en jack. Met daaronder haar slangenleren laarzen die ze in El Paso had gekocht. 'Heb ik iets gemist?' vroeg ze, met een glimlach naar McFee die op zijn minst als flirterig kon worden opgevat. Jezus, zou ze het dan nooit leren?

'McFee was net bezig me op de hoogte te brengen van wat ze in het noorden hebben gevonden.'

'Ze hebben een serienummer van de doodkist, en grond die niet bij de omgeving past.'

'Dus de kist is ergens anders vandaan gekomen?'

'Daar ziet het wel naar uit,' zei McFee. 'Ze zijn bezig te checken en te vergelijken.'

Morrisette hees haar achterwerk op de vensterbank. Achter haar, aan de andere kant van het glas, kwamen er enkele stralen van de winterzon door de dikke wolken heen. 'Misschien ontdekken ze dat het zand bij de grond rond Stonewall Cemetry past.'

'Hoezo?' vroeg McFee.

'Daar is onlangs grafschennis gepleegd.'

Reed richtte al zijn aandacht op zijn partner. 'Ontbreekt er een doodkist?'

'In de roos. Niet alleen de kist, maar ook het lichaam erin.'

'Laat me raden – een vrouw van ongeveer zestig jaar?'

'Pauline Alexander.'

McFee snoof. 'Dat klopt. De kist werd in Jackson, Mississippi, gemaakt, en verkocht aan Beaufort Alexander, voor zijn vrouw. Amper twee maanden geleden.'

'Pauline Alexander is thuis gestorven, een hartaanval terwijl ze in de keuken bezig was jam te maken, of groente in te maken, of iets dergelijks.' Morrisette haalde haar schouders op. 'Ik wist niet dat zoiets nog werd gedaan. Hoe dan ook, Beaufort kwam thuis van de jacht, vond haar op de vloer en belde 911. Maar het was te laat.'

Reed keek vluchtig naar het autopsierapport van de andere vrouw, op zoek naar iets dat de hartaanval misschien had veroorzaakt, maar er was niets, althans tot dusver, wat op moord duidde. 'We hebben dus een vrouw die op een natuurlijke manier is gestorven en een andere die is vermoord: levend in een kist begraven om te sterven,' zei hij, en keek toen op. 'En ze was zwanger.'

'Shit, nee!' Morrisette sprong van de vensterbank.

McFees gezicht verhardde. 'Een baby?'

'Het slachtoffer was ongeveer twee maanden onderweg.'

'Denk je dat de moordenaar dat wist?' vroeg Morrisette. 'Jezus Christus, welke perverse, zieke idioot zou een zwangere vrouw zoiets aandoen? Wie zou zo kwaad op haar kunnen zijn? God, waarschijnlijk de vader. De echtgenoot.'

'Als hij de vader was,' zei Reed, tamelijk gespannen. 'We hebben een DNA-test nodig.'

'Jij zei dat je iets met haar hebt gehad.' Mc Fee staarde Reed achterdochtig aan.

'Wat? Wacht even.' Morrisettes mond viel open. 'Jij zou de vader kunnen zijn? O, Christus, wacht maar tot Okano hier lucht van krijgt. Dan haalt hij je meteen van de zaak.'

'Is er enig nieuws over wie Bobbi het laatst heeft gezien?' vroeg Reed.

'Misschien moet jij me dat vertellen.' Morrisette ijsbeerde rond, kamde met haar vingers door haar stekeltjeshaar. 'Waarom heb je niets gezegd?' Ze was boos, haar wangen vuurrood. 'Weet je, Reed, we zijn partners. Je weet alles over mijn leven, mijn kinderen, mijn exen en... o, shit.' Ze leunde geprikkeld tegen de vensterbank. 'Heb je nog meer geheimpjes die je kwijt wilt?'

'Niet nu.'

'Nou, wel een keer, toch?'

'We moeten uitzoeken of Barbara deze Pauline Alexander kende.'

'Dat, en nog een heleboel meer,' mompelde Morrisette.

'Ja, maar is er een verband? Was Paulines doodkist toevallig opgegraven of heeft de moordenaar ons daarmee nog een aanknopingspunt gegeven? Het briefje had het over twee.'

'Ben je wel helemaal normaal?' riep Morrisette. 'Of heb je ijswater in je aderen? Je bent er net achter dat je minnares in een doodkist werd gegooid, levend begraven, waarschijnlijk zwanger was van jouw kind... en je zit daar rustig vragen over die andere vrouw te stellen?' Ze liet haar ogen rollen en hief een hand. 'Het is niet te geloven.'

Reed leunde achterover in zijn stoel. 'Het beste wat we kunnen doen is dit oplossen.'

'Maar –'

'Hij heeft gelijk,' onderbrak McFee hen. 'En je hebt niet veel tijd.' Hij staarde Reed aan, maar wees met een duim naar Morrisette. 'Want zij heeft ook gelijk. Je zult van de zaak worden gehaald. Direct.'

Nikki's mobieltje tsjirpte terwijl ze voor het kantoor van Jerome Marx parkeerde. De display toonde dat het haar vriendin Simone was. 'Hallo, wat is er?' vroeg Nikki, kijkend naar de ingang van het rode bakstenen gebouw dat een paar blokken voorbij de Cotton Exchange stond.

'Kickboxen, morgenavond zeven uur. Weet je nog?'

Nikki gromde binnensmonds. Ze had vanavond en morgen nog uren onderzoek te doen, en een verhaal te schrijven. 'Nee.'

'Je hebt de vorige les ook gemist.'

'Ik weet het, ik weet het, maar ik zit midden in iets groots.'

'Hou maar op,' zei Simone. 'Het verhaal van je leven. Je grote kans om het helemaal te maken, je doorbraak, de primeur van de eeuw, de –'

'Goed, goed, je hebt het allemaal al een keer eerder gehoord.'

'Mmmhmm. Ik dacht dat we lekker konden gaan kicken, dan barbecuen of ergens iets drinken of iets anders leuks doen.'

'Ik weet niet of ik het red.'

'Kom op, Nikki, deze lessen waren jouw idee.'

Nikki keek op haar horloge. Halfzes. Waar was Marx? 'Ik weet het niet.'

'Je zult je een stuk beter voelen.'

Simone had gelijk. Een beetje bewegen zou geen kwaad kunnen, en na de les voelde ze zich altijd ontspannen, kon ze hele wereld aan. 'Goed, ik zie je bij de sportschool, maar van de rest ben ik niet zeker.'

'Dan zal ik je moeten ompraten. Misschien kunnen we Jake overhalen om na afloop met ons uit te gaan.'

Jake Vaughn was hun instructeur. Groot, donker, knap, met spieren die regelrecht uit een mr. Universe-verkiezing kwamen.

Nikki vermoedde dat hij homo was. Alle vrouwen en een paar mannen in de klas dweepten met hem. Jake straalde geen seksuele vibraties uit zoals de meeste atleten van boven de dertig. Simone scheen het niet te merken, of gaf er niet om. Vanaf de eerste les in september was ze verliefd op hem. 'Je kunt het proberen.'

'Doe ik.'

Nikki's ogen waren op de ingang van het gebouw gericht waar ze Jerome Marx naar buiten zag komen. Hij droeg een overjas en liep kwiek naar een parkeergarage. 'Luister, Simone, ik moet rennen. Ik zie je later.'

'Ik reken erop. Morgen.' Simone hing op. Nikki zette haar mobiel uit, liet hem in haar tas vallen en was in één snelle beweging uit de auto. Het begon al donker te worden terwijl ze zich door de straat haastte en hem bij de trap van het gebouw inhaalde. 'Meneer Marx?'

De man draaide zich naar haar om, en een vage glimlach krulde zijn lippen. Niet bepaald de rouwende echtgenoot.

'Nikki Gillette, de *Savannah Sentinel*. Ik heb over uw vrouw gehoord. Mijn condoleances.'

'Mijn ex-vrouw,' verduidelijkte hij, zijn glimlach verdween en zijn mond werd een harde lijn. 'Nou, althans binnenkort mijn ex, maar dank u.'

'Als u een paar minuutjes heeft, zou ik graag met u praten over wat er is gebeurd.' Ze rende bijna om de afstand tussen hen klein te houden.

'Wat valt er te zeggen? Bobbi werd vermoord. Een of andere griezel heeft haar in een doodkist gedaan en haar levend begraven bij een dode vrouw. Ik hoop in godsnaam dat de politie de schoft vindt.' Hij begon de stoep op te lopen.

Nikki bleef staan. 'Levend?' herhaalde ze geschokt, haar bloed veranderde in ijswater. In gedachten zag ze zichzelf in een kleine ruimte liggen, zuurstoftekort, geen uitweg. 'Ze leefde?' Hoewel ze geschokt was, voelde ze ook een zekere opwinding. Ze wist nu niet alleen wie het slachtoffer was, maar ook de unieke manier waarop ze was gedood. 'Was ze bij kennis? Of... of gedrogeerd? Wist ze wat haar overkwam?'

Hij verbleekte. Besefte dat hij te veel had gezegd. 'Dat was vertrouwelijk.'

'U heeft niets gezegd over restricties.'

'Citeer me en u krijgt een proces aan uw broek,' zei hij over zijn schouder, maar het maakte niet uit. Nikki was in de wolken. Dit was het! Het verhaal waarop ze had gewacht. Ze had twee bronnen die zeiden dat het slachtoffer Barbara Jean Marx was. Ze zou het nogmaals bij Cliff checken, twee lijken in een doodkist, Barbara Jean die levend was begraven, maar ze had haar primeur.

'Weet u wie die andere vrouw was?' vroeg ze, haar brein werkte al naar haar insteek toe.

'Nee.'

'Had uw vrouw vijanden?'

'Te veel om te tellen, en dit interview is afgelopen – niet dat het echt is begonnen.' Hij duwde de deur naar de derde etage open. Nikki pakte de deur en was erdoorheen terwijl hij richting een zwarte Mercedes liep.

'Heeft u enige idee wie Barbara kwaad zou willen doen?'

Hij bleef bij de glanzende bumper staan. 'Vraag het aan Reed,' zei hij boos. 'Zo, als u me nu wilt excuseren.' Hij ontsloot de auto en zat achter het stuur voordat ze had kunnen reageren. Met een laatste blik op haar reed hij de parkeerplek uit en vervolgens via de afrit naar buiten.

Wind gierde door de open ruimten van de parkeergarage, en Nikki bleef staan, op het beton tussen de olievlekken en bandensporen. De plek was verlaten op een paar auto's na. Nikki's laarzen maakten klakkende geluiden op het smerige beton terwijl ze naar de uitgang liep. Barbara Jean Marx was voor dood in een doodkist achtergelaten. Met een ander lijk? De afschuwelijke gedachte deed Nikki's maag samenballen, en heel even voelde ze de angst van het slachtoffer. Nikki was van nature claustrofobisch, gaf de voorkeur aan open ruimten boven inloopkasten of autoliften of andere kleine ruimten. De gedachte aan wakker worden in een doodkist, tussen een dode vrouw en het deksel… o, God, het was te afschuwelijk om er dieper op in te gaan. Wie zou zoiets doen? Hoe intens kon iemand een ander haten om hem in een dergelijke situatie te brengen?

Nikki liep de trap af.

Vraag het aan Reed.

Natuurlijk zou ze het aan Reed vragen. Hij was bij het onderzoek betrokken.

En toch was de manier waarop Jerome Marx haar de suggestie had gegeven op zijn minst vreemd. Alsof er meer achter zat. *Je maakt er meer van; je fantasie draait overuren. Voor de zoveelste keer.*

Ze hoorde boven in de parkeergarage een portier dichtslaan en schoenzolen over de trap sloffen.

Maar waarom was Reed bij het onderzoek geroepen?

En waarom deed de naam Barbara Marx ergens in haar achterhoofd een belletje rinkelen? Vanaf het moment dat ze de naam had gehoord, was hij haar bekend voorgekomen. Misschien was ze een filmster of een of andere beroemdheid, een bekend persoon over wie ze in een roddelcolumn had gelezen, maar ze had het gevoel...

De voetstappen boven haar hoofd kwamen in haar richting, en ze dacht aan de donkere figuur die ze die ochtend had gezien, de vreemdeling in de schaduwen. Haar hartslag versnelde een beetje, de trap was niet al te best verlicht en te oordelen naar de voetstappen op de eerste verdieping kwamen ze steeds dichterbij. Ze gooide de deur naar de straat open en maakte dat er een afstand tussen haar de parkeergarage kwam. Ze keek net op tijd over haar schouder om een man in een overjas te zien wegsprinten, alsof hij haast had. Hij keek niet eens in haar richting, maar toen ze haar auto bereikte, bonkte haar hart als een gek, en ze wist niet hoe snel ze het portier moest openen.

Ze kroop al bijna naar binnen toen ze een stukje papier onder haar ruitenwisser ontdekte. Ze kreunde. Geweldig. Een parkeerboete. Maar het was toch na de vastgestelde tijd? O, God, iemand had haar auto aangereden. Dat was het. En ze waren weggereden. Ze rukte het briefje onder de ruitenwisser vandaan en vouwde het open. Ze had verwacht een naam en telefoonnummer te vinden. In plaats daarvan stond er slechts één woord:

Vanavond.

Wat had dat verdomme te betekenen?

Een windvlaag joeg de afgevallen bladeren ritselend door de

straat. Een auto reed voorbij, en Nikki keek rond om te zien of ze de persoon zag die het briefje had achtergelaten. Er was niemand in de buurt. Niemand die zich verstopt hield en haar gadesloeg, voor zover ze kon zien. De paar voetgangers leken mensen die zich van hun werk naar huis haastten. Ze zag ook een jongen op een skateboard, een vrouw die een kinderwagen voortduwde, een oudere man die zijn hond uitliet, een tienerstelletje dat elkaar knuffelde en giechelde. Ze keek om naar de parkeergarage... de deur viel dicht... haar nekharen gingen overeind staan, hoewel er eigenlijk geen reden voor was.

Ze stak het briefje in haar tas en kroop in haar auto. Gewoonlijk was ze niet zo gauw bang , maar er hing vandaag iets in de lucht, iets dat haar op scherp zette, en de gedachte aan Bobbi Jean Marx, in een doodkist gepropt met een dode, een in staat van ontbinding verkerende vrouw, zat haar dwars. Ze was verslaggeefster. Ze was immuun geworden voor een hoop narigheid in de wereld, behalve als het kinderen of dieren betrof. Logisch. Iedereen die onschuldige wezens kwaad deed, moest voorgoed worden opgesloten, of erger. En datzelfde gold voor de griezel die een levende, ademende vrouw bij een lijk in een doodkist had gedaan. Welke dood kon erger zijn? Ze huiverde, en reed weg.

Vanavond.
Vanavond, *wat?*

'Wat dacht je, in godsnaam?' Katherine Okano stond achter haar bureau naar buiten te staren toen Reed op haar gedeeltelijk openstaande deur klopte en binnenkwam. De officier van justitie hield haar armen onder haar borst gekruist, de vingers van een hand tikten boos op de andere arm. Gebiedend en vastberaden wendde ze zich tot Reed. 'Je kende Barbara Jean Marx, een slachtoffer in een moordonderzoek, en je vraagt of je op de zaak mag blijven?' Voordat hij kon antwoorden, voegde ze eraan toe: 'En ze was zwanger. Het kind zou van jou kunnen zijn. Zie je in dat dit naar belangenverstrengeling riekt?' Haar stem droop van sarcasme.

'Ik wil de moordenaar vinden.'

'Ongetwijfeld, maar jij doet niet mee met het onderzoek.' Ze keek over de rand van haar bril. Ze was een praktische vrouw, halverwege de veertig, met kort blond haar, een snelle geest en een blik in haar ogen die een persoon tot het bot kon klieven.

'Ik kende Barbara.'

'Je bent bevooroordeeld. En trouwens, de vrouw was getrouwd. Het bureau zit niet op dit soort negatieve publiciteit te wachten. De pers zou ervan smullen.'

Ze trok haar bureaustoel bij en ging zitten alsof het onderwerp was afgedaan. 'Geen discussies meer, Reed. Je ligt eruit.'

'De brief in de doodkist was aan mij gericht, en ik heb er een per post ontvangen, met een niet bestaand poststempel, Koloniale Begraafplaats. Ik denk dat ze van dezelfde persoon zijn. Wie de griezel ook is, ik denk dat hij probeert mij erbij te betrekken.'

Ze keek naar hem op. 'Des te meer reden.'

'Kathy, je weet dat ik dit aankan. Ik zal objectief zijn, en desondanks zal ik van binnenuit tegen de zaak aankijken.'

'Geef het op, Reed. Geen denken aan.'

'Maar –'

'En ik stel voor dat je vrijwillig een DNA-monster afstaat.'

'Al gedaan.'

'Goed. Laat het verder rusten, Reed. We doen dit helemaal volgens het boekje.' Ze knipperde een keer met haar ogen. 'Begrepen?'

'Begrepen.'

'Prima. Maar als je het in je hoofd haalt om iets achter mijn rug om te doen, vergeet dan niet dat we het hier over je baan hebben. Ik heb mijn nek voor je uitgestoken toen je San Francisco verliet. Zorg dat ik niet voor gek kom te staan.'

'Zou ik niet durven.'

'Goed.' Ze bood hem de eerste oprechte glimlach van de dag. 'Dan heb je dus geen bezwaar tegen een vaderschapstest en een interview met rechercheur McFee.'

'Helemaal niet,' zei Reed, hoewel hij innerlijk brieste van woede. Hij wist dat ze hem niet van iets beschuldigde, en hem waarschijnlijk niet van iets verkeerds verdacht, maar het stak hem desondanks. Hij liep naar de deur en stapte naar buiten, toen ze zei: 'Bedankt, Pierce. Ik weet dat dit niet gemakkelijk is... en... nou, mijn condoleances als... je weet wel.'

Als het kind van jou blijkt te zijn.

'Ja, ik weet het.' Hij verliet haar kantoor en begaf zich terug naar zijn eigen bureau. Zijn kind. Was het mogelijk? Verdomme, wat een troep.

Ze was in de keuken. De oude vrouw was klein, met wit hoog opgestoken haar en een zichtbare bochel onder haar kamerjas. Ze stond bij het fornuis te wachten tot het theewater kookte. Zoals ze elke dinsdagavond deed, de enige avond dat de hulp niet thuis was. Het oude huis was donker, op het schijnsel van de televisie na, die aanstond in haar slaapkamer, en het licht uit de keuken.

De Overlevende sloeg haar vanbuiten gade. Verlangend naar wat er ging komen. Hij zag het voor zijn geestesoog, de moord, en zijn bloed ging sneller stromen. Verborgen in de schaduwen van een grote magnolia streelde hij de cyperse kat in zijn armen, en keek omhoog naar de lucht. De maansikkel stond hoog, nauwelijks zichtbaar door het web van takken en de nevelige wolken die boven de stad dreven. De kat was nerveus, en probeerde weg te komen. Wat niet lukte.

De waterketel floot. De Overlevende hoorde het schrille geluid door de beslagen ruiten. Goed. De kat sprong, maar kon niet wegkomen. Het was bijna tijd. Het zweet brak hem uit. Hij moest geduld hebben. Nog een paar seconden.

De achterdeur ging op een kier open. De oude vrouw stapte in de lichtstraal op het terras. 'Maximus?' riep ze met een krakerige stem. 'Kom, jongen.'

De kat worstelde.

Adrenaline stroomde door zijn aderen. Bijna tijd.

Wacht. Nog niet.

'Kom dan, poes, poes… Maximus, jij kleine duivel… waar ben je? Kom jongen, kom poes, poes, poes.' Haar stem klonk scherp door bezorgdheid, en nu stapte ze verder naar buiten, liep naar het eind van het terras en tuurde in het donker en door het dichte gebladerte van haar tuin.

In zijn armen probeerde de kat zich krabbend te bevrijden.

Nog niet. Bijna. Zijn hartslag bonkte in zijn oren. Sneller nu. Hij bewoog zich niet. Maakte geen geluid.

'O, toe dan, stoute jongen, kom naar binnen...'

Nu!

In een snelle beweging gooide hij het beest over de schutting. De cyperse kat krijste.

'Maximus? Wat doe je nou?' vroeg ze en haastte zich verder de tuin in... het stenen pad op... haar slippers sloften toen ze zich naar het hek begaf.

Hij reikte in zijn zak. Gehandschoende vingers vonden de injectiespuit.

'Kom hier, jongen. Poes, poes, ben je gewond?' Ze frunnikte aan de sluiting van het hek toen hij uit de schaduwen te voorschijn sprong. Ze begon te schreeuwen.

Hij bedekte haar mond met zijn ene hand.

Ze worstelde, verbazingwekkend sterk voor zo'n oud, mager ding. 'Tijd om God te ontmoeten, Roberta,' fluisterde hij ruw in haar oor, en ze verzette zich nog heviger, haar lichaam kronkelde wild. Maar ze kon niet tegen hem op.

Met zijn vrije hand stak hij de dodelijke naald in haar magere arm, door het zijden materiaal van haar kamerjas. Ze vocht, draaide haar hoofd om en staarde hem aan. Er was een moment van herkenning, van verbazing en angst terwijl ze in de handschoen beet. Hard. Tanden drongen door het leer heen.

Pijn schoot door zijn handpalm. 'Kreng!' snauwde hij.

Haar laatste wanhopige poging om zich te redden kwam te laat.

Het kwaad was geschied.

Haar ogen rolden naar achteren in haar hoofd. Haar kaak verslapte. Haar lichaam zakte ineen.

Hij gooide haar over zijn schouder, terwijl de kat blazend door de schaduwen sprong en hem met boze, zwarte ogen aanstaarde. Zijn enige getuige. En een onbewuste partner. Het stomme dier besefte niet dat hij zijn baasje nooit meer levend zou zien.

Niemand zou haar nog levend zien.

7

'Je noemt de man "De Grafschender"?' vroeg Tom Fink, terwijl hij zijn bril opzette en de laatste versie van Nikki's artikel bekeek over de plaats delict in Lumpkin County. Het was al laat op de avond, de ochtendeditie moest zo ongeveer klaar zijn, en Nikki wiebelde voor Finks bureau van haar ene voet op haar andere. Hij stond aan de andere kant. Haar artikel lag tussen hen in.

'Ja. Het klinkt wel lekker, vindt u niet?' Nikki was in de wolken door de gedachte dat haar naam eindelijk onder een stuk op de voorpagina zou komen te staan. Ze zag het al gedrukt voor zich. In grote letters zou er staan: GRAFSCHENDER SLAAT TOE, POLITIE VERBIJSTERD.

Als Fink ervoor ging.

'Je bronnen zijn betrouwbaar?' Hij keek haar sceptisch aan.

'Natuurlijk.'

'Geen flauwekul. Heb je met Reed gepraat?' Fink wees naar diens naam in de tweede alinea.

'Heb ik geprobeerd. De man is niet zo toeschietelijk. Maar ik heb een bron dicht bij het onderzoek –'

'Wie?' vroeg hij.

'Eh-he. Ik onthul mijn bronnen niet. Zelfs niet tegen u.'

'Je bent bereid voor de gevolgen op te draaien.'

'Als het moet. Maar het klopt allemaal. Ik heb met de echtgenoten van beide slachtoffers gesproken.'

'Wacht even. Het ene slachtoffer, de oude dame Pauline Alexander, is een natuurlijke dood gestorven.'

Ze had nu echt Finks aandacht. Goed. 'Het schijnt zo. Maar niemand weet het zeker.'

'Het wordt wel steeds raadselachtiger, nietwaar?' vroeg hij.

'Zeer.'

Iets van zijn grimmige houding verdween toen hij het artikel voor de derde keer vluchtig doorlas. 'Heb je dit aan Metzger laten zien?'

Ze kon niet liegen. Zelfs niet als ze wilde. Wat niet het geval was. Fink zou er snel genoeg achter komen. 'Nee. Ik heb niet met hem gepraat.'

Fink keek over de rand van zijn leesbril, en hij leek niet tevreden. 'Waarom niet? Ik dacht dat ik had gezegd dat jullie moesten samenwerken.'

'Ik werk beter alleen,' zei Nikki. 'Als u het Norm zou vragen zegt hij vast hetzelfde.'

'Je bent dus op eigen houtje te werk gegaan.' Hij rechtte zijn rug, sloeg zijn armen voor zijn borst en fronste zijn wenkbrauwen. 'Ik heb je gezegd –'

'Wilt u dit plaatsen of niet?' vroeg ze verdedigend. 'Op dit moment hebben we een primeur. Over enkele uren zal het algemeen bekend zijn en op tv en radio worden uitgezonden. Ik sta voor honderd procent achter dit artikel.'

'Ik neem aan dat je dat bij elk verhaal doet.'

'Maak er dan honderdvijftig procent van, of tweehonderd. Ik zeg dat dit *hot news* is. Het zit verdraaid dicht bij een exclusief verhaal.'

Hij snoof. Keek twijfelachtig. Kauwde op de binnenkant van zijn lip.

'Tom, echt. Geloof me,' smeekte ze, hem bij zijn voornaam noemend, nu het erop of eronder was.

Hij keek naar haar op. Zijn ogen zeiden dat hij dat al eens eerder had gedaan en dat hij dat beter niet had kunnen doen. Maar hij zei niets. Hij aarzelde, en ze wist precies waarom. Het zat hem dwars dat hij niets over haar contacten wist. Het was al jaren een bron van irritatie tussen hen.

'Ik heb de afgelopen drie uur niet anders gedaan dan alles checken en dubbelchecken.

Cliff Siebert was terughoudend geweest met de details, maar hij had alles bevestigd wat ze over Jerome Marx te weten was gekomen. Toen ze hem over Reed had gevraagd, had Cliff haar verteld dat ze beter met de rechercheur zelf kon gaan praten. Alsof ze dat al niet had geprobeerd. Ze had nog meer berichten voor hem ingesproken, geen reactie gekregen, en had toen besloten zijn naam in het artikel te noemen. Over het feit dat hij naar Lumpkin County was geroepen, dat hij in verband werd gebracht met de moorden.

'Goed, we plaatsen het. Voorpagina.' Tom wreef met zijn hand over zijn nek, en ze verwachtte dat hij haar zou zeggen dat haar baan op het spel stond. In plaats daarvan mompelde hij: 'Goed werk.'

Nikki kon haar oren niet geloven. Een compliment van de Tom de Verschrikkelijke? De zaken keerden absoluut ten goede. Voordat hij van gedachten kon veranderen, greep ze haar spullen bij elkaar en was ze de deur uit, waar de nacht nu definitief over de stad was gevallen. Mist dreef boven de lantaarns en stoplichten toen ze in haar auto stapte. Ze startte de motor, hij sloeg aan – en weer af. 'Kom op, nou,' mopperde ze. 'Niet vanavond.' Ze draaide de contactsleutel nogmaals om en tot haar opluchting sloeg de motor aan, waarna ze kon wegrijden.

De straten waren nagenoeg verlaten. Griezelig leeg. Slechts een enkele auto passeerde haar terwijl ze naar huis reed. Ze dacht aan de man die ze na haar mislukte ontmoeting met Reed had gezien, en nadat ze voor haar huis had geparkeerd, zocht ze in haar tas naar de huissleutel en vond het briefje dat onder haar ruitenwisser was gedaan. Het ene woord was duidelijk leesbaar in het bleke licht van de beveiligingslampen.

Vanavond.

Werd er déze avond bedoeld?

Was het een waarschuwing.

Een bedreiging?

Of een onschuldige grap?

Haar nekharen gingen overeind staan en ze keek in de achteruitkijkspiegel. Er leek niets veranderd; het oude huis was net zo donker als toen ze het achttien uur geleden had verlaten. Ze was moe, dat was het. Gespannen zenuwen.

Ze pakte haar aktetas van de achterbank en haastte zich over het pad naar het hek. Het was niet gesloten, zwaaide heen en weer alsof iemand met grote haast niet de moeite had genomen het dicht te doen. Nikki glipte door de opening en sloeg het smeedijzeren hek met een klap achter zich dicht.

Met bonkend hart volgde ze het pad naar de buitentrap, terwijl ze zich voorhield dat ze dwaas deed. Waar was ze bang voor? De avond? Allemachtig, dit was belachelijk! Ze had geen tijd voor paranoia.

Haar laarzen stampten terwijl ze de trap beklom, en op de laatste overloop zag ze een beweging, iets glipte weg in de schaduwen. Ze gaf bijna een schreeuw toen ze Jennings herkende. 'O, lieve God, wat doe jij hier?' vroeg ze, terwijl de kat op de treden sprong en vervolgens met zijn staart omhoog naar haar appartement rende. Nikki volgde hem. Hoewel ze zou kunnen zweren dat ze de kat binnen had gesloten.

Of niet?

Misschien had ze het raam van de badkamer opengelaten om de stoom van haar douche eruit te laten... of hij was vanochtend misschien langs haar benen geglipt toen ze naar buiten ging. Hoe dan ook, hij miauwde en ijsbeerde voor haar. 'Goed, goed, ik weet het,' zei ze. 'Het is koud buiten.' Ze wilde de huissleutel in het slot steken toen ze besefte dat de deur niet helemaal dicht was. Geen wonder dat de kat was ontsnapt. Maar... de deur stond niet echt op een kier, hij was alleen niet helemaal dicht. Alsof iemand van plan was geweest hem te sluiten, maar haast had gehad.

Zoals zijzelf, vanochtend.

Ze herinnerde zich dat ze naar buiten was gestormd, vastbesloten Reed te ontmoeten en hem te ondervragen... maar de deur was toch achter haar in het slot gevallen? Ze wist zeker dat ze de klik van het slot had gehoord.

En het hek had ook dicht moeten zijn.

Haar maag balde samen. Angst stroomde door haar bloed bij de gedachte dat er iemand binnen was geweest, misschien nog binnen was. Met haar hart in haar keel reikte ze met haar hand naar binnen, vond het lichtknopje en knipte het aan. De woonkamer baadde plotseling in het licht. Jennings schoot door de deur voordat Nikki hem kon pakken.

Niemand hield zich in de hoeken of achter de gordijnen verborgen.

Het appartement leek niet verstoord.

Nog steeds nerveus liep Nikki van de ene kamer naar de volgende. Alles, afgezien van het halflege etensbakje van de kat, was precies zoals ze het had achtergelaten. Koude koffie in de pot, haar slippers bij het bureau waar ze ze had uit getrapt, een paar make-upspullen op het aanrecht.

'Vals alarm,' zei ze tegen de kat en slaakte een zucht van verlichting terwijl ze de buitendeur afsloot en alle ramen controleerde, die allemaal gesloten waren. 'Waarom is de voordeur dan niet in het slot gevallen?' vroeg ze zich hardop af, terwijl ze haar kleren uittrok en de radio aanzette.

Ze viel midden in het programma *Midnight Confessions*, dat deze keer over cyberseks op het internet ging. 'Net wat ik nodig heb,' mompelde Nikki. Ze kroop in bed en streelde de kat. Jennings begon zo hard te spinnen dat Nikki de volgende beller op de radio, die over de slechte relatie met haar vader praatte, amper kon verstaan. Ze trok het dekbed tot aan haar kin op. Ineens drong het tot haar door dat ze bijna een week niet met haar moeder had gepraat. Morgen, nam ze zich voor, en nestelde zich dieper onder het dekbed. Het was kil in de kamer, de winternacht leek door het raam heen te dringen, schaduwen speelden op de muur. Nikki deed haar ogen dicht en rolde zich op haar zij, schoof haar hand onder het kussen. Haar vingers raakten iets aan – iets vreemds – papier, nee een envelop.

Wat was dat nou?

Ze schoot overeind, knipte het licht aan en tilde het kussen op. Jennings sprong onder het bed.

Daar op het blauwe laken lag een envelop.

Het deed haar denken aan het briefje op de voorruit.

Ze gleed van het bed, elke spier tot het uiterste gespannen. Snel controleerde ze de slaapkamer, keek nog eens onder het bed, in de kast, in het besef dat er iemand, een vreemde, in haar huis was geweest. Ze spitste haar oren. Ze hoorde niets, behalve het kraken van het oude huis. *Kalm nou, Nikki. Er is niemand in je appartement. Je hebt het gecontroleerd. De deur is op slot. De ramen zijn dicht.*

En toch stond ze daar midden in de kamer te beven.

Er was iemand geweest.

Die een boodschap had achtergelaten.

Trillend begaf ze zich terug naar het bed, alsof ze verwachtte dat er alsnog iemand onder vandaan zou kruipen, terwijl ze wist dat er niemand was. Zo bang dat ze niet goed kon nadenken, pakte ze de envelop en opende hem langzaam. De boodschap sprong haar tegemoet:

HET IS GEBEURD

Ze herhaalde de woorden hardop. 'Het is gebeurd. Wat? Wat is er gebeurd?' Waar ging dit verdomme allemaal over? Hoe was er iemand in haar appartement gekomen? Ze liep naar de voordeur, opende hem langzaam en keek of het slot geforceerd was geweest. Niets bijzonders te zien. Maar ze twijfelde er niet aan dat er iemand door die deur was gekomen en per ongeluk de kat eruit had gelaten. Er was een onbekende persoon binnen geweest. In haar slaapkamer, had haar bed aangeraakt en het kussen opgetild. Haar hart bonkte. Angst en woede stormden door haar heen. Wie zou zoiets doen? Wie had een sleutel? Waarom zou iemand zoveel moeite doen om een briefje voor haar neer te leggen – nee, dat was het niet; degene die dit had gedaan, wilde haar terroriseren.

Ze probeerde haar paniek te onderdrukken, logisch te denken. Iemand probeerde haar iets te vertellen... iets belangrijks. VANAVOND en HET IS GEBEURD. Iemand had zijn taak volbracht, wat dat ook was. Diep vanbinnen wist ze dat het iets slechts was, iets duisters en boosaardigs. Ze dacht aan de figuur in de straat... vroeg in de ochtend... die haar had gadegeslagen... met Reed.

Lieve God, had het misschien iets met Pierce Reed te maken? Dat leek vergezocht. En toch waren die briefjes gekomen nadat dit hele gedoe met de Grafschender was begonnen. *Wel nee. Je trekt te snelle conclusies die nergens op slaan. Denk rationeel, niet uit angst. Wie zou jou dit aandoen? Een vijand? Wie heeft behalve jij en de huisbaas de sleutel? Een vriend aan wie je hem hebt uitgeleend?* Ze vinkte in gedachten de lijst van mensen af die ze een sleutel had gegeven, maar tenzij iemand een duplicaat had gemaakt, had ze haar sleutel altijd teruggekregen. Simone had haar auto een keer geleend, en haar zus Lily had eens op haar appartement en Jennings gepast toen ze de stad uit moest; en er was haar oude vriend, Sean Hawkes, en haar vader... Trina haar had auto geleend en haar huissleutel had aan de sleutelring gezeten... Lieve God, er waren er te veel om te tellen geweest...

Nikki dacht diep na en ze geloofde niet dat er iemand die ze kende en vertrouwde bij betrokken kon zijn, tenzij ze zorgeloos waren en iemand een duplicaat had gemaakt. Langzaam begaf ze zich weer naar de slaapkamer en trok het dekbed eraf. Als iemand een briefje had achtergelaten, zou hij ook iets anders hebben kunnen achterlaten. Iets veel ergers. Het volgende uur doorzocht ze elke centimeter van haar appartement, maar ze vond niets verontrustends, geen andere aanwijzing dat er iemand binnen was geweest. Ze moest iets zwaars voor de deur schuiven en proberen haar leven te hervatten.

Je moet de politie bellen.

En dan wat? Ze vertellen dat ze twee briefjes had gekregen die niets te betekenen hadden?

Ze hébben iets te betekenen, en dat weet je.

Morgenochtend, misschien. Ze wilde niet voor gek komen te staan. Harde verslaggeefster Nikki Gillette, als de dood door een paar briefjes.

Ze kon nu niet in het bed slapen zoals het was... De gedachte dat een of andere engerd het had aangeraakt was onverdraaglijk. Ze nam haar dekbed mee naar het woongedeelte en nestelde zich op de bank, waarbij ze zich afvroeg of ze zich ooit weer veilig in haar bed of in dit appartement zou voelen. Ze had deze torenkamer altijd als haar persoonlijke veilige haven beschouwd. Nu was er ingebroken. 'Schoft,' mompelde ze, haar zenuwen tot het uiterste gespannen. Ze kroop diep onder het dekbed, deed haar ogen dicht. Ze spitste haar oren om het geringste geluid in huis op te vangen, maar ze hoorde alleen het zuchten van de wind en de geluiden van de verwarmingsketel.

Wie liet in godsnaam die briefjes achter?

En waarom?

De begraafplaats was donker, slechts verlicht door een maansikkeltje achter de wazige wolken. Een koude wind floot tussen de verweerde grafstenen door, deed de takken van de bomen kraken, waaraan plukken Spaans mos bungelden.

De stad was stil, en de Overlevende hoorde niets, behalve zijn eigen ademhaling en hartslag terwijl hij de oude dame naar haar laatste rustplaats zeulde. Ze zat in een zak, en was zwaarder dan ze eruitzag. Met gedempte voetstappen zocht hij zijn weg naar het wachtende graf, een zwart gapend gat waarin al een lijk lag. Wachtend op het tweede. Hij had de kist al opengekraakt en de microfoon erin gelegd. Hij trok de lijkenzak naar de kuil en klom er zelf in. Vochtige aarde omringde hem. De geur vulde zijn neusgaten en de duisternis omhulde hem terwijl hij bezig was, haar uit de zak haalde en in de kist schoof. Ondanks de kou zweette hij tegen de tijd dat hij de kist sloot en weer uit de kuil klom. Hij begon het gat te vullen, aarde en stenen roffelden op de doodkist. Schep na schep. Hij had verwacht haar nu te zullen horen. Gedacht dat ze zou gaan schreeuwen, maar hij hoorde niets terwijl hij haar begroef. Niets, behalve het doffe geluid van de vallende aarde, geen enkel geluid door de microfoon naar de ontvanger in zijn oor. 'Vooruit, wakker worden, oud kreng,' bromde hij, ondertussen bezig het gat zo snel mogelijk dicht te gooien. De begraafplaats was verlaten, het hek zo laat op de avond afgesloten, maar er bestond altijd een kans dat er iemand in de buurt was, een bewaker, of kinderen op zoek naar de opwinding van over een hek naar een donkere begraafplaats klimmen.

Er was nog steeds geen geluid vanuit die verdomde doodkist.

Dit was niet goed.

Ze moest wakker worden.

Om haar lot te beseffen.

Te begrijpen dat het tijd was om te boeten.

Zijn hele lichaam was drijfnat tegen de tijd dat het gat was gedicht. Hij overwoog wat bladeren en vuil over de vers gekeerde grond te gooien, proberen het te verhullen, maar daar was eigenlijk geen reden voor. Reed zou hier morgen toch zijn.

Snel, met zijn schep nog in zijn hand, evenals de nu lege zak, klom hij over de omheining en plofte in de struiken aan de achterkant van de begraafplaats, bij een toegangsweg. Zijn truck stond geparkeerd waar hij hem had achtergelaten, diep in de schaduwen van een oude eikenboom. Onaangeraakt. Tot zover ging alles goed, dacht hij, terwijl hij de achterbak opende en zijn schep erin legde.

Koplampen flitsten achter hem, twee stralen die het donker doorsneden. Hem beschenen. En zijn truck.

'Shit.'

Hij klom snel in de truck, startte de motor en ramde hem in de eerste versnelling. De koplampen gingen de hoek om, verblindden hem bijna via de achteruitkijkspiegel. Hij maakte een snelle U-bocht en passeerde een tegemoetkomend voertuig, een oude, gedeukte stationcar. Hij hield zijn gezicht afgewend, en gaf meer gas. Wie had zo laat op de avond iets op deze weg te zoeken? Tieners, waarschijnlijk, die een plek zochten om te drinken, wiet te roken, of wat dan ook te doen.

Dat was pech hebben.

Maar het was tenminste geen politieauto.

Hij bevochtigde zijn lippen, keek in zijn spiegels en was gerustgesteld toen de wagen niet was omgedraaid om hem te volgen.

Hij draaide de toegangsweg af en probeerde kalm te blijven. Zweet droop langs zijn gezicht. Hij mocht dit niet verpesten. Het was zijn enige kans op vergelding... Hij was de Overlevende. Hij keek in zijn achteruitkijkspiegel en zijn maag balde samen toen hij een patrouillewagen ontdekte die afsloeg in de straat achter hem.

Misschien had iemand in de gedeukte wagen de politie gebeld.

Maar waarom?

Misschien was er iemand op de begraafplaats geweest die hem had gezien.

Misschien –

De grote lichten van de patrouillewagen flitsten aan.

Klootzak!

Hij hoorde een zacht, kreunend geluid, daarna een hulpeloze kreet. 'Help me... o, God, waar ben ik?' En daarna weergalmde er een schreeuw van angst door zijn trommelvlies. De oude vrouw was eindelijk wakker geworden. Ze snikte, klauwde, gilde, en hij kon er niet van genieten. Niet nu.

De agent haalde hem in.

Hij kon niet tegen een patrouillewagen op. Maar als hij werd aangehouden en de agent zou zijn uitrusting en de zak in de achterbak vinden dan kon hij het wel schudden. Voordat hij zijn taak had volbracht. Geen denken aan. Niet nu. Hij was te dichtbij en hij had er te lang op gewacht.

De sirenes van de patrouillewagen gierden door de nacht. De lichten verblindden hem bijna.

Zijn ademhaling was oppervlakkig, zijn hart klopte als een gek, zijn mond was zo droog als een woestijn.

'Help me! O, God!' Hij rukte de ontvanger uit zijn oor. Stopte hem in zijn zak. De politieauto raakte bijna zijn achterbumper. Hij kon niet riskeren dat de agent, als hij werd gedwongen aan de kant te gaan, de kreten uit de ontvanger zou horen.

De handen van de Overlevende verkrampten rond het stuur toen hij naar de kant van de weg stuurde. Hij had een pistool. Als de agent hem dwong te stoppen, zou hij het zwijn kunnen neerknallen. Makkie. Daarna de truck dumpen. Hij stond niet op zijn naam. Het kon nog steeds. Hij kon zijn taak nog steeds volbrengen.

Sirenes loeiden, lichten zwaaiden, de patrouillewagen reed met hoge snelheid voorbij. De agent achter het stuur bekeek hem niet eens.

Hij was veilig.

Op dit moment.

'Help!' riep Roberta, haar hart bonkte zo heftig dat ze ervan overtuigd was dat het ging exploderen. Ze was wakker, haar geest nog slaperig, maar ze wist dat er iets niet klopte. Misschien was het een droom, maar dan wel een ondenkbare, verschrikkelijke droom. Een ware nachtmerrie.

Ja, dat was het.

Wakker worden. Nu wakker worden.

Ze huiverde en legde haar handen tegen de gescheurde bekleding van het deksel van de kist waarin ze zich bevond. Het gaf niet mee. Ze duwde harder. Nog geen beweging.

Afschuw stroomde door haar bloed.

Wakker worden. Word wakker en dan lig je in je eigen bed.

Ze ademde de verschaalde lucht in... maar het was moeilijk om adem te halen... en... dit was absoluut de ergste nachtmerrie die ze ooit had gehad.

Word wakker, Roberta! Allemachtig, word nou wakker!

Ze dwong haar ogen open te gaan.

Duisternis.

Totale, ondoordringbare duisternis.

Er was iets heel erg mis. Haar keel werd droog. Angst spiraalde in haar omhoog, pure afschuw.

Doe iets. Ga eruit! In godsnaam, zorg dat je eruit komt!

Ze duwde omhoog.

Niets.

Nog eens. Harder.

Haar handen deden pijn.

Haar polsen voelden alsof ze elk moment zouden breken.

Dit was geen droom. Het was echt. Ze was gevangen. Als een sardine in een blikje. O, lieve God, nee.

Haar geest werd helderder en ze besefte dat ze naakt was. Geen draad aan haar lijf.

En haar rug drukte tegen iets aan dat de vorm had van... nee... o... Néé! Het zompige ding onder haar was een lijk. De bovenkant van de kist was het deksel van een doodkist, en ze was ongetwijfeld levend begraven.

Zoals die andere arme vrouw.

'Help me! Alsjeblieft, is daar iemand?' begon ze te schreeuwen. Daarna schopte ze, ze bonkte met haar blote knieën tegen het deksel en gilde tot ze geen adem meer had.

Ze durfde niet te denken aan wat er onder haar lag – het metaal van een riemgesp drukte tegen haar rug, ze voelde de botten door de vergane kleding tegen haar romp, haar schouders. Ze schreeuwde, en toen nog eens, boven haar snikken uit en de zure stank van rottend vlees. 'Help me! Help me, ooo... God... alsjeblieft.' Ze huilde nu, schaafde haar vingers, haar longen gekweld en brandend, haar brein doortrokken van angst. Ze kon toch niet op deze manier sterven, niet tegen een dood lichaam geperst, waarvan de kleverige haren tegen haar huid plakten. Ze kreeg kippenvel en zag in gedachten wormen en ander smerig ongedierte dat zich te goed deed aan de in ontbinding verkerende spieren en ingewanden van het lichaam onder haar.

'Laat me eruit. Alsjeblieft, alsjeblieft... haal me eruit!'

Half buiten zinnen, aangestuurd door adrenaline, schopte ze harder.

Bam! Ze hoorde een misselijkmakende klik. Een pijnscheut ging door haar been. Ze snakte naar adem, kreeg slechts ijle, smerige lucht naar binnen.

Het had geen zin. Ze kon niet ontsnappen. 'Waarom?' riep ze snikkend. 'Waarom ik?'

Kalmeer nou, Roberta. Denk aan je geloof. Roep de Vader aan. Hij zal je helpen. Hij is bij je. Hij heeft je niet in de steek gelaten.

Haar hand kroop omhoog langs haar ribben, over haar naakte borsten naar haar hals, om het kruisje te vinden. Maar toen haar bebloede vingers rondtastten, besefte ze dat haar ketting met het kruisje ontbrak. Degene die haar had uitgekleed, had haar ketting afgedaan, evenals haar dierbare trouwring.

'Jij zieke schoft,' siste ze. Tranen van wanhoop stroomden uit haar ogen. Ze begon te hoesten. Angst stroomde door haar bloed, en een vreemde pijn ontstond in haar arm. Een tinteling, en erger, iets vanbinnen kneep samen, diep in haar borst.

Vertrouw op de Heer. God is bij je. Roberta, blijf geloven!

De pijn brandde door haar heen, maar ze hield zich vast aan de woorden die haar als kind hadden getroost. Zachtjes begon ze te mompelen: 'Jezus houdt van me, dat weet ik, omdat de bijbel het zegt...'

Wat was dat, verdomme?

Zingen? De oude vrouw was aan het zingen? De Overlevende deed zijn oordopje weer in zijn oor terwijl hij de truck door de donkere steeg achter zijn huis stuurde. Op de bovenste verdiepingen brandde nergens licht, en de kelder was ook aardedonker. Hij zette de motor af toen hij achter een grijs met mos begroeid busje stond.

'Voor de kleintjes die Hem toebehoren. Ze zijn zwak maar Hij is sterk...' zong Roberta Peters.

Alsof haar dat zou helpen.

De Overlevende luisterde naar haar verrassend sterke, heldere stem, het geluid van een vrouw die niet langer angstig jammerde, maar hardop in een lied haar geloof verkondigde.

Alsof ze bereid was de dood te accepteren en haar Schepper te ontmoeten.

De Overlevende krulde vol afkeer zijn lippen. Hij herkende de tekst en de melodie. Had hem zelf gezongen. Hoeveel keer was hij gedwongen geweest dat deuntje te kwelen na een bijzonder hardhandige afstraffing? En wat had het geholpen?

Waar was God geweest toen hij pijn had?

Luisterend en bereid hem te redden?

Niet dat de Overlevende het zich herinnerde.

'Ga door,' mompelde hij vol walging, alsof de oude vrouw hem kon horen. 'Zing je zieke longen maar uit je lijf.'

'Ja, Jezus houdt van me...' Roberta's heldere stem kraakte. 'Ja, Jezus houdt van me...'

En toen was er niets meer.

Ze riep niet meer.

Smeekte niet om genade.

Huilde niet hartverscheurend.

De huid van zijn gezicht verstrakte pijnlijk. Hij draaide het raampje naar beneden en spuwde. Wie had gedacht dat de oude vrouw gedwee haar lot zou aanvaarden, zich er waarschijnlijk op verheugde in Gods koninkrijk te worden opgenomen?

De Overlevende voelde zich leeg vanbinnen. Woedend rukte hij het oordopje uit zijn oor. Had hij hiervoor zo hard gewerkt? Dat zij zich zo gemakkelijk gewonnen zou geven? Shit! Afgezien van haar eerste paar kreten en gebonk was Roberta's reactie een grote teleurstelling.

Niet half zo bevredigend als Barbara Marx. Luisteren naar Bobbi Jean, zoals ze zichzelf noemde, was opwindend geweest, zelfs grenzend aan seksuele stimulering. Het feit dat ze zo'n wellustige, sensuele vrouw was geweest had haar dood extra prikkelend gemaakt. Zelfs bij de gedachte reageerde zijn lichaam.

Maar dit... het ziekelijke huilen en zingen van een zondagsschoolliedje had hem vanbinnen een leeg gevoel bezorgd.

*Maak je er niet druk om. De oude dame moest boeten. Net als
de anderen. Er zullen er meer komen. Dat weet je, en sommigen
van hen zullen nog bevredigender zijn dan Barbara Jean. Heb geduld.*

Hij sprong uit de truck, sloot hem af, en liep onverstoorbaar
door de schaduwen naar de achteringang van het oude huis waar
hij woonde. Langs het brokkelige pad naar de kelder groeiden
dikke heggenranken, takken ervan sloegen hem in het gezicht. De
geur van aarde vulde zijn neusgaten toen hij zijn sleutels te voorschijn haalde en door de deur naar binnen glipte. Op weg naar
zijn geheime ruimte. Niemand vermoedde dat hij toegang had tot
de kelders van dit oude herenhuis, zelfs de eigenaars beseften niet
dat hij de sleutels van dit deel van het huis had. Wat perfect was.

Hij deed geen licht aan, tastte met zijn vingers langs oude planken en stenen muren.

Vanavond zou hij weer naar de bandjes luisteren. Ze vergelijken. De tijd opnemen… kijken hoe lang het duurde voor ieder
van zijn slachtoffers stierf. Toen hij via een deur in zijn geheime
ruimte kwam, deed hij de lampen aan en liep naar zijn bureau,
waar hij Roberta's onderbroek had opgeborgen – een gigantische
broek voor zo'n mager vrouwtje. Maar niet wit, nee, lavendel-
kleurig, en daar rook hij ook een beetje naar, alsof ze hem in een
la met een geurzakje had bewaard. Het was een zijden broek, ongetwijfeld duur.

Hij haalde de cassette uit zijn zak en plaatste hem in zijn recorder. Weer hoorde hij haar gefluisterde kreten, o, er was ook wat
smeken te horen, en hij glimlachte voor zich heen terwijl hij aan
de anderen dacht… hoe hij hun kwelling zou rekken zodat hij niet
nog eens werd teleurgesteld. Er was nog zoveel werk te doen, zo-
velen meer die moesten boeten, en de briefjes, hij moest ze zorgvuldig schrijven, de politie langs het juiste pad leiden. Hij glimlachte terwijl hij zijn fotoalbum pakte en naar de resterende
slachtoffers keek. Hun kwelling zou compleet zijn. Ze zouden
weten hoe ze hem in de steek hadden gelaten. Ze zouden begrijpen waarom ze verdoemd waren tot hun eigen, persoonlijke hel.

Daar zou hij voor zorgen.

8

'Heb je de naam van een goede advocaat?' vroeg Morrisette de volgende ochtend toen ze Reeds kantoor binnenkwam.

'Ben je van plan iemand aan te klagen?'

'Bart. Ik heb het helemaal gehad. Die stomme sukkel van een advocaat die ik in het verleden heb gebruikt, heeft nooit een moer voor me bereikt. Als Bart me voor het gerecht wil slepen, dan doet hij dat maar, maar de billen komen bloot, dat beloof ik je.' Ze plofte op een stoel naast zijn bureau, sloeg haar benen over elkaar en fronste haar wenkbrauwen. Een gelaarsde voet zwaaide boos op en neer. 'Hij is verdomme de vader van de kinderen. Waarom denkt hij dat hij wegkomt zonder me te betalen?'

Voordat Reed kon reageren, zei ze: 'En dan heeft hij het lef mij voor het gerecht te dagen! Wat heb ik verdomme gedaan om die zak te verdienen? Een laaghartige nietsnut van een zakkenwasser, dat is-ie. Hoeveel mannen zullen er volgens jou op de wereld zijn? Drie, misschien vier miljard? En van al die mogelijke partners is hij de schoft die ik heb gekozen om kinderen van te krijgen. Ik moet me toch eens laten nakijken.' Ze kamde met een hand door haar stekeltjeshaar, en slaakte een diepe zucht, alsof ze probeerde al haar woede uit haar longen te ademen. Een ogenblik later, inmiddels iets gekalmeerd, zei ze: 'Goed, genoeg over mijn zogenaamde persoonlijke leven. Wat is er nieuw, behalve het feit dat je van de zaak van de Grafschender bent gehaald?'

'Grafschender? Je hebt dus de *Sentinel* gezien.' Het was een vaststelling. Iedereen in de stad, en waarschijnlijk tot ver daarbuiten, had het artikel op de voorpagina gelezen. Hij reikte in zijn bureaula naar zijn maagtabletten en nam er een paar.

'Nikki Gillette op haar best.' Morrisette fronste haar voorhoofd. 'God, ik haat de pers.'

Reed gaf geen commentaar. Zijn standpunt over de pers was welbekend. Maar wat Nikki Gillette betrof, zij was heel iets anders. Als ze geen verslaggeefster was geweest, dan had hij haar misschien zelfs aantrekkelijk gevonden. Gebouwd als een atlete, met een strak kontje, kleine borsten en slanke benen, maar daarbij ook koppig en vastbesloten. En ook had hij gezien dat ze lichtgroene ogen had en wenkbrauwen die zomaar cynisch omhoog konden schieten.

'Hoe is ze aan die informatie gekomen?'

'Jouw naam werd genoemd.'

Hij snoof. 'Er is een lek op het bureau.'

'Je meent het! Dit kantoor is een ware zeef. Waar is McFee?'

'Weet ik niet. Ik zit niet meer op de zaak.'

Morrisette glimlachte. 'M'n reet. Je zit officieel niet meer op de zaak, maar dat zal je niet tegenhouden.'

'Zeker wel,' zei hij. 'Ik hou me strikt aan de regels.'

'Spaar me.' Ze draaide haar stoel en schopte de deur dicht. Daarna werd ze doodernstig. 'Barbara Marx was zwanger. Was het kind van jou?'

Zijn maag balde samen. Hij keek weg. 'Weet ik niet.'

'Maar het had gekund.'

'Ja.' Een spiertje in zijn kaak bewoog. Hij wilde er niet over nadenken.

'Jezus Christus, Reed, waar zat je met je hoofd? In deze tijd? Je hebt geen condoom gebruikt?'

Hij gaf geen antwoord, keek slechts naar buiten, waar het ochtendlicht door de kale takken filterde, en een paar duiven op de vensterbank bijeenzaten.

'Mannen!' Ze zuchtte hoorbaar, en plukte met haar vingers aan haar korte haar. 'Verdomme, ik snak naar een sigaret.'

Ik ook.

'Goed, goed, je hebt geen preek nodig.'

'Klopt.'

Ze schudde haar hoofd. 'Nou, zeg maar wat ik moet doen.' Plotseling was ze weer een en al zakelijkheid. Beheerst. Haar lippen vastberaden opeengeklemd.

Hij was haar twee stappen voor. Ze vormden een vreemd team. Onder enkele andere rechercheurs liepen weddenschappen over hoe lang ze het als partners zouden volhouden. Tot nu had het echter goed gewerkt. 'Jij zult het officiële gedeelte moeten afhandelen. Verzoeken laten ondertekenen. Telefoontjes naar en van het bureau bijhouden. Dat soort dingen.'

'En wat ga jij doen?'

'Aan andere zaken werken, natuurlijk.'

'En dat moet ik geloven?' snoof Morrisette. 'Goed, zo zullen we het spelen. Okano zal je de zak geven als ze merkt dat je hier nog steeds mee bezig bent. Zelfs in een adviserende functie.'

'Maar ik werk er niet aan.'

'M'n reet.'

Reed ging er niet op in aangezien er werd geklopt, waarna de deur openging en iemand van het bureau een stapel post in zijn bakje dumpte. 'Morgen.'

'Morgen,' antwoordde Reed. 'Hoe gaat het, Agnes?'

'Z'n gangetje.' Haar ogen gleden naar het bureau. 'Ik zie dat je nogal wat pers krijgt.'

'Het is afschuwelijk om populair te zijn.'

'Is dat zo?' Giechelend liep ze weg.

Reed trok een gezicht en haalde het elastiek van de bundel brieven. Hij begon ze te sorteren. 'Ik wil weten wanneer we met dat joch in het ziekenhuis kunnen praten.'

'Prescott Jones?'

'Ja. Vraag naar zijn conditie en of hij bezoek mag ontvangen. Kijk of we een paar minuten met hem mogen praten.'

'Je bedoelt of ík hem mag bezoeken.'

Reed grijnsde. 'Klopt. Er bestaat een goede kans dat hij de moordenaar heeft gezien. En tot dusver is hij de enige. Neem een foto van Marx mee en laat die aan de knul zien. Daarna moet je het alibi van Jerome Marx checken en dubbelchecken.' Reed ging onder het praten verder met zijn post sorteren. 'Heb je gepraat met iemand van Barbara Jeans werk? Hexler's Juwelierszaak bij de Cottage Exchange?'

'Wordt aan gewerkt. En ik ben begonnen met een lijst van haar vrienden. Hoe staat het met verwanten?'

'Er is een broer, geloof ik. Misschien een tante. De naam van de broer is Vic of Val, of...'

'Vin. Vincent Lassiter. Die heb ik gecheckt, maar hij is foetsie. Zijn telefoon werd een week geleden afgesloten, en hij heeft een tijdje gezeten. Autodiefstal, in bezit hebben en handelen, niets gewelddadigs tot dusver.'

'Allemachtig, ben jij even goed bezig!' Reed keek op van zijn post.

'Ik doe gewoon mijn werk,' kweelde ze. 'Ik dacht dat je wel een praatje met rechercheur Montoya in New Orleans wilde maken, om Lassiter te checken. Onofficieel, natuurlijk.'

'Natuurlijk.'

'Kijken wat hij over Lassiter weet.'

'Goed idee.' Hij keek naar zijn post en zag de envelop.

Een gewone witte envelop, handgeschreven, aan hem geadresseerd.

'Shit.'

De afzender was een adres buiten de stad aan Heritage Road. Geen naam. Hij scheurde de envelop open. Er zat maar één blaadje in. Hij las:

EEN, TWEE, DRIE, VIER...
EN, WIL JE NU NIET WETEN HOEVEEL MEER?

Hij bevroor. Las en herlas die verdraaide woorden.

'Wat is er?' vroeg Morrisette. Ze stond meteen op en las over zijn schouder mee. 'O, Jezus.' Ze keek Reed recht aan. 'Deze schoft is nog niet klaar.'

'Waar ben je verdomme mee bezig?' Norm Metzger was zo kwaad dat zijn snorretje meetrilde. Hij smeet een opgevouwen editie van de ochtendkrant op Nikki's bureau. Ze had een explosie verwacht, had al de hele ochtend zijn boze blikken opgevangen, en ze had hem het kantoor van Tom Fink in zien stuiven zodra de redacteur die ochtend in het gebouw was verschenen.

'Ik heb een insteek gevonden en ben ermee aan de slag gegaan.' Ze leunde achterover en staarde naar hem op, gaf geen centimeter mee. Ze was moe, had nauwelijks een oog dichtgedaan vanwege het briefje in haar appartement, en was niet van plan in te gaan op Metzgers aantijgingen. Niet vandaag.

Met een duim op zijn borst wijzend, zei hij: 'Het zou míjn verhaal worden.'

'Bespreek het met Fink.'

'Heb ik gedaan. Maar dat weet je al.' Metzger boog zich over haar bureau heen, duwde zijn gezicht zo dicht bij het hare dat ze de koffie in zijn adem kon ruiken. 'Je probeert je al jaren op mijn terrein te begeven, Nikki, en dat zal je gewoon niet lukken.'

'Op jouw terrein? O, kom op, Norm. Wie ben je? James Cagney uit een of andere zwartwitfilm uit de jaren veertig?' Ze glimlachte, en zag dat hij zijn lippen zo stijf opeen hield dat ze wit waren. 'Zoals ik zei, ik heb een insteek gevonden en ben ermee aan de slag gegaan. Ik heb het met Tom besproken en hij besloot dat ik door kon gaan met het verhaal.'

'Je had het samen met mij kunnen doen.'

'Waarom? Zou jij dat in mijn positie hebben gedaan?'

Hij ging rechtop staan. Keek naar het plafond. 'Nee.'

'Dat dacht ik al.'

'Dus je wilt hier samen met mij aan werken?' vroeg hij, alsof hij haar een gunst bewees. Terwijl zij degene was met de bron en de primeur.

'Ik werk beter alleen.'

Hij snoof. 'Denk je niet dat twee koppen beter zijn dan een theorie?'

'Alleen een man zou zoiets denken.'

Hij wierp haar een ijzige blik toe. 'Weet je, Nikki, je gedraagt je als een harde, maar je kunt beter voorzichtig zijn. Dit is een kleine krant in een stad met een lang geheugen. Je hebt je een poosje terug in de nesten gewerkt, dus je kunt er beter voor zorgen dat je niet nog eens in de fout gaat.'

'Zal niet gebeuren,' zei met meer zelfvertrouwen dan ze voelde, waarna hij terugliep naar zijn bureau.

Trina rolde haar stoel naar achteren. 'Oef. Lijkt erop dat iemands mannelijke ego net enigszins gekneusd is.'

'En aangetast, maar niet gebroken.' Ze keek de gang in.

Metzger greep zijn jas en muts en liep met opgeheven hoofd weg, waarmee hij zijn onaantastbaarheid duidelijk wilde maken. 'Hij is gewoon des duivels dat ik hem voor ben geweest.'

'En hij zal het niet vergeten. Ik zou niet graag aan zijn slechte kant willen zijn.'

'Heeft hij ook een goede?'

'O, o, kijk eens wie vandaag van zichzelf overtuigd is.' Trina lachte en knipoogde toen haar telefoon rinkelde en ze haar stoel terugrolde in haar hokje.

Nikki belde haar huisbaas. Gelukkig hield de eigenaar van het gebouw van klusjes opknappen, en hij beloofde een ander slot en dievenklauwen in haar deur te zetten, en dat het karweitje geklaard zou zijn tegen de tijd dat ze thuiskwam. Ze zou die avond bij hem een nieuw stel sleutels kunnen ophalen. Toen hij vroeg waarom ze een ander slot wilde, vertelde ze hem dat ze een oud vriendje had dat haar lastigviel, en er werden geen verdere vragen gesteld. De rest van de ochtend ontweek ze Metzger, en zette het verhaal van dr. Francis en het schoolbestuur in elkaar, terwijl ze onderzoek deed naar de zaak van de Grafschender. Het bureau van de sheriff in Lumpkin County gaf haar een paar details, het ziekenhuis in Atlanta gaf haar geen toestemming om met de jongen te praten, en de andere jongen kon ze op haar buik schrijven, want zijn vader stond op betaling voor elk interview met Billy Dean Delacroix. Nikki belde weer naar Cliff en probeerde informatie in te winnen over de twee vrouwen in het graf. De man van Barbara Jean Marx wilde niet met haar praten en de werknemers van Hexler's Juwelierszaak hielden ook hun lippen op elkaar.

Maar Nikki was niet van plan het op te geven.

En ze vergat ook de twee briefjes niet die ze had ontvangen.

VANAVOND.

En

HET IS GEBEURD.

Wat er gisteravond ook was gebeurd, het was een voldongen feit.

De kop was de moeite waard.

GRAFSCHENDER SLAAT TOE, POLITIE VERBIJSTERD.

Yes!

Hoewel hij moe was tintelde het binnen in de Overlevende, terwijl hij de pagina van de *Savannah Sentinel* op tafel gladstreek. Voorzichtig, ervoor zorgend dat hij recht bleef, knipte hij het artikel uit en verfrommelde de rest van de krant. Het knipsel zou in zijn plakboek met de foto's belanden. Zijn televisies stonden allemaal aan, nieuwslezers praatten met gedempte stemmen, omdat hij het geluid zacht had gezet tot hij iets hoorde dat hem interesseerde, dan zou hij het volume hoger zetten. Zijn bandrecorders namen elk onderdeel van het nieuws op, radiostations uit alle delen van het land. Later, na een paar uur van broodnodige slaap, zou hij alles eruit halen wat hij wilde bewaren om het in zijn persoonlijke bandbibliotheek op te bergen.

De Grafschender.

Nikki Gillette had een naam voor hem verzonnen, alsof ze verwachtte dat hij weer zou toeslaan. Als ze toch eens wist hoe dicht ze bij de waarheid zat, bij hem. Hij neuriede zacht voor zich heen terwijl hij naar de versterker aan de lange muur liep en het volume hoger zette... Niets... ze was zeker al naar haar werk gegaan. Maakte niet uit. Hij had de band van gisteravond. Hij drukte op de play-knop, hoorde het minibandje terugspoelen, en daarna Nikki's stem, helder boven het geluid uit van een praatprogramma op de radio. Het deel dat hem beviel, had hij gemarkeerd, het moment dat ze het briefje had gelezen.

'Wat? Wat is gebeurd?' gilde haar stem.

Weer voelde de Overlevende het vanbinnen tintelen en een erotische hitte zijn bloed verwarmen, maar hij drukte op de pauzeknop. Hij haalde een zwartkanten slipje te voorschijn, nauwelijks meer dan een string. O, Nikki was een ondeugend meisje. Hij glimlachte en wreef met het dunne materiaal over zijn gezicht, hoorde zijn baardstoppels tegen de fijne zijde schrapen. Ze wist niet eens dat het slipje ontbrak. Hij had het veel te vroeg ontvreemd, bedacht hij. Het wegnemen was onderdeel van zijn gebruikelijke ritueel; ze was uiteindelijk nog springlevend, nog niet in een doodkist met een lijk opgesloten. Desondanks had hij het niet kunnen laten haar sexy lingerie te stelen.

Hij zette de recorder weer aan. Een zacht gesis van de band, daarna, terwijl hij aan Nikki's slipje frunnikte, begon ze rechtstreeks tegen hem te praten, niet wetend dat hij een microfoontje in haar slaapkamer had geplaatst dat alles zou opnemen... alleen voor hem... Hij wachtte, hoorde haar door het appartement rondlopen, voelde haar angst toen ze terugkeerde naar de slaapkamer. In afwachting bevochtigde hij zijn lippen, luisterde toen het antieke bed onder haar gewicht kraakte. Hij stelde zich voor dat ze in bed kroop, zich uitstrekte op het blauwzijden laken en het dikke dekbed. Zijn mond werd droog toen hij zich dit beeld voor de geest haalde. O ja... hij herinnerde zich dat zijn vingertoppen over het gladde materiaal tastten dat vaag naar haar rook. Het was toen erotisch, en nu nog erotischer. Hij dacht aan haar huid. Heet. Gewillig. Voelde als zijde onder zijn vingertoppen.

Zijn bloed hamerde in zijn oren, zijn pik werd stijf terwijl hij naar haar bewegingen luisterde, haar voetstappen die wegliepen. 'Dat is het, liefje, praat tegen me,' zei hij, zijn broek openritsend waarbij hij in de gebarsten spiegel naar zijn spiegelbeeld keek.

Dadelijk zou Nikki tegen hem praten. Zo meteen. Boos sissend. Hij hield een ogenblik zijn adem in. Het dunne kant raakte zijn erectie zo zacht als vlindervleugels, plaagde en speelde met zijn pik terwijl hij wachtte. 'Kom op, Nikki, praat tegen me. Kom nou.' Hij kon zich amper inhouden. Zijn ademhaling haperde, zijn hart bonkte, pompte bloed in zijn aderen.

Uiteindelijk, net toen hij dacht dat hij zou exploderen, vulde haar stem de kamer.

'Schoft!' siste ze uit de luidspreker.

Hij ontlaadde.

Vulde haar slipje met dat speciale deel van hem.

9

'Bel de verzorger van Heritage Cemetery. Kijk of er graven zijn geschonden.' Reed greep al naar zijn jasje. 'Als dat zo is stuur er dan een eenheid heen om de plek veilig te stellen.'

'Je zit niet meer op de zaak, weet je nog?' hielp Morrisette hem herinneren toen hij de deur openrukte en zich langs de hokjes begaf, en bureaus waarop computers zoemden, telefoons rinkelden en gevangenen met handboeien op stoelen voor de bureaus zaten, hun verklaringen afleggend terwijl politieagenten rapporten invulden.

'Hoe zou ik dat kunnen vergeten?' Maar hij haastte zich verder naar de trap. Morrisette volgde hem op de hielen. 'Ik zal rijden.' Hij duwde met zijn schouder een zijdeur open en ze stapten de grauwe dag in. De regen die al de hele ochtend had gedreigd, viel nu in dikke druppels op de stoep en stroomde door de goten.

Voordat Morrisette een protest kon uiten gleed Reed achter het stuur. Terwijl hij wegreed, belde Morrisette met de vervoerscoördinator, en daarna met de beheerder van de begraafplaats. Ze slaagde erin een sigaret op te steken en met de hoorn te jongleren terwijl hij de lampen aandeed en zich door de stad haastte, op Victory Drive afsloeg, langs palmbomen en azalea's, terwijl ze naar de oude begraafplaats in de buitenwijken van de stad reden.

De politieradio kraakte, verkeer raasde voorbij, ruitenwissers zwiepten de regendruppels weg, en Morrisette zat te bellen. '...dat klopt,' zei ze. 'Goed, we laten de plek afzetten en veiligstellen. 'We zijn er over tien, pakweg vijftien minuten.' Ze hing op en keek door een rookwolk naar Reed. Haar gezicht was verbeten.

'Je hebt gelijk. Gisteravond heeft iemand een graf geschonden. Bezoekers ontdekten het vanochtend. Ze sloegen alarm, waarna de beheerder erbij werd geroepen, die op zijn beurt ons heeft gebeld. Een eenheid was op slechts twee huizenblokken afstand, en zij zullen op dit moment wel al ter plekke zijn.'

Reed klemde zijn kaken opeen. 'Verdomde troep allemaal.'

'Het ziet ernaar uit dat de Grafschender – of hoe je hem ook noemt – weer heeft toegeslagen. Serieel?' Ze trok een wenkbrauw op en nam een diepe haal van haar sigaret.

'Zou kunnen.'

'Jezus, we moeten de federale recherche erbij halen.'

'Heeft Okano waarschijnlijk al gedaan.'

De inhoud van het briefje echode door hem heen.

EEN, TWEE, DRIE, VIER...

EN, WIL JE NU NIET WETEN HOEVEEL MEER?

Reed wilde er niet aan denken.

'Waarom heeft die kerel jóu uitgezocht? Waarom stuurt hij die boodschappen aan jou?' vroeg ze, de as door het raam naar buiten tippend.

'Ik heb Bobbi gekend.'

'Denk je dus dat je het volgende slachtoffer kent?'

Reeds maag balde samen. Hij klemde zijn kaken zo stevig op elkaar dat het pijn deed. Christus, hij kon zich niet voorstellen dat alle slachtoffers mensen waren die hij had gekend. O, Jezus nee. 'Ik hoop van niet,' zei hij hartgrondig. Zou een of andere idioot, iemand die hij tot vijand had gemaakt, hem genoeg haten om de mensen te doden om wie hij gaf, mensen die hij kende?

Zou iemand hem zo hevig kunnen haten?

Iemand die hij had gekrenkt?

Een of andere crimineel die hij achter de tralies had gezet?

Verdomme. Hij draaide een smallere weg op en volgde die naar de begraafplaats, waar niet een, maar twee patrouillewagens stonden geparkeerd. De hekken waren met geel politielint afgezet, en een paar mensen waren gestopt, en stonden in de regen toe te kijken in de hoop iets van de tragedie op te vangen.

Een wit busje met WKAM in blauwe letters op de zijkant stond naast de stoep geparkeerd. De pers was gearriveerd.

'Het is verdomme meteen al een circus.' Reed opende het portier en Morrisette stapte uit nadat ze haar peuk in de asbak had gedrukt. 'Laten we gaan.'

Voor de reporters hen konden aanklampen, glipten ze onder het gele lint door. Het gras was nat, de wind en de regen koud terwijl ze zich naar de achterkant van de begraafplaats begaven, waar zich een menigte had verzameld. Er werden foto's gemaakt. Grondmonsters genomen. Afval verzameld. Voetafdrukken bestudeerd. Het plaats-delictteam, onder leiding van Diane Moses, was al aan het werk. Reed ontdekte een hek in de smeedijzeren omheining die aan de begraafplaats grensde. Het was breed genoeg voor een voertuig en het kwam uit op een toegangsweg achter de begraafplaats. Waarschijnlijk gebruikt voor lijkwagens en graafwerktuigen die nodig waren om een nieuw graf uit te graven. Verderop zag hij door de bomen heen het busje van het plaats-delictteam geparkeerd staan, de achterportieren stonden open.

'Hoe lang duurt het voor we kunnen gaan graven?' vroeg een van de agenten. Hij droeg regengoed, en was, evenals de andere agenten, toegerust met een spade en pikhouweel.

'Tot wij klaar zijn,' bitste Diane. 'Vraag het aan hem.' Ze hief haar kin in Reeds richting.

'We zullen wachten,' zei hij.

'Dat zullen jullie zeker,' gromde Diane, terwijl ze een paar rubberhandschoenen aantrok en haar klembord pakte. 'Wij hebben toestemming om het op te graven, maar jullie wachten tot wij vrij baan geven.'

'Mens, ben je vandaag met je verkeerde been uit bed gestapt, of zo?' vroeg de politiefotograaf.

Diane gaf geen antwoord. Maar haar lippen waren stijf opeengeklemd terwijl ze een snelle aantekening maakte, en vervolgens dichter naar het graf liep om met de man te praten die grondmonsters nam.

De regen leek kouder te worden toen Reed naar de vers omgeploegde aarde keek. De grafsteen was verweerd, de tekst luidde: Thomas Alfred Massey, geliefd echtgenoot en vader. Zijn geboorte- en sterfdatum waren onder zijn naam gegraveerd. Daaruit bleek dat hij tachtig was geweest toen hij zeven jaar geleden werd begraven.

Als hij in de doodkist lag.

Tot ze hem hadden opgegraven, wist niemand het zeker.

Reed kende de man niet, maar de naam kwam hem ergens bekend voor. Hij dacht diep na terwijl de regendruppels langs zijn neus liepen, maar hij kon geen beeld van de man oproepen, en hij kreeg geen inval over waar hij de naam eerder had gehoord.

Het was tenminste niet iemand die hij kende.

Reed hoopte maar dat als er nog een slachtoffer was, hij of zij ook een vreemde was. Hij stak zijn hand in zijn zak om zijn maagtabletten te pakken. Hij had kramp in zijn maag van slechte koffie en niet veel anders.

Modder zoog aan zijn schoenen terwijl Diane met haar staf overlegde, en de wind stak op. Hij keek naar een nabije grafsteen, las de naam en eenvoudige boodschap in het graniet:

RUST IN VREDE.
VAST NIET.
NIET MET DE GRAFSCHENDER DIE VRIJ RONDLIEP.

'... Dus eh... je zult mijn naam niet gebruiken, toch?' Vanaf de andere kant van de tafel in de kleine koffieshop keek het meisje Nikki aan. Lindsay Newell was zevenentwintig, maar zag er geen dag ouder uit dan achttien. 'Weet je, meneer Hexler wil geen moeilijkheden of maar het kleinste schandaal in de winkel. Hij denkt dat het slecht is voor de zaak.'

'Ik zal natuurlijk discreet zijn, en als je het niet wilt, zal ik je niet met name citeren,' verzekerde Nikki het meisje uit de juwelierszaak met wie Bobbi Jean Marx had samengewerkt.

Nikki had zich vanochtend onopvallend gekleed in een oude spijkerbroek en een trui om het meisje te helpen zich te ontspannen waardoor ze misschien eerder geheimen zou loslaten. Alsof ze goede vriendinnen waren, of zoiets. Nikki had koffie en een croissant voor haar gekocht, maar Lindsay had alleen het broodje gegeten. Terwijl het gerammel van lepels in koffiekopjes en geroezemoes om hen heen weerklonk, probeerde Nikki het meisje op haar gemak te stellen. Maar niets hielp. Lindsay was opgefokt. Klanten liepen in en uit, en telkens klingelde de bel boven de deur als hij openging. En iedere keer schrok Lindsay op, alsof haar baas binnenkwam en haar zou zien terwijl ze haar hart uitstortte bij een verslaggeefster.

'Citeer me alsjeblieft niet. Ik heb geen zin om mijn baan te verliezen.' Het meisje beet op haar onderlip en keek voor de derde keer op haar horloge. Lindsay had koffiepauze, maar de espresso die ze voor Nikki's komst had gedronken had haar niet rustiger gemaakt. Ze had de cassetterecorder geweigerd, maar Nikki had wel aantekeningen mogen maken.

'Goed, zal ik niet doen. Geen namen. Ik beloof het. Nou, vertel eens wat over Bobbi Jean. Wanneer heb je haar voor het laatst gezien?'

'Twee ochtenden voor ik hoorde dat ze...' Lindsay snakte naar adem, '...dat ze dood was... God, dat is zo afschuwelijk. Ik bedoel, levend worden begraven... met een lijk in een doodkist.' Ze beefde, en stak haar hand nu toch uit naar de koffie. 'Ik heb al met de politie gepraat, weet je, en ik heb ze alles verteld wat ik over haar wist, wat niet zo heel veel was.' Nerveus bevochtigde ze haar lippen. 'Behalve...'

'Behalve wat?' Nikki zag de aarzeling in de ogen van het meisje. Alsof ze een geheim had waarvan ze zich wilde ontlasten.

'O... God... ik... ik zag haar op een ochtend overgeven, vlak nadat we de winkel hadden geopend. Het was ongeveer een week geleden. Ik was minstens een halfuur alleen in de winkel. Toen ze uit het toilet kwam, zag ze heel bleek. Zo wit als een vaatdoek.' Lindsay boog zich over tafel heen, en fluisterde: 'Weet je, ik dacht dat ze griep had en dat ze beter naar huis kon gaan, maar toen ik haar voorstelde iemand te bellen om voor haar in te vallen, wilde ze daar niets van weten. Ze zei dat een dag in bed haar absoluut niet zou helpen, dat het probleem daar in feite was begonnen. Ik snapte het niet helemaal, maar ik had wel vermoedens... Ik had een paar weken geleden een open doosje van zo'n zwangerschapstest bij het afval zien liggen, maar ik wist niet van wie het was. Er werken hier veel meisjes, dus het had van iedereen kunnen zijn. Maar nu...' Ze trok een schouder op. 'Ik denk nu dat het van Bobbi was.'

'Maar ze was gescheiden van haar echtgenoot,' zei Nikki, adrenaline schoot door haar bloed. Het slachtoffer was zwanger geweest ten tijde van haar dood? Dit was nieuws dat niet uit het politiebureau naar buiten was gekomen, iets dat ze achterhielden. Als het waar was.

'Ja, ik weet het, maar soms komen mensen weer bij elkaar.'

'Waren ze weer bij elkaar?'

Lindsay keek naar buiten. Voetgangers haastten zich voorbij, paraplu's opgestoken, jassen tot boven toe dicht. 'Niet dat ik weet, en Bobbi... nou, ze ging met andere mannen om.'

Nikki schoot bijna overeind uit haar stoel. 'Weet je hun namen?'

'Eh-he. Ik denk dat niemand dat wist, want Bobbi zat midden in haar scheiding en ze wilde haar kansen niet verknallen om meer geld van haar ex te krijgen – nou, haar man, je weet wel, Jerome.'

'Maar er belde toch wel eens iemand voor haar wanneer ze in de winkel was?'

Ze knipperde met haar ogen. 'Zal wel.'

'Heb jij wel eens een van die telefoontjes aangenomen?'

'Niet dat ik weet. Er bellen veel mannen, weet je, om iets voor hun vrouw of vriendin te kopen.' Lindsay perste haar lippen opeen en fronste haar wenkbrauwen alsof ze diep nadacht.

'Niemand in het bijzonder?'

'Nee... maar... bij een van die kerels had ik het gevoel dat hij een politieman was.'

'Waarom?' *Een politieman? Wie?*

'Kleine grapjes, denk ik. Ze had het speels over handboeien en fouilleren en kerels met dikke knuppels en... al dat soort dubbelzinnigheden.' Ze zat aan haar krulletjes te draaien. 'Of ik verbeeldde me het alleen maar. Ik had niets moeten zeggen. Wat maakt het uit? Ze is dood. Maar daarom kon ik niet tegen de politie praten – ik wist niet wie hij was, wilde niemand in moeilijkheden brengen. Het lag er te dik bovenop, weet je.' Lindsay beet op haar onderlip. 'Luister, ik moet nu echt gaan. Mijn pauze is voorbij en ik weet verder niets meer.' Ze stond haastig op en ging ervandoor alsof ze bang was dat een boze god haar met een bliksemstraal zou doorklieven als ze nog een seconde langer bleef.

'Bel als je nog iets te binnen schiet,' riep Nikki, terwijl ze haar bij de deur inhaalde, en haar het visitekaartje gaf dat ze in de zak van haar spijkerbroek had gestoken.

Lindsay staarde naar het kaartje, alsof Satans naam en telefoonnummer erop stonden gedrukt, in plaats van Nikki's nummer bij de krant. 'Nee, ik weet niets meer. Echt niet.' Ze liep naar buiten en botste bijna tegen een jongen met een paraplu op die hij probeerde dicht te klappen. Regendruppels kletterden op de vloer. 'O! Sorry,' mompelde Lindsay snel, en weg was ze. Ze stak de straat over naar de juwelierszaak.

Nikki verspilde geen tijd. Hoewel het al laat op de ochtend was, was het nog steeds donker. Somber. Regen plensde neer. Ze holde naar haar autootje, glipte achter het stuur en startte de motor. Hij sprong niet aan. 'O nee, waag het niet,' zei ze binnensmonds. 'Kom op... vooruit nou... doe niet zo humeurig.' Ze moest hem binnenkort echt naar de garage brengen. Het was de hoogste tijd voor een onderhoudsbeurt.

De politieradio kraakte, maar ze ving het telefoontje niet op.

Bij de derde poging sloeg de motor aan. Ze keek in de zijspiegel om weg te rijden, moest even later bij een rood licht stoppen en op dat moment ging haar mobieltje. 'Nikki,' zei ze.

'Hallo, liefje.'

Haar hart sloeg een slag over toen ze de stem van haar exvriend hoorde. Ze zag hem in gedachten voor zich: sterke kaaklijn, donkere stoppelbaard, nog donkerder mysterieuze ogen, bijna zwart halflang haar. 'Sean. Ik hoorde dat je in de stad was.'

'Je hebt me niet teruggebeld.'

Klonk hij pruilerig? Gekwetst? Sean? Geen denken aan! 'Ik zag eigenlijk geen enkele reden om je te bellen.' Het licht sprong op groen, en er schoot een auto rakelings voor haar langs. 'Idioot!'

Sean grinnikte. Zacht en sexy. 'Dat ben ik.'

Nee, ik was de idioot voor jou!

'Luister, Sean, ik heb het druk. Is er iets dat je wilde?'

De politieradio kraakte, haar aandacht werd gevangen. Enkele eenheden waren naar een plek aan Heritage Road gestuurd. Het klonk niet als een ongeluk.

'Ik denk dat we een afspraak moeten maken.'

'Ik denk het niet.'

'Nikki, ik moet je zien.'

'Nu?' Ze kon haar oren niet geloven. Sean was degene die het had uitgemaakt, degene die niet gelukkig was in de relatie. Hij had iets gewauweld over geen zielsverwantschap met haar te voelen, wat dat ook betekende.

'Wat denk je van vanavond?'

'Ik kan niet.'

'Morgen?'

'Ik... ik weet het niet.' Er was een tijd geweest dat ze dolblij met die woorden zou zijn. Maar dat was al een poosje geleden. 'Ik denk het niet.'

'Nikki.' Zijn stem klonk zacht. Laag. Sexy. 'Je ontloopt me.'

'Dat klopt. Wacht even,' voegde ze eraan toe, denkend aan het briefje dat ze in haar bed had gevonden. 'Heb jij nog steeds de sleutel van mijn appartement?'

'Misschien wel.' Nu plaagde hij haar. Flirtte. O, verdomme.

'Ik meen het, Sean.'

'Nee, liefje, je hebt hem teruggevraagd, weet je nog?'

Ze herinnerde zich vaag dat hij een sleutel van zijn bos had gehaald. Ze hadden in zijn oude Jaguar gezeten en ze had haar best gedaan niet in te storten.

'Ja, maar je zou een kopie hebben kunnen laten maken.'

'Waarom zou ik dat doen?'

'Ja, waarom?'

'Hou op, Gillette.'

'Dus ik ben je liefje niet meer? Goed.' Er werden meer politieauto's naar Heritage Road geroepen. Ze hoorde het adres, klemde de telefoon tussen haar oor en schouder en zocht de stratenkaart in het handschoenenvak. 'Ik heb hier nu geen tijd voor,' zei ze, en hing op. Wie dacht hij verdomme wel dat hij was? Hij had haar gedumpt. En nu moest ze voor hem alles laten vallen?

Geen denken aan!

Maar er had iets wanhopigs in zijn stem geklonken... O, God, hij wilde waarschijnlijk geld. Hij was haar al vijftienhonderd dollar schuldig. Hij kreeg geen stuiver meer.

Ze dacht aan de vorige avond. Het briefje in haar bed. Het briefje op haar auto... Had Sean die achtergelaten? Het was eigenlijk niet zijn stijl... en toch... 'Denk er nu niet aan,' zei ze hardop tegen zichzelf. Ze moest geen minuut meer aan hem verspillen.

Bij het volgende stoplicht bestudeerde ze de kaart. O, God. Haar hart bonkte. Het adres was van de begraafplaats. Ze voelde een steek van opwinding.

De Grafschender had vast weer toegeslagen.

Een luid getoeter maakte haar duidelijk dat het licht op groen was gesprongen. Ze aarzelde niet, maar nam een bocht en reed de stad uit.

Naar haar volgende coverstory.

10

Reed staarde in de doodkist. Er lagen twee lijken in gepropt. Net als in de vorige. Alleen was het naakte, gekneusde lichaam dat boven lag, dat van een oudere vrouw. Het onderste lijk was ontbonden, maar te oordelen naar de kledingrestanten – een donker herenkostuum – en plukjes grijs haar vermoedde Reed dat die ander Thomas Massey was.

'Jezus Christus,' fluisterde Morrisette, haar gezicht asgrauw, haar blik op de open kist gericht. De plaats delict was afgezet, overspoeld door mensen van de onderzoeksdienst, terwijl er een grote witte tent over het graf was gezet om eventueel achtergebleven bewijs te beschermen. De tent diende een tweeledig doel. Het beschermde de plek zowel tegen de elementen als tegen nieuwsgierige fotografen met telelenzen, of televisiestations met professionele apparatuur, waaronder zelfs laagvliegende helikopters. Tot de familie op de hoogte was gebracht en de politie had ontdekt of ze met een seriemoordenaar te maken hadden, zouden ze heel voorzichtig zijn met het geven van informatie aan de pers, die het publiek misschien in paniek zou doen raken of het onderzoek belemmeren.

'We moeten bij Vermiste Personen checken en erachter komen wie ze is. Bel Rita en kijk of er een blanke vrouw van eind vijftig, begin zestig als vermist is opgegeven.'

'Niet nodig.' Morrisettes stekeltjeshaar was geplet onder de regen en ze beefde zichtbaar terwijl ze in het graf staarde. 'Heeft iemand een saffie voor me?' vroeg ze, haar gezicht met een ruk afwendend waarna ze rondkeek naar de gezichten van haar teamgenoten.

'Hier.' Fletcher, iemand van de geüniformeerde dienst, haalde een gekreukeld pakje Camel uit zijn zak en schudde er eentje uit. Met trillende vingers probeerde Morrisette hem aan te steken, maar de aansteker waaide telkens uit.

'Ken je haar?' vroeg Reed. Hij pakte de aansteker uit haar hand waarna hij met zijn rug naar de wind ging staan, en hem aanklikte tot het vlammetje bleef branden.

Morrisette inhaleerde diep. Rook kwam uit haar neusgaten. 'Mevrouw Peters. Ik ken haar voornaam niet, maar ze was vrijwilligster bij de bibliotheek. Weduwe, denk ik, maar dat weet ik niet zeker.' Morrisette nam nog een haal. Er kwam weer enige kleur op haar wangen. 'Mevrouw Peters hielp afgelopen zomer met het voorleesuur. Mijn kinderen waren er elke donderdagmiddag en luisterden naar haar terwijl ze voorlas uit Harry Potter.' Woest siste ze: 'Verdomme, wie doet nou zoiets? Welke zieke rukker propt een oude dame in een doodkist die al bezet is en' – ze boog zich weer voorover, staarde naar de vingers van de dode vrouw – 'laat haar daar levend achter? Shit!' Ze keek weg, ze pakte de sigaret snel in haar linkerhand en sloeg met haar rechter een kruisje. Het was de eerste keer dat Reed haar iets had zien doen dat enigszins religieus was.

'Dezelfde schoft die Bobbi Jean heeft gedood.' Reed zag ook de gescheurde, bebloede voering van de kist, de nu gebroken, gemanicuurde vingernagels, het gekneusde voorhoofd; alle tekenen dat mevrouw Peters dezelfde afgrijselijke verschrikkingen had doorstaan als Barbara Jean Marx.

'Dit sluit Jerome Marx min of meer uit,' dacht Morrisette hardop. Ze plukte een sliertje tabak van haar tong, terwijl de wind tegen de zijkant van de tent blies en het plastic deed flapperen.

'Tenzij het een na-aper is,' merkte Fletcher op.

'Laten we daar niet van uitgaan.' Reeds gedachten waren zo somber als de hel. Het was al erg genoeg dat Bobbi en de baby waren gedood, maar nu nog een moord? Eentje die te veel op de vorige leek om het als een incident af te doen. Hier was duidelijk een psychopaat aan het werk. Alweer. Zijn gedachten gingen terug naar afgelopen zomer toen hij in de smorende hitte een moordenaar had opgespoord die de leden van een prominente familie in Savannah om zeep bracht. Nu deze nieuwe afschuw. Amper zes maanden later. 'We moeten erachter komen of de slachtoffers misschien met elkaar in verband stonden,' zei hij tegen Morrisette. 'Kenden ze elkaar? Of de mensen die al in de kist lagen? Waarom werden zij uitgekozen? Was het toeval of is er een verband?' Hij wreef zijn nek waarbij zijn blik op de microfoon viel. 'Jezus. Kijk nou.' Hij hurkte naast de kist en wees naar een gaatje dat in het rottende hout was geboord. Het bijna onzichtbare microfoontje was erin gestoken.

'Ja, we hebben het model en de fabrikant al genoteerd,' zei de onderzoeker, die plastic zakken om de handen van mevrouw Peters had gedaan om eventueel bewijs onder haar vingernagels te beschermen.

Het team van Diane Moses had de doodkist al onder handen genomen, op zoek naar vingerafdrukken, sporen van gereedschap, vezels, haren, elk stukje bewijs. Precies zoals het plaatsdelictteam in Lumpkin County had gedaan.

Deze moordenaar is dezelfde als die van Bobbi Jean.

Behalve dat je deze vrouw niet kent.

Reeds nekspieren spanden aan. 'Heb je iets anders gevonden? Een briefje ergens in de kist?'

'Briefje?' De forensisch onderzoeker keek over zijn schouder. Zijn blik maakte duidelijk dat hij dacht dat Reed gek was. 'Er was geen briefje. Alleen de twee lijken en de microfoon. We hebben al gezocht.'

Reed ontspande zich een beetje. De moordenaar zocht tenminste geen contact met hem.

Hij hoorde een helikopter naderen en stapte opzij om naar de bewolkte lucht te kijken. Een heli zweefde boven de bomen, op nog geen dertig meter afstand, en een cameraman hing uit de open deur. De pers probeerde een overzichtsopname van de plek te maken. Het ergerde hem, evenals Diane Moses, die gekleed in een gele regenjas naar de zijkant van de tent liep, omhoogkeek en binnensmonds vloekte. 'Verdomde nieuwsjagers.'

Voor het nieuws van elf uur, dacht Reed. Hij dacht aan het briefje dat hij die ochtend op het bureau had ontvangen. Het gaf aan dat er nog meer moorden zouden volgen. Toevallig? Specifiek? Kende de griezel zijn slachtoffers? Speelde hij met hen? Een akelig gevoel nestelde zich in Reeds maag.

'Wat heb je tot dusver?' vroeg hij aan Morrisette.

'Niet genoeg. Dit is allemaal voorbarig, maar we denken dat hij daar heeft geparkeerd' – ze wees naar de toegangsweg – 'en over de omheining is geklommen of een sleutel had. Het slot was intact. Hij moet haar hebben gedragen, dus hij is een grote, op zijn minst sterke man. Geen sleepsporen, zelfs geen afdrukken waar we wat mee kunnen. De regen heeft er ook geen goed aan gedaan, maar het klopt alleen als de hoofdweg al te zichtbaar zou zijn. We zullen later meer weten en ik zal je op de hoogte houden.'

'Bedankt,' zei Reed.

'Praat er niet over.' Ze liepen de tent binnen, en ze richtte haar aandacht op de fotograaf van het bureau. 'Heb je alles wat je nodig hebt? Ik wil foto's van de hele omgeving en van het deksel van de kist en de inhoud...'

'Laten we gaan,' zei Reed tegen Morrisette, die zichzelf weer in de hand scheen te hebben. 'We zullen alle rapporten krijgen, maar ik denk dat ik het beste kan doen wat Okano me heeft gezegd.'

'Ze springt uit haar vel als ze hoort dat je hier bent geweest.'

'Ik reed toevallig langs,' zei hij, terwijl ze door het hoge gras liepen.

'Alsof ze dat zal geloven.'

Hij trok een schouder op en voelde de regen van zijn kraag lopen. De begraafplaats was niet overdreven goed onderhouden, de meeste graven waren honderd jaar oud, op een paar na, zoals dat van Thomas Massey, wiens laatste rustplaats recenter was. Onkruid woekerde in het gras en enkele struiken waren niet gesnoeid. Waarom had de moordenaar déze begraafplaats gebruikt? Had het iets te betekenen of was het ongepland – gewoon toeval? En dan het graf. Had de moordenaar het uit gemakzucht gekozen of om iets duidelijk te maken?

Hij staarde naar de dreigende horizon, waar donkere wolken samenpakten boven kerktorens en hoge bomen. Waarom was Roberta Peters, een oudere vrouw, die niets met Bobbi te maken had, het tweede slachtoffer?

Morrisette liep naast hem, de bovenkant van haar slangenleren laarzen waren nat van het gras en de regen. Toen ze de hoofdingang bereikten, voelde hij meer de aanwezigheid van verslaggevers en nieuwsgierige toeschouwers dan dat hij ze zag.

'Rechercheur! Kunt u ons vertellen wat er aan de hand is?' vroeg een manlijke stem.

'Ik heb op dit punt van het onderzoek niets te zeggen,' zei Reed automatisch. Hij liep in de richting van de patrouillewagen.

'Heeft de Grafschender weer toegeslagen?'

Reed herkende de stem. 'Grafschender?' herhaalde hij, en toen hij opkeek zag hij Nikki Gillette voor het hek staan, altijd gretig naar een verhaal. Haar roodblonde haar was in een paardenstaart naar achteren getrokken. Ze droop van de regen, haar ogen waren helder, haar wangen blozend van de kou. Ze leek jonger, door haar te grote jas, spijkerbroek en natte gympen. Onder andere omstandigheden zou Reed haar aantrekkelijk hebben gevonden. Vandaag was ze gewoon een of andere opdringerige nieuwsjager, een pure lastpost. In haar ene hand hield ze een recorder, in de andere pen en papier. Het notitieblok was drijfnat, de pen droop van de regen, en alles aan haar werd met de minuut natter. Desondanks was ze zo gretig als altijd.

'Is dit het werk van dezelfde crimineel die een tweede lijk in een kist legde en ze beiden bij Blood Mountain heeft begraven?' vroeg ze.

'Het is te vroeg om dat vast te stellen.'

'En de politiearts?'

'Ik ga niet speculeren of iets zeggen dat het onderzoek wellicht in gevaar kan brengen.' Hij slaagde erin magertjes te glimlachen.

'Het lijkt toch meer dan gewoon toeval.' Nikki gaf het niet op. Maar dat deed ze eigenlijk nooit.

Andere verslaggevers vuurden hun vragen af.

'We zagen u graven. Is er een ander graf gevonden?' Max O'Dell stak hem een microfoon toe.

'Heeft u een lege doodkist gevonden?' vroeg een andere verslaggever.

'Of was het graf geschonden?'

'Of was er een kist met een tweede lijk erin?'

'Alsjeblieft, zeg,' zei Reed, terwijl hij probeerde zijn kalmte te bewaren. 'Laat ons alsjeblieft ons werk doen. We zullen uw vragen later beantwoorden, wanneer we meer weten.'

'Wanneer zal dat zijn?' Nikki weer, heftig krabbelend, een haarlok woei voor haar gezicht.

'We zullen een verklaring geven.'

'Geen persconferentie?' vroeg ze, regen droop van haar gezicht, bleef aan haar kin hangen.

Hij slikte een scherp antwoord in. 'Die beslissing is niet aan mij. Dank u.' Hij stak zijn hand op ten teken van afscheid en begaf zich naar de patrouillewagen. 'Laten we hier weggaan.'

'Hoe eerder hoe beter,' zei Morrisette, stiller dan gewoonlijk. 'Wanneer we op het bureau zijn, moeten we Okano op de hoogte brengen.' Ze wierp hem een blik toe terwijl ze in haar tas naar een sigaret zocht. Sleutels en kleingeld rammelden in de gigantische leren tas. 'Ik kan je vertellen dat het haar niet zal bevallen.' Ze draaide het raampje open. 'Maar het bevalt mij ook niet. Wie vermoordt er nou een oude dame die als vrijwilligster in de bibliotheek werkt?' Ze knipte haar aansteker een paar keer aan, vloekte, en pakte een tweede uit haar tas die ze uiteindelijk een vlam wist te ontlokken.

'Hij heeft haar niet gewoon vermoord,' gromde Reed. 'Hij heeft haar levend bij een lijk begraven.'

11

'Ik moet met je praten,' drong Nikki aan. Ze reed met één hand, haar mobieltje in haar andere. Ze was door het drukke verkeer op weg naar kantoor, en was er eindelijk in geslaagd Cliff te pakken te krijgen, wat ze als een wonder beschouwde. 'Laten we ergens afspreken.' Nadat ze twee uur in de druipende regen bij Heritage Cemetery had gestaan, was ze koud tot op het bot. Haar kletsnatte paardenstaart was losgeraakt, haar jas was doorweekt en haar voeten sopten in haar schoenen. Ze had Cliff over haar indringer willen vertellen, over de briefjes, maar hij zou waarschijnlijk zeggen dat het een grap was. Zoals destijds toen Corey Sellwood haar stalkte. Nee, wat er gisteravond was gebeurd moest ze maar voor zich houden.

'Waar?' vroeg Cliff.

'Ik kan vanavond naar jouw huis komen,' bood ze aan, zich forcerend tot enig enthousiasme dat ze niet voelde. 'Of waar je maar wilt. Hoe laat kom je van je werk?'

'Naar mijn appartement komen is niet zo'n goed idee.' Ze hoorde de besluiteloosheid in zijn stem, en ze vermoedde dat hij nerveus met de sleutels in zijn broekzak stond te rammelen. Cliff had vlammend rood, krullend haar en was altijd gladgeschoren. Hij droeg gewoonlijk een poloshirt, waardoor hij er in haar ogen meer als een profgolfer uitzag dan als een agent.

'Kies dan een andere plek.' Ze liet hem zich nu niet ontglippen.

'Ik weet het niet...'

'O, kom op, Cliff.' Ze moest gewoon met hem praten. 'Ergens buiten de stad?'

Hij slaakte een diepe zucht, alsof hij op het punt stond de grootste fout in zijn leven te maken en er nu al spijt van had. 'Goed. Vanavond.'

'Zeg maar waar, en ik zal er zijn.' Ze sloeg af richting rivier en de kantoren van de *Sentinel*. Gelukkig begon de lucht inmiddels enigszins op te klaren, met hier en daar blauwe plekken tussen de wolken, maar ze voelde zich als iets dat de kat naar binnen had gesleept. Er was echter geen tijd om een douche te nemen of andere kleren aan te trekken. Het verhaal over het schoolbestuur stond voor vanmiddag op het programma, en ze moest nog wat aan het verhaal over De Grafschender doen. Veel eigenlijk. De bom die Lindsay Newell eerder vanochtend had laten vallen, over Bobbi die zwanger was en iets met een agent had, knaagde aan Nikki.

Cliff had nog geen antwoord gegeven. 'Tong verloren?'

'Zou het beste zijn.'

'O, Cliff, hou alsjeblieft op. Waar zullen we afspreken?'

Hij aarzelde een seconde. 'Weaver Brothers. Weet je waar dat is? Het is een wegrestaurantje voor chauffeurs aan de Ninety-Five, net over de grens met Carolina, maar het is er vrij rustig.'

'Ik heb ervan gehoord,' zei ze. 'Hoe laat?'

'Acht uur, halfnegen?'

'Prima. Ik zal zelfs je eten betalen.'

'Dat kan ik niet toestaan.'

'Waarom niet?'

'Je bent een vrouw.'

'O, alsjeblieft, zeg. We leven in een nieuw tijdperk, weet je nog? De dagen van galante zuidelijke charme zijn net als de dodo verdwenen, Siebert.'

'Niet voor mij. Je moet een dame altijd als een dame behandelen.'

Ze kreunde, en bedacht dat er niets meer over was van de uitbundigheid van de beste vriend van haar broer, de Cliff die als een gek met haar had geflirt en met Andrew op eekhoornjacht ging. Die zorgeloze tijd was voorbij, en Cliff was ook aangetast door zijn persoonlijke tragedies.

'Ik ben geen dame, Cliff. Niet vanavond. Ik ben een oude huisvriendin.'

'Noem je het zo?'

'Ja, dat klopt. Ik zie je later.' Ze verbrak de verbinding en voelde een knagend schuldgevoel. Ze wist dat Cliff al jaren belangstelling voor haar had. Er werden in hun jeugd altijd grappen over gemaakt. Ze herinnerde zich levendig een hete zomerdag toen ze thuiskwam na het tennissen. Ze droeg een short en een doorweekt T-shirt, haar haren in een paardenstaart en een zonneklep boven haar ogen. Cliff en Andrew waren na de eekhoornjacht teruggekomen naar het huis van haar ouders. Ze trof hen aan de tafel op het terras onder een parasol waar ze van Big Rons bier zaten te drinken.

'Je bewaart jezelf toch voor mij, hè Nikki?' had Cliff geplaagd, in die zomer voordat Andrew was gestorven. Cliffs ogen hadden geglinsterd, zijn grijns liep van oor tot oor, en hij was met zijn twintig jaar een en al jongensachtige charme geweest.

'In je dromen, Siebert,' had ze teruggekaatst, lachend het zweet van haar voorhoofd vegend.

'Dus je weet waarover ik droom?' Hij had geknipoogd. 'Nogal heftig, vind je niet?'

'Je bent niet goed wijs.' Ze was langs hen heen gelopen, en Andrew had flessen bier geopend en de doppen in de struiken gegooid.

'O, liefje, als je eens wist…' had Cliff gezegd, waarbij het geluid van zijn stem haar achtervolgde. Het was de eerste keer geweest dat ze had beseft dat hij nu geen grappen maakte.

Het was triest, dacht ze nu, terwijl ze de parkeerplaats van de krantengebouwen op reed, hoe die jongensachtige bravoure en haar onschuld door de dood van Andrew kapot waren gemaakt. Er waren zoveel dingen veranderd.

Niet ten goede.

Het huis van Roberta Peters leek meer op een museum dan een huis. De buitenkant was van abrikooskleurig stucwerk, met een smeedijzeren hek eromheen, waardoor het op een Italiaans landhuis leek. Het had een veranda aan de voorkant en balkons aan de achterkant en ramen van vloer tot plafond met glimmend zwarte luiken, en de tuin stond er weelderig bij, zelfs begin december. Op de dubbele voordeuren hingen twee kerstkransen.

Een agent stond bij het hek geposteerd, maar Dianes team was al binnen. Reed en Morrisette liepen behoedzaam, om niets te verstoren, door de kamers vol historische kunstwerken, meubels en, naar Reeds mening, tierelantijnen.

'Shit, ik vraag me af wie haar werkster is,' merkte Morrisette op, toen ze naar alle glanzende prullaria op glasplaten keek. 'Ik zou haar nummer wel willen hebben.'

'Waarschijnlijk een fulltime huishoudster. We moeten met haar praten.'

'En de tuinman en de loodgieter.'

'En de mensen van de bibliotheek.'

'Geen rust voor de vermoeiden, toch?'

'Nooit,' mompelde Reed.

Tot dusver was er nog niemand van de pers, maar dat zou niet lang meer duren. Ondertussen waren politiemensen bezig met foto's maken, vingerafdrukken nemen, stofzuigen. Het afval was verzameld en het oude huis was doorzocht op enig bewijs. Geen bloedspoor of -druppeltje was er gevonden, maar Roberta Peters had ook geen zichtbare verwondingen gehad, afgezien van een buil op haar hoofd, waarschijnlijk omdat ze had geprobeerd rechtop in de kist te zitten, en geschaafde vingertoppen. Ze was naar het lijkenhuis overgebracht, en ze wachtten op het autopsierapport, wat een paar dagen zou kunnen duren. Niet dat het er veel toe deed. Reed dacht, gezien de staat van haar handen, dat ze hetzelfde had doorstaan als Bobbi.

Behalve dat ze onmogelijk zwanger kon zijn.

Hij had het vermoeden dat de moordenaar hem had uitgekozen vanwege Bobbi's relatie met hem, wat haar noodlottig was geworden. Maar hij had Roberta Peters nog nooit van zijn leven ontmoet. Althans, niet dat hij zich herinnerde.

Maar de moordenaar neemt nog steeds contact met jou op.

Daar moet een reden voor zijn.

Tenzij Reed toevallig was uitgekozen, misschien omdat hij afgelopen zomer veel pers had gekregen. Sindsdien was hij voortdurend het doelwit van idioten geweest.

Zonder iets te verstoren liepen Reed en Morrisette rond in het gerenoveerde huis, met zijn gebeeldhouwde, glanzend gepoetste leuningen en fletse vloerkleden, die volgens hem handgemaakt waren en uit het Midden-Oosten kwamen. Boven waren vier slaapkamers, waarvan de grootste kennelijk van Roberta Peters was. Ingelijste foto's van de vrouw en een man, waarschijnlijk haar echtgenoot, stonden op tafeltjes en op de schoorsteenmantel. Haar kleren waren in de ladekast en hangkast, haar pillen en toiletbenodigdheden in haar badkamer. De andere twee kamers waren kennelijk voor de show en voor gasten. Antieke bedden leken nooit te zijn beslapen, de ladekasten leeg. De vierde en kleinste kamer was vol met persoonlijke spullen, kleren in de kasten, toiletbenodigdheden en make-up op het nachtkastje, maar de eigenares was afwezig. Reed hield het in gedachten, en nam vervolgens een tweede trap, de achtertrap naar de keuken, waar Diane Moses aantekeningen maakte van wat er op de plaats delict was gedaan en gevonden.

'Stuur me zo snel mogelijk alle rapporten,' zei Reed.

'Mij is verteld dat je van de zaak bent gehaald.' Diane, met handschoenen aan, had de fotograaf opdracht gegeven meer foto's van de keuken te maken, waar een theepot op het fornuis stond en etensbakjes voor een dier op een kleedje bij de bijkeuken stonden. Reed voelde aller ogen in zijn richting kijken. Diane was haar gebruikelijke, messcherpe zelf terwijl ze bewijs verzamelde en notities maakte. Ze zei precies waar het op stond.

'Stuur de rapporten naar Morrisette,' zei Reed, terwijl de fotograaf nog wat plaatjes schoot. Morrisette liep naar de bakjes op de vloer. 'En, waar is de hond of kat?'

'Hebben we nog niet gevonden,' antwoordde Diane.

'Ziet eruit alsof de bakjes net gevuld waren.'

'Ja, en ze was bezig thee te zetten.' De porseleinen kop en schotel stonden op het marmeren aanrecht. Leeg en schoon. Een theezakje hing in het nu koude water dat een ondoordringbare bruine kleur had gekregen. Twee koekjes lagen onaangeroerd op een glazen bordje. 'Het fornuis was uit. Keukenlichten aan, alle andere uit. Alle deuren en ramen waren gesloten, behalve deze deur, die op een kier stond,' mompelde Diane.

'Geforceerd?' Reed bekeek de deur, het slot en de deurpost.

'Nee. En geen sporen van strijd. We hebben deze ruimte, het terras en de achtertuin al doorzocht. Het ziet ernaar uit dat ze naar binnen wilde en het niet heeft gehaald. We checken de thee en het water op gifsporen, maar ik betwijfel of ze zelfs maar een slokje heeft genomen.'

'Berichten?'

'Geen antwoordapparaat, pieper of computer, noch voice-mail,' ze Diane. 'Veel boeken. Heel veel boeken, maar slechts één tv, afgestemd op een plaatselijke zender die religieuze programma's uitzendt.'

'Wie heeft zij als laatste gebeld?'

'Een nummer in Phoenix.'

'Maar ze woonde niet alleen.'

'Nee.'

Voetstappen klonken op de achtertrap. Reed keek op en zag iemand van de geüniformeerde dienst, Willie Armstrong, over het terras lopen. Een rode striem ontsierde zijn gezicht. 'Kat gevonden. Zat onder de buitentrap. Kon hem niet te pakken krijgen,' verklaarde hij.

'Maar hij heeft jou te pakken gehad,' zei Morrisette.

De jonge agent bloosde tot onder zijn haarwortels. 'Ja. Hij is nogal opgefokt. Doodsbang of gewond. Ik heb de dierenambulance gebeld.'

'Dierenambulance?' herhaalde Morrisette. 'Jezus Christus, Willie, ben je politieagent of een watje? Kun je die verdraaide kat niet zelf pakken?'

'Hallo, ik heb het geprobeerd. Hij heeft me verdomme in mijn gezicht gekrabd!' Armstrong leek beledigd door Morrisettes opmerking, maar hij was ook nog niet zo lang op het bureau. Hij zou er nog wel aan wennen.

Hij stond het nog steeds uit te leggen, terwijl hij met een vinger over zijn gezicht wreef. 'Het stomme beest wilde mijn ogen uit mijn hoofd klauwen. En ik wilde niets verstoren. Misschien ligt er nog meer onder die trap.'

'Je hebt gelijk,' zei Diane.

'Ik kan die kat wel pakken.' Morrisette keek naar Armstrong.

'Het is geen hersenoperatie en je hoeft geen dompteur te zijn.' Ze liet haar ogen rollen. 'Je hoeft niet eens traangas te gebruiken, Willie, het is verdomme maar een kat.'

'Laat maar. Armstrong heeft gelijk.' Diane keek haar aan. 'Laat die jongen met rust, alsjeblieft.'

'Waarom is hij anders dan de rest,' mompelde een andere agent, en Morrisette wierp hem een dodelijke blik toe.

Armstrong maakte zich haastig uit de voeten naar de achtertrap en de tuin, die omheind was en besloten, met weelderig struikgewas.

'Zodra we iets hebben, komen we bij jou, Morrisette,' zei Diane spits. Maar ze keek vanuit haar ooghoek naar Reed en knikte kort, waarna ze verderging met haar werk.

'Dus iedereen weet dat je van de zaak bent gehaald.'

'Ik denk het.'

'Het ziet ernaar uit dat je een reputatie hebt verworven,' merkte Morrisette op terwijl ze over het stenen tuinpad terugliepen naar de patrouillewagen.

Reed opende het portier en schoof naar binnen. 'Die had ik al.'

12

'Denk je dat we met een seriemoordenaar te maken hebben?' vroeg Katherine Okano, terwijl ze het briefje bestudeerde dat Reed had ontvangen. Haar grijze wollen pakje weerspiegelde haar stemming; streng, haar mond vertrokken tot een weinig goeds belovende streep.

'Ziet ernaar uit.' Reed zat in een van de stoelen naast haar bureau, Morrisette stond bij het raam.

'Kunnen we net gebruiken. Maar goed, wat hebben jullie.'

Ze brachten de officier van justitie op de hoogte van de gebeurtenissen op Heritage Cemetery en in het huis van Roberta Peters. Ze hadden buren ondervraagd, van wie een zich herinnerde dat Roberta rond tien uur haar kat had geroepen. Een ander wist dat de vrouw die bij Roberta woonde haar huishoudster was, Angelina Zus-en-Zo, en dat ze één vrije avond in de week had.

'Hebben jullie al met de huishoudster gepraat?'

'We hebben haar nog niet gevonden.'

Okano fronste haar wenkbrauwen.

'En de pers heeft hier nog geen lucht van gekregen?'

'We hebben een paar vragen gehad,' zei Reed, denkend aan de telefoontjes en e-mails die hij had ontvangen, waaronder ook een van Nikki Gillette. Ze was dus niet de enige, maar wel degene die het meest vastbesloten was. Ze bleef constant proberen contact met hem te krijgen. Morrisette en Cliff Siebert en Red Demarco hadden telefoontjes van andere verslaggevers gekregen. 'De pers telt een en een bij elkaar op.'

Okano fronste haar wenkbrauwen weer en leunde achterover

in haar stoel. Haar lippen vormden van nature een streep; achter haar dubbelfocus brillenglazen leken haar groene ogen donkerder. Ze was niet tevreden. 'We moeten een verklaring geven, maar ik heb eerst meer feiten nodig.'

'We wachten op de rapporten van het plaats-delictteam en de technische jongens,' zei Reed, en toen Okano hem een duistere blik schonk, voegde hij eraan toe: 'Luister, jij en ik weten dat ik officieel niet op de zaak zit, maar de moordenaar sleept mij er door middel van die briefjes telkens bij.'

'Ik heb de leiding,' zei Morrisette haastig. 'Ik ben al bezig Roberta's buren en vrienden te ondervragen, maar het is een lange lijst. Ze hielp als vrijwilligster in de bibliotheek en ze speelde elke week bridge met dezelfde vrouwen, ze zat in het bestuur van de tuinclub en ze was betalend lid van twee countryclubs. Ze kende heel wat mensen.'

'We krijgen de pers dus binnen de kortste keren over ons heen.' Okano kneep haar ogen samen. 'En jij kende haar?' vroeg ze aan Morrisette.

'Niet echt persoonlijk. Ik heb afgelopen zomer misschien tien woorden met haar gewisseld. Ik weet eigenlijk alleen dat ze hielp met het voorleesuur.'

Okano pakte een glas met een restant koffie dat op de hoek van haar bureau stond. 'Goed, je kunt blijven, maar Reed, jij niet. Officieel en onofficieel. Als de moordenaar weer contact met je opneemt, laat het Morrisette dan weten, en jij' – ze hief haar kin naar de politievrouw – 'houdt me op de hoogte van het onderzoek.' Ze tikte met een lange vinger op het briefje van de moordenaar. 'Stuur dit naar het lab, laat het vergelijken met de andere briefjes die je hebt ontvangen en geef me de uitslag door. Ondertussen zal ik contact opnemen met de FBI.'

Reed knikte, maar zei niets over de federale recherche. Gewoonlijk waren ze alleen maar lastig, maar desondanks wisten ze van wanten en ze hadden toegang tot bronnen die anders niet beschikbaar waren voor de politie van Savannah. Ze zouden kunnen helpen, en op dit moment hadden ze alle hulp nodig die ze konden krijgen.

'We zullen een verklaring geven, het publiek waarschuwen,'

dacht Okano hardop. 'Zonder paniek te veroorzaken.' Ze keek van de een naar de ander voordat haar blik op Morrisette bleef rusten. 'Grijp die schoft, en snel.'

Reed en Morrisette verlieten het kantoor van de officier van justitie, gaven het briefje af bij het lab, en gingen terug naar moordzaken, waar alle dingen samenkwamen.

'Ik moet een paar telefoontjes voeren. Je ziet me zometeen wel weer,' kondigde Morrisette aan, en zeilde weg naar haar bureau.

Reed nam plaats op zijn bureaustoel. Het verouderde verwarmingssysteem blies hete lucht in zijn gezicht waardoor het zweet op zijn voorhoofd kwam te staan. Hij trok zijn das los en wendde zich naar zijn computerscherm. Hij had andere zaken om aandacht aan te schenken, maar de Grafschender, of hoe ze hem ook noemden, had zijn prioriteit. God, hij verafschuwde die naam – de Grafschender. Echt iets voor Nikki Gillette om zoiets te verzinnen. Hij negeerde Okano's bevel dat hij zich verre van het onderzoek moest houden. Hij zat er nou eenmaal tot zijn nek toe in, of hij het leuk vond of niet. Daar zorgde de moordenaar wel voor.

Maar waarom?

Wat was zijn verband met het psychotische monster dat graven opende en levende vrouwen in kisten dumpte die al bezet waren? En dat niet alleen, hij had zelfs een kist honderden kilometers naar het noorden vervoerd. Wat wilde hij hiermee? Was het een soort verklaring? Een aanwijzing die hij over het hoofd zag? Hij klikte op zijn computerscherm, haalde de zaak van de Grafschender te voorschijn en bracht de foto's van de slachtoffers op de voorgrond. Zijn maag balde samen toen hij naar Bobbi Jean keek... Ze was zo mooi geweest en nu was ze teruggebracht tot een asgrauw lijk.

Hij keek naar de andere lijken, van wie twee in staat van ontbinding. Wat hadden deze mensen gemeen? Op welke manier hadden ze met hem te maken? Of was het allemaal een rookgordijn? Had de Grafschender hem gekend... of had de griezel Reeds naam eruit gepikt omdat hij afgelopen zomer zo vaak in de pers was genoemd? Wat moest hij hiervan denken? Hij zat nog steeds met de informatie te klungelen, toen er op zijn deur werd geklopt. Reed draaide zich om op zijn stoel en zag rechercheur McFee die de deuropening vulde.

'Ik wilde alleen even gedag zeggen,' zei de grote man.

'Ga je naar huis?'

'Een poosje. Ik heb vanochtend alle informatie over de nieuwe doorgenomen.' Zijn hoge voorhoofd rimpelde. 'Het ziet ernaar uit dat we met een echte idioot te maken hebben die de draad is kwijtgeraakt. Ik zou graag willen blijven, maar er is geen echte reden voor. De sheriff wil dat ik hem rapport uitbreng.'

'Je komt dus terug?'

'Daar ga ik wel van uit. Tot deze zaak is opgelost, zitten we er samen in.'

Reed knikte. 'Heb je een lift naar het vliegveld nodig?'

McFee schudde zijn hoofd. 'Heb ik al.' Hij overbrugde de korte afstand over het linoleum en stak Reed over het bureau heen zijn hand toe. 'Ik zie je wel weer. Succes.'

'Insgelijks.'

'Ik zal het je laten weten als we iets ontdekken.'

'Dat stel ik op prijs.'

Met een knik draaide McFee zich om en vertrok. Door de open deur zag Reed hem door de gang lopen, en het verbaasde hem niet toen hij zag dat Sylvie Morrisette hem inhaalde. De grote man klaarde zichtbaar op bij haar aanblik. Voor een keer had ze een opgewekt gezicht. Ze glimlachte zelfs naar hem op, flirtte met hem, en zag er ineens uiterst vrouwelijk uit. De grote rechercheur keek over zijn schouder, ontmoette Reeds blik, en een mondhoek ging bijna zelfgenoegzaam omhoog. Alsof hij wilde zeggen: dit gebeurt me regelmatig, Reed. Let maar op. De charme van de plattelandsjongen krijgt een vrouw sneller uit haar broekje dan een fles Chablis.

Ze liepen de trap af, en Reed pakte de telefoon. Met de hoorn tussen zijn oor en schouder geklemd zocht hij naar het nummer dat hij eerder had opgeschreven, en toetste de cijfers in. Het was het laatste telefoontje dat Roberta Peters had gepleegd... nee, het was het laatste telefoontje vanuit haar huis geweest. Zij had Phoenix gebeld, of iemand anders had haar telefoon gebruikt.

Na drie keer te zijn overgaan, antwoordde een vriendelijke vrouwenstem: 'Hallo, dit is Glenda van Faith Gospel Mission. Moge God met u zijn. Waarmee kan ik u van dienst zijn?'

Reed stelde zich voor, vertelde waar het over ging, en werd doorverbonden met verscheidene mensen die hem geen van allen enige informatie konden verschaffen. De laatste was 'eerwaarde Joe', die hem ronduit vertelde dat ze geen informatie gaven over leden van de zendingsgemeente, en uiteindelijk hing hij op. Reed belde met Beter Business Bureau en de politie van Phoenix om navraag te doen naar Faith Gospel Mission, met name naar eerwaarde Joe. Volgens alle bronnen waren de goede man en zijn gemeente zo schoon als een onschuldige baby. Eerwaarde Joe had zelfs nog nooit een bekeuring voor te hard rijden gehad. Hij was bijna te schoon. Reed vertrouwde de man echter voor geen meter. Het beviel hem bijvoorbeeld al niet dat hij geen achternaam gebruikte. Misschien was de oude Joe beroemd genoeg onder de godvrezende gemeente dat hij die niet nodig had. Zoals Cher of Madonna of Liberace. Alleen eerwaarde Joe.

Ondanks zijn gevoelens was het telefoontje tijdverspilling geweest en het had hem niets opgeleverd.

Hij nam even pauze om een beker cola uit het apparaat in de gang te halen, en belde vervolgens naar het politiebureau in New Orleans. Hij hoopte contact te krijgen met rechercheur Reuben Montoya, een jonge kerel die afgelopen zomer met hem aan de zaak Montgomery had gewerkt, maar hij kreeg van een secretaresse te horen dat de man er sinds een paar maanden niet meer werkte. Reed werd doorverwezen naar een rechercheur met de naam Rick Bentz, wiens voicemail antwoordde. Reed herinnerde zich dat hij in het verleden wel eens met Bentz had gewerkt. Hij sprak een boodschap in om informatie over Bobbi Jeans broer, Vince Lassiter, te krijgen, gaf zijn nummer door en hing op.

Hij dronk zijn cola op, beantwoordde een paar telefoontjes en ging verder met zijn papierwerk, maar ondertussen knaagde de zaak van de Grafschender in zijn achterhoofd. Toen de middag overging in de avond speelde de zaak nog steeds door zijn hoofd. Hij zag iets niet, dacht hij, iets vitaals. De verdomde moordenaar pestte hem met zijn briefjes, gaf hem een soort aanwijzingen die Reed niet begreep. Hij haalde een notitieblok te voorschijn, pakte een pen en begon aantekeningen te maken. Hij staarde naar de briefjes van de moordenaar. Hoewel ze al waren geanalyseerd door het lab en de politiepsycholoog en inmiddels waarschijnlijk door de FBI, besloot Reed zelf nog een keer zijn hersens te kraken. Dit was zijn communicatie met de moordenaar. Zijn schakel. Er moest iets in die briefjes aan hem zijn dat alleen hij zou moeten begrijpen. Hij schreef het eerste briefje over, dat hij op kantoor had ontvangen, met de Koloniale Begraafplaats als afzender.

EEN, TWEE,
DE EERSTE PAAR.
HOOR ZE TIEREN,
LUISTER HOE ZE CREPEREN.

Dit was zijn introductie bij de zaak geweest. De moordenaar vertelde hem dat hij twee slachtoffers zou vinden, ook al was Pauline Alexander al jaren geleden begraven en was ze een natuurlijke dood gestorven. Zoals Reed het las, pestte de moordenaar hem, bood hij geen andere informatie dan dat deze twee de eersten waren van wat er zeker meer zouden worden. Bobbi Jean en Pauline waren slachtoffers van dezelfde soort.

TIK TAK,
DE KLOK LOOPT DOOR.
TWEE IN EEN,
EEN EN TWEE.

Weer de verwijzing naar twee slachtoffers, of... wist de moordenaar van de baby?

Als dat zo was, zouden er drie zijn... een en twee was samen drie... Maar op dat punt waren er slechts twee lijken geweest, tenzij het een verwijzing naar Thomas Massey was, die op dat moment ook al dood was. Als Thomas bij het plan van de moordenaar hoorde, en niet een toevallig graf was dat de moordenaar had geopend.

'Denk na, Reed, denk na,' bromde hij. Er was iets in die briefjes, iets dat met tijd te maken had. Wat? Had de moordenaar een tijdschema? Was hij zo georganiseerd? Waarom het contact met hem, Reed?

'Kom op, sukkel, ontdek het nou,' gromde hij tegen zichzelf, terwijl hij het derde briefje overschreef.

EEN, TWEE, DRIE, VIER…
EN, WIL JE NU NIET WETEN HOEVEEL MEER?

Weer een pesterij. De moordenaar speelde met hem. En voelde zich superieur. Sprak hem met 'jij' aan. Maar er was iets aan de configuratie in het laatste briefje dat anders leek. Iets dat Reed dwarszat. 'Een, twee, drie, vier.' Bijna een kinderrijmpje, maar het verwees ook naar de lijken. Vier slachtoffers, niet alleen Barbara Jean Marx en Roberta Peters, maar ook Pauline Alexander en Thomas Massey. Waarom werd er anders tot vier geteld? Tenzij de moordenaar met hem speelde en er twee andere slachtoffers waren die hij nog niet had gevonden. 'Jezus,' mompelde hij, en hij was blij dat hij het briefje aan de FBI kon overhandigen voor een psychologische profielschets. Zij zouden hiervan genieten.

Hij trommelde met zijn vingers op het bureau, keek nog eens naar alle rapporten en bewijsmateriaal en zocht in zijn e-mail, waar hij het voorlopige rapport over Thomas Massey vond. Een Afro-Amerikaan die vier kinderen had, die overal verspreid in het land woonden, en een oudere vrouw die in een klein huis buiten de stad woonde. Massey was jaren geleden conciërge van een particuliere school geweest en decaan van zijn kerk. Zijn vrouw, Bea, had parttime als boekhoudster gewerkt en de kinderen grootgebracht. Massey was nooit met de wet in aanraking geweest, en hij en zijn vrouw waren vijfenveertig jaar getrouwd ten tijde van zijn dood.

Dan was daar Roberta Peters, drieënzestig, een weduwe. Geen kinderen. Woonde alleen in een oud huis dat zij en haar man sinds 1956 bewoonden. Hij was vier jaar geleden gestorven.

Wat was dus het verband tussen de slachtoffers. Of was dat er niet?

… wil je niet weten hoeveel meer?

Reeds kaak verstrakte. De moordenaar was kennelijk nog niet van plan te stoppen. Reed vroeg zich af of er sprake was van een eindgetal. Waarschijnlijk niet. Het was een retorische vraag. De schoft zou niet ophouden met zijn dodelijke spelletjes tenzij de politie hem in de kraag greep of doodde, en Reed hoopte op het laatste.

Misschien had hij geluk en viel die eer hém te beurt.

13

'Wil je niet blijven eten?' vroeg Charlene Gillette. Met haar nauwelijks vijftig kilo, bleke huid en onberispelijke make-up zat ze op de kussens van de vensterbank met uitzicht op het terras van de villa. Buiten was het donker, het struikgewas werd verlicht door lampen die op strategische punten bij de stenen muren waren geplaatst. Op de keukentafel, naast een boeket strelitia's, lag de ochtendeditie van de *Sentinel*, Nikki's laatste verhaal zichtbaar, een vergeten leesbril boven de kop.

'Het heeft niets met willen te maken, mam,' zei Nikki, terwijl haar maag bijna rammelde door de aromatische geuren van een stoofpot die in de oven stond. Een notentaart stond op het aanrecht af te koelen, en de aardappelen kookten op het fornuis. Sandra, soms huishoudster, soms verpleegster, mengde de spinaziesalade met peertjes en blauwe kaas. Nikki stond bij het aanrecht en pikte stukjes gehakte hazelnoot die nog niet in de kom waren gedaan.

'Je bent altijd gehaast. Zou het je kwaad doen om te gaan zitten en samen met ons te eten?'

'Natuurlijk niet.' Maar Nikki dacht al vooruit, dat ze de nieuwe sleutel van haar appartement moest ophalen, dat er iemand had ingebroken, een geheimpje dat ze verborgen hield voor haar ouders. Anders zouden ze zich dodelijk ongerust maken en erop aandringen dat ze naar de politie zou gaan of bij hen zou komen wonen... wat geen van beide een optie was.

'Ik weet niet wanneer jij je ooit ontspant,' merkte Charlene op.

'Dat ligt niet in mijn aard.'

'Net als je vader.'

Sandra trok een wenkbrauw op terwijl ze een handvol gehakte hazelnoten op de spinazieblaadjes strooide.

'Is dat zo slecht?'

Haar moeder gaf niet meteen antwoord. In plaats daarvan knipte ze met haar vingers alsof haar zojuist iets belangrijks te binnen schoot. 'O liefje, voor ik het vergeet, weet je wie er vandaag langskwam?'

'Hoe zou ik dat moeten weten? Jij kent hier zoveel mensen.'

'Niet ik. Iemand die jij kent, eh, kende.'

'Wie?' vroeg Nikki, zonder al te veel belangstelling.

'Sean,' zei ze, met een kleine glinstering in haar ogen, en Nikki kreunde vanbinnen.

'Sean Hawke? Wat deed hij hier?'

'Hij kwam gewoon even langs om mij te zien. Zijn moeder en ik hebben samen op school gezeten, weet je.'

Nikki wist het. Hoewel ze het niet wilde weten.

'Hij vroeg naar jou.'

'Ik heb al met hem gepraat.'

'En?' Haar moeders wenkbrauwen gingen omhoog.

'En niets. Hij wilde een afspraak maken. Ik vond het een slecht idee.'

'Echt? Je bent altijd dol op Sean geweest.' Ze hief haar handen tot naast haar hoofd alsof ze een klap wilde afweren. 'Ik weet het, ik weet het. Het werkte niet. Hij kreeg belangstelling voor iemand anders, maar weet je, jullie waren toen nog zo jong. Misschien zou het nu –'

'Nooit, mam, en ik kan niet geloven dat je dit zegt. Sean was en is een slang. Einde verhaal.' Nikki ergerde zich onwillekeurig. Charlene scheen te denken dat haar dochter, inmiddels over de dertig, een oude vrijster was. Wat belachelijk was. 'Pap heeft hem nooit gemogen,' zei ze, en zag uit haar ooghoek dat Sandra even knikte.

'Je vader wantrouwt iedereen.' Charlene kruiste haar armen onder haar kleine borsten. Haar kaak vertoonde de verbeten lijn die Nikki maar al te vaak had gezien. 'Dat komt omdat hij rechter is en dagelijks te maken heeft met de duistere kant van het leven.'

Nikki hoorde de garagedeur opengaan. 'Als je over de duivel spreekt...'

Haar moeders rug verstrakte een beetje, alsof ze zichzelf vermande, en Nikki voelde een steek van weemoed. Wat was er met haar ouders gebeurd die, toen ze jonger waren, hadden gedanst en gelachen, en grappen hadden verteld waarbij ze elkaar probeerden te overtroeven. Ze waren elkaar toegewijd geweest, en toch onafhankelijk, en bovenal hadden ze elkaar gerespecteerd. Ze waren vriendelijk, gelukkig en verliefd geweest, zelfs na vier kinderen en meer dan twintig jaar samen. Hun geluk was in de loop der jaren uitgehold, weggesleten door de dood van Andrew en het besef van hun eigen sterfelijkheid. Leeftijd en verdriet hadden Charlene beroofd van haar geestkracht en vitaliteit, terwijl haar vader door diezelfde twee demonen verbitterd was geraakt.

Sandra strooide de laatste kruimels van de noten over de salade toen rechter Ronald Gillette de garagedeur opende en in het warme licht van de keuken stapte.

Zijn wangen waren rozig, zijn neus tegenwoordig altijd rood, zijn blauwe ogen sprankelden ondanks de vele zichtbare adertjes. Sommige mensen vonden dat hij op de kerstman leek, maar hij deed Nikki denken aan Burl Ives in een oude filmversie van *Cat On A Hot Tin Roof*. 'Hallo, Voetzoeker!' bulderde hij, en gaf zijn jongste telg een berenknuffel die ze al had verwacht. Hij rook naar sigarenrook, pure whisky en regen. 'Je hebt dus eindelijk de voorpagina gehaald! Gefeliciteerd!' Nog een knuffel.

Nikki grijnsde van oor tot oor. 'Eindelijk, naar de juiste betekenis van het woord.'

Ron grinnikte. 'Maar je bent natuurlijk nog niet op de top.'

'Bijna.'

'Nou, misschien kunnen we een drankje nemen om het te vieren. Char –'

'Nee.' Ze schudde haar hoofd en probeerde haar afkeuring te verbergen die haar mondhoeken naar beneden trok.

'Jij toch wel?' vroeg hij aan Nikki.

Ze dacht aan haar afspraak met Cliff. 'Ik moet het te goed houden, pap. Ik moet werken.'

'Het is maar een drankje.' Hij liep al naar de bijkeuken. Haar moeder richtte haar aandacht op het donkere raam, en Nikki ving Charlenes bleke reflectie in het glas, zag de pijn en afkeuring in dat spookachtige beeld.

'Gaat het, mam?'

Charlene knipperde met haar ogen en glimlachte. 'Ja hoor.'

'Je jokt toch niet tegen me?' Nikki plofte op het kussen naast haar en omhelsde haar moeder. Charlene rook naar Estée Lauder en poeder. 'Je bent gisteren bij de dokter geweest. Wat zei hij?'

'Wat hij altijd zegt. Dat het tussen mijn oren zit.' Met een blik naar de gang waar haar echtgenoot verdween, voegde ze eraan toe: 'Hij stelde me voor naar een psychiater te gaan.'

Nikki pakte de hand van haar moeder en was verbaasd dat hij zo benig en klein aanvoelde. Haar ringen zaten zo los dat de stenen naar haar handpalmen draaiden. 'Zou dat verkeerd zijn?'

Even trilde Charlenes kin, toen keek ze haar dochter aan. 'Dus jij denkt ook dat ik gek ben.'

'Niet gek. Gedeprimeerd.'

'Is dat niet hetzelfde?'

'Helemaal niet. Er is een groot verschil.' Nikki probeerde vriendelijk te zijn. Maar dat was moeilijk wanneer de waarheid gezegd moest worden. 'Je lijkt zo ongelukkig, mam.'

'Nou, dat is een briljante conclusie,' snerpte Charlene boos. Toen beheerste ze zich en trok haar vingers uit Nikki's greep. 'Ik ben prima. Prima. Maak je geen zorgen. Alsjeblieft.'

Zware voetstappen klonken in de gang, en weer knepen haar moeders lippen zich samen, alsof ze het nauwelijks kon verdragen met haar man in dezelfde ruimte te zijn. Ze slaagde erin een strak, geforceerd glimlachje te voorschijn te toveren toen Ron met twee glazen binnenkwam. IJsblokjes tinkelden toen hij Nikki een glas overhandigde. 'Op jou,' zei hij.

'Ze zei dat ze geen drankje wilde,' merkte Charlene op.

'Zei ze dat?' Hij knipoogde naar Nikki. 'Heb ik denk ik niet gehoord.' Hij tikte haar glas met het zijne aan. 'Op nog meer primeurs en je naam op de voorpagina.'

'Dank je.' Ze nam een slokje, vond het te drinken, en probeerde de spanning in de lucht te negeren.

Om haar moeder een plezier te doen en omdat ze verging van

de honger, bleef ze eten, luisterde naar de golfverhalen van haar vader en probeerde vergeefs Charlene bij het gesprek te betrekken. Het dessert in de vorm van de notentaart aten ze in de huiskamer, met een kop koffie erbij, terwijl Nikki probeerde niet te zien hoe laat het werd. Ze was bijna klaar toen ze zich herinnerde dat ze Simone helemaal was vergeten. Alweer. Lieve God, ze werd een van die nalatige vriendinnen die ze verafschuwde. 'O jeetje, ik moet rennen,' zei ze, terwijl ze de helft van haar stuk taart liet staan en haar hele kop koffie.

'Waar is de brand?' Haar vader zat op zijn lievelingsstoel. Zijn benen waren opgetrokken, zijn overhemd losgeknoopt, en hij hees een broekspijp omhoog om de holster los te gespen die hij altijd rond zijn enkel droeg. Sinds iemand een poging had gedaan hem van het leven te beroven had hij altijd een wapen bij zich gedragen.

'Ik heb Simone beloofd haar bij de sportschool te ontmoeten,' verklaarde Nikki terwijl ze haar tas pakte. Ze keek op haar horloge. 'Als ik me haast kan ik het nog net halen.'

'Maar we zien je nooit,' klaagde Charlene.

Ron masseerde zijn kuiten en legde de holster op de salontafel.

'Haal dat verdraaide ding weg,' zei Charlene, wijzend naar het pistool. 'De laatste keer lag het er nog toen Lily met Ophelia langskwam!'

Ron bewoog zich niet, behalve om de tv met zijn afstandsbediening aan te zetten.

'O, in godsnaam.' Charlenes mond vormde een smalle, ontevreden streep.

Nikki vond het vervelend om weg te gaan. Er hing een ruzie in de lucht. 'Ik zal terugkomen. Binnenkort. Beloofd.' Ze kuste haar moeder op haar kruin, gaf haar vader een knuffel en holde het huis uit. Haar ouders hadden een ongemakkelijke wapenstilstand bereikt. Ze zouden het wel redden. Toch duimde ze.

Hoe had ze haar vriendin nou kunnen vergeten? Hoe ambitieus ze ook was, ze geloofde niet in werken waarbij al het andere werd uitgesloten. Familie en vrienden waren belangrijk. En toch kwam ze te weinig bij haar ouders op bezoek, en ze had haar zus al twee dagen niet gebeld, en nu was ze de afspraak met haar beste vriendin bijna vergeten. 'O ja, Gillette,' berispte ze zichzelf, 'je bent een fantastische vriendin.'

Ze reed zo hard mogelijk naar huis, stopte bij de huiseigenaar die haar twee glimmende nieuwe sleutels overhandigde en haar vertelde dat de nieuwe sloten 'ongewenste vriendjes gegarandeerd buiten de deur hielden'.

'Bedankt,' zei ze, glimlachte snel en rende de trap op. Ze aarzelde toen ze de sleutel in het nieuwe slot stak, maar de deur zwaaide open, en haar gezellige appartementje was precies zoals ze het had achtergelaten. Althans, ze dacht van wel. Jennings sprong van het aanrecht en draaide rond haar benen. Ze nam de tijd om hem te aaien en wat te eten te geven en zich om te kleden. Daarna belde ze Cliff Siebert op zijn mobiel en legde uit dat ze hem bij de Weaver Brothers zou ontmoeten, maar dat ze wat later kwam vanwege haar afspraak met Simone. Toen, met slechts een heel klein beetje schuldgevoel, liet ze de kat weer alleen, sloot de deur zorgvuldig achter zich af en rende naar beneden. Ze had nog vijf minuten om bij de sportschool te komen voordat de les begon.

Jammer genoeg was het twintig minuten rijden.

14

'...Dat was het voor vanavond. Bedankt.' Jake Vaughn boog, drukte zijn handen tegen elkaar en glimlachte naar de klas toen hij weer rechtop stond. Nikki, haar lichaam bezweet, voelde spieren waarvan ze het bestaan was vergeten. Ze was tien minuten te laat in de kickboxles gekomen, en had daardoor het stretchen gemist, maar het was haar gelukt op een lege plek naast Simone te komen, terwijl haar vriendin zich al in het zweet had gewerkt en de instructeur aangaapte.

'Je bent walgelijk,' zei Nikki, met een handdoek haar gezicht afdrogend, terwijl de meeste andere lesgenoten hun spullen verzamelden en de sportzaal verlieten.

'Vind je?' Simone lachte. Haar zwarte haar was boven op haar hoofd in een los, schijnbaar nonchalant knotje bijeengebonden, waarvan Nikki vermoedde dat het haar uren had gekost om het zo te krijgen. Haar huid was lichtgebruind, haar wangen blozend van de inspanning of van het feit dat ze zo dicht bij Jake was geweest. 'Ik dacht niet dat er iets was waar jij aanstoot aan zou kunnen nemen.' Ze depte haar voorhoofd met de punt van een handdoek die om haar nek hing.

'Je vergist je.'

'Bereid je er dan maar op voor dat het nog veel erger wordt.' Na een 'kijk mij'-blik op Nikki, liep Simone brutaalweg naar Jake, die zijn sportspullen in een nylon tas stond te proppen.

Nikki kon niet horen wat er werd gezegd, maar ze nam aan dat Simone hem mee uit vroeg. Hij glimlachte breed, knikte, en schudde vervolgens zijn hoofd. Hij liet haar zomaar vallen. Wat was er mis met die knul? Simone was oogverblindend in haar strakke gympak waarover ze een shortje droeg. Jake moest wel homo zijn. Waarom zou Simone anders in hem geïnteresseerd zijn? Ze viel immers altijd op de verkeerde mannen die niet beschikbaar waren – hetzij getrouwd, hetzij pas gescheiden, hetzij op een andere manier emotioneel in de knoei. Dit was de eerste keer dat Simone op iemand was gevallen die zich lichamelijk niet tot haar aangetrokken voelde. Een ware slag voor haar ego. Behalve dat hij waarschijnlijk gewoon geen interesse in vrouwen had.

Nikki sloeg haar handdoek rond haar nek toen ze zag dat Simone en Jake uiteengingen. 'Hij heeft het druk,' zei Simone, haar goede humeur vervangen door verwarring. Ze fronste haar donkere wenkbrauwen en klemde haar lippen opeen.

'Omdat hij homo is.'

'Dat weet je niet.'

'Wedden?'

Simone zuchtte dramatisch. 'Nee! Dat is een stomme weddenschap. Maar nu Jake niet met me meegaat, zou jij me kunnen vergezellen. Wat denk je? Hapje eten?'

'Ik vind het fantastisch om de tweede keus te zijn,' spotte Nikki.

'O, in godsnaam, Nikki, dat is niet eerlijk. Jij zegt mij altijd af voor iets anders, gewoonlijk niet eens voor een leuke vent, maar een of andere echt belangrijke opdracht.'

'Goed, goed, ik vat het. Ik ben nalatig geweest, zo goed?' Nikki keek op haar horloge. Over minder dan een uur zou ze Cliff ontmoeten.

'Ja. Maak het dan nu maar goed met me. En klaag niet over tweede keus zijn. Trouwens, je moet wat eten. En dan kun je me er bij de gamba's en frieten van overtuigen dat Jake helemaal verkeerd voor me is.'

'Ik dacht dat je wilde barbecuen.'

'Ja, nou, ik dacht ook dat ik Jake wilde. Een vrouw kan toch van gedachten veranderen?'

'Ik heb bij mijn ouders gegeten.'

'Hou mij dan gezelschap.'

'Even dan,' gaf Nikki toe.

Ze reden ieder met hun eigen auto naar de Bijou, een kleine tent aan de waterkant. De sfeer was beroerd, het was er lawaaierig en bomvol, maar de gamba's, oesters en krab waren om een moord voor te plegen, zoals Nikki uit ervaring wist. Een aantal tafeltjes met roodwit geblokte kleedjes stond in de kleine ruimte onder ventilatoren, die nu versierd waren met kerstlichtjes. Drie tieners gingen weg op het moment dat Nikki en Simone binnenkwamen, waarna ze plaatsnamen aan het tafeltje bij de keuken.

Enkele minuten later hadden ze hun bestelling opgegeven bij de serveerster, met paarse strepen in haar haren en verscheidene ringetjes in haar wenkbrauwen. Voordat Nikki haar vriendin ervan kon overtuigen dat Jake buiten bereik was, werden Simones bord met fruits de mer en Nikki's ijsthee voor hen neergezet.

'Weet je zeker dat je geen hapje wilt?' vroeg Simone.

'Ik zit echt vol.'

Nikki pakte haar thee en probeerde niet elke vijf minuten op haar horloge te kijken, terwijl Simone in de weer was met haar schaaldieren. Op de achtergrond speelde 'Jingle Bell Rock' voor de tweede keer.

'Goed, ik kan Jake dus niet krijgen. Daar kan ik mee leven,' zei Simone filosofisch. 'Ik ben ook over Andrew heen gekomen, toch?'

'Beter dan de meesten van ons.' Ze praatten zelden over Andrew of het feit dat hij het een week voor zijn dood had uitgemaakt met Simone. Nikki was er niet zo zeker van dat haar vriendin emotioneel onbeschadigd door die ervaring heen was gekomen, maar ze was niet in de stemming om erover te beginnen.

'En jij? Waarom sluit je je altijd op in je appartement of op je werk? Ik begin zo langzamerhand te denken dat je ergens een geheime minnaar hebt.'

Nikki barstte bijna in lachen uit. Het was al maanden geleden dat ze een afspraakje had gehad, lang geleden dat ze met Sean had gebroken, haar laatste serieuze vriendje. 'Blijf dat maar denken. Het maakt mij interessant.'

'Dat ben je.'

'Ik?' Nikki schudde haar hoofd, en pikte een frietje van Simones bord. 'Ik ben een open boek.'

'Een open boek dat te hard werkt,' zei Simone.

'Sommigen van ons hebben geen luizenbaan waarbij je het gewauwel van stadsplanners moet aanhoren.'

'Nee, maar jij doet tenminste wat je leuk vindt.' Simone legde haar vork op tafel. 'Goed, ik geloof dat ik je beter kan vertellen wat er met me aan de hand is.'

'Naast proberen een homoman om te turnen tot hetero.' Nikki had haar ijsthee op en kraakte een ijsblokje tussen haar kiezen.

Simone negeerde de steek onder water. 'Ik denk aan verhuizen.'

'Wat?' Stomverbaasd zette ze haar glas neer. Stikte bijna in het ijs.

'Je hebt me gehoord.'

'Maar waarheen en waarom?'

'Ik weet niet zeker waar ik wil terechtkomen. Maar ergens anders. Richmond, misschien.'

'Richmond?' Nikki kon haar oren niet geloven. Simone had het er nog nooit over gehad dat ze Savannah wilde verlaten.

Simone prikte met haar vork in het eten. Vermeed Nikki's ogen. 'Of Charleston.'

'Hoe kom je daar zo opeens bij?' vroeg ze.

'O, kom op, Nikki, ik heb het al jaren over weggaan. New York of Chicago of San Francisco of LA. Ik hoef niet naar de andere kant van het land. Ik wil mijn ouders kunnen blijven bezoeken, maar ver genoeg weg zijn om de ruimte te hebben, mijn eigen ruimte. Ik moet onder ogen zien dat ik hier in een sleur zit. Dat is al zo sinds de dood van Andrew. Ik moet een nieuwe kans hebben.'

Daar zat wat in. Simone was niet alleen het enige kind van welgestelde ouders, maar ze was ook de begunstigde geweest van Andrews nalatenschap. Andrew was in het bezit van land dat hij van Nana had geërfd en had ook een gezonde bankrekening. Het was altijd een heet hangijzer tussen de twee families geweest dat Simone, in plaats van Andrews ouders, een deel van het familiekapitaal had gekregen, maar het had Nikki nooit dwarsgezeten.

'Ik dacht dat jij het wel begreep,' zei Simone. 'Jij ben altijd op zoek naar iets opwindends. Dat krijg je ook door de aard van je werk.'

'O ja, door het schrijven van artikelen over het volgende project van de historische gemeenschap of over wie er is gekozen om plaats te nemen in het schoolbestuur. Echt opwindend!'

'Door jouw hulp kon Dickie Ray Biscayne worden gearresteerd.'

'En de wereld is beter af,' spotte Nikki, denkend aan de schofterige neef van de Montgomery's. Het laaghartigste onderkruipsel dat ze ooit had meegemaakt.

'Het is zo,' hield Simone vol. 'Dickie Ray organiseerde hondengevechten.' Ze rilde. 'Walgelijk. Je hebt de wereld een dienst bewezen. En nu zit je achter die Grafschender aan, is het niet?' Simones ogen lichtten op. 'Ik heb vanochtend je artikel gelezen. Je bent iets op het spoor,' zei ze met een glimlach. Vervolgens boog ze zich over het tafeltje heen alsof ze op het punt stond een geheim te verklappen. 'Ik ben geen onderzoeksverslaggever, maar ik durf er wat om te verwedden dat je achter iets aan zit. Je kijkt constant op je horloge, je moet ergens heen, iemand ontmoeten, heb ik gelijk of niet?'

'Is het zo duidelijk?'

'Ja. Ik durf te wedden dat het iets met die laatste moorden te maken heeft, klopt dat?'

Nikki zuchtte. 'Ik kan niet veel zeggen, maar voor het eerst in lange tijd heb ik de kans mezelf aan Tom Fink te bewijzen en die ga ik niet verpesten.'

'O...' Simone knikte. 'Dus dat is het. Weet je, Nikki, de zaak Chevalier is alweer een tijdje geleden.'

'Het lijkt eerder gisteren.'

'Heel wat langer dan dat. Het was tien of twaalf jaar geleden. Ik was erbij. Ik weet het nog.' Ze huiverde, en Nikki voelde kippenvel op haar armen ontstaan. 'Ik hoorde dat Chevalier een paar weken geleden is vrijgekomen. Kun je het geloven? De psychopaat hakt zijn vriendin in mootjes en de meesten van haar familieleden, gaat de gevangenis in en komt eruit wegens een of andere vormfout.' Simone was plotseling doodserieus, haar gezicht bleek. 'Weet je, er is absoluut iets heel erg mis met het systeem als zoiets kan gebeuren.'

Nikki kon niet anders dan het beamen, wilde niet denken aan LeRoy Chevalier en zijn brute misdaad, of hoe zij het proces tegen hem bijna in gevaar had gebracht door informatie door te spelen die ze van haar vader had gehoord, de rechter in dat proces. Door haar was haar vader bijna zijn baan kwijtgeraakt, waardoor voor hem de politieke ambities, die hij mogelijk had gehad, bekeken waren geweest. En nu was Chevalier een vrij man. Ze was het met Simone eens; het klopte gewoon niet. Ze keek hoe laat het was en verontschuldigde zich. 'Het spijt me echt, maar ik moet rennen.'

'Ik weet het, er is een groot verhaal dat erom schreeuwt door Nikki Gillette te worden geschreven.'

Nikki glimlachte, opende haar portemonnee en kreunde. In de haast om thuis te komen en de nieuwe sleutels op te halen, was ze vergeten naar de bank te gaan. Ze had geen stuiver bij zich. 'Je zult het niet geloven.'

Simone lachte. 'Maar je niet druk. Ik betaal je thee wel. Maar als jij de Pulitzer Prize wint, mag jij mij trakteren!' Haar glimlach verflauwde, en haar wenkbrauwen trokken samen. 'Wie is die kerel?'

'Welke kerel?'

'De vent die in een van de hokjes daar verderop zat...' Ze hief haar kin naar een hokje in de hoek, dicht bij een zijdeur die nu dichtzwaaide. 'Hij zat met zijn gezicht naar me toe en ik ving een paar keer zijn blik toen hij onze kant op keek... Ik dacht dat ik hem herkende, maar... o, misschien was het niets.'

Nikki's mond werd droog. Ze staarde door de glazen deur in de duisternis, maar zag alleen het lege, donkere trottoir. Ze richtte haar blik snel op de ramen aan de voorkant van het restaurantje, maar ze ving geen glimp op van iemand die naar binnen stond te gluren. 'Hield hij ons in de gaten?'

'O, misschien niet.' Lijntjes van frustratie ontstonden tussen Simones wenkbrauwen. 'Ik verbeeld me waarschijnlijk dingen. Ik ben de laatste tijd wat schrikachtig.'

'Waarom?'

'Weet ik niet. Ik heb de laatste tijd het gevoel...' Haar stem stierf weg, en ze slaakte een zucht. 'Ik moet deze stad echt achter me laten.'

'Wat voor gevoel?'

Simone pakte haar tas die onder haar stoel stond en hing hem over haar schouder. 'Het is niets.' Toen Nikki niet overtuigd leek, voegde ze eraan toe: 'Echt niet. Maar weet je, ik ben zo opgefokt dat ik zelfs achter homo's aan zit.'

Nikki dacht aan het briefje dat op haar bed was achtergelaten, en weer voelde ze kippenvel opkomen. Als ze dat nu aan haar vriendin zou vertellen, maakte ze haar nog meer van streek. 'Als er iets is dat je dwarszit...'

'Het is waarschijnlijk gewoon de tijd van het jaar... maar dat is al zo lang geleden, toch? Bijna negentien jaar. Weet je, het gekke is dat jij en ik schoonzusjes hadden kunnen zijn... Je was misschien de tante van mijn kinderen geworden. Tante Nik, hoe klinkt dat?'

'Bekend. Lily's dochter noemt me zo.'

Kennelijk had Simone de dood van Andrew net zomin volledig verwerkt als de rest van de familie. Misschien was het goed dat ze een tijdje wegging. Weg van de herinneringen. Weg van haar beste vriendin, die toevallig de zus was van de man van wie ze had gehouden. Weg van de spoken van het verleden.

De serveerster kwam eindelijk naar hen toe, en Simone vroeg de rekening, waarna Nikki naar de man vroeg die in het hokje in de hoek had gezeten.

'Ik heb hem nooit eerder gezien. Maar ik ben hier pas vorige week begonnen.'

'Bedankt.'

'Het was waarschijnlijk niets,' zei Simone met een blik op de rekening.

'Volgende keer trakteer ik. Echt.' Nikki pakte haar tas.

'Die heb ik eerder gehoord. Trouwens, je was een goedkope gast. Een glas thee.' Simone liet de rekeningen op tafel liggen, waarna ze samen naar hun auto's liepen. Nikki's gehavende autootje stond twee plaatsen voorbij Simones zes maanden oude BMW-cabriolet.

De straat was verlaten en donker, maar Nikki zag niemand die zich in de schaduwen verborgen hield. Desondanks was ze gespannen, een beetje nerveus, dus controleerde ze het interieur van haar auto voordat ze instapte en de motor startte. Hij deed het niet. Voor de zoveelste keer. Pompend op het koppelingspedaal draaide ze aan het contactsleuteltje, en zag ondertussen dat Simone wegreed. 'O, verdomme.' Ze probeerde het nog een keer, de motor hoestte, sputterde, en sloeg weer af. Simones achterlichten werden rode stipjes. Nikki begon te zweten. Dacht aan de man die volgens Simone in het restaurantje naar hen had zitten staren. Maar ze was niet alleen; er kwamen andere klanten naar buiten en ze had haar mobieltje. Ze draaide de sleutel nog eens om, en de motor sloeg aan. Ze gaf voorzichtig wat meer gas en reed vervolgens weg. Ze voelde zich opgelucht, tot ze de volgende hoek een beetje te snel nam.

Ze was aan de late kant, zoals gewoonlijk.

Wat er ook gebeurde, ze wilde haar afspraak met Cliff voor geen prijs mislopen.

De Subaru slingerde midden in de bocht. Ze verloor bijna de macht over het stuur...

'Verdomme.' Nikki manoeuvreerde het autootje naar de stoeprand en stapte uit om te zien wat er aan de hand was. Haar linker achterband was zo plat als een dubbeltje. De andere banden liepen nu ook snel leeg. 'Zakkenwasser.' Ze trapte tegen de platte band en vloekte binnensmonds. Ze zou haar afspraak met Cliff mislopen. Ze kon het nu onmogelijk halen.

Wat een ellende.

Ze pakte haar mobiel en toetste zijn nummers in. Het was donker, maar ze wist hoe ze de krik moest gebruiken en een band verwisselen. Ze kon ze alleen niet allevier verwisselen.

Een keer overgaan.

Geen antwoord.

Twee keer overgaan. 'Kom op, kom op!'

Ze kon de wegenwacht bellen... of Cliff zou misschien aanbieden...

De telefoon ging voor de derde keer over. 'O, toe nou!' Een busje stopte achter haar, en een man met een honkbalpet op draaide zijn raampje naar beneden.

'Problemen?'

De vierde keer.

'Een lekke band. Eigenlijk vier lekke banden.'

'Hulp nodig?'

'Nee... ik red het wel. Mijn, eh, man is onderweg,' loog ze, in de hoop dat hij haar ringloze vingers niet opmerkte.

De mobiel klikte en Cliffs voicemail werd ingeschakeld.

'Ik kan bij je wachten tot je man komt.' De vreemdeling glimlachte, en een gouden tand glinsterde in het licht van de straatlantaarns.

'Nee, dat hoeft niet. Hij is aan de telefoon en maar een paar huizenblokken verderop. Wat?' zei ze in de mobiel. 'O nee, het is iemand die zijn hulp aanbiedt. Nee, dat is goed. Ik zal hem zeggen dat het nog maar een minuut of twee duurt voordat je hier... ik hou ook van jou.' Kijkend naar de man in het busje, forceerde ze een glimlach. 'Hij kan hier elk moment zijn.' Haar keel zat dicht en ze beefde vanbinnen bij de gedachte aan de man die zich op straat verborgen had gehouden, de inbraak in haar appartement, de briefjes die ze had ontvangen, en de seriemoordenaar die vrij rondliep. Haar bloed veranderde in ijs. 'Bedankt.'

Een andere auto parkeerde achter het busje, en de chauffeur tikte spottend tegen de klep van zijn pet. 'Wat je maar wilt, schat.'

Er liep een rilling over haar rug. *Schat.* Jezus, waarom noemde hij haar zo? Met de bedoeling hem na te trekken, staarde ze naar zijn nummerplaat toen hij wegreed, maar er was geen licht aan de achterkant van zijn busje en de letters en nummers van de plaat waren te donker om te onderscheiden. Het enige dat ze wist was dat het een donkerblauwe Dodge Caravan was met nummerplaten uit Georgia. Wat niet veel was.

En hij had ook best een Goede Samaritaan kunnen zijn.

Ja, vast.

Ze had haar mobiel nog steeds in haar hand, en ze belde de wegenwacht, gaf de locatie van haar auto door aan de centrale en zei dat ze in de Bijou op de monteur zou wachten. Het was niet ver weg, en het was er in ieder geval goed verlicht en er waren veel mensen.

Veilig.

Ze begon te hollen.

Bezweet vanbuiten, ijskoud vanbinnen, viel Nikki in het ritme.

Verkeerslichten vervaagden, de donkere struiken leken onheil-spellend, en ze voelde zich volkomen alleen.

Voor de eerste keer in haar leven voelde Nikki angst – pure, verlammende angst.

15

Reed gooide zijn sleutels en post op het bureau in zijn appartement, drie aangrenzende kamers op de begane grond van wat
eens een groot oud huis was geweest. Hij was blij met het zijraam,
de betegelde open haard omringd door boekenplanken en de ori-
ginele hardhouten vloeren. Maar hij moest ook genoegen nemen
met een minuscule keuken en een slaapkamer waarin nauwelijks
een bed en een ladekast konden staan, hoewel hij eigenlijk niet
veel meer ruimte nodig had. Vanavond was hij moe tot op het bot,
zijn lichaam schreeuwde om slaap, maar zijn geest was te opgefokt om het zelfs maar te overwegen. Hoe hij zijn best ook deed,
hij kon de gedachte aan Bobbi in die kist niet van zich af zetten,
noch de angst die ze moest hebben gevoeld. De afschuwelijke paniek.

En ze was zwanger geweest.
Misschien van zíjn kind.

'Jezus,' mompelde hij terwijl hij de afstandsbediening pakte, de
tv aanzette en naar het nieuws zapte in de hoop de demonen in
zijn hoofd te verjagen. Hij vond een pizza in de vriezer, zette de
oven aan en trok een biertje open. Wie zou Bobbi willen vermoorden? Wie zou haar zo hevig haten dat hij haar levend in een kist
had begraven waarin al een lijk lag? Dezelfde zak die het met Roberta Peters had gedaan. Dus was Jerome Marx niet de moordenaar. Tenzij hij uitgekookt genoeg was om als valstrik een andere
persoon op dezelfde manier te vermoorden. Maar waarom had
hij al die moeite genomen om die persoon levend te begraven?
Dat was een daad uit woede… diepgewortelde haat en voorbe-

dachten rade. En dan die microfoon. Degene die hen had vermoord had naar hen geluisterd toen ze stierven. Hij had een kick gekregen door de pure paniek die hij had veroorzaakt.

'Schoft.'

Toen de oven was voorverwarmd schoof Reed de pizza in bevroren toestand op het rek waarna hij terugliep naar het woongedeelte. Hij zette zijn laptop op het bureau en zette hem aan terwijl hij ondertussen met een half oor naar de tv luisterde. Een nieuwslezer somde de basketbaluitslagen op. Reed rolde zijn bureaustoel dichterbij en ging rechtstreeks naar zijn e-mail, waar hij meer dan dertig berichten aantrof.

Hij gooide de spam weg, dronk een biertje, en kwam toen bij een e-mail met de kop: GRAFSCHENDER OP DREEF.

'Wat krijgen we nou?'

Hij klikte de e-mail aan, en las:

NU HEBBEN WE NUMMER VIER.

EEN DERDE GEDAAN,

WAT KOMT ER AAN?

'Shit!' Reed drukte op de printknop. De bel van de oven ging af. De computer gaf een foutmelding, en hij besefte dat de printer niet was aangekoppeld. Snel verbond hij de printer met de laptop, en drukte weer op de printknop. Op dat moment verschenen er spookachtige beelden op zijn computerscherm. Foto's van Barbara Jean Marx, Pauline Alexander, Thomas Massey en Roberta Peters dreven griezelig over het scherm, en vielen vervolgens voor Reeds ogen uiteen tot as en skeletten. 'Godallemachtig.' Zijn bloed bevroor in zijn aderen. *Een derde gedaan?* Al vier slachtoffers. Betekende dit dat er in totaal twaalf zouden komen?

De printer begon een vel uit te spuwen, en Reed haastte zich naar de keuken en haalde de pizza uit de oven, waarna hij hem uitschakelde. Hij was meteen weer terug bij de computer, las de bladzijden, controleerde het e-mailadres in het besef dat het nep was.

Twaalf slachtoffers?

Waarom werd het hém verteld? Waarom zou de moordenaar

het aankondigen? Wat hadden die vier gemeen en wie waren de acht resterende anderen? Wat hadden die met elkaar te maken?

Met opeengeklemde kaken beantwoordde hij de e-mail.

En twijfelde of hij een antwoord zou krijgen.

Hij stuurde alles door naar Bentley, de computerspecialist van het bureau, en stuurde vervolgens een kopie naar Morrisette.

Hij greep zijn telefoon en toetste Morrisettes privé-nummer in. Bij de derde ring nam ze op, haar stem dik van slaap. 'Hallo?'

'Met mij. De Grafschender heeft weer contact met mij opgenomen.'

'Wát?'

'E-mail. Ik heb het doorgestuurd naar Bentley en naar jou. Lees het.'

'Doe ik. Geef me vijf minuten, dan bel ik je terug.' Plotseling klaarwakker hing ze op. Reed bleef naar de e-mail kijken, hoopte dat het een retouradres was dat hem naar de moordenaar zou leiden. Was de kerel zo stom? Of gewoon brutaal?

De telefoon tsjirpte.

Hij nam op. 'Reed.'

'Jezus Christus, wat wil die klootzak?' zei Morrisette, en hij wist dat ze ondertussen een sigaret opstak.

'Ik wou dat ik het wist.'

'Twaalf? Verdomme, wat betekent dat?'

'Ik weet het niet, maar we kunnen het beter uitzoeken, en snel. Doe wat je kunt, ik zie je morgen.'

'Ja.' Ze hing weer op, en Reed bleef naar zijn computerscherm staren, en de afschuwelijke beelden draaiden en dwarrelden als blaadjes in de wind. Als die zak nou maar eens een fout maakte. Reed zou hem meteen te grazen nemen. Met liefde. ZULLEN ER MEER KOMEN? Niet als hij er een stokje voor zou kunnen steken.

'Waar heb je dit verdomme vandaan?'

'W-wat?' Billy Dean opende moeizaam een oog en ontwaarde het silhouet van zijn vader die voor zijn bed stond. Het gezicht van de oude man was verbeten, en in zijn uitgestrekte hand lag de ring – de verdraaide ring die Billy Dean bij het graf had gevonden.

'Deze ring!'

'Ik weet niet waar je het over hebt,' loog Billy, en wist dat hij een fout maakte. Niemand loog tegen Merle Delacroix en kwam ermee weg.

'En hier weet je zeker ook niets van?' Hij reikte in de broekzak van zijn strakke spijkerbroek en haalde Billy's blauwe pijpje te voorschijn – speciaal gemaakt om wiet te roken.

Jezus!

Billy hees zich langzaam overeind in een zittende positie en probeerde na te denken. Snel. Maar hij was bang. 'Heb je in mijn spullen gesnuffeld?'

'Dat klopt als een zwerende vinger, Sherlock. En kom me niet aan met gelul over je persoonlijke spullen, want dat pik ik niet. Je woont onder mijn dak, en je hebt je aan mijn regels te houden, en wiet roken hoort daar niet bij. God weet wat je nog meer hebt uitgespookt.' Hij keek Billy's rommelige kamer rond die hij met de oude hond deelde. Merle haalde een hand door zijn dunnende haar en snoof verachtelijk. 'Dit hier is een zwijnenstal.'

'Je mag niet in mijn spullen snuffelen,' zei Billy binnensmonds.

'En jij mag niet stelen. Dat staat in de wet en in de bijbel.' Merle was zo boos dat hij beefde. Hij gooide het pijpje op Billy's oude dekbed. 'Weet je wat je bent? Een leugenaar en een stiekemerd en een dief.'

Dit was oorlog. En niet zo'n beetje ook.

'Ik heb niet –'

Snel als een ratelslang greep Merle zijn zoon bij diens T-shirt en sleurde hem uit bed. 'Nou luister je eens, mannetje. Ik pik die leugens niet langer van je van je en die gladde praatjes ook niet. Als je hier wilt blijven wonen, vertel je wat er verdomme aan de hand is.'

Billy pieste bijna in zijn broek. 'Ik heb die ring gevonden.'

Zijn vader gaf een ruk aan zijn T-shirt en schudde hem vervolgens zo hard door elkaar dat zijn oogbollen in hun kassen leken te rammelen. 'Je hebt hem gevonden, ja hoor. In een ladekast van een of andere oude dame.'

'Nee!'

Weer een ruk, en deze keer draaide de oude man aan de stof, waardoor het strak rond Billy's nek kwam te zitten. 'Lieg niet tegen me.'

'Ik lieg niet!' hield Billy vol, snakkend naar adem. 'Ik heb... de ring... echt... gevonden. Ik zweer het.'

Zijn vader kneep zijn ogen halfdicht. 'Bij het graf?'

'Ja, hij lag daar op de grond en... ik heb hem opgeraapt. Dacht niet dat het kwaad kon.'

'Maar hij was niet van jou en hij is duidelijk ergens het bewijs van. Verdomme, jongen, soms heb je stront in je hoofd in plaats van hersens. Je bent een sukkel. Een verdomde, slome en zielige sukkel! Jezus.' Minachtend liet hij het T-shirt los, en Billy kuchte terwijl hij zijn longen vol lucht zoog. 'Ik neem aan dat je dat pijpje daar ook hebt gevonden.'

De oude man lokte hem uit, maar Billy trapte er niet in. 'Nee, echt niet.'

'Is het van jou?'

'Nee...'

'Ik heb je gewaarschuwd. Geen leugens.'

'Het is... van een van mijn vrienden.'

'Wie?'

'Kan ik niet zeggen.'

'O ja, dat kun je wel, en je gaat het doen.' Dikke spieren bolden onder zijn geruite hemd. Merles neusvleugels verwijdden zich en zijn ogen waren zo zwart als het obsidiaan van de ring die hij droeg. Hij balde zijn handen tot vuisten, toonde zijn dikke knokkels.

'Pa, alsjeblieft...'

'Wie?'

Merles vuisten verstrakten.

'Pa...'

'Heb je een naam voor me, Billy?'

Billy Dean haalde diep adem en loog alsof het gedrukt stond. 'Het is van Preston.'

Merles kaakspieren en vuisten ontspanden. 'Had ik kunnen weten. Nou, ik geloof dat die jongen wel alle narigheid tegelijk op zijn dak heeft gekregen. Maar goed, wat ga je met die ring doen?'

'Weet ik niet.'

'Zullen we morgen het bureau van de sheriff bellen?'

'Als dat moet.'

'Denk je niet dat dat het enige juiste zou zijn?'

Billy Dean knikte. Hij voelde zich rot omdat hij over Preston had gelogen, maar nam aan dat het geen kwaad kon.

'Dacht ik al.' Zijn vader deed de ring in zijn zak en knipoogde voordat hij het licht uitdeed. 'Welterusten, jongen.'

'Welterusten, pa,' zei Billy. Toen de deur eenmaal dicht was, stompte hij met zijn vuist op zijn kussen. Hij had die ring meteen moeten verkopen en er een paar dollar aan verdienen. Nu zou hij niets krijgen. Hij was inderdaad een verdomde sukkel.

Met bonkend hart en zwetend als een otter glipte de Overlevende zijn huis binnen, een oud huis in een respectabele buurt, hoewel niet duur in dit deel van de stad. Zonder het licht aan te doen haastte hij zich de gammele trap af naar de kelder, met spinnenwebben aan de balken en het plafond. Het was hier vochtig, geurde naar de aarde eromheen, de paar hoge ramen hadden tralies aan de binnenkant en struiken aan de buitenkant.

Hij werd roekeloos.

En dat kon hij zich niet permitteren.

Niet nu.

Niet nu hij zo dicht bij zijn einddoel was.

Nikki Gillettes vriendin had hem gezien. Misschien herkend.

Stom, stom, stom.

Terwijl hij al zo lang zo voorzichtig was geweest.

Dat waren twee fouten... Eerst die jongens in het bos, en nu deze ontmoeting in het restaurant. Niet meer... Hij mocht niet nog eens een fout maken. Hij moest afrekenen met die knul in het bos die hem in het gezicht had gekeken, en nu... Hij knarsetandde. Hoe had hij zo oerstom kunnen zijn?

Maar het was zo verleidelijk geweest, dat hij geen weerstand had kunnen bieden, en nadat hij Reed die e-mail had gestuurd, had hij beseft dat hij de tijd had om Nikki te volgen...

En toen had hij het verknald.

Hij sloeg tegen zijn hoofd.

Hard.

Toen kwam de stem... met pijnlijke precisie. Het leek in deze kleine kelder te weergalmen tot recht in zijn ziel.

Wat ben je, een meisje? Verdomde, stomme trut, dat ben je.
Kan niets goed doen! Stomme kuttenkop!

De beledigingen ratelden door zijn brein, kaatsten tegen zijn schedel, maakten dat de angst door zijn bloed joeg. In gedachten zag hij een smalle lip die vol walging was opgetrokken, een riem die door de lussen van een spijkerbroek werd getrokken, door dikke behaarde vingers met witte knokkels en afgekloven nagels, een versleten riem die striemen op zijn achterwerk zou achterlaten.

'Nee!' gilde hij, het zout op zijn lippen proevend, zich concentrerend op het hier en nu, en wat hij moest doen. Hij was slim. Een slimme man. Geen meisje. Een man! Geen kuttenkop.

'Nee, nee, nee!' Tranen van schaamte brandden in zijn ogen, ook al hield hij zich voor dat die beledigingen uit een ver verleden waren, nergens op sloegen, dat ze ontsproten waren aan de mond van een onwetende, waardeloze, gemene klootzak. Toch kwam zijn ademhaling in korte stootjes, en de spoken die hij al jaren met zich meedroeg loerden als demonen in zijn brein.

Hij had bewezen dat ze het mis hadden. Dat iedereen het mis had gehad. Hij was niet stom. Hij was geen meisje... hij was geen kuttenkop!

Op onvaste benen begaf hij zich naar de boekenkast met dozen vol vergeten oude troep, en bleef staan om zijn geheime kamer binnen te gaan, de ruimte die hij aan zijn andere zelf had gewijd, zijn geheime zelf. Zijn sterke zelf.

Hij voelde zich stabieler door alleen al hier binnen te gaan. Beheerst.

De Overlevende.

De Grafschender.

Slimmer dan de rest.

Hij haalde zijn knipselboek van een plank, en legde het op zijn zelfgemaakte tafel. Vergeelde krantenknipsels met korrelige foto's en vervaagde teksten waren tussen plastic vellen gestoken. Zijn ogen verslonden de artikelen die hij uit zijn hoofd kende.

Langzaam sloeg hij de bladzijden om tot hij de achterkant van het boek bereikte, waar de foto's die hij had verzameld hem aanstaarden. Alle gezichten, sommige glimlachend, sommige grimmig, andere gespannen, waren zich er niet van bewust dat ze hetzelfde lot zouden ondergaan.

Maar ze zouden erachter komen.

Hij had het overleefd.

Dat zouden zij niet doen.

Omdat ze zwak waren. En stom.

Hij liet het album op de tafel liggen en liep naar het bureau. In de tweede lag nog meer lingerie. Sommige oud, sommige nieuw… maar niets was zo mooi als het slipje van Bobbi Jean of dat van Nikki Gillette. Hij opende de zakjes en raakte zijn schatten aan, daarna deed hij de la vastberaden dicht. Hij had hier geen tijd voor. Hij raakte de druppels opgedroogd bloed op de ladekast aan, en dacht aan zijn opdracht.

Binnenkort zou het allemaal voorbij zijn.

Hij zou bewijzen dat hij sterk was.

En daarna zou hij rust hebben.

16

'Weet je verdomme hoe laat het is,' gromde Cliff Siebert, met een stem die klonk alsof hij net wakker was.

'Ja, dat weet ik,' zei ze, onderweg naar zijn huis. De auto reed weer prima nadat de doorgesneden banden in een plaatselijke garage, waar hij naartoe was gesleept, waren vervangen. Maar het zat haar behoorlijk dwars dat de schade met opzet was aangericht, want na de briefjes die ze had ontvangen kon ze nauwelijks aannemen dat er sprake was van toeval. 'Ik moet nog steeds met je praten,' drong ze aan, en klemde haar mobieltje tussen oor en schouder toen ze een hoek om stuurde.

'Hallo, schat. Je had je kans en die heb je laten lopen.'

'Ik heb een bericht op je voicemail ingesproken om het uit te leggen,' zei Nikki. Ze keek in de achteruitkijkspiegel. Koplampen zwaaiden dezelfde hoek om die zij net had genomen. 'Iemand heeft mijn banden doorgesneden, Cliff. En ik heb me geloof ik zo langzamerhand genoeg verontschuldigd dat je het me kunt vergeven.'

Hij slaakte een diepe zucht.

'Ik moet echt met je praten en ik ben over een kwartier bij je huis.'

'Nee!' zei hij heftig. 'Ik kan het risico niet lopen dat iemand jouw auto voor mijn deur ziet staan.'

'Kom dan naar de plek waar we oorspronkelijk hadden afgesproken.'

Hij aarzelde, maar ze wist dat hij op slechts enkele minuten afstand woonde.

'Alsjeblieft, Cliff. Ik wil niet iets publiceren dat niet klopt.' De auto achter haar sloeg af en verdween uit het zicht.

'Is er iets mis?'

'Dat kun je wel zeggen.'

'Wat dan?'

'Dat vertel ik je als ik je zie.'

'Ik zou eigenlijk niet naar je moeten luisteren. Maar goed, over een halfuurtje.'

'Geweldig, ik sta bij je in het krijt.'

'Ja schat, inmiddels tot aan je nek.'

'Tot zo.' Ze sloeg af en reed richting Weaver Brothers. Ze dacht aan de drie jaar oude Mace in haar tas, aan kickboksen en de lessen die ze regelmatig oversloeg, het alarmsysteem dat ze niet had, en nam zich voor de veiligheid in haar leven te verbeteren.

Toen ze bij het wegrestaurant aankwam, stond Cliffs truck al bij de achteringang geparkeerd. Het was inmiddels na middernacht, en toen Nikki binnenkwam, zag ze slechts een paar chauffeurs bij de toonbank rondhangen. Sigarettenrook mengde zich met de geur van gegrilde steaks en frituurvet.

Nikki ontdekte Cliff in een hokje bij de zwaaideuren naar de keuken. Hij droeg een basketbalpet laag over zijn ogen getrokken, een denim jack met opgezette kraag en een bril met getinte glazen. Hij deed net of hij het menu bestudeerde dat hij voor zijn gezicht hield.

'Hallo.' Ze schoof op de nepleren bank tegenover hem.

'Ik moet niet met jou worden gezien.'

'Door wie zou je gezien kunnen worden?' Haar blik dwaalde door het restaurant, dat praktisch verlaten was. 'Trouwens, we zijn toch oude vrienden.'

'Zijn we dat?' vroeg hij, met iets van bitterheid in zijn stem.

'Natuurlijk.' Ze glimlachte, ondanks zijn kille houding. 'We kennen elkaar al eeuwen.'

'Hmm.'

'Jij bent mijn favoriete agent.'

'Omdat ik mijn mond voorbij praat.'

'Valt mee.'

De serveerster kwam naar hen toe. 'Kan ik u om te beginnen iets te drinken brengen?'

'Koffie voor mij. Gewoon.'

Cliff keek nauwelijks op terwijl de magere serveerster de specialiteiten opsomde.

'Ik heb geen honger,' zei Nikki. 'Alleen de koffie, alstublieft.'

Cliff keek naar het in plastic gehulde menu. 'Ik neem de gebraden kip met friet.'

'Dat is het?' De serveerster krabbelde de bestelling op een notitieblokje en keek sceptisch naar Nikki.

'Ik denk van wel.'

'Ik kom zo terug met de koffie.'

'Wat zei je nou over doorgesneden banden.'

'Dat is wat er is gebeurd.'

'Jezus, je moet voorzichtig zijn. Waarschijnlijk gewoon een stelletjes vandalen.'

Nikki ging er niet tegenin. Ze sprak haar angsten niet uit. Ze dacht aan de briefjes, maar besloot het nog niet te vertellen. Ze zou hem bezorgd maken.

'Laat me je op een maaltijd trakteren,' bood hij aan.

'Het is voor mij te laat om te eten, ik heb trouwens eerder op de avond bij mijn ouders gegeten. Ik zit nog steeds vol.'

Iets van Cliffs vijandigheid verdween. 'Hoe is het met ze?'

'Ongeveer hetzelfde. Mam is kwetsbaar. Pap schijnt het niet te zien, of het niet te willen zien. Het gaat allemaal wel, maar soms… je weet wel. Spanningen, denk ik.' Ze haalde haar schouders op. 'Kyle ontloopt mam en pap als de spreekwoordelijke pest. Ik denk dat het komt doordat hij nu, na Andrews dood, de enige zoon is. Hij heeft nooit Andrews plaats ingenomen, nou, geen van ons, dat weet je, maar Kyle neemt het ze kwalijk dat er van hem werd verwacht dat hij een atleet zou worden en zou gaan studeren en al die troep. Hij is nogal een eenling, doet in sprinklersystemen en gaat voor zover ik weet met niemand uit. Mam is bang dat hij homo is. Pap wil er niet over beginnen, en ik zou het liefste willen dat hij iemand vindt met wie hij gelukkig is.' Ze zuchtte. Wenste dat ze intiemer was met haar jongste broer, maar wist dat ze dat nooit zou zijn.

'En Lily gaat vaker naar onze ouders dan ik. Ze schijnt een paar barsten met mam en pap te hebben hersteld, waarschijnlijk vanwege Phee, ik bedoel Ophelia, mijn nichtje. Na de eerste schok dat Lily een baby kreeg zonder echtgenoot, hebben mam en pap het met haar bijgelegd, wat gezien de omstandigheden heel goed is.'

'Ja, heel goed.'

De serveerster kwam met hun koffie en kreeg een wenk van een cowboy die zich op een kruk bij de toonbank hees. Toen ze buiten gehoorsafstand was, zei Cliff: 'Weet je, Nikki, ik kan er niet mee doorgaan. Als ik jou informatie blijf geven, kan het me mijn baan gaan kosten.'

'Je geeft me alleen informatie waar het publiek recht op heeft.'

'Ja, ja, die heb ik duizend keer eerder gehoord. Maar het gaat niet over rechten of het publiek of wat dan ook. Ik vertel je dingen omdat ik kwaad ben en stoom moet afblazen. Jij publiceert het omdat je hoe dan ook een verhaal wilt hebben.' Er bewoog een spiertje in zijn kaak. 'Je gebruikt me, Nikki,' voegde hij er zacht aan toe.

'We gebruiken elkaar.' Ze roerde room door haar koffie.

'Niet op de manier die ik zou willen.'

Ze legde haar lepeltje neer. 'Ik weet het, maar daar hebben we het al vaker over gehad. Het zou ellende worden, emotionele ellende.'

Zijn lippen verstrakten. 'Dat is het al.'

'Niet als je het niet laat gebeuren.'

Hij nam een slok koffie en keek haar over zijn bril aan. Zijn grijze ogen leken killer dan ze ooit eerder had gezien. 'Wat zit er voor mij in?'

Daar gaan we weer. 'Je moet je geweten ontlasten.'

'Mijn geweten is zuiver.'

'Dan, zoals je al zei, moet je stoom afblazen.'

'Misschien is dat niet genoeg.'

'Goed, wat wil je horen?'

Zijn ogen werden even iets donkerder, en ze vermande zich voor wat er ging komen. Soms was hij zo ondoorgrondelijk, alsof hij een muur tussen hen optrok.

Vaatwerk rammelde aan de andere kant van de deuren toen ze een slok koffie nam. 'Wat is er aan de hand?'

Hij aarzelde, maar slechts een seconde. 'Reed is van de zaak gehaald.'

'Wat?' Ze had hem vast niet goed verstaan. 'Maar ik zag hem vanochtend op de begraafplaats.'

Cliff haalde een schouder op. 'Okano heeft hem eruit getrapt. Hij kende een van de slachtoffers.'

'Jezus. Wie?'

'Bobbi Jean Marx.'

Ze riep een beeld op van de vrouw. 'Hoe kende hij haar?'

'Zoek dat maar uit,' zei hij.

Reed en Bobbi Jean? Minnaars? En Bobbi Jean was misschien zwanger geweest? Nikki kon amper blijven zitten. Dit was nieuws. Groot nieuws. Geen wonder dat Reed haar telefoontjes niet had beantwoord en afstandelijk was gebleven, en vanochtend bijna van de begraafplaats was gevlucht.

De serveerster, die volgens haar naamplaatje Toni heette, zette Cliffs bestelling voor hem neer. 'Nog iets?' vroeg Toni.

'Op het moment niet.' Cliff keek Nikki aan. 'Weet je zeker dat je niets wilt?'

'Bedankt, echt niet,' zei Nikki. Bobbi Jean en Reed, dacht ze ondertussen. Wat een verhaal! Precies de insteek die ze nodig had. Desondanks had ze haar bedenkingen over het openbaar maken van Reeds privé-leven. Ze dacht een ogenblik aan Reed met het slachtoffer, aan zijn betrokkenheid met een vrouw... een getrouwde vrouw. Het leek zijn stijl niet. Of dat stomme, romantische deel van haar, dat ze probeerde te onderdrukken, hoopte dat het zijn stijl niet was. Zodra de serveerster weg was, boog ze zich over de tafel heen. Ze hield haar stem gedempt en kalm, hoewel de adrenaline door haar bloed joeg. Dit was het. Weer een deel van het verhaal. 'Denk je dat Reed romantische betrekkingen met Bobbi Jean onderhield?' In gedachten zag ze hen samen en voelde een steek van jaloezie. Wat belachelijk was. Ze kende Reed niet eens, niet echt, hoewel ze hem al jaren op de hielen zat. 'Dit is wat jou dwarszit aan die zaak, is het niet?'

Cliff spoot ketchup over zijn friet. 'Er is veel aan deze zaak dat me dwarszit.'

Nikki boog zich nog dichter naar hem toe. 'Was ze zwanger?'

Zijn ogen vernauwden zich. 'Hoe weet je dat?'

'Ik heb een vriendin van haar gesproken die dacht dat ze misschien zwanger was.'

Cliff zweeg, alsof hij plotseling last had van zijn geweten.

'De baby zou van Reed kunnen zijn.'

'Die zou van iedereen kunnen zijn,' zei hij snel. Te snel. 'We weten het niet zeker. Nog niet.'

'Misschien zelfs van haar echtgenoot.'

'Ex-echtgenoot, en niet waarschijnlijk.' Cliff sneed een stuk vlees af. 'Ze stonden niet bepaald op goede voet met elkaar.'

'Sommige mensen kunnen niet met elkaar opschieten, behalve in bed.'

'Spreek je uit ervaring?' Hij stak het vlees in zijn mond.

'Onder de gordel, Cliff.'

'Je hebt gelijk. Ik ben gewoon kwaad. Trouwens, Jerome Marx is gesteriliseerd. Heeft hij een jaar geleden laten doen.'

'Hoe weet je dat?'

'Heel raar. Marx belde me op en heeft het me zelf verteld. Hij wilde die informatie niet met Reed delen, en daar heb ik begrip voor. Maar ik ben het nagegaan, en heb het aan Okano doorgegeven. Je kunt dit waarschijnlijk wel begrijpen, Nikki. Ik kan het wel gebruiken om aan dit onderzoek mee te doen. Als ik die kerel te pakken kan krijgen, zou het een behoorlijke stap omhoog betekenen.'

'Zal wel,' zei ze, met een ongemakkelijk gevoel. Cliff? Ambitieus? Genoeg om achter Reeds rug om bezig te zijn. 'Reed weet het niet?'

'Van die sterilisatie?' Cliff haalde zijn schouders op. 'Ik denk het niet. Tenzij Okano het hem heeft verteld. Wie er ook achter de Grafschender schuilgaat – jouw naam, is het niet? – nou, wie die griezel ook is, hij speelt een spelletje met ons. Zet het bureau voor lul. Hij stuurt zelfs briefjes naar Reed. Lacht ons waarschijnlijk allemaal uit. We moeten hem pakken, en snel ook.'

'Stuurt hem briefjes?' zei ze, terwijl vanbinnen verkilde.

Cliffs hoofd schoot omhoog. 'Dat was vertrouwelijk.'

Vanavond.

Het is gebeurd.

Ze haalde diep adem. Misschien was het niets… of misschien had de moordenaar het op haar voorzien. Met bonkend hart overwoog ze of ze het Cliff zou vertellen.

'Gaat het?' vroeg hij.

'Ja... ja... ik ben gewoon moe en opgefokt, weet je, vanwege die doorgesneden banden.' *En omdat er iemand in mijn huis is geweest.* 'Ik heb... ik heb narigheid in mijn huis gehad. Iemand heeft ingebroken.'

'En je hebt het gemeld. Toch?' vroeg Cliff.

'Nog niet.'

'Waarom verdomme niet?'

'Ik... eh... het is stom, maar weet je nog dat ik jaren geleden ook zoiets bij de hand heb gehad en dat het niets was... gewoon Corey Sellwood, de buurjongen die in mijn achtertuin rondhing, waar hij zijn vriendjes ontmoette om wiet te roken en bier te drinken. Iedereen in de zenuwen en... nou...'

'Jij werd uitgelachen.'

'Precies. En die knul kreeg grote moeilijkheden. Ik voelde me een dwaas. Ik vond die jongen aardig, maar hij mijdt me nog steeds als de pest.'

'Hij is nu geen jongen meer.'

'Maar hij rookte alleen maar, dronk bier en raakte in grote moeilijkheden. Hij heeft het me nooit vergeven.' Ze dacht aan Corey, een jongen met lang haar, gekwetste ogen en een tatoeage van prikkeldraad rond een van zijn biceps. Hij was destijds veertien jaar geweest, nu was hij zes- of zevenentwintig. Het incident had plaatsgevonden rond de tijd dat Andrew was gestorven, toen Nikki uiterst gespannen was geweest.

'Hoe dan ook, je gaat die inbraak melden,' drong Cliff aan. 'En vergeet niet te vertellen dat vanavond je banden zijn doorgesneden. Het heeft misschien met elkaar te maken, Nikki. Je staat nu eenmaal in de kijker, als dochter van een rechter en zo. En nu staat je naam ook nog op de voorpagina door je verhaal over de Grafschender.' Hij wees met zijn mes naar haar. 'Handel die zaak af. Meld beide incidenten en al het andere wat niet in de haak lijkt.'

'Zal ik doen.'

'Ik meen het. Beter hard geblazen dan de mond gebrand, weet je wel?'

'Je hebt gelijk. Goed. Ik zal het doen.' Hij had natuurlijk gelijk. Ze wist het. En ze wist precies aan wie ze het zou melden. Vanavond moest ze zich echter concentreren op het verhaal dat ze wilde schrijven.

Ze pikte een frietje van zijn bord. 'En hoe zijn de slachtoffers gestorven?'

'Nee, nee.' Hij schudde zijn hoofd.

'Kom op, Cliff.'

'Je kent de regels, sommige dingen blijven binnenskamers.'

'Maar de doodsoorzaak –'

'– is niet voor de oren van het publiek bestemd. Einde verhaal. Je blijft er maar over doorzagen, Nikki, en we praten over niets anders.'

'Goed, goed.' Ze was te bang dat hij haar misschien nooit meer iets zou vertellen.

'De Grafschender, denk je dat hij een seriemoordenaar is?'

'Hij heeft weer toegeslagen, toch? Twee lijken in een kist. En dat is het enige dat ik je vertel. Zo is het genoeg.'

'Dus het was vanochtend de Grafschender.'

Een seriemoordenaar! In Savannah.

'Weet het niet zeker, maar ik durf er de levensverzekering van mijn moeder onder te verwedden.'

'Lieve God.' Haar hoofd tolde. Dit was zoveel informatie. Nieuwe informatie. Exclusieve informatie. Voorpaginanieuws. Ze zag de kop al voor zich: Seriemoordenaar Maakt De Straten Van Savannah Onveilig. En in kleinere letters eronder: Grafschender Slaat Weer Toe. Tom Fink zou het verhaal publiceren. Ze wist het zeker. Ze moest het alleen nog even schrijven, maar ze had de punten in haar hoofd. Behalve dat de zwangerschap van Bobbi Jean haar dwarszat. Haar dood was op zich al verschrikkelijk genoeg, en dan te bedenken dat ze een baby droeg. Dat was het ergste. Nikki voelde even iets van schuld dat ze zou profiteren van de angst van het slachtoffer. Ze dacht aan haar nichtje en beefde toen ze aan de ongeboren baby van Bobbi Jean dacht. *Misschien Reeds kind.* Haar maag draaide zich om. Maar had het publiek het recht niet het te weten? 'De slachtoffers, kenden ze elkaar?'

Cliff schudde zijn hoofd. 'Kan geen verband ontdekken. Nog niet, althans.'

'Maar denk je dat het er is? Of is er sprake van willekeur?'

'Hij stopte de slachtoffers bij de reeds gestorven mensen... willekeurig bij elkaar in een kist? Nee, dat denk ik niet. We zullen er wel achter komen. Binnenkort. De schoft komt hier niet mee weg.'

'Zijn er al verdachten? Personen die jullie op het oog hebben?' vroeg ze.

'Niet officieel,' zei hij.

'Jullie zien Reed toch zeker niet als een verdachte?'

Hij staarde naar buiten.

'Cliff?' drong ze aan. Even voelde ze een mengeling van afschuw en opwinding door zich heen gaan. Pierce Reed, die afgelopen zomer de zaak Montgomery had opgelost, was een plaatselijke held, hoewel hij in San Francisco, dat wist ze, niet als zodanig werd beschouwd. Hij was immers niet in staat geweest het leven van een vrouw te redden. 'Is Reed een verdachte?'

Siebert fronste zijn wenkbrauwen toen hij haar weer aankeek. Hij wees met zijn vettige mes naar Nikki's neus. 'Wees voorzichtig met wat je schrijft, oké?'

'Ik ben altijd voorzichtig,' zei ze, terwijl ze een biljet van twintig dollar op tafel legde en zich uit het hokje wurmde. Ze kende de agent die de vriend van haar broer was geweest goed genoeg om te begrijpen dat het gesprek voorbij was. Ze zag hem het geld pakken en het begin van zijn protest. 'Ga er niet tegenin. Het is na middernacht en ik heb je wakker gemaakt. Bedankt, Cliff. Ik bel je nog.'

'Nee. Dit is het. Ik doe het niet meer,' siste hij binnensmonds. Met het biljet in zijn vuist geklemd, keek hij haar fronsend aan. De muur was weer opgericht. 'Als dit mijn onderzoek gaat worden, dan moet je echt een ander vinden die bereid is uit de school te klappen!'

17

'Je kunt je naam gewoon niet uit de krant houden, hè?' Morrisette zeilde binnen en smeet een editie van de *Savannah Sentinel* op zijn bureau. Haar gezicht was rood van de kou buiten. 'Het is hier stervenskoud,' zei ze, haar handschoenen uittrekkend. 'Vertel me niet dat de verwarming weer is uitgevallen.'

Met een vertrokken gezicht en het begin van een bonkende hoofdpijn las Reed snel het artikel door. SERIEMOORDENAAR MAAKT SAVANNAH ONVEILIG, klonk de schreeuwerige kop.

'Ze is best subtiel, vind je niet?' zei Morrisette sarcastisch.

'Dat zijn ze geen van allen.' Hij had de krant thuis gekregen en het artikel al gelezen. Twee keer. Had zijn naam in druk gezien, samen met het verhaal dat Barbara Jean zwanger was geweest ten tijde van haar dood. Nikki Gillettes artikel maakte ook bekend dat hij van de zaak was gehaald in verband met zijn persoonlijke betrokkenheid met een van de slachtoffers. Onderweg van huis naar het bureau had hij de krant in een vuilnisbak gedeponeerd.

'Waar krijgt dat mens verdomme haar informatie vandaan?' vroeg Morrisette.

'Weet ik veel, maar ik ben van plan dat uit te zoeken.'

'Ze zal het je niet vertellen… wil haar bron vast niet verraden.'

'Het komt van het bureau. Misschien moeten we hier beginnen.'

'Het kan meer dan één man zijn,' dacht Morrisette hardop.

'Of vrouw.'

'Ik zei "man" bij wijze van spreken.' Ze fronste haar wenkbrauwen. 'Zijn we vandaag een beetje prikkelbaar?'

'Zou jij dat niet zijn?'

'Ik denk van wel.'

'En vergeet dit niet.' Hij schoof een geprinte kopie van de e-mail die hij thuis had ontvangen over het bureau en zorgde ervoor de halfvolle koffiekop te ontwijken.

Ze keek naar het papier en zuchtte. 'Daar heb ik gisteravond over nagedacht.'

'Gewoon een vriendelijk briefje van de moordenaar,' zei hij spottend. 'Het verliest iets nu het gedrukt staat, maar op het scherm is het anders.'

'Grafschender slaat weer toe... Nu hebben we nummer vier. Een derde gedaan, wat komt er aan?' las ze hardop, hoewel ze het gisteravond al had gezien. 'En, hebben de slimmeriken al achterhaald wie het heeft verzonden?'

'Nog niet. Ik heb gisteravond geprobeerd contact op te nemen, maar er nam niemand op. Bentley hoopt vandaag navraag bij de server te doen, of wat er ook voor nodig is om uit te zoeken waar de e-mail vandaan is gekomen, maar ik weet het niet. Misschien is het iets voor de FBI.'

'Man, je hebt het vanochtend druk gehad.'

'Ik heb ook al met Okano gepraat. Er zal een verklaring komen.'

'Heeft ze je gewaarschuwd dat je je niet met de zaak moet bemoeien?' Morrisette nestelde zich op de radiator onder het raamkozijn.

'Ja, maar ze kon het feit niet negeren dat die Grafschender, wie het verdomme ook is, contact met me opneemt. Zo, kijk hier nog eens naar.'

Morrisette gaf haar warme plaatsje op, liep naar Reeds bureau en staarde naar het scherm, waarop de beeltenissen van de slachtoffers uiteenvielen tot hun botten versplinterden om vervolgens weer tot de oorspronkelijke beelden te vervormen. 'Wie is die kerel?'

'Ik weet het niet. Maar we moeten hem zo snel mogelijk vinden.'

'Ik ben ondertussen nagegaan of de doden die al in de kisten lagen iets met de slachtoffers te maken hadden, maar het enige dat ik heb kunnen vinden is dat ze allemaal in Savannah woonden. Barbara Jean Marx en Roberta Peters zijn zo verschillend als dag en nacht. Ik heb alleen ontdekt dat ze beiden beschermvrouwe van de kunst waren. Ze gingen beiden naar liefdadigheidsfeestjes en galerieopeningen, dat soort dingen. Maar terwijl Roberta echte belangstelling voor kunst had, werd Barbara alleen maar meegesleept door haar echtgenoot. Je weet wel, als trofee. Je snapt wel wat ik bedoel.'

Reed verschoof ongemakkelijk op zijn stoel.

'Dus nu zullen er nog meer komen?'

'Twaalf in totaal.'

'Is dat niet raar? Om met een totaal aan slachtoffers te komen die niets met elkaar te maken hebben? Ik bedoel, als jij een moordenaar zou zijn, waarom zou je jezelf dan beperken?'

'Misschien beperkt hij zichzelf niet. Misschien is dit gewoon de eerste golf. Twaalf hier en dan ergens anders. Of twaalf om ons te pesten.' Reed speelde met zijn potlood, tikte met het gummetje op het bureau. Hij nam een paar Ibuprofens die hij in zijn bovenste la bewaarde en slikte ze door met koude koffie.

'Dus je denkt dat hij probeert ons af te schudden?'

'Nee, dit is een aanwijzing voor wat hij doet. Hij probeert ons erbij te betrekken... of althans mij.'

'Ja, waarom jij?'

'Vanwege Bobbi.'

'Nee. Slaat nergens op. Tenzij je ook een verhitte verhouding met Roberta Peters had,' zei ze met een vage glimlach.

Hij snoof. 'Te jong voor me.'

'Een rok is een rok.'

'Ja, hoor.' Reed staarde naar zijn computerscherm. 'Het zou iemand kunnen zijn die ik kwaad heb gemaakt.'

'Laten we hopen van niet. We zullen hem nooit vinden. De bekende naald in de hooiberg.'

Reed wierp haar een dodelijke blik toe en op dat moment ging haar mobieltje. 'Ik neem het telefoontje aan, haal ondertussen een kop koffie en kom weer terug,' zei ze met een blik op de nummermelder. 'Het is Bart. Geweldig. Dit kan geen goed nieuws zijn.' Ze vluchtte naar de gang, en Reed begon in termen van twaalf te denken. Als Okano zou binnenkomen en hem bezig zag met de zaak, kon hij het wel schudden. Maar toch zocht de griezel telkens contact met hem, om welke reden dan ook. Hij begon een lijstje te maken van mensen die hem wellicht kwaad zouden willen doen... begon met mensen die wisten dat hij wat met Bobbi had gehad. Jerome Marx was de enige naam die hem te binnen schoot, hoewel hij vermoedde dat Bobbi het behalve aan hem ook aan een paar andere mensen kon hebben verteld. Reed wist niet of Roberta Peters haar ooit had ontmoet. Hetzelfde gold voor Thomas Massey en Pauline Alexander.

De telefoon rinkelde. Nog starend naar het computerscherm nam hij op. 'Reed.'

'Ah, blij dat ik je heb. Met Jed Baldwin uit Lumpkin County.'

'Sheriff,' zei Reed, hij leunde tegen de rugleuning van zijn stoel, en zag in gedachten het verweerde gezicht van Jedidiah Baldwin voor zich.

'Rechercheur McFee vertelde me dat je van de zaak Grafschender bent gehaald omdat je een van de slachtoffers hebt gekend, maar ik, nou, ik trek me niet zoveel van de regeltjes aan. Ik dacht dat je wel zou willen weten wat hier gebeurt. Niets nieuws op het gebied van forensisch bewijs, maar vanochtend kwam Merle Delacroix hier met zijn zoon. Billy Dean, een van die knullen die de kerel hebben gezien. Hoe dan ook, Merle is een man alleen die zijn handen vol heeft aan zijn zoon. Een beetje een heethoofd, maar hij en zijn zoon kwamen een ring brengen, met inscriptie, waarschijnlijk van het slachtoffer. De oude man was trots op zichzelf, maar de jongen... ik denk dat hij geen afstand van die ring wilde doen.'

'Was het een gouden ring met een diamant en een paar robijntjes?' vroeg Reed, in een flits van herinnering. Ze had de ring aan haar rechterhand gedragen, een bleke hand met lange vingers, gemanicuurde nagels. De herfstbladeren langs de kustlijn waren groen en goud geweest, en de zilte bries had door Bobbi's lange haar gespeeld en het korte witte rokje tegen haar gebruinde benen gedrukt. Ze was blootsvoets geweest en haar teennagels waren in dezelfde kleur gelakt als haar vingernagels.

'Dat zal hem zijn,' zei de sheriff. 'Met inscriptie.'

'Dat wist ik niet.' Reed had haar naar die ring gevraagd, en zij had gelachen. 'Die heb ik van een oud vriendje gekregen. Hij is weg, maar ik kon geen afstand van die diamant doen,' had ze gezegd.

'Vindt je man het niet erg?' had hij gevraagd.

'Ex-man. Ex. Je vergeet steeds dat hij mijn ex is. En nee, het bevalt hem niet, maar ik heb me er nooit veel van aangetrokken wat hij van iets vindt.' Ze had geglimlacht, haar ogen glinsterend alsof ze een geheim met hem deelde.

'Ja,' zei de sheriff, waarmee hij Reed weer naar het heden trok. 'Er staat: *Voor Barbara. Eeuwige liefde.* Er staat ook een datum bij. Juni vorig jaar.'

'Ze zei dat hij van een oud vriendje was, maar in die tijd moet ze nog getrouwd zijn geweest.'

'Hmmm. Het was de datum van haar trouwdag. Hun vijfde jaar. Ik geloof hout of blik of papier, of hoe dat ook allemaal heten mag.'

'Ik zou het niet weten,' zei Reed.

'Ik ook niet, maar ik wed dat mijn vrouw het precies weet. Hoe dan ook, voor zover ik kan nagaan heeft haar ex haar die ring gegeven. Ik moet hem maar eens bellen.'

Ze had dus gelogen. Weer. Was geen verrassing. Hun hele relatie, als het dat was, was op leugens gebaseerd geweest. Meer dan hij zich ooit had voorgesteld. Terwijl hij de hoorn tussen zijn oor en schouder klemde, vroeg hij zich af of ze ook tegen iemand anders had gelogen en daarvoor de hoogste prijs had betaald. Met haar leven.

'Kijk eens wie daar apetrots zit,' zei Trina toen Nikki haar tas onder haar bureau gooide. 'Je tweede verhaal op de voorpagina.'

'Drie maal is scheepsrecht.'

'Denk je dat je nog eens een kans krijgt? Zodra Reed leest wat je hebt geschreven, zou het me niets verbazen als hij een spreekverbod op het bureau laat uitgaan, en dan zal niemand, ook jouw persoonlijke klikspaan niet, nog een woord tegen je loslaten.' Ze liet haar stem dalen. 'Norm Metzger is op oorlogspad. Tom Fink was amper in het gebouw of Norm ging schreeuwend zijn kantoor binnen. Enkele minuten later stormde hij alweer naar buiten, met uitgestoken nagels om te klauwen.'

Nikki moest een glimlach onderdrukken. Ze vond het niet erg dat Norm over de rooie was. Helemaal niet. Ze waren rivalen bij dit verhaal, en ze probeerden allebei informatie van Reed los te krijgen. Norm was al drie keer vergeefs naar Dahlonega geweest. Net als Nikki de eerste keer. Maar ze had het gevoel dat ze nu dichter bij de ongrijpbare rechercheur was gekomen. Hij was niet meer zo nors als ze met hem praatte, en ze had zelfs gezien dat hij haar met een bepaalde blik had gadegeslagen, alsof hij geïntrigeerd was door haar vrouwelijkheid. Ze had die blik meer dan eens gezien, en herkend. Ze voelde zich gevleid. Misschien heel erg gevleid. Reed was geen onknappe man en hij was absoluut interessant.

'Trouwens, ik heb met mijn vriend bij WKAM gepraat,' ging Trina verder. 'Daar is heel veel te doen over de seriemoordenaar. Alle verslaggevers zijn op de hoogte gebracht. Iedereen loopt daar op eieren. Hoe voelt het nou om zo in de belangstelling te staan?'

'Goed. Maar je weet wat ze zeggen. Je bent zo goed als je laatste verhaal.' Ze klikte op haar computer om haar e-mail te lezen, en Trina rolde haar stoel naar haar hokje. Nikki wreef met haar hand over haar nek. Jezus, wat was ze moe. Maar ze moest blijven werken. Nadat ze haar verhaal naar Tom Fink had gemaild was ze eindelijk tegen twee uur die nacht in bed gerold. Ze had diep geslapen, en toen de wekker vanochtend ging, was ze in de verleiding gekomen hem uit te zetten en zich nog eens om te draaien. Maar ze had het niet gedaan. Want ze wilde haar verhaal in druk zien, en ze was naar beneden gerend om de ochtendeditie op te halen die op haar lag te wachten, met grote koppen die verklaarden dat de Grafschender een seriemoordenaar was. Ongetwijfeld zou het politiebureau haar op de vingers tikken omdat ze te snel haar conclusie had getrokken, maar ze was ervan overtuigd dat de moordenaar niet zou ophouden.

Ze liep haar e-mails langs, veel troep en spam die er niet was uitgefilterd, of legitieme reclame en briefjes van collega's en lezers... bijna fanmail. Ze was blij met de complimenten over haar verhaal, maar hield zich voor dat ze objectief moest blijven.

'Nikki?'

Ze sprong bijna uit haar stoel bij het geluid van de stem. Ze draaide zich om en zag Kevin, de techneut, die vlak bij haar bureau stond.

'Jezus, Kevin, je laat me schrikken!' Ze kon de irritatie niet uit haar stem bannen.

Hij trok zijn schouders min of meer verontschuldigend op.

'Kan ik wat voor je doen?'

Heel even zag ze iets in zijn ogen oplichten alsof hij haar een oneervol voorstel zou gaan doen, maar het doofde weer net zo snel. Goddank. Kevin was oké, alleen een beetje vreemd, misschien. 'Ik dacht dat je problemen met je computer had. Tom zei dat ik moest kijken wat er aan de hand was.'

'O ja. Er zijn een paar dingetjes. Sinds we dat draadloze systeem hebben, wordt mijn internetverbinding steeds verbroken. Trina heeft die problemen niet, dus denk ik dat het aan mijn computer moet liggen. Het is zo irritant als de pest. En af en toe blijft mijn toetsenbord vastzitten en soms verschijnt er een dunne lijn in het midden van mijn beeldscherm. Ik heb mijn instellingen nagekeken en de verbindingen en zo, maar het blijft gebeuren. Denk je dat je er iets aan kunt doen?'

'Waarschijnlijk. Maar ik moet meer informatie hebben.'

Terwijl hij met gekruiste armen bij haar bureau bleef staan, wijdde Nikki uit over de storingen, waarbij ze ervoor zorgde enige afstand tussen haar lichaam en het zijne te houden, hoewel dat in deze kleine ruimte bijna onmogelijk was. Kevin was zo iemand die iets te dichtbij ging staan, in haar persoonlijke ruimte, alsof hij haar niet goed kon horen of zien, en dat beviel haar niet. 'Nou, wat denk je? Kan het worden gemaakt?' vroeg ze, nadat ze alles over haar computer had verteld wat er te vertellen was.

'Weet ik niet voordat ik alles heb nagekeken.'

'Prima. Ik ga wat in de archieven spitten,' zei ze. 'Als je nog vragen hebt, bel me dan op mijn mobiel of kom naar me toe... Je hebt mijn mobiele nummer?' Hij knikte en ze voelde een koude rilling over haar rug gaan. 'Had ik je dat al eens gegeven?' Ze kon zich niet herinneren dat ze dat had gedaan.

'Nee, ik heb het van Celeste gekregen. Zij heeft dergelijke gegevens in een map.'

Celeste de Ongeschikte.

'Waarom heb je het haar gevraagd?'

'Ik heb van iedereen het mobiele nummer,' verklaarde Kevin.

'Dan kan ik ze altijd bereiken als ik aan hun computer werk, en ze buiten het gebouw zijn.' Hij keek haar aan alsof ze gek was.

'Het was maar een vraagje,' zei ze, waarna ze haar tas dichtdeed en Kevin achterliet om aan haar computer te werken. Het gaf haar een ongemakkelijk gevoel toen ze hem achter haar bureau zag zitten, maar ze wilde dat haar computer werd gerepareerd en Kevin was nou eenmaal de enige die het kon doen.

Onderweg naar de bibliotheek haalde ze een cola in de kantine, waarmee ze de twee trappen afdaalde. Ze was er alleen, en de ruimte voelde als een graftombe. Hier was geen muziek. Geen geratel van toetsenborden, rinkelende telefoons of geroezemoes. Alleen archiefkasten en halfvolle boekenplanken. De ruimte had haar altijd de kriebels bezorgd, en nu de seriemoordenaar los rondliep, leek het nog erger. Waarschijnlijk omdat het hier doodstil was. Zo verlaten.

Ze ging op een krakende stoel zitten en las archiefstukken over Reed. Daarna raadpleegde ze voor de zoveelste keer internet. Hij was de sleutel. Ze wist het gewoon. Hij was naar Dahlonega geroepen, hij was de man die iets met Bobbi had gehad, hij was de rechercheur die per helikopter naar Blood Mountain was gevlogen. Ze maakte aantekeningen, plus een notitie dat ze Cliff nog eens moest bellen om te vragen waarom Reed daar naartoe was geroepen, waarna ze Cliff meteen op zijn mobiel belde. Ze kreeg zijn voicemail, wat haar niet verbaasde, en liet een boodschap achter. Ze schrok van haar eigen stemgeluid in deze holle ruimte. Haar maag balde samen, en ze lachte bijna om haar nervositeit. 'Beheers je,' zei ze binnensmonds. 'Het is hier niet eens donker.' *Alleen stil. Geluidloos. Koel, maar bedompt.*

Haar mobiel ging over, en ze sprong bijna uit haar vel. De nummermelder liet zien dat de beller iemand van het politiebureau in Savannah was. Wat haar verbaasde. Cliff belde haar zelden vanaf het bureau. Hij was te paranoïde en bang dat het ontdekt zou worden. Nee, niet paranoïde, voorzichtig. Hij kon immers zijn baan kwijtraken.

'Nikki Gillette.'

'Pierce Reed.'

Ze bevroor. Reed belde haar. Snel pakte ze haar pen en papier.

'Hallo, rechercheur,' zei ze kalm, hoewel haar hart in haar keel bonkte. 'Wat kan ik voor u doen?'

'Ik heb je niet teruggebeld. Je hebt een paar berichten achtergelaten.'

'Ja. Ik zou u graag interviewen. Over de zaak.'

'Dat heb je ingesproken.'

'Heeft u echt naar de berichten geluisterd?'

'Naar alle acht.'

'Ik wilde met u praten voordat ik iets in de krant liet zetten. Maar ik kon niet eeuwig blijven wachten. Ik heb deadlines.'

'Dat is de reden waarom ik nu bel. Ik ben van gedachten veranderd. Ik denk dat we moeten praten.'

Ze kon haar oren niet geloven. 'Wanneer?'

'Vanavond. Na het werk. Laten we zeggen, zeven uur, halfacht. Schikt dat?'

'Tuurlijk.' Ze probeerde niet te gretig te klinken, hoewel dit als een geschenk uit de hemel klonk. Een interview met de ongrijpbare rechercheur. Nee, een exclusief interview, dat klonk nog beter. 'Wat is er gebeurd?' vroeg ze. 'Waarom bent u van gedachten veranderd?'

'Ik zal het allemaal uitleggen.'

'Wanneer en waar?'

Hij aarzelde geen seconde. 'Johnny B's Low Country Barbecue. Weet je waar dat is?' Hij noemde het adres.

'Ik zoek het wel uit,' zei ze, terwijl ze de naam en het adres opschreef. 'Halfacht.' Ze verbrak de verbinding en wilde het mobieltje in haar tas doen, toen ze iets voelde. Een verandering van sfeer, een koelere luchtstroom. Toen ze over haar schouder keek, zag ze Kevin, op amper een meter afstand. 'Jezus!' Ze sprong op, en gooide daarbij de rest van haar cola om. 'Waarom besluip je mensen altijd zo?' Ze keek naar beneden, naar zijn schoenen met rubber zolen, waaromheen zich een plasje cola vormde. Ze bukte zich, zette het blikje cola overeind en depte de troep op met een tissue uit haar tas.

'Je was aan de telefoon. Ik wilde je niet storen.' Heel even keek hij gekwetst. Maar een seconde later had hij zich hersteld.

'Het geeft niet. Laten we naar boven gaan. Onderweg kun je

me alles over mijn computer vertellen.' Ze gooide de tissue in een prullenbak en liep naar de trap. Ze wilde hier geen seconde langer met hem blijven dan nodig was.

'Hij doet het weer.' Wat het enige was dat ze wilde horen, maar Kevin gaf het niet op, begon een technische verhandeling te houden die duurde tot ze weer op de redactie waren. Ze kon hem niet van zich af schudden aangezien hij haar naar haar bureau volgde en nog eens twintig minuten tot in detail doorzanikte over wat hij had gedaan om het verdraaide ding te repareren. Het interesseerde haar niet, en ze nam zich voor meer over het apparaat te leren zodat ze niet afhankelijk van hem was. Misschien een cursus, of een kopie van de handleiding.

'Bedankt, Kevin,' zei ze, toen hij eindelijk wegdrentelde. Hij glimlachte eerder jongensachtig dan duivels, en ze vond zichzelf een dwaas dat ze zich zo door de neef van Tom Fink de stuipen op het lijf had laten jagen.

Trina keek over het tussenschot heen. 'Laat me nooit meer alleen met die knul.'

'Je was niet alleen.' Nikki keek naar de rest van de redactie, waar allerlei verslaggevers aan het werk waren.

'Hij spoort niet, Nikki. Al die tijd dat je weg was, zat hij in zichzelf te zingen, achterlijke liedjes die nergens op sloegen. Een soort kinderrijmpjes. Ik kreeg de indruk dat ze voor mij waren bestemd.' Ze rilde. 'Als je het mij vraagt is hij zo gek als een deur.'

'Ik weet het, maar hij heeft mijn computer gemaakt, en dat is het enige dat telt.'

'Nou, ren de volgende keer niet weg om je te verstoppen.'

Nikki glimlachte. 'Norm zat achter zijn bureau. Als Kevin raar tegen je was gaan doen, had je hem altijd te hulp kunnen roepen.'

'O God, wat is het hier toch een achterlijk zootje.' Trina's ogen werden plotseling groot. 'Kijk nou eens, we hebben bezoek.'

'Wat bedoel je?' zei Nikki. Ze draaide haar stoel om en zag Sean Hawke, die zich bij het voorste bureau naar Celeste boog, waarna de verwarde receptioniste naar Nikki's bureau wees. Sean kreeg Nikki in het oog en begaf zich in de richting van haar werkplek. De jaren hadden geen vat op hem gehad. Hij was nog steeds vitaal en aantrekkelijk. Zijn haar raakte de kraag van zijn leren jack, een sikje sierde zijn kin. Hoewel het december was, en hij zich binnen bevond, droeg hij een bril met getinte glazen, die waarschijnlijk meer voor het effect was dan om beter te zien. Verder droeg hij een kaki broek, een strakke trui, zwarte laarzen en een dodelijke glimlach.

'O, hemel,' zei Trina, 'die jongen heeft het wel.'

'Die jongen betekent moeilijkheden,' zei Nikki binnensmonds, en stond vervolgens op toen Sean bij haar was.

'Ik dacht wel dat ik je hier zou vinden.'

'Aha, nu ben je dus een detective.'

'En jij bent nog net zo brutaal als altijd.' Hij ging op het puntje van haar bureau zitten, pakte een presse-papier en begon het ding van zijn ene hand in zijn andere te gooien. Zo was hij altijd geweest, een bundel zenuwen verpakt in een sexy, mannelijke huid.

Nikki stelde hem aan Trina voor, die bijna smolt bij zijn aanblik. Net als Nikki jaren geleden.

'Je hebt mijn telefoontjes niet beantwoord.'

'Sorry – nee, dat is een leugen. Ik heb het druk gehad, Sean.'

'Te druk voor een oude vriend.'

'Die me twaalf jaar geleden heeft gedumpt.'

'Oef.' Hij knipperde met zijn ogen. 'Foutje.'

'Misschien niet. Het was achteraf het beste.'

'O ja?' Hij keek haar aan met ogen die van kleur veranderden. Jaren geleden sprong haar hart op wanneer hij haar op die manier aankeek. Nu deed het haar niets meer. Eens had ze hem sexy gevonden, nu vond ze hem verontrustend.

'Wat wil je van me?'

'Een afspraakje. Gewoon ergens dansen en bijpraten.'

'Er valt weinig te vertellen. Ik werk hier. Net als toen je wegging.'

'Maar je bent ondertussen afgestudeerd, teruggekomen naar Savannah en je schijnt naam te maken.'

Ze gaf geen antwoord.

'Ik dacht dat je getrouwd zou zijn.'

'Verkeerd gedacht.'

'Je vraagt niet eens naar mij.' Hij gooide de presse-papier in de lucht. Ving hem handig op.

'Ik geloof niet dat daar een aanleiding voor is.'

'Heb je iemand?'

'Op het moment niet.'

'Wel gehad?'

'Luister, Sean, dit gaat je absoluut niets aan, en ik moet aan het werk.'

'Laten we ergens iets gaan drinken wanneer je klaar bent.'

'Heb jij niets te doen, of zo?'

'Vandaag niet.' Hij grijnsde van oor tot oor.

'Dit is geen goed idee.'

'Van een drankje ga je niet dood.' Zijn glimlach was bijna jongensachtig, en er was een duivelse glans in zijn ogen, net als al die jaren geleden.

Haar mobieltje jengelde, en ze zei: 'Ik moet echt aan de slag.'

Terwijl ze haar mobieltje pakte, greep hij haar pols. 'Ik bel je nog, Nikki.' Daarna liet hij haar los, en aan de andere kant van het tussenschot hoorde ze Trina fluisteren: 'O, hemeltje.'

'Wil jij hem hebben? Je kunt hem krijgen,' zei Nikki, terwijl ze Sean nakeek die het gebouw verliet. Hij was bijna te volmaakt. En hij had haar hart gebroken. De telefoon ging weer, en ze nam op. Het was een van de vrouwen van de historische gemeenschap die zeker wilde weten of Nikki alle feiten voor de tour langs de oude huizen gedurende het kerstseizoen goed had overgenomen. Nikki controleerde de informatie, en hing op.

Eindelijk kon ze op haar computer inloggen. Ze was eerder die ochtend halverwege door haar e-mail gekomen, en nu las ze de rest van de berichten. Ze was bijna klaar toen ze er op een klikte met als kop GRAFSCHENDER SLAAT TOE. Hoewel ze de afzender niet herkende, opende ze het mailtje.

Haar hart stond stil. De redactie vervaagde naar de achtergrond terwijl ze naar de afschuwelijke beelden op haar scherm staarde, beelden van vier mensen – de slachtoffers van de Grafschender, die voor haar ogen tot botten uiteenvielen. De boodschap was eenvoudig:

WAT KOMT ER AAN?

TOT AAN DE TWAALFDE,

WEET NIEMAND HET ZEKER.

Plotseling had ze het zo koud alsof ze in de Atlantische Oceaan was gevallen.

Wat betekende die boodschap in godsnaam?

Was dit van de Grafschender, of was het gewoon een grap?

Haar gedachten tolden rond. Had Cliff gisteravond niet gezegd dat de Grafschender briefjes naar Reed had gestuurd? Misschien ook e-mailtjes? O, God. Wie was de afzender? Ze probeerde te reageren. De boodschap kon natuurlijk een flauwe grap zijn. Veel mensen kregen tegenwoordig allerlei rotzooi toegestuurd. Maar ze had het gevoel, diep vanbinnen, dat dit van de moordenaar was. Vanwege haar verhalen. Die op een of andere manier zijn zieke ego hadden opgeblazen.

Ze beet op haar onderlip, ze antwoordde, stuurde een e-mail naar de afzender en vroeg hem zichzelf bekend te maken. Ze kreeg hem bijna onmiddellijk terug. Ze printte de e-mail twee keer uit en van de tweede knipte ze de boodschap af. Vervolgens ging ze op zoek naar Kevin die in de kantine bij een van de automaten bezig was zijn keuze te bepalen. Hij drukte net op een knop toen hij haar vanuit zijn ooghoek naderbij zag komen.

'Vertel me niet dat je computer het weer niet doet,' zei hij. Zijn mondhoeken krulden licht omhoog, alsof hij tevreden over zichzelf was.

Omdat hij slimmer was dan zij?

Of omdat hij had verwacht dat ze op zoek naar hem zou gaan?

'Nee, nee, hij doet het prima. Maar ik kom je een gunst vragen,' zei ze, voor het eerst dankbaar dat ze hem alleen had getroffen.

'Alweer?' Een zakje M&M's rolde uit de automaat. Kevin griste het haastig uit het bakje, alsof hij bang was dat zij het voor zijn neus zou weggraaien.

'Ja.'

'Dat gaat je wat kosten,' zei hij, en er flitste een glimlach rond zijn mond.

'Vast... kijk!' Ze gaf hem het e-mailadres. 'Kun je uitzoeken wie me dit heeft gestuurd?'

'Misschien.' Hij tuurde naar het papier, zijn wenkbrauwen nadenkend gefronst. 'Waarom?'

'Omdat het belangrijk is, oké? Iemand heeft me een vreemde boodschap gestuurd, en toen ik probeerde te antwoorden, kreeg ik hem terug.'

'Heeft dit soms iets met de seriemoordenaar te maken. De Grafschender?'

Ze wilde niet liegen, en verafschuwde het feit dat ze Kevins hulp nodig had. 'Ja, ik denk het.'

'Wat zit er voor mij in?'

'Het is je werk.'

'Ik heb heel veel te doen.'

Ze staarde hem gefrustreerd aan. 'Wat wil je, Kevin?'

Hij aarzelde, en ze voelde haar borst verstrakken. O God, hij ging haar toch niet mee uit vragen? Of haar een om een of andere kinky seksuele handeling verzoeken?

'Wat?'

'Respect, oké?' zei hij ineens woedend. 'Jij, en heel veel andere mensen doen net of ik waardeloos ben... of ik niet besta... of ik stom ben... of ik deze baan heb omdat Tom mijn oom is, maar de waarheid is dat jij en Trina en Norm en alle anderen hier me nodig hebben.'

'Respect?'

'Ja.'

'Goed...' zei ze, nog steeds onzeker. Zijn woede was zo snel opgelaaid alsof het jaren had gesmeuld. 'Die krijg je.'

'Ik meen het, Nikki.' Hij pakte het papier uit haar hand en begon te lezen. 'Ik kom erop terug.'

'Snel. Dit is belangrijk.'

Zijn ogen schoten vuur. 'Alsof ik dat niet snap! Ik weet dat het belangrijk is.' Hij liet haar staan, en ze besefte dat hij de laatste was geweest die haar computer had gebruikt. Hij kende het systeem vanbinnen en vanbuiten. Hij had haar die e-mail kunnen sturen en hem tussen de andere zetten...

O, in 's hemelsnaam, wat mankeerde haar? Ze zag tegenwoordig in iedereen een mogelijke moordenaar. Ze haastte zich terug naar haar bureau en begon aan het interview met Reed te werken. Ze zou misschien geen tweede kans krijgen.

18

'De goede Heer houdt er niet van wanneer iemand met graven rommelt,' zei Bea Massey. Ze was een kleine, gebochelde zwarte vrouw, met tanden die te groot leken voor haar gezicht. Tot nu toe had ze Morrisette geen informatie gegeven die het onderzoek verder hielp. Ze was bijna blind, en streelde een mottig oud hondje dat aan haar voeten bij de keukentafel zat. 'Wanneer iemand is begraven, moet hij met rust worden gelaten.'

Amen, zuster, dacht Reed, maar hij hield zich in, terwijl Morrisette de weduwe van Thomas Massey ondervroeg. Reed stond bij het raam en keek naar buiten. Kippen scharrelden in de achtertuin. Een verwaarloosde moestuin grensde aan een garage waarin een Buick Skylark uit 1967 stond. In het huis lagen overal gehaakte kleedjes. Mevrouw Massey zwoer dat ze Jerome Marx nooit had ontmoet en nog nooit van hem had gehoord. 'Maar ik heb tegen Thomas gezegd dat hij niet in de stad moest worden begraven. Hij hoorde hier, op het platteland, maar hij wilde er niet van horen. Wilde bij de rest van zijn familie zijn, in Savannah... En kijk nou eens wat ervan gekomen is.'

Ze verlieten het huis zonder meer informatie dan waarmee ze waren gekomen. Bea Massey was de tweede geweest. Ze hadden Beaufort Alexander al in het verzorgingstehuis ondervraagd, waar hij sinds de dood van zijn vrouw woonde. Maar hij, noch zijn vrouw Pauline, had ooit iemand met de naam Barbara Jean Marx ontmoet. Of Thomas Massey. Of Roberta Peters.

'Twee keer pech,' zei Reed.

'Wat maakt het uit? Je doet al niet meer mee.' Morrisette drukte de aansteker in en keek hem van opzij aan, terwijl ze terug naar de stad reed. 'Weet je nog?'

'Ik dacht aan jou.'

'Wat ontroerend.' De aansteker klikte en ze gebruikte hem om een sigaret op te steken.

Reed staarde nors uit het raampje. De zaak had hem te pakken. Hij dacht er voortdurend aan, kon zich niet op de rest van zijn werk concentreren en hij had grote moeite met in slaap vallen.

'Ik heb over dat aantal van twaalf nagedacht. Zelfs op internet gekeken. Zoals twaalf donuts in een doosje, twaalf tekens van de dierenriem, of twaalf maanden in een jaar,' zei Sylvie.

'Juist, dat heb ik ook gedaan. Ik kwam op twaalf juryleden in een jury, twaalf apostelen en de Grote Twaalf Conferentie.'

'De Grote Twaalf wat?'

'Sporten. Schoolteams in het Middenwesten.'

'Ik wist dat het me bekend voorkwam. Bart was een sportfanaat.' Ze snoof verachtelijk. 'Ik ben nog steeds bezig het grote scherm af te betalen dat hij zo nodig moest hebben.' Ze nam een diepe haal van haar sigaret. 'Maar ik denk niet dat deze zaak iets met sport te maken heeft.'

'Waarschijnlijk niet.' Maar wat betekende het dan? Tot nu toe hadden ze nog geen enkel forensisch bewijs, slechts gedeeltelijke bandensporen, geen bloed of haren of vezels op de slachtoffers, geen aanwijzing voor seksueel geweld. Wie die kerel ook was, hij kreeg zijn kick van hun angst en dood, rukte zich misschien af als hij hen door dat verdraaide microfoontje hoorde schreeuwen, maar hij had geen enkele duidelijke aanwijzing achtergelaten. Afgezien van de briefjes die Reed had ontvangen.

Morrisette blies een rookwolk uit. 'Goed, dit is wat we weten: de laatste persoon die Barbara levend heeft gezien, was haar ex. Jerome Marx was de avond ervoor rond zes uur bij haar thuis.'

'Dus hij kidnapte haar, groef Pauline Alexander op en reed met hen naar Lumpkin County en begroef ze daar in de heuvels.'

'Het probleem is dat hij in een Porsche rijdt. En voor zover ik heb kunnen nagaan heeft hij geen lijkwagen gehuurd.'

'Misschien heeft hij er een gestolen,' opperde Reed. 'Of een truck.'

'Misschien. Maar hij kende Roberta Peters niet, en Thomas Massey ook niet.' Ze zette de ruitenwissers in werking omdat het begon te regenen. Ze schraapte haar keel. 'We krijgen zo snel mogelijk de uitslag van de bloedgroep van de baby. DNA ook, maar dat zal langer duren. Misschien volgende week.'

Het idee dat Bobbi zijn baby droeg. Of die van Marx. Of van iemand anders. Terwijl ze haar trouwring om had. Jezus, wat had hij zich door die vrouw laten belazeren. Maar ja, hij koos nou eenmaal altijd het verkeerde soort vrouwen.

'Het bureau gaat vandaag een verklaring afgeven,' zei ze, en hij voelde een steek van jaloezie omdat hij niet degene was die haar dat nieuws vertelde, in plaats van andersom. Morrisette drukte haar peuk uit. 'Ja, iets meer uitleg over de moorden, de burgers waarschuwen, hun hulp vragen, hetzelfde oude liedje.'

'En praten over een seriemoordenaar?'

'Mmm. Waarschijnlijk wel.' Ze wierp hem een zijdelingse blik toe terwijl ze een hoek omsloeg en naar het centrum van de stad reed. 'Een punt in het voordeel van Nikki Gillette.'

'Wat weet je over haar?'

'Behalve dat ze een behoorlijke lastpak is?'

'Ja...'

'Zeg wacht eens even, je bent toch niet in haar geïnteresseerd?'

'Alleen nieuwsgierig. Ze laat het bureau niet met rust.'

'Ja, maar ze is ook aantrekkelijk, als je van opdringerige, koppige blondjes houdt.'

'Ik ken er geen een,' zei Reed, kijkend naar zijn platinablonde partner. 'Jij bent hier langer dan ik. Wat valt er over Gillette te vertellen?'

'Alleen dat ze een verwend nest is dat besloot journaliste te worden. Ze is nooit getrouwd geweest, maar verder weet ik niet zoveel over haar. Ik geloof dat ze sinds ze van school af kwam al bij de *Sentinel* werkt, misschien zelfs al tijdens de schoolvakanties... ze kwam destijds in moeilijkheden tijdens de rechtszaak tegen Chevalier... ze studeerde nog... dat moet je je herinneren. Je werkte toen toch al hier?'

'Ik heb geholpen die kerel in de kraag te vatten.'

'En nu is hij vrijgekomen. Wat een verspilling van tijd en moeite. Hoe dan ook, ik denk dat Nikki altijd probeert zich tegenover haar vader te bewijzen. Op een of andere manier kon ze niet tegen die oudere jongen op, die werd vermoord of zelfmoord pleegde. Haar oudere broer, o verdomme, hoe heette hij...'

'Andrew.'

Morrisette keek hem van terzijde aan, terwijl ze vaart minderde voor een stoplicht. 'Dat weet je dus al. Waarom laat je me dan maar doorlullen?'

'Ik wil gewoon jouw verhaal horen.'

'Nou, de oudere broer was een topatleet en de echte studiebol in het gezin. De oogappel van zijn vader. Hij ging als een speer door zijn studie heen en hij wilde zich laten inschrijven bij een van de hoog aangeschreven universiteiten, Harvard of Yale... waar zijn vader ook heeft gestudeerd. Maar hij werd niet aangenomen, zelfs niet met hulp van zijn vader. Kort daarna ging hij dood. Val van een terras. Of hij werd geduwd. Of hij sprong. Niemand heeft het gezien, of degene die het heeft gezien heeft zijn of haar mond dichtgehouden.'

Reed had het meeste van het verhaal gehoord, en herinnerde zich iets ervan uit zijn beginjaren in Savannah.

'Hoe dan ook,' vervolgde Morrisette, 'van wat ik heb gehoord is het gezin daarna ingestort. De rechter gooide bijna de handdoek in de ring, en zijn vrouw werd kierewiet. De andere kinderen, en er zijn er behalve Nikki nog een paar, leken niet mee te tellen. Niet zoals de eerstgeboren zoon. Dat is althans wat ik heb gehoord.' Ze schakelde toen het licht op groen sprong. 'Verder weet ik over Nikki niet veel te vertellen. Alleen dat ze de zaak Chevalier bijna voor haar vader heeft verknald, maar dat weet je al.'

'Dat weet iedereen.' Reed was destijds een junior rechercheur in Savannah. Een van de eerste zaken was de moord op Carol Legittel geweest, en hij had geholpen LeRoy Chevalier te pakken, het vriendje van het slachtoffer.

Jezus, het was één grote ellende geweest. Chevalier was doorgedraaid en had zowel haar als twee van haar kinderen vermoord. Rechter Ronald Gillette had de leiding gehad, en zijn dochter, een studente die voor de *Sentinel* werkte, had een gesprek afgeluisterd en er iets van doorverteld, bijna genoeg om de hele zaak te verknallen. Niet dat het er nu nog iets toe deed. Chevalier was inmiddels een vrij man; hij kon nooit opnieuw voor die moorden worden berecht.

Reed had het contact met de meeste betrokkenen verloren. Kort na de uitspraak over Chevalier was hij naar San Francisco gegaan.

'Weet je hoe de engerd is vrijgekomen? Een of andere slijmbal van een advocaat heeft het voor elkaar gekregen. Hij zou ervoor moeten worden neergeschoten. Het kan me niet schelen wat die DNA-rapporten zeggen – het bloed op de plaats delict was misschien onzuiver. In die tijd hadden we niet de technieken die we nu hebben. In mijn ogen is Chevalier een koelbloedige moordenaar. Hij heeft die arme, alleenstaande moeder in stukken gesneden, evenals haar kinderen. Toen ging zijn veroordeling door Nikki's toedoen bijna de mist in... en nu is hij vrij? In wat voor wereld leven we?'

Reed bromde iets onverstaanbaars, maar hij vertelde haar niet dat hij van plan was later met de verslaggeefster te praten. Hoe minder Morrisette wist over wat hij aan de zijlijn deed, des te beter was het, voor haar en voor haar baan.

Hij wilde erachter komen hoe Nikki aan haar informatie kwam, hoewel ze haar bronnen waarschijnlijk geheim zou houden. Bovendien was ze hard, en vastbesloten eruit te halen wat erin zat. Vorige zomer had ze hem tijdens de zaak Montgomery ook niet met rust gelaten. Vanavond verwachtte ze een exclusief interview. Nou, dat zou ze krijgen. Alleen was Reed degene die interviewde. Nikki Gillette wist te veel. Het bemoeilijkte het onderzoek. En het was gevaarlijk. Voor iedereen. Ook voor haar.

Hij keek op zijn horloge en zag dat hij nog een paar uur had voor hij haar zou zien. Het zou een interessant gesprek worden. Nikki was intelligent en prettig om naar te kijken. Aantrekkelijk en slim – een dodelijke combinatie, naar Reeds mening.

Morrisette zette hem af bij het bureau. De volgende paar uur richtte hij zijn aandacht op een geval van huiselijk geweld, waarbij de vrouw 'per ongeluk' een schot hagel in haar man had gepompt. Hij zou het misschien hebben overleefd, maar zijn halsslagader was geraakt en hij was doodgebloed voor de vrouw in staat was 911 te bellen, aangezien ze 'verward, hysterisch en in paniek' was. Toen de eerste agent arriveerde zat ze rustig op een stoel een sigaret te roken. Voor Reed was de zaak zo klaar als een klontje.

Hij stond op het punt te vertrekken en reikte al naar zijn jasje toen de telefoon ging. 'Reed.'

'Rick Bentz, politie New Orleans,' zei de beller, die eens de partner van Reuben Montoya was geweest. 'Ik heb je bericht gekregen. Je belde over een knaap, Vince Lassiter.'

Reed liet zijn jasje weer over zijn stoel glijden. 'Dat klopt. Hij is de broer van een moordslachtoffer. We moeten hem lokaliseren. We willen hem niet alleen inlichten over zijn zus, maar we willen ook graag weten waar hij was op de dag dat ze verdween.'

'Wat is er met de zus gebeurd?'

Reed verbeet zijn woede over het beest dat Bobbi Jean had vermoord, bracht Bentz zo kalm mogelijk op de hoogte, en eindigde met: '...dus willen we graag iedereen opsporen die met Barbara Marx in verband wordt gebracht.'

'Kan ik jullie niet kwalijk nemen. Die schoft begraaft ze levend?' Bentz vloekte binnensmonds. 'We blijven zoeken, maar ik vermoed dat het lastig zal zijn Lassiter te bereiken. Hij is ongeveer drie maanden geleden weggegaan. Heeft het niet bij zijn reclasseringsambtenaar gemeld en heeft geen adres achtergelaten. De vrouw bij wie hij woonde kan of wil niet zeggen wat er met hem is gebeurd, en hij is nergens anders opgedoken. Sommigen van de jongens hier denken dat hij diep in de schulden zat, is weggelopen en ergens vermoord, waarna ze zijn lichaam in de baai hebben gegooid, maar dat is speculatie. Ik kan je niet vertellen wat er met hem is gebeurd omdat we het domweg niet weten.'

Weer een doodlopende weg. Reed trommelde met zijn vingers op het bureau. 'Is er nog iets anders dat je me over hem kunt vertellen?'

'Ik heb zijn dossier nagetrokken.' Reed hoorde bladzijden omslaan. 'Sinds zijn veertiende is hij regelmatig in aanvaring geweest met de wet. Op zijn negentiende was hij betrokken bij een gewapende overval. Hij verraadde zijn vriend, kreeg een proces. Hij heeft zijn tijd uitgezeten en kwam een paar jaar geleden vrij. Vanaf dat moment lijkt het of hij op het rechte pad is gebleven. Kreeg een baan als telefoonverkoper, verkocht schoonmaakmiddelen, leerde via de AA een vrouw kennen. Haar naam is... even kijken... ja, Wanda Persons. Lassiter was tot eind augustus een modelburger. Toen verdween hij. Kwam op een avond niet thuis. Het was een overtuigende verdwijntruc of hij eindigde ergens aan de verkeerde kant van een pistool. We hebben zijn truck in een greppel bij Baton Rouge gevonden. Niemand heeft gezien wat er is gebeurd.'

'Denk je dat hij de pijp uit is?'

'Ik weet het niet, maar we hebben hier op het bureau weddenschappen afgesloten.'

'Hou me op de hoogte als er iets verandert en Lassiter opduikt.'

'Doe ik. En zul jij hetzelfde doen?'

'Absoluut. Bedankt, en doe Montoya de groeten.'

'Zal ik doen, maar hij is er even tussenuit.'

'Komt hij weer terug?'

'Geen idee, maar ik durf er niet om te wedden.'

'Als je hem ziet geef me dan een belletje,' zei Reed.

'Goed.'

Reed speelde met zijn pen. Hij keek naar buiten. Had iemand Vince Lassiter vermoord? Zou hij in de volgende doodkist opduiken? Was hij op een of andere manier betrokken bij die bizarre moorden?

Hij voegde de informatie over Lassiter bij zijn aantekeningen in zijn computer, en toen voelde hij dat er iemand naderde, eerder dan dat hij het hoorde. Hij keek over zijn schouder en zag Cliff Siebert, een jonge agent die zijn zaakjes kende, maar altijd gepreoccupeerd leek. Reed zag Siebert nooit eens grapjes maken met de andere rechercheurs, en hij vond dat de jongen moest leren ergens de humor van in te zien. Zelfs galgenhumor kon helpen de spanning van een soms afschuwelijke taak te verlichten.

'Kan ik iets voor je doen?' vroeg Reed.

'Ik hoopte dat je me je aantekeningen over de Grafschender zou kunnen geven.'

'Mijn aantekeningen?'

'Ik ben aangewezen als de partner van Morrisette.'

'Is dat zo?' Reed voelde zijn nekharen prikken.

'Ja.'

'Morrisette heeft hetzelfde als ik.'

'Maar jij hebt zelf aantekeningen gemaakt. Die heeft zij niet.'

'Ze heeft alles wat ze nodig heeft. Alle feiten.'

'Ik heb het over je gevoelens. Je weet wel... je indrukken.'

'Denk je dat ik die opschrijf?'

'Dat doet iedereen.'

'Ik zal ze aan Morrisette sturen,' zei Reed, hij wilde de jonge rechercheur geen centimeter toegeven. Iets aan Cliff Siebert streek hem tegen de haren in, en hoewel hij een onberispelijke staat van dienst had, vertrouwde hij hem niet. 'Per e-mail.'

Siebert leek iets te willen zeggen, maar bedacht zich. 'Dan krijg ik ze wel van haar.'

Vast, dacht Reed, maar hij kopieerde zijn aantekeningen en verzond een e-mail naar Morrisette. Toen hij klaar was zag hij dat hij al vrij laat was voor zijn ontmoeting met Nikki, maar toch ging hij langs het kantoor van Okano, waar Tonya Cassidy bezig was haar bureau op te ruimen.

'Ik moet Kathy spreken.'

'Ze is al naar huis.'

Reeds kaken verstrakten. 'Wanneer komt ze weer terug?'

'Maandag.'

Verdomme.

'Ze zei dat je waarschijnlijk langs zou komen, en ze heeft dit voor je achtergelaten.'

Reed zag dat ze een verzegelde envelop uit een la pakte die ze hem vervolgens overhandigde. Haar opgetrokken wenkbrauwen vertelden hem dat zij al wist wat erin stond.

Hij maakte hem niet meteen open. Pas halverwege de gang scheurde hij de envelop open en ontvouwde het papier.

Het labrapport was doorslaggevend. Zijn B-negatief gaf aan dat hij hoogstwaarschijnlijk de vader was van Bobbi's baby. Er was een aantekening dat het DNA-rapport zo snel mogelijk zou volgen als alle tests waren uitgevoerd.

Er ging een nieuw gevoel van wanhoop door hem heen.

Zijn kind.

De schoft had zijn kind vermoord.

19

'Ik kan vanavond niet,' zei Nikki met de hoorn van de telefoon tussen haar oor en schouder geklemd. Ze luisterde slechts met een half oor, want de tijd drong en ze moest nog een paar puntjes op de i zetten van haar volgende verhaal over de Grafschender.

Maar haar zus had problemen, en zo te horen was ze wanhopig. 'Waarom niet? Zo vaak vraag ik je toch niet om op te passen?'

Dat was waar, dacht Nikki. 'Elke andere avond, Lily, ik zweer het. Maar de politie houdt over minder dan een uur een persconferentie over de Grafschender en ik heb een belangrijk interview. Echt belangrijk.'

'Neem haar mee.'

'Een tweejarige meenemen? Ben je gek?' Nikki maakte een tikfout, vloekte binnensmonds, en gaf het op. 'Neem haar zelf mee.'

'Maar ik heb een afspraakje. Ik zou het je liever niet vragen, maar mijn babysitter belde op het laatste moment af.'

'Goed, goed, luister... breng Phee naar mam en pap, dan haal ik haar daar na het interview op... zo rond halftien of tien uur. Vervolgens breng ik haar naar jouw huis en werk daar op mijn laptop wanneer ze naar bed is.'

'Ik weet het niet...'

'Als het je niet bevalt moet je een ander zoeken.'

'Wie dan?'

'Kyle, bijvoorbeeld.'

'Kyle? Hmm. Wat weet hij nou van kinderen?' Lily snoof verachtelijk.

'Net zoveel als ik, veronderstel ik. Luister, ik moet nu echt voortmaken.'

'Goed, ik breng haar naar pap en mam, maar het is echt onhandig. Ik heb om zeven uur met Mel afgesproken.' Ze zuchtte. 'Weet je wat jouw probleem is, Nicole?'

O, daar gaan we weer, dacht Nikki. 'Ik heb de indruk dat jij me dat gaat vertellen.' Ze liet haar mobiel in haar tas vallen.

'Jij bent net als Andrew, altijd alleen met jezelf bezig, alsof de wereld om jou draait.' Ze hing boos op, en Nikki knipperde met haar ogen. Lily had altijd het laatste woord willen hebben. Ze was een pseudo-intellectueel, hield van politiek en mode, bracht haar dagen door met voor haar dochter te zorgen, rookte dunne zwarte sigaretten en sprak graag over literatuur en filosofie. Ze had een parttimebaan in een koffietent en speelde fluit of zong in een jazzband. Nikki had twee keer in het publiek gezeten zonder er iets van te begrijpen. De songs leken nooit te eindigen en ze hadden een melodie die niet te volgen was.

Als een martelares had Lily nooit de naam van de vader van Ophelia genoemd; het was waarschijnlijk een geheim dat Lily mee zou nemen in haar graf. Niet dat het er iets toe deed. Ophelia was in één woord aanbiddelijk en ze had Nikki's hart meteen na de geboorte gestolen.

Nikki eindigde de ruwe opzet van haar artikel, liet ruimte open om nog enkele veranderingen aan te brengen voor het geval dat ze tijdens de persconferentie of het interview met Reed nog nieuwtjes te horen zou krijgen. Vervolgens haastte ze zich naar buiten, waar ze bijna tegen Norm Metzger botste, die pal achter de deur stond.

'Kijk uit je doppen.'

'Altijd een gentleman, is het niet?' Het laatste dat ze nodig had was een confrontatie met Norm. Nu niet. Feitelijk nooit.

De boze blik die hij haar toewierp sprak boekdelen. 'Waar krijg jij verdomme je informatie vandaan?'

'Wat bedoel je?'

'Hoe kun je de politie een stap voor zijn?' Hij blokkeerde haar de weg, en ze had geen andere keus dan met hem te praten.

'Ik ben ze geen stap voor.'

'Je hebt een verhaal over de seriemoordenaar geschreven voordat de politie een verklaring had gegeven. Ik hoorde net dat er om zes uur een persconferentie is.' Hij keek op zijn horloge. 'Over twintig minuten. Denk je dat ze precies gaan zeggen wat jij al hebt gepubliceerd? Dat we mogelijk met een seriemoordenaar te maken hebben?'

'Ik weet het echt niet.'

'Wat ze gaan zeggen zal geen verrassing voor je zijn.'

'Waarom ga je er dan niet zelf naartoe om de competitie aan te gaan?'

'Ik ben onderweg,' zei hij bitter, 'maar ik geloof dat de competitie pal voor me staat.'

'O, Norm, geef het op.'

'Weet je, Gillette, jij hoeft waarschijnlijk niet eens de moeite te nemen om naar de persconferentie te gaan. Jouw bron geeft je de nieuwtjes voordat de rest van ons ze krijgt.'

'Het zit je echt dwars dat ik een bron heb, is het niet?' vroeg ze briesend. Ze had zijn gekissebis nu lang genoeg aangehoord.

'Wat me dwarszit is het feit dat je misbruik maakt van je naam. Doordat je de dochter van de grote Ron Gillette bent, gaan er deuren voor je open die voor de rest van ons gesloten blijven.'

'Denk je dat het door mijn naam komt?'

'Ik weet het zeker.' Zijn glimlach, onder zijn snor, was zo koud als ijs.

'Nou, dan moet je dat vooral blijven denken!' Op een of andere manier lukte het haar een bijtende opmerking voor zich te houden. 'Je zult er alleen niets mee opschieten.' Toen was ze weg, rende de straat over naar de parkeerplaats, haar wangen brandend, haar ego gekwetst, ook al had hij niets gezegd wat ze niet al eens eerder had gehoord of zelf had gedacht. Ze gooide haar tas en aktetas op de achterbank en schoof achter het stuur. Ze moest zich er niet over opwinden, het hem vooral niet gunnen dat hij het gevoel kreeg dat hij had gewonnen. Zelf wist ze immers wat de waarheid was. Misschien was dat nog wel het ergste. Ze maakte geen gebruik van haar vaders naam, maar ze gebruikte de dood van haar broer en het schuldgevoel van zijn vriend om haar verhaal te krijgen. Ze reed als een gek naar het politiebureau. Het was bijna donker toen de persconferentie op het punt stond te beginnen. Verslaggevers, cameramensen en nieuwsgierige toeschouwers hadden zich voor de stoep van het bureau verzameld.

Even later arriveerden Norm Metzger en Jim Levitt. Norm worstelde zich door de menigte tot hij vooraan stond, en Jim schroefde een lens voor zijn camera, waarna hij Norm volgde. Als een schoothondje, dacht Nikki, voor één keer tevreden met haar plaatsje achteraan. Ze dacht aan de e-mail die ze van de Grafschender had gekregen, en glimlachte voor zich heen. Dat was haar troef, ondanks de ijzingwekkende boodschap. Wat de politie ook te zeggen had, het zou niets zijn in vergelijking met de rechtstreekse mededeling die ze van de moordenaar had ontvangen. Die ze van plan was met de politie te delen. Op het juiste moment. Nadat ze het had gepubliceerd.

De wind was koud, en ze zette haar kraag op. Een zegsvrouw van de politie, Abbey Marlow, gaf een korte verklaring over wat er aan de hand was. Ze weidde iets verder uit over de moorden, gaf aan dat de moordenaar waarschijnlijk nogmaals zou toeslaan, en mogelijk in Savannah verbleef. Ze vroeg de pers en het publiek de politie te helpen, en als iemand iets ongewoons of verdachts had gezien het op het politiebureau te melden, met name aan de eenheid die aan de zaak werkte. Ze noemde de namen van de slachtoffers en beantwoordde een paar vragen.

'Hebben de slachtoffers iets met elkaar te maken?' vroeg een donkerharige vrouw van een plaatselijk radiostation.

'Niet dat we weten.'

'Is het waar dat er twee lijken in een kist waren geduwd?' Dit keer was het Norm.

'We hebben twee doodkisten gevonden, elk met de oorspronkelijke overledene en een slachtoffer.'

'En ze waren levend begraven?' Norm weer.

'Ja.'

'Hebben jullie aanknopingspunten?' Max O'Dell van WKAM, het tv-station.

'Het onderzoek is in volle gang, maar we verzoeken iedereen die informatie heeft het aan ons door te geven.'

Nikki dacht beschaamd aan de notitie in haar tas, terwijl ze de vragen en antwoorden opschreef.

'Heeft de moordenaar een bepaalde handelwijze?' drong O'Dell aan. 'Ik bedoel, behalve zijn slachtoffers levend te begraven?'

'Ik kan daar natuurlijk geen commentaar op geven om het onderzoek niet in gevaar te brengen.'

'Heeft de moordenaar geprobeerd contact met jullie op te nemen?' vroeg Nikki, en Abbey Marlow leek iets te verstijven. 'Nogmaals, daar mag ik niets over zeggen.'

'Maar is het niet de gewoonte van seriemoordenaars om te proberen de politie uit te dagen, een spelletje met ze te spelen of hen op het verkeerde been te zetten?'

'In sommige gevallen,' beaamde Abbey, en de andere verslaggevers, die geheime informatie roken, bestookten haar met vragen. Maar ze glimlachte en verkondigde dat het bureau verder niets te zeggen had.

Abbey's reactie bevestigde echter wat Nikki van Cliff had gehoord, namelijk dat de Grafschender wel degelijk contact met de politie had opgenomen, om precies te zijn met Reed. Zoals de moordenaar aan haar had geschreven. Waarschijnlijk vanwege haar eerste artikel over hem. Door haar research wist ze ook dat moordenaars, onder het mom van behulpzaam zijn, vaak probeerden met de politie samen te werken, dat ze het gevoel hadden slimmer en beter te zijn dan de rechercheurs die getraind waren om hen in de kraag te vatten, dat ze ervan genoten om er op die manier bij betrokken te zijn... IJskoude vingers leken haar nek aan te raken. Er bestond een goede kans dat de moordenaar hier was... op de stoep van het bureau... toekijkend... wachtend... proberend zich erin te mengen.

Ze voelde zijn aanwezigheid in een windvlaag... Nee, ze verbeeldde zich dingen. Toch keek ze snel om zich heen, langs de verslaggevers, de cameramensen, de nieuwsgierige toeschouwers in donkere jassen, bijna onzichtbaar in de schaduwen. Waarom had ze het gevoel dat ze werd gadegeslagen? Denkend aan de man die ze de vorige ochtend in het gebladerte bij de eettent had gezien, hield ze haar adem in. Ze zag verscheidene lange mannen op de achtergrond staan, iets verwijderd van de menigte en de straatlantaarns. Sloeg een van hen haar gade? En toen ze in zijn richting keek, wendde hij toen snel zijn blik af?

Ze verbeeldde zich dingen, was opgefokt, hield ze zich voor.

'Heb je gekregen wat je wilde?' fluisterde een mannelijke stem, en ze bevroor zichtbaar. Haar hart kneep samen in paniek toen ze zich omdraaide.

Norm Metzger stond naast haar.

'Ik geloof het wel.' Hij is een griezel, een jaloerse collega, maar in essentie onschadelijk, dacht ze. 'Jij?'

'Wat was dat voor vraag over de moordenaar die contact met de politie had opgenomen?'

'Dat komt vaak genoeg voor. Dat weet je best. Jij bent uiteindelijk de misdaadverslaggever van de krant.'

'Maar Marlow viel bijna van de stoep toen je die vraag stelde. Heeft ze je soms verteld dat de moordenaar naar het bureau heeft geschreven of gebeld?'

'Ik heb een normale vraag gesteld, meer niet.' Ze stak haar aantekeningen en pen in haar tas. 'Luister, ik moet ervandoor.'

Zijn ogen, overschaduwd door de rand van zijn wollen pet, knepen samen. 'Je weet iets.'

'Jezus, Metzger, dit komt misschien als een schok voor je, maar ik weet véél. Het wordt tijd dat je dat eindelijk eens beseft.' Hierna draaide ze zich om en liep naar haar auto. Ze verwachtte min of meer dat hij haar zou volgen, maar dat gebeurde niet. Ze keek behoedzaam om en zag dat Norm en Jim naar Norms Impala liepen. Het beviel haar niet dat hij haar vraag eruit had gepikt, en tot haar grote opluchting startte de wagen meteen.

Terug op kantoor maakte ze haar verhaal af, leverde het in, en na een blik op haar horloge besefte ze dat ze aan de late kant was. Metzger zat nog steeds achter zijn bureau toen Nikki via de achterdeur wegglipte. Eenmaal in haar auto keek ze in de achteruitkijkspiegel om er zeker van te zijn dat Metzger, of iemand anders, haar niet volgde. Haar interview met Reed moest vertrouwelijk zijn. Strikt vertrouwelijk.

Reed keek op zijn horloge. Ze was al vijf minuten te laat. Hij zou nog een kwartiertje wachten, en als ze er dan nog niet was, kon ze het schudden.

Achter het stuur van zijn El Dorado, op de donkere parkeerplaats, begon hij te twijfelen. Wat hij van plan was te doen, zou hem zijn penning kunnen kosten. Maar hij moest iets doen. Iets om erachter te komen wie Bobbi in die doodkist had gegooid.

De ramen begonnen te beslaan, maar desondanks staarde hij naar Johnny B's Low Country Barbecue – een restaurant dat volgens het neonbord 'wereldberoemde zuidelijke barbecues' serveerde. Die bewering leek een beetje vergezocht, maar de parkeerplaats stond bomvol pick-ups, campers, oude vrachtwagens en personenwagens. De El Dorado paste er net tussen. Reed zag klanten naar buiten komen en naar hun auto gaan. Zelf was hij al binnen geweest. Een afhaalmaaltijd stond in twee bruine zakken op de zitplaats naast hem.

'Kom op, kom nou,' mompelde hij, plotseling verbaasd over de noodzaak om met Nikki Gillette te praten. Jarenlang had hij haar ontlopen, en ieder ander die iets met de pers te maken had. Ze was aantrekkelijk, slim en brutaal. En ze was de dochter van rechter Gillette. Allemaal redenen om haar te mijden als de pest.

Koplampen flitsten op toen een zilverkleurig autootje de parkeerplaats op draaide. Daar was ze. Goed. Adrenaline stroomde door zijn aderen bij de gedachte aan haar, maar hij hield zich voor dat het kwam doordat hij op het punt stond iets te doen waarin hij niet geloofde, dat hij zijn baan op het spel ging zetten.

Hij opende het portier van zijn Cadillac en stapte de wind in die van de Atlantische Oceaan kwam, waardoor zijn broekspijpen tegen zijn benen flapperden.

Nikki parkeerde in een wolk van opspattend grind, en ze opende het portier al voordat de motor van de Subaru was uitgezet. Er was iets aan dat vrouwtje dat hem maar niet met rust liet. Ze had hem meer slapeloze nachten bezorgd dan hij ooit zou toegeven. Hij verafschuwde het aantal keren dat ze hem in zijn dromen had achtervolgd. Soms als een irritant verslaggeefstertje, soms als een sexy Lolita, die hem verleidde met lekkere borsten, een smal middel, atletische benen en een uitdagend kontje. Dat waren de dromen die hem het meest dwarszaten, omdat ze niet een vrouw was voor wie hij tederheid voelde of die hij beter wilde leren kennen. Nee, ze was een vrouw die hij wilde ontlopen. Punt.

En hier was hij, wachtend op haar.

Hij zette zijn kraag op tegen de wind, terwijl zij haar tas van de achterbank pakte en het autootje afsloot. Ze begaf zich meteen naar de ingang van het restaurant.

'Nikki. Ik ben hier,' riep hij, en ze bleef meteen staan.

Hij liep op haar toe, zijn voeten knarsten op het grind.

Ze draaide zich om, de wind blies haar haren voor haar ogen. 'Reed! U laat me schrikken.'

'O, is dat zo?' Zijn mondhoeken krulden in een geamuseerde glimlach.

'Ja, en het is niet grappig.'

'Je hebt gelijk. Luister, ik geloof dat het beter is dat we niet samen worden gezien, laten we dus een eindje gaan rijden.'

'Rijden? Nu?' Ze keek om zich heen.

'Ja.'

'Wat is dit, bent u soms het melodramatische type?'

'Voorzichtig, de maaltijd ligt op de voorzitting.'

'Wat? Eten? Dit?' Ze staarde naar de vettige zakken terwijl hij achter het stuur plaatsnam. 'Jezus, u weet een meisje te versieren, zeg.'

'Jaren van oefening.' Hij stuurde de wagen van de parkeerplaats af. 'En ik denk niet dat het een goed idee is wanneer we samen worden gezien.'

Ze scheen onder het rijden iets te verzachten. De banden zongen over het asfalt, donkere wolken verduisterden de avondlucht.

Koplampen naderden, reden voorbij, en Reed controleerde of ze niet werden gevolgd.

'Sorry dat ik iets te laat was,' zei ze.

'Je had nog tien minuten over,' zei hij, vaart minderend voor een rood licht.

'En dan wat? Was u weggegaan?'

'Zoiets.' Het licht sprong op groen en hij gaf weer gas.

'Wat raar dat u niet op de persconferentie was,' zei ze licht verwijtend.

'Maar je had me daar toch niet verwacht?'

Ze keek hem van terzijde aan en wendde haar blik vervolgens weer op de ruitenwissers die de mist weg zwiepten.

'Je weet toch dat ik van de zaak ben gehaald.'

'Ik vermoedde het. Is dat de reden waarom u heeft gebeld?'

'Ja.'

'Wilt u me een verhaal geven?'

Hij reed naar Tybee Island en draaide instinctief naar het oostelijke strand.

'Niet geven. Onderhandelen.'

'Echt? Terwijl u me gewoonlijk mijdt als de pest?'

'Dat heb je dus gemerkt.'

'Ik zou wel doof en blind moeten zijn om dat niet op te merken. Werkelijk, Reed, u heeft zich gedragen alsof ik een of andere sociale paria was.'

'Dat ben je ook. Als verslaggeefster.'

'Laten we het daar niet over hebben,' zei ze snel. 'Waarover wilt u onderhandelen?'

Zijn vingers verstrakten rond het stuur. 'Informatie.'

'Over de Grafschender.'

Hij kon er nu niet meer onderuit. 'Dat klopt.'

Hij had haar aandacht. Helemaal.

Terwijl het aroma van Johnny B's wereldberoemde saus zijn geur verspreidde, staarde Nikki hem aan alsof er net een derde oog uit zijn voorhoofd ontsproot. 'Goed, maar laten we één ding meteen duidelijk stellen. Als u wilt dat ik mijn bron bekendmaak, dan is het antwoord nee.'

Hij reed een zijstraat in, niet ver van de parkeerplaats bij het strand en zette de motor uit. Hij staarde even naar de donkere zee, waar golven met schuimkoppen af en aan rolden. 'Laten we eerst eten voordat dit spul koud wordt.' Hij reikte in de koeltas achter zijn stoel en haalde er twee biertjes uit. Nadat hij de flesjes had geopend, gaf hij er een aan haar. 'Rundvlees of varkensvlees?'

'Maakt niet uit... varkensvlees,' zei ze, kennelijk verbaasd. 'Dank u,' zei ze, en nam het broodje vlees van hem aan, evenals een paar servetten. 'Is dit een soort vredesoffer?'

'Ja, zoiets.'

'En?' Ze opende de zak.

'Beschouw het als een omkoopsom.'

'Ik heb al gezegd dat ik mijn bron niet –'

'Ik weet het, goed. Ik heb het de eerste keer al gehoord.' Hij nam een hap van zijn broodje en staarde uit het raam, over het witte zand naar de inktzwarte zee. 'Je hebt de informatie net zo snel gekregen als het bureau. Dus moet het iemand van ons zijn.'

'Ik zei dat dit niet ter discussie staat.'

'Ik snap het. Alleen jij mag de vragen stellen. Maar dan hebben we denk ik niet zoveel te bespreken.' Hij nam een grote teug bier, en zag dat zij nog niets had gedronken.

De stilte strekte zich tussen hen uit, toen nam ze ten slotte toch een slokje.

'Ik weet dat u iets met Barbara Jean heeft gehad. Is dat de reden waarom u niet meer aan de zaak werkt?' Toen hij geen antwoord gaf, zei ze: 'Luister, als u over informatie wilt onderhandelen, dan moet u ook iets prijsgeven. Barbara Jean was zwanger toen ze stierf.'

Zijn keel trok samen, maar hij bewoog zich niet.

'Ik veronderstel dat u de vader bent.'

'Ze was getrouwd,' zei hij, maar zijn maag balde samen.

'De man was gesteriliseerd.'

'Hoe weet je dat?' Reed had het vermoed, hoewel Bobbi het hem nooit had verteld. Dus hoe was Nikki erachter gekomen? Ziekenhuisrapporten?

'Nee, nee. U wilt met me werken, laten we dat dan doen, maar ik vertel u mijn bronnen niet. Volgens mij zijn er maar drie redenen waarom u met mij wilt onderhandelen.' Ze stak een vinger op. 'Eén, u wilt dat ik de naam van mijn informant noem. Twee, u wilt weten wat ik doe omdat niemand van het bureau u in vertrouwen neemt.' Ze stak de derde vinger op. 'Of beide. U bent kennelijk gefrustreerd omdat u van de zaak bent gehaald, en u hoopt dat als we onze krachten bundelen u een achterdeurtje heeft om aan informatie te komen.' Ze nam een hap van haar broodje. 'Mijn vraag is niet wat ik ú kan geven, maar wat u gezien uw positie míj kunt geven.'

'Ik heb informatie die het publiek niet heeft.'

'En u wilt het mij vertellen?' vroeg ze sceptisch.

'Op voorwaarde dat je het niet in de krant zet voor mijn onderzoek is afgerond.'

'Dat betekent dat u iemand heeft gearresteerd, of dat iemand is berecht en schuldig is bevonden.'

'Pas na de rechtszaak.'

'Wat heb ik er dan aan? Dan zal ik niets meer weten dan elke andere verslaggever in deze stad.'

'Dat is niet waar. Wanneer dit allemaal voorbij is zou het een grote stap vooruit betekenen.'

'Het is niet goed genoeg, Reed. Ik wil nu een exclusief interview. Voor de krant.'

'Ik kan het onderzoek niet verpesten.'

'Dan zitten we denk ik in een impasse.' Ze beet in haar broodje, en veegde haar mond af met een servet. 'Dit is werkelijk verrukkelijk. Die van u ook?' Toen hij geen antwoord gaf, slaakte ze een zucht. 'Ik begrijp gewoon niet wat u van me wilt.'

'Ik wil horen wat jij te horen krijgt, zodra je het nieuws hebt gekregen. In ruil zal ik jou een dienst bewijzen, maar ik wil iets te zeggen hebben over wat je publiceert.' Hij zou uiteindelijk waarschijnlijk toch worden ontslagen, maar dat kon hem op dit moment geen moer schelen. Hij wilde een snelle wraakactie tegen de moordenaar voordat hij nog eens zou toeslaan. 'Maar je moet beloven geen gevoelige informatie te publiceren voordat de zaak voorbij is. Punt.'

'Goed,' zei ze, haar handen afvegend. 'Aangezien we een overeenkomst hebben, is er iets dat ik u wil laten zien. Ik was toch van plan het morgen naar het bureau te brengen, maar…' Ze haalde haar schouders op, en reikte in haar tas. Ze haalde er verscheidene papieren uit, allemaal geplastificeerd. 'Deze werden me bezorgd.'

Reed deed het binnenlichtje aan en zijn bloed werd ijskoud toen hij het eerste briefje las:

VANAVOND.

Daarna het tweede:

HET IS GEBEURD.

Toen het derde:

De lucht in zijn longen bevroor. De briefjes waren van de moordenaar. Daarover bestond geen twijfel. De eerste twee waren op hetzelfde papier, en met hetzelfde handschrift als de briefjes die hij had ontvangen. Het laatste bericht was kennelijk een e-mail.

'Wanneer heb je die gekregen?' vroeg hij, zijn hele lichaam gespannen. De moordenaar had zowel met hem als met Nikki contact opgenomen. Waarom?

'Een paar dagen geleden.' Terwijl hij luisterde, vertelde Nikki dat ze het eerste briefje onder haar ruitenwissers had gevonden, en het tweede in haar bed. Het derde was per e-mail binnengekomen.

Reed was buiten zichzelf. Angst snoerde zijn keel dicht. 'De maniak is in je huis geweest, in je slaapkamer, en je bent niet meteen naar de politie gegaan?'

'Dat doe ik nu toch.'

'Maar de moordenaar is in je huis geweest!'

'Ik heb de sloten laten veranderen en ik ga binnen een alarminstallatie en sensoren laten plaatsen.'

'Je moet daar weg. Verhuizen. Een ander appartement.' Zijn brein draaide door paniek gedreven op volle toeren. 'Dit is geen spelletje, Nikki. Die kerel is gevaarlijk. Heel gevaarlijk. Hoe is hij in je appartement gekomen?'

Ze vertelde hem dat de deur niet geforceerd was geweest, en wat er was gebeurd toen ze was thuisgekomen, dat het hek niet dicht was, en de kat buiten. Hij dacht onmiddellijk aan de kat van Roberta Peters en hoe de vrouw vervolgens levend was begraven.

'Je had de politie moeten bellen,' bromde hij. 'Door je sloten te vervangen heb je bewijs vernietigd! Die kerel heeft het op jou gemunt, verdomme. Je kunt daar niet meer naartoe.'

'Dan ben ik op mijn werk, of ergens anders, ook niet veilig.'

'Waarschijnlijk niet.'

'En nu? Denkt u dat ik het klokje rond politiebescherming moet hebben?'

'Absoluut.'

'Wacht even, Reed, wilt u die taak soms op u nemen?'

'Kijk eens aan, je bent een slimme meid.' Hij wikkelde het restant van zijn broodje in een servet en gooide het in de koeltas. Vervolgens startte hij de motor.

'Waar gaan we naartoe?' vroeg ze.

'Terug naar je appartement.' Hij reikte naar zijn mobiel. 'Daar zullen we het misdaadteam ontmoeten, en als je erop staat daar te blijven, dan blijf ik bij je. Of je gaat mee naar mijn huis.'

'Wacht eens even...'

Hij gaf gas en reed landinwaarts. 'Zo gaan we het doen, Nikki. Wat vind je ervan?'

'Verdomme.'

'Nou?'

'Ik zou vanavond op mijn nichtje passen.'

'Zet dat maar uit je hoofd.'

'Maar...'

'Wil je dat ze in gevaar komt?'

'Natuurlijk niet.'

'Dan laat je haar bij haar moeder.'

'Ze is bij mijn ouders.' Nikki keek op haar horloge terwijl ze richting Savannah reden. 'Ik ben al aan de late kant.'

'Bel ze op en vraag of ze daar mag blijven. Daarna bel je je zus. Ze heeft toch wel een mobieltje?'

'Ja. Die heeft ze altijd bij zich.'

'Goed, bel haar op. Ik maak geen grapje, Nikki. Dit is ernstig. Gevaarlijk. Laat je nichtje vannacht waar ze is. Geloof me, je kunt beter laf zijn dan dood.'

'Goed, goed, ik snap het.' Toen er koplampen naar binnen schenen, zag hij lijntjes rond haar mond, en de nerveuze manier waarop ze op haar lip beet. Ze begreep het dus. Eindelijk.

Ze reikte naar haar mobiel. 'En wat bent u nu? Mijn persoonlijke bodyguard?'

'Zoiets,' zei hij, terwijl hij gas gaf en Morrisettes nummer op zijn mobiel intoetste. 'Geloof me, ik ben hier net zomin gelukkig mee als jij.'

Wie zou de volgende zijn?

Kijkend naar de televisieschermen was hij teleurgesteld dat er vanavond geen melding van de Grafschender werd gemaakt. Niets over de beroering bij Heritage Cemetery, en slechts een paar beelden van de persconferentie.

Stommelingen.

Niemand scheen hem serieus te nemen.

Behalve Nikki Gillette. 'De Voetzoeker', zoals haar vader haar noemde.

Waarschijnlijk vanwege haar rode haar en opvliegende temperament. Ze was slim, sexy en niet bang ergens achteraan te gaan wanneer ze het wilde hebben. Een vrouw om rekening mee te houden.

Ze wilde een verhaal, en hij zou het haar geven – het verhaal van haar leven.

En dood.

Hij ging voor zijn computer zitten en bestudeerde het scherm. Beelden die hij had samengesteld, een screensaver met beeltenissen van Bobbi Jean Marx, Pauline Alexander, Thomas Massey en Roberta Peters die dansten over de zwarte achtergrond. Om de drie seconden vielen de beelden tot botten uiteen, verkruimelden tot as om vervolgens weer de oorspronkelijke beelden te vormen. Een programmaatje dat hij had ontworpen.

Na elke succesvolle begrafenis had hij de foto's genomen die hij zorgvuldig had gemaakt om ze in de computer te bewerken en toe te voegen aan de collage van beelden die voor zijn ogen verdwenen en weer terugkwamen.

Nog maar vier, maar binnenkort, heel binnenkort zouden er meer beelden worden toegevoegd. Hij dacht aan de berichten die hij eerder die dag had verzonden, en glimlachte.

Zijn handen waren vochtig van verwachting.

Zijn lippen likkend, dacht hij aan zijn volgende ontvoering.

Zijn volgende moord.

Reikend naar de geluidsinstallatie zette hij de banden aan en luisterde, eerst naar Bobbi's angst, haar kreten, haar smeekbeden... o, dat was goed. Zijn bloed zong door zijn aderen en hij deed zijn ogen dicht. Zijn pik werd stijf van verwachting.

Toen hoorde hij de oude vrouw jammeren, en zijn hartslag versnelde. Hij dacht aan Bobbi Jean. En Nikki. Zijn ademhaling kwam hortend, in stootjes.

Zijn lippen werden zo droog dat hij ze moest likken.

Wie zou de volgende zijn?

Hij deed zijn ogen dicht en liet zijn vinger over de geplastificeerde foto's in zijn album glijden. 'Iene, miene, mutte...'

Zijn hand stopte. Hij opende zijn ogen en hij staarde naar de glimlachende, verleidelijk mooie vrouw op de foto. Hoewel het kiekje een tijd geleden was gemaakt, wist hij dat ze nog steeds zo oogverblindend was als toen.

Hij wilde haar hebben.

God, wat wilde hij haar graag hebben.

Zijn pik begon te kloppen en hij vroeg zich af hoe ze wakker zou worden in een doodkist. Hij stelde zich haar enorme angst voor, hoe haar mooie gezicht erdoor zou vertrekken, hoe ze om haar leven zou smeken. Paniek zou haar hart bijna doen stoppen. De lucht in de kist zou ijler worden... haar longen zouden in brand staan... o ja....

Hij voelde zich machtig.

Sterk.

Vernuftig.

Adrenaline stroomde door zijn aderen.

Hij kon nauwelijks wachten.

'Jij bent de volgende, schat,' fluisterde hij, terwijl zijn erectie tegen zijn rits prangde. God, wat zou hij haar graag neuken. Haar tonen dat hij met haar kon doen wat hij wilde. Misschien erna. Misschien ervoor. Maar om in die warmte van haar te stoten... of zelfs in haar koude, dode kut. Maakte niet uit hoe.

Hij had tot nu toe geen van hen geneukt... Zijn fantasie over hen was nooit zo ver gegaan dat hij de verleiding niet had kunnen weerstaan. Maar misschien kon hij zijn gebruikelijke ritueel een beetje veranderen.

Verwachting deed zijn hart sneller kloppen, langzaam boog hij zijn gezicht naar het album, zodat haar mooie, glimlachende gezicht vervaagde. Toen, zonder zijn ogen dicht te doen, plantte hij een kus op het plastic.

20

'Dus je laat me weer barsten, Nikki. Leuk, heel leuk!' sneerde Lily toen ze het telefoontje kreeg.

Reed had Nikki bij haar autootje bij Johnny B's afgezet, en nu volgde hij haar naar Savannah.

'Ik heb je gezegd dat het niet veilig is voor Phee om haar mee te nemen naar mijn huis,' zei ze voor de derde keer. 'Begrijp je het dan niet? Er is bij me ingebroken, Lily. Degene die dat heeft gedaan, heeft een briefje achtergelaten. In mijn bed, verdomme.' Ze huiverde, denkend aan de indringer die haar linnengoed aanraakte, door haar laden rommelde.

'Is dit een grap?'

'Weet je dan niet dat er een seriemoordenaar rondloopt! Hij zou de man kunnen zijn die in mijn appartement is geweest.'

'Nou, ik vraag me af waarom hij bij jou zou inbreken? Laat me nadenken. Zou het kunnen zijn omdat je over hem blijft schrijven? Trek je daarmee zijn aandacht? Geen wonder dat je een doelwit bent. Hij is des duivels.'

'Hij is niet des duivels op me. Hij is dol op de aandacht die ik hem geef. Hij geniet ervan. Dat is onderdeel van de mentaliteit van een seriemoordenaar.'

'Ik weet het niet, hoor. Hebben ze een mentaliteit?'

'Ja, Lily, die hebben ze en...'

'Hij vermoordt mensen, verdomme! Het heeft niets met mentaliteit te maken,' bitste ze, en beheerste zich vervolgens. 'Luister, Nikki, ik begrijp het, goed? Echt. Het is jouw leven, en het is belangrijk.' Lily's stem droop van sarcasme. 'Dus ik ga hier weg en haal Ophelia op bij onze ouders. Vergeet maar waar ik mee bezig ben. Vergeet maar dat dit een etentje van honderd dollar per couvert was om kandidaat Mel te verleiden, dat het belangrijk voor hem is, en voor mij. Want het draait immers alleen maar om jou? Dat is altijd zo geweest.'

'Nee, Lily,' antwoordde Nikki verhit. 'Het draait allemaal om jóu, en dat is altijd al zo geweest.'

Lily hing zo bruusk op dat Nikki met haar ogen knipperde, en vervolgens de telefoon in de houder bij het stuur plantte. Ze hield zich voor dat ze zich schuldig moest voelen, maar ze voelde het niet. Niet tegenover haar zus. Dit was de manier waarop Lily elke crisis had behandeld. Door ervoor weg te lopen.

Nog steeds woedend gaf ze zoveel gas, dat ze bijna door een rood licht reed. Ze trapte op de rem en zei tegen zichzelf dat ze moest kalmeren. Een ruzie met Lily was niets nieuws. Haar zus en zij hadden nooit goed met elkaar kunnen opschieten. Ze keek in haar zijspiegel. Reed was nog steeds achter haar. Zijn aanwezigheid was op een bepaalde manier een troost. Ze vond het prettig te weten dat hij zo dichtbij was. Hij was heel benaderbaar geweest, en ze had gedacht een nieuwe toon in zijn stem te horen, iets zachts, alsof hij om haar gaf – al was het maar als iemand die hij moest dienen en beschermen.

En die gedachte maakte dat ze bijna door het volgende licht reed. 'Beheers je,' zei ze hardop. 'Dit is Pierce Reed over wie je zit te dromen.' Geprikkeld door de wending van haar gedachten, parkeerde ze op haar plaatsje. In de steeg naast het flatgebouw stond al een politiewagen geparkeerd. Rode en blauwe lichten flitsten aan en uit, verlichtten de grote ramen en glanzende luiken van het grote huis dat ze nu thuis noemde. Geel lint was gespannen om toeschouwers op een afstandje te houden, terwijl bij enkele buren licht brandde. Een paar dappere zielen die haastig een regenjas over hun pyjama hadden aangeschoten, rekten hun hals en staarden naar haar appartement.

'Wat is er aan de hand?' vroeg een vrouw aan een van de agenten.

'Dat weten we niet precies. Als u nu naar achteren gaat, dan kunnen wij ons werk doen.'

Een grote man trok zich niets van het verzoek aan. 'Wat het ook is, het gaat om het bovenste appartement, met dat torentje.'

Iedereen staarde omhoog, en Nikki dook onder haar paraplu, waar nieuwsgierige buren haar niet konden zien. Ze was dankbaar toen ze Reed in haar richting zag komen.

'Is dat niet het appartement van Nikki Gillette? De verslaggeefster?' hoorde ze iemand zeggen. 'Zij schrijft die artikelen over de Grafschender...'

Nikki trok zich nog wat verder terug voordat ze zich omdraaiden en haar zouden herkennen. Ze botste bijna tegen Reed aan, die haar arm greep en haar wegtrok. Voor één keer was ze blij op een ander te kunnen vertrouwen, zijn sterke vingers rond haar onderarm te voelen. Op dat moment voelde ze zich beschermd, hoewel ze wist dat het slechts een kwestie van tijd was voor ze werd opgemerkt en herkend. Er kwamen meer buren naar buiten. Gelukkig bleven de meesten in de schaduw van hun portiek staan. Er reden slechts een paar voertuigen voorbij, langzaam, de bestuurders rekten hun nek en hun passagiers wezen naar het elegante witte huis, terwijl gillende sirenes steeds dichterbij kwamen.

'Dit belooft een waar circus te worden,' mompelde Nikki.

'Absoluut,' beaamde Reed.

'Nou, bedankt. Nu voel ik me een stuk beter.'

Een van de agenten begon het verkeer te regelen, gebaarde de auto's door te rijden, terwijl een ijzige wind Nikki's wangen schampte en de zoom van haar jas tegen haar benen drukte.

'We hebben een sleutel nodig,' zei Reed.

Ze wilde weigeren, verafschuwde het idee van een invasie in haar appartement, maar rommelde in haar tas, vond de sleutelring en haalde haar huissleutel eraf.

'We gaan naar binnen zodra we een seintje krijgen dat alles in orde is,' zei Reed.

'Van wie?'

'Diane Moses. En geloof me, die naam past bij haar. Op onze afdeling vertegenwoordigt ze het woord van God.'

Nikki giechelde ondanks haar gespannen zenuwen. Ze keek op naar Reed en zag dat hij niet glimlachte, maar zijn ogen leken warmer dan eerst, er was zelfs iets van tederheid in te ontdekken.

'Blijf hier staan,' zei hij, en liet haar arm los toen er nog meer politieauto's arriveerden en het nieuws van WKAM. Nikki zag de reporter en cameraman uitstappen, terwijl Reed met een kleine zwarte vrouw praatte. Ze keek nieuwsgierig in Nikki's richting, waarna Reed Diane Moses voorstelde en haar vervolgens Nikki's sleutel overhandigde.

'Hallo, wat is hier aan de hand?' Fred Cooper, de huismeester, was eindelijk ook wakker geworden, en kennelijk niet blij met al die drukte. Gekleed in een gestreepte badmantel stormde hij om de hoek van het huis. Zijn dunne witte haar stond overeind, de wallen onder zijn ogen gaven aan dat hij meer slaap nodig had. 'Wat is dit, verdomme?' Hij wendde zijn blik naar Nikki, bleef staan en klemde zijn lippen opeen. 'Waarom verbaast het me niet dat het iets met jou te maken heeft?'

Het was Nikki's beurt om hem aan Reed en Moses voor te stellen. 'Ze willen mijn appartement zien. Ik zei dat het in orde was.'

'Natuurlijk is het in orde... maar...' Fred was duidelijk in verwarring en niet gelukkig met de situatie. Hij staarde naar de groeiende menigte politiemensen en toeschouwers. 'Jezus...'

Reed nam het heft in handen en legde hem in het kort uit wat er aan de hand was, terwijl Diane Moses de trap naar Nikki's appartement beklom.

Cooper trok zich terug onder de overkapping van het portiek. Met een schouder tegen de deurpost geleund, bekeek hij de verstoring van zijn gewoonlijk voorspelbare, rustige leventje.

Leden van het team zetten nog meer gedeelten rond het huis af, onderzochten de omgeving zorgvuldig en begaven zich vervolgens ook naar Nikki's appartement. Het was raar om de politie rond haar huis te zien zwermen, op zoek naar bewijs van een misdaad tegen haar. Ze verafschuwde het te bedenken hoeveel plaatsen delict ze zelf had bezocht, altijd hongerend naar nieuws over de slachtoffers terwijl ze probeerde uit te vinden wat er precies was gebeurd, en waarom.

'We geven ze even de tijd om rond te kijken,' zei Reed, en hij pakte Nikki's arm weer toen ze probeerde een agent door de poort te volgen. 'Hoewel de inbraak vierentwintig uur geleden heeft plaatsgevonden, kunnen ze wellicht nog iets belangrijks vinden.'

'Goed, maar mijn kat zal totaal van streek raken.'

De hand rond haar mouw liet niet los. 'Hij komt er wel overheen.'

'U kent Jennings niet. Hij zal nog weken lopen mokken! Het zal me een fortuin aan kattensnoepjes kosten om hem weer te paaien.'

Hij schoot in de lach en keek haar aan. Voor het eerst was ze er zeker van dat hij echt naar haar keek. Dwars door haar uiterlijk van verslaggeefster heen naar de vrouw die ze gewoonlijk verborgen hield. 'Ik denk dat je het je wel kunt permitteren,' zei hij, kijkend naar weer een politiewagen die de straat in reed.

De wagen kwam met gierende banden tot stilstand.

'Morrisette,' zei Reed.

Cliff Siebert stapte met een ernstig gezicht haastig uit. Hij keek vluchtig in Nikki's richting en richtte zijn aandacht onmiddellijk op Reed, die haar arm losliet. Cliffs voorhoofd was gefronst, zijn lippen opeengeklemd.

'Heb jij dit veroorzaakt?' vroeg hij aan Reed.

Nikki zag de bui al hangen en kwam tussenbeide. 'Wacht even, ik heb rechercheur Reed gebeld en hem over de inbraak verteld.'

'U heeft hem gebeld?' Cliff geloofde het kennelijk niet.

'Juffrouw Gillette heeft enig bewijs over de Grafschender dat ze graag met ons wil delen, dus als we hier klaar zijn, gaan we allemaal naar het bureau.'

'Wacht even, Reed, jij zit niet meer op de zaak.' Cliff keek boos naar de oudere rechercheur, en bijna zonder zijn lippen te bewegen siste hij: 'Waar ben je verdomme mee bezig? Okano zal je penning willen hebben en dan kun je het wel schudden.'

Vanuit haar ooghoek zag Nikki rechercheur Morrisette naderen. 'Kappen, jongens. Genoeg. Laten we hier niet zo opgefokt weggaan.'

'Het is mijn schuld,' zei Nikki. 'Ik wist dat rechercheur Reed naar Dahlonega was geroepen en een van de slachtoffers goed heeft gekend, dus heb ik hem als eerste benaderd. Sinds deze zaak speelt heb ik talloze berichten voor hem achtergelaten.'

Cliffs blik was koud als de dood toen hij naar Nikki keek. 'Rechercheur Reed was van de zaak gehaald, juffrouw Gillette. Ik mag toch aannemen dat u wist, aangezien u zo koortsachtig over de Grafschender schrijft, dat rechercheur Morrisette de leiding heeft gekregen en dat ik haar assisteer.'

'Luister, Siebert, even een beetje dimmen, goed?' Morrisettes oorringen vingen het licht van de straatlantaarns en haar platinablonde stekeltjeshaar kreeg een blauwe tint toen nog een persbusje in de steeg parkeerde. 'Geweldig, nog meer persmuskieten.' Een agent in uniform liep erheen, en hield de bestuurder en nieuwsverslaggever achter de barrière. Het was raar om aan de andere kant van de microfoon te staan, dacht Nikki, vreemd om het slachtoffer te zijn in plaats van de toeschouwer op zoek naar een verhaal, een insteek om haar verhaal tot het beste te maken.

Morrisette ging nog steeds tegen Siebert tekeer. '...Dus maakt het me geen moer uit wie er heeft gebeld of wie hierop heeft gereageerd. Het doet er niet toe. Laten we gewoon aan het werk gaan en uitzoeken wat er aan de hand is voor we de pers helemaal over ons heen krijgen.' Ze keek van Siebert naar Reed. 'Laten we gaan.' Ze begaf zich al naar het hek.

Cliff volgde met verbeten kaken.

'Juffrouw Gillette zei dat er de vorige nacht in haar appartement is ingebroken. Degene die dat deed liet een briefje achter. Het ziet ernaar uit dat het van de Grafschender is,' zei Reed.

'Allemachtig.' Vlak voor de trap bleef Morrisette staan en draaide zich om. 'Ik neem aan dat je het bij je hebt.'

'Ze heeft het aan mij gegeven,' zei Reed. 'Ik wilde het meenemen naar het bureau om het met de andere briefjes te vergelijken.' Hij moest Cliffs reactie hebben gezien, want hij voegde eraan toe: 'En ja, ze weet dat de Grafschender ons ook briefjes heeft gestuurd.'

'Reed,' waarschuwde Morrisette.

'Juffrouw Gillette heeft beloofd hierover niets te publiceren tot het bureau goedkeuring geeft.'

'Nu maak je ook nog afspraken? Voor iemand die niet op de zaak zit, ben je lekker bezig,' gromde Cliff.

'Genoeg, jongens.' Morrisette keek naar de twee mannen. 'La-

ten we de grappenmaker gewoon grijpen. 'Jij'– ze wees naar Nikki – 'blijft buiten tot we je vragen binnen te komen, en dan kijk je
uit met wat je doet. Diane Moses – zij leidt het onderzoek – zal je
vertellen wat je wel en niet kunt aanraken, en als ik jou was zou
ik precies doen wat zij zegt. Begrepen?'

Nikki knikte. 'Begrepen.'

'En ik zou een andere plek zoeken om de nacht door te brengen.' Morrisettes blik dwaalde naar Reeds gezicht, toen terug
naar Nikki. 'Ergens waar het veilig is. Misschien bij je ouders of
een vriendin. Iemand die je kunt vertrouwen.'

'Ik heb mijn sloten al laten veranderen,' protesteerde Nikki.

'Dat is niet genoeg. We hebben misschien meer tijd nodig. Je
kunt wat spullen meenemen. Schone kleren.'

'Zeg, wacht eens even, dit is mijn huis,' protesteerde Nikki
weer.

'En er is al een keer ingebroken.' Morrisettes gezicht vertoonde geen spoortje humor. 'Laten we niet om nog meer moeilijkheden vragen. Begrepen?'

'Goed. Ja… begrepen,' zei Nikki, starend naar het torentje van
haar appartement, terwijl er een rilling over haar rug kroop. De
Grafschender was in haar huis geweest. De engerd had twee levende vrouwen in kisten bij in ontbinding verkerende lijken gestopt, en hij had door haar kamers gelopen, haar bureau doorzocht, misschien zelfs in haar bed gelegen. Ze beefde.

Morrisette had gelijk.

Vannacht moest ze wegblijven.

Op zijn minst deze nacht. Ineens ving ze een glimp op van een
schaduw en de lagere takken van de laurierheg trilden. Nikki's
hart stond bijna stil en ze schrok zichtbaar voordat ze zich realiseerde dat het haar kat was, opgejaagd door de politie, die onder
een van de politiewagens wegkroop. Zijn ogen waren groot van
schrik terwijl hij in elkaar dook en naar haar staarde.

Nikki knielde neer. 'Kom maar, Jen,' zei ze sussend. 'Het komt
allemaal goed.'

Maar de kat bleef waar hij was. Toen ze haar hand naar hem
uitstak, begon hij te blazen, ontblootte zijn scherpe tanden en
trok zich nog verder terug onder het voertuig en staarde naar het
huis.

Alsof hij de kern van het kwaad voelde.

Alsof de Grafschender in de buurt was.

Verborgen in de schaduwen.

Kijkend.

Wachtend.

Nikki's keel werd droog. Toen voelde ze dat de kille wind door de takken van de bomen ritselde, geluiden maskeerde, terwijl de avond zelf de meest afschuwelijke van alle moordenaars verhulde, degene die contact met haar had opgenomen.

Een voetstap schraapte over het beton van de parkeerplaats.

Ze draaide zich snel om, maar zag niemand.

Of toch?

Was dat een schaduw in het gebladerte naast de steeg?

Een donkere figuur die voorbijliep of was het gewoon de lichtval?

Trilden de bladeren van een varen omdat er iemand langsliep?

Plotseling doodsbang stapte ze achteruit, botste tegen iets op, iemand, een persoon, en ze sprong bijna uit haar vel.

'Nikki?' vroeg Reeds stem. Ze draaide zich om. Reed staarde haar aan. 'Alles goed met je?'

'Zou u zich goed voelen?' Haar stem haperde enigszins.

'Ik? Nee, ik zou als de dood zijn.'

'Ja, dat klopt wel zo ongeveer.' Ze stak haar handen in haar zakken. 'Kunnen we nu naar binnen gaan?'

'Ik denk van wel. Kom mee.' Weer sloten zijn sterke vingers zich rond haar arm, waarna hij haar naar de buitentrap leidde, en ze wist dat ze hem nooit meer zonder een onbewuste huivering zou beklimmen. De Grafschender was eenmaal in haar huis geweest. Waarom zou hij het niet voor een tweede keer doen?

Morrisette was niet blij met de gedachten die door haar hoofd gingen terwijl ze door de lege, donkere straten van Savannah reed. Er klopte iets niet aan het onderzoek, iets belangrijks. Ze was ook moe, humeurig en bezorgd omdat ze haar kinderen midden in de nacht bij een slaperige oppas had moeten achterlaten.

Reed en Nikki Gillette?

Wat was er met die twee? Hadden ze iets met elkaar? De manier waarop ze dicht bij elkaar waren gebleven terwijl haar appartement werd doorzocht, was vreemd... ongerijmd... alsof er meer tussen hen was dan je op het eerste gezicht zou denken. Maar Reed had een hekel aan verslaggevers, vooral de opdringerige soort, zoals Nikki Gillette. En toch...

Morrisettes vrouwelijk intuïtie, die vaak een zegen was, maar nog vaker een vloek, maakte overuren. En zij was niet de enige die de verandering in de sfeer had aangevoeld. Ze had geprobeerd er niet op te letten dat haar nieuwe partner op iets zat te broeden. Cliff Siebert had tijdens de korte rit naar het bureau geen woord gezegd. Hij had alleen maar kwaad gekeken toen ze een sigaret opstak. Wat een pietlut. Ze zag dat de El Dorado van Reed achter haar reed. Daarachter volgde Nikki's autootje. Siebert had hun kleine parade in de zijspiegel gadegeslagen, en nu ze de patrouillewagen bij het bureau parkeerde werd de grimmige uitdrukking op zijn gezicht nog somberder. Hij stapte uit voordat Morrisette de motor had uitgeschakeld. Ja, ze zou nog een hoop lol aan hem beleven, dacht ze, hij was een echte lachebek. Ze moest nog even snel een sigaretje roken voordat ze Reed en Siebert in de verhoorkamer zou ontmoeten. Ze stak een sigaret op, en zag dat Reed en Gillette dicht bij elkaar, ineengedoken tegen het weer, naar binnen gingen. Ze nam een paar snelle halen en drukte de half opgerookte Marlboro Light uit in de asbak bij de deur. Waarom had de Grafschender Nikki en Pierce uitgezocht? Wat hadden ze met 'twaalf' te maken? Reed had iets gehad met een van de slachtoffers, maar voor zover Morrisette wist gold dat niet voor Nikki.

Misschien zouden de briefjes hun de aanwijzingen geven die ze nodig hadden.

In de verhoorkamer nam ze de leiding. Reed stond bij de deuropening, een concessie om niet deel te nemen aan de zaak, veronderstelde ze, terwijl Siebert en Nikki op stoelen zaten. Het bureau was op enkele agenten na uitgestorven, maar zelfs hier leek de sfeer anders dan normaal. Zelfs een beetje griezelig. Maar alles aan deze verdomde zaak was griezelig.

Nikki gaf een lijstje op van haar vrienden en kennissen, en begon te vertellen wie de sleutels van haar appartement had, of haar sleutels had gebruikt in de tijd dat ze er woonde. De lijst was veel te lang naar Morrisettes zin, en waarschijnlijk incompleet omdat hij haastig was samengesteld, maar het was een begin. Morrisette herinnerde Nikki eraan dat alles wat hier werd besproken vertrouwelijk was, en luisterde vervolgens toen Nikki over de briefjes vertelde die ze op haar auto, in haar huis en in haar mailbox op haar werk had gevonden.

'Ze komen overeen met de briefjes die ik heb ontvangen, maar dan met andere woorden,' zei Reed. Hij stak een hand op om Morrisette de mond te snoeren. 'Juffrouw Gillette weet dat ik ook e-mail heb gehad. We hebben het besproken. Ze publiceert het niet tot wij een officiële verklaring geven.'

'Maar wel dat de moordenaar contact met mij heeft opgenomen,' onderbrak Nikki hem. Ze zag er zo vermoeid uit als Morrisette zich voelde.

'Ik wil het artikel lezen voordat het in de krant komt.'

'Te laat.' Gillette keek Morrisette scherp aan. 'Ik heb het op de redactie van de krant achtergelaten met de opdracht het te publiceren als ik niet met aanvullende feiten aan zou komen.'

Morrisette schoot uit haar slof. 'Je belemmert het onderzoek.'

'Nee, rechercheur, ik help juist.' Nikki opende haar omvangrijke tas, haalde de in plastic gehulde aantekeningen eruit en gooide ze op de tafel. 'Dit zijn kopieën, Reed heeft de originelen.'

'Jezus,' mompelde Siebert, en hij sloeg met een verwijfd gebaar zijn hand voor zijn mond. Hij was een rare snuiter, concludeerde Morrisette, maar ze had nu geen tijd om er dieper over na te denken. Ondertussen verlangde ze ernaar weer met Reed samen te werken. Hem begreep ze tenminste. Of niet? Vanuit haar ooghoek zag ze dat hij zijn armen voor zijn borst kruiste en met een schouder tegen de deurpost leunde. Het zat haar dwars dat hij verbonden was met Nikki Gillette. In Morrisettes ogen heulde hij nu met de vijand. Had hij niet honderd keer gezegd hoe hij de pers verafschuwde?

En nu lag hij met ze in bed... of met een van hen... of binnenkort, als ze de tekens goed interpreteerde. Wat dacht hij, verdomme?

Ze las de boodschap:

WAT KOMT ER AAN?
TOT AAN DE TWAALFDE,
WEET NIEMAND HET ZEKER.

'Het is dezelfde als die jij hebt gekregen,' zei ze tegen Reed.

'Meer dan dat. Het is een vervolg.'

'Wat bedoelt u?' vroeg Nikki, maar Sylvie Morrisette zat op Reeds golflengte.

'Ik zie het. Een regel herhaald... om ze te verbinden... "Nu hebben we nummer vier. Een derde gedaan, wat komt er aan? Tot aan de twaalfde weet niemand het zeker."'

'Het lijkt op een kinderversje,' zei Nikki.

Siebert keek haar aan, en er was iets in zijn ogen, een soort herkenning die hij snel verhulde. 'Wat betekent de twaalfde dan?'

'De twaalfde december? vroeg Nikki. 'Dat is al gauw.'

'Zou het op het aantal slachtoffers slaan?' zei Reed, en Siebert schonk hem een dodelijke blik.

'Twaalf? Zullen er twaalf komen?' Gillette leek geschokt.

Morrisette maakte een eind aan de speculaties. 'Laten we ophouden met gissen. En vergeet niet dat alles wat je hier hebt gehoord vertrouwelijk is.'

'Voorlopig. Zodra het onderzoek is afgerond –'

'Laten we dit nou maar eerst oplossen,' onderbrak Siebert haar.

Amen, dacht Sylvie. Voor het eerst was ze het met haar nieuwe partner eens. Ze veronderstelde dat het misschien ook de laatste keer was.

Twaalf.

Dat was de sleutel. Nikki was te moe om na te denken over wat het mogelijk kon betekenen, maar er was iets belangrijks aan dat getal, iets dat ze moest uitzoeken, dacht ze terwijl ze naar het huis van haar ouders reed. Ze had haar vader vanaf het bureau gebeld, en alleen uitgelegd dat ze een slaapplaats nodig had, waarbij ze wist dat ze een derdegraadsverhoor zou krijgen zodra ze aankwam. Wat prima was. Haar ouders konden beter van haar horen wat er aan de hand was dan door middel van het roddelcircuit dat in Savannah vierentwintig uur per etmaal feit en fictie door elkaar haalde.

Twaalf, twaalf, twaalf. De helft van vierentwintig. Een halve dag? Twaalf cijfers op de klok? Twaalf donuts in een doos, twaalf leden van de jury, twaalf dagen van Kerstmis... Het liedje kwam bij haar op omdat het bijna Kerstmis was.

'On the twelfth day of Christmas my true love gave me... twelve... o...' zong ze vals. Ze keek in de achteruitkijkspiegel. De straat was verlaten op de koplampen van Reed na.

Die haar volgde.

Om ervoor te zorgen dat ze veilig was.

En op een of andere manier gaf het haar inderdaad een veilig gevoel, en ze was vreemd genoeg geroerd dat Reed het op zich had genomen om haar thuis te brengen. Het was een emotie die ze gewoonlijk verachtte.

Maar ze was werkelijk doodmoe. Kon niet helder denken. Dat verklaarde haar vreemde gevoelens voor Reed. Dat moest het zijn. Iets anders kon ze niet bedenken. Ook al zou haar voorpaginaverhaal over enkele uren in de kiosken liggen, ze kon er niet op blijven wachten. Ze reed de inrit van haar ouders op en parkeerde. Reeds Cadillac gleed op de plaats naast haar. Hij draaide zijn raampje omlaag. 'Ik wacht tot je binnen bent,' zei hij.

'Bedankt.' Ze zwaaide, en zeulde vervolgens haar tas naar de garage, toetste de code in om de deuren te openen en liep langs haar moeders vijftien jaar oude Mercedes en haar vaders nieuwe BMW-cabriolet – een geval van midlifecrisis, hoewel haar vader die in feite al tien of vijftien jaar geleden had gehad. Toen ze de keukendeur opende, botste ze bijna tegen haar moeder op, die klein en breekbaar in een gele badjas op haar stond te wachten.

'Mijn God, Nicole, wat is er aan de hand?' vroeg Charlene. 'Heeft het iets met die Grafschender te maken?'

Nikki kon niet liegen. 'Ja. Alsjeblieft, mam, raak niet in paniek, maar aangezien je over enkele uren de krant zult lezen, kun je beter nu horen dat hij contact met me heeft opgenomen.'

Charlene snakte naar adem. 'De moordenaar?'

Haar vader vulde de deuropening naar de bijkeuken. 'Contact

met jou opgenomen?' herhaalde hij bars, zijn stem laag van de slaap, zijn dunnende haar in de war, de bril enigszins scheef op zijn neus. 'Hoe?'

'Het is een lang verhaal, pap, en ik kan mijn ogen amper openhouden. Ik zal het je morgenochtend allemaal vertellen.'

'Ben je in gevaar?' vroeg hij.

'O, God.' Charlene wreef over het diamanten kruis om haar hals alsof ze daarmee het kwaad kon afwenden. 'Natuurlijk is ze in gevaar. Ze lokt het uit en nu... als dat monster contact met je opneemt...'

'Ik weet niet zeker of hij het is,' antwoordde Nikki eerlijk. 'Het kan iemand anders zijn die me te grazen wil nemen, maar dat denk ik eigenlijk niet.' Ze stak vermoeid een hand op. 'Is het dus goed dat ik hier slaap?'

'Natuurlijk.'

Haar vader glimlachte, waarna hij het alarmsysteem inschakelde. 'Altijd, Voetzoeker. Dat weet je. Als iemand je hier komt lastigvallen dan krijgt hij met mij te maken.'

'En je persoonlijke arsenaal.'

'Zo is dat.'

Haar vader was ex-militair, maar hij nam het Tweede Amendement serieus. Hij zou zich doodvechten voor zijn recht een wapen te dragen. Zijn leven was meer dan eens bedreigd geweest. En hij had lang genoeg op de stoel van de rechter gezeten om te weten dat criminelen die hij tot levenslang had veroordeeld dankzij gevangenisrehabilitatie of reclasseringsraden inmiddels al weer vrij rondliepen.

Big Ron vond het verstandig om gewapend zijn, en hij had pistolen, revolvers en AK-47's om het te bewijzen.

'Tot morgenochtend.' Ze ging de trap op naar de kamer waarin ze was opgegroeid en knipte het bedlampje aan. Warm licht verspreidde zich over de muren met bloemetjesbehang in een patroon dat ze twintig jaar geleden had helpen uitzoeken. Het esdoornhouten bed en bijpassende bureautje stonden nog precies zoals in haar jeugd.

'Jezus, dit is bijna griezelig,' dacht ze hardop, toen ze de tennistrofeeën betastte die ze op de middelbare school had gewonnen.

De corsage van haar eerste schoolbal zat nog op het memobord geprikt, evenals schoolkiekjes en foto's uit haar studententijd. Tussen de spiegellijst was een foto van Andrew en Simone geschoven. Ze trok hem er nu uit en staarde ernaar.

Andrew, zo vitaal en levendig, had zijn arm rond Simones schouders geslagen. Op het moment dat de camera had geflitst, had Simone naar hem opgekeken alsof hij een god was. Of een idool, dacht Nikki, bijtend op haar onderlip. Ze vroeg zich af wat haar dwarszat aan de foto, maar kon niets bedenken.

'Je bent gewoon moe,' mompelde ze, en schoof de foto weer tussen de lijst. Ze keek de kamer verder rond. Charlene Gillette hield er kennelijk van het verleden vast te houden, want ze had de kamers van haar kinderen niet veranderd of gemoderniseerd of ze een andere bestemming gegeven, zoals een naaikamer of een fitnessruimte of logeerkamer.

Nikki opende een la van haar bureautje en vond een stoffig fotoalbum. Haar album. Met kiekjes van school, middelbare school en college. Ze bladerde erdoorheen en zag beelden van haar familie en vrienden, en Andrew natuurlijk.

Hij had dezelfde bouw gehad als Big Ron, sterk als een paard, en toch snel genoeg als achterspeler van een voetbalteam. Hoewel hij intelligent was, had hij weinig van de ambitie en toewijding gehad van de man die hem op de wereld had gezet, en hij had vaak de gemakkelijke weg genomen... in tegenstelling tot haar. Zij was van de kinderen degene die de drijfkracht van hun vader had geërfd. Lily en Kyle stonden op veel familiefoto's, maar het was Andrew op wie de camera zich het meeste had gericht, en Nikki vroeg zich af of haar broer zo fotogeniek was geweest of dat het oog van de fotograaf hem er altijd had uitgepikt.

Er waren ook andere foto's. Cliff Siebert, dollend met Andrew, gezichten trekkend naar de camera en soms heimelijk turend naar Nikki. Simone verscheen op latere foto's, lachend met Nikki of knuffelend met Andrew. Een oogverblindend paar, dacht ze, en zo verliefd op elkaar.

Althans, zo had het geleken.

Maar het was een leugen geweest. Andrew had met haar gebroken.

'Je maakt het groter dan het is,' fluisterde Nikki, en ze bladerde door, bekeek vakantiekiekjes, en ineens was er een foto van haar en Sean, de armen om elkaars middel geslagen, de wind speelde door hun haren terwijl ze op een duintop stonden, helmgras ritselend rond hun blote voeten. Sean zag er toen zo jong uit, zijn gezicht gladgeschoren, zijn glimlach jongensachtig en onschuldig, maar hij was energiek en sterk geweest, was naar de marine gegaan en had waarschijnlijk toen al iets met die andere vrouw gehad. Nikki vroeg zich af wat er met haar was gebeurd... Hoe heette ze ook alweer? Cindy Huppeldepup. Ze had niet in Savannah gewoond, en Nikki had nooit gehoord wat er met haar was gebeurd, hoewel het haar niet genoeg interesseerde om Seans aanbod voor een drankje aan te nemen. Het was een te pijnlijke periode in haar leven geweest; niet alleen omdat Sean haar had gedumpt, maar ze had vanwege de rechtszaak tegen LeRoy Chevalier bijna haar carrière verpest, evenals haar vaders reputatie. Ze wilde niet aan Chevalier denken, hoe hij een gezin had afgeslacht, het gezin van zijn vriendin nota bene.

En nu was hij vrij... niet door Nikki's toedoen, maar omdat een DNA-test had uitgewezen dat er misschien een andere moordenaar was geweest, waardoor de zaak tegen Chevalier veel zwakker was dan aanvankelijk werd gedacht.

Nikki beefde. Ze herinnerde zich zijn levenloze ogen terwijl hij in de getuigenbank zat, ogen die nooit enige emotie toonden, zelfs niet toen de foto's van zijn vriendin en haar twee dode kinderen aan de jury werden getoond. Zelfs niet toen het ene nog levende jongetje zijn getuigenis had afgelegd en zijn brute wonden had laten zien.

Hij had dus maar een paar jaar van zijn levenslange straf uitgezeten. Dankzij justitie.

Ze sloeg de bladzijden om. Er waren geen kiekjes meer van Sean Hawke, en die van Andrew hielden ook plotseling op. Op de resterende paar foto's hadden de gezichten die de camera had vastgelegd hun glans verloren, de glimlachjes leken geforceerd, de beelden stemmig.

Nikki had de kaart van Andrews overlijden in het album bewaard. Nikki voelde hetzelfde oude verdriet over zich heen komen toen ze eraan dacht hoe tragisch zijn leven was afgelopen. Zo jammer. Nikki keek nog eenmaal naar de kaart en stopte hem toen in haar tas, in plaats van hem in de prullenbak achter te laten, waar haar moeder hem zou vinden.

Een vloerdeel op de gang kraakte, en ze hoorde haar vader kuchen. Snel duwde ze het album terug in de la, en draaide zich om op het moment dat Big Ron in de deuropening verscheen. Hij had een pistool in zijn hand.

Haar hart stond bijna stil.

'Ik dacht dat je dit misschien wel wilde hebben,' zei hij, en kwam de kamer binnen.

'Een pistool? Dacht je dat ik een pistool wilde hebben?'

'Om jezelf te beschermen.' Hij overhandigde haar een klein kaliber Colt.

'Is hij geladen?'

'Ja.'

'Verdomme, pap, dit is eng.'

'Hij is vergrendeld.'

'Dat mag ik hopen. Pap, ik geloof niet dat dit een goed idee is. Ik weet het eigenlijk wel zeker! Ik heb niet eens een wapenvergunning.'

'Je weet hoe je moet schieten.' Hij boog haar vingers rond de greep van het pistool en het koude metaal voelde vreemd bekend aan. 'Althans, dat wist je. Ik heb je meegenomen op vogeljacht. Je was een goede schutter.'

'Dat was eeuwen geleden. Met een geweer.'

Hij grinnikte. 'Maak me niet ouder dan ik ben. Trouwens, ik heb je ook meegenomen naar schijfschieten. Toen gebruikte je een handvuurwapen.'

'Ik heb het niet zo op wapens, pap. Ik ga niet met een geladen pistool in mijn handtas rondlopen, of rond mijn been gebonden zoals jij doet.'

Hij grinnikte breed, er ontstonden rimpeltjes naast zijn ooghoeken. 'Ik kan je vertellen dat ik niet met wapens in mijn handtas rondloop. Beloof me dat je dat niet publiceert.'

'Heel leuk.'

'Maar deze zaak met de Grafschender is ernstig. Hou het pistool, of ik kan iets voor je zoeken waarmee je je meer op je gemak voelt.'

'Nee. Laat maar. Dit zal prima voldoen, maar laten we hem ontladen.' Ze voegde de daad bij het woord, haalde de kogels eruit en liet ze in haar zak glijden.

'Wat ga je doen als je wordt aangevallen? Hem neerslaan met het pistool?'

'Laten we hopen dat het niet zover komt.' Het pistool was plotseling zwaar.

'Ik zal beter slapen als ik weet dat je beschermd bent.' Hij glimlachte zwakjes. 'Wees voorzichtig, Nicole. Je moeder en ik... we houden van je en we willen je verdomme niet kwijt.'

Haar keel kneep samen en tranen brandden in haar ogen toen hij haar een berenknuffel gaf. De geur van sigarenrook en whisky, een combinatie die zo lang ze zich kon herinneren een deel van hem was, hing om hem heen. 'Ik hou ook van jou, pap.'

'Je bent een fijne meid.' Hij liet haar los en liep de gang op waarna ze de treden onder zijn gewicht hoorde kraken toen hij naar beneden liep.

Nikki ging op de rand van het bed zitten en hield het ongeladen pistool in haar hand. Ze vond het idee afschuwelijk, ze was radicaal tegen wapens in het algemeen, maar nu de Grafschender bij haar had ingebroken, moest ze zichzelf beschermen.

Ze liet de Colt in haar tas glijden.

21

Het was tijd om iets te doen. Hij voelde het. De rusteloosheid. De behoefte. De honger, een verlangen dat hij slechts op één manier kon stillen. Hij zette de bandrecorder aan en luisterde naar de kreten. Die van Barbara Jean waren wanhopig, paniekerig, terwijl die van de oude vrouw gereduceerd waren tot jammeren en gebeden... Hij mixte de twee, en terwijl hij aan zijn tafel met de geplastificeerde foto's zat te spelen, deed hij zijn ogen dicht, stelde zich voor hoe het zou zijn wanneer alle verdoemden waren gevangen, begraven en de geluiden opgenomen. Zijn ogen bewogen snel onder zijn oogleden, zijn handen beefden, en toch glimlachte hij als hij zich hun angst voorstelde, hun afschuw, en hij vroeg zich af of ze ooit zouden begrijpen waarom ze werden gestraft, waarom de vergelding.

Twaalf jaar waren voorbijgegaan... en nu zouden alle kwelgeesten boeten... een of twee tegelijk... ze zouden zijn hel doorleven, zijn pijn voelen, de kwelling ervaren die hij had ondergaan. Sommigen waren al dood, anderen hadden er geen idee van dat hun dagen op aarde waren geteld. Sommigen woonden vlakbij, in deze buurt; anderen waren verder weg gaan wonen, maar hij wist waar ze terecht waren gekomen, en ze konden zich niet schuilhouden. Nee, ze waren niet veilig.

De band stopte, en hij deed het knipselboek dicht.

Het was tijd.

Hij liet de televisies aanstaan, glipte door zijn met klimop begroeide geheime ingang en ging de trap op naar de frisse avondlucht. Er zat vanuit het zuiden sneeuw in de lucht. Ongebruikelijk voor dit klimaat. Maar perfect. Hij voelde zijn adem, verlangde naar de kilte die het zijn slachtoffers zou brengen.

De rit naar de rivier was probleemloos. De nacht stil. Hij verborg zijn truck bijna een kilometer voorbij de plek waar hij zijn boot had verborgen, parkeerde in een met bramen overwoekerd laantje. Daarna jogde hij naar de zanderige oever waar hij de roeiboot met zijn speciale apparatuur had verstopt. Snel ontdeed hij zich van zijn kleren en trok een wetsuit aan dat zo zwart was als de nacht. Het was nu of nooit, dacht hij, zich bewust van de risico's in de vorm van een bewaker of honden. Hoezeer hij wapens ook verafschuwde, hij was voorbereid, de Glock in een waterdichte zak. Hij duwde de boot af, keek naar de sterren hoog boven de wazige wolken en het nauwelijks zichtbare maansikkeltje. Met gelijkmatige halen peddelde hij tegen de stroom op, zijn ogen turend naar de oever en het punt dat in de rivier uitstak.

Hij roeide stevig verder, en het bootje sneed door het water terwijl hij zweette in het strakke pak. Rond de bocht van de rivier, naar de oude Peltier Plantage. Eens was het gebied voor rijstbouw gebruikt, maar nu deed het dienst als privé-begraafplaats, en het was een zeer speciale plek. Hij stuurde het bootje naar de kant, hief een nachtkijker naar zijn ogen en zag het pad dat zich omhoog kronkelde naar een hoger gelegen stuk grond van de begraafplaats. Behoedzaam haalde hij zijn gereedschappen uit de boot. Geluidloos sloop hij over het aarden pad tussen de grafzerken door tot hij het graf vond dat hij zocht.

Toen begon hij te graven.

De vrouw kronkelde onder hem, fluisterde zijn naam, zwetend en heet. Witte vochtige huid, borsten met donkere tepelhoven, benen die zich om hem heen klemden terwijl hij de liefde met haar bedreef. 'Pierce,' fluisterde ze tegen zijn oor, en zijn bloed stroomde wild door zijn aderen. God, wat was ze heet. En nat. De geur van haar parfum vermengde zich met de doordringende, muskusachtige geur van seks.

Haar rug kromde zich, en hij keek naar haar, staarde in haar donkere ogen. Ze likte haar rode lippen, haar tong gleed naar buiten. Hij pompte harder. Sneller.

'Laat me niet alleen,' fluisterde ze, en even voelde hij iets van twijfel. Zo hard als hij was, voelde hij dat er iets mis was. 'Hij zal me vermoorden.'

'Wat?'

O God, hij ging komen. Hij omvatte een borst en keek haar weer aan. Haar ogen waren niet langer donkerbruin, maar groen, haar haren roodblond, een waas van sproeten op haar neusbrug. 'Nikki?'

Ze glimlachte naar hem op, een ondeugende, uitdagende glimlach, haar ogen bijna lachend. Hij was een ogenblik in verwarring, maar ze sloeg haar armen rond zijn nek, trok zijn hoofd naar het hare, kuste hem hard, haar mond opende zich voor hem, nodigde uit voor meer. Haar tong rond de zijne, draaiend en parend. God, hij wilde haar helemaal. Hij tilde haar benen over zijn schouders en drong dieper in haar vochtige warmte.

'Dat is het, Reed,' fluisterde ze schor, bewoog met hem mee, haar hart wild bonkend, haar ademhaling zo snel als de zijne. 'Meer... meer...'

Lieve God, hij was verloren in haar.

'Help me! Pierce, alsjeblieft... ik heb het koud... alsjeblieft...' Ze schreeuwde onder hem, maar niet de wilde kreet van passie. Het was een oorverdovende, angstige kreet die door zijn brein boorde. Toen veranderde ze, van Nikki naar Bobbi in zijn armen, en haar ogen, net nog brandend van verlangen, werden groter van doodsangst en ze verglaasden, haar gezicht werd een dodenmasker. Hij probeerde zich te bewegen en besefte dat hij dat niet kon. Dat ze niet in een bed lagen te vrijen, maar in een kist... een doodkist, en iemand schroefde het deksel dicht.

Zijn hart leek stil te staan. Hij probeerde zich weer te bewegen, maar het lukte niet aangezien het deksel van de doodkist hem naar beneden drukte, tegen zijn schouders en rug, hem tegen Bobbi drukte, nu dood, haar vlees viel onder hem uit elkaar, de stank was overweldigend... 'Nee!' schreeuwde hij.

Zijn ogen vlogen open bij het geluid van zijn eigen stem.

Met kloppend hart zag hij dat hij in zijn eigen appartement was, het schijnsel van de televisie was de enige lichtbron. 'Verdomme,' mompelde hij, met zijn hand over zijn kin wrijvend.

Zweet droop van zijn lichaam toen zijn erectie verwelkte, gelukkig, maar zijn spieren waren nog steeds gespannen. Zijn half opgedronken biertje stond op de tafel waar hij het had neergezet om naar het nieuws van elf uur te kijken. Dat nu allang was afgelopen. In plaats daarvan zag hij Jay Leno die Nicole Kidman interviewde. Reed deed de tv uit en klikte de schemerlamp aan. Jezus, waar was die droom vandaan gekomen? Hij kreeg kippenvel toen hij aan de pure paniek dacht die hij in de afgesloten doodkist had ervaren... en waarom had hij met Bobbi gevrijd, toen met Nikki, en vervolgens weer met Bobbi... als lijk...alsof ze een en dezelfde vrouw waren?

Hij had te hard gewerkt, dat was het. De zaak vrat aan hem. Hij wreef over de knopen in zijn nek en pakte het blikje bier. Het was lauw, maar hij dronk het desondanks op.

Hoewel hij officieel niet op de zaak van de Grafschender zat bracht hij al zijn tijd door met het in elkaar passen van aanwijzingen. Morrisette was terughoudend met hem informatie te geven, en Cliff Siebert was nog erger, hij klapte helemaal dicht wanneer Reed in de buurt was, en staarde hem aan alsof hij op een of andere manier de vijand was.

Waarom?

Ze zaten allemaal in hetzelfde team.

Of niet?

Reed had een beetje spitwerk verricht in het verleden van de jonge rechercheur en had ontdekt dat hij ruim tien jaar geleden, voordat hij bij de politie werkte, bevriend was geweest met Andrew Gillette, Nikki's oudere broer, die zoals het eruitzag zelfmoord had gepleegd door van een terras te springen. Of was het een ongeluk? Wie wist het? Alle rapporten die Reed had doorgelezen hadden geen eindconclusie gehad. Maar Siebert kende Nikki, en volgens een van Sieberts kamergenoten uit zijn studietijd, had hij gezegd dat hij verliefd op haar was geweest.

Nou, welkom bij de club, Cliff.

Reed vertikte het om zijn eigen gevoelens voor de verslaggeefster te onderzoeken. Onlangs waren ze wazig geworden. Verward.

Tot het punt dat hij nu erotische dromen over haar had, of liever gezegd nachtmerries.

Dat kon niet goed zijn.

In plaats van naar bed te gaan, besloot hij nog wat te werken. Hij had nog een paar losse eindjes aan elkaar te knopen, enige informatie die voor morgenochtend moest worden gecheckt. En hij durfde eigenlijk niet goed te gaan slapen. Niet nu de droom over Nikki zo vers in zijn geheugen lag en het effect ervan nog steeds merkbaar in de hardheid die tegen zijn rits drukte.

Man, hij was ziekelijk. Nikki Gillette was de laatste vrouw naar wie hij moest verlangen. De allerlaatste.

De Overlevende knarsetandde. Het was een lange, eindeloze nacht geweest. Hij had zich achter het masker dat hij zelf was moeten verbergen, waar hij moest huichelen, gadeslaan, wachten... en toen roeien en graven... De inspanning was goed geweest, maar nu had hij slaap nodig. Het was al bijna ochtend. Hij had een paar kostbare uurtjes om uit te rusten en zijn kracht te herwinnen.

Maar eerst had hij nog een laatste taak.

Veilig in zijn geheime ruimte zat hij aan tafel, waar de geur van vochtige aarde door de muren drong, terwijl hij het bandje in de recorder liet terugspoelen, op PLAY drukte en weer naar die verdomde woorden luisterde.

'Zo... kijk eens wat we hier hebben...' De vrouwenstem die door de microfoon klonk was van een van de agenten die de vorige avond Nikki Gillettes appartement hadden doorzocht. Hij had de politieauto's gezien en de busjes, zelfs een glimp van Nikki opgevangen, vlak naast rechercheur Reed, de zak. Reed had beschermend tegenover Nikki gedaan, zijn hand had rond haar arm gelegen, alsof ze zijn bezit was.

'Zie je, hier in de fan...' zei de agente. Ze klonk zelfgenoegzaam en vol zelfvertrouwen. De Overlevende verafschuwde haar.

'Ja, daar... slim nietwaar?... Nog een microfoon. Draadloos. Lijkt zo'n zelfde als die we in de doodkisten hebben gevonden. De schoft zit nu waarschijnlijk naar ons te luisteren.'

Dat klopt, teef. Zo'n zelfde. En nu luister ik weer, en weet je wat? Je kunt me niet vinden.

'Wat een zieke geest,' zei de agente, en haar stem irriteerde hem, boorde zich in zijn brein.

'Jammer dat het feest voorbij is, waardeloos stuk stront,' zei de agente rechtstreeks tegen hem. 'Geen gratis radio meer. Je zult je kick elders moeten zoeken. Toedeloe.'

Er klonk wat geknars en de microfoon viel stil.

Waardeloos stuk stront. Klopt niet, stom wijf. Wat stel jij eigenlijk voor? Helemaal niets...

De Overlevende rilde, wilde weglopen en zich verstoppen. Zoals hij lang geleden had gedaan, terwijl hij de stem die hem jarenlang had achtervolgd door zijn brein hoorde ketsen.

Stom, stom, stom... ik zal je een lesje leren. Een die je nooit zult vergeten...

Woede welde in hem op. Hij was slim. IQ-tests hadden dat bewezen, en die liegen niet, toch? Maar misschien had hij het verpest.

Je bent zelf waardeloos. Opgefokt. Onbenul.

Hij duwde zich van de tafel weg, struikelde over zijn stoel en hief zijn handen om zijn oren af te sluiten voor het geluid, de beschuldigingen. 'Ik ben niet stom. Ik ben niet stom!' gilde hij, zijn kin trilde.

O, nu ga je huilen. Watje. Toe dan, huil maar... laat me maar zien wat een watje je bent.

'Ik ben geen watje. Ik ben niet stom!' gilde hij, snakkend naar adem.

Hij loog. Tegen zichzelf.

Hij was dom geweest. Weer.

Hij gaf met de muis van zijn hand een klap op zijn voorhoofd, telkens weer, en zijn haarstukje viel op de grond waar het als een dode hamster bleef liggen.

De agenten hadden de microfoon niet mogen vinden. Althans niet zo snel. Nikki Gillette, die babbelzieke kuttenkop, had het iemand verteld en verpestte alles. Hij moest zijn plan aanpassen. Dat was het. Versnellen.

Hij vertraagde zijn ademhaling, dwong zijn hart tot een regelmatiger ritme en bukte zich naar de vloer. Hij raapte zijn toupetje op en hing het aan een haak. Bij de andere. Hij moest kalm blijven, niet aarzelen. Het volgende graf was al voorbereid...

Rustiger nu, verwijderde hij de contactlenzen die zijn ogen van lichtblauw naar ondoordringbaar bruin hadden veranderd. Het was tijd zijn ringbaardje tot een snor bij te werken en zijn bakkebaarden te laten groeien.

Zijn vermommingen waren talloos. Ze hielden mensen voor de gek. Niemand scheen zich hem te herinneren zoals hij was, en dat was precies wat hij wilde. Hij was destijds natuurlijk wel jonger geweest.

Hij pakte zijn knipselboek en vond de foto van Nikki – zij was ook jonger geweest, met een fris gezicht en een groentje op het gebied van journalistiek. Haar roodgouden haar was langer geweest, haar ogen stralend en levendig. Zonder angst. Een dochter op wie iedere man, zelfs die schoft van een rechter, trots kon zijn.

Maar dat waren vaders zelden.

Nikki Gillette, atletisch en mooi, had door haar bevoorrechte afkomst nooit hoeven worstelen. 'Kuttenkop,' mompelde hij, en sloeg het boek dicht.

Je verwáchtte toch dat ze naar de politie zou gaan zodra ze je briefje had gekregen, is het niet? Alles is prima... blijf kalm... blijf geconcentreerd.

Hij reikte in zijn zak, trok er een zakdoek uit en veegde het zweet van zijn voorhoofd. Hij moest zijn hoofd erbij houden. Hij had te veel werk te doen. En het kwam allemaal tegelijk. Hij liet zijn vingers weer in zijn zak glijden en haalde de kleine mobiele telefoon te voorschijn. Leuk. Compact. Met een klepje. Beetje sexy. Net als de eigenaar.

22

'Zeg me alleen dat jij niet de verdomde verklikker bent!' Morrisette was laaiend toen ze Reeds kantoor binnenkwam. Het was al laat op de ochtend en ze was kennelijk met haar verkeerde been uit bed gestapt.

'Je kent me goed genoeg om te weten dat dat niet zo is.'

'O nee?' Ze smeet de deur achter zich dicht. 'Om je de waarheid te zeggen weet ik niets meer zeker. Nou, dat is niet helemaal waar. Ik weet dat je van de zaak bent gehaald, dat je gisteravond met Nikki Gillette was, en zeg nu voor de zekerheid nog maar eens een keer dat je niet de verklikker bent.'

Hij staarde haar aan. 'Beroerde nacht gehad?'

'Christus, ja. Jij was erbij.' Ze kamde met stijve vingers door haar stekeltjeshaar, plantte vervolgens beide handen op zijn bureau en boog zich dichter naar hem toe. 'Jij en ik weten dat je, omdat je toch bij de zaak betrokken bent, je beter gedeisd had kunnen houden, en dan bedoel ik echt op de achtergrond. Jij wilt misschien je baan riskeren, maar ik niet. Ik heb twee kinderen om voor te zorgen, Reed, dus verpest het niet voor me.'

'Hier schieten we niets mee op.'

'Goed, je hebt gelijk. Ik wil alleen die schoft te pakken krijgen.'

'Ik ook.'

'Nou, doe het dan vanaf de zijlijn, wil je? Nee, beter nog, doe het helemaal niet. Laat het aan mij over. Ik heb deze baan nodig, hoewel ik er soms aan toe ben om ermee te kappen en andere dingen te doen. Ik heb buiten dit bureau nog een leven, weet je.'

'Hoe gaat het?'

'Redelijk. Bart is niet bereid een stuiver te betalen. Dus gaan we naar de rechtbank. Eh, dat weet je al. Priscilla heeft het erover dat ze bij haar pappie wil wonen, en mijn zoon... ach, sommige kinderen op school maken het hem lastig. En dan is er ook nog deze klote, eh enerverende zaak van de Grafschender die ik word geacht op te lossen.' Ze priemde met een vinger op de papieren op de hoek van Reeds bureau. 'Je weet wel, de zaak waarbij een van de slachtoffers zwanger was en iets met mijn partner had en –' Ze moest iets in zijn ogen hebben gezien, want ze hield plotseling op. 'Jezus, ik snak naar koffie. Minstens twee liter. Misschien drie.'

'Wil je niet weten wat ik heb ontdekt?'

'Je neemt geen deel aan het onderzoek, weet je nog?'

'Gisteravond heeft sheriff Jed Baldwin het joch gesproken dat in het bos werd aangevallen, Prescott Jones. Hij heeft me een kopie van zijn interview gefaxt. Het is niet veel meer dan we al hadden, maar het is iets.' Reed schoof de papieren over het bureau naar haar toe. 'En ik heb Angelina opgespoord, de huishoudster van Roberta Peters. Hier is het adres.' Hij schoof nog een vel papier in haar richting.

'En ik heb de adressen van de meeste mensen die toegang hadden tot het appartement van Nikki Gillette – aangevuld met de namen die zij zich niet kon herinneren. Sommigen met telefoonnummers.' Weer ging er een vel papier haar kant op. 'En ik heb eindelijk contact gehad met dominee Joe. Ik had een bericht achtergelaten en hij heeft me teruggebeld. Na wat heen en weer geklets kreeg ik te horen dat de kerk geld kreeg van Roberta Peters, maar ze waren niet de begunstigden van haar verzekeringspolis. Ze blijkt een nicht in Charlotte, North Carolina, te hebben die het grootste deel van haar bezit erft, inclusief Maximus, dat is haar kat. Hier heb je de naam van de advocaat van Roberta Peters en het adres en telefoonnummer van die nicht.' Hij schoof nog een velletje papier naar haar toe. 'Bovendien heb ik een lijst gemaakt van míjn vijanden, mensen die ik onrecht heb aangedaan en degenen die ik achter de tralies heb gezet. Jerome Marx is nummer een.'

'Waterdicht alibi.'

'Ik weet het, maar ik heb hem toch op mijn lijstje gezet van griezels die ik naar het gevang heb gestuurd en nu vrij zijn. Kijk er eens naar, het zijn er twaalf.'

'Wat?' Morrisette bevroor.

'Twaalf die eruit zijn sinds ik in Savannah terug ben.'

'Dat is gewoon eng.'

'Mmm. De laatste is onze goeie vriend LeRoy Chevalier.'

'Shit.' Ze pakte het papier op, bekeek de lijst van laaghartige schoften die nooit meer in de maatschappij hadden mogen komen. 'Heb je adressen van die kerels?'

'Ik heb met reclasseringsambtenaren gesproken, maar ik heb ze jouw naam opgegeven. Zoals je al zei, ik ben van de zaak gehaald. Begin echter met Chevalier, zijn veroordeling was twaalf jaar geleden. De twaalfde kerel, in het twaalfde jaar. Het hoeft niets te betekenen, maar er was iets aan die rechtszaak dat me dwarszit.'

'Wat?'

Hij keek uit het raam waar Morrisette de gebruikelijke groep duiven op de richel zag zitten. 'Om te beginnen was de rechter Ronald Gillette, de vader van Nikki.'

'Hij heeft over heel wat zaken gepresideerd.'

'Maar Nikki werkte nog maar parttime bij de krant en zij heeft de zaak bijna in het honderd laten lopen.'

'Als we naar alle zaken kijken waarbij een verslaggever buiten zijn boekje is gegaan, zou de kamer vol zijn.'

'Ik weet het, maar er moet ergens een verband zijn. Ik denk dat we, nee, dat jij Chevalier moet zien te vinden. Zijn reclasseringsambtenaar zal zijn adres wel hebben.'

'Ik zal al deze grappenmakers natrekken. Kijken of ze op het rechte pad zijn gebleven,' zei Morrisette. 'Het zijn er twaalf. In twaalf jaar. Je denkt toch niet dat ze samenwerken... Ik heb aan die apostolische engel gedacht, maar die past er niet bij.'

'Vergezocht, inderdaad.'

Ze bekeek de getypte vellen papier. Liet haar duim langs de namen lopen. Plotseling keek ze hem aan. 'Jezus, Reed, slaap je wel eens?'

'Als ik niet anders kan.'

'Is er nog iets dat ik moet weten?' vroeg ze, kennelijk geroerd.

'Ja.' Hij reikte naar zijn jasje. 'Je moet nog één ding weten. Ik ben niet die verdraaide verklikker.'

'Dus de moordenaar praat nu rechtstreeks met jou?' Norm Metzger deed geen moeite zijn sceptische houding te verhullen terwijl hij zijn pilotenjack aan een van de haken bij de achterdeur van de kantoren van de *Sentinel* hing.

Praten met Norm was wel het laatste waar Nikki zin in had. Het was bijna twaalf uur, en hoewel ze opgetogen moest zijn omdat haar verhaal weer op de voorpagina stond, was ze te moe om zich erover te verheugen. Metzger maakte haar gebrek aan enthousiasme alleen maar erger. Ze hing haar regenjas aan een haak, en hoopte dat hij zijn mond zou houden.

Dat geluk had ze niet.

'Een dialoog met de moordenaar.' Hij wikkelde zijn sjaal van zijn nek. 'Dat komt verdraaid goed uit.'

'Goed uit? Ja hoor, vooral nu die kerel bij me heeft ingebroken.' Ze was moe en prikkelbaar door een korte, doorwaakte nacht in het bed waarin ze als kind had geslapen. Haar lichaam was vermoeid geweest, maar haar brein had overuren gemaakt, alsof ze acht koppen koffie had gedronken voordat ze zich onder het dekbed had begraven. Ze had steeds aan de Grafschender moeten denken, aan de slachtoffers, aan haar huis, aan het getal twaalf, aan Simone en Andrew en aan Pierce Reed. Allerlei beelden hadden door elkaar getold, en verhinderd dat ze in slaap viel. Toen ze eindelijk wegdoezelde, werd ze geplaagd door dromen over agenten in haar appartement die voor haar ogen uiteenvielen. De skeletten waren tot stof vergaan, terwijl ergens in de schaduw een moordenaar had staan lachen, een ijzingwekkend geluid waardoor het koude zweet haar was uitgebroken.

Alleen vanwege haar ouders had ze zich uit bed gesleept, was de trap af gekropen om het laatste stukje van een woordenwisseling op te vangen, die ophield zodra ze keuken binnenkwam. Charlene had haar man een waarschuwende blik toegezonden en was erin geslaagd naar Nikki te glimlachen.

In het volgende uur, terwijl Nikki sloten koffie dronk in een poging wakker te worden, had ze haar wel tien redenen opgegeven waarom ze een eind moest maken aan haar werk als misdaadverslaggeefster. Haar vader had zelfs geopperd dat ze weer moest gaan studeren, rechten bijvoorbeeld, om hem op te volgen...

Geen denken aan. Rechten was de droom van haar vader geweest. Andrews ambitie. Maar nu, geconfronteerd met Norms pruilende houding, vroeg ze zich af of ze misschien haar moeders advies moest opvolgen.

'De moordenaar heeft bij je ingebroken?' vroeg Norm.

'Een paar dagen geleden.'

'En dat van gisteravond?' zei hij. 'Ik hoorde erover op de politieradio, maar ik was bezig met... Hé, is alles goed met je?'

'De waarheid?' vroeg ze. 'Nee, het gaat niet goed. Bij lange na niet. In tegenstelling tot wat je misschien denkt, ben ik niet van plan mijn ziel te verkopen, en een engerd toestemming te geven in te breken en aan mijn spullen te zitten om een verhaal te kunnen schrijven.' Ze liep weg in de richting van de snoepautomaat, waar ze Kevin Deeter zag staan. Hij had zijn koptelefoon op en hij leek alleen belangstelling voor de automaat te hebben. De uitdrukking op zijn gezicht was ondoorgrondelijk, maar ze vroeg zich af of hij iets van haar gesprek met Norm had gehoord.

Ze schonk een kop koffie in uit de glazen kan die iets verderop stond. Ze roerde er een vleugje room doorheen, en deed net of ze iets uit de automaat wilde kiezen. 'Wat ziet er goed uit?' fluisterde ze voor zich heen.

'Wat? O, alles,' zei hij.

'Ik heb trek in M&M-pinda's, maar die zijn geloof ik op.'

'Nee.' Hij tikte met een vinger tegen het glas. 'Kijk maar. E-5. M&M-pinda's.'

Fronsend nam ze een slok koffie en staarde naar de snoepautomaat waar zijn dikke vinger een vettige vlek had achtergelaten. 'Je hebt gelijk.'

'Natuurlijk. Ze liggen recht voor je neus.'

'Mmm. Hoe kun je me nou horen?'

'Wat?'

'Met die koptelefoon op je hoofd hoor je toch alleen muziek, dus hoe kun je me dan verstaan als ik fluister? Ik vind het eigenaardig... of heb je dat ding alleen op je hoofd zonder dat de muziek aanstaat? Zodat je mensen kunt afluisteren?'

'Man, wat jij ben paranoïde, zeg!' Een blos kroop langs zijn hals omhoog naar zijn gezicht. 'Norm heeft gelijk over jou.'

'O ja?' Ze blies in haar kop en keek hem over de rand heen aan.

'Ja. Ik – ik had de muziek even uitgezet.'

'De meeste mensen zetten dan hun koptelefoon af, Kevin.'

'Ik ben niet als de meeste mensen.'

'Dat dacht ik al.'

Zijn blos verdiepte zich en bij een oog klopte een adertje. Zijn kaak verstrakte en voor het eerst was ze zich ervan bewust dat hij onder zijn slobberige kleren een vitale goedgebouwde man was. Een jonge man. Iemand die zeker vijftig kilo zwaarder was dan zij. Iemand die misschien heel goed en heel makkelijk in woede zou kunnen ontsteken.

'Ik doe er niemand kwaad mee,' zei hij verdedigend.

Ze kneep haar ogen samen. 'Maar ik wed dat je alles weet wat zich hier afspeelt, is het niet? Ik heb je al vaker met dat ding om gezien, waarbij je net doet of je in je eigen wereldje leeft, maar wanneer je aan iemands computer werkt luister je ondertussen de gesprekken van andere mensen af. Misschien lees je ook hun e-mail wel.'

'Dat is niet –'

'Bewaar dat maar voor iemand die het gelooft, oké?' Ze liep weg. Toen hij aan haar computer werkte had hij zijn koptelefoon ook op gehad, net als die keer dat ze in het archief was en hij ineens opdook. Nu ze terugdacht, had hij dat ding eigenlijk altijd op, maar ze had er nooit veel aandacht aan besteed. Ze stevende op haar bureau af, en er spatte wat hete koffie op haar pols. 'Verdomme.' Celeste zwaaide heftig met een paar berichten naar haar, en ze pakte drie velletjes papier aan die aangaven dat dr. Francis had gebeld.

'Ze wilde geen bericht voor je achterlaten,' zei Celeste.

'Waar heb jij verdomme gezeten?' Trina rolde haar stoel uit haar hokje. 'Jee, Nikki... je ziet eruit alsof je een week niet hebt geslapen. Misschien wel twee weken.'

'Dat is waarschijnlijk nog zacht uitgedrukt.' Ze trok een tissue uit de doos op haar bureau en depte de koffie op. 'Ik slaap geloof ik nooit.'

'Dus je werk als misdaadverslaggeefster is moordend voor je.'

'Zoiets.' Ze gooide de tissue naar de prullenbak en miste. Vanuit haar ooghoek zag ze dat Kevin en Norm zich achter hun eigen bureau terugtrokken. 'En, wat is hier allemaal aan de hand?'

'Ik geloof dat je een geheime bewonderaar hebt.'

'Een wat?' Ze nam een slok koffie.

'Kijk eens wat er vandaag voor je is gekomen.' Trina reikte om haar monitor heen en pakte een vaas vol rode en witte anjers.

'Heb je ze maar bij jou gezet?'

'Ik wist niet wanneer je terug zou komen. Ik vond het zonde ze op je lege bureau te laten staan.'

'Zal wel.' Nikki duwde een belachelijke gedachte aan Reed terzijde en opende het bijgevoegde envelopje.

Gefeliciteerd met je succes. Binnenkort eten?
Liefs,
Sean.

Haar maag balde samen. 'Man, hij legt het er wel dik op, zeg,' fluisterde Nikki. Ze schikte een paar bloemen anders en zette de vaas op haar eigen bureau.

'Wie?'

'Sean.'

'Is hij weer in beeld?'

'Absoluut niet, maar hij beweert dat hij dat wil.'

Trina trok een wenkbrauw op. 'Misschien spijt het hem echt dat hij zo'n zak is geweest en beseft hij dat er geen enkele vrouw aan jou kan tippen, en maakt hij weer werk van je.'

'Klinkt niet als de Sean die ik ken.'

'O, geef hem een kans.'

'Dus jij gelooft niet in een ezel die zich niet voor een tweede keer aan dezelfde steen stoot?'

'Dat wel, maar ik geloof ook in de liefde en ik ben onverbeterlijk romantisch.'

'En je bent nog nooit getrouwd geweest.'

'Romantisch is niet hetzelfde als...' Trina's telefoon ging.

'Ik geloof zelfs niet in het romantische deel,' zei Nikki, hoewel ze vermoedde dat ze de waarheid een beetje geweld aandeed. Ze wilde niet in elke man een mogelijke echtgenoot zien, maar als de juiste man haar pad kruiste zou ze er misschien heel anders over denken. Maar nu nog niet, niet voordat ze zichzelf had bewezen.

Trina zat in haar mobiele telefoon te fluisteren, terwijl Nikki haar post en e-mail doorwerkte en niets vreemds tegenkwam, geen briefjes van de Grafschender. Haar voicemail stond vol met felicitaties van een paar vrienden en collega's van concurrerende kranten en plaatselijke nieuwsstations die allemaal hoopten haar te mogen interviewen.

'Nikki, dit is Stacey Baxter, weet je nog, we hebben samen op school gezeten. Ik werk voor WRAW in Louisville en ik zou dolgraag met je over de Grafschender praten. Geef me een belletje terug...'

Ze luisterde naar nog twee berichten, en ineens begreep ze hoe het voelde om opgejaagd te worden door de pers. Ze staarde naar de bloemen, en plukte een paar dorre blaadjes af. Ze waren ongetwijfeld afgeprijsd. Zo was Sean altijd geweest, dacht ze, terwijl de voicemailberichten in haar oor stroomden.

'Nikki, met Lily. Goed, ik zat er gisteravond helemaal naast. Sorry. Ik ben er vandaag niet, maar ik bel je later terug.'

'Nicole? Met dr. Francis, ik heb je artikel gelezen en het was goed. Maar ik denk dat je een serie moet doen over het scholendistrict. Bel me.'

'Wauw! Kijk eens wie er aldoor op de voorpagina staat!' Simones stem was als een welkome warme bries. 'Binnenkort krijg je het hoog in je bol, en dan zie je kleine mensen zoals ik niet meer staan. Laten we het vieren. We kunnen vanavond na de les uitgaan...'

Verdomme, dacht Nikki, moe tot op het bot. Het laatste waar ze behoefte aan had was een uitputtende training. Ze voelde er veel meer voor om languit met een zak chips voor de televisie te liggen.

'... je komt vanavond toch wel? Misschien lukt het je, met je pas gevonden beroemdheid, Jake over te halen met ons mee te gaan? Ik trakteer. Alweer.' Ze lachte. 'Zeg, het ziet ernaar uit dat ik toch naar Charlotte ga verhuizen. Nou ja, tenzij ik iets met Jake krijg. Bel me, en ik zal je alle details vertellen.'

Nikki wilde er niet aan denken dat Simone ging verhuizen, het was veel te deprimerend. En ze wilde haar niet vertellen dat ze overwoog het kickboksen op te geven. Het zou beter zijn haar morgen te bellen. Vanavond zou Simone teleurgesteld zijn, misschien zelfs boos. Maar morgen, vooral als de dingen met Jake goed liepen, zou Simone vergeten zijn dat Nikki haar weer had laten zitten.

Ze voelde slechts een licht schuldgevoel opkomen, toen de volgende boodschap begon. 'Hallo, Nikki, met mij.' Seans stem maakte haar nerveus. Ze dacht dat ze niets meer om hem gaf, maar haar hart sprong op zodra ze zijn stem hoorde. 'Ik heb gehoord wat er is gebeurd, de inbraak en zo. Wat eng, zeg. Hoop dat je in orde bent. Waarom bel je me niet? De hel zou dichtvriezen als dat gebeurde. Mijn mobiele nummer is...'

Ze nam niet de moeite het op te schrijven, en ze was ook niet van plan hem te bellen. Evenmin als Simone. Vandaag niet. Ze had geen tijd. Ze moest weer een verhaal over de Grafschender schrijven, met meer informatie...

De recorder piepte, een teken dat er nog een beller was. Ze luisterde, maar niemand had een bericht achtergelaten. Ze hoorde alleen zachte achtergrondgeluiden en toen werd er opgehangen.

Wie het ook was, hij of zij zou wel terugbellen, vermoedde ze, en ze richtte haar aandacht op haar computer om haar e-mail nog eens te controleren voordat ze in haar volgende verhaal zou duiken. Ze vond meer van dezelfde berichten als op haar voicemail, maar ook hier geen nieuw bericht van de Grafschender. Geen dansende doodkisten of uiteenvallende lichamen.

Ze tikte met haar pen op het bureau.

Op dit moment hield de moordenaar zich stil.

Wat goed was. Toch?

Of was het slechts stilte voor de storm?

'Nikki? Ik hoor je niet. Je valt weg.' Simone, die haar paraplu probeerde op te steken en met haar sporttas zeulde, terwijl ze haar mobieltje tegen haar oor geklemd hield, kon haar vriendin amper verstaan.

'Simone... zie je bij...'

'Waar? Je komt vanavond toch naar de les?' Simone stapte om een plas heen, en bleef met haar paraplu in de heg haken die rond de parkeerplaats stond. 'Verdomme.' Was Nikki nou haar beste vriendin of niet? 'Vertel me niet dat je weer afhaakt.'

'Nee!' Nikki's stem klonk vreemd. Gestrest. Ze leek te fluisteren. 'Kom naar... Galleria... parkeergarage, derde verdieping... belangrijk... over... Andrew.'

'Wat? Wat is er over Andrew?' vroeg Simone, en meteen was ze de wind en de regen vergeten. 'Nikki?' O, Jezus, ze was weer weggevallen. 'Laten we... drinken... bij Cassan...'

'Een drankje voor de les bij Cassandra?' zei Simone, terwijl ze de regen in haar nek voelde druppelen. 'Ik zal er zijn. Rond zeven uur. In het restaurant. Niet in die verdomde parkeergarage. Ben je gek, of zo? Er loopt een moordenaar vrij rond, weet je nog?' Ze slaagde erin haar portier te openen. 'Als jij eerder bij Cassandra bent dan ik, bestel dan een martini voor me. Wodka. Twee olijven.'

Haar paraplu klapte dubbel.

'Shit. Nikki? Ben je er nog?'

Maar de verbinding was verbroken. Ze gooide de telefoon in haar auto, probeerde moeizaam de paraplu naar behoren in te klappen en legde hem vervolgens druipend op de achterbank, naast haar doorweekte sporttas.

Echt iets voor Nikki om zo dramatisch te doen, dacht Simone terwijl ze achter het stuur schoof. In de achteruitkijkspiegel controleerde ze haar uiterlijk en constateerde dat de schade minimaal was. Ze deed nog wat lipgloss op zodat de glans perfect was, en trok een natte haarsliert uit haar toch al verwaaide kapsel om het een nog wat nonchalanter aanzien te geven. Ze had de indruk dat Jake van sportief hield, niet van sterke vrouwen, maar zelfbewuste vrouwen. 'Homo, m'n reet,' zei ze hardop toen ze de BMW startte en wegreed.

Regen kletterde op het dak van de wagen en de wind gierde door de straten van de stad. Vanuit een ooghoek zag ze een beweging.

Kippenvel verscheen op haar armen.

Heel even had ze het gevoel dat iemand haar gadesloeg. Net buiten beeld. Onmiddellijk dacht ze aan die griezel in het restaurant, de laatste keer dat ze samen met Nikki was geweest. Maar dat was alweer dagen geleden. Bijtend op haar lip tuurde ze naar de hoek waar ze de beweging had gezien. Een drijfnatte hond, kop en staart naar beneden, sprong de straat over en verdween tussen twee huizen. Simone berispte zichzelf om haar dwaze reactie. Desondanks keek ze alert naar de stegen en gebouwen. Ze zag helemaal niemand – geen monster, geen duistere gestalte, geen verborgen griezel die haar elk moment kon bespringen. In feite was er niets ongewoons te zien. Alleen een paar auto's, enkele skaters die probeerden de wind voor te blijven. Alles was zoals het moest zijn.

Ze was alleen maar zo gespannen door Nikki's verhalen over een seriemoordenaar, de Grafschender, verdomme. Er was niets aan de hand. Toch voelden haar handen klammig aan rond het stuur. Ze reed eerst naar de bank en daarna naar de stomerij. Vervolgens haalde ze een recept op en deed een paar boodschappen voordat het tijd was om naar haar afspraak met Nikki te gaan. Simone belde haar op haar mobiel. Er werd niet opgenomen. Ze belde naar het appartement van haar vriendin en sprak een bericht in op het antwoordapparaat.

Gelukkig trok de regen snel voorbij. De natte straten glommen onder de lantaarns, en bladeren en vuil dreven in de goten. Het spitsuur was afgelopen, het verkeer uitgedund, en er liepen nog slechts enkele voetgangers op de trottoirs. Hier en daar twinkelden al kerstlichtjes. Bij een kerk stond een kerststal onder de takken van een eikenboom opgesteld, en onmiddellijk stak het oude verlangen naar Andrew de kop op, en het verdriet dat na al die jaren nog steeds niet minder was geworden.

'Zet het van je af,' zei ze hardop, en besloot dat ze echt moest verhuizen. Er was zicht op een baan in Charlotte en ze moest de sprong gewoon wagen en verhuizen. Alle banden met deze plaats en de nare herinneringen doorsnijden.

Simone reed de parkeergarage van de Galleria in, en het kostte haar geen moeite een plaatsje op de eerste verdieping te vinden. Ze peinsde er niet over naar de derde te gaan. Waarom zou ze verder lopen dan nodig was?

Er stonden slechts een paar voertuigen geparkeerd. Hoewel dit normaal was, en Simone hier wel vaker parkeerde, was ze toch lichtelijk nerveus. Voordat ze uitstapte overtuigde ze zich ervan dat er niemand bij de trap of de lift stond. Daarna pakte ze haar tas en sloot de auto achter zich af. Vervolgens jogde ze naar de uitgang. Er sprong geen moordenaar uit de schaduwen te voorschijn. Ze liep het halve blok naar het restaurant zonder dat iemand haar volgde.

Binnen ontdekte ze dat Nikki er nog niet was. Het verbaasde haar niet. Nikki was altijd te laat.

Simone ging dicht bij de voordeur zitten en bestelde twee drankjes – martini voor zichzelf en een lemon drop voor Nikki. De serveerster was amper zeventien, en zeker niet oud genoeg om drank te serveren, hoewel ze desondanks met de gekoelde glazen terugkeerde.

Het was vanavond niet druk bij Cassandra. Er zaten slechts enkele klanten aan tafeltjes en een paar in de hokjes.

Simone bestudeerde het menu terwijl ze van haar drankje nipte en naar de kerstliedjes uit de jukebox luisterde. De minuten tikten voorbij en nog steeds kwam Nikki niet buiten adem binnenhollen. Simone had haar drankje op. Ze zat inmiddels al een kwartier te wachten. Twintig minuten. Fantastisch. Weer eens lekker laat. 'Kom nou, Nikki,' zei ze binnensmonds.

De jonge serveerster kwam weer langs. 'Kan ik u iets anders brengen?'

'Een nieuwe beste vriendin.'

'Pardon? O.' De gebeitelde glimlach verdween van haar gezicht. 'Wilt u misschien nog iets drinken... of iets van het menu?'

Simone aarzelde, maar concludeerde dat ze niets te verliezen had. 'Ja, waarom ook niet? Nog een drankje, denk ik.' Ze tikte tegen haar lege glas. 'Martini.'

'En...' Het meisje keek naar Nikki's onaangeroerde glas.

'Laat maar staan. Misschien komt ze nog. Dit is altijd het probleem met haar.' Simone keek op haar horloge, en slaakte een zucht. Nikki was nu een halfuur te laat. Leuk hoor. Simone kon haar excuses al bijna horen. Ze zou waarschijnlijk pas bij kickboksen verschijnen als de les al was begonnen. Ze zou ademloos verklaren dat ze weer een deadline had moeten halen, of dat ze iets opnieuw had moeten schrijven omdat ze niet tevreden was geweest over de eerste versie.

Nog een kwartier later had Simone ook haar tweede drankje op. Nikki's glas stond er nog steeds. Ze overwoog of ze het zou opdrinken, maar zag ervan af. Ze moest nog naar de sportschool lopen en een les volgen. Nog een drankje, en ze zou op haar kont vallen bij het uitvoeren van een welgemikte trap.

Ze gebaarde om de rekening, gaf de serveerster een royale fooi, pakte haar tas en jogde naar de sportschool. Het was gaan misten, en daardoor leken de straten nog donkerder.

Verdraaide Nikki. Ze zette Simone altijd voor het blok.

Niet dat Nikki onverantwoordelijk was, alleen onberekenbaar. Ze ging altijd zo op in haar werk dat ze alles om zich heen vergat. En nu was ze natuurlijk bezig om aanwijzingen te zoeken teneinde de Grafschender te identificeren.

Het zou echt goed zijn om te verhuizen, nieuwe vrienden te maken, mensen te leren kennen die Andrew niet hadden gekend.

Er ging een steek van verdriet door haar heen. Ze had zoveel van hem gehouden, en hij had met haar gebroken nadat hij haar had bezworen dat hij haar aanbad, nadat hij haar ten huwelijk had gevraagd, nadat hij had gehoord dat hij bij Harvard was afgewezen. Waarom? Had hij gedacht dat hij niet meer kon voldoen aan wat zij in een echtgenoot wilde, of was er meer aan de hand geweest... een andere vrouw?

Wie zou het kunnen zeggen? Het trieste deel was dat ze betwijfelde of ze ooit nog zo hartstochtelijk van een man zou kunnen houden zoals ze van Andrew Whitmore Gillette had gehouden. Ze had hem haar hart gegeven, haar maagdelijkheid en haar zelfrespect. En ze wist zeker dat ze die nooit meer terug zou krijgen.

'O, hou toch op,' vermaande ze zichzelf. 'Al die jaren therapie en je voelt je nog steeds hetzelfde? Verman je.'

Een beetje licht in haar hoofd door de martini's merkte ze voor het eerst hoe verlaten de straat was. Niet dat het ertoe deed. Ze was er bijna. Toen ze de laatste hoek omsloeg, zag ze de lichten uitnodigend achter de ramen van de sportschool branden. Ergens in de verte hoorde ze de klanken van een kerstliedje, en dat herinnerde haar eraan dat het bijna Kerstmis was, de tijd van het jaar dat ze halsoverkop verliefd op Andrew was geworden. Waarom dacht ze nog steeds aan hem? Ze begreep er niets van. Wat wilde

Nikki haar over haar broer vertellen, nu, ruim tien jaar na zijn dood?

Turend meende ze de auto van Jake te zien staan. Simone grinnikte. Jake Vaughn was niet de eerste man die haar na Andrew interesseerde. Sinds Andrews dood was ze met een paar andere mannen uitgegaan en naar bed geweest. Niemand had haar echter zo geboeid als Nikki's broer, maar Jake had mogelijkheden. Serieuze mogelijkheden. Hij was zeker de verleidelijkste man die ze in lange tijd had ontmoet. Als hij zou toehappen en enige interesse in haar zou tonen, zou ze bij nader inzien misschien toch niet hoeven te verhuizen.

Ze versnelde haar pas. Nog één blok te gaan – langs de steeg. Ze hoorde een vreemd geluid, gesis, alsof er iets door de lucht suisde. Ze draaide haar hoofd in de richting van een donkere etalage, zag haar spiegelbeeld en... nog iets... de dreigende schaduw van een man die zich tussen twee geparkeerde auto's verborgen hield. Hij sprong op, trok hard aan iets.

Een touw?

Nee! Ze schrok. Adrenaline pompte door haar bloed. Angst flitste door haar brein. De man trok hard. En op hetzelfde moment voelde ze een hevige pijn in haar been, dwars door haar joggingbroek heen.

'Ooo!' schreeuwde ze, en viel voorover. De grond kwam snel dichterbij. Ze sloeg een arm uit om de klap op te vangen en belandde vervolgens hard op de grond.

Knap!

Stekende pijn flitste in haar arm omhoog. Haar tas vloog uit haar hand en kwam op het plaveisel terecht.

'O, God!' Er was iets om haar voet geslagen dat pijnlijk in haar vlees sneed, een pijn die zich tot in haar arm verspreidde. De pijn was zo hevig dat ze bijna flauwviel. 'Help!' riep ze, kronkelend van pijn. 'Laat iemand me helpen!'

'Hou je mond!' snauwde een zachte stem. Een bezwete handpalm sloot zich over haar mond. Ze probeerde te bijten, weg te rollen. Te ontsnappen. Maar hoe meer ze spartelde, hoe steviger hij haar vastgreep. O God, wie was hij? Waarom deed hij dit? Ze draaide haar hoofd en ving een glimp op van zijn gezicht... een gezicht dat ze herkende. De kerel uit het restaurant... maar nu wist ze wie hij was. Hij was helemaal geen vreemde.

O nee! O, Jezus, nee! Vergeefs probeerde ze zichzelf te bevrijden, maar hij was sterk, vastbesloten. Spieren als staalkabels hielden haar tegen de stoep gedrukt, zijn lichaam hield haar gevangen. Worstelend smeekte ze om hulp. Iemand zou haar toch moeten zien... te hulp schieten... andere mensen zouden naar de sportschool gaan... of langsrijden. Alsjeblieft, help me dan toch!

'Ken je me nog,' fluisterde hij tegen haar oor, en ze voelde de angst in haar hart kruipen. 'Weet je nog wat je me hebt aangedaan? Tijd om te boeten.' Toen kreeg ze de naald in het oog, een dun wapen glansde duivels in de mistige lucht.

Haar bloed stolde als ijs.

Nee!

Vergeefs probeerde ze te trappen, naar hem uit te halen, te ontsnappen aan de verschrikkingen die hij in gedachten had, maar ze kon niet wegkomen, en in doodsangst zag ze de gemene naald in haar schouder verdwijnen.

Simone vocht, maar zijn gewicht hield haar op de grond, en haar armen waren plotseling zwaar en nutteloos, haar gevangen benen niet in staat zich te bewegen. Paniek joeg door haar heen toen de loomheid bezit van haar ledematen nam. Ze probeerde te schreeuwen, maar er kwam geen geluid. Haar tong was dik, haar stembanden verlamd.

De straatlantaarns vervaagden, de mist in haar brein verdikte zich en een genadige zwartheid sleepte haar mee.

God sta me bij, dacht ze wanhopig, en ze kon alleen maar hopen dat de dood haar snel zou verlossen.

23

'Wacht even!'

Reed, de kraag omhoog tegen de regen, verliet het bureau. Hij minderde zijn vaart niet, en Morrisette rende over de met plassen bezaaide parkeerplaats om twee patrouillewagens heen in een poging hem in te halen.

'Jezus, wat een smerig weer,' mopperde ze.

Het was al donker, straatlantaarns schenen door de dikker wordende mist heen, en er waren weinig koplampen, want het spitsuur was allang afgelopen. 'Luister, Reed. Ik heb erover nagedacht en ik geloof dat ik vanochtend een beetje te hard tegen je ben geweest.'

'Inderdaad.' Hij had de sleutels van zijn El Dorado al in zijn hand.

'En nu ben je boos, nietwaar?' Ze rommelde in haar tas, waarschijnlijk op zoek naar haar pakje Marlboro.

'Reken maar.' Hij ontsloot de auto zonder even naar haar op te kijken.

'Maar ik doe alleen maar mijn werk.'

'Ik weet het.' Hij gooide het portier open en de binnenverlichting floepte aan. 'Doe dat dan ook. Je hoeft je niet te verontschuldigen.'

'Kom op nou, Reed, sinds wanneer ben jij zo snel op je teentjes getrapt?' Ze had een verkreukeld pakje sigaretten gevonden en schudde er een uit. 'Je kent de regels toch.'

'Was er iets dat je me wilde vertellen?'

'Ja.' Ze stak de sigaret op en inhaleerde diep. 'Om te beginnen hebben we in Nikki Gillettes appartement niet veel gevonden. Geen vingerafdrukken of ander hard bewijsmateriaal.' Morrisette blies een rookwolk uit. 'Ze had gelijk. De deur en ramen waren niet geforceerd, dus moeten we aannemen dat de indringer een sleutel had – die hij heeft laten maken of van iemand heeft geleend of gestolen. Hoogstwaarschijnlijk van juffrouw Gillette.' Ze nam weer een trek. 'De microfoon die we in haar slaapkamer hebben gevonden is identiek aan die we in de doodkisten hebben aangetroffen. We doen navraag bij winkeliers die in elektronica handelen en de groothandel. Alle microfoons waren draadloos, tamelijk geavanceerd, dus nemen we aan dat onze jongen een techneut is. We zoeken naar iemand die op zijn minst drie van die dingen heeft aangeschaft, met de daarbij behorende afluisterapparatuur.'

'Goed.'

'We zijn dus klaar met haar appartement. We zullen daar niets meer vinden. Siebert heeft haar al gebeld. Heeft haar het groene licht gegeven. Ze kan terug naar haar huis.'

'Waarom vertel je me dit?'

'Omdat ik dacht dat je het wilde weten.' Ze liet rook via haar neusgaten ontsnappen. 'Klopt toch?'

'Ja.'

'En er is nog iets.' Hij hoorde de onderliggende spanning in haar woorden; besefte dat ze op het punt stond hem slecht nieuws te vertellen. Ze keek naar de grond voordat ze hem aankeek. 'De DNA-uitslagen van de baby van Barbara Jean Marx zijn binnengekomen.'

Zijn schouders verstrakten.

'Ze bevestigden de bloedtest.'

'Geweldig.' Hij voelde zich of hij een trap in zijn maag had gekregen. Niet dat hij het niet had verwacht, maar nu was het officieel vastgesteld. Een bloedtest liet nog enige twijfel bestaan, DNA niet.

Ze keek hem doordringend aan, haar ogen turend door het donker. 'Ik wil toch graag zeggen dat het me spijt.'

Zijn kaak spande toen hij een mondhoek optrok.

'Ik weet het. Het helpt geen moer.' Morrisette smeet haar

peuk op het plaveisel. Het rode topje bleef nog even gloeien voor het in een plas doofde. 'Sterkte,' zei ze. Zonder om te kijken liep ze terug naar de achterdeur van het bureau.

Staande op de parkeerplaats, in het donker, voelde Reed zich plotseling alleen. Leeg vanbinnen. Hol.

Hij stak zijn handen in de zakken van zijn regenjas en staarde omhoog naar de lucht. Boven de stadslichten was er niets anders te zien dan wolken. Hij zou iets meer dan een knagende leegte in zichzelf moeten voelen, iets dat aan verlies deed denken. Maar hoe kun je iets verliezen dat je nooit echt hebt gehad?

De baby was niet gepland. Noch gewenst. Het zou zijn leven ongelooflijk ingewikkeld hebben gemaakt, en toch... en toch voelde hij een intense verlatenheid die alleen gelenigd kon worden door wraak. En daar kon hij in ieder geval iets aan doen. Hij was vastbesloten de klootzak te vinden die dit had gedaan en de schoft aan zijn ballen op te hangen.

Hij schoof achter het stuur van zijn El Dorado en ramde zijn sleutel in het contactslot. Een blik in de achteruitkijkspiegel toonde opgejaagde ogen die droog waren, maar vuur spuwden van woede, een stoppelbaard op kaken die van steen leken, lippen die in hernieuwde vastberadenheid over zijn tanden sloten.

'Shit,' gromde hij. 'Verdomde klootzak!' Hij zette de auto in de eerste versnelling en reed weg, de mistige straat in.

Hij overwoog bij de plaatselijke kroeg te stoppen en een of twee drankjes te drinken, of zes. Het was een uitgelezen avond om zich te laten vollopen, waarna de barkeeper hem met een taxi naar huis zou sturen. Jack Daniels klonk als de naam van een verdraaid goede vriend.

Maar Jack zou hem niet kunnen helpen.

Het zou niets aan de rotsituatie veranderen.

Wanneer hij morgenochtend wakker werd, met een bonkend hoofd en een kater, zou Bobbi nog steeds dood zijn. De baby zou nooit de kans krijgen ook maar één keer te ademen. En hij zou moeten leven met het feit dat hun dood op een of andere manier zijn schuld was. Hij was de verbindende schakel. Die verdomde Grafschender praatte tegen hém. En doodde met gemak.

Maar Roberta Peters dan?

Wat had zij met hem te maken?

Hij dacht aan de keer dat hij door haar huis had gelopen en iets voelde... iets dat hij niet kon thuisbrengen. Iets als een déjà vu, maar dat was het niet helemaal. Een vaag idee knaagde aan hem en hij kon er de vinger niet op leggen. Wat was het nou, verdomme – had het iets met Nikki Gillette te maken? Had zij een artikel over Roberta Peters geschreven? Had zij haar gekend? Er was maar één manier om erachter te komen.

Hij minderde vaart en manoeuvreerde de grote auto door de straten, langs winkels met kerstversieringen en een paar voetgangers op de trottoirs. Bij de kantoren van de *Sentinel* vond hij een parkeerplaats op de plek voor de werknemers. Nikki Gillettes Subaru stond bij een korte heg geparkeerd. Ze was dus nog laat aan het werk. Alweer. Een feit dat hem lang geleden was opgevallen toen ze hem bij andere zaken op de hielen zat. Ze was verdorie meer op kantoor dan thuis. Hij besloot buiten op haar te wachten, want hij wilde niet het risico lopen dat iemand hem ervan zou beschuldigen de rat te zijn die de pers van informatie voorzag.

De afgelopen zomer was hij een held geweest omdat hij de zaak Montgomery had opgelost, en nu, minder dan zes maanden later, werd hij ervan verdacht een verklikker te zijn. Morrisette was niet de eerste die iets in die richting had geopperd.

Hij verstelde de stoel enigszins zodat hij zijn benen kon strekken, en wachtte, zijn blik gericht op de voordeur van het gebouw waar mensen in en uit liepen. Gezien het late uur liepen er echter meer mensen naar buiten dan naar binnen. Reed herkende een paar gezichten. Norm Metzger, gehuld in een wollen jas en sjaal, reed weg in een Chevy Impala, en Tom Fink ging ervandoor in een Corvette. Een jongen, die hij herkende als de neef van Fink – hoe heette hij ook alweer? Deeter, dat was het, Kevin Deeter – kwam aanrijden in een truck met een open laadbak, en liep naar het gebouw. Hij droeg een oversized jack en een baseballpet laag over zijn ogen getrokken. Reed zag dat de knul bij de voordeur bleef staan, met een cassette frunnikte en een koptelefoon opzette. Hij stak de cassette in de zak van zijn slobberige jeans en ging naar binnen.

Hij was eigenaardig.

Maar de stad was uiteindelijk vol met vreemde figuren.

Reed nestelde zich tegen de rugleuning en vroeg zich af waarom de Grafschender met Nikki Gillette communiceerde. Hij had de politieradio zacht aanstaan. Wat was de connectie? Had de moordenaar in de gaten dat ze gretig was, dat ze vastbesloten was naam te maken? Had hij haar in de gaten gehouden? Of kende hij haar persoonlijk?

Condens verzamelde zich op de voorruit.

Wat was de betekenis van twaalf?

De maanden van het jaar?

Uren van de dag? Of de nacht?

Hij beet op zijn lip, deed zijn ogen halfdicht.

Apostelen?

Donuts in een doos?

Leden van een jury?

Sterrenbeelden?

Hij zag een groepje kinderen naderen dat 'Stille nacht' zong.

Kerstmis.

Zou het dat zijn?

De twaalf dagen van Kerstmis?

Ze begonnen op vijfentwintig december en eindigden op zes januari – Driekoningen, althans voor zover hij wist. Het was lang geleden sinds hij naar zondagsschool was geweest, en als kind had hij in Dahlonega niet veel bijbelonderricht gehad. Maar hij was er vrij zeker van dat hij het goed had.

Hoe ging dat lied over de twaalf dagen ook alweer?

Twaalf heren... nee, nee dat was het niet. Twaalf trommelslagers trommelden. Dat was het. Twaalf verdraaide trommelslagers. Nou en? Wat moest hij ermee? Wat hadden trommelslagers met deze zaak te maken?

Voordat hij het lied kon analyseren kreeg hij Nikki Gillette in het oog die naar de glazen deuren beende, vergezeld door een zwarte vrouw die Reed niet kende. Ze bleven onder de overkapping voor het gebouw staan. Nikki zette de kraag van haar regenjas op, die ze strak rond haar smalle middel had aangesnoerd, en haar vriendin klapte een paraplu uit.

Nikki stond druk te praten. Geanimeerd. Ze was mooi op een manier die Reed verontrustte. De wind blies haar roodblonde haar alle kanten op. De twee vrouwen holden samen naar de parkeerplaats, waar ze ieder in hun eigen auto stapten. De Volkswagen Jetta van de zwarte vrouw reed snel weg, terwijl Nikki's oude autootje er langer over deed om op gang te komen. Ten slotte reed ze weg.

Reed volgde haar.

Het kostte hem geen moeite haar Subaru bij te houden, en hij probeerde het feit dat hij haar volgde niet te verbergen. Ze reden door de smalle straten die naar haar appartement voerden, door het historische district, langs herenhuizen met een verhoogd portiek en grote ramen met weelderig versierde traliewerken ervoor. Haar autootje hobbelde over de kinderhoofdjes en geplaveide wegen tot ze in de steeg achter haar appartementengebouw parkeerde.

Reed parkeerde achter haar, deed zijn koplampen uit terwijl hij het portier opende.

'Zo, zo, rechercheur Reed, mijn nieuwe beste vriend. Weet u, jarenlang wilde u mijn telefoontjes niet eens beantwoorden en nu staat u in levenden lijve voor me. Alweer. U maakte geen grapje over dat persoonlijke bewakingsgedoe, is het wel?'

'Ik maak zelden grapjes.'

'Dat heb ik gemerkt. Maar misschien zou u wel eens een poging willen doen.' Ze knipoogde naar hem, en er verscheen een kuiltje in haar wang dat hem bijna deed smelten. 'Kop op.'

'Ik zal het in gedachten houden.'

'Doe dat,' zei ze, alsof ze het toch niet geloofde, maar zelfs in het donker zag hij haar ogen twinkelen terwijl ze hem plaagde. Met hem flirtte.

Niet zo denken. Dit is Nikki Gillette die voor je staat. De dochter van Ron Gillette. Een gretige verslaggeefster zoekt altijd naar een insteek en een verhaal.

Ze duwde het hek open, dat piepend in de scharnieren openging. 'Rechercheur Morrisette wilde me geen informatie geven over de vorderingen van het onderzoek.'

Zie je wel? Altijd aan het werk. Pas op, Reed, laat je er niet bij betrekken.

'Ik geloof dat er niet veel te vertellen valt. We zijn nog steeds bezig allerlei dingen uit te zoeken.'

'U ook? Ik dacht u van de zaak was geh –'

'Laten we het daar niet over hebben,' stelde hij voor.

Ze liepen langs een spuitende fontein bij een immense magnoliaboom.

'Daar bent u!' Reed herkende Fred Cooper, de huismeester. Fred, een eivormige man met een falsetstem, stoof de hoek om. Zijn neus was te groot voor zijn gezicht, en zijn randloze bril hing enigszins schuin op zijn neusbrug. Reed moest aan afbeeldingen van Humpty Dumpty denken. 'Ik wilde even met je praten.' Dunne lippen persten opeen.

'Wat is er, Fred?' Nikki bleef onder aan de trap staan. 'Je weet nog dat dit rechercheur Reed is?'

Hij bleef staan. 'O ja.' Iets van zijn voortvarendheid verdween. 'Vertel me niet dat er weer problemen zijn.'

'Ik begeleid juffrouw Gillette alleen maar naar huis,' zei Reed.

'Waarom?' vroeg Fred nerveus, waarbij zijn blik door de tuin dwaalde alsof hij zeker wist dat er elk moment dode lichamen uit de grond omhoog konden komen. 'Denkt u dat die inbreker weer terug is? O, mijn God, dat zou het ergste zijn. Ik moet u vertellen dat iedereen in het gebouw nerveus is. Buitengewoon nerveus.' Hij schoof zijn bril omhoog en richtte zijn blik op Nikki. 'Het bevalt ze niet dat je met je verhalen over die moordenaar, de Grafschender, zijn aandacht hebt getrokken. Het maakt de huurders angstig.' Zijn handen wezen heftig naar een appartement op de begane grond. 'Brenda Hammond wil sterkere sloten op de deuren en zelfs meer tralies voor de ramen, en mevrouw Fitz, van 201, overweegt te gaan verhuizen. Kun je het geloven?' Hij wrong geagiteerd zijn handen ineen. 'Ze woont hier al dertien jaar en nu, na gisteravond, staat ze op het punt het pand te verlaten. Ze is al bezig haar boeltje te pakken.'

'Ik denk niet dat iemand anders een doelwit is,' zei Nikki kalm, hoewel haar mondhoeken vertrokken.

'Maar hoe weet je dat?' vroeg Fred. 'En wat bedoel je met iemand anders? Denk je dat jij een doelwit bent, want als dat zo is zou dat kunnen betekenen dat hij terugkomt. Lieve God, we willen hier geen rondsluipende moordenaar op het terrein die op zoek is naar jou. Of... of wie dan ook!' Hij was nu echt van streek. Hij wendde zijn angstige blik op Reed. 'Geeft de politie juffrouw Gillette vierentwintig uur bescherming? Wordt er in deze buurt extra gepatrouilleerd? Gesurveilleerd?' Hij keek nerveus naar de straat, waar verscheidene auto's geparkeerd stonden.

'Het bureau neemt alle benodigde voorzorgsmaatregelen.'

'Benodigde voorzorgsmaatregelen? Wat houden die in? Ik ben niet zo op de hoogte van die dingen.'

'Geloof me, meneer Cooper, we doen al het mogelijke om die kerel te grijpen. Adviseer uw huurders voorzichtig te zijn, hun hoofd erbij te houden, niet alleen naar buiten te gaan en hun deuren en ramen gesloten te houden. Degenen die een alarmsysteem hebben moeten dat gebruiken. Degenen die dat niet hebben zouden er een moeten laten installeren.'

'En wie gaat dat betalen? Ik?' Cooper schudde zijn kalende hoofd. Zijn afschuw over het feit dat hij misschien geld moest uitgeven was heviger dan zijn angst voor de moordenaar. 'Wacht even.' Hij herstelde zich. 'O, lieve God, u denkt dat hij zal terugkomen!'

'Ik weet jammer genoeg niet wat hij zal doen. Ik geef u alleen het advies dat ik iedere burger zou geven.'

'Het is allemaal jouw schuld,' zei Cooper, met een verwrongen gezicht toen hij Nikki aankeek. Zijn lippen waren zo stijf opeen gedrukt dat ze wit werden. 'Ik heb je al eerder gewaarschuwd toen je moeilijkheden had met die jongen, Sellwood.'

'Het was mijn probleem, niet dat van Core Sellwood. Ik had een vergissing gemaakt.' Ze werd nu boos.

Reed voorvoelde de ruzie voordat hij begon.

'Maar hij bedreigde je. Al vanaf dat moment heb ik me afgevraagd of hij zou proberen wraak te nemen door iets krankzinnigs te doen. Of iets lelijks. Of... iets afschuwelijks. Ik heb zelfs gedacht dat hij iemand was die zou kunnen proberen dit gebouw plat te branden.'

'Fred,' zei ze, haar hand opstekend in een poging hem tot bedaren te brengen, 'je maakt je veel te druk.'

'En jij maakte je niet druk genoeg. Ik meen het, Nikki. Ik kan het niet hebben dat alle huurders hier bang zijn dat er iemand zal inbreken en hen vermoorden. Het is verdraaid onverantwoordelijk van je om ons zoiets verschrikkelijks aan te doen.'

'Goed. Ik heb je gehoord. Je hebt me gewaarschuwd,' bitste ze. 'En wat nu? Wil je dat ik verhuis? Suggereer je dat je me eruit gaat gooien? Omdat er een griezel bij me heeft ingebroken?'

'Je eruitgooien? O... nee... ik zou nooit...' Cooper keek bezorgd naar Reed. 'Ik, eh, wilde je alleen laten weten dat de andere huurders van streek zijn.'

'Best. Je hebt je plicht gedaan. Ik heb het begrepen.' Na deze woorden liet ze de man staan en stormde de trap op. 'Het is niet te geloven,' mopperde ze binnensmonds. 'Alsof ik probeer een inbraak uit te lokken!'

'Hij komt er wel overheen.'

'U kent Fred niet!' zei ze, zo hard dat de huismeester, die nog onder aan de trap stond, het hoorde. 'Hij komt nooit ergens overheen! De kleuter.'

Twee stappen achter haar onderdrukte Reed een glimlach. Terwijl hij haar volgde probeerde hij niet naar de achterkant van haar benen te kijken die af en toe door de split van haar regenjas zichtbaar waren.

'Hier is altijd wat,' zei ze, tastend naar haar sleutels.

Reed pakte haar pols en wrong de sleutels uit haar hand. 'Ik ga eerst.'

'Wacht even.' Ze richtte haar groene ogen op hem, en hij ontdekte dat ze boven haar rechte neus de kleur van de donkere avond hadden aangenomen. 'Dit is mijn huis, rechercheur. U hoeft niet net te doen of ik een zwak overspannen vrouwtje ben, of zoiets.' Haar haren waren vochtig, haar lippen glanzend van de mist, haar woede op de huisbaas, Reed en alle mannen in het algemeen, bijna tastbaar. En ze was ongelooflijk sexy.

'Overspannen vrouwtje? Nikki Gillette? Geloof me, in die termen denk ik nooit aan je.'

'Goed.'

'Maar ik ga desondanks als eerste naar binnen. Beschouw het maar als onderdeel van mijn werk.' Hij stak de sleutel in het slot en duwde de deur open. Hij reikte naar binnen, deed een plafondlamp aan en liet zijn blik door de woonkamer en keuken dwalen. Op dat moment kwam een dikke rode kat in hun richting.

'Jennings!'

Het appartement leek leeg. Onbevolkt. Reed stapte behoedzaam naar binnen. Nikki was pal achter hem. In de keuken knielde ze neer en kweelde tegen de gestreepte kat. 'Je hebt dus eindelijk besloten naar huis te komen, jij stoute jongen.' Ze tilde hem op. Hij miauwde zacht toen ze op zijn kopje kroelde en begon vervolgens zo luid te spinnen dat Reed het hoorde. 'Heb je me gemist, hmm? Of alleen je eten?'

Nikki trok haar jas uit, drapeerde hem over een stoelleuning en trok haar zwarte topje en grijze rok recht, waardoor haar vormen beter uitkwamen.

Jezus, waarom zag hij dat? Dit was Nikki Gillette, een vrouw die hem alleen benaderde om informatie los te peuteren. Sexy. Koppig. Duivels.

Hij doorzocht de rest van het kleine appartement terwijl zij haar kat te eten gaf. Haar huis was nog in wanorde door het onderzoek, maar er was niemand in een kast verstopt of achter een deur of onder het verdraaide bed. Reed keek in alle hoeken en gaten, maar hij bleef niet te lang in haar slaapkamer, en hij bestudeerde ook niet het antiek uitziende bed, noch raakte hij de blauwe, zachte lakens aan die erop lagen. Als hij dat deed zou hij een emotioneel gat overbruggen dat hij beter open kon laten, omdat het anders beelden in hem zou opwekken van Nikki in een niemendalletje op het bed die hij liever niet wilde zien.

'Weet u,' zei ze, toen hij naar de keuken terugkeerde, 'ik heb nagedacht.'

'Altijd een goed teken.'

'Doe niet zo slim.'

'Wil je liever dat ik dom ben?'

Ze grijnsde, witte tanden flitsten op en de glimlach toonde weer het kuiltje. 'U heeft dus wel degelijk gevoel voor humor.'

'Soms.'

Nou, laten we even serieus blijven, goed?'

'Goed.'

Terwijl de kat luidruchtig zat te eten, schoof Nikki wat paperassen op de salontafel opzij om een werkplek vrij te maken, en reikte daarna in het ritsvak van haar tas waar ze enkele opgevouwen papieren uit te voorschijn haalde. Ze streek de papieren voorzichtig glad. Reed herkende de kopieën van de briefjes die ze van de moordenaar had ontvangen.

Hij boog zich voorover, ving een vleug van haar parfum op.

'Kijkt u hier eens naar. Twee van de briefjes zijn minimaal. Simplistisch.' Ze wees naar de eerste twee briefjes die ze had gekregen. 'Ze zeggen zoiets als: opletten, Gillette. Blijf bij de les. Ik ga iets doen. Iets groots. Ze doen me aan een klein kind denken dat in een vijver is gesprongen en om zijn ouders gilt. "Kijk dan. Kijk dan!"' Ze schoof de twee briefjes naar de zijkant van de tafel. De woorden VANAVOND en HET IS GEDAAN staken scherp af tegen het witte papier. 'Dit zijn kennelijk verwijzingen naar een moord, waarschijnlijk de tweede, maar het volgende dat ik kreeg' – ze pakte het laatste briefje – 'is veel uitgebreider. Het is heel anders dan de andere. Het is een versje, zoals u ook heeft ontvangen. Toch?'

'Ja,' beaamde hij, kijkend naar het briefje, luisterend naar haar redenering.

'Het heeft een andere toon, een grotere hint of een duidelijker aanwijzing: "Wat komt er aan? Tot aan de twaalfde weet niemand het zeker."' Ze tikte met een vinger op het papier, waarna Jennings op tafel sprong en zich begon te wassen. Zonder uit haar concentratie te raken tilde ze de kat van tafel en zette hem op de vloer. 'Het is niet zo opschepperig als de eerste briefjes. O, nee. Het is een echte aanwijzing, een uitdaging, bijna een smeekbede om het mysterie op te lossen. Net als de briefjes aan u. Kijk eens naar de derde regel, "Weet niemand het zeker."' Diep geconcentreerd, haar wenkbrauwen gefronst, haar tanden bijtend op haar onderlip, dacht ze hardop. 'Om te beginnen rijmen de woorden niet op elkaar, dus ik denk dat dit briefje na dat van u moet worden gelezen. Maar waarom dan die herhaling van "wat komt er aan?" Die vraag stond al in het briefje dat u had ontvangen.'

Ze keek hem aan met haar intelligente groene ogen, en het viel

allemaal op zijn plaats. Hij bekeek de andere briefjes die hij had
ontvangen.

TIK TAK,
DE KLOK LOOPT DOOR.
TWEE IN EEN,
EEN EN TWEE.

Daarna:

EEN, TWEE, DRIE, VIER...
EN, WIL JE NU NIET WETEN HOEVEEL MEER?

En ten slotte:

NU HEBBEN WE NUMMER VIER.
EEN DERDE GEDAAN,
WAT KOMT ER AAN?

'Ze hebben allemaal twaalf woorden,' concludeerde Reed.
'Precies!' Haar gezicht stond ernstig, maar haar ogen glinsterden van verwachting, en hij zag gouden puntjes in haar donker-
groene irissen glimmen. 'En als we uw en mijn briefje bij elkaar
voegen, klopt het ook. Zoals ik de mijne las, begreep ik dat er de
twaalfde december iets zou gebeuren, en dat kan nog steeds. De
moordenaar wil dat we de briefje samenvoegen, waardoor ze
een heel andere betekenis krijgen. Uw helft gaf geen datum aan,
maar door te zeggen dat een derde was gedaan, met vier doden,
gaf hij de aanwijzing dat er twaalf slachtoffers zullen zijn, en
dat beide mensen in de doodkist onderdeel waren van het grote
plan.'
'Behalve dat hij Thomas Massey of Pauline Alexander niet
heeft vermoord.'
'Maar die werden om een reden gekozen.'
Reed was het met haar eens. 'En die reden is?'
'Ik weet het niet, maar ik blijf steeds bij de apostelen uitkomen.

Thomas is er een, Pauline – of Paulus – is twee, Barbara Marx is Marcus en Roberta Peters staat kennelijk voor Petrus. Zou het mogelijk kunnen zijn dat hij mensen vermoordt die hij op een of andere manier als de discipelen van Christus beschouwt?' peinsde ze hardop. Ze fronste haar wenkbrauwen. 'Misschien kiest hij daarom de mensen die al in de kisten liggen, vanwege hun naam.'

Het was mogelijk, dacht hij, hoewel het niet te hard te maken was.

'Hij moet bewijzen dat hij slimmer is dan iedereen, vooral de politie. Daarom tart hij u en richt hij zich op mij. Ik kan in de pers over hem schrijven, en hij heeft u gekozen omdat u afgelopen zomer de zaak Montgomery heeft opgelost. Hij heeft misschien niet geweten dat er iets tussen u en Barbara Marx was,' zei ze, terwijl ze onder het praten steeds enthousiaster werd. 'De Grafschender wil dat we samenwerken. Het is van beide werelden het beste. Hij richt zich tot mij en is ervan verzekerd dat het op de voorpagina komt te staan. Hij richt zich tot u en hij weet, vanwege uw betrokkenheid met Barbara Marx, dat u alles in het werk zult stellen om hem te ontmaskeren. Hij lacht ons alletwee uit omdat het een spelletje voor hem is. En hij verwacht te winnen.'

'Ik ben het met je eens wat betreft de redenen waarom hij zich tot ons richt,' zei Reed, terwijl hij in gedachten alles nog eens doornam, en een stapje achteruit deed om enige afstand tussen hen te scheppen. Hij moest zich concentreren. Zich met één ding bezighouden. 'Maar ik ben niet zeker van je theorie over de apostelen.'

'Het kan alleen dat maar zijn.'

'Als de moordenaar via Barbara Marx bij mij wilde terechtkomen, vermoordt hij de anderen dan alleen maar om ze een bijbelse referentie te geven?'

'Wie weet wat er in zijn zieke brein omgaat.'

'Tot nu is het slechts een theorie.'

'Maar een sterke. Dat moet u toegeven.'

'We zullen er rekening mee houden, maar,' voegde hij eraan toe toen hij haar enthousiasme bemerkte, 'je laat het niet in de krant zetten.'

Ze aarzelde.

'Hola, Gillette. Tot je de feiten hebt en de toestemming van het bureau, ga je niets hiervan publiceren. Niets over de briefjes, niets over de slachtoffers, niets over je hypothese of het motief van de moordenaar.'

'Maar –'

'Nikki,' zei hij, en boog zich weer voorover. Zijn neus was maar een paar centimeter van de hare. 'Ik meen het. Als jij je eigen gang gaat en ook maar iets van wat we hier hebben besproken in de krant zet, zal ik er persoonlijk voor zorgen dat je wordt gearresteerd.'

'Wegens?'

'Belemmering van het onderzoek, om mee te beginnen.'

'Verdomme, Reed, ik dacht dat we een overeenkomst hadden.'

'Dat hebben we ook. Zodra dit allemaal achter de rug is, krijg jij je exclusieve verhaal. Van binnenuit. Als we die kerel levend in handen krijgen, zal ik ervoor zorgen dat je hem mag interviewen, maar tot dat moment moet je heel voorzichtig zijn met wat je zegt. En dan alleen met mijn toestemming.'

Er ontstonden fijne lijntjes tussen haar wenkbrauwen en ze leek te willen protesteren, maar uiteindelijk zuchtte ze en gaf ze zich gewonnen. 'Goed. Prima. Maar ik krijg de eer van de ontdekking van de twaalf woorden en u houdt me op de hoogte van het onderzoek.'

Hij trok een mondhoek op. 'Ik zit niet meer op de zaak, weet je nog.'

'Kom op, Reed. Ik wil weten wat u weet op het moment dat u het te horen krijgt.' Ze schoof haar stoel naar achteren. 'O, Jezus, ik ben iets vergeten.' Ze keek naar haar telefoon waarop een knipperend lichtje aangaf dat er een bericht voor haar was. 'Een ogenblikje.'

Met een heup tegen het aanrecht leunend, drukte ze op een knop.

Een mechanisch klinkende stem zei: 'U heeft drie berichten. Eerste bericht.'

Er klonk een klik en daarna werd er opgehangen.

'Geweldig. Weer een,' zei ze. 'Vandaag werd er op mijn werk ook al opgehangen.'

'Op je werk?' Het beviel hem niet.

'Ja, dat gebeurt soms. Mensen zijn ongeduldig.'

'Tweede bericht,' zei de mechanische stem.

'Hallo, Nikki, ontloop je me? Kom op, bel me.' Een mannelijke stem gaf zijn telefoonnummer, en Nikki fronste haar wenkbrauwen.

'Oud vriendje,' zei ze, en Reed voelde een onverklaarbare steek van jaloezie. 'Sean Hawke. Hij heeft me een paar jaar geleden gedumpt en het wil maar niet tot hem doordringen dat ik niet van plan ben mezelf weer in zijn armen te werpen.'

'Misschien zou je dat moeten doen,' zei hij.

'Ik zal erover nadenken. De dag dat de hel dichtvriest.'

'Derde bericht.'

'Nikki?' Een vrouwenstem. 'Ik heb grote moeite moeten doen om je eerdere bericht te verstaan. Als ik geen nummermelder had gehad, had ik niet geweten dat het van jou was, dus gooi dat rotding dat je je mobiele telefoon noemt weg, wil je?'

'Simone?' fluisterde Nikki.

'Hoe dan ook, ik denk dat ik tijd heb voor dat drankje, dus ik tref je bij Cassandra! Misschien heb ik na een paar martini's de moed om Jake nog eens mee uit te vragen. Hij zal me toch niet twee keer afwijzen? Ik zie je om zeven uur.'

'Zeven uur? Shit!' Nikki's gezicht werd zo wit als een vaatdoek toen ze op haar horloge keek.

'Wat?' vroeg Reed. 'Vertel me niet dat je haar hebt laten zitten.'

'Er zijn geen andere berichten,' zei de mechanische stem.

Nikki's gezicht werd zo mogelijk nog witter. 'Het is tien voor negen. Dat was Simone Everly. Ik… ik heb haar niet gebeld en ik heb de les afgeblazen.' Ze keek nogmaals op haar horloge en speelde het bericht nog eens af. 'Verdomme. We zitten samen op kickboksen. De les is over tien minuten afgelopen.' Nikki zocht naarstig naar haar mobieltje in haar tas. 'Ik héb haar niet gebeld. Niet met mijn mobiele telefoon. Met geen enkele telefoon. Waar is dat ding nou, verdomme?' Ze graaide wild in haar tas. 'O, God, hij is er niet. Maar hij moet er zijn. Het moet!' Volledig in paniek hield ze haar tas ondersteboven. Pennen, notitieblok, make-upspullen, recorder, wisselgeld, postzegels en een borstel, alles kletterde op de salontafel, rolde op de vloer, maar er was geen telefoon. 'Wat kletste ze nou? Ik heb haar gebeld? Ik heb mijn mobieltje niet gebruikt!' Ze doorzocht de rommel alsof haar mobieltje zich ineens onder de berg troep zou materialiseren.

'Wanneer heb je hem voor het laatst gebruikt?'

'Ik weet het niet... gisteravond, misschien... O, verdomme, wanneer was het nou... Ik... ik heb in de auto met mijn zus gebeld.' Ze aarzelde. 'Ik herinner me dat Lily ophing en dat ik de telefoon in de bekerhouder in mijn auto zette. Daar moet hij zijn!' Nikki smeet de spullen weer in haar tas, en greep vervolgens haar jas.

'Je hebt hem dus sinds gisteravond niet meer gebruikt?' vroeg Reed, en hij kreeg dat bekende misselijkmakende gevoel dat hij altijd vlak voor slecht nieuws ervoer.

'Nee. Ik kon hem vandaag op kantoor ook niet vinden, en dacht dat hij in de auto was, en daarna heb ik er helemaal niet meer aan gedacht... ik kan haar niet hebben gebeld... dit moet een vergissing zijn...' Ze rende naar de deur en toen de trap af de mistige avondlucht in.

Reed sloot de deur af en volgde haar op de hielen, haalde haar op de parkeerplaats in.

Frunnikend met haar sleutels probeerde ze door het zijraam naar binnen te turen. 'Ik zie hem niet. Jezus! Alsjeblief, alsjeblieft... vertel me niet...'

'Heb je geen elektronisch slot?'

'Dat is kapot.' Eindelijk stak ze de sleutel in het slot en het portier zwaaide open. Ze gleed snel op de bestuurdersplaats. Reed zag haar de auto doorzoeken. Haar vingers grabbelden in de lege bekerhouder, onder de vloermatten. 'O, God,' fluisterde ze. 'Hij is weg.' Ze richtte haar verschrikte ogen op Reed. 'Mijn telefoon is er niet en... en... ik heb dat telefoontje niet gevoerd... u denkt toch niet dat iemand hem heeft gestolen of... hem heeft gevonden en Simone gebeld... het zou toch niet... het kan de Grafschender toch niet zijn geweest?' Haar gezicht was vertrokken van angst. 'Hij heeft Simone toch niet gebeld en een afspraak gemaakt?'

'Ik weet het niet,' zei Reed, maar het akelige gevoel dat in haar appartement was ontstaan, werd heviger. 'Laat mij eens kijken,' bood hij aan.

Ze vond een zaklantaarn in het handschoenenvak en ze bescheen de hele binnenkant van de auto. Reed zocht onder de zittingen, op de vloer, in de zijvakken, achter de zonnekleppen, in het handschoenenvak, en vervolgens pakte hij de zaklantaarn uit haar hand en scheen onder het autootje.

Niets.

De telefoon was absoluut weg.

'Hij is er niet.'

'Nee,' jammerde ze, haar kin trilde vervaarlijk. 'O... nee.'

Hij legde een arm rond haar schouders. 'Denk nou niet het ergste,' zei hij, maar hij voelde zich beroerder dan ooit. Hij voelde een nieuwe, diepgaande angst. Als Nikki haar telefoon niet bij haar ouders had laten liggen, of op haar kantoor, dan was Simone Everly in grote moeilijkheden.

24

Niet Simone... alsjeblieft, God, niet Simone!

Nikki's wereld werd zwart en troosteloos. Ze leunde zwaar tegen haar autootje, de mist dreef in flarden langs haar heen, angst borrelde omhoog. De Grafschender had toch niet haar telefoon gestolen, en Simone gebeld om een ontmoeting te regelen? Nee, nee... ze trok te snel haar conclusies. Het feit dat er iemand, waarschijnlijk de moordenaar, bij haar had ingebroken, betekende niet dat hij haar telefoon had en een afspraak met haar beste vriendin had gemaakt. 'Dit moet een vergissing zijn of een grap of iets anders,' zei ze tegen Reed, zichzelf dwingend logisch te denken. 'Iemand heeft mijn mobieltje in handen gekregen, waarschijnlijk op mijn werk... misschien Norm Metzger of Kevin Deeter, en die heeft Simone gebeld omdat ze in het geheugen staat opgeslagen en met een druk op de knop te bellen is...' Maar waarom was die afspraak gemaakt? Onder Nikki's naam. Haar maag balde samen. Niemand zou dat doen.

'Laten we naar de sportschool gaan. Kijken of ze de les heeft gevolgd. Kom mee.' Reed legde weer een arm over haar schouders en leidde haar naar zijn Cadillac. Voor één keer liet Nikki zich zonder verzet door een man leiden. Voor één keer was ze dankbaar om een sterke arm te hebben waarop ze kon leunen. Adrenaline schoot door haar aderen. Schuldgevoel knaagde aan haar brein. Hoe had ze haar mobieltje kunnen verliezen? Bevend plofte ze op de passagiersstoel van de El Dorado, en leunde tegen het portier.

'Het is de sportschool in het Montgomery Building op West Broadway.'

'Ik weet waar het is.'

'Maar we zijn waarschijnlijk te laat,' zei ze, kijkend op haar horloge. 'De les is over enkele ogenblikken afgelopen.'

'Als ze daar niet is, gaan we naar haar appartement.' Hij gaf Nikki zijn mobiele telefoon, waarna hij gas gaf en wegreed. 'Bel Simone, ze heeft toch een mobieltje?'

'Ja.'

Nikki toetste de cijfers al in. Haar vingers trilden, haar brein vervuld van afschuw. De telefoon ging over. O, neem nou op, Simone, bad Nikki in stilte. Kom op, Simone. Neem op. O, alsjeblieft, God, laat haar veilig zijn. De telefoon ging drie keer over, en Nikki's angst kristalliseerde. Simone had haar telefoon altijd bij zich, nam altijd op. 'Kom nou... neem op...' Na de vierde keer overgaan werd Simones voicemail ingeschakeld. 'Simone, ik ben het, Nikki. Bel zo gauw mogelijk terug.' Ze hing op en belde Simones appartement. Weer kreeg ze de voicemail.

'Geen contact?' vroeg Reed grimmig terwijl hij door oranje licht reed.

'Nee. Maar ik zal haar mobiel weer proberen. Misschien heeft ze hem door de herrie in de les niet gehoord. Jake draait altijd muziek.' Ze toetste Simones mobiele nummer weer in, maar diep in haar hart wist ze dat haar vriendin niet zou opnemen. Misschien zou ze Nikki's telefoontje nooit meer beantwoorden. Een duister hoekje in haar brein vreesde dat Simone bij de moordenaar was, misschien al dood, of wakker wordend in een kist waarin al een lijk lag... Nikki beefde terwijl ze naar Simones stem luisterde die weer verzocht een boodschap achter te laten. O, bad ze in stilte, *laat haar veilig zijn, laat er niets met haar zijn gebeurd!*

Misschien was de batterij van haar mobiel leeg. Misschien was ze nog in de sportschool, flirtend met Jake, nodigde ze hem uit iets te gaan drinken.

Laat Simone daar alsjeblieft zijn. Het maakt niet uit hoe kwaad ze op me is, als er maar niets met haar is gebeurd.

Ze zette de telefoon uit en staarde in het donker van de afschuwelijke avond.

Reed joeg de auto als een bezetene door de straten, en toch

kwam het Nikki voor dat het een eeuwigheid duurde voordat ze de sportschool bereikten. Ze was de stoep al op en door de deuren heen voordat ze twee keer had nagedacht. Jake stond bij de balie met de receptioniste te praten.

'Is Simone Everly in de les geweest?' vroeg ze. 'Je weet wel, mijn vriendin met het donkere haar die je laatst mee uit heeft gevraagd.'

Jake schudde zijn hoofd. 'Vanavond niet.'

Nee, het kan niet waar zijn. 'Weet je het zeker? We zouden elkaar hier ontmoeten, maar er werd opgehangen en...' Haar stem stierf weg, en ze hoorde dat Reed haar had ingehaald.

'Ik zou het hebben gemerkt. Dit is de eerste les die ze heeft overgeslagen.'

'O, God.' Nikki leunde ontmoedigd tegen de balie. Ze dacht dat ze volkomen zou instorten, terwijl Reed zijn penning liet zien, dezelfde vraag stelde en hetzelfde antwoord kreeg.

'Is er iets aan de hand?' vroeg Jake.

'Dat weten we nog niet,' zei Reed. 'Maar als juffrouw Everly binnenkomt, wilt u dan zeggen dat ze mij moet bellen?' Hij haalde een visitekaartje uit zijn portefeuille en stak het Jake toe, daarna leidde hij Nikki naar de deur. Haar benen trilden terwijl ze met hem meeliep en ze leunde op hem toen hij zijn mobiel te voorschijn haalde en een telefoontje pleegde. 'Ik dacht dat je moest weten dat Nikki Gillettes beste vriendin... Simone Everly... wordt vermist.... Nee, we weten het niet zeker, maar dit is er gebeurd.' Hij herhaalde de gebeurtenissen van de avond. 'We gaan naar het restaurant, daarna naar haar appartement... Nee, maar ik wacht niet vierentwintig uur tot ze officieel wordt vermist... Ja, ik weet het.' Hij verbrak de verbinding. 'Ik heb Morrisette gebeld. Ze is het met me eens dat we Simone moeten gaan zoeken.' Hij hielp haar in de Cadillac en reed naar de parkeergarage waar Nikki vaak had geparkeerd, de plek waar Simone en zij elkaar hadden ontmoet. Daar, op de eerste verdieping, stond de glanzende bmw-cabriolet.

Nikki's hart sloeg een slag over. 'Dat is haar auto,' zei ze, en stapte uit de Cadillac nog voordat hij helemaal tot stilstand was gekomen. Er stonden slechts een paar andere wagens, een oude

Volkswagenbus die eens groen was geweest, en een smerige witte personenwagen, beide iets verderop geparkeerd. Er was niemand te zien, en afgezien van het verkeerslawaai buiten, was de parkeergarage stil en verlaten.

'Niets aanraken,' waarschuwde Reed, toen Nikki bij de BMW was. Hij bevond zich op slechts enkele stappen afstand.

Met een misselijk gevoel tuurde Nikki door de raampjes en zag Simones paraplu op de achterbank liggen, naast een paar tijdschriften en een zak boodschappen. In de bekerhouder stond een bekertje koffie.

'Nu weten we dus dat ze tot hier is gekomen,' zei Nikki, maar ze zagen geen tekenen van een worsteling bij de auto, geen sporen van leren schoenen die over het beton hadden geschraapt, geen zichtbare bloeddruppels, goddank. Misschien was ze weggekomen, of had ze degene die zich voor Nikki had uitgegeven, nooit ontmoet. Als dat toch eens waar was! Nikki stuurde in stilte een schietgebedje omhoog.

'Laten we naar het restaurant gaan,' stelde Reed voor.

Met angst in haar hart knikte ze, en begaf zich naar de uitgang. Reed liep achter haar aan en slaagde erin nog een telefoontje te plegen. De straten waren mistig en vochtig. Het licht van de straatlantaarns glansde vreemd op de natte trottoirs en voorgevels van winkels.

Het rood met gele neonlicht van Cassandra brandde helder.

Nikki gooide de deuren open. Een serveerster keek glimlachend op. 'Tafel voor twee?' vroeg ze aan Reed.

'We willen geen tafel. Ik zoek mijn vriendin,' verklaarde Nikki. Kerstmuziek speelde op de achtergrond, en er zaten enkele mensen te eten. 'Ik zou haar hier ontmoeten, maar ik werd opgehouden. Ze heet Simone Everly en ze is ongeveer een meter zestig, met donker haar en –'

'Ze is hier geweest,' zei een jonge serveerster die met twee koppen koffie op een blad langsliep. 'Ze heeft een paar martini's gedronken, en bestelde een lemon drop voor haar vriendin, die niet is komen opdagen. Ze liet het drankje op tafel staan. Was dat voor u?'

'Ja.' Nikki's hart zonk haar in de schoenen.

Reed stapte naar voren, opende zijn portefeuille en toonde zijn penning. 'Ik ben rechercheur Pierce Reed. Was de vrouw met iemand anders?'

De mond van de serveerster viel open en ze liet haar dienblad bijna vallen. 'Bent u van de politie?' vroeg ze, de rammelende kopjes rechtzettend.

'Ja. Heeft iemand haar vanavond hier ontmoet?'

'Nee. Ze zat gewoon te wachten, keek telkens op de klok.'

Nikki kromp ineen.

'Ze heeft twee martini's gedronken, heeft het drankje voor u op tafel laten staan en is weggegaan. Ze was behoorlijk boos... op u...' Ronde ogen dwaalden naar Nikki. 'Als u degene was die haar heeft laten zitten.'

'Hoe laat was dat?' vroeg Reed.

'Weet ik niet... anderhalf uur geleden... rond zeven uur, misschien iets eerder.'

Nikki voelde zich afschuwelijk. Simone was hier geweest. Had haar auto laten staan doordat iemand die zich als Nikki voordeed haar had misleid. Daarna was ze niet naar de sportschool gegaan. Wat was er gebeurd? Had iemand haar onder bedreiging van een pistool in een auto gesleurd?

Reed stelde nog een paar vragen, liet ook hier zijn kaartje achter met de instructie hem te bellen, en daarna nam hij Nikki mee het restaurant uit.

'Denkt u dat ze met hém is?' vroeg Nikki.

'Weet ik niet.' Hij leidde haar terug naar de parkeergarage. Onderweg ging zijn telefoon.

'Maar ze is misschien ergens anders heen gegaan. Dit betekent niet dat ze met de Grafschender is...' Ze struikelde bijna bij haar volgende angstaanjagende gedachte. Simones naam. Een afleiding van Simon. Ook een apostel. Loop nou niet op de zaken vooruit, hield ze zich voor. Reed is niet zeker van dat verband. Maar wat dan? Twaalf apostelen... wat anders, verdomme? Haar hart bonkte toen ze Simones auto weer bereikten op het moment dat er buiten een politiesirene loeide. Binnen enkele minuten reed er een patrouillewagen de garage in en stopte bij Reeds Cadillac. Rechercheur Morrisette vloog de wagen uit.

'Nog steeds niets?' vroeg ze, en wierp Nikki een vernietigende blik toe.

'Nee,' antwoordde Reed. 'We hebben een paar boodschappen op haar telefoon achtergelaten.'

'Laten we deze omgeving dan maar afzetten. Ben je bij haar huis geweest?' vroeg Morrisette.

'We zijn onderweg.'

'Wacht even. Weet je het adres?'

'Ja.' Nikki gaf het door.

Morrisette keek rond in de verlaten garage, met de betonnen pilaren, bandensporen en olievlekken. Er stonden twee andere auto's geparkeerd. 'Ik zal dit door iemand laten afzetten, maar veel meer kunnen we niet doen omdat we niet weten of er een misdrijf heeft plaatsgevonden. Ik steek hier mijn nek mee uit, Reed.'

'Maar niet te ver.'

Er kwam nog een politieauto aan. Morrisette gaf opdracht het voertuig met touwen af te zetten en erbij te blijven tot ze meer informatie had.

'Goed, ik ga naar het huis van juffrouw Everly. Ik weet dat ik je niet kan overhalen weg te gaan, maar je moet afstand houden.'

Reed gaf geen antwoord.

'O, Jezus, je snapt het niet, hè?' vroeg ze aan Reed, en vervolgens zei ze tegen Nikki: 'Je hebt hier zeker geen auto staan?'

'Nee.'

'Ze is met mij meegereden.'

Morrisette trok haar wenkbrauwen op, maar zei niet wat ze mogelijk in gedachten had. 'Laten we gaan, maar volg me op gepaste afstand, oké?'

'Waar is je nieuwe partner eigenlijk?' vroeg Reed, en voor het eerst drong het tot Nikki door dat Cliff Siebert ontbrak.

'Had geen dienst.'

'Jij ook niet,' zei Reed.

'Ik ben toegewijd.'

'Siebert niet?'

'Laten we het daar niet over hebben, goed?' mompelde ze geprikkeld terwijl ze een sigaret opstak. 'We gaan dit doen, maar het kan beter geen wilde ganzenjacht worden, Reed.'

In een hoek van haar portiek had Simone Everly een sleutel verborgen. Nikki vond hem, en ze liepen de hal in, waar ze werden begroet door een keffend hondje dat boven aan de trap stond.

'Kom op, Mikado, ik ben het, Nikki.'

Het hondje ging echter als een gek tekeer en hield pas op toen Nikki hem optilde. Afgezien van het keffertje was de flat verlaten. De kamers waren opgeruimd en smetteloos schoon. Het hele appartement ademde geld uit, en alle kleuren waren op elkaar afgestemd.

Er waren geen berichten op het antwoordapparaat, afgezien van Nikki's gejaagd ingesproken boodschap. Maar er waren telefoonnummers op de nummermelder, die Morrisette snel noteerde.

'Ken je een van die nummers?' vroeg ze aan Nikki, die nog steeds met het hondje in haar armen stond.

'Nee, maar Simone en ik gingen niet echt met dezelfde mensen om.'

'Waarom niet?'

'Dat hebben we nooit gedaan.'

'Jullie zijn al lang bevriend.'

'Ja. Ze ging met mijn broer om en zou met hem gaan trouwen... althans, dat was het plan tot hij de relatie met haar verbrak. Dat was vlak voordat hij stierf.'

'Hoe hadden ze elkaar ontmoet?'

'Ik had hen aan elkaar voorgesteld.'

'Heeft ze bij jou op school gezeten?'

'Nee... ik heb haar op een andere sportschool ontmoet... Het was vlak na de rechtszaak tegen Chevalier en ik ontdekte dat zij in de jury had gezeten. Ik probeerde contact met haar te krijgen, om een verhaal te schrijven, maar dat leverde niets op.' Ze streelde Mikado's nek, voelde zich plotseling in verlegenheid gebracht. 'Hoe dan ook, we konden het goed met elkaar vinden.'

De rechtszaak tegen Chevalier,' zei Reed.

'Ja.'

'Ze zat in de jury?'

Nikki knikte, en zag de uitdrukking op zijn gezicht veranderen. 'Kent u de namen van de andere juryleden?'

'Nee, maar...' Haar hart stond stil. 'O, God...'

'Kunnen we een lijst krijgen van de juryleden?' vroeg Reed aan Morrisette.

'Wacht eens even. Het feit dat deze vrouw in de jury heeft gezeten, wil niet zeggen dat het iets met LeRoy Chevalier te maken heeft.'

'Maar hij is nu vrij, toch? Heb je iets van zijn reclasseringsambtenaar gehoord?'

'Ja, hij heeft afgelopen week een afspraak gemaakt.'

'En hoe zit het met Barbara Jean Marx. Heeft zij het er ooit over gehad?'

'Niet tegen mij,' zei Reed, 'maar onze relatie duurde maar kort... We hadden het niet over dingen die lang geleden waren gebeurd.' Hij pakte zijn mobiel en notitieblok, wachtte even tot er aan de andere kant werd opgenomen. 'Mevrouw Massey, met rechercheur Reed, politie Savannah... Ja, ik was laatst bij u... met mij gaat het prima, maar ik heb informatie over uw man nodig. Kunt u me vertellen of hij ooit jurylid is geweest? En dan met name in de rechtszaak tegen LeRoy Chevalier. Hij werd veroordeeld voor de moord op zijn vriendin en twee van haar kinderen.'

Nikki wachtte, haar hart ging tekeer. Ze had niet geweten wie tijdens de rechtszaak de juryleden waren, en de rechter had geen camera's in de rechtszaal toegestaan. Het was zo lang geleden, ze herinnerde zich geen namen meer... Langzaam zette ze het hondje neer.

'Dank u, mevrouw Massey... ja, ja, natuurlijk. Ik zal het u laten weten. Tot ziens.' Hij hing op en keek Morrisette aan. 'Bingo.'

'Shit. Laten we gaan zoeken. Ik zal om versterking bellen. Jij brengt haar naar huis, of ergens waar ze veilig is.'

'Nee, ik ga mee.'

'Reed mag niet eens mee,' zei Morrisette, terwijl ze haar mobiel te voorschijn haalde.

'Ik zal niet in de weg lopen.'

'Luister, Gillette, dit is niet jouw grote kans, snap je. Ik weet niet wat je met Reed hebt afgesproken, maar tussen ons bestaat die afspraak niet.'

'Dit heeft niets met een verhaal te maken,' fluisterde Nikki verschrikt. 'Het gaat om mijn vriendin.'

'Ik heb geen tijd voor discussies,' gromde Morrisette, en ze keek vervolgens naar Reed. 'Hou haar in toom.' Een seconde later stond ze te bellen. Reed had ook alweer een nummer ingetoetst. Zijn gesprek duurde kort. 'Dat was Beauford,' zei hij na afloop. 'Zijn vrouw Pauline heeft ook in de jury gezeten.'

'Dat zijn er drie die we kennen,' zei Nikki, verkild tot op het bot.

'Dus Chevalier neemt de juryleden een voor een te grazen?' vroeg Morrisette. 'Nadat hij door een vormfout is vrijgekomen? Slaat dat ergens op? Snapt hij niet dat we hem in de kraag gaan grijpen?'

'Hij heeft er twaalf jaar over zitten fantaseren,' zei Reed. 'Ik denk dat het hem niets uitmaakt.'

'Ik weet het niet. Hij kan Thomas Massey en Pauline Alexander niet hebben vermoord.'

'Omdat ze al dood waren, maar als ze toen hij vrijkwam in leven waren geweest, hadden ze vast op zijn lijstje gestaan.'

'Ik vind het vervelend met jou in discussie te gaan,' zei Morrisette. 'Ik ga proberen Siebert te pakken te krijgen. We laten een team hierheen komen en iemand gaat uitzoeken wie er in die jury zat en nog steeds leeft.'

'Als hij hen in de afgelopen paar dagen niet te pakken heeft genomen.'

'Dat heeft hij niet, anders zou hij erover hebben opgeschept,' zei Nikki.

'Daarom denk ik dat Simone nog niet dood is.'

Nog niet dood is. Lieve God. De afschuwelijke woorden galmden door haar brein, en haar maag balde samen.

'We moeten haar vinden. Hoe dan ook.'

'Absoluut.' Reed raakte haar schouder aan. 'Als we Chevalier vinden, hebben we je vriendin ook gevonden.'

'Laten we dan gaan,' zei ze.

'Zij kan niet mee. Ik wil geen weerwoord horen, begrepen?' zei Morrisette vastberaden, haar scherpe kin stak autoritair vooruit. 'Dit is een ernstige zaak. Een politiezaak. Als jij erbij bent en er gaat iets mis of je raakt gewond, draag ik er de verantwoordelijkheid niet voor. O Jezus, Reed, wil jij dit afhandelen?'

'Nikki, ze heeft gelijk,' zei hij, en de hand op haar schouder greep haar iets steviger vast. 'Het is niet veilig.'

'Kan me niet schelen. Simone is mijn vriendin.'

'Des te meer reden!' zei hij bits. Hij liet zijn hand van haar schouder glijden. 'Luister, Nikki, alsjeblieft. Je kunt er niet bij betrokken worden, niet in dit stadium. Het kan gevaarlijk zijn. We zullen je op het bureau afzetten. Daar zul je veilig zijn. En zodra we haar vinden laat ik het je weten.'

'Maar –'

'Dit is de beste manier waarop jij kunt helpen. We hebben een lijst nodig van alle vrienden, familieleden en bekenden van Simone Everly. Jij kunt ze allemaal bellen om te vragen of ze iets van haar hebben gehoord, oké?'

'U betuttelt me,' zei ze beschuldigend.

'Ik probeer je alleen in veiligheid te brengen en me zoveel mogelijk aan de regels te houden.'

Morrisette snoof. 'We hebben geen tijd voor dit gesteggel. Je doet wat hij zegt of we brengen je naar huis.'

'Dat is geen optie.' Reeds blik vestigde zich op Nikki. 'Ga gewoon naar het bureau. Ik beloof je dat ik je meteen zal bellen zodra ik iets weet. En als we klaar zijn met Chevalier kom ik naar je toe.' Hij kneep in haar bovenarm. 'Werk nou een keer met me mee, wil je?'

'Het bevalt me niet.'

'Ons ook niet,' zei Morrisette.

'Nou goed, dan ga ik wel naar het bureau,' zei ze met tegenzin, omdat ze wist dat ze helemaal gek zou worden van het wachten op nieuws over haar vriendin.

'Goed. We moeten snel werken.' Wijzend naar Morrisette, voegde hij eraan toe: 'We moeten contact opnemen met iedereen die in die jury heeft gezeten. Bied bescherming aan. Kijk of een of andere vreemde contact met hen heeft opgenomen, of hun huizen in de gaten heeft gehouden. Neem de recentste foto van Chevalier die we hebben, maak kopieën, fax ze door naar McFee en Baldwin in Dahlonega. Laat een ervan aan de jongen zien die van de richel is gevallen. Hij is de enige die we kennen die het gezicht van de moordenaar heeft gezien.'

'U bedoelt de enige die nog leeft,' fluisterde Nikki, terwijl ze naar het huis van haar vriendin staarde. Alles was keurig, opgeruimd en geordend. Precies zoals Simone haar leven wilde hebben.

'Ik bedoel dat hij de enige is met wie we meteen kunnen praten,' zei Reed. 'Maar ik wil een bulletin door de hele staat laten uitgaan, misschien nog verder. Iedere agent moet uitkijken naar deze klootzak.'

'Amen,' beaamde Morrisette. 'We moeten die zieke schoft vinden en opsluiten. Nu.'

Maar Nikki had het gevoel dat het te laat was. Er waren te veel uren voorbijgegaan. Wat waren de kansen dat Simone nog in leven was? Ze tilde Mikado weer op en hield hem tegen zich aan. Zijn kloppende hartje gaf een zekere troost. 'Ik neem hem mee,' zei ze, en voor één keer maakte de agent geen bezwaar.

Het is donker.
En koud.
Zo donker en koud en... ik kan niet ademhalen.
En ik heb pijn. Erger dan ik ooit in mijn leven heb gehad.

Ze zweefde, probeerde wakker te worden en zich alleen bewust te zijn van de duisternis en de smerige stank die maakte dat ze wilde braken. Ze voelde een doffe pijn door haar hele lichaam en haar arm... God, haar arm deed pijn als de hel. Haar brein was zo wazig en... en ze kon zich niet bewegen, kon amper ademhalen. Ze probeerde zich om te draaien en haar schouder bonkte tegen iets aan. Pijn sneed door haar arm. Had ze hem bezeerd? Ze kon het zich niet herinneren. Ze kuchte. Probeerde te gaan zitten.

Bam! Haar hoofd stootte tegen iets hards. Wat was dat, verdomme, en waarom kreeg ze bijna geen lucht? En de stank... Haar maag balde samen toen de spinnenwebben in haar hoofd werden weggeveegd door paniek.

Plotseling besefte ze waarom ze zich niet kon bewegen. O God... o nee... Ze voelde het koude, rottende vlees tegen de achterkant van haar blote benen en billen en schouders.

Ze lag in een doodkist.
Bij een dode.

Ze krijste alsof ze werd doorboord. Bonkte hard tegen de zijkanten en het deksel van de kist.

Hij leek kleiner te worden, haar ineen te drukken, tot de ruimte zó klein werd dat ze zich amper kon bewegen.

'Nee! O, alsjeblieft, nee! Help! Laat iemand me helpen!' ze schreeuwde en hoestte, en haar longen deden pijn.

De schoft die haar had gevangen was verdomme de Grafschender! Waarom, o God, waarom? Over een paar minuten, mogelijk seconden, zou ze geen lucht meer hebben. 'Laat me eruit,' jammerde ze, terwijl ze met haar goede hand tegen de zijkanten van de kist sloeg. Ze trapte. Hard. Maar de stalen binnenkant gaf niet mee. Er flitste een pijnscheut door haar enkel. O nee, o nee, o nee... Nu begreep ze het. Nu herinnerde ze zich dat ze naar de sportschool jogde, denkend aan de les, niet voorvoelend dat het kwaad op haar loerde, niet beseffend dat het monster haar erin had laten lopen.

Maar ze had zijn gezicht gezien, en hij had haar tegen de grond gedwongen en een naald in haar arm gestoken. Dat was het moment dat ze hem had herkend, dat ze de omvang van het kwaad had beseft, dat ze had geweten wie haar dit had aangedaan.

Ze herinnerde zich de rechtszaak nog vaag. De getuigenis. De afschuwelijke beelden van de plaats delict. De brute moorden op een vrouw en haar kinderen.

LeRoy Chevalier was een beest. Hij had Carol Legittel en haar kinderen genadeloos geslagen. Hij had ze allemaal verkracht en hen gedwongen seks met elkaar te hebben, en met hun moeder. Er waren tijdens de rechtszaak ziekenhuisrapporten overlegd, die alleen maar bevestigden hoe ziek en verknipt hij was. Hij had de gevangenis verdiend. Of de hel. Of beide.

Toen ze hoorde dat hij vrij was, had ze geweten dat er moeilijkheden zouden komen.

Maar dit had ze niet verwacht.

Nee, niet dit.

'Help me, o God, help me,' gilde ze, haar brein draaide op volle toeren, allerlei flarden van beelden schoten aan haar voorbij. Kwelden haar, terwijl het gevoel van rottend vlees haar kippenvel bezorgde. Ze moest eruit. Het moest!

Iemand zou haar toch wel horen?

Natuurlijk zou er iemand komen om haar te redden.

'Je moet het zelf doen!' zei ze zo hard mogelijk, of was het de andere persoon in het graf. O God, voelde ze hem onder zich bewegen? Haar aanraken? Met een benige, rottende vinger over haar ruggengraat.

Haar kreet was de jammerklacht van iemand in een psychiatrische inrichting, de wanhopige, psychotische kreet van iemand wiens geest verscheurd en gestoord was.

Denk, Simone... denk na. Geef het niet op. Hoe smerig de lucht ook was, er was nog steeds lucht, en ze dacht – o Jezus, verbeeldde ze het zich – dat er een beetje frisse lucht binnendrong die zich met de stank van verrotting mengde. Weer dacht ze iets te voelen bewegen – een worm of een tor die zich in de kist had geboord, of de geest van degene met wie ze was begraven, die haar aanraakte, in haar nek ademde?

Ze schreeuwde en klauwde, vloekte en huilde, voelde dat de kleine ruimte haar insloot, wist dat haar brein uiteenviel. Nee, ze moest blijven geloven dat iemand haar zou komen redden.

Als ze hier ooit levend uit kwam, zou ze de schoft met haar bloten handen vermoorden.

Je zult er nooit uit komen, Simone...

Zei iemand dat? Of was het haar eigen gekwelde brein.

Je zult hetzelfde lot ondergaan als de anderen, langzaam en ellendig sterven.

Toen hoorde ze het, het geratel van kiezels en aarde op het deksel van de kist. Ze was nog niet begraven. Er was nog een kans.

'Laat me eruit!' Weer bonkte ze tegen de zijkanten, paniek joeg door haar heen. 'Alsjeblieft, laat me eruit. Ik zal het niemand vertellen, o, alsjeblieft, doe dit niet!'

Meer gekletter toen een volgende schep aarde op de kist belandde. Ze gilde als een bezetene, schopte, bonkte en smeekte. 'Help me! O God, laat iemand me helpen!' Maar er volgde weer een schep aarde, en de geur van frisse lucht leek te vervagen. Hij zou haar langzaam vermoorden. Er was geen ontsnappen mogelijk.

De duisternis leek nu volkomen. De lucht zo dun dat het

brandde. De stank was onverdraaglijk en het lijk onder haar leek te bewegen... haar aan te raken op de onwaarschijnlijkste plaatsen.

Dat was onmogelijk, dacht ze in een flits, maar dat heldere moment werd vernietigd toen de stem in haar hoofd het overnam. *Je bent verdoemd, Simone. Net als de anderen.*

Haar kreten verstomden, haar smeekbeden werden gedempt terwijl hij het gat volgooide, maar de Overlevende hoorde Simones jammerlijke kreten in stereo. Hij luisterde niet alleen naar haar schreeuwen in de kist zelf, maar hij hoorde ook duidelijk elke ademhaling uit het oordopje dat hij in zijn oor had gestopt. Hij kon het niet weerstaan. Hoewel het veiliger was het hele gat te vullen en later naar haar opgenomen kreten te luisteren, was de verleiding om haar in het echt te horen groter. Gewoonlijk werden zijn slachtoffers pas wakker als hij al een eind weg was, maar Simone Everly was sterker geweest dan hij had verwacht, en het middel dat hij haar had toegediend was eerder uitgewerkt.

Wat ook goed was, dacht hij, terwijl hij in de vochtige aarde schepte. Er was iets puur sensueels in het feit dat ze daar vlak onder hem lag, liggend in de doodkist onder slechts een paar centimeter aarde, smekend om haar te bevrijden. O, ze zou smeken en hem seksuele diensten aanbieden, maar zelfs de gedachte aan daadwerkelijk met haar neuken was niet zo opwindend als wat hij nu ervoer, de stoot adrenaline bij het horen van haar smeekbeden en snakkende ademhaling en kreten.

Het regende zacht, waardoor zijn daden werden uitgewist, onzichtbaar voor iemand die over de begraafplaats zou lopen. Maar hij was alleen, afgezien van een enkel dier dat door het gebladerte scharrelde. Door zijn nachtkijker kon hij ze zien, wasberen, eekhoorns en opossums onder de struiken, achterdochtig naar hem turend.

Kijk maar, dacht hij. Hij zweette terwijl hij nog meer aarde in het graf gooide, haar stem stierf weg in de bewolkte avondlucht. Hij moest snel werken, voor het geval dat er tieners of zwervers kwam rondstruinen, maar op dit moment waren ze alleen.

Simone en hij.

Ze huilde nu, kletste onsamenhangend, gilde af en toe, brabbelde iets over iemand die haar aanraakte, onder haar lag te ademen – alsof ze met een geest in de kist lag.

Man, ze was werkelijk bezig haar verstand te verliezen.

Wat volmaakt was.

Laat haar in die laatste paar minuten van haar leven maar gek worden van angst, laat haar maar denken dat er geen uitweg is, dat ze ongeacht haar pogingen, smeekbeden en verzet verdoemd is.

Kijk maar hoe dat voelt, jij rijke teef.

25

'Ik kan u zeggen dat de griezel al een paar dagen niet in de buurt is geweest.' Dan Oliver, de huismeester van het appartementenge-bouw waar Chevalier woonde, wilde hen maar al te graag bin-nenlaten. Hij leek een jaar of vijftig, en zag eruit alsof hij al lang geleden zijn jeugddromen was kwijtgeraakt. Onder de rand van een baseballpet glinsterden kleine ogen in een vlezig gezicht. Hij keek nauwelijks naar de legitimatie die Reed en Morrisette hem voorhielden.

Hij leidde hen langs een brokkelig pad en vervolgens een trap af naar een kelder. Het appartement lag bijna helemaal onder de grond, een kleine ruimte die kennelijk het werk was van een han-dige man in de hoop wat extra geld te verdienen.

'Heeft hij een baan? Heeft hij regelmatige werktijden?' vroeg Reed, hoewel hij het antwoord al wist.

'Ja, hij heeft een baan. Als u het zo wilt noemen. Daar, in de vi-deozaak. Die kerel is pervers, man, hij zit waarschijnlijk de hele dag pornofilms te kijken. Zijn werktijden zijn afwisselend, denk ik, maar daar let ik niet zo op. Dat is mijn taak niet. Dat doet de reclasseringsambtenaar toch?'

'Maar u heeft niets vreemds gezien?' drong Reed aan.

'Hij is een smerige moordenaar. Alles is vreemd aan hem.'

'Daar kan ik niets tegenin brengen,' zei Morrisette toen de deur openging. Oliver bleef buiten staan en stak een sigaret op, terwijl Reed en Morrisette naar binnen stapten. Het was niet meer dan een tombe, met groezelige, gebarsten muren, kale bedrading en twee raampjes, die niet alleen vuil waren, maar ook getralied.

Licht kon onmogelijk het interieur bereiken, dat uit weinig anders bestond dan een oud, bevlekt vloerkleed, een luie stoel die met plakband bij elkaar werd gehouden en een televisie. De tv stond op een gehavend boekenkastje met oude langspeelplaten erin, hoewel er geen platenspeler te zien was.

'Gezellig,' mompelde Morrisette toen ze naar de kitchenette keek – een kookplaatje en een koelkast. In de kast was een toilet. 'Regelrecht uit *House Beautiful*.'

'Hij is pas sinds kort vrij. Heeft nog geen tijd gehad om een stilist te raadplegen,' antwoordde Reed, terwijl hij LeRoy Chevaliers bed bestudeerde, een in een hoek geschoven legerbrits met een slaapzak erop. Boven de brits hing de enige decoratie van het hele appartement – een afbeelding van de Maagd Maria, die gelukzalig naar het bed leek te kijken. Hoewel volledig gekleed, was haar hart zichtbaar, het gezicht vriendelijk. Liefdevol.

'En, wat heeft hij gedaan? Weer een gezin in elkaar gehakt?' vroeg Oliver, en nam een haal aan zijn sigaret.

'We willen alleen met hem praten.'

'Tuurlijk.'

'Krijgt hij weleens bezoek?'

'Weet ik niet. Hij is nogal op zichzelf. Zijn meeste maten zitten nog in het grote huis.'

'Geen telefoon?' vroeg Reed, rondkijkend. 'Geen computer?'

Oliver lachte zo hard dat hij moest hoesten. 'Hij is niet bepaald een hightech type.'

Toch had de Grafschender zowel met hem als met Nikki via e-mail contact gezocht. Bovendien had hij microfoontjes in de doodkisten aangebracht, had gebruikgemaakt van technologie.

'Kijk hier eens naar.' Morrisette had een paar handschoenen aangetrokken en een plakboek uit het boekenkastje gepakt waarin de platen stonden. Ze legde het op de luie stoel en begon erin te bladeren. Krantenknipsels, nu vergeeld van ouderdom, waren zorgvuldig ingeplakt. 'Hij is erdoor geobsedeerd.'

'Waar is hij dan?' vroeg Reed, en hij voelde zich nog ongemakkelijker. Hier klopte iets niet, iets dat hij niet begreep. Tenzij Chevalier een kameleon was; tenzij hij hen voor de gek hield met zijn armoedige onderkomen.

Het beviel Reed niet.

Hij miste iets.

Iets belangrijks.

Iets dat Simone Everly haar leven kon kosten.

De politie kwam dichterbij.

De Overlevende had de informatie op de politieradio gehoord. Hij voelde dat ze dichterbij kwamen, voelde hun hete adem in zijn nek. Ze hadden het appartement gevonden, precies zoals hij had verwacht. Precies zoals hij had gepland. Hij verwachtte hun volgende stap.

Hij sloeg een hoek om, stak een straat over en liep door een smalle steeg, waar vuilnisbakken stonden en een achterdochtige kat hem vanaf een schutting begluurde. Hij vond zijn truck, die op een openbare parkeerplaats stond. In het volle zicht. Deze keer had hij, in plaats van het risico te lopen dat zijn voertuig zou worden herkend, de gedrogeerde Simone en zijn gereedschappen onder de struiken op de begraafplaats verstopt. Hij had zijn truck verborgen en was later naar de begraafplaats teruggekeerd, voordat Simone wakker was geworden, om zijn werk af te maken. Hij vond zijn sleutels en klom in zijn truck. Tevredenheid stroomde door hem heen. Hij had zijn pakket afgeleverd; het was wat hij had verwacht, wat hij had gewild. Hij wist dat ze binnenkort zijn aanwijzingen zouden onthullen. Tenzij ze complete sukkels waren. Maar hij had ze weer op een dwaalspoor gebracht. Al die onzin met het getal twaalf was alleen bedoeld om ze scherp te houden, ze in de juiste richting te sturen, maar ze blind te houden voor zijn echte doel.

Hij reed zo hard mogelijk, ondervond geen problemen, en parkeerde in de steeg. Hij werd niet gevolgd, dat wist hij zeker. Hij haastte zich de treden af en glipte de kamer binnen waar hij zijn eenzaamheid vond. Zijn rust.

Kijkend naar het stapeltje kleren van Simone Everly, glimlachte hij. Hij had haar uitgekleed. Ze was bewusteloos geweest, natuurlijk, terwijl hij haar sportpakje met daaronder een T-shirt uittrok. Hij had haar sportbeha uitgedaan, stilletjes een borst gestreeld. God, het was prachtig geweest, met die vage bruine kleur die aangaf dat ze in een kleine bikini in de zon had gelegen. Op het witste deel van haar huid tekenden haar tepels zich scherp af. Donker. Rond. Volmaakt. Hij had de verleiding niet kunnen weerstaan ze te strelen, en daarna had hij haar sportbroekje uitgetrokken en de schat gevonden.

Een vuurrode string.

Hij bedekte haar nauwelijks, zat strak tussen haar billen, liet de rondingen vrij. Hij had eraan gedacht haar van achteren te bestijgen, zijn harde pik in haar te stoten, maar hij had zich beheerst. Zijn handen hadden gebeefd toen hij het rode niemendalletje over haar dijen naar beneden trok. Hij had eraan geroken en het met zijn tong aangeraakt, terwijl hij de tijd had genomen om zich af te trekken. Daarna had hij de string weggelegd, Simone gebonden en in een stuk zeildoek gewikkeld, waarin hij luchtgaten had geknipt. Uit voorzorg had hij haar gekneveld, voor het geval ze tijdens de rit wakker zou worden, of in het halve uur dat hij haar onder de struiken op de begraafplaats had moeten achterlaten.

Daarna had hij haar naar haar laatste rustplaats gezeuld.

Hij ging snel zitten en luisterde naar het bandje met haar geschreeuw, hoorde haar om genade smeken en voelde haar doodsangst. Perfect, dacht hij, telkens weer naar de geluiden luisterend. Hij beheerste zich niet langer, liep naar het bureau, wreef over de bloedvlekken op het oppervlak, en reikte toen in de la waarin hij zijn souvenirs bewaarde. Zijde en kant gleden door zijn vingers.

Hij kreeg een stijve.

Keihard.

Nikki werd langzaam gek. Ze had nog niets gehoord. Ze zat al uren achter het bureau dat haar op het politiebureau was toegewezen. Mikado had een uurtje gejammerd, maar was ten slotte bij haar voeten in slaap gevallen, terwijl Nikki probeerde Simones familie en vrienden te bereiken. Een lange, zaakkundig uitziende brigadier, genaamd Willie Armstrong, zat zo dichtbij dat ze zich afvroeg of hij de opdracht had op haar te passen en ervoor te zorgen dat ze niet in de problemen kwam. Ze staarde naar de wijzers van de klok, die het ene uur na het andere aangaven.

Wat hadden ze in het appartement van Chevalier gevonden?

Als Reed en Morrisette haar vriendin Simone hadden gevonden, zouden ze wel hebben gebeld.

Dus hadden ze dat geluk nog niet gehad.

Haar hart was zwaar van angst, haar brein schiep allerlei afschuwelijke scenario's, en ondertussen sloeg ze het werk op het politiebureau, dat midden in de nacht gewoon doorging, gade. Nikki had alle vrienden en familieleden van Simone gebeld die ze had kunnen bereiken. Jammer genoeg waren haar ouders niet thuis, hoewel dat misschien wel het beste was. Waarom zou ze hen onnodig verontrusten?

Als het maar onnodig is.

Ten slotte hoorde ze Reeds stem en zijn voetstappen op de trap. Belachelijk genoeg sloeg haar dwaze hart een slag over. Ze sprong meteen overeind, maar toen ze zijn sombere gezicht zag, zonk de moed haar in de schoenen. 'Hebben jullie haar gevonden?'

'Nee.'

Morrisette was bij hem. 'Geen spoor. Niet van haar. Niet van Chevalier.'

'Hij was niet thuis?'

'Nee. En hij was ook niet in de videozaak geweest waar hij werkt. Hebben we gecontroleerd. En dat komt niet in de krant, hoor je?' zei Morrisette.

'Heb jij iets gevonden?' vroeg Reed.

'Nee. Na het restaurant heeft niemand haar gezien.'

'Jezus.'

Morrisettes telefoon jengelde en ze haalde hem uit haar grote tas, terwijl Reed en Nikki naar zijn kantoor gingen.

'Hij heeft haar, denkt u niet?' vroeg ze, terwijl ze bij het raam ging staan en in het donker naar buiten staarde. Mikado was wakker geworden en jammerde bij haar voeten.

'Ik weet het niet. Niets is zeker.'

'Maar u denkt het.'

Hij wilde protesteren, maar zweeg. Zijn lippen verstrakten. 'Ja. Je hebt gelijk. Dat denk ik.'

'Ik wist het.'

'Ik kan het mis hebben.'

'Ja, zou kunnen.' Ze boog zich voorover en tilde Simones

hondje op. 'En de paus zou ineens kunnen gaan trouwen.' Ze wreef over de pijnlijke plek in haar nek. 'Er moet een manier zijn om haar te vinden. Voordat het te laat is.' Maar ze wist dat het dat waarschijnlijk al was, dat er waarschijnlijk nog maar een paar zandkorrels in Simones zandloper over waren.

Toen ze haar mobieltje dichtklapte kwam Morrisette binnen. 'Ze doen hier alles wat nodig is. Ik heb het gecontroleerd, en als er nieuws is zullen ze mij of Siebert bellen.'

'Waar is hij?' Nikki krabbelde Mikado achter zijn oortjes.

'Onderweg. Hij is vandaag in Dahlonega geweest – zei dat hij een boodschap voor me had achtergelaten, maar die heb ik nooit gekregen. Heeft met het joch gepraat dat de moordenaar heeft gezien, maar hij kon Chevalier niet aanwijzen. Beweerde dat hij hem niet zou herkennen als hij hem op straat tegenkwam.' Ze haalde haar schouders op. 'Wie weet of die jongen liegt? Siebert denkt hij te bang is voor wat er met hem zou kunnen gebeuren. En zijn vader werkte ook niet bepaald mee – denkt dat zijn zoon misschien een verhaal heeft dat geld op kan brengen... jeetje, misschien is dat iets voor de *Sentinel* .'

'Wij betalen niet voor nieuws,' bitste Nikki.

Morrisette snoof. 'Nee, jullie rakelen alleen vuiligheid op, maken mensen onrustig en jagen ze op de vlucht.'

Nikki opende haar mond om te protesteren, maar Morrisette onderbrak haar.

'En kom niet aanzetten over persvrijheid en mensen op de hoogte brengen, want dat is allemaal flauwekul.'

'Ik geloof dat ze het zo wel begrijpt,' zei Reed.

'Ik hoop het.' Morrisette vond een pakje sigaretten en schudde de laatste eruit. 'Wees verstandig, wil je?' zei ze tegen Reed, terwijl ze het pakje verfrommelde en in een prullenbak gooide.

'Ik zal het proberen.' Zijn toon was zo koud als ijs.

'Goed – sorry, misschien deed ik iets te heftig, maar ik ben bekaf, en niemand hoeft me te vertellen hoe ik mijn werk moet doen. Ik ga naar huis naar mijn kinderen. Die vermoedelijk slapen en niet eens weten dat ik er ben... Dit is een te veeleisende baan voor een moeder, dat kan ik je wel vertellen.' Ze stak de onaangestoken sigaret tussen haar lippen.

'Maar u kunt toch vanavond niet ophouden met naar hen te zoeken,' protesteerde Nikki, dodelijk ongerust over Simone. De hond jankte zacht, en ze zette hem op de grond. 'Niet nu...' Ze keek Reed smekend aan. 'Elke seconde telt. Op dit moment kan Simone al in een doodkist liggen en probeert ze eruit te komen, hoort scheppen aarde op het deksel neerkomen. Lieve God, kunt u zich voorstellen wat er allemaal door haar heen gaat? We moeten haar vinden. We kunnen het niet opgeven.'

'Niemand geeft het op!' Morrisette draaide zich snel om en keek Nikki recht aan. Haar woede laaide weer op. 'Voor het geval dat je het nog niet hebt gemerkt, we werken ons over de kop in deze zaak, en het enige dat jij doet is in de weg lopen. Als je me een goede reden kunt geven waarom ik niet naar huis moet gaan, geef me dan een idee hoe ik dit beter kan aanpakken dan ik tot nu toe heb gedaan.'

'Rustig nou, Sylvie,' waarschuwde Reed. 'We hebben allemaal een lange nacht achter de rug.'

'Hou haar gewoon in het gareel, wil je?'

'Niemand houdt me in het gareel,' zei Nikki langzaam.

'Dat is het probleem. Jij bent de losse flodder en ik heb daar geen tijd voor.' Morrisette keek Reed aan. 'Het verbaast me dat jij dat wel hebt.' Hierna stormde Morrisette weg.

De hele wereld leek op Nikki neer te dalen. Ze stond in Reeds kantoor, voelde zich ontdaan. 'Dit is mijn schuld,' zei ze. 'Ik ben hier niet gekomen voor een verhaal. Ik wil alleen maar Simone vinden.' Tranen welden op in haar ogen. 'Ik wil gewoon al het mogelijke doen om haar in veiligheid te brengen.'

'Ik weet het.' Hij was buitengewoon vriendelijk, de blik in zijn ogen meelevend, en ze wist dat hij haar verdriet voelde. Had hij niet net twee dierbaren verloren, een vrouw van wie hij had gehouden, en een kind dat hij nooit zou leren kennen?

'Het spijt me,' zei ze. 'Van uw verlies en –'

'Ssst.' Hij sloeg zijn armen om haar heen en liet zijn kin op haar kruin rusten. Hij voelde zo sterk. Zo mannelijk. Zo betrouwbaar dat ze zich tegen hem aan liet zakken en haar tranen de vrije loop liet. Maar huilen zou Simone niet helpen. Ze moest actie ondernemen. De schoft vinden die dit had gedaan, en snel.

Ze voelde Reed verstijven en de troostende armen om haar heen gleden weg toen iemand zijn keel schraapte. Instinctief deed ze een stap naar achteren. Ze draaide zich om en zag Cliff Siebert in de deuropening staan.

'Juffrouw Gillette,' zei hij op vlakke toon. 'U bent de laatste die ik hier verwachtte te zien.'

'Ik ben onderweg naar huis,' antwoordde ze. 'Ik ben hier omdat mijn vriendin wordt vermist.'

'Ik heb het gehoord.' Zijn harde gelaatstrekken verzachtten een beetje. 'Het spijt me.'

'Ik hoop dat u haar gauw vindt. Kom, Mikado!'

Cliff knikte kort. 'We zullen ons best doen.'

'Bedankt,' zei ze, en bijna had ze hem bij zijn voornaam genoemd, waarmee ze zou laten blijken dat ze hem goed kende. Reed wist niet dat ze bevriend waren, had er geen idee van dat Siebert de verklikker van het bureau was, en dat wilde ze zo houden. Ze tilde het hondje op.

'Ik zal je een lift geven,' bood Reed aan, en ze produceerde zowaar een zwak lachje. 'De hond mag ook mee.'

'Fijn.'

Buiten leek de nacht haar in te sluiten. Er was niemand op straat en de stad leek griezelig verlaten. Ze kroop in de El Dorado, zette Mikado op schoot, en leunde zwaar tegen het portier. Zonder een woord te zeggen gleed Reed achter het stuur en reed de parkeerplaats af. Ze was zo moe, elke spier in haar lichaam deed pijn, maar haar brein maakte overuren. Waar was Simone? Had dat monster haar te pakken? *Alsjeblieft, laat haar veilig zijn. Laat haar niet een afschuwelijke dood sterven.*

Reed zei niets, en het enige dat Nikki hoorde was het geluid van de motor, de banden die over het wegdek rolden en het kraken van de politieradio. Mikado stond met zijn voorpootjes op het dashboard met zijn neusje tegen de beslagen voorruit gedrukt, en Nikki aaide hem afwezig terwijl ze probeerde niet aan Simone te denken en wat zij mogelijk doormaakte.

Ten slotte kon ze de stilte niet langer verdragen. 'God, waar is ze?'

'Kwel jezelf niet met die vraag,' zei Reed. 'Het is niet jouw schuld.'

'Ik had een afspraak met haar.'

'Nee, dat had je niet. Iemand heeft je mobiele telefoon gestolen, weet je nog?'

'Maar ik ben zorgeloos geweest.'

'Dat doet er niet toe. Hij zou hoe dan ook een manier hebben gevonden om haar te pakken te nemen. De schoft heeft een plan.' Reed parkeerde en zette de motor uit.

'Toch voel ik me verantwoordelijk,' zei ze, reikend naar de hendel.

'Ik ook.'

'U bent niet haar beste vriendin.' Ze streelde Mikado, waarop hij begon te kwispelen.

'Nee, dat niet. Ik kende haar niet eens. Ik ben gewoon een agent. Die probeert die schoft te grijpen. Het is mijn werk. Tot nu toe heb ik gefaald.'

'Een wijze man heeft eens tegen me gezegd: "Plaag jezelf niet door eraan te denken."' Ze glimlachte vreugdeloos.

'Niet zo wijs, denk ik, maar ik zal proberen zijn advies ter harte te nemen.'

'U zult Chevalier wel te pakken krijgen.'

Hij knikte, wreef over zijn pijnlijke nek en staarde in het donker achter de voorruit. 'Ja, hij kan niet ver komen.' Er was een spoor van twijfel in zijn stem – die Nikki nog niet eerder had gehoord.

'Maar...'

'Maar wat?' vroeg ze, en zag de aarzeling in zijn ogen die hij samenkneep tegen naderende koplampen. 'Er is nog iets dat u dwarszit, is het niet?'

'Er is veel dat me dwarszit.'

'Vooruit, Reed, zeg het. En kom niet aan met die onzin over niet in de krant zetten, want dat hebben we al gehad.' Mikado gromde en kefte, waardoor de voorruit nog meer besloeg. 'Kom op. Wat is het?'

'O, verdomme.' Reed greep het stuur zo stevig vast dat zijn knokkels wit werden. 'Er klopt gewoon iets niet. Ik wil dat de moordenaar Chevalier is. Hij heeft absoluut met de moorden te maken. Het zijn mensen die in de jury hebben gezeten. Zij hebben hem veroordeeld. Hij was een smeerlap. Hij heeft zijn vriendin en haar kinderen in stukken gehakt, maar hij was niet slim. En daarom zie ik hem geen gedichtjes schrijven, tenzij hij de afgelopen twaalf jaar op zijn computer heeft zitten oefenen. Hij is nu vrij, en kan zijn slag slaan, en toch mis ik iets. Ik kan er alleen niet achter komen wat het is.'

'Ik begrijp het niet,' zei ze. Maar vanbinnen voelde ze zich ijskoud. Als Reed gelijk had... was dit erger. Ze wilde geloven dat Chevalier achter de moorden zat. Ze moest houvast hebben in de vorm van een gezicht en een naam voor de verknipte figuur die de straten van Savannah onveilig maakte.

'Waarschijnlijk is Chevalier nog steeds een bruut. Pervers en ziek, en zonder enige verfijning. Wat me verbaasde aan de hele zaak was dat Carol Legittel, een opgeleide vrouw, ooit aan hem is blijven hangen.'

'Dat gebeurt zo vaak. Denk aan vrouwelijke advocaten die iets met hun cliënten krijgen. Verkrachters. Moordenaars. Maakt niet uit. Ze worden erin gezogen.'

'Toch is het raar.'

'Dat onderstreep ik, maar als ik het me goed herinner was Carol Legittel haar baan kwijtgeraakt, ze kreeg van haar ex geen alimentatie voor de kinderen, en ze moest voor drie tieners zorgen. Ze had schulden en was op de rand van een bankroet toen ze Chevalier ontmoette. Hij had een goede baan als vrachtrijder. Volgens mij was ze wanhopig.'

'Maar ze had toch wel wat beters kunnen krijgen, iemand met iets meer intelligentie?'

'Misschien was dat het juist wat haar aantrok – dat hij ruw was en zijn eigen gang ging. Wie weet?'

'Ja, wie weet het verdomme?' mompelde Reed.

'Waarschijnlijk zal niemand er ooit achter komen. Goedenavond, Reed.' Ze opende het portier en het binnenlampje floepte aan.

'Wacht.' Hij greep haar arm voor ze kon uitstappen. 'Het idee dat je vannacht alleen bent, bevalt me niet.' Zijn stem klonk zacht, een fluistering die haar een tinteling in haar nek bezorgde. Sterke vingers kromden over haar arm.

'Wat is dit?' vroeg ze, lichtelijk gespannen.

'Ik ben alleen maar bezorgd.'

'Ik red het wel.'

'O ja?' Naar zijn gezicht te oordelen, geloofde hij haar niet.

'Dus u wilt mee naar binnen?' vroeg ze. 'Of niet?'

Hij aarzelde. Keek omhoog naar haar appartement. 'Dat zou niet zo'n goed idee zijn.'

Teleurstelling sneed door haar heen, desondanks glimlachte ze wrang. 'Doe het dan niet.'

'Is er niet iemand bij wie je kunt logeren?'

'Dit is mijn huis. Ik heb de sloten laten veranderen. En ik heb nu een waakhond bij me.'

Reed snoof. 'Ja, hij zal je vast goed beschermen. Kun je niet naar je ouders gaan?'

'Ik ben geen dertien meer, Reed. En ik heb niet in de jury gezeten die Chevalier heeft veroordeeld. Ik ben dus geen toekomstig slachtoffer. Ik denk dat ik geen gevaar loop.'

'Niemand is veilig. Kun je niet naar je zus gaan?'

'Lily woont vlak bij de Grafschender. En mijn broer Kyle is allergisch voor honden. Geen van hen zal blij zijn als ik midden in de nacht op de stoep sta. Bovendien laat ik me door niemand uit mijn huis jagen.' Ze greep haar tas. 'Zelfs niet door de Grafschender.'

'Hij is meer dan een naam in je verhalen, Nikki. Hij is een koelbloedige moordenaar. Ik weet dat je andere sloten hebt, maar hij is uiteindelijk al een keer binnengekomen.'

'Ik heb nu ook een hangslot.'

'Dat is geen garantie.'

'U probeert me bang te maken.'

'Reken maar.'

'Goed. U heeft uw werk gedaan. Maar ik blijf hier. In mijn huis. Dus wat wordt het, Reed? Gaat u mee naar boven, of niet?'

Ze waren samen. Vanuit de klokkentoren van de kerk zag de Overlevende door zijn nachtkijker dat ze uit Reeds auto stapten, inclusief dat stomme hondje.

De Overlevende vroeg zich af of de agent de nacht bij haar zou doorbrengen.

Of ze al minnaars waren geworden.

Hij had de vonken tussen hen zien overspringen, had geweten dat het slechts een kwestie van tijd was voor ze samen in bed zouden belanden, maar het maakte hem desondanks pissig.

Nikki Gillette was gewoon een kuttenkop. Net als de rest. Hij voelde meer dan een beetje afgunst, het grensde zelfs aan jaloezie. Maar het zou slechts kort duren. Daar zou hij voor zorgen. Met de nachtkijker in zijn ene hand greep hij met de andere in zijn zak, langs het bolle pakje dat hij van plan was af te leveren, naar de stof eronder. Hij wreef over het zijden slipje dat hij uit zijn la had meegenomen, Nikki's slipje. Het was een luxe die hij zich zelden permitteerde – een schat uit het bureau bij zich dragen, maar vanavond voelde hij het als noodzakelijk.

De zachte zijde voelde hemels aan zijn ruwe vingertoppen, en hij likte zijn lippen af toen wellust door zijn bloed stroomde. Hij verlangde ernaar haar te neuken, haar op het bed te gooien, of beter nog, in een doodkist, en haar keer op keer te neuken. Haar kreten van protest zouden overgaan in kreunen van genot, en daarna zou ze hem niet alleen smeken haar leven te sparen, maar door te gaan met in haar te stoten. In gedachten zag hij haar onder zich liggen, zwetend, kronkelend, smekend...

Met één hand wreef hij over haar slipje en voelde zijn pik keihard worden van verwachting. Het zweet brak uit op zijn voorhoofd en maakte zijn hand glibberig rond de nachtkijker.

Door de krachtige lenzen zag hij Reed de sleutels uit haar hand nemen en de deur ontsluiten, waarna hij hem behoedzaam openzwaaide en naar het lichtknopje reikte.

Ze waren zich er niet van bewust dat ze werden gadegeslagen.

Zelfs door de nachtkijker was het moeilijk te zien, aangezien Nikki's buitenlamp niet zo sterk was, maar desondanks zag hij Reeds intieme gebaar. Nadat hij het appartement had gecontroleerd, legde Reed zijn hand tegen de onderkant van haar rug en leidde haar naar binnen, boog zich naar haar toe en fluisterde ongetwijfeld dat alles veilig was.

Reed geloofde dat waarschijnlijk.

Maar hij had het mis.

Volkomen mis.

26

Hij zou niet moeten blijven.

O, nee. Beter van niet.

Maar Reed kon Nikki's appartement niet verlaten. Niet nu hij het gevoel had dat ze een prooi was. Hij had de vrouw die hij in San Francisco onder surveillance had verloren. Hij had gezien dat ze werd vermoord en hij had er niets aan kunnen doen. Inmiddels had de Grafschender Bobbi Jean en de baby vermoord, en hij zou ervoor zorgen dat het Nikki niet zou overkomen, hoe ze ook protesteerde.

Hij bleef dus in haar kleine woonkamer staan, en voelde zich slecht op zijn gemak, terwijl zij het hondje op de vloer zette, waarna haar kat op het aanrecht sprong.

Nikki trok haar jas uit, gooide haar tas neer en zette haar laptop naast haar bureau. 'Geen berichten,' constateerde ze na een blik op het antwoordapparaat. 'Simone heeft niet teruggebeld.' Ze sloeg met een vuist op het bureau. 'Verdomme, Reed, hij heeft haar. De schoft heeft haar op dit moment.'

'Denk er niet aan.'

'Hoe kan ik nou aan iets anders denken?'

'Dat weet ik niet, maar probeer het.'

'Heb ik gedaan, maar het lukt me niet.' Ze slaakte een diepe zucht. 'Wat heeft hij haar aangedaan? Hoe heeft hij haar erin laten lopen? Heeft ze niets gemerkt toen hij zich als mij voordeed? Waar heeft hij haar gepakt? Op de parkeerplaats? Toen ze uit het restaurant kwam?'

'Doe dit nou niet,' waarschuwde hij.

'Ik kan het niet laten.' Ze stak haar vingers in de wilde krullen die over haar ogen waren gevallen. 'Ik zie haar. In die doodkist. Wakker worden. Proberen eruit te komen.'

Dat gaf de doorslag. Hij overbrugde de ruimte tussen hen en sloeg zijn armen om haar heen. 'Ssst,' fluisterde hij. 'Kwel jezelf niet. Het helpt niet.'

'Maar ik voel me zo schuldig.'

'Verzet je ertegen. Je moet je beheersen. Het is de enige manier om haar te helpen. Waarom...neem een lekker bad... ga naar bed... probeer je wat te ontspannen. Je hebt slaap nodig, dan kun je morgen weer helder denken... wij allebei.'

'Blijft u dan hier?'

'Tenzij je me op straat gooit.'

Ze snoof. Het leek op een lach. Alsof ze het een belachelijk idee vond.

'En dan bivakkeer ik wel in mijn auto.'

'Het is daar koud.'

Hij haalde een schouder op. 'Niet zo koud. Ik heb in San Francisco gewoond, weet je nog?'

'Ja.' Ze boog haar hoofd naar achteren zodat ze hem kon aankijken waarbij zijn armen om haar heen bleven. Te dichtbij. Zijn heupen raakten de hare door hun kleding heen, haar benen waren tegen de zijne genesteld. 'Ik geloof niet dat het nodig is om in de El Dorado te bivakkeren.'

'Bedankt.'

Ze keek hem aan alsof ze hem voor het eerst zag, en voegde eraan toe: 'En ik zal proberen uw advies op te volgen... en positief over Simones redding te denken. Ik zal proberen niet door te draaien of mezelf aan gevaar bloot te stellen.'

'Meer kan ik niet vragen.'

Ze trok sceptisch een wenkbrauw op. 'O, ik denk dat u om veel meer zou kunnen vragen.' Ze was zo dichtbij dat hij de sproetjes op haar neus kon onderscheiden, en de emoties over haar gezicht zien spelen terwijl ze haar best deed zich te beheersen.

'En dat zou een vergissing zijn.'

'Onmiskenbaar.' Maar ze trok zich niet terug. Haar onderlip trilde een beetje, en hij voelde de onverwachte neiging opkomen haar te kussen. Stevig. Om alle ellende van deze nacht uit haar gedachten te bannen.

Niet doen, Reed. Zet niet een deur open die je niet meer dicht kunt doen. 'Laten we alleen...'

'Ja, laten we dat doen.'

'... de dingen in perspectief houden,' zei hij, hoewel zijn hartslag versnelde, zijn bloed wilder stroomde, en de behoefte haar te kussen steeds sterker werd.

'En ons concentreren op waar we mee bezig zijn,' voegde zij eraan toe, hoewel hij een vleugje onwil in haar stem bespeurde.

'Ja, concentreren.' Hij staarde haar aan en zag het teken van verlangen in haar blik. Of was het wanhoop? Het zou makkelijk zijn om met haar te vrijen, zo gemakkelijk. En hij wist dat ze zich, vanwege alles wat er was gebeurd, vanwege haar eigen behoefte aan troost, aan hem zou overgeven. Zomaar. Gretig zelfs. Maar morgenochtend, in het daglicht, zou alles anders zijn. 'Concentreren,' herhaalde hij, zichzelf vervloekend om zijn wellust. Vrouwen waren altijd zijn valkuil geweest. Dat zouden ze waarschijnlijk altijd zijn. Maar hij wilde niet nog eens de fout in gaan. Niet met deze vrouw. 'Concentreren is goed.' Hij drukte een kus op haar kruin en liet haar los.

'Ik weet niet of het al of niet goed is.' Als ze teleurgesteld was, wist ze het met een half glimlachje te verbergen. 'Goed,' zei ze, en ging naar de keuken. 'Wilt u iets drinken? Ik heb bier, denk ik...' Ze opende de koelkast, boog zich voorover en fronste haar wenkbrauwen toen ze de schrale inhoud zag. 'Ik heb welgeteld één biertje en een fles redelijk goedkope wijn.'

Hij wilde protesteren, maar ze onderbrak hem. 'Zeg nou niet dat u onder diensttijd niet drinkt, want we weten allebei dat u officieel niet op deze zaak zit, en dat u niet in mijn appartement zou moeten zijn, dus lijkt me een glaasje wijn geen enkel probleem.'

'Ik ben niet zo'n wijndrinker.'

'Doe me een plezier.' Ze schopte haar schoenen uit en liet ze midden op de keukenvloer achter. 'Aangezien u toch blijft, wilt u misschien uw jas wel uitdoen?'

Hij gooide zijn jack over een keukenstoel en deed hetzelfde met zijn schouderholster en pistool.

'Draagt u dat altijd bij u?' vroeg ze, hoewel ze de bobbel van zijn wapen meer dan eens had opgemerkt.

'Ik ben graag voorbereid.'

'Als een echte padvinder?'

'Het is lang geleden sinds iemand me zo heeft genoemd.'

'Vergeet maar dat ik het heb gezegd. Goed... aan de slag, eens even kijken.' Ze pakte de gekoelde fles, zocht in een la naar een kurkentrekker en overhandigde hem beide. 'Ik ben hier niet goed in, misschien wilt u het overnemen.'

Blij dat hij iets te doen had, rolde hij zijn mouwen op, opende de fles en schonk twee verschillende glazen in. Hij hief het zijne. 'Op... betere tijden.'

'Veel betere tijden. En ook betere nachten.'

'Amen.' Hij nam een slok. De wijn was niet eens zo slecht, en Reed voelde dat hij zich ontspande. De pijn in zijn schouders nam iets af; zijn kaak was niet meer zo gespannen. Nikki leek ook enigszins te relaxen. De opgejaagde blik in haar ogen verdween niet, maar de lijntjes rond haar mond vervaagden, en ergens tussen het eerste en tweede glas wijn was ze erin geslaagd een nachtjapon en kamerjas aan te trekken.

Zelfs de kat was nu rustiger, terwijl hij vanaf het bureau naar de hond keek die zich na een bakje kattenvoer op een dekentje bij de deur had genesteld dat Nikki voor hem had klaargelegd.

'Waar is Chevalier, denkt u?' vroeg Nikki na het tweede glas wijn. 'Buiten?'

'Ergens.' Maar hij maakte zich zorgen.

'U bent er nog steeds niet van overtuigd dat hij de Grafschender is,' constateerde ze, terwijl ze een geeuw onderdrukte.

'Zou hij zo stom zijn? Uit de gevangenis komen en meteen beginnen de juryleden om zeep te helpen die hem hebben veroordeeld?'

'Sommige moordenaars kunnen zich niet beheersen. Moorden geeft ze een kick. Het heeft niets met logica te maken. God, Reed, ik voel me een lijk. O, sorry, slechte woordkeus.'

'Ga maar,' zei hij.

'En u dan?'

'Ik stort hier neer.' Hij klopte op de kussens van de kleine bank.

'Daar past u niet op.'

'Ik heb het wel eens beroerder getroffen. Het is beter dan de El Dorado.'

Ze lachte bijna toen ze door de kamer liep en een kus op zijn wang drukte. 'Voor een knorrige oude agent,' zei ze, 'bent u eigenlijk een heel lieve man.'

'Laat het niet uitlekken. Mijn reputatie op het bureau zou verpest zijn.'

Toen lachte ze echt, en hij probeerde niet te zien dat haar kamerjas een stuk van haar kanten nachtjapon onthulde, en de holte tussen haar borsten, en de top van een tepel die naar buiten piepte toen ze zich over hem heen boog. 'Maak u niet druk. Ik ben er vrij zeker van dat de reputatie die u hebt al zo zwart als teer is.'

'Je hebt waarschijnlijk gelijk.'

'Geen twijfel mogelijk.'

Ineens kuste hij haar. Greep haar, trok haar dichterbij, en toen ze boven op hem plofte, drukte hij zijn lippen weer op de hare, nu met een verlangen dat hij niet had verwacht. Ze verzette zich niet, maar opende haar mond voor hem en kuste hem terug. Hij deed zijn ogen dicht, voelde het bloed door zijn aderen stromen, de hitte van zijn huid, de stijfheid in zijn kruis.

Doe het niet, Reed.

Heb je je lesje nu nog niet geleerd?

Denk aan Bobbi Jean.

Denk aan wat haar is overkomen. En de baby.

Zijn handen woelden door haar haren, en hij duwde haar opzij zodat hij zijn mond op het verleidelijke plekje in haar hals kon drukken, en toen voelde hij haar beven.

'Haar armen gleden om hem heen, en ze zuchtte diep. 'Reed, ik... weet niet...'

'Ssst, liefje,' fluisterde hij in haar haren. 'Ik wilde je alleen welterusten zeggen.'

'Lieg niet.' Ze trok zich van hem los. 'We wilden allebei heel wat meer dan een kusje voor het slapengaan.'

Hij glimlachte. 'Nou, ja... ik geloof van wel.'

'Het heeft niets met geloof te maken, rechercheur.'

'Ik kan wachten.'

'O ja?' Haar groene ogen glansden sexy naar hem op. Ze glimlachte, en drukte nog een kus op zijn voorhoofd. 'Weet u het zeker?' Haar stem klonk nu lager, ondeugender.

'Ja, maar je maakt het me niet echt makkelijk.'

'Wat allemaal onderdeel was van mijn duivelse plan,' plaagde ze. 'U en ik? Wie zou dat nou denken?'

'Ik niet,' zei hij.

'Ik ook niet. Ik wist niet eens zeker of ik u wel aardig vond.'

'Ik wist wel dat ik jou niet mocht. Maar laten we nu proberen wat te slapen. Voordat we iets doen waar we spijt van krijgen.'

'Best.' Ze opende een kast en haalde er een plaid en een kussen uit die ze hem toewierp. 'Slaap lekker,' zei ze, voordat ze de kamer verliet.

Hij bleef achter met het gevoel van haar heupen nog tegen de zijne. En een stijve die maar niet wilde verdwijnen.

Ze deed de deur achter zich dicht en op slot. Jezus, wat had hij gedacht? Hij had bijna met Nikki gevrijd. Geen goed idee. Helemaal geen goed idee. Hij was een dwaas om haar als iets anders te zien dan een verslaggever voor dat vod, de *Sentinel*. Zoals ze eerder zo raak had gezegd, ze was in feite de vijand. Maar het beeld van haar, toen ze zich over hem heen had gebogen, waarbij ze hem een tartende blik op haar borsten had gegund, bleef hem kwellen.

Slaap leek iets onmogelijks.

Hij zou het domweg niet uit zijn gedachten kunnen zetten dat ze maar een paar stappen ver was, liggend in een bed met haar haren op het kussen gespreid, haar intelligente gezicht, haar strakke naakte lichaam onder die dunne, kanten nachtjapon.

Jezus, het beloofde een lange nacht te worden.

Hij schoof zijn handen onder zijn hoofd en dwong zijn door testosteron opgejaagde gedachten van Nikki af te leiden door aan LeRoy Chevalier te denken, en diens rechtszaak van twaalf jaar geleden.

Chevaliers advocaat had hem andere kleren laten aantrekken. Weg waren de jeans en werkhemden, die door een blauw kostuum, wit overhemd en conservatieve das werden vervangen.

Chevaliers wilde haardos en baard behoorden plotseling tot het verleden. Hij was fris geschoren, zijn haar kortgeknipt rond een gezicht met een vierkante kaaklijn, prominente neus en grote, expressieve ogen. Chevalier was ook een paar kilo afgevallen, en al met al had hij er in de rechtszaal meer als een zakenman of een lid van een countryclub uitgezien dan als een onafhankelijke trucker met een geschonden verleden van bargevechten en huiselijk geweld.

LeRoy had eens een biljartkeu om iemands hoofd kapotgeslagen, een andere keer was hij gearresteerd omdat hij de neus en het sleutelbeen van zijn inwonende vriendin had gebroken nadat die hardhandig met zijn laars met metalen teenstukken in aanraking waren gekomen, en bij een andere gelegenheid was hij aangehouden wegens de poging een veertienjarig meisje, het nichtje van een andere vriendin, te verkrachten. Voor elke zaak had hij korte tijd gezeten.

Chevalier was een gemene, brute man die na de moord op Carol Legittel en haar kinderen niet minder dan de doodstraf had verdiend. Maar hij was er met drie keer levenslang vanaf gekomen.

Tijdens de rechtszaak had Chevaliers advocaat geprobeerd de feiten te verdraaien, door de biologische vader van de kinderen, Stephen, een drugsverslaafde, de schuld in de schoenen te schuiven. Hoewel Stephen amper een alibi had – alleen een oude vriend die volhield dat ze samen op jacht waren geweest – bleef het bewijs te sterk in de richting van Chevalier wijzen.

En Carols jongste kind, Joey, die het met ernstige verwondingen had overleefd, waarmee hij verscheidene weken in het ziekenhuis had moeten liggen, had aarzelend de vriend van zijn moeder aangewezen als de dader. In de getuigenbank had Joey nauwelijks naar Chevalier durven kijken, en hij fluisterde zijn getuigenverklaring soms zo zacht dat rechter Ronald Gillette hem had verzocht zijn antwoorden te herhalen.

Joey Legittel en Ken Sterns getuigenverklaringen hadden de rechtszaal tot zwijgen gebracht. Samen met Chevaliers verleden, waarvan sommige zaken in de rechtszaal werden aangehaald, en het fysieke bewijs op de plaats delict, inclusief een bloederige voetafdruk van Chevaliers werkmanslaars, was het lot van de schoft bepaald geworden.

Totdat DNA anders had bewezen.

Nou, niet echt bewezen, maar het had enige twijfel gezaaid. En daardoor was het monster op vrije voeten gesteld.

Enige twijfel, m'n reet.

Dus waarom zou Chevalier, nadat hij er op deze manier vanaf was gekomen, het risico nemen dat de politie hem weer in de kraag greep? Het klopte gewoon niet.

Reed luisterde naar de wind die door de takken van een boom bij het raam gierde, en vroeg zich af of het Nikki lukte aan de andere kant van de deur wat te slapen. Hij overwoog even bij haar te gaan kijken, maar besloot het niet te doen. Het was niet nodig het lot nog meer te tarten dan hij al had gedaan.

Waar ben ik?

Simones ogen vlogen open. Ze had geslapen of... was gedrogeerd geweest, en ze voelde iets zwaars op haar borst drukken. Ze lag zo ongemakkelijk en ze snakte naar adem. De nachtmerrie was zo echt geweest... en toen wist ze het, ze had helemaal niet geslapen. Ze was bewusteloos geraakt. In een doodkist met een lijk.

O, God... Ze raakte af en toe buiten bewustzijn terwijl ze probeerde een uitweg te bedenken, maar het lichaam onder haar, de kleine ruimte en het gebrek aan zuurstof speelden haar parten.

Ze gilde, en kromp ineen toen het geluid om haar heen weerkaatste en op haar neerdaalde. Ze dacht iets in haar nek te voelen bewegen en ze gilde weer, haar schreeuw echode door haar brein.

Er was geen hoop. Geen uitweg. Er drukte iets tegen haar aan. Botten schraapten tegen haar naakte huid, en haar brein viel in duizend scherven uiteen. Herinneringen aan Andrew ketsten door haar brein.

Ergens in de verte, in het duister waar haar ziel naartoe was gevlucht, wist ze dat ze ging sterven. Wat ze nog over had aan rationele gedachten werd verpletterd door de gedachte aan de dode onder haar, de scherpe ribben en vleesloze vingers die haar krabden. Trillend voelde ze het slijmerige, zacht weefsel tegen haar huid plakken, in haar haren.

Tranen stroomden uit haar ogen. Ze kuchte en probeerde vergeefs genoeg zuurstof in haar gekwelde longen te zuigen. Zwakjes schopte ze tegen de zijkanten van de kist, terwijl de zuurstof wegebde.

In een laatste helder moment besefte ze dat ze verdoemd was.

Om op deze manier te sterven.

Afschuwelijk.

Ze dacht nog een keer aan Andrew en uitte een laatste getergde schreeuw.

De geur van koffie en een keffende hond in de verte wekten Nikki uit een diepe slaap vol nachtmerries. Een doffe pijn klopte achter haar ogen, en er drukte een zwaar gewicht als een aambeeld op haar borst. Het waren alleen maar de effecten van de nare dromen, dat was het.

Haar ogen vlogen open. O God, Simone werd vermist. En Pierce Reed was in de woonkamer... het was geen nachtmerrie. De hond was Mikado. Ze sloeg de dekens terug, liep naar de badkamer, maakte gebruik van het toilet en spatte vervolgens water over haar gezicht. Zwarte vlekken van doorgelopen mascara omrandden haar ogen, en haar haren waren nog rommeliger dan anders. Niet dat ze er nu iets aan kon doen.

Ze bond ze in een paardenstaart bijeen, maakte haar gezicht schoon en stapte in een kaki broek en een topje voordat ze de deur opende en zich door Mikado liet bespringen. 'Zo, hoe is het met jou?' vroeg ze, terwijl ze het hondje achter zijn oren kriebelde.

'Niet blij je te zien,' merkte Reed sarcastisch op. Het hondje rende uitgelaten rond de koffietafel, terwijl Jennings, boven op de boekenkast gezeten, de witte tornado met kattige afkeuring gadesloeg.

Ten slotte lukte het haar het hondje te pakken en ze werd beloond met een natte tong over haar gezicht. 'Rustig jij,' zei ze giechelend, ondanks haar zorgen.

'Koffie?' Reed schonk een grote mok vol koffie die hij kennelijk zelf had gezet. Een donkere stoppelbaard bedekte zijn kaken, zijn overhemd hing uit zijn broek en zijn voeten waren bloot, maar desondanks zag hij er walgelijk sexy uit toen hij over zijn schouder naar haar keek. 'Zwart?'

'Vandaag wel. Hoe zwarter hoe beter.' Ze herinnerde zich dat ze meer wijn had gedronken dan goed voor haar was, en dat ze hem daarna een zoen had gegeven en zelfs bijna met hem had gevrijd. Het leek belachelijk nu het weer licht was. Ze zette een kronkelende Mikado weer op de vloer en hij liep naar de keuken, waar hij Jennings lege etensbakje besnuffelde.

'Laat je niet in de maling nemen. Ik heb hem al eten gegeven en mee naar buiten genomen voor zijn ochtendritueel.'

'En ook nog koffie gezet.'

'Ik ben een en al doelmatigheid.' Hij overhandigde haar de dampende mok die ze dankbaar aannam.

'Zal wel, maar ik vermoed dat u in de problemen zit, Reed, want ik ken uw geheim,' zei ze, blazend in haar mok.

Hij trok een wenkbrauw op, moedigde haar zwijgend aan, terwijl hij met een heup tegen het aanrecht leunde en uit een gebarsten kopje dronk dat ze jaren geleden bij een garageverkoop had gekocht.

'Harde rechercheur in de nacht, huiselijke godheid in de ochtend.'

Hij verslikte zich bijna. 'Ja, dat ben ik ten voeten uit.'

'U kunt zich zo als dienstmeisje verhuren.'

'Dat moet ik misschien wel doen... na deze zaak ben ik waarschijnlijk mijn penning kwijt.'

'Vast niet.'

'We zien wel.' Hij dronk zijn kopje leeg, en begon vervolgens zijn sokken en schoenen aan te trekken. 'Het is leuk geweest, maar de plicht roept.' Hij propte zijn overhemd in zijn broek en hing zijn holster om, waarna hij zijn jack greep.

'Hou me op de hoogte,' zei ze. 'Als u iets over Simone hoort.'

'Doe ik.' Hij begaf zich naar de deur, draaide zich snel om en kuchte. 'Over gisteravond...'

'Niet doen. Laten we het gewoon vergeten.'

Hij voelde een trage glimlach over zijn gezicht kruipen. 'Even voor de goede orde, laten we één ding duidelijk stellen.'

'Wat?'

Hoewel hij wist dat hij waarschijnlijk een vergissing maakte waar hij de rest van zijn leven spijt van zou krijgen, liep hij op haar toe, pakte de mok uit haar hand, sloeg een arm om haar middel en trok haar tegen zich aan.

'Wat doet u –?'

Hij kuste haar. Stevig. Zodat er geen twijfel over bestond wat hij voelde. Haar protest bestierf op haar lippen, en ze smolt tegen hem aan voordat hij uiteindelijk zijn hoofd hief. 'Zo, hebben we nu een zekere verstandhouding?'

'En hoe, rechercheur... En hoe.'

Sylvie Morrisette gaf gas en scheurde de hoek om. Ze had net de kinderen bij school afgezet en was nu onderweg naar haar werk. De kinderen leken niet te lijden onder het gebrek aan tijd die ze met hen kon doorbrengen, en dat stemde haar dankbaar, want tot de Grafschender in de kraag was gegrepen zou ze nog de nodige overuren moeten draaien.

Maar ze miste de samenwerking met Reed.

Cliff Siebert was een watje en een heethoofd. Slim genoeg, maar toch een sukkel. Haar vriendin Celia had eens opgemerkt dat alle mannen zo waren, dat het hun aard was, maar Sylvie dacht dat het verder ging dan dat. Er zat aan allemaal een steekje los. Punt.

Zoals Reed bewees.

Wat dacht hij, verdomme? Wat haalde hij zich in zijn hoofd met Nikki Gillette? Hij kon protesteren wat hij wilde, maar Morrisette wist wat ze de vorige avond had gezien toen die twee samen waren. Had hij zijn lesje met Bobbi Jean Marx nu nog niet geleerd?

Reed dacht met zijn pik, peinsde ze, terwijl ze de laatste bocht naar het bureau nam. Ze draaide het raampje open en stak een sigaret op, toen haar mobiel ging. 'Rechercheur Morrisette.'

'Waar ben je?' Cliff Siebert.

'Op de parkeerplaats. Ik kom zo binnen.'

'Doe geen moeite,' zei hij. 'Ik heb net een telefoontje gehad van de verzorger van Peltier Cemetery.'

'Laat me raden. Onze man is weer bezig geweest.'

'In een keer goed. Er is al een team onderweg en Diane Moses is gebeld.'

'Goed, knakker. We gaan erheen.'

'Ik ben onderweg naar beneden,' zei Cliff, en hing op.

Morrisette nam een lange haal van haar sigaret en wenste van harte dat ze op Reed wachtte in plaats van op Siebert.

Net op dat moment reed Reeds El Dorado de parkeerplaats op.

Nikki sprong over de plassen op de parkeerplaats en hield haar tas boven haar hoofd terwijl een wolkbreuk boven de stad losbarstte. Ze frunnikte met het slot van haar autootje voordat ze besefte dat het portier niet was afgesloten. 'Stommerd,' mompelde ze, terwijl ze regendruppels langs haar kraag over haar rug voelde lopen. In haar haast had ze gisteren de auto niet afgesloten. Ze had geluk dat haar stereo er nog was.

Ze zette haar tas en laptop op de passagiersplaats en kamde met haar vingers door haar haren terwijl ze achter het stuur gleed. Ze zag eruit als een wrak, en zo voelde ze zich ook. Ze had maar een paar uurtjes geslapen. Maar ze moest aan het werk en proberen alle aanwijzingen na te gaan die ze over de Grafschender had. De schoft had haar vriendin Simone en Nikki was van plan hem te vinden. Ze zou internet afstruinen, de archieven op de krant, met iedereen praten die iets over LeRoy Chevalier en die verdomde rechtszaak wist. Misschien had iemand hem onlangs gezien... en ze zou met die jongen in Dahlonega praten. En Ken Stern, de broer van Carol Legittel, en met Stephen en Joey Legittel en ieder ander die destijds iets met de zaak te maken had gehad.

Ze stak haar sleutel in het contactslot en zag dat haar mobiel in de bekerhouder stond.

Haar handen bevroren rond het stuur. De telefoon was er gisteravond niet geweest. Reed en zij hadden gekeken... Haar maag balde samen bij de gedachte dat iemand haar had gadegeslagen. Wachtend. Ze haalde diep adem, keek door de beslagen ramen en zag niemand. Ze keek achterom, maar de auto was leeg. Zichzelf voorhoudend dat ze niet in paniek moest raken, pakte ze de telefoon en controleerde of er berichten waren... niets. Maar toen ze de nummers van gemiste telefoontjes controleerde zag ze Simones nummer. 'O, God.' Ze beet op haar lip. Ze liep het menu door en zag dat het laatste uitgaande telefoontje naar Simone was geweest.

'Shit.' Ze knipperde wild met haar ogen en stond op het punt Reed te bellen, toen ze vanuit haar ooghoek de punt van een gevoerde envelop onder de passagiersstoel ontdekte. Kennelijk iets dat uit haar tas was gegleden. Maar ze herinnerde zich niet dat ze iets was verloren.

Dat was niets voor haar.

Waarschijnlijk achtergelaten toen de telefoon was teruggebracht. Door iemand die haar huis in de gaten had gehouden. Iemand die haar waarschijnlijk had zien terugkomen. Met Reed.

Haar hart klopte als een bezetene.

Ze pakte de dikke envelop onder de stoel vandaan, en er kroop een rilling over haar rug. De envelop was verzegeld, niet geadresseerd, en er was ook geen postzegel op geplakt. Er zat een cassettebandje in.

Van de Grafschender.

Hij was in haar auto geweest, niet een, maar twee keer. Eerst om haar mobiel te stelen, toen om hem terug te brengen, samen met die envelop. Ze probeerde weer door de beslagen ramen te turen, maar ze zag niets op deze grauwe decemberochtend…

Ze dacht eraan terug naar haar appartement te gaan, met de envelop, en Reed te bellen. In plaats daarvan sloot ze de portieren af. *Alsof dat iets zou helpen. Hij had immers de sleutel? Tenzij ze de auto was vergeten af te sluiten.*

Ze startte de motor en reed achteruit. Er was een kans dat hij haar gadesloeg, misschien verborgen door de mist van de vroege ochtend. Met trillende vingers reed ze de parkeerplaats af en ging op weg naar het politiebureau.

Bij het eerste rode licht stak ze het bandje in de cassettespeler. Even heerste er stilte, daarna klonk het gedempte geluid van krabben en krassen. Een harde bonk, daarna een vrouwenstem.

'Ooo.' Een lange, enkele hartverscheurende schreeuw.

Haar nekharen gingen overeind staan.

Er was een seconde stilte… toen weer een gekweld gekreun.

Nikki's mond werd droog.

Weer schrapen en doordringend gekreun.

'Jezus,' fluisterde Nikki, met bonkend hart. 'Nee.' Haar brein werkte op volle toeren, haar vingers omklemden het stuur. Het kon niet waar zijn. Het kón niet!

Weer kreunen en krabben, klauwende nagels en toen... o, God... ze hoorde Simones stem zo duidelijk alsof ze naast haar in de auto zat.

'Nee! Laat me eruit... alsjeblieft...' smeekte Simone.

Nikki's hand vloog naar haar mond. Ze slaakte een kreet van afschuw. Nee! Niet Simone!

'Help me! Help me dan toch! O God, alsjeblieft, help me!' gilde Simone boven het harde bonken en schrapen uit.

'Alsjeblieft, nee,' fluisterde Nikki, terwijl ze zich de angst van haar vriendin voorstelde, het afgrijzen van opgesloten zijn in een doodkist onder de grond.

Een harde klap. Een knak en een gil.

Nikki schrok, haar voet gleed van de rem.

De auto sprong naar voren voordat ze weer op de rem kon trappen. Maar ze zag het verkeer niet, en ze hoorde de claxons niet om haar heen. Het enige dat ze hoorde was haar vriendin. Naakt. Koud. Doodsbang.

Er klonk nog meer krabben en schrapen, en ze begon te huilen, tranen stroomden over haar wangen.

Een claxon toeterde. Nikki zag dat het licht op groen was gesprongen en gaf gas zonder erbij na te denken. Haar gedachten waren bij de afschuwelijke geluiden die uit de luidsprekers kwamen. Het lukte haar amper het autootje in de volgende steeg te manoeuvreren.

Bevend reed ze de parkeerplaats op.

Tranen liepen uit haar ogen toen de Subaru stilstond. Het afgrijselijke klauwen, bonken en schreeuwen ging door.

'Help me... alsjeblieft... Andrew? Nikki? Iemand... ik zal alles doen... waar ben ik?' Nikki begon ongecontroleerd te trillen. Simone huilde, fluisterde onsamenhangend, maar Nikki hoorde nog steeds haar wanhoop. Haar angst. Haar afschuw.

'O, nee...' fluisterde Nikki in de lege auto. 'Nee! Nee!' Woedend sloeg ze op het stuurwiel.

Het was even stil, toen klonk Simones stem weer. IJler nu, vager. Naar adem snakkend. 'Ik zie niets... alsjeblieft, laat me eruit,' smeekte ze, en Nikki kneep haar ogen dicht, alsof ze daarmee het akelige beeld van Simone in een doodkist kon uitschakelen. 'O God, help me...'

'Ik wou dat ik het kon,' kreunde Nikki, in haar hart wetend dat het te laat was.

Een gekwelde kreet scheurde door de auto, een kreet zo angstwekkend dat Nikki wist dat ze die nooit meer zou vergeten. Ze gooide het portier open en kokhalsde in de steeg, terwijl ze ondertussen de laatste jammerlijke kreten uit de luidsprekers hoorde komen.

Toen ze weer rechtop ging zitten en haar mond met haar mouw afveegde, deed ze haar ogen dicht. Stelde zich het afgrijzen van haar vriendin voor.

'Alsjeblieft, God... laat me niet alleen sterven...'

Een kreet van pure doodsangst snerpte door de stereo, en Nikki begon hard te snikken.

'Nee... nee, alsjeblieft, Simone...'

Ze spande zich in om te luisteren, maar hoorde niets meer.

Alleen het kille zoemen van het bandje.

27

'Ongeregeldheden op Peltier Cemetery,' zei Morrisette toen Reed uit zijn auto stapte. Ze stond bij een geopend portier van een surveillancewagen te wachten, en ook Siebert stond in de startblokken. Reed bevroor. Hij dacht meteen aan Simone Everly. Wist dat Nikki verpletterd zou zijn. 'Er is afgelopen nacht een graf geschonden.'

'Verdomme.' Reeds kaak verstrakte.

'Hé, laten we gaan,' drong Siebert aan.

'Wacht even, mannetje.' Morrisette zag er geïrriteerd en vermoeid uit. Deze zaak greep haar aan, zoals hen allemaal, trouwens. 'We hebben even de tijd. Er is al een wagen naartoe en de mensen van Diane Moses zijn ook onderweg, toch?'

'Ja, maar dit is onze zaak.'

'We gaan zo. Geef me even een ogenblik.' Morrisette sloeg het portier aan de bestuurderskant dicht terwijl de jonge agent op de passagiersplaats gleed. 'Overijverige idioot,' mompelde ze toen ze bij Reed was. 'Luister, we weten het nog niet zeker, maar we hebben het sterke vermoeden dat Simone Everly in die kist ligt. Jij wilt misschien wel meegaan en dan, wanneer het zo is, zelf contact met Nikki Gillette opnemen. Ik weet dat ze goed bevriend waren. O, Jezus, ik moet gaan, maar ik heb er een slecht gevoel over.'

'Laten we geen voorbarige conclusies trekken.'

'Wat zijn de kansen dat het iemand anders is?' vroeg Morrisette.

Reed wilde er niet over nadenken. 'Ik zie je daar,' zei hij, en op dat moment ging zijn telefoon. Op de nummermelder zag hij dat het Nikki was.

Of iemand die haar mobiel had gestolen, flitste het door hem heen.

Zijn maag balde samen. 'Reed,' meldde hij zich op het moment dat Morrisette in de surveillancewagen stapte en wegreed.

'Goddank. Pierce... o... hij heeft contact met me opgenomen,' zei ze, haar woorden nauwelijks meer dan een fluistering.

'Wie?' Maar hij wist het. Hij was al onderweg naar zijn El Dorado.

'Ik heb een pakje gekregen. Een cassettebandje...o... God, het is Simone. Hij heeft haar vermoord. Die vuile schoft heeft haar levend begraven en mij een bandje met de opnamen gestuurd.' Ze huilde. Hikkend en snikkend.

'Waar ben je?' Met de telefoon tegen zijn oor pakte hij zijn sleutels en startte de motor.

'In een steeg. Niet ver van huis.' Ze gaf hem de straatnaam.

'Ben je veilig?'

'Wat bedoel je?'

'Heeft iemand je gevolgd?' Hij stuurde zijn auto door het verkeer.

'O Jezus, ik weet het niet.'

'Sluit je portieren af en blijf met mij aan de lijn. Ik ben er binnen tien minuten.'

'Goed.'

Hij was er binnen zeven minuten, en Nikki was nog nooit zo blij geweest iemand te zien. Ze gooide het portier open en wierp zich in zijn armen. 'Die klootzak. Die verdomde schoft heeft haar vermoord.' Ze wilde in zijn kracht verzinken, om de wereld buiten te sluiten en enige troost te vinden bij iemand die sterker was dan zij.

'Ssst,' fluisterde hij in haar haren. Het begon zacht te regenen. Hij hield haar stevig tegen zich aan. Zo dichtbij en het voelde zo goed. 'Ik ben er nu.'

Ze beefde, probeerde Simones geschreeuw uit haar hoofd te bannen, rationeel te blijven in het besef dat ze haar vriendin niet kon helpen als ze instortte. 'Hij heeft het in mijn auto achtergelaten,' zei ze snikkend. Ten slotte hief ze haar hoofd en keek hem aan. Ze zag de bezorgdheid in zijn gezicht gegrift.

'Was de auto afgesloten?'

'Nee, maar ik was het misschien vergeten... ik weet het niet... hij is eerder in de auto geweest. Om mijn mobiel te pakken.'

'Heb je een reservesleutel?'

'Nee...o, toch. Ik heb er jaren geleden een bij mijn vader achtergelaten, samen met de huissleutels. Je weet wel, voor het geval dat.'

'Niemand anders?'

'Nee, ik geloof het niet...'

'Simone?'

Nikki snoof toen ze aan de glanzende BMW van haar vriendin dacht. 'Ze heeft hem nooit geleend.'

'En dat oude vriendje van je?'

'Sean?'

'Ja.'

'Niet kortgeleden. Maar misschien ooit. O, ik heb hem in de loop der jaren aan veel mensen uitgeleend. Hij is zo oud dat hij nog een cassettespeler heeft in plaats van een cd-speler.'

'Mag ik dat bandje zien?'

Ze knikte.

'Ernaar luisteren?'

'O, God.'

'Het kan wachten.'

'Nee... het is goed.' Onwillig maakte ze zich los uit zijn omhelzing waarna beiden in haar auto stapten. Nikki startte de motor en liet het bandje terugspoelen. Daarna speelde ze het af voor Reed. Weer vulde Simones stem de kleine ruimte, weer flitsten er afgrijselijke beelden door Nikki's brein. Ten slotte was er alleen nog stilte.

'Jezus,' fluisterde Reed, en het klonk bijna als een gebed.

'Ze is dood...' Nikki voelde de tranen weer in haar ogen opwellen, tranen van verdriet, pijn en schuld. Overweldigende schuld. Had ze zich de avond ervoor maar aan de afspraak met haar vriendin gehouden. Al had ze haar maar gebeld...

Hij greep haar hand. Verstrengelde zijn vingers met de hare. 'Er is weer een graf geschonden op een begraafplaats.'

Ze voelde het bloed uit haar gezicht trekken. 'Hebben jullie haar gevonden?'

'Dat weet ik nog niet. Er is een team naar Peltier Cemetery gestuurd, even buiten de stad.'

'We moeten erheen. Nu.'

'Ik kan je niet op de plaats delict toelaten,' zei hij, zijn ogen donker, zijn vingers hielden de hare stevig vast. 'Je kunt in de wagen blijven of je bij de rest van de pers voegen, maar meer kan ik niet voor je doen.'

'Maar je laat het me weten als het Simones lichaam is?'

'Absoluut.'

Ze leunde achterover tegen de hoofdsteun, deed haar ogen dicht en haalde langzaam en diep adem. 'Goed,' zei ze, 'laten we gaan.'

'Nikki, ik heb dat bandje nodig.'

Ze opende haar ogen en knikte.

'En je mobieltje?'

'Maar –' begon ze te protesteren, en hield toen haar mond. De politie had alles nodig wat de moordenaar had aangeraakt, als bewijs.

'Je hebt de telefoon en het bandje zonder handschoenen aangeraakt?'

'Helaas wel, ja. Ik weet zeker dat mijn vingerafdrukken op beide voorkomen, maar de politie heeft die in een dossier.' Toen hij haar aankeek, voegde ze eraan toe: 'Er was nog een incident, jaren geleden. Ik geloof dat ik je over Corey Sellwood heb verteld. Hij was nog een kind en ik dacht dat hij me stalkte. De politie had mijn vingerafdrukken nodig om ze met de andere in mijn huis te vergelijken.'

'Maar niemand anders heeft de telefoon of dat bandje sinds vanochtend aangeraakt?'

'Nee.'

'Wacht even.' Ze keek hem na toen hij naar zijn auto liep en met twee plastic zakjes uit het handschoenenvak terugkeerde. Met een zakdoek deed hij haar mobieltje in de ene zak, en daarna haalde hij het bandje uit de speler om het in de andere zak te doen.

Ze liet hem de envelop zien en die pakte hij ook aan waarna hij hem in de plastic zak bij het bandje deed en de zak vervolgens verzegelde.

'Je weet dat ik beslag op de auto moet leggen,' zei hij, 'voor het geval de schoft enig bewijs heeft achtergelaten.'

'Wacht even, Pierce, ik kan niet zonder een auto.'

'Nikki,' zei hij overredend, en ze ging er niet tegenin.

'Goed, goed. Breng me dan naar een autoverhuurbedrijf, nadat we bij de begraafplaats zijn geweest.'

'Je weet zeker dat je daarheen wilt gaan?'

'Ja, dat weet ik zeker.'

Reed belde om iemand die haar auto kon ophalen, en toen de brigadiers en een sleepwagen eenmaal waren gearriveerd, tekende Nikki alle benodigde papieren en klom vervolgens in Reeds El Dorado, waarna hij naar de buitenwijken van de stad reed.

Nikki zat zwijgend naast hem, haar hart vol angst, haar wereld donkerder dan ooit.

Wat zou ze doen wanneer ze de waarheid wist? Naar kantoor racen en een gedetailleerd verslag schrijven, omdat ze het slachtoffer goed kende, zich uit de naad werken over de laatste moord door de Grafschender?

Ze merkte nauwelijks dat ze de bocht van de rivier naderden, waar Peltier Plantation eens had gestaan. Nu stonden er overal politievoertuigen, nieuwsbusjes en wagens voor de hoofdingang, waar een geüniformeerde agent op wacht stond, die agenten doorliet, maar het publiek en de pers op afstand hield.

Reed stuurde zijn auto door het toegangshek en parkeerde achter de plaats delict. Nikki zag Norm Metzger in zijn Impala arriveren. Goddank keek hij niet eens haar kant uit toen hij zich bij de menigte voor het hek voegde. Voor Nikki was deze aandacht van de media plotseling afschuwelijk. Deze mensen met hun recorders en camera's waren haar collega's, en ze waren belust op nieuws, sensationeel nieuws, ongeacht de tragedie ervan. Het was voor hen niet belangrijk dat Simone een levende, ademende, liefhebbende en charismatische persoon was geweest.

Hoe vaak was ze een van hen geweest? Hoe vaak had ze er niet alles voor over gehad om een verhaal te kunnen schrijven? Hoeveel diepbedroefde mensen had ze ondervraagd, op zoek naar dat ene pareltje in hun persoonlijke catastrofe, die unieke insteek waardoor ze op de voorpagina zou kunnen komen?

Haar maag kwam in opstand en ze dacht dat ze moest kotsen. Als Simone het op een of andere manier had overleefd... als de Grafschender in één geval genade had getoond... maar ze wist wel beter. Het bandje was het bewijs.

Ze staarde naar de druilerige regen op de voorruit toen Metzger en de anderen hun nek strekten om een beter zicht te krijgen, en camera's werden opgeheven in de hoop een glimp op te vangen van het werk van de Grafschender. Boven hun hoofd gaf het geluid van een helikopter aan dat een tv-station een overzicht van de begraafplaats wilde uitzenden, met een zoomlens op de politie gericht die naar bewijs zocht, de kist opgroef en hem misschien opende. Verdriet en schuld verscheurden haar ziel.

Haar maag balde weer samen en ze gooide het portier open. Het kon haar niet schelen of iemand haar zag. Ze merkte het niet eens dat de tranen over haar wangen stroomden terwijl ze hoestte en haar mond afveegde. Ze was te geconcentreerd op wat ze moest doen. Ze kon de klootzak hier niet zomaar mee weg laten komen. Kon niet toestaan dat hij de stad terroriseerde en weer iemand zou vermoorden. De verdomde Grafschender communiceerde met haar. Gebruikte haar. Het was tijd de bakens te verzetten.

Ze moest de klootzak vinden en hem met zijn rug tegen de muur zetten. Op wat voor manier dan ook.

Ze moesten wachten tot alle bewijs rond het graf was verzameld voordat ze de doodkist konden weghalen. Schoenafdrukken werden opgemeten, gefotografeerd en er werden gipsafdrukken van gemaakt. De omringende grond werd gezeefd en doorzocht op iets dat mogelijk naar de identiteit van de Grafschender kon leiden. De politie van Savannah werkte samen met de FBI. Morrisette en een agent, Haskins, leidden het onderzoek, met ondersteuning van Siebert, wiens gezicht duister en ondoorgrondelijk stond. Bij de aanblik van Reed verstrakte hij zichtbaar.

Reed bleef in de haastig opgezette tent staan. Hij wist met stellige zekerheid wie er in het graf bij Tyrell Demonico Brown lag, die eveneens een jurylid in de zaak Chevalier was geweest.

Tyrell Brown, had hij van Morrisette gehoord, was amper een

maand ervoor bij een auto-ongeluk om het leven gekomen. Een klapband, in combinatie met een hoog alcoholpercentage in zijn bloed en het ontbreken van een veiligheidsgordel, had de zevendertigjarige vader van twee kinderen naar de andere wereld gestuurd.

'Ik neem aan dat je alles wat hier gebeurt op video opneemt,' zei hij tegen Morrisette.

Ze keek hem aan met een blik die duidelijk maakte dat hij naar de bekende weg vroeg. 'Ja. En we gaan hem vergelijken met de andere banden die we van de andere plaatsen delict hebben opgenomen.'

'En je hebt Sean Hawke en Corey Sellwood nagetrokken.'

'Zijn we nog mee bezig, maar ja, we trekken ze na. Hoewel we natuurlijk weten dat Chevelier degene is die we zoeken.'

'Klopt.' Reed was het met haar eens. Chevalier was de lijm die deze zaak bijeenhield. En het was logisch dat Chevalier contact met hem opnam omdat hij had geholpen de man in de kraag te vatten. De oude rechercheur, Clive Bateman, was al dood, alcoholisme had hem op zijn achtenvijftigste zijn graf in gestuurd.

Reed herinnerde zich de zaak maar al te goed, evenals de incidenten die tot Carols brute afslachting hadden geleid. Hoeveel keer, voordat hij aan moordzaken was toegewezen, was Reed of een andere rechercheur niet naar het huis van Chevalier geroepen, een klein verwaarloosd huis met een overwoekerde tuin waar een hond aan een boom was vastgebonden? Hoeveel keer had hij Carol of haar kinderen niet in elkaar geslagen gezien? Hoeveel keer had ze geweigerd hem aan te geven? Vooral één incident stond hem helder voor de geest.

Vliegen en muggen hadden rond zijn hoofd gezoemd, de hond had staan blaffen en Carol en haar drie kinderen waren buiten geweest. Marlin, de oudste zoon, had aan een oude auto staan sleutelen. Zijn haar was voor zijn ogen gevallen en hij had Reed achterdochtig aangekeken. De jongste zoon, Joey, had naast zijn broer gestaan, turend onder de motorkap naar een motor die volgens Reed al lange tijd niet meer had gelopen. Joey had ook naar Reed gekeken, terwijl deze er bij hun bont en blauw geslagen moeder op aandrong aangifte te doen.

Carols dochter Becky had op de veranda onbeschaamd een sigaret staan roken terwijl ze naar de vliegen sloeg. 'Dat zal ze niet doen,' had Becky hem onderbroken.

'Stil, dit is niet jouw zaak.' Een van Carols ogen was blauw en gezwollen, het wit bloeddoorlopen. Deze keer was haar neus niet gebroken geweest, noch haar kaak, maar desondanks had ze er miserabel uitgezien.

'Niet mijn zaak?' herhaalde Becky, terwijl de rook uit haar neusgaten stroomde. 'En het is zeker ook mijn zaak niet wanneer die dikke, oude smeer –'

'Hou op!' Carol had zich weer tot Reed gewend. 'Ga alstublieft weg, rechercheur. U maakt mijn gezin van streek.'

'Ik ben niet degene die hen van streek maakt.' Reeds maag had zich omgedraaid. Hij was ervan overtuigd dat het hele gezin te lijden had onder Chevaliers driftbuien en harde vuisten.

'Lazer op.' Marlin was naar de veranda gebeend en had zich vierkant opgesteld tussen zijn moeder en Reed. 'Ze wil geen enkele hulp van de politie.'

'Maar hij heeft gelijk,' had Joey gezegd. Hij was mager en lummelig, en hij was op de veranda achter zijn broer gaan staan. Zijn ogen waren wijdopen van bezorgdheid. 'De rechercheur heeft gelijk.'

'Mevrouw Legittel, trek u nu niet terug, ik zeg het voor uw bestwil en de veiligheid van uw kinderen.'

'Ga gewoon weg, rechercheur Reed. Dit is een familiekwestie.'

'Pa zou je dit niet aandoen!' zei Joey koppig. 'Hij zou ons niet –'

'Jij weet niet wat je vader zou doen,' barstte Carol uit. 'Hij is een psychopaat.'

'Maar hij zou niet –'

'Hou op, Joseph! Je kent je vader niet. Niet zoals ik hem ken.'

'Ik wil bij hem gaan wonen.'

'O ja? Je zou het hooguit tien minuten met die schoft uithouden. Hij is een drugsverslaafde. Hij heeft ons eruit gegooid. Ons allemaal, weet je nog? Hij houdt niet van je, Joey.' Haar ernstige gezicht verzachtte toen ze haar hand uitstak naar haar jongste zoon. De jongen rukte zich los. 'Stephen Legittel weet niet wat liefde is. Alleen wat haat is.'

'En LeRoy dan?' zei Becky. 'Hij is ziek, mam. Een perverse smeerlap.'

'Hij zorgt voor ons.'

Becky snoof en drukte haar peuk in een pot verlepte petunia's. 'Dat doet hij inderdaad.' Ze keek Reed aan. 'Kom hier niet meer terug. Het is zonde van uw tijd.' Ze wees naar haar moeder. 'Ze zal toch niet luisteren.'

'Klopt,' beaamde Marlin, terwijl hij nors naar de vloerdelen van de veranda staarde, zijn smerige handen tot vuisten gebald.

'Nee! Hij mag niet weggaan!' Joey richtte zijn grote ogen op Reed. 'U kunt hem oppakken. Hem achter de tralies zetten.'

'Als je moeder aangifte doet.'

Joey draaide zich zo snel om dat hij bijna viel, en staarde naar de vrouw die hem op de wereld had gezet. 'Je moet het doen. Je móet.'

'Joey, alsjeblieft.'

'Hij zal ons vermoorden, mam. Hij zal ons allemaal vermoorden!'

'Loop dan gewoon weg, uilskuiken,' mompelde Becky.

'Mevrouw Legittel, dit moet worden gestopt,' zei Reed. 'Ik kan u helpen.' Hij pakte een kaartje uit zijn zak. 'Bel me.'

'Ga niet weg,' smeekte Joey.

'Ik zou de kinderbescherming kunnen bellen.'

'Haal het niet in uw hoofd, rechercheur. U gaat mijn kinderen niet weghalen. Joey, mond houden!' Ze sloeg beschermend een arm om haar zoon heen. 'Mijn kinderen zijn alles wat ik heb, rechercheur. Probeer niet ze van me af te pakken.'

'Ik wil u alleen beschermen. En de kinderen.'

'Dat kunt u niet,' fluisterde ze, een traan drupte uit haar dichtgeslagen oog. 'Niemand kan dat. Kom op, jongens.' Ze had hen het huis binnengeleid, en Reed had zich vanbinnen ellendig gevoeld.

'Ik zal terugkomen.'

'Bespaar u de moeite.' De gehavende hordeur viel dicht en de hond blafte luid. Reed stond op het trapje naar de veranda en voelde zich machteloos. Voorzichtig tuurde hij over de vensterbank en zag de jaloezieën bewegen. Iemand hield hem vanbinnen in de gaten. Goed. Er moest iets worden gedaan, anders zou

Joey's voorspelling misschien uitkomen, had hij op dat moment gedacht, zonder precies de mate van Chevaliers verdorvenheid te begrijpen. Pas tijdens de rechtszaak had hij gehoord hoe hij de kinderen en hun moeder had mishandeld, hen had gemolesteerd en hen voor zijn eigen smerige plezier had gedwongen elkaar aan te raken.

LeRoy Chevalier had nooit vrij mogen komen. Nooit.

Nu, terwijl hij in de tent stond te wachten tot de kist uit het graf was gehaald en geopend, besefte hij waarom de moordenaar contact met hem opnam. Hij had Chevalier in de kraag gegrepen en hij was bij de rechtszaak geweest.

Rechter Ronald Gillette had gepresideerd. En Nikki was ten tijde van de rechtszaak zowel Rons dochter als verslaggeefster bij de *Sentinel*. De stukjes begonnen in elkaar te passen. Er was enige logica in deze hele chaos.

LeRoy moest de moordenaar zijn. Het moest. Hij kon zichzelf bijna overtuigen en concludeerde dat hij alleen nog bedenkingen had omdat hij van nature een sceptische man was, die iets pas geloofde wanneer hij het met zijn eigen ogen zag.

Hij had hard bewijs nodig.

Reed stak zijn hoofd door de ingang van de tent. Hij zag Nikki nog steeds in zijn auto zitten. In elkaar gedoken. Ellendig. Ze werd opgevreten door schuldgevoel, het kwelde haar, en hoewel ze sterk was, zou ze de dood van haar vriendin misschien niet overleven. Ze voelde zich er veel te verantwoordelijk voor.

Het was niet te voorspellen wat ze zou doen. Er vloog een portier open en ze werd aan zijn zicht onttrokken toen ze zich vooroverboog. Ze braakte ongetwijfeld haar ontbijt uit. Hij wachtte tot ze weer rechtop ging zitten.

Hij had haar altijd een lastpost gevonden. Een bevoorrecht verwend nest met lef en hersens, een opdringerige verslaggeefster die onder zijn huid was gekropen, en een persoon die hij wilde ontlopen. Nu, op dit moment, wilde hij niet te diep nadenken over zijn gevoelens voor haar. Hij had er de tijd ook niet voor.

Hij hoopte alleen dat ze zo sterk was als hij altijd had gedacht. Dat ze zich zou kunnen wapenen om alles te doorstaan. Hij trok zich weer terug in de tent.

Het moment van waarheid was aangebroken.

De kist werd uit het graf gehaald en in de tent gedragen. Diane Moses blafte bevelen, en zorgde ervoor dat er niets werd beschadigd, geen bewijs mocht verloren gaan.

Reed wachtte, zijn maag balde samen toen het deksel werd opgetild. De stank van de dood verspreidde zich in de tent.

'Shit,' zei Morrisette, en ze draaide zich van de twee lijken af.

Cliff Siebert keek langdurig, wendde daarna zijn blik af. 'De klootzak.'

'Ken je deze vrouw?' vroeg Diane.

'Simone Everly.' Reed draaide zijn rug naar de geopende kist, niet in staat om zonder met zijn ogen te knipperen naar het bont en blauwe naakte lichaam van Nikki's vriendin te kijken. Haar haren waren aan haar schedel geplakt, haar huid was grauw door de dood. De eens zo mooie gelaatstrekken waren vertrokken van angst en gekneusd waar ze met haar hoofd tegen de kist had gebonkt. Haar vingers waren net als die van Bobbi bebloed, de huid geschaafd. 'Ze werd sinds gisteren vermist.'

'Er ligt iets in… een microfoon en een briefje.' Een van de agenten wachtte tot de fotograaf zijn werk had gedaan, en pakte vervolgens behoedzaam het briefje dat met plakband naast Simones hoofd was geplakt.

'Kijk uit met dat plakband,' waarschuwde Diane. 'Er kunnen vingerafdrukken op zitten.'

Alleen als de zak stom of zorgeloos is, dacht Reed, maar hij zei het niet. Dat hoefde ook niet. Morrisette stapte naar voren.

'Ik betwijfel of Chevalier zo'n stomme fout zou maken.'

De agent verwijderde de envelop, en Reeds naam was er in blokletters op geschreven.

'Die kerel geilt op jou,' mompelde Morrisette.

Reed trok handschoenen aan en haalde het papiertje eruit:

VIER AL GEDAAN,
NOG TE VEEL IN LEVEN.
NIET MEER TWAALF,
NU TIEN EN TWEE EN VIJF.

'Wat betekent dat, verdomme? Vier al gedaan?' gromde Morrisette. 'Welke vier? Ik tel er zes.'

'Hij heeft het over het totaal aantal slachtoffers. Zeventien. Kijk naar de laatste regel. Tien, twee en vijf. Zeventien.' Reeds brein werkte op volle toeren terwijl hij het briefje telkens opnieuw las. Alle slachtoffers waren tot nu toe juryleden geweest. Dit moest het werk van Chevalier zijn. Stel dat hij zijn lijst had uitgebreid. Maar met wie... en waarom?

'Ik snap het niet,' bromde Morrisette.

'Sommige mensen zijn toch een natuurlijke dood gestorven? Misschien heeft hij het daarover. Hij gaat er twaalf vermoorden, maar vier waren al dood.'

'Drie, Reed.' Ze telde op haar vingers. 'Brown, Alexander en Massey.'

'Er zou nog iemand kunnen zijn die we nog niet hebben gevonden.'

'Hebben we gecontroleerd. We zijn door de dode juryleden heen. De anderen leven nog. Volgens mij gaat daar je zogenaamde jury-theorie, is het niet? Tenzij de gek zo bezeten is van het getal twaalf, dan gaat hij misschien de nog levende juryleden ook nog vermoorden. Waarom is het getal niet negen? Zeventien? Verdomme! Dit slaat nergens op.'

'Hij geeft ons een aanwijzing,' hield Reed vol.

'Of hij brengt ons juist op een dwaalspoor!' zei Morrisette geïrriteerd.

'Nee... ik denk niet dat hij zich daarmee bezighoudt. Het aantal woorden op het briefje is zeventien. Dat is het aantal waar hij nu mee werkt.'

'Nou, aangezien jij lijkt te weten hoe deze smeerlap werkt, kun je maar beter uitzoeken waar hij het over heeft, en snel.'

Ze had gelijk. Reed wreef met zijn hand over zijn nek. Hij dacht diep na over het aantal betrokkenen en kwam tot twaalf. Waarom waren er nu vijf bij gekomen? Wat was de betekenis van dat getal? Hij dacht aan Nikki en hoe de Grafschender ervoor had gekozen contact met haar op te nemen. Haar te terroriseren. De griezel was in haar appartement geweest. Om haar af te luisteren? Waarom? En waarom had hij eveneens contact met hem, Reed, opgenomen?

Omdat ze beiden betrokken waren geweest bij de zaak Chevalier? Omdat dit allemaal iets te maken had met wat er gebeurde toen Chevalier werd gearresteerd en veroordeeld?

Reed had alle stukken van de rechtszaak al doorgenomen en niets gevonden wat zou kunnen helpen. Misschien dat zijn ex-partner zich nog iets zou kunnen herinneren, maar die was dood.

'Ik zeg je dat de kerel ons voor de gek houdt. Tien en twee en vijf?' onderbrak Morrisette zijn overpeinzingen.

'Het is een manier om ons te vertellen dat er zeventien lijken zullen zijn, en tel maar na, het laatste briefje bestaat uit zeventien woorden.'

'Wat een verknipte figuur,' zei Siebert.

Morrisette staarde naar het briefje alsof het de duivel in eigen persoon was.

'Luister, dit slaat echt nergens op.' Cliff voelde kennelijk niets voor Reeds redenering. 'Er waren geen zeventien juryleden.'

'Waren er misschien leden die elkaar hebben afgewisseld?' zei Reed. 'We hebben het niet over een rationeel denkend persoon.'

'Zeg dat wel,' mompelde Morrisette.

Het nieuwe briefje van de Grafschender betekende meer doden. Meer moorden. Meer werk en meer frustratie. 'Er waren geen vijf wisselingen, dat weet je. Dus hoe komt hij aan zeventien? Jezus, wat een zieke lul is dit, zeg. Ik vind het vervelend om te zeggen, maar ik denk toch dat je gelijk hebt, Reed. Om wat voor reden dan ook heeft de schoft het absoluut over zeventien.'

'Klootzak,' bromde Siebert.

Haskins staarde naar het briefje. 'Ik zal het onze karakterdeskundige voorleggen. Kijken wat hij over deze knaap te zeggen heeft.'

'Deze knaap? Bedoel je dat je niet denkt dat het Chevalier is?' Morrisette wisselde een blik met Reed.

De FBI-agent stak een hand op. 'Ik wil niets uitsluiten, maar ja, ik denk dat het Chevalier is. Het is toch geen toeval dat iedere betrokkene in de jury heeft gezeten of anderszins met de zaak Chevalier te maken heeft gehad?'

'Ik geloof niet in toeval,' zei Morrisette. 'Volgens mij gebeurt alles om een bepaalde reden.'

Reeds mobieltje ging. Hij draaide zijn rug naar de mensen in de tent en nam op. Op de nummermelder zag hij dat het een interlokaal gesprek was.

'Rick Bentz, politie New Orleans. Je hebt me gevraagd je te bellen als we Vince Lassiter hadden gelokaliseerd.'

'Klopt.'

'We hebben hem vandaag gevonden, in een ziekenhuis in San Antonio. Overdosis drugs. Volgens het ziekenhuisrapport is hij vijf dagen geleden opgenomen, in coma, kwam pas laat gisteravond bij bewustzijn. Ziet er niet naar uit dat hij degene is die je zoekt.'

'Nee, vast niet,' beaamde Reed. Hij had de broer van Bobbi Jean al van zijn lijstje verdachten geschrapt.

'Hoe verloopt het onderzoek?'

'Vandaag weer een lichaam opgegraven. Eveneens levend begraven.'

'Jezus.'

'Tja.'

'Laat het me weten wanneer er nog iets is dat ik voor je kan doen.'

'Doe ik,' zei Reed, waarna hij ophing. Het volgende moment drong het tot hem door dat het tijd werd om Nikki op de hoogte te brengen. Hij sloeg de tentflap opzij en zag haar verstijven op de passagiersplaats. Andere reporters, verzameld bij het toegangshek van de begraafplaats, begonnen hem meteen met vragen te bestoken. Hij werd ongetwijfeld gefilmd vanuit de helikopter die boven zijn hoofd cirkelde en door de camcorders aan de andere kant van het hek. Hij hoopte maar dat Nikki Gillette niet herkenbaar in beeld kwam.

Zonder een woord opende hij het portier van de wagen, gleed op de bestuurdersplaats en startte de motor. 'Het spijt me,' zei hij, en ze slaakte een zucht. Ze wendde haar hoofd af en keek uit het raampje terwijl hij wegreed van de begraafplaats.

'Met wie was Simone?' vroeg ze.

'Een man met de naam Tyrell Demonico Brown.'

'Een jurylid?'

'Ja.'

Ze snoof luid, en vanuit zijn ooghoek zag hij haar kin verstrakken alsof ze zichzelf dwong sterk te zijn. Ze was duidelijk de dochter van Ronald Gillette.

'Grijp hem, Pierce,' zei ze, terwijl ze haar tranen wegveegde. 'Grijp die klootzak.'

'Zal ik doen.' Hij draaide een weg op die hen wegleidde van de stad. 'Dat is een belofte.'

Nikki wilde hem geloven. Ze wilde wanhopig geloven dat het recht zijn loop zou krijgen, dat Chevalier in de hel zou rotten voor hetgeen hij had gedaan. 'Heb je ander bewijs gevonden?'

'Weer een briefje.'

'O God, nee.'

'Aan mij gericht.'

'Wat stond erop?'

Hij vertelde het, en ze luisterde vol afschuw. 'Nog meer? Meer dan twaalf? Zeventien,' fluisterde ze, toen ze over de brug naar Tybee Island reden. 'Waar gaan we heen?'

'Ergens waar het rustig is. Even maar. Daarna gaan we terug.'

'Op Tybee?'

'Heb je een beter idee?'

'Niet echt.'

Ze stopten bij het strand en liepen langs de duinen, zeiden geen woord, roken de zilte zeelucht. Reed legde een arm rond haar schouders en ze nestelde zich dichter tegen hem aan, waarna haar verdriet en schuldgevoel iets verzachtten.

'Denk je dat je het redt?' vroeg hij, en ze knikte, tuurde naar hem op, voelde de wind door haar haren, en de zoom van haar jas flapperde tegen haar benen.

'Ik moet wel. Wij Gillettes, we zijn survivers... nou, behalve Andrew dan.' Ze slaakte een zucht, en bekende iets dat ze twaalf jaar voor zich had gehouden. 'Ik denk dat hij zelfmoord heeft gepleegd. Er was sprake van een ongeluk en dat is wat mam en pap verkozen te denken, maar wanneer je de feiten bekijkt... Andrew vond verliezen afschuwelijk, en het feit dat hij geen rechten kon studeren op de universiteit die hij wilde, zelfs niet met paps hulp, was voor hem onverteerbaar.' Ze stak haar handen diep in de zakken van haar jas, en staarde over de zee tot waar het grijze water de donkere wolken ontmoette.

'Maar jij bent anders.'

'Ik hoop het.' Ze glimlachte zwakjes. 'Goed, rechercheur, je hebt me dus hierheen gebracht om te helpen mijn schudgevoel af te schudden, en ik vermoed om me weg te houden van de nieuwsgierige blikken van de andere agenten en journalisten. Wat nu?'

Hij trok haar dichter naar zich toe en boog zijn hoofd om haar te kussen, zo hard, en zo wanhopig en dat ze geen weerstand kon bieden en zijn kus beantwoordde. Boven het geruis van de zee uit hoorde ze het bonken van haar hart, sterk en regelmatig, voelde zijn warmte en besefte dat ze in de afgelopen paar dagen verliefd was geworden op deze bruuske, koppige politieman.

Hij duwde zijn tong tegen haar tanden, en ze opende zich voor hem, klemde zich aan hem vast, voelde zijn lichaam, hard en verlangend onder zijn kleren. De wind cirkelde om hen heen, de zee zwiepte de golven op, en gedurende enkele minuten vergat Nikki alles om zich heen, alle verdriet, en alle schuldgevoelens, alles, behalve deze ene man.

Het voelde zo goed om alles te vergeten. Al was het maar gedurende een paar minuten.

Kreunend hief hij zijn hoofd en zijn greep verslapte. 'Ik vind het afschuwelijk dit af te breken, echt, maar ik heb werk te doen.'

'Wij hebben werk te doen,' verbeterde ze hem. 'En dit hou ik te goed.'

'Je zult het krijgen.' Zijn stem klonk zacht, zijn blik was bezorgd. 'Weet je zeker dat je het redt? Dat alles goed komt?'

'Niet goed. Maar zo goed als mogelijk is.'

'Dan zal ik je nu naar een autoverhuurbedrijf brengen.'

'Dat lijkt me een prima idee.' Ze glipte in zijn El Dorado, en wist dat ze Norm Metzger en Tom Fink met al hun vragen onder ogen moest komen. Metzger had haar met Reed gezien. Dus zou ze aan een derdegraadsverhoor worden onderworpen. Het zij zo.

Ze zou doen wat ze moest doen om te helpen Simones moordenaar voor het gerecht te slepen.

Het is tijd.
Alles is op zijn plaats.

De Overlevende keek naar het bewegingloze lichaam op zijn vloer. Niet dood. Alleen buiten bewustzijn. De dood zou gauw volgen. Overal om hem heen flakkerden televisieschermen met beelden van de Peltier Cemetery. De politie en de FBI waren massaal aanwezig geweest. Hij wist het. Zoals hij van tevoren had geweten. En dat ze de verkeerde kant op keken.

Dat was eerder die dag geweest en de stations lieten telkens weer herhalingen zien. Hij was verheugd. De media besteedden tenminste aandacht aan hem. Toonden hem het juiste respect.

Op twee van zijn televisies speelde een dvd. Zijn lievelingsfilms. De twee waarmee hij zich het meest kon identificeren. *Rambo*, met Sylvester Stallone in de hoofdrol, en *The Matrix*.

Hij was ook een wreker. Een zoeker naar gerechtigheid. Een slachtoffer van het systeem, en iemand die het recht aan zijn kant zou krijgen voor het kwaad dat anderen hem hadden aangedaan.

Hij liep weg bij de televisies en ging naar zijn toilettafel. Met het flakkerende blauwe licht op de achtergrond zag hij dat zijn gezicht hard overkwam in de gebarsten spiegel. Hij was in de afgelopen weken een stuk ouder geworden. Hij herkende zichzelf bijna niet. Wat ook maar goed was, concludeerde hij. Want dan zou hij ook door anderen niet makkelijk worden herkend. Met of zonder zijn uitgebreide vermomming.

Bovendien was het tijd om zichzelf te ontmaskeren.

De wereld onder ogen te komen.

Om zijn punt duidelijk te maken.

Hij keek naar het bevlekte bureaublad, herinnerde zich hoe het bloed erop was gespat, hoe die vlek hem angst had aangejaagd. Voorzichtig raakte hij de vlek aan. Het was bijna of het bloed onder zijn vinger pulseerde. Steeds sneller wreef hij eroverheen. Scherpe beelden uit het verleden, van rondspattend bloed en kreten en doodgaan joegen door zijn hoofd.

Zoveel bloed.

Zoveel pijn.

Twaalf jaar oude kreten weergalmden in zijn oren, echoden griezelig, dwongen hem.

Hij deed zijn ogen dicht, concentreerde zich op zijn missie.

Alle recente moorden waren slechts oefeningen geweest.

Nu was het tijd voor de genadeslag.

De aanwijzingen die hij had verstuurd waren een rookgordijn geweest. De agenten hadden eruit kunnen halen wat ze erin wilden zien. Ze hadden het te druk met bescherming bieden aan de resterende juryleden, maar ze verspilden hun tijd en mankracht.

Hij glimlachte. De bloedvlek gaf hem kracht.

Macht. Herinnerde hem aan zijn doel.

Nu.

Vanavond.

Het moest gebeuren.

Voor het eerst in twaalf jaar ontsloot hij de bovenste la. Zijn ogen bleven dicht, zijn hart ging tekeer. De oude la zat klem, maar hij zette meer kracht en hij vloog open.

Hij stak zijn hand naar binnen.

Zijn vingers raakten de lange leren schede en hij gespte hem gretig los, plotseling bezorgd, in het besef dat het einde zo dichtbij was. Hij moest zichzelf dwingen rustig aan te doen, er zoveel mogelijk genot uit te halen terwijl hij het jachtmes uit de schede haalde.

Toen deed hij zijn ogen open.

Staarde naar het glanzende lemmet, testte het op zijn handpalm.

Een dunne rode lijn verscheen op zijn huid. Bloed droop eruit. Weer een litteken in de maak.

Het was perfect.

28

'Ik dacht toch dat ik duidelijk had gezegd dat je van het onderzoek bent gehaald,' zei Katherine Okano boos vanaf de troon die
haar bureaustoel was. Ze poetste haar bril zo heftig schoon dat
Reed vreesde dat de glazen eruit zouden springen. 'Of was je dat
gemakshalve maar even vergeten, rechercheur?'

'Niet echt,' zei Reed gespannen.

'En toch sta je levensgroot op de film. Wat zal zijn advocaat
gaan zeggen wanneer we de moordenaar eenmaal hebben? Hij
zal natuurlijk te horen krijgen dat je iets met een van de slachtoffers hebt gehad. Zou dat niet een reden zijn om te denken dat
je het bewijs verdraait of aandikt teneinde hem veroordeeld te
krijgen? Je weet dat ik Morrisette strikte instructies over je heb
gegeven, dus is het niet alleen jouw nek die in een strop steekt.
Zij brengt de zaak ook in gevaar door jou te betrekken bij wat
er gebeurt.'

'De Grafschender richt zijn briefjes aan mij.'

'Tuurlijk. Stop nou gewoon, Reed, en stop nú of ik moet je om
je penning vragen.'

'Dat zal niet nodig zijn.' Hij haalde zijn portefeuille te voorschijn waarin zijn legitimatie en penning zaten en smeet hem over
haar bureau in haar richting. 'Het is niet de schuld van Morrisette. Ik heb haar overgehaald.'

'M'n reet.' Ze zette de bril op haar scherpe neus. 'Je komt hier
niet zo gemakkelijk vanaf, Reed. Hou je gedeisd, ik zal zien welke draai ik hieraan kan geven.' Ze schoof de portefeuille terug.

'En ik dacht dat je dat juist niet wilde,' zei hij spottend.

'Dwing me niet.'

Hij stak de portefeuille weer in zijn zak. 'Ik zou niet durven,' zei hij, in het besef dat hij loog of het gedrukt stond.

De dag was een hel geweest. Nadat ze een auto had gehuurd, was Nikki naar huis gereden, waar ze door Mikado werd opgewacht. Ze liet hem uit en keek naar het enthousiasme waarmee hij achter eekhoorns aan zat en naar voorbijgangers blafte, maar ze dacht alleen aan Simone, en het feit dat ze haar nooit meer zou zien. Ze zou haar stem nooit meer horen. Ze zou haar nooit meer laten zitten.

Maar ze kon tenminste nog iets doen. Ze kon helpen die schoft te pakken. Hem achter tralies laten sluiten. Hij nam immers contact met haar op.

En ze kon voor Simones hondje blijven zorgen. Dat zou ze hebben gewild.

Hoewel Jennings duidelijk zijn bedenkingen had over de nieuwkomer, had Nikki besloten dat Mikado zou blijven.

Ze liet de hond en de kat aan hun eigen beslommeringen over, en reed naar haar werk, waar ze bij de kapstok door Tom Fink werd benaderd. 'Heb je een ogenblikje, Nikki?'

'Natuurlijk.'

'Goed. Laten we naar mijn kantoor gaan.'

Terwijl ze over de redactie liepen, voelde ze ieders ogen op haar rusten, ze voelde de nieuwsgierigheid in hun blikken.

'Wat is er aan de hand?' vroeg ze, zodra Tom haar in de stoel voor zijn bureau had laten plaatsnemen.

'Dat zou ik dus graag willen weten.' Hij plantte zijn ellebogen op zijn bureau en liet zijn kin op zijn duimen rusten. 'Er is iets aan de hand. Iets belangrijks. Jij krijgt briefjes van de moordenaar, er is bij je ingebroken en een van je beste vriendinnen is het slachtoffer geworden van een moordenaar die jij de Grafschender hebt genoemd, heb ik het goed?'

'Ik dacht dat de politie geen namen vrij gaf van de recentste slachtoffers tot de directe familieleden op de hoogte waren gesteld.'

'Dat is dus al gebeurd. De ouders van Simone Everly hebben

het nieuws al gehoord, evenals de zus van Tyrell Demonico Brown, zijn kinderen en ex-vrouw.'

'Slecht nieuws gaat snel rond.'

'Ja.'

'Omdat wij ervoor zorgen dat het snel gebeurt.'

'Wij? Bedoel je de krant? O God, Nikki, vertel me niet dat je plotseling last hebt van je geweten.'

'Ik heb altijd een geweten gehad waarnaar ik heb geluisterd.'

'Om nieuws te rapporteren moet iemand onbevooroordeeld zijn. Volkomen. Simone Everly was toch een vriendin van je? Jaren geleden verloofd met je broer?' vroeg hij, en voegde eraan toe: 'Maar het spijt me voor je, echt.'

'Meen je dat?'

'Natuurlijk. Dit is verschrikkelijk. Het is geen wonder dat je je verdedigend opstelt.'

'Verdedigend?' Waar had hij het over?

'Ik zou het je niet kwalijk nemen als je de handdoek in de ring gooide.'

Ze gaf geen antwoord. Vroeg of laat zou Tom terzake komen, de reden kenbaar maken waarom hij haar meteen bij binnenkomst mee naar zijn kantoor had genomen.

'Vanwege je relatie met Simone en de Grafschender hebben we hier op de krant een unieke gelegenheid.'

'We?'

'Mmm. Laten we de zaken een beetje omdraaien. In plaats van dat jij het interview doet, zal iemand jóu interviewen.'

Dit werd met de minuut erger.

'Norm kan een indringend artikel over Simone, jou en de Grafschender schrijven. Het zal zich richten op jouw relatie met de moordenaar en een van zijn slachtoffers.'

'Geen denken aan. Tom, ik –' Maar hij was al opgestaan, tikte tegen het raam en wenkte iemand naar binnen. Een seconde later stapte Norm Metzger door de deur. Hij droeg een recorder, een pen en een dik notitieblok.

'Nikki,' zei hij, waarbij hij nauwelijks zijn vleierige glimlach kon verbergen.

'Tom heeft me over het artikel verteld,' zei ze, eveneens glimlachend.

'Geweldig.'

'Ik denk dat ik met een verklaring moet beginnen.'

'Goed idee,' zei hij, hoewel het niet helemaal van harte klonk. 'Wat voor soort verklaring?'

Nikki stond op en schopte haar stoel naar achteren. 'Het is heel eenvoudig en recht door zee.'

'Nikki –' waarschuwde Tom.

'Hier komt het, Metzger. Toen juffrouw Gillette werd gevraagd naar haar reactie over de dood van haar vriendin, zei ze: "Geen commentaar."'

En toen was ze weg.

Reed stopte even bij het bureau, en reed daarna naar het rouwcentrum waar het leven van Bobbi Jean Marx werd belicht door een jonge predikant die haar naam verkeerd uitsprak en telkens naar zijn aantekeningen moest kijken. Het was allemaal erg eenvoudig gehouden en onderkoeld, ondanks de vele verslaggevers die buiten de kapel bijeen waren gedromd. Hij had Nikki er niet tussen gezien, en dat nam hij haar niet kwalijk. Het was duidelijk dat ze dit zo kort na de moord op Simone niet aankon.

Maar Reed vond dat hij de laatste eer moest bewijzen aan de vrouw die zwanger was geweest van zijn kind. Morrisette en Siebert waren er ook, op zoek naar de dader, die mogelijk een kick kreeg door de begrafenis te bezoeken en de ravage in ogenschouw te nemen die hij had aangericht.

Reed kende echter niet veel van Bobbi's vrienden of bekenden. Hij ontdekte Jerome Marx, die eerder boos was dan verdrietig omdat hij de dienst moest bijwonen, en een paar undercoveragenten, en enkele mensen met wie ze had samengewerkt, maar meer niet.

Het was een kleine, nerveuze groep mensen die naar de onhandige predikant luisterde, hun hoofd gebogen in gebed, en worstelend met de tekst van de gezangen. Alles bij elkaar was het een deprimerende aangelegenheid.

Na afloop besloot hij Morrisette niet te benaderen. Er was geen reden om haar nog meer in moeilijkheden te brengen. Ze zat al tot aan haar nek in de modder.

Buiten de kapel stond een stevige wind die de regen op afstand hield, maar in zijn gezicht en handen stekend koud was. Hij reed naar de begraafplaats waar Bobbi opnieuw werd begraven. Een paar rouwenden stonden zwijgend rond het graf bijeen, en hij observeerde hen stilletjes, wilde zien of sommige mannen haar minnaar waren geweest, of een van hen haar moordenaar kende.

'…God zij met u,' zei de predikant ten slotte, en Jerome Marx naderde de kist, legde een roos en iets glimmends – de ring die de jongen in Dahlonega had gevonden – op het met bloemen bedekte deksel. Daarna draaide hij zich om en wijderde zich van de groep. Op hetzelfde moment begon het te regenen.

Ze was ziedend toen ze haar bureau uitmestte. Het lef van Tom Fink. In combinatie met Norm Metzger, die slijmbal. Waarom ze meer had verwacht, wist ze niet, maar ze had meer verwacht.

'Dit is een vergissing,' zei Trina, haar stoel achteruit rollend. 'Je bent moe. Je hebt een verschrikkelijk verlies geleden en ja, Norm en Tom zijn zakken, maar je wilt je ontslag niet nemen.'

'Daar vergis jij je in.' Nikki gooide allerlei zaken als pennen en blocnotes in dozen die ze uit de postkamer had gehaald. 'Ik heb hier al langer geleden weg willen gaan, en nu heb ik een excuus.'

'Maar je hebt deze baan nodig.'

'Niemand heeft deze baan nodig,' zei ze, en zette haar koffiemokken, naamplaatje en Rolodex in een doos.

'Wat is hier aan de hand?' vroeg een mannenstem achter haar.

Kevin, met zijn koptelefoon op, stond pal achter haar stoel. 'God, klop jij nooit?' vroeg ze, maar toen hij het grapje niet snapte nam ze niet de moeite het uit te leggen.

'Nikki neemt ontslag,' zei Trina.

'Ontslag? Jij?' Zijn donkere ogen knipperden.

'Klopt. Tijd voor verandering,' zei ze, en ze zag Norm Metzger die over een laag muurtje naar haar keek. Alleen zijn ogen en voorhoofd waren zichtbaar.

'Ik heb in al die jaren veel dingen over je gedacht, Gillette, maar nooit dat je zelf je ontslag zou nemen.'

Ze was ziedend. Doodmoe. Geprikkeld, maar ze hield een snijdende opmerking voor zich. 'Dan had je het denk ik verkeerd,' zei ze in plaats daarvan, terwijl ze allerlei paperassen in een doos zwiepte, gevolgd door dossiermappen uit haar bureaula. 'Dat is het wel zo'n beetje.'

'Moet je je niet aan twee weken opzegtermijn houden?' vroeg Kevin.

'Als Tom dat wil zal ik elke dag komen en zijn stoel warm houden, maar echt, ik kan me voorstellen dat hij blij zal zijn wanneer hij me hier niet meer ziet.'

'Ik kan gewoon niet geloven dat je echt weggaat.' Trina's gebruikelijke glimlach ontbrak en haar ogen waren steenkoud en ernstig. 'Het zal hier niet meer hetzelfde zijn.'

'Misschien wel beter.' Nikki knipoogde naar haar.

'Ja, vast.'

'Heb je hulp nodig met die dozen?' vroeg Kevin, en Nikki nam zijn aanbod bijna aan, maar bedacht zich. 'Bedankt, ik red me wel.'

'Dat bevalt me nou aan jou,' zei Norm. 'Strijdlustig tot het eind.'

'Hou je kop, Metzger.' Ze hing de band van haar tas over haar schouder en pakte de grootste doos op, waarbij ze Trina's blik ving. 'Ik bel je later,' beloofde ze, en beende vervolgens de gang door en naar buiten, waar de middag al overging in de avond.

Ze was klaar met inladen en wilde net de parkeerplaats af rijden, toen haar mobiel ging. Op de nummermelder zag ze dat het een telefoontje van haar ouders was, en ook dat de batterij bijna leeg was.

'Hallo?' zei ze, terwijl ze voor de laatste keer van de parkeerplaats reed.

'Nikki?' vroeg haar moeder, haar stem vaag, de verbinding haperde.

'Hoi, mam.'

'Nikki... het... het... je vader.'

'Wat is er met pap?'

'Ik... ik weet het niet.'

'Is hij ziek?' Haar hart sloeg een slag over. 'Wat is er met hem?'

'Ik... alsjeblieft...'

'Mam, bel 911!'

'Nee! Nee!' Haar moeder klonk dringend, bang. O God, haar vaders hart. Dat was het.

'Ik zal wel bellen.'

'Nee, Nicole, niet doen.'

'Nou, bel dan naar Lily of Kyle. Ik ben onderweg. Mam?' Haar mobiel viel uit, de batterij was leeg.

'Shit,' zei Nikki, en gaf plankgas. Ze hoopte dat ze nog op tijd bij haar vader zou zijn. Het was een ritje van tien minuten, maar die tijd kon van vitaal belang zijn. Ze toetste 911 op haar mobiel in, en er een kwam verbinding tot stand.

'Dit is Nikki Gillette. Stuur alstublieft iemand naar mijn vader, Ronald Gillette.' Ze kon nog net het adres doorgeven, maar toen ze vroeg of ze met Pierce Reed kon worden doorverbonden, viel de lijn weer weg.

Reed probeerde Nikki voor de zoveelste keer op haar mobiel te bereiken. Vergeefs. Hij sprak een bericht in. Daarna belde hij de krant, waar een ijzige receptioniste hem vertelde dat 'Nicole Gillette' niet beschikbaar was. Toen hij vroeg wanneer hij haar wel kon bereiken, zei de receptioniste dat ze absoluut geen idee had.

Het voelde niet goed.

Maar eigenlijk voelde niets goed.

Hij belde naar haar appartement, maar kreeg het antwoordapparaat. Om een of andere reden was Nikki niet bereikbaar, en het beviel hem helemaal niet.

Hij pakte zijn jack en bleef bij Morrisettes bureau staan. Ze was druk bezig met een stapel paperassen. 'Ik heb gehoord dat je hebt geprobeerd je penning in te leveren.'

'Goed nieuws gaat snel.'

'Doe het niet, Reed.'

'Waarom niet?'

'Ze is het niet waard.'

Hij wachtte.

'Luister, ik ben niet blind, snap je? Ik heb jullie samen gezien. Je hebt het hevig van haar te pakken, maar ze speelt met je. Gebruikt je zoveel ze kan.'

'Weet je dat zeker?'

'Ja. En vraag niet naar nieuws over de Grafschender, want dat heb ik niet.'

'Misschien moet ik het bij Siebert proberen.'

'Ga je gang.' Morrisette hapte niet.

'Ben je nog iets te weten gekomen over Corey Sellwood en Sean Hawke?'

'Ik heb je gewaarschuwd.' Ze keek hem aan, rommelde wat tussen de papieren, en slaakte een zucht. 'Goed, ik geloof niet dat dit kwaad kan. Ze zijn schoon. Sluitende alibi's. Geen verdachten, dus vergeet ze. Zodra we Chevalier vinden, hebben we onze man.'

'Zorg dan dat je hem vindt,' zei Reed. 'Snel.'

'We zijn ermee bezig.' Hij draaide zich om en wilde weggaan, toen ze haar keel schraapte. 'Ik ga buiten een sigaretje roken.'

'En?'

Ze keek hem recht aan. 'Maak nou maar dat je wegkomt, Reed. Ik zit niet op dit soort moeilijkheden te wachten.'

Hij begreep het eindelijk. 'Prima. Ik zie je nog wel.'

'Als je geluk hebt.'

Hij haastte zich het gebouw uit en trok zijn schouders op tegen de koude regen, die in zijn nek drupte en hem tot op het bot verkilde. Waar was Nikki, verdomme? Stel dat de Grafschender een spelletje met hen speelde? Twaalf juryleden en nog drie mensen. Er moest toch een reden zijn waarom hij steeds met hem en Nikki contact opnam...wie was de derde? De rechter.

Hij moest het zijn.

Zeventien. Twaalf juryleden. De rechercheur die hem in de kraag had gegrepen, de verslaggeefster die verslag had gedaan van de rechtszaak, en de rechter.

De verslaggeefster had de zaak bijna verknald, flitste het door hem heen. Daarom zou zij nu misschien veilig zijn.

Maar ze hád het niet verknald. Chevalier was veroordeeld. Door de rechter.

Rechter Ronald Gillette.

Hij kroop achter het stuur van zijn El Dorado. Hij had nog slechts twee blokken gereden toen zijn mobiel ging. 'Reed,' zei hij kortaf.

'Luister, het spijt me dat ik je heb afgewimpeld, maar ik bevind me op glad ijs,' zei Morrisette. 'Okano heeft me vanochtend weer een waarschuwing gegeven, snap je?'

'Ik snap het.'

'Maar ik dacht dat je moest weten dat Nikki tien minuten geleden 911 heeft gebeld. Ze kon niet veel zeggen, want de verbinding werd verbroken. Ze belde met haar mobiel, en toen ik terugbelde, nam ze niet op. Ik heb haar nummer thuis geprobeerd en op kantoor, maar daar kreeg ik een vreemd antwoord. Ik wilde jou net bellen toen je bij mijn bureau stond. Je wilt haar misschien wel gaan zoeken.'

'Dat wil ik zeker,' zei Reed.

'Ik heb al een team naar haar appartement gestuurd en nog een naar de krant. Als ze wordt gevonden, zal ik het je laten weten. Okano kan de pot op.'

'Bedankt. Ik denk dat Nikki een doelwit is. Een van de zeventien,' zei Reed, zijn stem emotieloos toen hij Morrisette zijn theorie uiteenzette.

Morrisette luisterde en maakte enkele geluiden ten teken dat ze het begreep. 'Weet je het zeker?' vroeg ze.

'Het is het enige dat ik kan bedenken, hoewel het niet perfect is.'

'Shit. Niets is perfect.'

Hij wilde zijn eigen theorie niet eens geloven, dacht hij, terwijl hij naar de ruitenwissers keek die de regen wegveegden. In stilte bad hij dat hij het mis had. Hij wilde denken dat Nikki veilig was. Een deel van hem vertrouwde erop dat ze in orde was. Maar het andere deel van hem, de nuchtere agent, wist wel beter. Een duisternis nestelde zich in zijn hart en hij voelde een diepe angst zoals hij die nog nooit had gekend.

'Mam, pap!' gilde Nikki terwijl ze de garagedeur opengooide en de keuken binnenstormde. Maar er kwam geen reactie. De klok aan de muur tikte en de koelkast zoemde, maar verder was het doodstil. Sandra stond niet te koken, maar het volgende moment drong het tot haar door dat ze haar vrije dag had. De tv stond niet aan, en ze hoorde haar moeder ook niet vals meezingen.

Waar waren ze dan? En waarom waren er nauwelijks lampen aan?

'Mam?'

Waren ze naar het ziekenhuis gegaan?

Beide auto's stonden in de garage; dat had Nikki bij binnenkomst gezien. Dus, tenzij ze een ambulance hadden gebeld, of een kennis... Angst deed haar spieren spannen. 'Mam?' riep ze weer, terwijl ze de regen van haar jas schudde.

Weer geen reactie.

Er was iets mis. Verschrikkelijk mis.

Nee, ze was nerveus vanwege dat telefoontje van haar moeder.

Ze reikte naar de telefoon en ineens viel haar een flakkerend licht op uit de kamer. De televisie. Maar geen geluid.

Ze nam de draadloze telefoon mee. Toen ze de studeerkamer in kwam, voelde ze zich meteen opgelucht. Haar vader lag languit in zijn lievelingsstoel, zijn voeten op de koffietafel, de televisie aan, maar zonder geluid. Hij leek vast in slaap. Dood voor de wereld.

'Jezus, pap, je hebt me aan het schrikken gemaakt,' zei ze zacht, in de hoop dat hij wakker zou worden. Ze zette de telefoon op tafel. 'Waar is mam? Ze belde me net op en klonk nogal overstuur.' Toen hij niet reageerde, liep ze naar de stoel en raakte zijn schouder zacht aan. 'Hallo, paps.' Geen reactie. Ze werd opnieuw bang. 'Pap? Wakker worden.' Zijn hoofd rolde opzij, en zijn ademhaling was erg oppervlakkig. Of was er helemaal geen ademhaling? Haar hart bonkte tegen haar ribben. 'Pap?' vroeg ze iets harder, en boog zich over hem heen, luisterde naar een teken van leven terwijl ze aan zijn schouder schudde.

Maar er was geen ademhaling te horen. 'Nee... o, God, nee... Pap. Pap!'

Toen ontdekte ze het bloed. Niet op hem, maar vanuit haar ooghoek zag ze een rood bloedspoor in de gang.

'Mam?' zei ze, en haar hart klopte in haar keel. O, lieve God, nee! Waarom dat bloed? Waarom? Was haar moeder gewond? De haartjes op haar armen gingen overeind staan toen ze een zacht gekreun hoorde. Haar moeders stem. 'Mam. Ik kom eraan. Ik ga hulp halen,' riep ze, terwijl ze naar de gang holde. Toen hoorde ze voetstappen achter zich, die uit de keuken in haar richting kwamen.

Ze draaide zich om.

En zag hem.

Bebloed en nat. Zijn gezicht vertrokken en grimmig, ogen glinsterden onder een hoog voorhoofd, en een lok druipend haar viel over ogen die zo wreed waren dat ze gilde. In een hand hield hij een injectienaald en in de andere een bebloed jachtmes.

De Grafschender.

IJzige angst sneed door haar heen toen ze hem herkende. 'Waar is mijn moeder?' vroeg ze, achteruitdeinzend, haar hartslag hamerend in haar borstkas.

Geen antwoord. Alleen een tevreden glinstering in zijn ogen.

'Als je haar pijn hebt gedaan, zal ik je vermoorden, jij zieke, verknipte klootzak,' siste ze, terwijl ze achteruitdeinsde. Er waren geladen geweren in de wapenkast, messen in de keuken, de telefoon onder handbereik op de tafel. Nog maar drie stappen.

'Jouw beurt, Nikki,' zei hij, met een kille sadistische glimlach, die duivels was. En dat bloed. Al dat bloed. Van haar moeder?

O, God. Ze kon hem niet ontlopen; hij zou bij haar zijn voor ze nog een stap had gezet.

Desondanks draaide ze zich om alsof ze wilde wegrennen.

Hij sprong, wapens in zijn gebalde vuisten.

Onmiddellijk nam ze een duik, hief een been en trapte zo hard mogelijk met haar andere voet.

Haar laars raakte zijn kruis.

'Ooo!'

Met een kreet viel hij neer. Het mes kletterde op de grond, maar hij greep het snel en slaagde erin de injectiespuit vast te houden. Ze trapte weer, richtte op zijn neus, maar hij trok zijn hoofd weg, en ze raakte de zijkant van zijn gezicht.

'Teef die je bent!' brulde hij. De spuit viel uit zijn hand, en hij greep haar laars, zijn vingers gleden echter van het gladde leer terwijl ze begon te rennen, snel, en in het voorbijgaan greep ze de telefoon.

Hij krabbelde onmiddellijk overeind, kwam naar haar toe. Ze toetste de negen in, rukte een foto van de muur en gooide die in zijn richting. Eenmaal buiten toetste ze de één tweemaal in. 'Help!' schreeuwde ze in de hoorn. 'Ik word aangevallen! Door de Grafschender. Mijn moeder is gewond. De schoft heeft mijn vader vermoord. Stuur iemand naar –' maar de telefoon viel uit, te ver van de basis om het signaal op te vangen.

Verdomme! Haar sleutels! Waar waren verdomme haar sleutels! Ze greep in haar zak, vond de sleutel van haar huurauto. Ze gleed achter het stuur, gooide het portier dicht en sloot het met trillende vingers af. Haar mobiel! Waar was het ding?

Hij sprong, bonkte op de voorruit.

Ze ramde de sleutel in het contactslot, zag zijn bebloede gezicht tegen de voorruit, de motor sloeg aan.

Zijn gezicht was slechts enkele centimeters van het hare. Gescheiden door het glas van de voorruit.

Ze zette de motor in zijn achteruit, gaf gas en zag een truck in haar achteruitkijkspiegel die de weg blokkeerde.

Nee! Ze trapte op de rem.

Hij moest met gedimde lichten in de volgende steeg hebben gewacht en langzaam achter haar aan hebben gereden toen zij het huis van haar ouders binnenging.

Ze reikte naar haar mobiel. Misschien zou ze nog een telefoontje kunnen plegen.

Bang!

Glassplinters vlogen alle kanten op toen het zijraam werd ingeslagen.

Nikki schreeuwde en schrok, maar het was te laat; ze zag de dodelijke naald glanzen voordat hij in haar schouder werd gestoken. 'Je komt niet weg,' zei hij ijzig kalm. Een duivelse lach verspreidde zich over zijn bebloede gezicht. Zijn ogen glinsterden dreigend.

Ze schreeuwde zo hard mogelijk.

Probeerde hem door de gebroken ruit heen af te weren.

Maar het was zinloos.

Ze kon zich amper bewegen. Het portier ging open, en daar was hij, opdoemend in het duister, het bebloede mes een getuigenis van zijn moorden. Vluchtig dacht ze aan haar moeder, aan haar vader, haar familie en Pierce Reed, en daarna werd het zwart voor haar ogen.

29

Reed raakte met de minuut meer in paniek. Hij reed naar Nikki's appartement, en nadat hij de slome huismeester had overgehaald hem binnen te laten, leek alles er hetzelfde uit te zien als die ochtend. De kat bekeek hem achterdochtig vanaf de boekenkast en het hondje danste rond zijn voeten.

'Ze heeft er weer een huisdier bij,' zei Fred Cooper. 'Ze weet dat honden niet zijn toegestaan.'

'Het is de hond van een vriendin,' zei Reed. Daarna luisterde hij berichten op haar antwoordapparaat af. Berichten, vertelde Cooper hem, die de andere agenten al hadden afgeluisterd.

Er waren er twee. 'Hoi, met Sean. Kom op, Nik, doe me een lol. Bel nou. Je weet mijn nummer.' Reeds kaken klemden opeen bij het horen van Seans stem. Er was een korte pauze voor het volgende bericht begon. 'Nikki?' fluisterde een ijle vrouwenstem. 'Nikki... met mam. Bel me... het is dringend. Het gaat om pap...'

Het bericht was om zeventien over vier opgenomen. Een paar uur geleden.

Hij belde het nummer van Ronald Gillette dat in het telefoongeheugen stond geprogrammeerd. De telefoon ging een paar keer over tot het antwoordapparaat klonk, en de stem van de rechter door het vertrek schalde.

'Dit is rechercheur Pierce Reed,' sprak hij in. 'Ik ben op zoek naar Nikki. Als u van haar hoort laat haar mij dan alstublieft bellen.' Hij gaf zijn nummer door en hing op.

'Ik weet gewoon niet wat ik met die hond aan moet,' zei Fred Cooper, zijn lippen opeen geperst terwijl hij naar het diertje keek.

'Dat heb ik ook al tegen die twee agenten gezegd die hier even geleden waren.'

'Ik wel. U laat hem voorlopig hier. Tot u iets van Nikki hoort.'

'Maar ik ben wettelijk verplicht...' Hij slaakte een zucht.

'Goed. Voorlopig blijft hij hier. Maar zodra ze terugkomt, wil ik met haar praten.'

Reed hoopte van harte dat Cooper de kans zou krijgen Nikki op het matje te roepen, maar terwijl hij door de regen naar de kantoren van de *Sentinel* reed, kon hij de gedachte niet van zich af zetten dat er iets heel erg mis was. Niemand had hem gebeld, hoewel Morrisette had beloofd dat ze zou bellen wanneer de teams die ze eropuit had gestuurd iets te weten waren gekomen. Reed kon niet stil blijven zitten. Hij besloot zelf op onderzoek uit te gaan.

Hij voelde zich niet beter toen hij eenmaal op de redactie was. Nikki was er geweest, maar ze had haar bureau leeggeruimd en sindsdien had niemand, ook haar vriendin Trina niet, iets van haar gehoord.

Niet dat dat zo vreemd was, veronderstelde hij, maar desondanks nam zijn bezorgdheid toe terwijl hij naar haar lege werkplek staarde.

Maar Tom Fink, de redacteur was helemaal niet bezorgd. 'Luister, zoals ik ook al tegen die andere agenten heb gezegd, ze was opgefokt, heeft haar bureau leeggehaald en is naar buiten gestormd. Ze is nou eenmaal een heethoofd.'

'Waarom is ze weggegaan?'

'Ze weigerde een verhaal te schrijven dat ik haar opdroeg.'

'En waarover?' vroeg Reed.

'Nog een artikel over de Grafschender.'

'En ze weigerde?' Reed wist wat er zou komen. 'Laat me raden... het was een verhaal over zijn laatste slachtoffer, klopt dat?'

Fink haalde zijn schouders op. 'We hadden gehoord dat hij Simone Everly te pakken had. Ze was een vriendin van Nikki. Het leek me logisch.'

'Om meer kranten te verkopen.'

'Dat is onze zaak, rechercheur.' Norm Metzger voegde zich bij hen. Hij had kennelijk achter het muurtje mee zitten luisteren. 'Ze had bezwaar kunnen maken. Natuurlijk. Ze was een vriendin kwijtgeraakt. Maar hoe kan ze haar helpen of het volgende eventuele slachtoffer redden als ze haar verhaal niet schrijft en het publiek waarschuwt? We wilden Simone Everly de laatste eer bewijzen en melden wat er met haar was gebeurd. Het is nieuws.'

'Het is altijd nieuws tot het om iemand gaat die dicht bij je staat. Dan wordt het persoonlijk, en noem je dit sensatiezucht.'

'Als verslaggeefster zou ze objectief moeten blijven,' stelde Fink.

'Geen wonder dat ze ervandoor ging.'

'Luister, Reed, u doet uw werk en ik het mijne. Ik zit niet te wachten op flauwekul van het politiebureau.'

Reed voelde zijn nekharen overeind gaan staan, en het kostte hem de grootste moeite zijn handen niet tot vuisten te ballen. 'En wij zitten niet te wachten op die schijnheilige flauwekul van de krant.' Zijn blik ging naar Trina, aan de andere kant van het schot. 'Zodra u iets van juffrouw Gillette hoort belt u mij zo spoedig mogelijk.'

'Absoluut.' Ze noteerde het nummer van zijn mobiele telefoon, wierp Fink een vernietigende blik toe en rolde daarna haar stoel naar haar bureau.

'Ik zal uw superieur bellen,' dreigde Fink.

'Doe dat, alstublieft,' zei Reed. 'Laat haar zien wat u allemaal doet om het publiek zogenaamd op de hoogte te stellen.'

Reed verliet het gebouw, en zijn mening over journalisten was nog erger dan toen hij was binnengekomen, wat gezien zijn standpunt praktisch onmogelijk was.

Smeerlappen.

Ongedierte.

Aasgieren.

Hij was bijna bij zijn wagen, toen Trina, haar schouders opgetrokken tegen de kou, hem buiten adem inhaalde. 'Ik wilde u laten weten dat Nikki echt van streek was toen ze wegging. Ik weet niet wat er tussen haar en Fink is voorgevallen, maar ze was ziedend. Ik heb geprobeerd haar over te halen, gezegd dat ze moest blijven, maar ze had haar besluit genomen.'

'Heeft u enig idee waar ze naartoe is gegaan?'

Trina haalde haar schouders op. 'Naar huis, misschien? Ze had al haar spullen uit haar bureau bij zich. Maar ze had een paar berichten gekregen die per ongeluk op mijn voicemail zijn terechtgekomen.' Ze liet haar stem dalen. 'Celeste, onze receptioniste is niet erg snugger.'

'Wie heeft haar gebeld?'

Ze gaf hem een nat geregend papiertje met nummers die begonnen door te lopen. 'Het eerste is van Sean, een oud vriendje met een bord voor zijn kop. En het tweede is van haar moeder. Het was een vreemd telefoontje. Mevrouw Gillette klonk overstuur.'

Reed dacht aan het telefoontje op Nikki's antwoordapparaat thuis. 'Bedankt.'

'Als u, nee, wannéér u haar vindt, wilt u het me dan laten weten?' vroeg Trina. 'Ik maak me zorgen. De Grafschender heeft uiteindelijk rechtstreeks contact met haar opgenomen.'

'Ik zal Nikki laten bellen.'

'Bedankt.' Ze holde door de regen terug naar het gebouw, en Reed was nog bezorgder dan eerst. Hij probeerde Nikki's mobieltje nog een keer, maar er werd nog steeds niet opgenomen. Ook bij Ronald Gillette thuis werd er niet opgenomen. Misschien was een van haar ouders ziek geworden en was ze met hen naar het ziekenhuis gereden – nee, dat verklaarde niet waarom haar mobiel niet werkte. Tenzij de batterij leeg was.

Onder het rijden belde hij Kyle, die geërgerd klonk omdat hij werd gestoord terwijl hij naar de tv keek die op de achtergrond stond te blèren. Hij zei dat hij Nikki sinds Thanskgiving niet had gezien. Vervolgens belde hij Lily. Ook een geval apart.

'Ik heb niets meer van Nikki gehoord sinds me heeft laten zitten. Voor de zoveelste keer. Ze wil de beste misdaadverslaggever van de stad zijn, en daar offert ze alles aan op. Dus nu zit ze achter de Grafschender aan, net zoals ze afgelopen zomer achter die seriemoordenaar aan zat. Als ze zo blijft doorgaan, zal het haar dood nog eens worden. God, ze is gewoon zo... zo Nikki!'

Reed wachtte tot ze was uitgeraasd. 'En wat is er met uw ouders aan de hand? Heeft u vandaag nog iets van uw moeder gehoord?'

'Nee... hoezo?' Ze klonk meteen bezorgd.

'Uw moeder heeft verscheidene berichten voor haar achtergelaten. Ze klonk overstuur. Maar ze heeft u niet gebeld?'

'Dat is vreemd,' zei Lily, en ineens was al haar boosheid weg. 'Ik bedoel, gewoonlijk belt mam míj als ze iets nodig heeft – of als er iets is. Nikki heeft mijn ouders ervan overtuigd dat ze het druk heeft, dus rekenen ze niet meer op haar. Maar ik ben de hele dag thuis geweest en mam heeft mij niet gebeld.'

Reed voelde zijn nekspieren verstrakken. 'Weet u het zeker?'

'Natuurlijk. Maar ik zal ze nu meteen bellen.'

'Goed. Blijf het proberen. Ik heb al eerder gebeld en een boodschap achtergelaten. Niemand heeft teruggebeld.'

'O, mijn God, u denkt toch niet dat er iets vreselijks is gebeurd?'

'Waarschijnlijk niet,' zei hij, tegen beter weten in.

'Ik ga ernaartoe.'

'U kunt het beste bij de telefoon blijven. Ik zal er een team naartoe sturen,' zei hij.

'Als u het zeker weet.'

'Absoluut. Ik ben al onderweg.'

'Dan laat u mam bellen of u belt mij, goed?'

'Ja.' Hij hing op en reed naar de buurt waar Ronald Gillette woonde. Er was niet veel verkeer, de straten waren donker door de winterse schemering, de zware regen sloeg tegen de voorruit en de rode achterlichten van de auto's vervaagden tot een gloed.

Hij parkeerde op de oprit en zijn hart zonk hem in de schoenen toen hij Nikki's huurauto voor de garage zag staan, waarvan de deur wagenwijd openstond. Binnen stonden twee voertuigen geparkeerd die zichtbaar waren in het licht van zijn koplampen. Een oude Mercedes stond naast een wat nieuwere BMW-cabriolet. Maar het huis en de garage waren donker.

Geen lamplicht scheen door de ramen van het elegante huis, er brandde zelfs geen buitenlamp. De andere huizen in de straat waren gescheiden door schuttingen, heggen, dicht struikgewas en brede grasstroken.

Wat Reed zag beviel hem niet. Helemaal niet. Hij toetste Morrisettes mobiele nummer in en legde uit wat er aan de hand was, terwijl het weerlichtte, gevolgd door een donderslag.

'Jezus Christus, Reed, wacht op versterking,' beval Morrisette. 'Dit zou een soort val kunnen zijn. Chevalier weet waarschijnlijk dat we achter hem aan zitten.'

'Ik ga naar binnen.'

'Geen denken aan. Doe het niet. We zijn er binnen tien minuten.'

'Maak er vijf van.' Hij hing op. Tegen beter weten in volgde hij zijn instincten. Er bestond een goede kans dat Nikki binnen was. Hij was van plan haar te vinden.

Er sprongen geen beveiligingslampen aan toen hij het huis naderde. Er verscheen geen gezicht achter een raam. Er was geen enkel geluid te horen. Hij vermande zich, sloop door de garage en gooide de deur naar het huis open. 'Politie!' riep hij. 'Laat je wapens vallen!'

In de verte hoorde hij gillende sirenes, maar binnen in het huis was alles doodstil. Donker.

Zijn hart klopte in zijn oren, hij deed het licht aan. De bijkeuken werd helder verlicht. Niemand te zien. Niets te horen.

'Politie!' riep hij weer. 'Laat je wapens vallen en schop ze de keuken in. Kom daarna naar buiten met je handen op je hoofd waar ik ze kan zien!'

Weer kwam er geen enkele reactie. Als hij nu in het licht zou stappen, en de moordenaar wachtte om de hoek, zou hij morsdood zijn.

Hij kon nog een paar minuten wachten.

Plotseling hoorde hij zacht gekreun.

Het bezorgde hem de schrik van zijn leven.

Hij spande zijn oren in. 'Is daar iemand?'

Weer een gedempt kreunen, en buiten het geluid van gierende banden, en Morrisettes stem die bevelen blafte.

Enkele seconden later dook ze naast hem op. 'We hebben het huis omsingeld,' zei ze. 'Wat is hier verdomme aan de hand?'

'Weet ik niet precies. Maar daarbinnen is iemand.' Hij gebaarde naar de gang waar een deur op een kier stond. Cliff Siebert voegde zich bij hen. 'Dek me.'

'Doe ik,' zei Siebert, en Reed sprintte door de bijkeuken, drukte zich plat tegen de muur naast de open deur.

'Politie!' riep hij weer, en het gedempte kreunen werd heviger.

Het klonk als een vrouwenstem. 'Nikki?' riep hij, en het antwoord was een gesmoorde kreet.

'Ga niet naar binnen!' waarschuwde Morrisette. 'Ik heb buiten iemand staan, en hij heeft gemeld dat hij niet naar binnen kan kijken omdat de luiken dicht zijn.'

Geweldig.

Met getrokken pistool sloeg Reed de hoek om, trapte de deur verder open en deed het licht aan. Vol afschuw staarde hij naar het tafereel voor hem, en schreeuwde over zijn schouder: 'Bel om een ambulance. NU!'

Binnen, vastgebonden en gekneveld, lag een vrouw die Reed herkende als Charlene Gillette. Haar ogen waren groot van angst, en ze beefde, jammerde achter de knevel in haar mond. Om de vrouw heen lag een poel van donker, geronnen bloed.

Hij boog zich over haar heen en trok de knevel weg. Achter zich hoorde hij denderende voetstappen. 'Ik ben rechercheur Reed, mevrouw Gillette. Hou nog even vol.'

'Ik neem het over.' Een jonge ambulancebroeder knielde naast de bevende vrouw neer. 'Geen zichtbare wonden,' mompelde hij, terwijl hij haar losknoopte.

'Maar al dat bloed?'

'Shit!' Morrisette verscheen in de deuropening. 'Goed, we moeten de boel afzetten. Zo weinig mogelijk aanraken!' Haar ogen dwaalden van de vrouw naar de muur waar persoonlijke souvenirs van de familie Gillette hingen. 'Jezus Christus,' fluisterde ze, en Reed draaide zich om naar de muur, waar prijzen, diploma's en foto's bij elkaar hingen.

Zijn maag balde samen. 'De klootzak.' Foto's en kiekjes van de familie, zelfs van enkele huisdieren, waren ingelijst en naast elkaar gehangen. Het waren de foto's die zijn aandacht trokken. Er was een boodschap gekrabbeld onder een kiekje van Nikki en haar vader. Het was een heldere zomerdag, Nikki's haren werden door de wind alle kanten op geblazen. Haar vader had zijn arm rond haar schouders geslagen en grijnsde trots op haar neer.

De boodschap die de muur besmeurde, was: LE BLANC.

Frans voor 'De Blanke'.

En de naam van een begraafplaats aan de noordkant van de stad.

Nikki opende een gezwollen oog en voelde de stekende pijn tot in alle botten van haar lichaam. Maar het was te donker om iets te zien, ze was gedesoriënteerd, haar brein leek een pak watten en ze had een smerige smaak in haar mond. Ze dacht dat ze iets voelde bewegen, maar dat was belachelijk, toch? Ze lag immers in haar bed... nee... waar was ze? Losse gedachten dreven als rusteloze golven voorbij, alsof ze door een slijmerige, modderige zee werden gedragen.

Ze herinnerde zich dat Simone dood was... o nee...dat was misschien een droom en... Ze hief haar hoofd.

Bam!

Au!

Haar voorhoofd ramde tegen iets hards aan.

Tranen sprongen in haar ogen. Lieve God, wat was er aan de hand? Ze probeerde haar hand naar haar voorhoofd te heffen, maar ze kon zich nauwelijks bewegen... het was alsof ze in een kist was geschoven... een kleine kist en... en... O, lieve God, er was iets mis, iets dat ze zich zou moeten herinneren. *Denk na, Nikki, denk na. Waar ben je verdomme? Je zou het moeten weten.* Ze probeerde zich te concentreren, maar ze wilde liever weer in slaap vallen.

Niet slapen! Er is iets helemaal mis...

Ze probeerde om zich heen te tasten, maar kon zich nauwelijks bewegen, en ze voelde zich doezelig en niet helemaal op de wereld. Er lag een matras onder haar. Bobbelig. Zacht en koud en ongelijk. Het drukte tegen haar rug en schouders. Toen ze haar hoofd bewoog stootte ze de achterkant tegen iets hards... en... en... o, nee!

Haar ogen vlogen knipperend open. Haar brein was zo mistig, ze moest zich inspannen om na te denken. Waar was ze? Ze was naar iemand op zoek geweest... en... en... O, God, lag ze, net als Simone, in een doodkist? Met een lijk onder zich?

Ze moest proberen te vechten, te schreeuwen. Ze zou levend worden begraven. Dat deel herinnerde ze zich. Ze moest snel iets doen. Maar haar brein was nog steeds als een pak watten, de drug die haar was gegeven was nog steeds niet uitgewerkt. Vergeefs probeerde ze te schreeuwen. Het was alsof ze in drijfzand wegzakte. Ze herinnerde zich de injectienaald en dat daarna alles zwart was geworden.

Misschien was dit alleen maar een droom, een heel nare droom. Ze probeerde bij bewustzijn te blijven, maar de drug sleepte haar weer mee in de gelukzalige duisternis... en terwijl de angst in de duistere hoeken van haar bewustzijn op de loer lag, hield ze op met zich ertegen te verzetten en zakte weer weg in het niets.

De teef had hem pijn gedaan. Zijn kruis klopte nog waar ze hem tegen zijn ballen had geschopt. En de zijkant van zijn gezicht deed pijn waar ze hem met de puntige hak van haar laars had geraakt.

Maar ze was niet ontkomen. Nee. Ze kreeg alles wat ze verdiende. Eindelijk. Net als de rest.

Nikki Gillette lag al in een kist. Zou dadelijk haar laatste adem uitblazen, zou dadelijk de angst en pijn kennen, de pure angst van hulpeloos zijn, overgeleverd aan de genade van iemand die sterker was. Zij, net als de anderen, was voor zijn ogen in elkaar gezakt, had zijn kracht en vernuft onderschat.

Terwijl hij de stad uit reed wreef de Overlevende met een bebloede hand over zijn voorhoofd, ving een glimp van zichzelf op in de achteruitkijkspiegel. Zijn gezicht was besmeurd met bloed en modder, met de complimenten van Le Blanc Cemetery. Zijn haar was nat en zat tegen zijn schedel geplakt, zijn spieren deden pijn van het zware werk en de wonden die zij hem had toegebracht.

Maar hij had ergere dingen meegemaakt en overleefd. Nikki Gillettes zwakke poging hem te bezeren stelde niets voor.

Zijn missie voor de avond was bijna volbracht. De politie zou binnen de kortste keren komen, en hij stelde zich de uitdrukking van afschuw op Reeds gezicht voor wanneer hij de kist opende die diep in de aarde van Le Blanc Cemetery was begraven.

'Te laat,' zei de Grafschender hardop terwijl hij in noordelijke richting reed. De ruitenwissers worstelden zich door de regen die op de voorruit kletterde, maar voorbij de lichten van de stad zag hij het weerlichten in de avondlucht, gevolgd door enkele donderslagen.

Het leek bij de gebeurtenissen te passen.

De wind raasde terwijl Nikki haar laatste adem uitblies.

Jammer genoeg kon hij niet al zijn zaken afhandelen. Niet meteen. Hij moest zich een tijdje gedeisd houden. De politie zou inmiddels wel weten wie hij was, en na vanavond had hij tijd nodig om zijn zoektocht voort te zetten. Maar de belangrijkste namen op zijn lijstje hadden hun straf gehad. Het waren degenen die bij de rechtszaak de meeste invloed hadden gehad.

De andere juryleden waren, zoals hij destijds al had geweten, zwakker geweest, niet zulke sterke persoonlijkheden, hun meningen veranderlijker. Ze zouden echter niet ontkomen. Hij zou ze vinden, de een na de ander, en wanneer ze dat het minst verwachtten, zou hij toeslaan. De eerste paar zou hij op een ongeluk laten lijken, over een jaar of zo, op een manier die geen achterdocht zou wekken. Hij glimlachte voor zich heen toen er een politieauto passeerde, racend in tegenovergestelde richting.

'Pak ze maar,' mompelde hij, turend in zijn achteruitkijkspiegel terwijl de achterlichten rond een bocht verdwenen.

Hij grinnikte, voelde zich onoverwinnelijk.

Hij zou alleen willen dat hij er getuige van kon zijn wanneer Reed de doodkist opende en ontdekte dat hij te laat was. Want tegen de tijd dat de kist werd geopend, zou Nikki dood zijn.

30

Reeds maag trok samen van angst. Was het bloed dat hij in het huis had gezien van Nikki? Wat had die verknipte klootzak met haar gedaan?

Zijn koplampen wierpen brede lichtbanen over de Le Blanc Cemetery, verlichtten de oude grafzerken en laatste rustplaatsen, en hij hield zich voor dat hij moest volhouden, vertrouwen hebben; hij zou haar niet kunnen helpen als hij nu instortte. Desondanks werd hij verteerd door een angst die hij nog nooit had ervaren.

Andere politieauto's volgden hem door de smeedijzeren hekken die de verzorger enkele minuten ervoor had opengezet.

'Alsjeblieft, God, nee,' fluisterde hij terwijl hij de El Dorado in de stromende regen parkeerde.

Hij zag het zodra hij uit de auto stapte. Een verse berg aarde naast de achterste muur. Hij begon te rennen. O God, was hij te laat?

Nee, nee, nee! Ze kon hier niet begraven zijn, ze was op dit moment bezig met pogingen om eruit te komen.

'Hier is het!' riep hij, zijn broek nat tegen zijn enkels flapperend. Schijnwerpers gingen aan, agenten schreeuwden tegen elkaar. Ze droegen regenpakken, spades en koevoeten.

Reed kreeg ook een spade in zijn hand gedrukt, waarna ze allemaal fanatiek begonnen te graven, terwijl ze zich vermanden voor wat ze te zien zouden krijgen.

Naar de hel met de plaats delict, dacht Reed, terwijl hij de aarde sneller begon weg te scheppen. Het enige dat ertoe deed was

Nikki er levend uit te krijgen! Hij spande zijn oren in om een of ander geluid uit de aarde beneden te horen, merkte nauwelijks iets van de andere agenten, de krakende radio's, mobiele telefoons terwijl anderen bezig waren de plek af te zetten.

Hij groef als een bezetene. Angstig. Wetend dat elke seconde die voorbijging Nikki haar leven zou kunnen kosten.

Hou vol, liefje. Ik kom eraan. Hou nog even vol!

Steeds sneller vlogen de zware scheppen kletsnatte aarde over zijn schouder. Wat waren de kansen dat ze nog leefde? Die verdomde Chevalier! Als ze dood was, zou Reed het recht in eigen hand nemen. Die klootzak zou nooit meer een kans krijgen om uit de gevangenis te komen.

Kom op, Nikki, hou vol, bad hij in stilte, waarbij hij onwillekeurig aan een andere nacht in San Francisco dacht. Door de jaloezieën heen had hij gedacht een seksspelletje te zien, tot hij besefte dat het silhouet dat hij zag voor haar leven vocht! Reed was naar binnen gevlogen, met twee treden tegelijk omhooggerend, maar het was te laat geweest.

Maar deze keer niet.

Het zou hem niet nog eens overkomen. Niet Nikki. Reed zond nog een schietgebedje omhoog, en schepte door. Het zweet droop ondanks de koude regen langs zijn rug. Stemmen schreeuwden. Diane Moses blafte bevelen.

Rot op! dacht Reed, terwijl zijn spade iets hards raakte.

'We hebben iets!' riep een andere agent toen ook zijn spade op het deksel van een kist stuitte.

Haastig groeven ze verder, met spades en hun handen, en ze schepten de aarde weg, onthulden het deksel. Boven het geluid van de wind, de kletterende regen en stemmen om zich heen, probeerde Reed te horen of er een geluid uit de kist kwam. Hij hoorde niets. Hij klopte op het deksel. Bonkte erop. 'Nikki!' brulde hij. 'Nikki!' O Jezus, was hij te laat? Net als eerst? Was het bloed op de muur van haar geweest?

'Kijk uit, Reed,' waarschuwde Diane Moses. 'Die kist is bewijs. Er kunnen vingerafdrukken op zitten, of sporen van gereedschap of –'

'Openmaken! Nu!' schreeuwde hij, de opmerkingen van Moses negerend. 'Nu!'

De kist zat nog halverwege stevig in de aarde verankerd, en zijn hart klopte in zijn keel, terwijl een tweede agent en hij met een koevoet vergeefs probeerden het deksel los te wrikken.

'Het heeft geen zin, we moeten hem er eerst helemaal uit tillen,' riep Siebert naar hem.

'Daar hebben we geen tijd voor,' schreeuwde hij terug, met zijn hele gewicht op de koevoet hangend.

'We halen ander gereedschap.'

'Allemachtig, we moeten die kist nu openmaken!' De andere agent en hij spanden hun spieren, klemden hun kaken op elkaar. Hij voelde de koevoet meegeven. Slechts een beetje.

De grote man brulde en duwde nog harder; er klonk een krakend geluid toen de verzegeling losschoot. Ze stonden beiden over de kist heen, hun voeten wegzakkend in de aarde, toen ze het deksel openwrongen en de geur van bloed hen tegemoet sloeg.

'God, nee,' fluisterde Reed toen hij niets hoorde. 'Nikki?' Hij haalde de zaklantaarn uit zijn zak en scheen, terwijl zijn hart in zijn keel klopte, op het bebloede lichaam in de kist.

Reed dacht dat hij zou gaan overgeven toen hij in de glazige ogen van de morsdode LeRoy Chevalier staarde.

Nikki haalde moeizaam adem. Opende een oog in het pikkedonker.

Haar brein was mistig. Ze hief haar hand en bezeerde hem.

Net als eerst. Je dacht dat het een macabere droom was, maar dat was het niet.

'Nee!' riep ze, en probeerde rechtop te gaan zitten, stootte haar hoofd weer. Het kon niet waar zijn. Ze kon niet in een kist liggen! Dit was een akelige droom.

Adrenaline pompte door haar bloed.

Haar brein werd helderder.

Er was iets onder haar, iets dat aanvoelde als een groot, bobbelig lichaam en… en… Ze raakte met haar hand haar been aan, toen haar heup en haar borst. Ze kon zich nauwelijks bewegen, maar besefte dat ze naakt was en wel degelijk in een kist lag… nee… o nee…dit kon geen doodkist zijn! Waar ze ook in lag, het bewoog. Ze voelde het schokken. Ze werd vervoerd. Vaag hoorde ze het geluid van een motor. Waarschijnlijk een truck waarmee de Grafschender haar naar haar laatste rustplaats bracht.

Met een lijk onder haar.

Dat was het.

Doodsangst sneed dwars door haar heen en ze kokhalsde bijna. Ze zou toch niet levend worden begraven? En o, alsjeblieft God, niet wegzakken in het rottende vlees onder haar.

Paniek sloeg wurgend toe. Ze begon te klauwen, duwde tegen de bovenkant van haar gevangenis. Het deksel gaf niet mee.

Dit was krankzinnig. Ze moest eruit! Het moest! Deze kleine, donkere ruimte... haar brein zakte weer weg. Ze was altijd lichtelijk claustrofobisch geweest, maar ze zou niet op deze manier sterven. Het kon gewoon niet. Zolang ze nog niet begraven was, had ze nog tijd. Ze zou nog kunnen ontsnappen.

Nadenken. Ze moest nadenken. Iets doen! Iets slims doen!

Ze moest zich concentreren om de paniek op afstand te houden.

Ze herinnerde zich dat ze naar het huis van haar ouders was gegaan. Zonder het pistool dat ze van haar vader bij zich had moeten dragen. Had ze nu dat wapen maar, dan zou ze misschien haar leven kunnen redden, maar nee, ze had het niet bij zich gehad toen ze haar vader vond en oog in oog met de Grafschender kwam te staan.

De zieke, verachtelijke klootzak.

En dan te denken dat ze eens met hem te doen had gehad.

Wat was ze dom geweest.

Hij had hen allemaal voor de gek gehouden, en nu was ze zijn gevangene, zijn volgende slachtoffer, samen met het lijk waarop ze was neergelegd. Ze kreeg kippenvel, en slechts met grote moeite beheerste ze zich om niet te schreeuwen, in het besef dat het geen zin had. Had ze Simones geschreeuw niet gehoord? Het beest zou ongetwijfeld ook haar gejammer opnemen, een kick krijgen als hij ernaar luisterde, haar angst hoorde... haar doodsangst wanneer ze besefte dat ze met een lijk, een rottend kadaver, in een kist lag... maar er was geen stank, niet de misselijkmakende stank van rottend vlees. Alleen de lichte geur van

sigaren en whisky, dezelfde geuren die haar vader hadden omringd, de geuren die ze met veiligheid en vertrouwen associeer-
de en...

Ze bevroor. Haar brein dwaalde af naar een verboden territo-
rium dat te bizar was om waar te kunnen zijn.

Haar keel zat dicht.

De schoft zou toch niet... zou toch niet zo ongevoelig zijn geweest, zo duivels ziek, om haar bij haar... bij haar... vader in een
kist te leggen?

NEE!

Ze kon het niet geloven, wilde zoiets walgelijks niet geloven.

Hoewel?

Was haar vader niet dood of bijna dood geweest toen ze thuiskwam? Was het lichaam onder haar niet pas dood... nog niet
koud? En degene die onder haar lag was groot en rook naar... *O,*
pappie.

Ze drong haar tranen terug, dwong haar angst en woede naar
de achtergrond. Met het kippenvel over haar hele lichaam raakte
ze de kleding aan van het lichaam onder het hare. Ze voelde het
ruwe weefsel van een broek en de koude gesp van een riem, de
handen onder de hare waren groot, met haartjes op de rug.

O, pappie... nee...

Ze voelde gal in haar keel branden. Ze gaf bijna over toen de
afschuw volledig tot haar doordrong. Ze lag in een doodkist met
haar dode vader! Haar handen balden zich tot vuisten. Tranen
welden in haar ogen. Ze wilde schreeuwen en trappen, maar ze
weerhield zich ervan, jammerde niet eens. Dat was waar de schoft
op wachtte. Zo ziek was die klootzak.

Nikki weigerde hem de voldoening van een fluistering te geven,
zelfs toen de lucht nog ijler werd en ademhalen steeds moeilijker
ging. Zelfs toen de paniek door haar heen joeg en ze wilde schoppen en klauwen en bonken om zichzelf uit deze gevangenis te bevrijden.

Jij smerig stuk stront!

Ze beefde hevig. Haar brein was verdeeld tussen woede en
angst.

Denk na, Nikki, denk na. Beheers je. Dit is je enige kans. Grijp deze schoft. Ontdek een manier om hem te pakken te nemen en de zaken om te draaien!

Maar hoe? Ze was gevangen.

Je enige wapen is je verstand.

Hij is sterker.

Hij is atletisch.

Hij is vastbesloten.

Hij is psychotisch.

Maar als hij geen genoegdoening zou krijgen, als ze niet zou schreeuwen en smeken, zoals hij verwachtte, dan zou hij misschien het deksel openen... Ze moest geduld hebben. Ongeacht de pijn in haar longen. Ze moest wachten...

Haar nagels dreven zich in haar handpalmen. Haar longen brandden. De kans was groot dat ze zou sterven. Die kans was verdomd groot.

Waarschijnlijk was ze nu wakker aan het worden. Ze zou het effect van de drug voelen, maar uiteindelijk zou ze beseffen waar ze was en wat haar lot zou zijn. De Overlevende glimlachte onder het rijden.

En nu wist ze dat hij het had overleefd. Het systeem had verslagen.

Het was zo donker in dit deel van het land dat hij bijna de afslag naar de oude, vergeten, overwoekerde begraafplaats miste, ook al was hij er eerder geweest – maar toen was er daglicht geweest om hem te leiden. En nu, met de wind en de zware regen kon hij nauwelijks een hand voor ogen zien.

Wat perfect was.

Hij minderde vaart en bracht de truck bij de oude begraafplaats tot stilstand. Hij liet het portier open en stapte door de storm. Regen en wind sloegen hem tegemoet terwijl hij over een grindpad liep. Het roestige hek knarste toen het openzwaaide. Eerder had hij ontdekt dat het niet was afgesloten, waarna hij het graf had voorbereid – de laatste rustplaats – voor rechter Ronald Gillette en zijn waardeloze dochter. 'Rust in vrede, schoft,' mompelde de Overlevende buiten adem terwijl de regen van zijn neus droop. De man was gekozen om recht te spreken, en hij was een lachertje geweest, een schande voor het hele rechtssysteem.

LeRoy Chevalier had nooit meer het daglucht mogen aanschouwen. Hij had op zijn minst de doodstraf moeten krijgen, of anders in een kleine donkere cel moeten wegrotten tot de dood erop volgde.

Maar vanaf het begin waren de dingen verpest, bij de arrestatie, bij de plaats delict, door Nikki's artikel in de krant. Terwijl de Overlevende het hele spel had gadegeslagen, had hij ook de ogen van de juryleden gezien, die er niet van overtuigd waren dat LeRoy Chevalier het ware monster was dat hij was. Ze hadden tegenstrijdige getuigenissen gehoord, en doordat het moordwapen niet was gevonden en het enige sluitende bewijs een verdomde laarsafdruk was, was de zaak niet zo sterk geweest als hij had kunnen zijn.

Omdat Reed en zijn partner hun werk niet goed hadden gedaan.

Omdat rechter Gillette de zaak niet goed had geleid.

Omdat Nikki Gillette met haar artikel had geblunderd.

Omdat de jury zwak was geweest.

En daarom moesten ze worden vermoord. Een voor een. Twaalf ruggengraatloze juryleden, een waardeloze rechter, twee inadequate rechercheurs, een prullerige verslaggeefster en natuurlijk het monster zelf – LeRoy Chevalier, het smerigste stuk onderkruipsel dat ooit op twee benen had rondgelopen.

Zelfs nu nog hoorde hij Chevaliers stem: *Wat ben je, een meisje? Een stom trutje?* Vlak voordat de riem uit de versleten lusjes van zijn broek kronkelde.

Nooit meer! Nooit!

Met alle fouten bij de rechtszaak was het een wonder geweest dat hij drie keer levenslang had gekregen.

Maar zo lang had het niet geduurd, toch? En nu moest iedereen die zijn werk niet goed had gedaan daarvoor boeten. Evenals het monster.

Nadat hij het hek helemaal open had gezet, reed hij over het drassige gras. Er propte iets in zijn keel toen hij de drie twaalf jaar oude graven zag. Carol Legittel en twee van haar drie kinderen, arme Marlin en Becky. Zo dom. Waar waren ze geweest toen hij hen nodig had? Waarom waren ze niet gestopt met die zieke toestanden? Voor zijn geestesoog zag hij Chevalier die hem op zijn knieën dwong, daarna in bed... met...

Hij sloeg met zijn vuist op het stuur, en tranen brandden in zijn ogen.

Niet aan denken. Denk niet aan wat hij je dwong te doen. Denk niet aan de pijn en de vernedering en het feit dat niemand je heeft geholpen. Je moeder niet, je broer niet, je zus niet en zelfs de politie niet. Pierce Reed die naar het huis kwam, bezorgdheid voorwendde, zijn visitekaartje aanbood... dat verdomde kaartje... terwijl hij vermoedde wat er aan de hand was! Wat een grap. Wat een verdomde, zieke grap.

In gedachten zag hij de zweterige, bange lichamen van zijn zusje en broer en moeder, de naakte huid, de gekreukelde beddenlakens, en hij hoorde Chevaliers gemene gegrom en gelach.

Niet meer. *Niet meer!*

In de achteruitkijkspiegel ving hij een glimp op van zijn spiegelbeeld, zag de roodheid in zijn ogen. De zinloze tranen.

Misschien was hij bij nader inzien toch een stomme trut.

Hij knipperde snel met zijn ogen, richtte zijn aandacht op de kleine begraafplaats en maakte een U-bocht. Het diepe gat dat hij had gegraven was zichtbaar in het licht van zijn koplampen, en hij reed stapvoets naar de graven van zijn moeder, broer en domme zus waarna hij op de rem trapte en de motor uitschakelde.

Hij had niet veel tijd. Reed zou heel gauw begrijpen wat er aan de hand was zodra hij LeRoy Chevaliers lijk op Le Blanc Cemetery had onthuld.

Hij moest snel werken.

Er was geen beweging meer.

Het gezoem van de motor was opgehouden.

Nikki's spieren bevroren.

Elke zenuw tot het uiterste gespannen.

Niemand hoefde haar te vertellen dat hij haar naar een begraafplaats had gebracht. Binnen een paar minuten, misschien seconden, zou hij haar levend gaan begraven. Ze beefde. Nu was het moment van handelen aangebroken. Maar wat moest ze doen?

Een luide bonk, alsof de achterklep van een truck werd open-gemaakt. Plotseling bewoog de doodkist weer, hij werd schra-pend versleept.

God, help me! schreeuwde het door haar heen.

Moest ze naar hem roepen? Hem smeken haar te laten gaan? Ze wist dat het geen zin had, maar ze moest toch íets doen? Wat dan ook.

Een snel geroffel.

'Zo, Nikki, ben je nog wakker?' vroeg de schoft.

Ze beet op haar tong.

Weer werd er op de kist geklopt. 'Ik weet dat je wakker bent.'

Nee… nee, dat wist hij niet. En zij zou het hem niet vertellen, met geen woord.

'O, flikker op.'

De kist bewoog weer en ze hoorde het gedempte geluid van ra-telende wielen, zoals die van een brancard. Rollen, rollen, over hobbelig terrein… ongetwijfeld naar de plek waar de kist zou worden begraven. Ze moest iets doen!

Alle bewegingen hielden op.

Ze hadden het graf bereikt. Haar graf.

'Wie zou dit hebben gedaan?' vroeg Morrisette.

Reed, ziek van angst over Nikki, dacht aan het moment dat hij voor het eerst naar het bebloede lijk van LeRoy Chevalier staarde. Ze hadden de kist uit het gat getrokken en hem ge-opend, waarna een ontkleed en met een mes toegetakeld lijk werd onthuld. Chevaliers hoofd was bijna van zijn romp ge-scheiden, en er waren tientallen wonden op zijn lichaam, ge-maakt door een scherp, dodelijk wapen. Eindelijk begreep Reed dat de Grafschender ongetwijfeld ook Carol Legittel en haar kinderen in elkaar had gehakt. Twee doden. Eén bruut ver-wond. 'Dit is door iemand gedaan die hem haatte. Iemand met een intense woede. Dit is niet als die andere moorden, waarbij de doden zonder veel geweld zijn vermoord… Nee, Chevalier werd in elkaar gehakt tot de dood erop volgde.' Reed wist ge-noeg over seriemoordenaars om te beseffen dat Chevaliers moordenaar iemand was die hem goed kende, iemand die hij had mishandeld, iemand wiens haat en behoefte aan wraak wit-heet was. 'Dit is iemand die des duivels was omdat hij uit de ge-vangenis is gekomen, en hij neemt het iedere betrokkene kwa-lijk. De juryleden, de rechter en de vrouw die de zaak jaren geleden bijna heeft verknald, Nikki Gillette.'

'Wie is hij dan, verdomme?' vroeg Morrisette.

Reed dacht diep na, terwijl de wind en de regen rond de aanwe-zige agenten op de plaats delict gierden. De tijd raakte op. Nikki was ergens met het monster gevangen. 'Het is iemand als Ken Stern, Carol Legittels broer. Hij haatte Chevalier, beloofde hem te vermoorden – en als ex-marinier wist hij hoe hij dat zou moeten doen – of Stephen Legittel, haar ex-man en vader van de kinderen die door Chevalier werden mishandeld, of Joey Legittel, haar jongste zoon, de enige die de moorden heeft overleefd.'

'Chevalier sloeg hem en dwong hem seks met zijn moeder te hebben, is het niet?' zei Morrisette, kijkend naar het bloedbad. Ze kromp zichtbaar ineen bij de aanblik van de bebloede, donker-paarse snee rond Chevaliers hals.

Reed knikte, voelde de ijzige regen langs zijn kraag druppelen. 'Volgens Joey. Evenals de andere kinderen. Het was een soort sa-distisch seksueel spel, waarbij Chevalier de zweep hanteerde.'

'Hij verdiende wat hij heeft gekregen,' mompelde Morrisette, terwijl ze zich van de geopende kist afwendde, terwijl het team van Diane Moses het gebied uitkamde zoals ze dat bij de vorige plaatsen delict hadden gedaan.

Cliff Siebert verbrak zijn telefoongesprek. 'Ik heb met het zie-kenhuis gesproken. Charlene Gillette kan ons niets vertellen. Ze is in shock. Een agent heeft geprobeerd met haar te praten, maar ze wil of kan geen woord zeggen. Bijna catatonisch. Wat ze heeft gezien, heeft haar over de rand geduwd.'

'Shit.' Morrisette keek omhoog naar de lucht. Knipperde met haar ogen tegen de regen.

Reed had het gevoel dat Nikki's leven in zijn handen lag, en dat ze langzaam, onherroepelijk wegglipte.

'Ik vraag me af waarom de smeerlap alleen werd begraven,' zei Morrisette, met een hoofdknik naar de kist.

'Ook weer niet als de anderen,' redeneerde Reed hardop. Paniek joeg door hem heen terwijl de seconden voorbij tikten. 'Stuur een eenheid naar elke begraafplaats in de stad,' zei hij, maar zijn brein draaide overuren, herinnerde zich de rechtszaak van twaalf jaar geleden. De grauwe rechtszaal. Rechter Ronald Gillette die de vorderingen vanaf zijn hoogte gadesloeg. De juryleden die aandachtig toekeken terwijl de advocaat zijn zaak bepleitte. Er was hier een aanwijzing... dat moest... Een bliksemflits verspreidde zich door de lucht. Plotseling wist hij het. Zo zeker alsof Lucifer hem het antwoord had ingefluisterd.

Het was waar deze hele zaak om draaide.

'Waar ligt Carol Legittel begraven?'

'Weet ik niet.' Morrisette schudde haar hoofd.

'Ik wel,' zei Siebert. 'Ik heb het in het dossier gezien. Zij en haar kinderen zijn op Adams Cemetery begraven, een kleine begraafplaats aan de oostkant van de stad.'

Meer had Reed niet nodig. 'Laten we gaan.' Hij rende door de kletterende regen naar zijn El Dorado. 'We hebben niet veel tijd meer.'

Nikki zweette, haar hart klopte wild. Ze moest een uitweg vinden. Tegen het deksel duwen had geen zin. Ze had een wapen nodig. Iets dat ze kon gebruiken om de kist van binnenuit open te wringen. Maar wat? Ze had niets. Ze was naakt.

Maar haar vader had zijn kleren nog aan.

Haar hart stond bijna stil. Tenzij de moordenaar het had ontdekt, moest het geladen pistool nog rond de enkel van Big Ron gegespt zitten.

Nikki's hoop leefde op. Maar bij het pistool komen, en snel, leek onmogelijk.

Maar het was haar enige kans.

En, bij God, ze zou het te pakken krijgen.

Er werd weer geklopt. 'Wakker worden, kreng!' Zijn stem klonk rauw. Ongerust. Prima.

Hij kon in zijn sop gaarkoken voordat zij een woord zou zeggen. Haar longen zouden tot stof moeten vergaan voordat ze hem die genoegdoening zou geven.

Het was zo zwaar om adem te halen, bijna onmogelijk zich te

bewegen, en paniek had haar in de wurggreep, maar de enige kans om uit deze val te komen, was haar vaders wapen te pakken zien te krijgen. Alsjeblieft, laat het er zijn, smeekte ze in stilte, maar ze wist dat de kans klein was. De Grafschender had het kleine wapen natuurlijk gevonden.

Maar er was een heel kleine kans dat hij het in zijn haast over het hoofd had gezien. Daar moest ze achter zien te komen.

Uit alle macht werkte ze zich langs haar vaders lichaam naar beneden, drukte zijn vlees ineen, maakte zichzelf zo klein mogelijk tot ze haar knieën kon optrekken. De zachte buik van haar vader gaf mee, en ze beefde, haar hart bonkte, een bittere smaak borrelde op in haar keel. Ze gleed naar beneden. Misschien een paar centimeter. Misschien minder. Maar ze kon zich nauwelijks bewegen, en terwijl ze haar hand strekte en hem langs zijn broek naar beneden duwde, houvast zoekend aan de stof, wist ze dat haar kans op overleven klein was.

Oneindig klein.

Jij schoft, dacht ze. *Jij gore klootzak van een beest.*

Ze voelde de bovenrand van haar vaders laars. Dat was een goed teken, toch? Misschien had de moordenaar gedacht dat de enkelband bij de laars hoorde.

Ze spande zich in. Intens. Elke spier deed pijn, haar vingertoppen raakten de bovenkant van de holster.

Ze hoorde een ketting rinkelen, een slot klikken, toen het geluid van een kleine motor. Ze had het gevoel dat de doodkist van het karretje of de brancard werd getild.

Bam!

'Zo, Nikki. Kun je me horen?' De stem van de moordenaar klonk gedempt, maar de woorden waren duidelijk verstaanbaar, en ze kreeg kippenvel. 'Vind je het leuk om met je vader te slapen? Het zit je niet lekker, zeker? Zoals het je niet lekker zit wanneer je je eigen familie moet vermoorden omdat ze je hebben verkocht!'

Ze gaf geen antwoord. Voelde zich misselijk. Ze zag de Grafschender niet als de wrede, geobsedeerde boeman die hij was geworden, maar zoals hij twaalf jaar geleden was. Toen was Joey Legittel, gezeten in de rechtszaal, asgrauw en doodsbang geweest, gedwongen om verschrikkelijke dingen te doen, ingegeven door de grillen van Chevalier. En toen had het hof hem gedwongen erover te vertellen.

Nu, te laat, besefte ze dat hij een moordenaar was geworden. Hij had zijn moeder, zus en broer vermoord. Hij had zichzelf verwond, zichzelf zo slim wonden toegebracht dat niemand het had geraden, en daarna was hij erin geslaagd het moordwapen te verbergen en Chevalier door zijn eigen laarsafdruk aan de schandpaal te nagelen. Nu was hij krankzinnig geworden. Geobsedeerd. Ongetwijfeld omdat zijn kwelgeest de vrijheid had gekregen.

'Hallo! Ben je wakker? Verdomme. Je had het bijna verknald, weet je dat, stom kreng. En je ouwe heer, waarom heeft hij die schoft verdomme niet de doodstraf gegeven? Waarom niet?'

Haar longen brandden, ze overwoog tegen hem te praten, te proberen hem tot rede te brengen, maar toen herinnerde ze zich weer al te levendig het bandje met Simones schorre, wanhopige stem, terwijl ze smeekte en onderhandelde over haar leven. Wat er ook gebeurde, Nikki zou hem die voldoening niet geven. Haar schouders gespannen, elke spier in haar lichaam verkrampt, concentreerde ze zich op haar taak om het pistool uit de holster te halen.

'Hé! Hé!'

Meer gebonk. Woest. Krankzinnig. Alsof hij doordraaide. De kist schokte en draaide.

Nikki concentreerde zich op het wapen.

'Raad eens wat ik hier heb, Nikki,' tartte hij, en Nikki bevroor. Ze kon zich er niets bij voorstellen. Wilde het ook niet. 'Iets van jou. En van Simone.'

Niet Mikado. Niet Jennings!

Ze begon bijna te schreeuwen, wilde zijn ogen uit zijn hoofd krabben.

'Hier in mijn zak. Je slipje, Nikki. Ik heb het uit je la gepakt. Jeetje, is het niet een ondeugend broekje? En dat van Simone...'

Nikki dacht dat ze zou gaan kotsen.

'Hoor je me? Ik heb ze. Kleine schatten van al mijn slachtoffers. Weet je al wie er bij je ligt? Je lieve pappie. Weet je wat ik van hem heb?'

Ze wilde het niet weten.

'Een oude suspensoir. Ziet eruit alsof hij duizend jaar geleden gemaakt is. Wat vind je daarvan?'

Ruk je maar af, smeerlap! dacht ze, woede kroop onder het oppervlak van angst.

'Ik heb dit jarenlang gepland... maar ik zou het pas doen... niet zolang LeRoy achter de tralies zat. Maar nu is hij vrij, en dus... is het pech voor degenen die me hebben teleurgesteld.'

Wilde hij medelijden? Maakte hij een grapje?

'Heb je genoten van het bandje van je vriendin?' vroeg hij, en Nikki kreeg het ijskoud. 'Heb je haar gehoord? Hoe ze smeekte?'

Nikki wilde tegen hem tekeergaan, maar ze hield haar mond. Ze zou hem niet zijn zin geven.

'Dat hebben ze allemaal gedaan.' Hij wachtte. 'Ben je wakker?' Hij klopte weer op de kist, het geluid weergalmde door haar brein. 'Hé, Nikki!'

Niets doen, hield ze zich voor. *Gun hem de lol niet!* Ze strekte haar arm tot haar spieren het uitschreeuwden. Haar vingers raakten iets kouds en hards. Het kleine pistool! Tranen welden op in haar ogen. Als ze hem nu maar in haar hand kon krijgen!

'O, flikker op.'

De kist begon weer te bewegen.

Deze keer daalde hij af in een kuil waarvan Nikki zich alleen in haar ergste nachtmerrie een voorstelling kon maken.

Reed gaf plankgas en trok zich er niets van aan dat hij de maximum snelheid ver overschreed. Zijn radio kraakte. Hij vermoedde dat hij in minder dan een kwartier bij de begraafplaats zou kunnen zijn.

Zou hij op tijd zijn?

God, hij hoopte van wel.

De gedachte aan Nikki, gevangen in een kist en levend begraven, bezorgde hem koude rillingen over zijn rug. Hij gaf nog meer gas en vloog bijna laag over de weg, die beschenen werd door zijn koplampen, terwijl de regen op het glibberige wegdek kletterde.

Alleen een maniak zou nu, met dit weer, zo hard rijden.

Met gillende sirenes haalde een politieauto hem in. Blauwe en rode flitslampen verblindden hem bijna toen de auto, met Morrisette achter het stuur, hem passeerde.

'Grijp hem, Sylvie,' brulde Reed. 'Ik zit vlak achter je.'

Binnen enkele minuten zag hij de afslag naar Adams Cemetery, en dat gaf hem weer wat moed. Wat waren de kansen dat ze nog in leven was?

Het pistool gleed dieper weg terwijl de kist zwaaide en slingerde, steeds dieper in het gat zakkend.

Nee! O, nee! Niet levend begraven!

Woest, naar adem happend, haar vingers grabbelend, zoekend naar de kolf van het pistool, probeerde Nikki een andere manier te bedenken om zich te bevrijden.

Die was er niet.

Dit was de enige manier.

Als ze het pistool nou maar kon pakken voordat er een dikke laag natte aarde op de kist werd gegooid. *Vooruit, Nikki! Toe dan! Geef het niet op. Je moet het nu pakken!*

Haar middelvinger voelde het koude staal, daarna haar wijsvinger. Ingespannen, geconcentreerd wist ze het kleine kaliber wapen uit de holster te trekken.

Maar – zou het wel geladen zijn?

Geef me kracht. Alsjeblieft, God...

Ze haalde moeizaam adem, waardoor ze draaierig werd. Duisternis omringde haar. O nee... ze mocht het nu niet verpesten. Als ze nu flauwviel, zou ze nooit meer wakker worden. Ze zou verdoemd zijn.

Grind en kluiten aarde belandden op de kist.

Knarsetandend duwde ze haar lichaam meer naar beneden, haar knieën schaafden langs het deksel. Ze was er bijna... als ze de kolf nu maar tussen haar vingers vandaan in haar handpalm zou kunnen krijgen.

Het geluid van stenen en aarde op de kist was oorverdovend.

Kom op, Nikki, pak dat verdomde wapen. Maar haar geestkracht nam langzaam af. *Geef het niet op, Nikki, het is nu of nooit.*

Sirenes! Shit, hij moest snel werken. Hoe was Reed er zo gauw achter gekomen? Verdomme, hij had te lang geprobeerd Nikki een reactie te ontlokken! De Overlevende tuurde in het donker en concentreerde zich. De sirenes waren nog ver weg, maar ze kwamen in zijn richting. Hij moest zijn werk snel afmaken en daarna verdwijnen. Hij had aan de verste kant achter de omheining al een andere auto geparkeerd. Het enige dat hij hoefde te doen was over het smeedijzeren hek klimmen, het pad erachter af lopen, over een beekje springen en daar stond die andere auto op hem te wachten.

Zelfs honden zouden hem niet vinden.

Maar eerst moest hij dit afmaken. Nog maar een paar scheppen, maar zijn microfoon ving niet veel op, alleen wat schrapen en schoppen, maar dat betekende niet dat Nikki nog in leven was. Of bij bewustzijn. Die geluiden werden misschien veroorzaakt door de bewegingen van de doodkist.

Hij was ontevreden.

Voelde zich leeg.

Hij had zo graag gewild dat Nikki wist welk lot haar wachtte.

Ze verdiende het te weten wat er met haar gebeurde, dat er geen uitweg was, dat ze zou lijden, dat ze het niet zou overleven. Niet zoals hij.

Maar hij had geen tijd om het deksel te openen en haar te controleren.

De politie kwam steeds dichterbij. Hij hoorde hun sirenes, zag de lichten weerkaatsen tegen de nachtlucht.

Te laat, Reed, dacht hij, en gooide de laatste schep aarde op de kist.

Moeizaam ademend stak ze haar vingers uit, duwde met haar ene hand het wapen omhoog in de handpalm van de andere en richtte de loop op het deksel van de kist. Er bestond een kans dat de kogel er niet doorheen zou gaan, dat hij naar haar zou terugketsen.

Ze had geen andere optie.

En haar gedachten waren traag. Tijd en lucht raakten op. Ze snakte naar adem. Kuchte. Probeerde helder te denken.

Reed. Als ze Reed nou maar voor een laatste keer zou kunnen zien...

Haar handpalm was vochtig bezweet, haar lichaam ijskoud terwijl ze de loop omhoog richtte, een vinger om de trekker haakte. Ze ademde het laatste restje ijle lucht in en schoot. 'Sterf, jij klootzak!'

Pijn.

Hete pijn schoot langs zijn been omhoog en het geluid was oorverdovend. Wat was er verdomme gebeurd? De Overlevende keek naar zijn been en zag het bloed druipen, voelde het branden. Wie had op hem geschoten? Nu zag hij de lichten. De politie kwam steeds dichterbij. Hij moest zien weg te komen.

Hij begon naar de omheining te hobbelen, maar zijn been klapte dubbel. Knarsetandend draaide hij zich om, struikelde, viel over zijn eigen been. Shit.

Sirenes gilden, banden gierden en koplampen sneden door de nacht.

'Shit!'

Hij was in een hoek gedreven.

Maar nog niet verslagen.

Hij viel terug in de kuil en wachtte.

Een schot weergalmde over de begraafplaats.

Reed sprong met getrokken revolver uit zijn auto.

Nikki, dacht hij, *o alsjeblieft, hou vol.*

Hij zag de truck en het verse graf, mist waaierde omhoog uit de vochtige aarde, de regen was afgenomen tot een fijne motregen.

'Politie!' riep hij. 'Legittel, laat je wapen vallen!'

Achter zich hoorde hij voetstappen, toen Morrisettes stem die bevelen blafte. 'Siebert, bel om versterking,' schreeuwde ze. 'Reed, doe niet iets stoms!'

Reed luisterde niet. Zijn ogen richtten zich op het graf terwijl hij naar voren rende.

'Reed!' schreeuwde Morrisette. 'Niet doen! Stop! O, verdomme!'

Hij wist dat hij een risico nam, maar het kon hem niet schelen. Nikki's leven hing ervan af, en hij moest doen wat hij kon.

'Politie,' riep hij weer, terwijl hij de kuil naderde. Het was zo donker. Hij zou op versterking moeten wachten, op verlichting, zich niet moeten opofferen of zichzelf in een gevaarlijke positie brengen, maar hij kon alleen nog maar aan Nikki denken.

Hij sprong over de rand in de kuil en zag de Grafschender gehurkt in een hoek zitten. Op het moment dat Reed naar beneden sprong, vloog Joey naar voren, en toen zag Reed het, het glimmen van een mes.

Pijn scheurde door zijn schouder.

Hij vuurde, behoedzaam op de ander gericht, en niet naar beneden, naar Nikki.

'Jij schoft,' gromde hij toen Joey wild om zich heen hakte.

'Dood me maar,' tartte hij, hijgend, tanden flitsend, bloedend. Reed sloeg hem met het wapen. Joey slaakte een kreet, maar vocht terug, verrassend sterk, spieren getraind, donkere ogen straalden woede uit.

'Je had het beloofd,' gilde hij, toen Reed het wapen tegen zijn hoofd zette. 'Je hebt gelogen, schoft. Je had beloofd terug te komen en dat heb je niet gedaan.'

'Het is voorbij, Joey.'

'Schiet me maar neer.'

'Geen denken aan, stuk stront. Leg je handen op je hoofd en –'

Joey rukte zich los, zijn natte kleren glipten door Reeds vingers. Zich omdraaiend op zijn goede been, hakte hij wild met zijn mes in het rond.

Een revolver knalde. Joeys lichaam schokte en het mes viel neer.

'Ik kan ermee leven,' zei Morrisette. 'Zo, laten we dat stuk stront hier weghalen.'

Reed zat al op zijn knieën woest met zijn handen te graven. 'Nikki!' gilde hij. Even dacht hij iets te horen. Kuchen? Vanuit de half begraven kist?

'Nikki? O God, Nikki, hou nog even vol.' Hij groef als een bezetene, gooide de aarde over zijn schouders. 'Ik moet hulp hebben!' Zijn vingers raakten stevig hout, daarna versplinterd hout en een gaatje in het deksel waar de kogel doorheen was gegaan die Joey Legittel had geraakt. Een andere agent sprong bij hem in de kuil. Samen schraapten ze de aarde weg, vonden de microfoon en rukten hem eruit, waardoor er lucht in de kist kwam.

'Haal me eruit!' huilde ze, snakkend en kuchend naar adem. Hij dacht dat dit het mooiste geluid was dat hij ooit had gehoord. 'In godsnaam, Reed, haal me eruit!'

Binnen enkele minuten schraapte hij de laatste aarde weg, wrong het deksel open, en daarna staarde Nikki hem met verwilderde ogen aan. Ze beefde over haar hele lichaam, wierp zich naakt in zijn armen. Ze hapte naar adem, huilde, kokhalsde en schreeuwde.

Reed keek in de kist en kromp ineen.

Het andere lichaam was dat van haar vader, rechter Ronald Gillette.

Christus, wat een ellende.

Hij gooide zijn natte jas over Nikki's schouders en droeg haar naar zijn wachtende El Dorado. Hij was haar bijna kwijt geweest. Het had verdomme maar een haartje gescheeld.

Epiloog

Nikki nam een slokje koffie en staarde naar buiten waar het grauwe licht de dag aankondigde. De lucht was wolkeloos, de ochtend in scherpe tegenstelling tot de verschrikkelijke gebeurtenissen van twee weken geleden en de afgrijselijke nacht waarin ze bijna was gestorven. Als ze er te diep over nadacht voelde ze de angst opnieuw. De duisternis. Maar ze stond het zichzelf niet toe dat nog eens te ervaren. Althans nog niet.

Lichamelijk was ze genezen en geestelijk ging het dagelijks beter met haar, genoeg om voorzichtig weer aan de rest van haar leven te denken.

Over een paar dagen was het Kerstmis, en Nikki had nog geen enkele kerstversiering opgehangen, laat staan dat ze een kerstboompje had gekocht. Het zou dit jaar een moeilijke periode worden, zonder haar vader, en haar moeder nog herstellende.

Het was zaterdag, en ze voelde zich loom, terwijl ze haar eerste kopje koffie van de dag dronk. Jennings lag op de bovenste plank van de boekenkast, Mikado aan Nikki's voeten, en haar computerscherm gaf de eerste pagina aan. Leeg.

De eerste bladzijde van haar boek.

Over de Grafschender, een gekwelde ziel die zichzelf volgens de politie de Overlevende had genoemd. Joey Legittel, een jongen die onder de handen van Chevalier had geleden voordat er iets in hem knapte, waarna hij zijn familie vermoordde en de man die hem had gekweld vals beschuldigde. Vanaf dat moment had hij bij pleeggezinnen gewoond. Als volwassene had hij geen relaties gehad en zijn baantjes waren incidenteel geweest, meestal bij videozaken waar hij de gewelddadige films over wraak had aangeschaft.

Het was allemaal zo afschuwelijk. Hij had zelfs beseft dat zijn achternaam een anagram was van Gillette, en hij had haar naam en de zijne overal op de gehavende tafel gekrast, waar hij een knipselboek over de rechtszaak had bijgehouden.

Nu kraakte de buitentrap, en Mikado rende blaffend naar de deur. 'Ik denk dat het iemand is die je kent,' zei Nikki, toen een snelle roffel op de deur maakte dat de hond een aanval van hysterie kreeg.

Haar hartslag versnelde terwijl ze haar stoel naar achteren schoof. De kat strekte zich verveeld uit en Mikado draaide rondjes als een krankzinnige.

Na haar redding had Reed haar dicht tegen zich aan gehouden en hij had erop gestaan haar naar het ziekenhuis te brengen. Het grootste deel van de nacht was hij bij haar gebleven, naast haar bed, hij was alleen even weggegaan om rapporten in te vullen of met de andere agenten te praten. Aan zijn eigen verwonding had hij praktisch geen aandacht besteed.

De Grafschender was dood.

Hij was die nacht gestorven. Morrisette had hem omgelegd voordat hij de kans had gehad om Reed met hetzelfde mes te vermoorden dat hij twaalf jaar eerder had gebruikt om zijn familie af te slachten. Een mes dat hij op een of andere manier had verstopt, daarna had opgehaald en in een la in het kamertje had bewaard dat de politie had gevonden, een kelderruimte met opnameapparatuur, televisies, films, en een met bloed bevlekt bureau waarin hij ondergoed van zijn slachtoffers had opgeslagen. De ruimte bevond zich in het huis van een oudere dame die hem had betaald om erop te passen. De rest van het grote herenhuis in het centrum van Savannah had hij nauwelijks gebruikt. Maar nu was hij dood. Na zoveel levens te hebben genomen. Ook dat van Simone.

Nikki duwde de afschuwelijke herinneringen van zich af, stak haar hand uit naar de deur en trok hem open.

Pasgeschoren, in jeans en een trui stond Reed op de stoep. Hij jongleerde met twee bekers koffie en een zak warme broodjes, en zijn ogen lichtten op toen hij haar in het oog kreeg. 'Goedemorgen,' zei hij loom.

Mikado wierp zich tegen Reeds benen, en Jennings vluchtte naar buiten.

'Jij ook goedemorgen, Reed.' Ze ging op haar tenen staan en drukte een kus op zijn wang. 'Kom binnen. Wat brengt jou hierheen?' plaagde ze.

'Ik doe alleen mijn plicht, mevrouw.'

'M'n reet.'

'En die is prachtig.' Hij trok een donkere wenkbrauw op en keek overdreven opvallend naar haar achterwerk, hoewel ze van top tot teen gehuld was in een dikke badmantel.

'Altijd leuk om te horen.' Ze pakte de zak en de twee bekers koffie van hem aan zodat hij de hond even kon begroeten, terwijl zij de broodjes – een kaneelbroodje en een van honing druipende croissant – op tafel zette.

'En, hoe is het nu met je?' Plotseling was hij ernstig. 'Ik weet dat het nog maar een paar weken geleden is, maar je hebt er nog niet echt veel over gezegd.'

Wat waar was. Sinds de moorden hadden ze de conversatie tussen hen luchtig gehouden. Plagend. Om elkaar te leren kennen.

'Getraumatiseerd, natuurlijk, maar ik denk dat ik het wel overleef.' Na deze woorden kromp ze vanbinnen ineen. Joey Legittel had het ook overleefd – eens. Om als seriemoordenaar te eindigen die haar en deze stad had geterroriseerd.

'En je moeder?'

'Ze is twee dagen geleden naar huis gegaan, maar er komt dagelijks een verpleegster en Lily en Kyle gaan ook iedere dag bij haar op bezoek.' Nikki slaakte een zucht en leunde tegen het aanrecht. 'Ik weet niet of mam er ooit helemaal overheen zal komen. Ze heeft zoveel afschuwelijke dingen gezien, en ze was al zo kwetsbaar. Lily en Phee, mijn nichtje, zijn van plan een tijdje bij haar in te trekken, en Sandra is er om het huishouden te bestieren, dus we zien wel hoe het gaat. Het zal tijd kosten.'

Ze sneed de broodjes in stukjes en veegde het mes met haar vingers schoon. 'Dus jouw theorie is dat Joey Legittel niet alleen Chevalier vermoordde, maar ook zijn moeder, zus en broer omdat ze hem niet beschermden.'

'Ja. Hij was de jongste en had het gevoel dat iedereen hem had verkocht. Hij werd geslagen en gedwongen om ondenkbare handelingen te verrichten. Met leden van zijn familie nog wel. De enige manier om zichzelf van Chevalier te bevrijden was hem in de val te laten lopen. Dus moordde hij zijn familie uit, liep met Chevaliers laarzen aan door hun bloed en slaagde er zelfs in om zonder vitale delen te raken in zijn eigen armen, benen en schouder te snijden, en het wapen ergens te verstoppen, waarna hij beweerde dat Chevalier de schuldige was.'

'Maar je eigen moeder, zus en broer vermoorden.' Nikki voelde een rilling zo koud als de dood over haar rug kruipen.

'Zij waren de vijand. Zij beschermden hem niet. Hij nam contact met me op, stuurde me naar Dahlonega om mijn aandacht te trekken en ons op een dwaalspoor te brengen. Ik was de jonge rechercheur geweest die Chevalier in de kraag had gegrepen, maar ik had niet genoeg bewijs gehad om hem de doodstraf te bezorgen. Net zomin als je vader of de andere juryleden.'

'En hij beschuldigde mij ervan dat ik de rechtszaak bijna had verpest.'

'Klopt.'

'Betekent dit nu dat jij en Morrisette een grote promotie krijgen omdat jullie hem hebben ontmaskerd?' Ze zette de bordjes op haar salontafel en schoof haar laptop opzij.

'Nee, maar ik mag mijn penning waarschijnlijk wel houden. Datzelfde geldt voor Cliff Siebert. Hij was de verklikker, weet je wel.'

'Het spijt me.'

'Hoeft niet. Niemand heeft hem gedwongen.'

'Jawel, dat heb ik min of meer gedaan.'

'Hij is een grote jongen. Maar, hoe zit het met jou? Wat ga je met je leven doen?'

'Dat boek schrijven waarvoor jij me een exclusief interview hebt beloofd. Ik ben vandaag begonnen. Aangezien Joey dood is, hoeven we ons geen zorgen te maken over een rechtszaak.'

'Dus je blijft aan het werk?'

'Mmm.' Ze pakte een stukje van het kaneelbroodje en stopte het in haar mond. 'Tom Fink heeft gebeld. Wil dat ik terugkom. Heeft me een plek in de misdaadkatern aangeboden.'

'En?'

'En het zal de spreekwoordelijke koude dag in de hel zijn voordat dat gebeurt.' Ze lachte en likte haar vingers af. 'Ik heb ook een telefoontje van een krant in Chicago gekregen, en een uit Atlanta, maar... ik weet het niet. Chicago is in de winter verschrikkelijk koud.'

'En Atlanta?'

Ze trok een schouder op.

'Ik dacht dat je de grote doorbraak wilde. Om voor een echte, gerespecteerde krant te werken.' Naast haar, leunend tegen het aanrecht, hield hij haar blik gevangen. Peinzend fronste hij zijn wenkbrauwen. 'Wat wil je nou eigenlijk, Gillette?'

'Hoe bedoel je?'

'Van het leven. Wat wil je? Je bent altijd zo verdraaid ambitieus geweest, praatte altijd over je stempel op de grote stad drukken. Wat wil je nu?'

'Ik weet het niet zeker.'

'Echt niet? Dat klinkt niet als de Nikki die ik ken.'

'Nou, wat dacht je dan van een grote, ruige, kortaangebonden politieman om me op het rechte spoor te houden?' Ze nam nog een stukje van het kaneelbroodje en stopte het speels in zijn mond.

Hij grinnikte met volle mond. 'Ja, natuurlijk. Dat zou je pas echt gelukkig maken,' zei hij sarcastisch. 'Het zou vijf minuten duren. Tien, hooguit.'

'Nou... toevallig heb ik vijf minuten de tijd.'

Hij staarde haar aan, keek vervolgens naar de slaapkamerdeur. 'Je bedoelt... nu?'

Ze knipoogde en verstrengelde haar vingers met de zijne. 'Precies. Kijk... daar ben je helemaal zelf achter gekomen. Je bent met recht een toprechercheur, vind je zelf ook niet?'